Pendragon

Spielleitungshandbuch

CHAOSIUM INC.
ULISSES SPIELE

Autor: Greg Stafford

Kreativdirektor: Jeff Richard

Produktreihenredaktion Pendragon: David Larkins

Entwicklung: Veli-Matti Pelkonen & David Zeeman

Design & Layout: Simeon Cogswell

Lektorat & Korrektorat: Roberto Mandrioli & Keith K: Roberto Mandrioli & Keith Mageau

Lizenzierung: Daria Pilarczyk

Titelillustration: Mark Smylie

Interior Illustrationen: Katrin Dirim, Andrey Fetis Katrin Dirim, Andrey Fetisov, Eric Hotz, Loïc Muzy, Josep Perez, Eleonor Piteira, Agathe Pitie, Matt Ryan, Dimitar Stoyanov, & John Sumrow

Kartographie: Matt Ryan & Matthew Wallhead

Heraldik: Katrin Dirim

Design Bordüren, Marginalien & grafische Elemente: Simeon Cogswell, Kalin Kadiev, Ash Stellmach & Matt Ryan

Typografie: Dieses Buch ist in IM FELL, Herb, Gothicus & Garamond Premier Pro von Adobe Fonts gesetzt. Die Überschriften der Seitenleisten sind in Basteleur gesetzt, die von Keussel für Velvetyne Type Foundry entworfen wurde.

Input zu dieser Ausgabe: Ellie Akers, Cedric Alesandre, Jeff Erwin, Scott Hall, Matthijs Krijger, Sven Lugar, Kenneth Stewart, Kurt Over, Robert G. Schroeder, Nick Tolimieri, Gintaras Valiulis & Malcolm Wolter

Originalmaterial von: David Larkins und Roderick Robertson (Schlachten), James Knevitt und David Larkins (Festmahl und Geselligkeit), David Zeeman (Feen & Unholde, Magie & Wunder und teuflische Tricks), Matthijis Krijger (Turniere), Robert G. Schroeder (Schwarze Hunde)

Beiträge zu früheren Ausgaben: Frederick Blayo, Spitzaxt Bridges, Heather N. Bryden, William Dunn, D. Hudson Frew, Sharon Grant, Darren Hill, Doyle Wayne Ramos-Tavener, Sam Shirley, Peter Tamlyn, T. Michelle Trout & Anne Vetillard

Spieltester für diese Edition: Aaron Gorfein, Adam Hubbard, Alex Drusts, Alexander Bjursell, Alexander Marcus, Alisha Hammer, Anne Valentino, Brian Hammer, Cedric Alexandre, Craig Kellner, David Schimpff, David Zeeman, Desiree Valdez, Fergie, Gavyn F. Duthie, Ian Hynd, Jade McLellan, Jacob Hilker, Kenny Stewart, Nathan Isaak, Rainy McDonald, Ryan Vodden, Santiago McDonald, Sean Musgrave, Søren Hjorth, Steve Fontaine, Suzanne Stafford, Sven Lugar, Tim Leonard, Tom Salas, Wayne Coburn, Zechariah W. Cline & Zev Trubowitch

Deutsche Ausgabe

Philipp Baas, Kai Großkordt, Vincent Modler

Ulisses Spiele

Zoe Adamietz, Philipp Baas, Mirko Bader, Myriel Balzer, Steffen Brand, Leamon Crafton, Carlos Diaz, Jessica Dillmann, Cora Elsässer, Frauke Forster, Daniel Friedrich, Ingo Grauel, Christof Grobelski, Kai Großkordt, Nikolai Hoch, David Hofmann, Jan Hulverscheidt, Philipp Jerulank, Matthias Kalupner, Johannes Kaub, Annika Kleinschmidt, Nele Klumpe, Christian Lonsing, Thomas Michalski, Carolina Möbis, Janine Modler, Vincent Modler, Carsten Moos, Markus Plötz, Thomas Römer, Nadine Schäkel, Ulrich-Alexander Schmidt, Leon Schuster, Alex Spohr, Viktoria Umbach, Hannah van den Höövel, Jan Wagner, Noah Weisgerber, Anton Weste, Christopher Weule

Ulisses Medien & Spiel Distribution GmbH,
Industriestraße 11
65529 Waldems / Steinfischbach
www.ulisses-spiele.de

Über die Coverillustration „Viviane und Lancelot" von Mark Smylie

In ihrer Villa unterhalb des Dianasees überreicht Lady Viviane du Lac ihrem Ziehkind Lancelot einen magischen Schild, bevor er nach Camelot aufbricht, um sein Schicksal zu suchen. Lancelots Vettern, Sir Lionel und Sir Bors der Jüngere, schauen stolz zu.

Inhalt

Tabellen

Kapitel I

Das sagenhafte Reich

Willkommen, liebe Leserin, lieber Leser, zum zweiten von drei Bänden des **Pendragon**-Rollenspiels. Der erste Band, das **Pendragon**-*Regelwerk*, stellt den Motor vor, der das Spiel antreibt: Wie Würfelwürfe funktionieren, Fertigkeiten, Merkmale und Leidenschaften, Kampf, Ausrüstung, die Winterphase und (nicht zuletzt) die Charaktererschaffung. Wenn du mit den Grundregeln des Spiels noch nicht vertraut bist, sei es durch die Lektüre des Grundregelwerks oder das **Pendragon** *Starter-Sets*, leg dieses Buch beiseite und nimm dir die Zeit, um zu lernen, wie das Spiel funktioniert, bevor du hierher zurückkehrst.

Was steht also in diesem Buch? Einfach ausgedrückt, enthält das *Spielleitungshandbuch* für Pendragon eine Vielzahl von Werkzeugen und Informationen über das Setting, die der Spielleitung dabei helfen sollen, ihre eigene Kampagne zu erstellen und/oder das Material aus den veröffentlichten Pendragon-Szenarien zu verbessern.

Im Laufe ihrer Abenteuer werden die Ritter der Spieler in deiner Kampagne besser in ihren Fertigkeiten, nehmen sich einen Gemahl/eine Gemahlin, bekommen Kinder, ändern ihr Verhalten (oder werden noch eingefahrener) und sterben entweder durch die Hand eines Feindes oder an Altersschwäche. Die Zeit steht nicht still; manchmal rennt sie schnell. Der Hintergrund der Kampagne galoppiert vorwärts entlang einer Zeitlinie, die an das europäische Mittelalter erinnert. Der Schauplatz beginnt in der finsteren Dunkelheit und geht über in die ritterliche Fantasy mit all dem Glanz und Glamour von Rittern in glänzenden Rüstungen, aufregenden Turnieren, gefährlichen Jagden auf wilde Bestien und romantischer Liebe.

Dieses Kapitel soll die Spielleitung mit zusätzlichem Kontext für das Setting, seine Gebiete und Völker versorgen und zeigen, wie sie mit der Artuswelt von Pendragon zusammenhängen – einer Welt, die unserer eigenen ähnelt und sich doch in vielen entscheidenden Details unterscheidet.

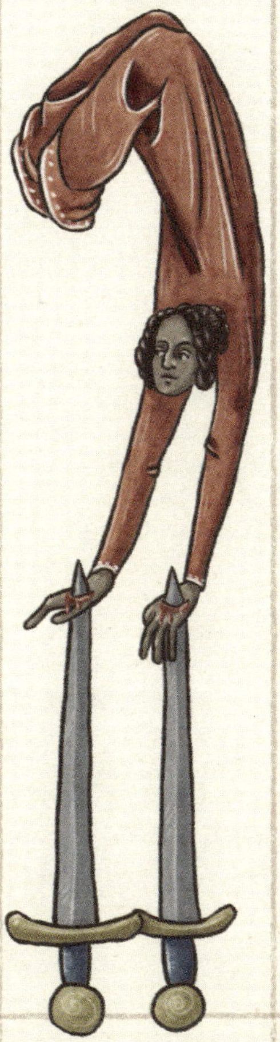

Es ist reich an allen Arten von Metall, hat unscheinbare Ebenen und Hügel, die sich für den besten Ackerbau eignen, und der Reichtum des Bodens sorgt für eine Vielzahl von Früchten zu den richtigen Jahreszeiten. Außerdem gibt es Wälder, in denen alle Arten von wilden Tieren hausen; auf den Wiesen findet das Vieh gute abwechslungsreiche Kost und die Bienen eine Vielzahl von Blumen für den Honig. Unter den hohen Bergen liegen grüne Wiesen, in denen das sanfte Plätschern kristallener Quellen, die in klaren Bächen dahinfließen, die Reisenden einlädt, sich an ihren Ufern niederzulassen und zu schlummern. Es ist auch gut bewässert mit Seen und Flüssen, die reich an Fischen sind; und neben dem schmalen Meer, das die Südküste von Frankreich trennt, gibt es drei edle Flüsse, die sich wie drei Arme ausbreiten, nämlich die Themse, den Severn und den Humber, durch die fremde Waren aus aller Herren Länder in die Stadt gebracht werden. Früher gab es hier achtundzwanzig Städte, von denen einige in Trümmern liegen und verödet sind, während andere noch stehen und mit hohen Kirchtürmen geschmückt sind, in denen der Gottesdienst nach christlichem Vorbild abgehalten wird. Schließlich wird es von fünf verschiedenen Völkern bewohnt: den Briten, Römern, Sachsen, Pikten und Schotten. Früher besaßen die Briten die ganze Insel von Meer zu Meer, bis die göttliche Rache sie für ihren Stolz strafte und sie den Pikten und Sachsen weichen mussten.

*— Geoffrey von Monmouth, **Historia regum Britanniae**, Erstes Buch, 2. Kapitel*

Die Geografie Britanniens

Britannien ist eine große Insel im Nordwesten Europas. Zur Zeit von König Artus ist sie in mehrere Regionen unterteilt: Logres, Cornwall, Cambria, Cumbria und Kaledonien. Einige kleinere Inseln liegen vor der Küste, und die große Insel Irland liegt im Westen. Die Völker Britanniens, die diese Regionen bevölkern, bezeichnen sich selbst als eine von fünf verschiedenen Kulturen: Kymrisch, Irisch, Piktisch, Römisch oder Sächsisch.

Logres

Das Königreich Logres ist weit und bevölkerungsreich. Es wird vor allem vom Volk der Kymren bewohnt und weist vereinzelte Spuren der alten römischen Ordnung auf.

Logres ist ohne Zweifel das mächtigste Königreich und der beste Ort zum Leben in Britannien. Logres ist sowohl der Name einer Region als auch eines Königreichs, obwohl die beiden nicht ganz übereinstimmen. Es umfasst den größten Teil des tief liegenden, hochwertigen Landes im Südosten. An einigen Stellen erheben sich bedeutende Hügel, aber es gibt keine großen Gebirge.

Der größte Fluss Britanniens fließt durch das Zentrum von Logres. Dies ist die Themse, die so groß ist, dass sie von Seeschiffen bis nach Londinium befahren werden kann; frachttragende Flussboote fahren sogar noch weiter hinauf bis nach Oxford. Viele andere Flüsse fließen in die mächtige Themse oder zu den Küsten. Ein weiterer großer Fluss, der Severn, mündet im Westen Logres ins Meer, aber da der größte Teil davon in Cambria liegt, wird er in jenem Abschnitt behandelt.

Ein Großteil des Landes ist mit dichten Wäldern aus Erlen, Eschen, Birken, Ulmen, Ahorn, Eichen und Weiden bedeckt, die von Kiefern, Fichten und Eiben durchsetzt sind. Viele sind von Feen heimgesucht. Dank tödlicher Bestien, wie dem wilden britischen Löwen und Panther, sind sie seit jeher gefährlich, sogar dort, wo alte Römerstraßen sie durchqueren. Tiefer in den Wäldern und Sümpfen hausen Drachen, deren gelegentliche Angriffe schreckliches Unheil über die Menschen bringen. Andere Teile des Waldes sind als Jagdgebiete für Könige und ihre Gefolgsleute vorgesehen, die Ungeheuer eher bekämpfen, als dass sie sich vor ihnen fürchten. Erst vor kurzem haben die Menschen in Logres damit begonnen, die Wälder zu roden und ihre Farmen zu erweitern.

Das Königreich Logres hat etwa eine Million Einwohner. Das Königreich wird vor allem von den Kymren bewohnt, einem robusten Volk, das sowohl die Herrschaft als auch die Abkehr von Rom überlebt hat. Die Kymren in den Städten bezeichnen sich immer noch als Römer, und auch einige befreundete Sachsen und Pikten leben innerhalb der Grenzen des Königreichs. Obwohl sie von Sachsen und anderen feindseligen fremden Völkern bedrängt werden, harren sie aus.

Ortsnamen

Die Namen der Königreiche in Britannien sind der Literatur oder der Geschichte entnommen. Die Grafschaften von Logres stammen aus der Feder von **Pendragon**, um die alte Zeit von König Artus zu betonen und ein unbekanntes Gefühl in ein für manche vertrautes Gebiet zu bringen. Sie entsprechen weder den historischen Grafschaftsnamen, die von den Normannen vergeben wurden, noch den modernen zeremoniellen Grafschaften, die 1997 eingeführt wurden.

Städte, Ortschaften und Dörfer tragen seit Artus' Regierungszeit allmählich ihre modernen Namen, auch wenn gelegentlich stattdessen ein alter oder literarischer Name verwendet wird. Die Grafschaften sind in interne Steuerbezirke, sogenannte Harden, unterteilt, die aus dem Domesday Book stammen. Du musst dich nicht mit solchen administrativen Kleinigkeiten herumschlagen, es sei denn, du und deine Gruppe wünschen ein solches Spiel.

Burgen sind wichtiger und häufig Schauplatz von Abenteuern, und diese Namen tragen das Flair der alten Geschichten. Burgen folgen also häufiger der literarischen Tradition und tragen einen farbenfrohen Namen, der den Ort beschreibt. Oft ist der Name der Burg eine Übersetzung des normannischen Namens. So haben wir etwa das Castle of the Pinnacle (Hügelspitze) anstelle von Montacute. Die Barone werden nach der Burg, die sie halten, betitelt, z. B. Baron von Pinnacle. Die gemeine Siedlung außerhalb der Burg benutzt ihren modernen Namen, was hilft, den Ort zu finden. So liegt die Stadt Montacute in der Nähe von Castle of the Pinnacle.

Flüsse, Hügel, Berge, Sümpfe und andere wichtige geografische Merkmale behalten ihre modernen Namen. Die umliegenden Meere und Ozeane verwenden eine Mischung aus modernen, antiken und literarischen Namen.

Das Königreich ist in etwa 25 Grafschaften unterteilt (je nach Datum), damit der König es leichter regieren und effizient besteuern kann. Einige der Grafschaften sind zu Beginn von König Artus' Herrschaft in der Hand von Sachsen oder anderen.

Sieben große Städte in Logres und einige kleinere sowohl innerhalb als auch außerhalb der Grenzen des Königreichs klammern sich noch immer stolz an ihre römischen Wurzeln, so gut sie können. Die größte von ihnen ist Londinium [London], das von Brutus dem Trojaner an der Themse gegründet wurde, bevor die Römer kamen. Es hat fast 5.000 Einwohner. Schiffe aus den entferntesten Ecken der Welt kommen dorthin, um Handel zu treiben.

Glevum [Gloucester] liegt an der Westküste. Es ist die nächstkleinere Stadt und hat etwa 4.000 Einwohner; auch sie lebt vom Handel.

Die nächsten vier Städte haben jeweils etwa 2.000 Einwohner: Calleva Atrebatum [Silchester] im Themse-Tal, Durnovaria [Dorchester] an der Südküste; Corinium [Cirencester] im Westen, nicht allzu weit von Glevum entfernt, Venta Icenorum [Norwich] und Camulodunum [Colchester] im Osten – wenngleich die beiden letzteren seit einer Generation unter sächsischer Herrschaft stehen und viel von ihrem alten Erbe verloren haben.

Noviomagus Reginorum [Chichester] bewahrt ebenfalls sein römisches Erbe, ist aber in sächsischer Hand. Die 1.000 Einwohner der Stadt werden förmlich unter dem sächsischen Stiefel zerrieben.

Alle diese Städte bewahren die alten römischen Sitten, die sie unter der Besatzung gelernt haben. Auch viele Marktstädte gibt es im ganzen Königreich. Einige der alten gepflasterten Römerstraßen sind noch erhalten und verbinden die Städte auf dem Landweg. Sie sind alle so berühmt, dass sie Namen haben. Abseits der gepflasterten Wege tragen schlecht gewartete Schotterstraßen und Pfade den Rest des Verkehrs auf der Insel.

Britannien jenseits von Logres

Logres ist die Heimat der Artusritter. Frühe Abenteuer spielen sich in oder um seine sagenumwobenen Grenzen ab. Die weiter entfernten Regionen tauchen erst in späteren Abenteuern auf, aber jeder weiß zumindest etwas über sie.

Die Küstengebiete östlich von Logres sind von den Sachsen besetzt, die die Herrschaft über die gesamte Insel anstreben. Sie wurden vor sechzig Jahren von Vortigern dem Tyrannen eingeladen, Britannien gegen die Pikten zu verteidigen, aber sie verrieten die Briten und schufen sich ihre eigenen Königreiche Kent, Nohaut, Deira und Sorestan. In den folgenden Jahren fielen weitere Sachsen ein und gründeten die Königreiche Sussex (477), Essex (485), Wessex (496) und Anglia (500).

Cornwall ist eine Halbinsel im Südwesten der Insel, die in die Keltische See hineinragt. Sie ist flächenmäßig klein und hat nur eine bedeutende Siedlung, die Exeter heißt. Die Menschen in Cornwall sind eindeutig kymrisch, mit wenig römischem Einfluss. Selbst Exeter hat sein römisches Erbe verloren. Keine großen Flüsse durchschneiden das Land, und von den Wäldern ist der bekannteste der Wald der Riesen, in dem noch immer diese gefallenen Kreaturen umherstreifen. Bodmin Moor ist dort das höchste Land und liegt an der Grenze zu Logres. Cornwall ist durch seine Zinn- und Silberminen unermesslich reich, aber das meiste Ackerland ist von schlechter Qualität, mit Ausnahme des winzigen Königreichs Lyonesse an der Spitze der Halbinsel.

Die Bretagne, eine weitere kleine Halbinsel, liegt südlich von Cornwall auf der anderen Seite des Ärmelkanals. Sie gehört nicht zu Britannien, verdient aber Erwähnung, weil sie von Kymren besiedelt wurde und ihr Volk in der Artussage eine wichtige Rolle spielt. Zur Bretagne gehören mehrere Königreiche an der Küste, die wiederum vom König von Cornwall regiert werden. Das Land ist reich und milde, und sein Herz ist der geheimnisvolle, verwunschene Wald von Broceliande.

Andere kymrische Regionen umfassen Cambria, Cumbria, Cornwall und die Bretagne auf der anderen Seite des Meeres.

Cambria, im Westen, ist nach einem Sohn von Brutus benannt, der sein Volk dorthin führte und es als Erster beanspruchte. Könige regieren die reichen Küstengebiete. Stämme von wilden Bergvölkern bewohnen die rauen Bergtäler und wundersame Kreaturen hausen noch immer in einigen Felsen. Der König von Powys herrscht über eine Reihe dieser Bergvölker im Landesinneren, je nachdem, wer in diesem Jahr erobert wurde oder rebelliert hat. Das größte der Küstenkönigreiche ist Gomeret an der Nordküste. Entlang der Südküste liegen das irische Königreich Estregales und das kymrische Königreich Escavalon. Ost-Cambria wird von dem wohlhabenden kymrischen Königreich Cameliard beherrscht, das an Logres grenzt und zu Beginn von Artus' Herrschaft von König Leodegrance regiert wird; seine Unterstützung ist der Schlüssel zu den frühen Siegen des Knabenkönigs. Der Fluss Severn entwässert die gesamte östliche Hälfte von Cambria und fließt in die Irische See.

Das von den Kymren beherrschte Cumbria ist jene Region nördlich von Logres, die durch die Mündung des Humber und den Fluss Trent getrennt ist. Der Fluss Ouse fließt im Norden Cumbrias und ist ein weiterer großer Fluss Britanniens. Die heidebedeckten Berge von Pennine teilen Cumbria in Ost und West. Im Osten liegt das Königreich Malahaut, das zweitmächtigste Königreich in Britannien. Seine größte Stadt ist Eburacum [York], gegründet von den Römern. An der Grenze zu Malahaut liegen mehrere kleine Königreiche. Westlich der Penninen liegt der riesige Wald der Gefahren, der so sehr von wilden Tieren und Feen bevölkert ist, dass sich nur ein paar Burgen an seinen westlichen Saum klammern.

Nördlich von Cumbria, jenseits der römischen Mauer, liegt Kaledonien, der wildeste Teil der Insel. Seine südlichste Grenze wird von den kymrischen Königreichen Lothian, Gorre, Garloth und Strangorre bewacht. Entlang des östlichen Ufers liegen mehrere piktische Königreiche. Das Landesinnere wird von imposanten Bergen beherrscht, bevölkert von Stämmen der Pikten, die so wild sind, dass sie von den Römern nie besiegt wurden. Die Out Isles, eine Inselgruppe im Westen Kaledoniens, ist die Heimat von wilden Piktenstämmen und irischen Invasoren.

Die Sachsen herrschen über die Küstenreiche, während die Pikten nördliche des Walls in Kaledonien leben.

Bräuche des Reiches

Das Regierungssystem, die Aufteilung der sozialen Klassen, die Sitten und das Recht der Artusgesellschaft wird Feudalismus genannt. Die Regierung wird vom König kontrolliert, der von seinem Hofstaat und den Sheriffs unterstützt wird, die die Gemeinen beaufsichtigen, während der Klerus für das geistliche Wohl aller sorgen. Die sozialen Klassen sind in einer Hierarchie angeordnet, die aus dem König, seinen Baronen, den Rittern und schließlich den Bauern besteht, die ganz unten stehen. Die Bräuche beruhen auf alten, mündlich überlieferten Traditionen, die die besonderen Rechte der einzelnen Klassen schützen.

Alles gehört dem König. Alle Rechte leiten sich von ihm ab. Er verteilt einige seiner Rechte und Pflichten an seine Barone, die wiederum einige Rechte an ihre Ritter, die als Vasallen bezeichnet werden, weitergeben können. Alle Verpflichtungen sind persönlich und hängen von der Beziehung zwischen einem Fürsten und seinen Vasallen ab.

Der Fürst sichert sich die Loyalität seiner Gefolgsleute, indem er ihnen Land schenkt, das *Beneficium* genannt wird und das wertvollste Gut des Reiches ist. Gold zu erhalten, ist eine geringere Ehre, denn auch ein Bauer kann mit Gold bestochen werden. Geschenktes Land ist heilig.

Feudale Lords können eine Landgabe empfangen, die wieder an seinen Lehnsherrn zurückfällt, etwa wenn der Lord verstirbt, oder (wenn auch weniger häufig) es ein Erblehen ist, das der Familie des Lords bis in alle Ewigkeit gehört.

Hygiene

Körperpflege war im Mittelalter viel weiter verbreitet, als allgemein dargestellt wird. Die moderne Forschung hat überholte Vorstellungen diesbezüglich widerlegt.

Es existieren zahlreiche mittelalterliche Abbildungen, die öffentliche Badehäuser zeigen, die von Gemeinen und Adligen gleichermaßen genutzt wurden. Männer und Frauen mischten sich in den Bädern. Adlige mit Titel verwendeten in der Regel private Badewannen. In den Städten gab es Zünfte von Seifenmachern. Das Waschen nach dem Aufstehen und vor den Mahlzeiten wurde von allen Klassen erwartet, außer von bestimmten Mönchen, die sich rühmten, die alltäglichen Gewohnheiten zu meiden. Ritter erhielten beim Betreten einer Burg Wasser und Handtücher und bekamen saubere Kleidung geliehen, solange sie vor Ort waren. Zähneputzen war üblich, und ohne viel zuckerhaltige Nahrung waren Karieserscheinungen selten. Bei der Rasur gibt es einen Unterschied zur heutigen Zeit, denn mangels anständiger Spiegel war es nicht möglich, sich selbst zu rasieren, und so war es Aufgabe der Barbiere, die Gäste zu rasieren, die es vorzogen, bartlos zu sein, und diejenigen zu trimmen, die diesen Wunsch nicht hegten.

Es gibt zwei Arten von Landbesitz: Eine Landgabe wird für die Dauer des Lebens des Empfängers vergeben, fällt aber nach seinem Tod an den Grundherrn zurück, während eine Schenkung für das Leben des Empfängers und das Leben seiner Erben auf unbestimmte Zeit vergeben wird. Ein Vasall besitzt das Land nicht, genießt aber alle gewährten Vorzüge, die aus diesem Land gezogen werden. Der Vasall erhält seine Zuwendung als Gegenleistung für Loyalität und Dienste.

Solange der Grundbesitzer seinen Verpflichtungen nachkommt, gehören die Erträge rechtmäßig ihm, und niemand kann sie ihm von Rechts wegen wegnehmen. In der Regel besteht die Pflicht eines Ritters darin, vierzig Tage im Jahr loyal an den Feldzügen seines Herrn teilzunehmen und ihn in wichtigen Angelegenheiten zu beraten. Im Gegenzug schuldet der Herr dem Vasallen Schutz, Versorgung und Lebensunterhalt. Es besteht also eine ungleiche, aber gegenseitige Verpflichtung zwischen Lehnsherr und Vasall.

Verpflichtungen können nur geändert werden, wenn beide Parteien zustimmen. Normalerweise ändern sie sich nur, wenn eine Person etwas Bedeutendes für die andere getan hat. Wenn zum Beispiel ein Vasall den König auf dem Schlachtfeld gerettet hat, kann seine frühere Gabe zu einer dauerhaften Zuwendung werden. Wenn der Ritter seinen geschworenen Eid der Loyalität bricht, kann er das Land verlieren, das dann an den Fürsten zurückgegeben wird. Typische Gründe dafür, dass Land an den Herrn zurückfällt, sind Verrat, Versagen bei der Unterstützung des Herrn oder das Fehlen eines Erben, wenn der Vassall stirbt. In der Regel können Töchter die Landgabe ihres Vaters nur erben, wenn es keine männlichen Erben gibt.

Die Rangfolge der Lehnsleute beginnt mit denjenigen, die dem König am nächsten stehen, sowohl was die Freundschaft als auch was den Reichtum angeht. In **Pendragon** sind das die britischen Könige außerhalb Logres, die Lords und die Offiziere. Diese Lords ernennen ihrerseits ihre eigenen Vasallen. Ritter sind die vorletzte Klasse der adligen Vasallen, mit Knappen und Edelknechten unterhalb der Ritter. Ritter können ihren Landbesitz vom König, einem Großfürsten, einem Freiherrn oder sogar von einem Bannerherrn erhalten.

Kirchliche Würdenträger und Klöster sind ebenfalls auf Landbesitz angewiesen und halten ihre Ländereien als Vasallen des Königs, aber in einer ganz besonderen Beziehung. Bischöfe und Äbte sind königliche Vasallen mit dem Titel eines Freiherrn und haben ihre eigenen Ritter, die sie beschützen, aber in allem außer Hochverrat stehen sie außerhalb der königlichen Autorität und unterliegen nur ihrem eigenen Kirchenrecht.

Welcher Artus ist das?

Fünfzehn Jahrhunderte des Geschichtenerzählens haben dazu beigetragen, dass die Geschichte von König Artus immer wieder neu erzählt und dabei ein wenig oder stark verändert wurde, um sie dem Publikum anzupassen. **Pendragon** schöpft aus mittelalterlicher Literatur, Dichtung, sowie modernen Romanen und Filmen, wobei einige Inspirationsquellen stärker betont werden als andere.

Alle diese Geschichten haben zu der Legende beigetragen. Alle diese Quellen sind in dieses Spiel eingeflossen.

„EIEP"

„Es ist euer Pendragon" ist ein wichtiger Slogan des Spiels. Es gibt der Spielleitung die ausdrückliche Erlaubnis, das Spiel nach seinen Wünschen zu ändern, aber es bedeutet auch, dass jedes Spiel anders sein wird. Die Handlungen der Spieler und die Vorlieben der Spielleitung verändern Charaktere, Ereignisse und Interpretationen des Was und Warum. Jede Runde wird auch aufgrund der vielfältigen Einflüssen unterschiedlich sein. Pendragon verwendet Sir Thomas Malory als eine wichtige Quelle, aber es tauchen auch andere Einflüsse auf. Eine Runde, die von den heidnischen und feministischen Untertönen von Marion Zimmer Bradleys *„Die Nebel von Avalon"* beeinflusst ist, fühlt sich anders an als eine, die auf der quasi historischen Kulisse von Bernard Cornwells *„Warlord Chronicles"* basiert, und jede wird sich von einer Runde unterscheiden, die Elemente aus beiden nutzt. Jede Kampagne reiht sich in die tausendjährige Tradition der Nacherzählung von König Artus Geschichte ein mit orginellen Ergänzungen und Modifikationen.

EIEP gilt auch für die Spielmechanik. Jede Regel kann nach Belieben geändert werden. Beispielsweise möchten sie die Spieler dazu ermutigen, ihre Leidenschaften häufiger einzusetzen, und führen daher eine Regel ein, dass alle Leidenschaften unter 16 nur bei einem kritischen Erfolg die Leidenschaftskrise Melancholie (Wahnsinn ist unmöglich) verursachen, dafür aber maximal ein Bonus von +5 gewährt wird. Der Schlüssel ist Konsistenz. Wenn sie Details der Umwelt oder der Mechanik ändern, tun sie dies bitte mit Bedacht und Sorgfalt. Idealerweise haben Änderungen ihre Gründe, und diese Änderungen werden im Laufe der Kampagne fair auf alle angewendet. Denken sie daran, das Ziel ist, Spaß zu haben - also haben sie Spaß!

Die englischen Quellen sind geprägt von persönlichem Heldentum, ritterlicher Ehre und einer erfrischenden Einfachheit. König Artus ist ein starker, weiser und wohlwollender Herrscher. Sir Gawaine ist bei weitem der beliebteste englische Ritter. Zu den bekanntesten Geschichten gehören *Sir Gawaine und der Grüne Ritter* und *Sir Gawaine und Dame Ragnell*. Sir Thomas Malorys *König Arthur und die Ritter der Tafelrunde* wird oft als die beste Bearbeitung bezeichnet, die erste moderne englische Interpretation der älteren französischen und englischen Quellen. Da es die Lieblingsversion des Autors ist, dient sie als Kernvorstellung für dieses Spiel.

Die meisten mittelalterlichen Artussagen existeren auf Französisch, der Sprache der Adligen in der Zeit, in der sie geschrieben wurden. Die Geschichten reichen von brillant bis fade, zeichnen sich aber durch eine farbenfrohe, romantische und künstlerische Bearbeitung aus. König Artus wird oft als unfähig und uninspiriert dargestellt. Sir Lancelot ist der beliebteste Ritter der Franzosen. Chretien de Troyes ist wahrhaftig der Vater der Artusliteratur – in seinen Schriften werden erstmals Sir Lancelot, der Heilige Gral und die alten britischen Themen in mittelalterlichem Gewand erwähnt. Später gehörten die weitläufige *Vulgata* und die *Prosa-Tristan* zu den meistkopierten Handschriften ihrer Zeit. Das sind wichtige Quellen, die „französischen Bücher", die Malory in seiner Version verwendet hat, und die das Spiel unweigerlich beeinflusst haben.

Die Chroniküberlieferungen, die in Latein verfasst sind, zeichnen sich durch nüchterne Berichte aus, die vorgeben, historische Ereignisse zu erzählen. Eine der frühesten Überlieferungen ist die erste Chronikversion, die 1136 erschien: Geoffrey von Monmouths *Historia Regum Britanniae* (*Geschichte der Könige Britanniens*). Andere sind *Roman de Brut* von Wace, geschrieben in normannischem Französisch und *Brut* von Layamon auf Englisch. Ein Großteil der modernen Artusliteratur folgt der Chronik-Tradition und stellt einen Artus des Dunklen Zeitalters ohne mittelalterliche Schnörkel dar. Fakten aus dieser Art von Geschichte werden verwendet, um historische und politische Details für **Pendragon** zu liefern.

Die deutsche Tradition begann mit *Tristran* und erreichte ihren Höhepunkt mit *Parzival*, von dem Ritter mit Namen Wolfram von Eschenbach. Es ist eine lange Nacherzählung der Suche nach dem Heiligen Gral und nach Meinung des Autors die beste, mit einer wohlwollenden Behandlung von Frauen und Ausländern, die in anderen Traditionen ungewöhnlich ist. Auch Tristram wird ausführlich behandelt, und einige weniger bekannte Erzählungen, wie Heinrich von dem Türlins *Diu Crône*, fügen esoterisches Material hinzu.

Die bekannteste walisische Artusgeschichte ist *Kulhwch ac Olwen*, die im *Mabinogion* zu finden ist. Primitiv und wild, ist sie vollgestopft mit Übernatürlichem und Fantastischem. Das Wundersame und die Fantasie dieser alten Tradition sind die Grundlage für viele der schillerndsten Ereignisse in der Artusliteratur. Andere walisische Erzählungen sind den kontinentalen Geschichten bemerkenswert ähnlich.

Viele moderne Werke bieten neue Interpretationen von Menschen und Ereignissen. T. H. Schimmels *Der König auf Camelot* kommt dem Geist des Spiels in seiner Grundform am nächsten. Howard Pyles Sammlung *Geschichte von König Arthur und seinen Rittern* weist einen entschärften Idealismus auf. Hal Fosters Comicreihe *Prinz Eisenherz* zeichnet einen Kulissenwelt, die **Pendragon** stark ähnelt ist. Die Tendenz, die Helden zu psychologisieren, führt in vielen modernen Werken dazu, dass auch die „Bösewichte" aus den mittelalterlichen Erzählungen als gefallene Charaktere überarbeitet werden. Zu diesen Werken gehören ein verwirrter, aber nicht böser Sir Mordred in Mary Stewarts *Tag des Unheils*, ein zu Recht jähzorniger und frustrierter Sir Kay in Karrs *The Idylls of the Queen* und eine gut-böse heidnische Morgan le Fay in Bradleys *Die Nebel von Avalon*.

Das Kino produzierte schon 1904 Artusfilme. Seitdem haben über fünfzig Filme das Artus-Genre in seiner ritterlichen Pracht dargestellt, während fast zwanzig Filme es an die moderne Zeit angepasst haben, ganz zu schweigen von den dreizehn oder mehr Fernsehserien, die auf den Erzählungen basieren. Einige übernehmen auf kreative Weise moderne Interpretationen, während andere auf überzogene visuelle Effekte setzen, die von der üppigen und kraftvollen Handlung ablenken. Die Ausnahme ist John Boormans *Excalibur*, dessen Inhalt beweist, dass moderne Interpretationen und Spezialeffekte nicht immer von Nachteil sind. Die untertitelte Version von Wagners *Parsifal* aus dem Jahr 1982 ist eine atemberaubende epische Version der Gralssuche, während *The Green Knight* aus dem Jahr 2021 eine stimmungsvolle und atmosphärische Charakterstudie darstellt (sowie ein hervorragendes Beispiel für EIEP!).

Eine lange Pendragon-*Kampagne wird das Aufkommen und Verblassen gesellschaftlicher Konventionen wie Ritterlichkeit und Minne beleuchten, die Entwicklung neuer Waffen und Rüstungen sehen und das Dahinschwinden alter Legenden, während zugleich neue Helden zu Ansehen kommen, erleben.*

Die Komplexität der fünfzehnhundert Jahre alten Legenden-Interpretation schafft Raum für alle möglichen Visionen. Jede Spielleitung wird ermutigt, die Version zu verwenden, die ihr am meisten zusagt, oder sogar eigene Interpretationen für ihre Kampagnen zu erfinden. Sei mutig, sei originell, ohne Angst, „falsch“ zu liegen – das ist die bewährte Methode.

Wann ist das?

König Artus' Herrschaft währt 56 Jahre. Es ist wichtig zu wissen, wann dein Spiel angesiedelt ist, denn die Bräuche und Lebensweisen unterscheiden sich zwischen seiner frühen Herrschaft und der Ära der Epischen Fantasy. **Pendragon** bietet eine einzigartige Möglichkeit, die gesamte Regierungszeit von König Artus zu erleben. Burgen, Rüstungen und andere Ausrüstungsgegenstände werden nach und nach verbessert, während Generationen von Rittern versuchen, ihren Familiennamen und ihren Ruhm zu verbessern.

Die Kulisse für dieses Spiel kombiniert drei verschiedene Zeitlinien zu einer Fantasy-Chronologie, die Elemente aus vielen arturischen Quellen und Traditionen enthält.

Eine Zeitlinie aus dem sechsten Jahrhundert bietet eine Auswahl an historischen Ereignissen, die Verteilung von Völkern und Stämmen sowie die Technologie und Politik der vorarturischen Gesellschaften. Die zweite Zeitleiste stammt aus dem historischen Mittelalter und zieht in einem beschleunigten Tempo vorbei, so dass die Charaktere die gesamte mittelalterliche Erfahrung miterleben können. Die dritte Zeitlinie stammt aus der Literatur, die durch die Berechnung von Ereignissen wie dem Auftreten einer neuen Generation von Rittern in den Geschichten gewonnen wird.

Ein Teil der Geschichte stammt aus dem sechsten Jahrhundert, vor allem aus dem Krieg mit den Sachsen. Darüber hinaus steht das tatsächliche Datum aus dem sechsten Jahrhundert in keinem engen Zusammenhang mit der Chronologie der Kampagne. Später verlassen die Bräuche und die Technologie das Dunkle Zeitalter vollständig und folgen der mittelalterlichen Geschichte. Die Dinge ändern sich stetig, so dass alle fünfzehn Jahre des Spiels etwa hundert Jahre europäischer Geschichte widerspiegeln, vom 12. bis zum 15. Jahrhundert – der Zeit, in der die Artus-Legenden ihre Blütezeit hatten.

Die frühe Herrschaft von König Artus ist dem Gelegenheitsleser weniger bekannt. Das ist die Zeit der Sachsenkriege und der Eroberung durch Rom. In dieser Zeit sind Rüstungen schwächer, die Pferde sind kleiner und somit ist die Gefahr für einen Charakter viel größer, als wenn jeder eine Plattenrüstung trägt. Burgen sind einfache hölzerne Turmhügelburgen, nicht die grandiosen, hoch aufragenden Zitadellen des späteren Mittelalters. Ruhm wird durch erbitterte Schlachten erlangt, von denen es viele gibt. In dieser Zeit bewähren sich König Artus als Hochkönig und die Ritter der Tafelrunde als die besten Ritter der Welt. Sie ist düsterer und gefährlicher als spätere Epochen. Diese frühe Phase der Hintergrundwelt ähnelt eher den Geschichten des Königs, wie sie von Geoffrey von Monmouth beschrieben werden.

Wenn sie an König Artus denken, denken die meisten Menschen an die Ära der Epischen Fantasy. Das sind die strahlenden Tage der Questen und des Abenteuers, wenn die Ritter der Tafelrunde in gefährliche Gefilde aufbrechen, um Ruhm zu erlangen. Der Zauber Britanniens ist in voller Blüte und erfüllt selbst die friedlichen Länder mit großen Gefahren wie Löwen und Drachen. Minne ist eine Form der Unterhaltung zwischen unverheirateten Rittern und verheirateten Frauen, die in politischen Ehen ohne Zuneigung zwischen den Ehepartnern gefangen sind. Rüstung, Waffen und Pferde sind von hervorragender Qualität und machen den Tod von Rittern weniger wahrscheinlich. Insgesamt ähnelt diese Ära am stärksten der großen Geschichte von *König Arthur und die Ritter der Tafelrunde.*

Wenn du das Spiel als eine Reihe von episodischen Ereignissen spielst, sind diese Änderungen natürlich unnötig. Nur in der erweiterten vollständigen Kampagne wird das einzigartige dynastische Segment des Spiels am umfassendsten dargestellt, so dass ein Spieler während der Gralssuche wahrscheinlich den Enkel seines ersten Charakters spielt, der seinerzeit das Ziehen des Schwertes aus dem Stein miterlebt hat.

Erfahrene Charaktere

Der Kern des Kampagnenspiels besteht darin, am Werdegang eines Ritters vom Knappen zum ruhmreichen durch seine Taten und persönlichen Fähigkeiten berühmten Ritter teilzunehmen. Der Spielleiter kann jedoch einem oder mehreren Spielern erlauben, mit Charakteren, die älter als 21 Jahren sind, zu beginnen, wobei diese Regeln gelten. Erstelle einen Charakter nach dem System aus Kapitel Drei des *Pendragon-Grundregelwerks* und entwickle den Charakter dann nachdem gleichen Ansatz wie jeden Ritter eines Spielers, der ein Spieljahr verpasst hat: Der Spieler spielt den Charakter durch ein Solo-Szenario sowie die Winterphase für jedes zusätzliche Jahr an Erfahrung. Nach Ermessen des Spielleiters kann der Charakter auch an einem bemerkenswerten Ereignis aus jedem Jahr der Kampagne teilgenommen haben. Denken Sie daran, das Geburtsjahr des Charakters anzupassen und auf der Rückseite des Charakterbogens die zusätzlichen Jahre unter „Geschichte & Ereignisse" hinzuzufügen.

Paradebeispiel des Ritterstandes

Der Spielleiter kann, insbesondere in einem Einzelspieler-Spiel, einem Charakter erlauben, ein Paradebeispiel des Rittertums zu sein, wie jene in der Literatur, die mit außergewöhnlichen Fähigkeiten am Hofe erscheinen. In einem Mehrspieler-Spiel ist es nicht ratsam, einen Startcharakter so überlegen gegenüber anderen zu gestalten, da dies zu Ressentiments führen und das Gesamterlebnis trüben kann. Natürlich kann der Spielleiter, wenn gewünscht, alle Ritter der Spieler aufwerten. Um ein Paradebeispiel des Ritterstandes zu erschaffen, gib dem Startcharakter das Äquivalent von zehn Jahren Training und Übung aus der Winterphase, ohne jedoch sein Alter zu ändern. Paradebeispiel des Ritterstandes haben oft berühmte Väter und beginnen wahrscheinlich mit einer überdurchschnittlich hohen Menge an vererbtem Ruhm.

Von Rang und Namen

Die Hauptcharaktere der Artuslegenden sind jedem bekannt oder werden jedem bekannt sein, und die Ritter der Spieler können damit rechnen, einige von ihnen im Laufe ihres Lebens zu treffen. Dies sind die einflussreichen Personen des Reiches; das Ziel des Spiels ist es, an der Legende teilzuhaben und sich als Gleichberechtigter in ihre Reihen einzureihen.

Sie sind zuerst nach dem Zeitraum sortiert, in dem sie eingeführt oder berühmt wurden, und dann alphabetisch geordnet.

Charaktere aus der Periode des Knabenkönigs

- **Artus:** Der großartigste König, der je gelebt hat; er regiert zunächst über Logres, dann über ganz Britannien und schließlich über ganz Europa (wenn auch nur kurz).
- **Familie De Galis:** Eine mächtige Familie aus Cambria, zu der Pellinore, Tor, Aglovale, Lamorak, Dornar und Percivale gehören. Sie sind zunächst nur Rivalen des Orkney-Clans, später Todfeinde.
- **Familie De Ganis:** Ein zu Beginn der Kampagne fast unbekannter Clan vom Kontinent, zu dem später so berühmte Ritter wie Lancelot, Bors, Lionel und Ector de Maris sowie verschiedene Nebenfiguren gehören. Zu Beginn werden sie von den Königen Ban und Bors angeführt, später von Lancelot.
- **Gawaine:** Einer von Artus' besten Rittern und sein Neffe; Oberhaupt des Orkney-Clans nach dem Tod seines Vaters, König Lot.
- **Guinevere:** Königin des Königreichs Cameliard nach dem Tod ihres Vaters Leodegrance, König Artus' Ehegattin, und eine Zeit lang die schönste Frau Britanniens; sie hat eine heimliche Affäre mit Lancelot.
- **Kay:** Kay, der Ziehbruder König Artus', ist ein tapferer Krieger, der zum Seneschall von Britannien ernannt wurde, aber vielleicht eher für seine scharfe Zunge bekannt ist.
- **Lot:** Feindlicher König, der gegen König Artus kämpft; Ehemann von Margawse und Vater der Orkney-Brüder.
- **Margawse:** Halbschwester von König Artus und Schwester von Morgan le Fay. Ehefrau von Lot und Mutter der Orkney-Brüder, darunter Gawaine und Mordred.
- **Merlin:** Ein großer Zauberer, der König Artus zur Königswürde verhilft, bevor er verschwindet.
- **Morgan le Fay:** Eine Zauberin; böse Halbschwester von König Artus, die gegen ihn intrigiert; Schwester von Margawse; Frau von König Uriens.

- **Nimue:** Eine Zauberin; Priesterin der Damen von Avalon, die König Artus nach dem Verschwinden von Merlin unterstützt.
- **Nineve:** Herrin des Sees, die Artus Excalibur schenkt. Sie wird von Sir Balin, dem Ritter der Zwei Schwerter, erschlagen.
- **Orkney-Clan:** Sir Gawaine und seine Brüder Agravaine, Gaheris, Gareth und Mordred, alles Neffen von König Artus und wichtige Macher im Königreich. Alle außer Gareth sind Feinde des Clans De Galis.
- **Pellinore:** König von Gomeret nach 515 und Patriarch des Clans De Galis. Als er Lot in der Schlacht erschlägt, löst er eine tödliche Fehde mit den Orkneys aus.
- **Ulfius:** Der Kriegsherzog von Silchester; einst ein Freund Uther Pendragons, jetzt ein Relikt aus einer früheren Zeit.
- **Uriens:** König von Rheged und Gorre, Ehemann von Morgan, Vater von Yvaine.
- **Uther Pendragon:** Der frühere König von Logres, Vater von König Artus, löste mit seinem Tod die Periode der Anarchie aus und seine Krone blieb 15 Jahre lang unangetastet.
- **Viviane:** Eine Zauberin; Priesterin der Damen von Broceliande, die Lancelot, Bors und Lionel großzieht.
- **Ygraine:** Witwe der Königin von Logres; Mutter von Margawse, Elaine von Garloth, Morgan und Artus. Sie galt einst als die größte Schönheit im ganzen Land.

Charaktere aus der Periode der Eroberung

- **Bors de Ganis:** Der Vetter Lancelots ist ein großer Ritter, der einer der drei erfolgreichen Gralssucher wird. Er ist der Sohn von König Ban und sollte nicht mit seinem Onkel, König Bors, verwechselt werden, der Lancelots Vater ist.
- **Marhaus:** Onkel von Isoud und ein berühmter irischer Ritter. Er wird von Sir Tristram getötet.
- **Yvaine:** Sohn von Uriens und Morgan, Neffe von Artus und Vetter Gawaines, und ein bekannter, ritterlicher Ritter.

Charaktere aus der Periode der Minne

- **Elaine von Carbonek:** Die Tochter von König Pellam und eine der schönsten und unglücklichsten Frauen Britanniens; sie zeugt mit Lancelot den perfekten Ritter Galahad.
- **Isoud:** Die Königin von Cornwall, Ehefrau von König Marke und Geliebte Tristrams.
- **Lamorak de Galis:** Ein respektierter und ritterlicher Ritter, der drittbeste in Britannien.
- **Lancelot du Lac:** Der beste Ritter der Welt (zumindest bis sein Sohn Galahad erscheint), und Streiter und heimlicher Geliebter von Königin Guinevere.
- **Mark:** König von Cornwall ab 513, Onkel von Tristram und Ehemann von Isoud.
- **Mordred:** König Artus' durch Inzest geborener Sohn, der die Tafelrunde und ihre Ritter vernichtet. Sein Vater wird für Lot gehalten, bis seine Abstammung spät in Artus' Regierungszeit aufgedeckt wird. Er ist Angehöriger des Orkney-Clans.
- **Pellam:** Der Gralskönig, auch Fischerkönig genannt, der den Heiligen Gral im Verborgenen hütet; Vater von Elaine von Carbonek und Herr von Schloss Freudenwacht.
- **Palomides:** Ein Sarazenen-Ritter der Tafelrunde.
- **Percivale de Galis:** Der Unschuldige Ritter, der ahnungslos zum Hof ankommt und sich hocharbeitet, um einer der Zeugen der Gralszeremonie zu sein.
- **Tristram:** Ein Ritter aus Lyonesse, der zweitbeste Ritter des Reiches, Geliebter von Königin Isoud, der Frau von König Marke, Tristrams Onkel.

Charaktere aus der Periode der Gralssuche

- **Galahad:** Der Vollkommene Ritter, der den Heiligen Gral erlangt; er genießt nur wenige Jahre des Erwachsenseins, bevor er in den Himmel aufgenommen wird. Der Sohn von Lancelot.

Eine Kampagne erschaffen

Artus' Britannien ist ein riesiger Ort; viele seiner Charaktere sind überlebensgroß. Um die Dinge zu erden und den Charakteren einen Ort zu geben, an dem sie sich schon in ihren frühen Jahren bewähren können, sollte jede Kampagne einen zentralen Schauplatz haben – einen Landbesitz in einer Grafschaft oder Baronie, in der die meisten oder alle Charaktere Knappen waren und dessen Lord sie ihren Dienst geschworen haben. So wird die Burg oder das Gut des Fürsten zu einer Art „Heimatbasis", zumindest solange, bis jeder ein Landgut erbt und beginnt, anderswo Land zu gewinnen.

Die Spielleitung muss mit dem Ort und seinen wichtigsten Personen vertraut sein, muss aber nicht alles oder auch nur das Meiste wissen. Ein Großteil der Informationen kann bei Bedarf erfunden werden. Das Landgut Underditch Harden in der Grafschaft Salisbury wird im Folgenden als angenommener Schauplatz für deine Kampagne beschrieben; auch wenn du dich dafür entscheidest, deine Kampagne woanders anzusiedeln, verwende das Gut als Beispiel für die Art von Informationen, an die eine Spielleitung denken sollte.

Jede **Pendragon**-*Kampagne braucht eine „Heimatbasis", in der die Ritter der Spieler leben. Wo die Kampagne spielen soll, ist eine der ersten Entscheidungen, die die Spielleitung zu treffen hat.*

Beschreibung eines Landbesitzes

Ob du nun Salisbury oder eine in einem anderen **Pendragon**-Buch beschriebene Grafschaft verwendest oder deine eigene erfindest, jede Beschreibung sollte die folgenden Elemente enthalten.

Details

Heer: Die verfügbaren Ritter, Fußknechte und Garnisonssoldaten des Lehnsherrn sowie ihr gesamter Ritterwert (RW; siehe S. 133).

Besonderer Landbesitz: Einige Landbesitze haben Markstädte, eine zweite Burg, Ordenshäuser und andere interessante Merkmale.

Abgelegene Parzellen: Durch Eheschließungen, Landschenkungen und Erblehen gelangen Freiherren oft in den Besitz von Ländereien außerhalb der Grenzen ihrer Heimatgrafschaft. Solche Ländereien werden hier beschrieben.

Karte des Landbesitzes

Die Spielleitung sollte eine Karte des Gebietes anfertigen, damit die Spieler eine Vorstellung von ihrer Heimat haben. Auf der Karte sollten die großen Flüsse und wichtigen Nebenflüsse, Wälder und Forste, Straßen, örtliche Wege, Siedlungen und Befestigungen eingezeichnet sein.

Festungen

Festungen gibt es in ganz Britannien, von einfachen hölzernen Turmhügelanlagen bis hin zu prächtigen Adelsburgen mit mächtigen Mauern und vieltürmigen Burgfrieden. Jede Festung in deinem Landbesitz muss einen Namen, einen Standort und eine Liste ihrer Verteidigungsringe sowie ihrer Verteidigungswerte haben.

Name: Die meisten Festungen haben den gleichen Namen wie der Landbesitz, den sie bewachen, aber einige wenige weichen davon ab. Manche Landbesitzungen haben mehr als eine Burg, und manche haben auch befestigte Marktflecken oder Städte.

Standort: Wo im Landbesitz sich die Festung befindet.

Verteidigungsringe: Der Verteidigungswert (VW) des Rings wird in Klammern hinter seinem Namen angegeben. Danach folgt eine Liste der einzelnen Bestandteile des Verteidigungsrings mit ihren VW ebenfalls in Klammern. Diese Zahlen sollten zusammengerechnet den Gesamt-VW für diesen Verteidigungsring ergeben.

Orte

Jeder Landbesitz hat interessante Orte, die den Einheimischen bekannt sind: Wälder, alte Ruinen, sagenumwobene Orte und Schauplätze, die von einem oder mehreren Glaubenssystemen als heilig angesehen werden. Diese Orte können als mögliche Abenteueraufhänger für die Ritter der Spieler dienen oder zumindest einen Hauch von Lokalkolorit vermitteln.

Personen

Beschreibe zumindest den Lord der Charaktere und seinen Haushalt sowie alle anderen wichtigen Personen, die sich im Landbesitz aufhalten.

Bevorstehende Geschichte

Dies bezieht sich auf alle Ereignisse in der Zeitlinie von *Die Große Pendragon-Kampagne*, die den Landbesitz direkt betreffen. Wie immer steht es der Spielleitung frei, diese zu verwerfen oder abzuändern.

Landbesitz-Beispiel: Underditch Hundred

Underditch Harden ist der wichtigste Landbesitz des Grafen von Salisbury.

Salisbury ist einer der aufregendsten Orte im arturischen Britannien. Er ist dicht bevölkert, und viele der großen Ereignisse der Kampagne finden hier statt: Die alles umwälzende Schlacht am Mons Badonicus, die die sächsische Bedrohung für den Rest von Artus' Herrschaft beendet, findet in der Nähe statt, ebenso wie die Schlacht von Camlann, die zum Tod von Artus und seinen Rittern führt.

Viele interessante Orte sind von Underditch aus leicht zu erreichen: Stonehenge – das berühmteste der antiken Monumente – und die Abtei Amesbury, wohin sich Artus' Mutter zu Beginn des Feldzugs Königin Guinevere sich gegen Ende des Feldzugs zurückzieht. Viele antike Sehenswürdigkeiten liegen weiter entfernt, vor allem die Dutzenden prähistorischen Hügel, Steinkreise und das ungewöhnliche White Horse. Auch der Ort Camelot, die zukünftige Hauptstadt, liegt in der Nähe. Salisbury eignet sich also gut als Grafschaft für neue Ritter.

Denke daran, dass deine Charaktere nicht so viel über andere Regionen wissen; Charaktere, die aus anderen Teilen Britanniens stammen, wissen auch nicht so viel über deine Heimat. Diese Fähigkeit, Spielerwissen von Charakterwissen zu trennen, ist eines der Markenzeichen guten Rollenspiels.

Details

Die Stadt Sarum und der umliegende Bezirk von Underditch gehören zu den wohlhabendsten Orten in der Grafschaft Salisbury.

Heer

6 Ritter und 51 Garnisonstruppen (persönlicher Haushalt); Grafschaft insgesamt 37 Ritter, 36 berittene Unteroffiziere, 216 Speerkämpfer, 72 Bogenschützen und 72 Garnisonstruppen. **Gesamt-RW:** 112

Der Graf von Salisbury unterhält einen persönlichen Haushalt von mindestens einem halben Dutzend Rittern und kann in Kriegszeiten auf viele weitere zurückgreifen. Zu jeder Zeit durchstreift eine Patrouille seiner Ritter die Grafschaft, um nach sächsischen Banditen und fremden Rittern Ausschau zu halten und bei Bedarf die Niedere Gerichtsbarkeit auszuüben.

Eilig reitende Ritter können Sarum von jedem Ort in der Grafschaft (außer Uffington) innerhalb eines Tages erreichen. In einem Notfall dauert es einen Tag, bis die Boten losziehen, und einen weiteren, bis die Ritter einreiten, vorausgesetzt, sie sind zu Hause. So können innerhalb von zwei Tagen die meisten Ritter der Grafschaft in Sarum versammelt werden. Sicherlich können innerhalb von vier Tagen nach dem Aussenden der Nachricht fast alle Ritter Sarum erreichen.

Besonderer Landbesitz

Kloster St. Stephan's in Sarum, Ogbury.

Entfernte Parzellen

Graf Salisbury hält seit jeher einen Großteil der Grafschaft; mit seiner Heirat mit Lady Catherine im Jahr 517 fügt er Uffington zu seinem Landbesitz hinzu.

Karte des Landbesitzes

Für diesen Landbesitz gibt es zwei Karten, auf denen der Bezirk von Underditch und die Stadt Sarum eingezeichnet sind (siehe **Kapitel 9** für letztere).

Die Grafschaft Salisbury besteht aus dem gesamten Landbesitz des Grafen von Salisbury und seiner Valvassoren.

Dieser Besitz, der Bezirk von Underditch, besteht hauptsächlich aus der Stadt Sarum und einem großen Landgebiet in der Salisbury-Ebene um sie herum. Der Bezirk von Underditch ist gutes Ackerland und bietet auch andere Einnahmequellen: Fischerei, Steuern von Kaufleuten und Mautgebühren von Brücken.

Festungen

Der Bezirk Underditch verfügt nur über eine einzige Festung, dafür aber eine mächtige (auf S. 211 findest du eine Karte der Stadt und der Burg).

Castle of the Rock

Lage: Bezirk Underditch

*Äußere Umfriedung (VW 15)**

Steiler Hügel (7), Schutzwall (1), Dreifacher Graben (4), Palisade (3), 2 Tore (-0.9), 2 Toranlagen (0.5)

Größe: 29.5 Acker, Eingrenzung von 1420 Yards
Verteidiger (min/max): 71/1420

Alle Befestigungsanlagen verfügen über einen oder mehrere Verteidigungswerte. Die vollständigen Informationen dazu, wie der VW funktioniert, finden sich im Pendragon Handbuch des Adels; *es genügt zu sagen, dass je höher der VW, desto mächtiger die Burg!*

*Stadtmauer-Einfriedung (VW 15)**

Steiler Hügel (7), Wall (1), Dreifacher Graben (4), Palisade (3), Tor (-0.9), Toranlagen (0.4)

Größe: 13.5 Acker, Eingrenzung von 750 Yards
Verteidiger (min/max): 38/750

*Einfriedung Äußerer Burghof (VW 15)**

Steiler Hügel (7), Rampart (1), Dreifachgraben (4), Palisade (3), Tor (–1), Toranlage (0.5)

Größe: 11 Acker, 670 yd Umkreis
Verteidiger (min/max): 34/670

Bailey-Innengehege (VW 23)

Motte, doppelt (6), Doppelgraben (3), Palisade (3), Ausfalltor (–1), Tor (–2), 2 Torwerke (2), 2 Tortürme (8), 2 Holztürme (4)

Größe: 1.8 Acker, Eingrenzung von 330 Yards
Verteidiger (min/max): 17/330

Festung (VW 3)

Große Steinhalle (3)

***Hinweis:** Ein Belagerer muss die Äußere Umfriedung durchbrechen und dann zwischen der Stadtmauer *oder* dem Äußeren Burghof wählen (oder beide gleichzeitig angreifen), bevor er mit dem Durchbrechen der Festung fortfährt.

Auf dem Portway, in der Nähe der Ebenen von Salisbury, wo Stonehenge steht, liegt Schloss Sarum, das vom Grafen von Salisbury, einem der Großbarone, gehalten wird. Ungewöhnlich ist, dass es von der Stadt des Grafen umgeben ist, die durch einen mächtigen Graben und eine Mauer geschützt ist.

Schloss Sarum wird aufgrund einer alten Geschichte auch Castle of the Rock genannt. Es ist eine moderne Steinburg, die auf einer großen Motte, einem Turmhügel, im Zentrum der Stadt Sarum steht. Ringmauern, acht Fuß dick und zwanzig Fuß hoch, umgeben den inneren Burghof, der ungefähr kreisförmig ist und einen Durchmesser von etwa dreihundert Fuß misst. Innerhalb dieser Vorburg befinden sich die Wohngebäude des Grafen, darunter die Bäckerei am Osttor. Der Burgbrunnen befindet sich in der Mitte der Vorburg.

Es gibt vier Türme. Zwei herkömmliche Tore und ein Ausfalltor durchstoßen die Mauer. Die Tore besitzen Wehrtürme und Zugbrücken, die über den

Graben führen, der die Motte umgibt. Der Ostturm schützt das Ausfalltor, das durch ihn hindurchgeht. Der Südturm ist hoch und steht nur an der Mauer, während der Nordturm an den Bergfried angebaut ist.

Der Bergfried, oder Hauptturm, ist das Zentrum der häuslichen und administrativen Tätigkeiten. Vier weitere rechteckige, zweistöckige Gebäude, die alle von Zinnen überragt werden, umgeben einen zentralen Hof, der mit gebrochenen Kreidefelsen gepflastert ist, damit er heller und lichter wirkt.

Der Bergfried kann nur über eine Treppe und eine hölzerne Zugbrücke in der zweiten Etage betreten werden. Das unterste Stockwerk, quasi das Erdgeschoss, wird hauptsächlich zur Lagerung von Lebensmitteln und Vorräten genutzt. Die Privatgemächer des Grafen, seiner Familie und der Beamten der Grafschaft befinden sich im östlichen und nördlichen Trakt. Der Nordturm, der sich an die Mauer schmiegt, ist mit dem Bergfried verbunden. Das westliche Gebäude beherbergt den großen, hohen Saal, in dem der Graf seine Bittsteller empfängt und auch sonst Hof hält. Hier schlafen die meisten Hausritter nachts. Im Süden befinden sich die Küche und die Kapelle und darüber weitere Privatgemächer für Würdenträger der Grafschaft und der Burg sowie für Gäste.

Orte

Bigman Longbarrow: Unter diesem Grabhügel liegt ein Riese begraben, der dabei half, das ursprüngliche Hügelfort zu errichten, wo heute Schloss Sarum steht. Als die Kymren kamen, half der Große Mann ihnen, indem er in ihre Felder mit seinen Fingern Gruben für die Bepflanzung zog. Er starb kurz darauf und wurde mit diesem Hügel bedeckt.

Chute Forest (Bezirk Underditch): Chute Forest erstreckt sich innerhalb des Bezirks von östlich des Salisbury Avon bis nördlich des Windriders Ditch. In diesem Bezirk ist das Gebiet weitgehend baumlos.

Kits Grab: Südlich von Sarum befindet sich ein langer Grabhügel. Kit ist der Spitzname einer Frau, die hier begraben liegt. In bestimmten Nächten manifestiert sie sich als riesiger katzenartiger Geist, doppelt so groß wie ein Pferd, mit einer Lebenskraft von 3W6+10 (siehe **„Geister“** auf S. 204).

Oakfort: Eine uralte Einfriedung, die noch immer so genutzt wird wie in vorchristlicher Zeit.

Hierbei handelt es sich um das größte funktionierende heidnische Heiligtum in Salisbury; die heilige Eiche Robor, ein großer Baum, der im Zentrum des

Heiligtums wächst. Die Einfriedung nordöstlich von Hiddenford umfasst knapp 25 Hektar. Sie besitzt einen einfachen, dreißig Fuß hohen Erdwall und einen Eingang an der Ostseite. Der umgebende Graben ist teilweise mit Schlamm gefüllt. Innerhalb des umzäunten Geländes werden jedes Jahr Felder mit heiligem Getreide bepflanzt.

Der Dichterpriester leitet die vier jährlichen Zeremonien und heißt alle willkommen, die sich beteiligen wollen. Die meisten Heiden aus Salisbury nehmen daran teil.

Gegen eine Gebühr gibt es die Möglichkeit allen heidnischen Gottheiten Opfer darzubringen.

Windrider's Ditch: Underditch liegt „unter", also südlich von diesem Graben, wo die Volksversammlung zusammenkommt. Er befindet sich direkt nördlich der Burg. Er überspringt den Fluss und verläuft weiter nach Branchbury, wo er Groma's Ditch genannt wird.

Personen

Dies sind die wichtigsten Individuen in der Heimat deines Charakters, der Grafschaft Salisbury, im Jahr 508. Außer Gräfin Ellen sind nur wenige außerhalb von Salisbury bekannt.

Sir Robert, Graf von Salisbury

Deine ganze Zukunft liegt darin, Sir Robert zu gehorchen – er ist der Lord, der dich zum Ritter schlägt, und deine ganze Aufgabe ist es, ihn und seine Ländereien zu schützen und ihm zu gehorchen.

Lady Ellen, Gräfinwitwe

Gräfin Ellen ist eine Tochter von Baron Gwylon von Windsor, die vor etwa dreißig Jahren mit Graf Roderick verheiratet wurde. Sie hat den Kampfgeist ihres Vaters geerbt, denn trotz der Zweifel einiger Ritter ihres verstorbenen Mannes erwies sie sich als fähige und entschlossene Anführerin und Vormund ihres Sohnes Robert in den dunkelsten Tagen der Anarchie.

Lady Jenna

Sir Roberts ältere Schwester. Sie wurde mit einem Würdenträger am Hof König Nanteleods verheiratet, um Salisbury vor den Angriffen der Sachsen zu schützen. Sie kehrt 508 nach Sarum zurück, dank der Ereignisse, die in **„Das Abenteuer des Schmelztiegels"** (siehe S. 209) beleuchtet werden.

Wenn gewünscht, arbeite Lady Jennas Kammerdiener und Haushofmeister weiter aus, um ihr Gefolge etwas abwechslungsreicher zu gestalten.

*Viele dieser Charaktere werden im „Abenteuer des Schmelztiegels" **in Kapitel 9: Szenarien** detaillierter beschrieben.*

Lady Jennas Gefolge

Obwohl sie seit ihrer Heirat mit einem Würdenträger von König Nanteleods Hof oft von Sarum fort ist, kehrt Lady Jenna so oft wie möglich für Besuche nach Hause zurück. Wohin sie auch geht, bringt sie ein Gefolge mit, das ihrem Status entspricht.

- **Edelknecht Galeris:** Edelknecht Galeris, ein Mitglied einer gefallenen Adelsfamilie aus Salisbury, ist weithin als einer der geschicktesten Spieler der Grafschaft bekannt. Mit seiner gewitzten Taktik am Spieltisch hat er ein Vermögen von £16 angehäuft und besitzt mehrere Mühlen außerhalb von Sarum. Neben seiner unterhaltsamen Persönlichkeit (AUS 14) ist Galeris dafür bekannt, dass er eine scharfe Zunge und ein Händchen für Klatsch und Tratsch hat, was ihn äußerst bewandert in neuesten Gerüchte und Intrigen des Hofes macht. Lady Jenna ist sehr angetan von Galeris, und er bleibt ein bevorzugtes Mitglied ihres Freundeskreises.
- **Lady Gaille:** Sie ist die älteste Tochter eines wohlhabenden Ritters und verfügt über eine beträchtliche Mitgift (£18). Nach dem Tod ihres Vaters wird sie das Gut Boyton mit ihrer jüngeren Schwester teilen. Da sie für ihre Anmut und Schönheit bekannt ist (AUS 17), wird sie sicher die Aufmerksamkeit vieler Ritter von Salisbury erregen – insbesondere Kenrick hat die Absicht, sie rasch zu heiraten!
- **Lady Estrinor:** Die jüngere Schwester von Kenrick ist so sanftmütig, wie er hochmütig ist. Da ihr Vater in Netley Marsh gestorben ist, soll sie auf Kenricks Gut unter seiner Obhut leben, bis er einen Ehemann für sie auswählt. Es ist klar, dass sie die Hilfe und den Einfluss der Charaktere braucht ... (£20 Mitgift, AUS 16)
- **Lady Maeryn:** Als Kammerzofe Lady Jennas ist Lady Maeryn die jüngere Schwester von Sir Pyrs und genauso verarmt wie ihr Bruder. Ihre einzige Mitgift besteht aus einem Gefallen (G10) ihres Bruders, dem er einem Charakter schuldet, der sie heiratet. Obwohl sie eine große Schönheit ist (AUS 18), zieht das Fehlen einer konkreten Mitgift eher weniger ernsthafte Freier an. Pyrs wäre überglücklich, wenn einer seiner Freunde sie heiraten würde, und setzt sich in den kommenden Jahren aktiv dafür ein.

- **Lady Clodia:** Lady Clodia ist die Hofdame Lady Jennas. Sie ist die Tochter eines Hausritters, der in der Schlacht von Mearcred Creek fiel, und wuchs an der Seite von Lady Jenna als Mündel der Gräfin auf. Trotz ihres unscheinbaren Aussehens ist Clodia mit ihrer forschen und witzigen Art bei einigen beliebt (AUS 12). Leider ist es für sie wegen ihrer mageren Mitgift von nur £2 schwierig, einen passenden Partner zu finden. Clodia ist sehr geschickt im Umgang mit dem Spinnrocken, und ihre Stickereien werden in der ganzen Grafschaft gefeiert.
- **Dienstboten:** Ein Kammerdiener, ein Haushofmeister und fünf berittene Unteroffiziere.

Sir Lycus

Der Marschall von Salisbury bis zu seinem Tod im Jahr 508. Sir Lycus glaubt, dass der Wert eines Ritters an die Stärke seines Schwertes gebunden ist und dass man Ehre gewinnt, indem man seine Feinde tötet. Moral ist für ihn eine Frage, die man am besten den Priestern überlässt. Er hat sein ganzes Leben dem treuen Dienst am Hof und kompromissloser Tödlichkeit auf dem Schlachtfeld verschrieben und ist ein alter Rivale von Dame Aspara.

Sir Leo, Streiter von Salisbury

Der berühmte Sir Leo ist der Streiter der Gräfin Ellen. Er verteidigt die Ehre der Gräfin und kämpft an ihrer statt in jedem Gerichtskampf. Mit dem Aufstieg des Knabenkönigs nimmt Sir Leo schnell die Ideale der Ritterlichkeit an, sobald Artus sie verkündet.

Dame Aspara

Die tapfere Kastellanin von Sarum, Dame Aspara, marschierte vor vielen Jahren mit König Aurelius und stammt angeblich von den mythischen Amazonen ab. Auf jeden Fall gehörte sie zu den ersten Ritterinnen, die in Britannien gesichtet wurden, und hat sich bisher als allen Herausforderern ebenbürtig erwiesen. Nach dem Tod von Sir Lycus wird sie Marschallin von Salisbury.

Sir Bar, der „Weinende Ritter“

Sir Bar ist der Kastellan der mächtigen Felsenburg. Während des größten Teils der Anarchie hatte Dame Aspara diesen Posten inne, aber nach Sir Lycus’ Tod im Jahr 508 wurde sie zum Marschall befördert. Auf Anraten von Gräfinwitwe Ellen betraute Graf Robert Bar sie mit diesem Amt. Bar ist bekannt für seine außergewöhnliche Ausdauer, mit der er

Lady Jenna

Ritter, die halb so alt sind wie er, übertrumpfen und überdauern kann. Allerdings empfindet er die administrativen Aufgaben der Kastellanei als langweilig und frustrierend – was ihm oft die Tränen in die Augen treibt – und nimmt Ellens Angebot, ihm bei diesen Details zu helfen, dankbar an. Da er der Kastellan von Roberts größter und wichtigster Burg ist, hat Bar einen festen Sitz im Geheimen Rat.

Sir Briadanz der Jäger

Der Kastellan von Burg Westfort ist Sir Briadanz der Jäger, ein junger Mann, der fröhlich und hilfsbereit zu jedem ist, der Interesse an der Jagd bekundet. Er hat in letzter Zeit eine Vorliebe für Alkohol und das Erzählen von Jagdgeschichten mit zweifelhaftem Wahrheitsgehalt für sich entdeckt. Er hegt ein anhaltendes Interesse daran, die exotischen und gefährlichen Kreaturen in den Wäldern von Salisbury zu jagen.

Sir Elad der Jüngere

Sir Elad der Jüngere, Sohn und Namensvetter des renommierten Sir Elad des Älteren, Marschall von Salisbury unter Graf Roderick, ist ein Mann von hoher Abstammung und Macht. Sir Elad hält einen prominenten Platz in einer der größten und mächtigsten Familien von Salisbury und hegt einen heftigen Groll darüber, dass er zugunsten von Sir Lycus um den Titel des Marschalls übergangen wurde. Er ist ein stolzer Patriarch, der sich darum kümmert, dass die nächste Generation seiner Linie nicht übersehen wird, wenn neue Posten und Ehren frei werden.

Die Ritter der Knappen

Jeder der Charaktere dient zu Beginn der Kampagne einem der Hausritter der Burg Sarum als Knappe. Diese Männer sind allesamt unerschütterliche Verteidiger des Reiches, die sich über Jahre oder sogar Jahrzehnte im Dienst bewährt haben – alle sind in ihrem vierten oder fünften Lebensjahrzehnt und besitzen die Narben und Leibschmerzen, um es zu beweisen. Ordne die Knappen den Rittern nach dem Zufallsprinzip zu oder lass die Spieler unter sich wählen und gib jedem Ritter eines Spielers die folgende kurze Zusammenfassung des Mannes, dem er im Laufe seiner Ausbildung gedient hat.

Neben den Knappen der Spieler gibt es noch zwei weitere Knappen, die auf der Felsenburg dienen: Der edle und eingebildete Kenrick und der aus einfachen Verhältnissen stammende Pyrs.

- **Sir Edern:** Edern, der Onkel von Knappe Kenrick, ist der Wachhauptmann der Hausritter und sehr beliebt. Einst buhlte er um die Hand der Erbin Lady Gwiona, als beide noch jung waren, aber er scheint sich mit einem Leben als Junggeselle abgefunden zu haben, sehr zum Missfallen seines Vaters.
- **Sir Idwal:** Idwal ist mit Sir Ederns jüngster Schwester, Lady Eirian, verheiratet. Wie sein Großvater ist Idwal ausgeglichen und wachsam in seinem Wesen.
- **Sir Hawyn:** Als einer der wenigen heidnischen Ritter, die im Haushalt der Burg dienen, ist Hawyn ein leidenschaftlicher Verteidiger der alten Riten und Bräuche; sein Beiname ist „der Ritter der Alten Wege", eine Bezeichnung, die er mit Stolz trägt. Er wird schnell wütend, kann sich aber noch schneller wieder beruhigen.
- **Sir Leo:** Als einer der respektiertesten Ritter der Grafschaft ist Sir Leo ein alter Hase, der einst Graf Roderick diente. Er ist der Fürsprecher der Gräfin und wird von fast allen respektiert. Er ist so reich und edel, dass der Knappe des Spielers als Leos zweiter Knappe dient, da er auch von einem älteren Knappen namens Booth betreut wird.
- **Sir Jaradan:** Wie sein Vater Sir Jarren vor ihm ist Sir Jaradan ein junger Ritter von großer Fertigkeit und Ehrgeiz. Als ehemaliger Knappe von Dame Aspara übernimmt er oft die Leitung der Ausbildung, wenn sie nicht in Sarum oder anderweitig eingespannt ist. Er ist als strenger, aber gerechter Ausbilder bekannt und ein enger Freund des jungen Robert.

Bevorstehende Geschichte

Graf Robert verbringt zwanzig Jahre damit, die Befestigungen der Burg und die Stadtverteidigung zu stärken. Diese Vorsicht zahlt sich aus, als das Heer von König Marke von Cornwall auf seinem Weg zur Belagerung Camelots im Jahr 555 durch die Grafschaft marschiert.

Kapitel II
Spielleitung bei Pendragon

Pendragon kann in zwei Spielmodi oder Spielstilen gespielt und genossen werden: Der eine konzentriert sich auf die individuellen Heldentaten heroischer Ritter und ihre Abenteuer in der Art klassischer High bzw. Epischer Fantasy; der andere nimmt diese Basis und fügt Generationen- und dynastische Elemente hinzu, während sich das gesamte Artus-Epos vor den Augen der Spieler über die Lebensspanne vieler Charaktere hinweg entfaltet.

Die klassische Kulisse

Im klassischen Genre der Epischen Fantasy suchen Ritter in glänzender Rüstung das Abenteuer, das Ideal der Ritterlichkeit ist weit verbreitet und die Zeitlinie vage. Vielleicht wird ein einziges Abenteuer gespielt. Wenn mehrere Questen und Abenteuer gespielt werden, handelt es sich wahrscheinlich um eine Reihe von episodischen Szenarien, die viele der langfristigen Aspekte des Spiels ignorieren. Fragen der Familie, des technologischen Fortschritts und der sich ändernden Sitten haben weit weniger Einfluss und werden vielleicht sogar ignoriert.

Der Stil dieses klassischen Hintergrunds lehnt sich eng an die ritterlichen Romane von Chrétien de Troyes und seinen Zeitgenossen an. Spiele, die nur das Material aus dem **Pendragon**-*Regelwerk* verwenden, tendieren zur klassischen Kulisse.

Der Lauf der Geschichte

Ein Mehrgenerationenspiel folgt den Familien der grimmigen Ritter von den Tagen Uther Pendragons bis zu dem Moment, in dem Artus das Schwert aus dem Stein zieht, durch die klassische Ära idealistischer Ritter, die sich in großartige Abenteuer stürzen, bis hin zur Gralssuche und der letzten Schlacht bei Camlann. Es wird viel weniger Wert auf die einzelnen Charaktere und viel mehr auf ihre Abstammung gelegt. Einige Ritter wachsen zu großen Helden heran, während andere in relativer Bedeutungslosigkeit oder gar Schmach untergehen.

Der Lauf der Geschichte wird auf den Seiten von *Die Große Pendragon-Kampagne*, die u. a. auf den Werken von Malory, Tennyson und White basiert, klar dargelegt.

Andere Überlegungen

Ungeachtet deines gewählten Spielstils kannst du deinen Ansatz auf verschiedene Arten variieren, wie unten beschrieben.

Die „Kampagne in schimmernder Rüstung“

Die Spielleitung kann sich dafür entscheiden, gleich zu Beginn einer Kampagne die Technologie der späteren Epochen zu verwenden, um die Gefahren der minderwertigen Rüstung zu vermeiden, verliert dadurch aber auch die Wertschätzung für den Fortschritt. Unter diesen Umständen sollte die Spielleitung in Erwägung ziehen, die Ausrüstung der Gegner in den frühen Szenarien zu verbessern, es sei denn, es ist ihr Wunsch, die Ritter der Spieler ernsthaft zu bevorteilen.

Ein-Spieler-Spiele

Ein Spiel oder eine Kampagne mit einer Spielleitung und einem einzelnen Spieler sollte nicht von vornherein außer Acht gelassen werden. Viele Geschichten in der Literatur drehen sich um einen einzelnen Ritter, der auf ein Abenteuer auszieht. Mit einem einzigen Charakter ist es einfach, literarische Ereignisse direkt zu adaptieren!

Die meisten **Pendragon**-Szenarien sind so geschrieben, dass die Kontrahenten skalieren („eine Anzahl von Wachen, die der Anzahl der Ritter der Spieler plus zwei entspricht“), und die Inspiration durch die Leidenschaften trägt dazu bei, das Feld noch weiter zu ebnen. Außerdem erhält ein einzelner Charakter die gesamte Ruhm-Belohnung einer „Gruppe“, was ein schnelleres Vorankommen ermöglicht. Abgesehen davon lassen Einzelspielerspiele wenig Spielraum für Fehler, und es ist eine gute Idee, immer einen Ersatzcharakter zur Hand zu haben ...

Freiherrliche Ritter von Spielern

Spielerinnen und Spieler denken vielleicht zunächst, dass es am meisten Spaß macht, wenn ihre Charaktere immer weiter aufsteigen und den Adelsstand erreichen. **Pendragon** ist zwar so konzipiert, dass Spielercharaktere mit unterschiedlichen Erfahrungen zusammenarbeiten können, aber der Umstand, dass ein Charakter ein Freiherr ist, führt zu besonderen Problemen.

Ein Freiherr verfügt im Vergleich zu einem Ritter über immense Macht. Er besitzt Reichtum, Einfluss und eine Armee. Damit gehört er zu den „Machern" und die Versuchung ist groß, sie in Szenarien einzusetzen. Etwas, das für eine Gruppe von Rittern ein Problem darstellt, kann leicht überwunden werden, wenn ein Freiherr mit dreißig Vasallen auftaucht, begleitet von sechzig Fußsoldaten. Ein Freiherr hat einen gesellschaftlichen Rang. Das geschichtete Sozialsystem verlangt, dass ein Adliger mit Titel höher geehrt und respektiert wird als herkömmliche Ritter. Wichtig ist, dass ein Baron Zugang zum König hat. Und wenn der mittelalterliche Charakter des Settings richtig gespielt wird, wird ein Freiherr all dies nutzen, um seine persönlichen Ambitionen voranzutreiben.

Charaktere, die hohe Titel und Stand erlangen, sollten in den Ruhestand gehn oder zumindest zu Ersatzcharakteren umfunktioniert werden, es sei denn, andere Ritter von Spielern sind ähnlich mächtig oder dienen dem freiherrlichen Charakter direkt.

Wenn sich ein Ritter eines Spielers jemals für einen Titel qualifiziert, ist es normalerweise die beste Lösung, ihm zuzugestehen, dass er „das Spiel gewonnen" hat, und ihn aus dem aktiven Spiel ausscheiden zu lassen. In Kriegen kann er sich an die Spitze seines Heeres stellen und unter einem eigenen Banner marschieren, das vielleicht auch andere Ritter von Spielern einschließt, wenn sie zu Mitgliedern des Haushalts werden.

Alternativ kann eine Spielleitung eine Kampagne in Betracht ziehen, in der alle Charaktere Freiherren sind. Das Kernspiel ist nicht darauf ausgerichtet, es würde also eine Menge Arbeit erfordern. Das **Pendragon** *Handbuch des Adels* bietet eine solide Grundlage für die Erstellung einer solchen Kampagne.

Schließlich kann der Spieler zustimmen, alle Vorrechte des Standes seines Charakters zu ignorieren und als relativ normaler Ritter weiterzumachen. Gawaine und Lancelot zum Beispiel sind technisch gesehen Kronprinzen, da sie die ältesten Söhne gefallener Könige sind, aber sie ziehen die Gesellschaft ihrer Gefährten der Tafelrunde vor, anstatt ihre eigenen Königreiche zu regieren. Das ist zwar ahistorisch, hat aber damit einen literarischen Präzedenzfall. In solchen Fällen kann die Spielleitung die Passiven Ruhm-Belohnungen ignorieren, die dem Ritter des Spielers normalerweise aus Landbesitz und Reichtum zustehen würden.

Ratschläge für die Spielleitung

Ein Spiel zu leiten, mag für Neulinge wie eine gewaltige Aufgabe erscheinen, aber wie alles andere auch, wird es durch Übung immer einfacher.

Erinnere dich daran, dass ein Rollenspiel kein Wettbewerb zwischen der Spielleitung und den Spielern ist. Das Ziel ist es, dass alle Beteiligten eine angenehme Zeit verbringen, bei der sich alle unterhalten fühlen. Kooperation ist notwendig – die Spielleitung muss ein Spiel leiten, das den Spielern Spaß macht, egal ob sie gewinnen oder verlieren, und die Spieler müssen mit der Bereitschaft, sich zu beteiligen und der Akzeptanz der Aufgabe der Spielleitung in das Spiel gehen.

Die folgenden Tipps sind als Richtlinien für das Leiten der bestmöglichen Kampagne gedacht.

Vermeide unnötige Kleinigkeiten

Die Artus-Sage ist groß angelegt, und das Leben der Ritter deiner Spieler sollte das auch widerspiegeln. **Pendragon** ist kein Spiel, in dem du deine Charaktere Tag für Tag, Woche für Woche verfolgen kannst. Das Spiel geht davon aus, dass du Ritter spielst, die Zeit für ein bedeutendes Abenteuer pro Jahr haben; konzentriere dich auf die aktuelle Handlung und gehe dann zur Winterphase und dem nächsten Jahr über.

Erinnere dich auch daran, dass das Spiel am besten funktioniert, wenn du dich auf die Ritter der Spieler konzentrierst. Welche namhaften Merkmale und Leidenschaften prägen sie und treiben sie an? Was sind ihre Ambitionen? Verfolge zunächst diese Fäden und schau, wohin sie führen. Hebe dir die weltumspannenden Epen für etwas später in deiner Kampagne auf, wenn überhaupt. Halte deine Ziele zunächst bescheiden, während du ein Gefühl für deine Spielwelt, deine Spielleitercharaktere und deine Gruppe von Rittern entwickelst.

Ob du nun die eigentliche *Die Große Pendragon-Kampagne*, eine kurze Reihe miteinander verbundener Szenarien oder eine von dir selbst erdachte Saga spielst, du solltest eine allgemeine Vorstellung davon haben, wohin alles führt. Gibt es große Schlachten, die in den nächsten drei bis fünf Jahren anstehen? Lege die Saat für den sich anbahnenden Konflikt und die Motivation aus der heraus die Charaktere kämpfen wollen. Manche Jahre eignen sich gut für von den Spielern gelenkte Aktionen, während die Spieler in anderen Jahren in Ereignisse hineingezogen werden, die größer sind als sie und ihre kleinlichen Sorgen. Plane die Takte deiner Kampagne entsprechend.

Der Wert der Überraschung

Wenn du ein Szenario leitest, solltest du, wenn du eine Handlung geplant hast, Zufallsereignisse vermeiden. Sie lenken nur vom Szenario ab und können einen Charakter verletzen, so dass die ganze Gruppe entweder aufhören muss, während er sich erholt, oder ihn zurücklassen muss, so dass dieser Charakter vorübergehend aus dem Spiel ist.

Abgesehen davon ist es von großem Wert, wenn du in deinem Spiel Raum für Überraschungen lässt. In gewisser Weise ist die Überraschung in das System eingebettet. Niemand plant einen glücklichen oder katastrophalen kritischen Treffer; niemand rechnet damit, dass ein Leidenschaftswurf zum Wahnsinn führt. Sieh das nicht als Störung deines sorgfältig ausgearbeiteten Szenarios, sondern betrachte die Würfel als Orakel, das dich durch die Geschichte führt. Sieh zu, wohin solche unerwarteten Entwicklungen führen und ermutige deine Spieler, die Fahrt mit dir zu genießen. Und vergiss nicht, die Tragödie ist Teil des Artus-Genres. Denke daran, sie zu umarmen, anstatt sie zu vermeiden.

Es kann vorkommen, dass ein wichtiger Spielleitercharakter während deiner Kampagne erschlagen wird. Lass das geschehen! Mit Ausnahme von Artus, Guinevere und Mordred kannst du es dir leisten, jeden Spielleitercharakter zu verlieren (ja, sogar Lancelot!), ohne dass die Saga völlig entgleist. Verlagere einfach die Aktionen, die von einem Spielleitercharakter ausgeführt werden sollen, auf einen anderen – oder noch besser auf einen der Ritter eines Spielers!

Scheinwerferlicht und gemischte Gruppen

Pendragon ist so konzipiert, dass die Ritter auf verschiedenen Spielstufen sein können, von den frisch zum Ritter geschlagenen bis zu den vollwertigen Mitgliedern der Tafelrunde. Das Spiel erlaubt das gesamte Spektrum des Ritterstandes. Gerade

Pendragon *funktioniert am besten mit einer geradlinigen Szenariostruktur, die Raum lässt für unerwartete Folgen von Merkmalen und Leidenschaften, spektakulären kritischen Erfolgen und niederschmetternden Patzern sowie unerwarteten, von den Spielern ausgelösten Wendungen in der Geschichte.*

zum Ritter geschlagene reiten neben erfahrenen Veteranen. Glücklicherweise stellt das kein großes Problem dar. Der Schlüssel ist, dass du deine Charaktere kennst!

Die Spielleitung sollte die Charaktereigenschaften innerhalb der Gruppe der Ritter im Auge behalten. Es geht nicht darum, dass du passende Kontrahenten auf sie zuschneidest, sondern darum, die Wünsche der Spieler zu erfüllen. Berücksichtige beim Leiten die Berühmten Merkmale und Leidenschaften der Charaktere und bringe sie in Situationen, die diese Merkmale zeigen oder herausfordern. Einem Ehrlichen Ritter könnte ein Feind vertrauen, weil er weiß, dass er sein Wort halten wird, wenn er in eine Situation gerät, in der eine Lüge leichter wäre als die Wahrheit. Es ist leicht, ein Gnädiger Ritter zu sein, bis einem ernsthaftes Unrecht widerfährt.

Gib jedem Ritter Zeit im Rampenlicht mit etwas, in dem er besonders gut ist. Achte darauf, dass du die berühmten Ritter nicht überstrapazierst; Lancelot zu treffen ist spannend, aber das Publikum zu sein, während Lancelot eine Aufgabe nach der anderen erfüllt, ist es nicht. Vielleicht erledigt einer deiner Ritter eine Aufgabe anstelle von Lancelot. Es gilt wie stets: EIEP.

Fördere den Beitrag der Spieler

Spieler haben oft unterschiedliche Interessenschwerpunkte. Der eine ist vielleicht ein Regeljurist und kennt jedes kleine Regeldetail und jede Nuance. Benutze diesen Spieler, um während der Sitzung eine bestimmte Regel nachzuschlagen – er weiß wahrscheinlich genau, wo sie steht. Ein anderer kennt sich vielleicht mit mittelalterlichen Bräuchen aus. Lass sie die Details zu Vorrang, Zeremonie und Protokoll erklären. Ein anderer kann sich mit Geografie, Literatur, Volksweisheit oder Waffen und Taktik auskennen und so weiter. Lade jeden ein, etwas von seinem Wissen und seinen Fertigkeiten mitzuteilen. So entsteht eine vernetzte, kooperative Spielrunde, die dem Epos Tiefe verleiht.

Vermeide Streit, wann immer es möglich ist. Wenn ein Spieler dagegen protestiert, wie etwas gemacht wird, markiere die Regeln. Die Spielleitung hat jedoch das Recht, die Regeln so zu ändern, dass sie zum beabsichtigten Ton ihres Spiels passen, und die Spieler sollten sich dieser Entscheidung fügen. Aber notiere dir unbedingt den Unterschied! Schreibe in das Buch oder führe ein Notizbuch mit den Entscheidungen. Eine willkürliche Spielleitung erschwert das Eintauchen der Spieler und das Vertrauen.

Schließlich funktioniert eine **Pendragon**-Kampagne gut, wenn sich alle an der Aufgabe der Spielleitung am Tisch beteiligen. Das kann verschiedene Formen annehmen. Die Spieler können z. B. in Szenen, in denen ihr Charakter nicht anwesend ist, die Rolle des Spielleitercharakters übernehmen oder bei Tjosten für die Kontrahenten würfeln. Eine andere Methode, die ich oft angewandt habe, ist, die meisten Spielsitzungen zu leiten, aber jeden Spieler zu bitten, zumindest eine einzige Sitzung zu leiten, vielleicht mit einem seiner eigenen Charaktere als Motivator für dieses Szenario.

Spieler können auf verscheidene Arten in die Schuhe der Spielleitung schlüpfen: Als Nebenfiguren, als Kontrahenten oder sogar indem sie Kurzabenteuer für die Gruppe leiten.

Höfisches Spiel

Während Kampf und Chaos den Rittern vorbehalten sind und im Mittelpunkt des Spiels stehen, ist das höfische Spiel ein weiterer wichtiger Ort für Abenteuer. Es ist relativ einfach, einen höfischen Schauplatz als Ausgangspunkt für ein Abenteuer zu nutzen, wobei ein Lehnsherr oder eine Lady den Anstoß dazu gibt.

Alle regelmäßigen Aktivitäten des Hofes sollten für Abwechslung sorgen und die Unterschiede zwischen den martialischen Abschnitten herausstellen. So bietet ein Abendessen oder ein Festmahl den Ort, um soziale Merkmale und Fertigkeiten zur Schau zu stellen, die Audienz eines Besuchers vor einem Fürsten bringt neue Charaktere ins Spiel, und Märkte konkretisieren den Einfluss eines Charakters auf seine Umgebung.

Eine Spielleitung sollte eine Gruppe geeigneter Höflinge zusammenstellen und sich mit ihren Attributen vertraut machen. Variiere sie. Eine kann eine schöne Lady sein, die sich aber nicht sonderlich für die täglichen Intrigen am Hof interessiert, sondern lieber Zeit mit ihren Jagdhunden und Falken verbringt. Ein anderer ist der dritte Sohn eines Lehnsritters, dessen Vater ihn verheiraten will, um ein Bündnis zu schließen, während er auf der Suche nach der wahren Liebe ist. Eine dritte ist nach den Maßstäben des Adels relativ unattraktiv, aber eine rüstige Naturfrau, die wählerisch ist, mit welchen Männern sie sich einlässt. Eine ältere Frau, die fast keine Kinder mehr bekommt, ein Witwer, der eine manipulative Macht am Hof ist, ein unschuldiger Knappe, der alle Menschen für gut hält, und so weiter. Sie alle brauchen Namen, eine kleine Vorgeschichte (auch woher sie kommen), ihr potentieller Reichtum oder ihre Mitgift, familiäre Hintergründe wie Bündnisse oder Hass und wie stark sie geschützt sind.

Während der Hofsitzungen treiben diese Höflinge Intrigen voran, verwickeln die Ritter in Flirts oder Minne, bringen sie dazu, bestimmte Höfische Fertigkeiten zu erlernen, oder erleichtern Intrigen. Einige können bei manchen Sitzungen abwesend sein und es gibt verrückte Gerüchte über ihren Verbleib. Vielleicht möchte die Spielleitung diese Höflinge sogar unter den Spielern verteilen, damit sie ihre eigenen Intrigen und Ambitionen entwickeln können, um sie mit den anderen Rittern auszuspielen (und die Spielleitung dabei zu überraschen!).

Charakteristika nutzen

Brauch der Burg

Aber sowie Sir Tristram innerhalb der Burg war, wurden sie gefangen genommen; denn der Brauch dieser Burg war der, daß jeder, der in diese Burg ritt und eine Lady bei sich hatte, mit dem Herrn, der Breunor hieß, kämpfen mußte. Und wenn es so käme, daß Breunor den Sieg erränge, dann sollte der fremde Ritter und seine Lady getötet werden, wer immer sie wären; und wenn es so käme, dass der fremde Ritter den Sieg über Sir Bruenor erränge, dann sollten er und seine Gemahlin beide sterben. Dieser Brauch wurde viele Jahre geübt, denn die Burg hieß die Burg Pleure, das heißt die Burg der Tränen.

—Malory, ***König Arthur und die Ritter der Tafelrunde****, Achtes Buch, XXIV. Kapitel*

Charakteristika haben in **Pendragon** viele Verwendungszwecke, von denen die wichtigsten auf den Seiten 33–34 der **Pendragon** *Grundregeln* erläutert werden. Im Folgenden findest du eine Zusammenfassung der Verwendungsmöglichkeiten der einzelnen Charakteristika im Spiel, zusammen mit erweiterten Anmerkungen und Zusatzregeln, die die Spielleitung in einem Szenario anwenden kann.

Im Gegensatz zu anderen Attributen werden die Charakteristika immer als ganze Zahlen geschrieben, auch wenn sie über 20 liegen. Mit anderen Worten: Während du ein Merkmal, eine Leidenschaft oder eine Fertigkeit nie mit „25" angeben wirst, könnte ein großes Monster GRO 25 besitzen.

Für Charakteristika gilt jedoch nach wie vor die Regel, dass kein Wert eines Attributs bei einem Wurf über 20 liegen darf. Wandle Punkte, die über 20 liegen, in einen kritischen Bonus um, wenn du einen Wurf gegen ein Charakteristikum ablegst, egal ob Vergleichs- oder Vergleichsloser Wurf.

GRO

GRO ist ein Maß für die Größe deines Charakters und wird verwendet, um:

- **Abgeleitete Charakteristika zu berechnen:** Waffenschaden, Handgemengeschaden, Gesamttrefferpunkte und Bewusstlosigkeit.
- **den Niederschlag zu bestimmen:** Ein Kämpfer, der einen Gesamtschaden (vor Rüstungsschutz) erleidet, der größer ist als sein GRO-Wert, muss einen Balancewurf ablegen, wie auf der nächsten Seite definiert.
- **sich durch einen engen Raum zwängen:** Die Spielleitung kann einem engen Durchgang, einem Tunnel oder einem anderen engen Raum einen GRO-Wert zuweisen, durch den Charaktere, die zu groß sind, nicht hindurchpassen.
- **einen schweren Gegenstand zu werfen oder zu verschieben:** Charaktere müssen einen GRO-Vergleichswurf bestehen, wenn sie einen Gegenstand werfen oder verschieben wollen, der größer als ein Viertel ihrer GRO ist. Die Spielleitung kann weitere Abzüge verhängen, wenn sie auf ein kleines Ziel zielt oder versucht, den Gegenstand über eine große Entfernung zu werfen, oder wenn der Gegenstand größer als die GRO des Charakters ist (extrem große Objekte – doppelte GRO oder größer – sind normalerweise ohne mechanische Hilfe unbeweglich.)

Darauf leisteten alle Ritter des Runden Tisches, alt und jung, den Schwur, Und jedes Jahr wurden sie neu vereidigt zum hohen Pfingsfest.

GES

Das Spiel bietet Gefahren und Schwierigkeiten, die die Fingerfertigkeit, Wendigkeit, Reaktionsschnelligkeit oder andere bewegungsbezogene Fähigkeiten der Charaktere herausfordern. GES wird verwendet zum:

- **Bestimmen der Bewegungsrate.**
- **Ermitteln der Anfangswerte bestimmter Fertigkeiten.**
- **Halten der Kampfbalance:** Wenn ein Charakter oder eine Kreatur durch einen einzigen Schlag im Kampf mehr Schaden erleidet, als ihre GRO angibt, muss er/sie einen GES-Wurf ablegen, um auf den Beinen zu bleiben.
- **Halten der Bewegungsbalance:** Wenn ein Charakter eine schmale Brücke überquert, versucht, sich auf dem schwankenden Deck eines Schiffes auf den Beinen zu halten, oder taumelt, wenn die Erde bebt, muss er einen Balancewurf gegen sein GES-Charakteristikum ablegen. Wenn der Wurf erfolgreich ist, bleibt der Charakter aufrecht stehen; wenn nicht, stürzt er.
- **Abfangen eines Sturzes:** Die Gefahr, aus Höhen abzustürzen, einen steilen Abhang hinunterzurutschen oder von einem Pferd abgeworfen oder gestoßen zu werden, kann mit einem GES-Wurf verhindert werden.
- **Klettern:** Das Erklimmen einer drei Meter hohen Wand erfolgt automatisch. Ein leichter Abhang, wie eine Sanddüne, erfordert keinen Wurf, um zu gelingen. Eine hohe Steinmauer zu erklimmen hingegen schon. Ein Charakter kann versuchen, eine schwierige Oberfläche mit einem GES-Wurf zu erklimmen. Schlechter Untergrund kann einen Modifikator erfordern, wie z. B. Kies (–5) oder rutschiger Schlamm (–10), ebenso wie eine übermäßige Überladung (z. B. beim Versuch, den Körper eines Freundes zu tragen). Ein Seil oder eine robuste Ranke bietet einen Modifikator von +5. Eine richtige Leiter erfordert keinen GES-Wurf. Wackelige Leitern, die übereilt errichtet oder durch Gebrauch oder Verteidiger beschädigt wurden, können einen Modifikator von –5 verleihen.
- **Springen:** Charaktere können über einen Abgrund oder eine Lücke von zwei Yards oder weniger als zwei Yards senkrecht nach unten springen, ohne einen Wurf ablegen zu müssen. Über diese Distanzen hinaus ist ein GES-Wurf erforderlich, wobei ein Fehlschlag bedeutet, dass der Charakter zu kurz springt. Weitsprünge sind mit Abzügen verbunden, wie in *Tabelle 2.1: Sprungweiten-Abzüge* beschrieben. Ein Sprung von zwei Yards oder mehr abwärts ist stattdessen ein Sturz!
- **schnellen Rüsten:** Im Notfall wird die Zeit, die du zum Anlegen der Rüstung brauchst, mit einem erfolgreichen GES-Wurf und einem Knappenwurf verkürzt.
- **Schleichen:** Um sich lautlos an jemanden an- oder an jemandem vorbeizuschleichen, ist ein GES-Vergleichswurf gegen die Aufmerksamkeit der anderen Person erforderlich. Schleichende Charaktere in Metallrüstung erleiden einen Abzug von –5. Ein Bonus von +5 oder mehr sollte angewandt werden, wenn es viele Schatten oder Deckung gibt. Ein abgelenkter Wachposten erleidet ebenfalls einen Abzug von –5 auf seine Aufmerksamkeit. Alle Modifikatoren des Schleichens sind kumulativ.
- **Schwimmen:** GES entscheidet über Erfolg oder Misserfolg. Dies ist ein Fall, in dem Rüstung den Wert erheblich beeinflusst, indem sie den effektiven GES um einen Punkt pro Punkt Rüstungsschutzwert verringert (Schilde zählen bei diesem Abzug nicht mit). Leider ist ein rechtzeitiges Ablegen der Rüstung im Wasser praktisch unmöglich.
- **Werfen eines leichten Gegenstandes:** Dazu gehört es, einem Ertrinkenden ein Seil zuzuwerfen, einen kleinen Stein oder Kiesel zu schleudern (verursacht höchstens 1W6 Schaden), seiner heimlichen Geliebten auf dem Balkon einen Liebesbrief zuzuwerfen und Ähnliches. Ein Erfolg zeigt an, dass das Ziel getroffen, und ein Fehlschlag, dass das Ziel verfehlt wurde. Für Wurfwaffen wird nicht die GES verwendet, sondern die entsprechende Fernwaffenfertigkeit.

Tabelle 2.1: Sprungweiten-Abzüge

Weite	Abzüge
Fünf Yards	–5
Sechs Yards	–10
Sieben Yards	–15
Acht Yards	–20

STR

STR ist ein Maß für die Fähigkeit deines Charakters, Kraft auszuüben oder zu widerstehen, und wird verwendet zum:

- **Berechnen von Abgeleiteten Charakteristika:** Waffenschaden, Handgemengeschaden und Bewegungsrate.
- **Spannen eines Lang- oder Kriegsbogens.**

- **Armdrücken:** Tritt mit einem STR-Vergleichswurf gegen einen anderen an.
- **Aufbrechen von Türen:** Der Charakter muss einen Vergleichslosen STR-Wurf bestehen und dabei ein Ergebnis erzielen, das über dem festen Vergleichswert der Tür liegt. Charaktere mit einer STR, die niedriger ist als der Wert der Tür, können die Tür also nicht einfach einschlagen. Feste Vergleichswerte sollten von 10 für eine bäuerliche Hütte oder ein Nebengebäude über 15 für Innentüren in einer Halle oder Burg bis zu 20 für eisenbeschlagene Außentore reichen. Rammböcke können stattdessen verwendet werden. Der Rammbock hat eine eigene effektive STR von 10 plus 1 Punkt pro Person, die den Rammbock führt, bis zu einem Maximum der GRO des Rammbocks.
- **Hochheben:** Die Chance, einen schweren Gegenstand zu heben oder zu tragen, wird durch seine GRO im Vergleich zur STR des Charakters bestimmt. Ein Charakter kann alles aufheben und tragen, dessen GRO kleiner oder gleich der Hälfte seiner STR ist. Wenn die GRO nicht größer als die STR ist, ist ein STR-Wurf erforderlich, bei dem ein Erfolg anzeigt, dass der Gegenstand hochgehoben wird, aber der Charakter überladen wird, Abzüge für GES-Würfen erleidet und seine Bewegungsrate halbiert wird. Charaktere können jeden Gegenstand bis zur doppelten Größe ihrer STR ziehen.
- **Ziehen:** Lege einen STR-Wurf ab, um jemanden unter einem gefallenen Pferd oder einem schweren Gegenstand hervorzuziehen.

KON

KON ist ein Maß für die Vitalität und Gesundheit deines Charakters und wird verwendet zum:

- **Berechnen Abgeleiteter Charakteristika:** Heilungsrate, Schwere Verwundung, Gesamttrefferpunkte und Bewusstlos.
- **Widerstand gegen die Auswirkungen von Kälte, Krankheit und Gift:** Alle Gifte und Krankheiten haben einen festen Vergleichswert, gegen den der Charakter einen KON-Wurf ablegen muss, um Schaden zu widerstehen.
- **Atem anhalten.** Siehe „Ersticken" in den **Pendragon**-*Grundregeln.*

AUS

Die schöne Guinevere

Das neue Jahr war gerade erst angebrochen, und an diesem Tage wurde allen edlen Gästen an der hohen Tafel eine doppelte Portion serviert, und dorthin kam der König mit all seinen Rittern, als der Gottesdienst in der Kapelle zu Ende gesungen worden war. Und sie grüßten einander zum neuen Jahr und beschenkten einander gegenseitig reichlich (und die, die sie empfingen, waren nicht zornig, das könnt ihr wohl glauben!), und die Mägde lachten und waren fröhlich, bis es Zeit war, sie zum Essen zu bringen. Dann wuschen sie sich und setzten sich in geordneter Reihenfolge zum Festmahl, und Guinevere, die Königin, saß fröhlich gekleidet auf dem hohen Podest. Seidig war ihr Sitz, mit einem schönen Baldachin über ihrem Haupt, aus reichen Wandteppichen aus Tars, bestickt und mit kostbaren Edelsteinen besetzt; schön war sie anzusehen, mit ihren leuchtenden grauen Augen, und kein Mann konnte sich rühmen, je eine schönere Frau gesehen zu haben.

—Anon., ***Sir Gawain und der Grüne Ritter***

Aussehen ist die Art und Weise, wie man auf andere wirkt, z. B. durch die Haltung, den Tonfall der Stimme, die Symmetrie der Gesichtszüge und die Offenheit des Auftretens. Deshalb ruft sie oft tiefgreifende Reaktionen bei Menschen hervor, die automatisch und unbewusst erfolgen. AUS wird verwendet für:

- **die Anfangswerte bestimmter Fertigkeiten.**
- **das Erlangen von Ruhm:** Namhafte Charaktere werden überall bemerkt und besprochen und gewinnen so jedes Jahr ein bisschen Ruhm.
- **die Bewertung der Leistung des Charakters bei Festen und anderen höfischen Situationen.**

AUS kann sich radikal durch den Zustand der Kleidung eines Charakters, sein Wappen und sogar seine persönliche Hygiene verändern!

Modifikatoren

Als das subjektivste Charakteristikum von allen kann AUS aus verschiedenen Gründen vorübergehend erhöht oder verringert werden. Siehe auch **„Geselligkeit“** auf S. 39, wo du Regeln dazu findest, wie elegante Kleidung und höfisches Benehmen die Wahrnehmung eines Charakters durch andere beeinflussen.

Ungepflegt

Lange Fingernägel, verfilzte Haare, allgemeiner Schmutz, ein ungepflegter Bart, anstößiger Geruch und ähnliche unhygienische Gewohnheiten verringern vorübergehend das AUS. Die Spielleitung sollte einen Abzug von –1 bis –5 auf AUS verhängen, bis der Charakter in der Lage ist, sich zu reinigen.

Inkognito

Ein Ritter, der eine Zeit lang in der Wildnis umhergezogen ist oder einen Anfall von Wahnsinn erlitten hat, ist vorübergehend so stark entstellt, dass er nicht leicht zu erkennen ist.

Ein Ritter in Rüstung und mit geschlossenem Visier hat praktisch kein AUS, selbst wenn die Rüstung besonders schön ist. Es ist schwierig, die subtileren Qualitäten einer derart gekleideten Person zu erkennen, und so kann die tiefere, unbewusste Reaktion auf das AUS nicht leicht zum Tragen kommen.

Ritter mit solchen verborgenen Merkmalen verleihen einen Abzug von –10 auf die Identifikation von Personen, die versuchen, sie allein durch ihr Aussehen zu identifizieren.

Sitzungen, Szenarien und Kampagnen

Eine Sitzung ist ein einzelnes Treffen, um **Pendragon** zu spielen. Wann und wie lange eine Sitzung dauert, hängt ganz von der Spielleitung und den Spielern ab. In der Regel findet eine Sitzung wöchentlich statt, und die Spielleitung plant eine Dauer von drei bis vier Stunden ein.

Ein Szenario ist eine von der Spielleitung vorbereitete und durch die Handlungen der Spieler erzählte Geschichte, die sich im Laufe der Sitzung(en) abspielen könnte. Ein Szenario kann als eine zusammenhängende Reihe von Abenteuern, Festen, Kämpfen, Schlachten, Questen, Turnieren und anderen ritterlichen Aktivitäten definiert werden.

Eine Kampagne ist eine Reihe von miteinander verbundenen, mehrjährigen Szenarien mit denselben Rittern der Spieler und anderen wiederkehrenden Charakteren, die in chronologischer Reihenfolge stattfinden, während derer die Charaktere Abenteuer erleben und altern und dabei Ruhm und (hoffentlich) Ehre sammeln. Die epische Legende König Artus’ wird zum Beispiel als *Die Große Pendragon-Kampagne* präsentiert, während das Durchspielen der Ereignisse von „Die Kampagne des Schwertes“ aus dem Starter-Set und *Der Graue Ritter* eine Kampagne von sechs Spieljahren darstellt. In Kampagnen haben Handlungen Konsequenzen. Eltern ziehen sich zurück oder sterben, und ihre Kinder nehmen das Familienwappen auf und tragen es im Dienste des Königs weiter.

Die Zeit nachverfolgen

Das Spiel ist auf ein festes Tempo von einem großen Szenario (oder mehreren kleineren) pro Spieljahr ausgelegt. Die grundsätzliche Kampagne erstreckt sich über die 56 Jahre von König Artus’ Herrschaft. Bei einem angenommenen Rhythmus von einer Sitzung pro Woche, mit ein paar Szenarien für mehrere Sitzungen und einer Auszeit in der Urlaubszeit, benötigt die Kampagne etwa anderthalb Jahre in Echtzeit, um durchgespielt zu werden.

Es gibt mehrere Gründe, warum ein Spieljahr pro Sitzung empfohlen wird:

- Ein Großteil der Zeit, die ein Ritter im Spiel verbringt, gehört nicht ihm. Ausbildung, Pflichten gegenüber dem eigenen Lehnsherrn und die Bedürfnisse der Familie haben Vorrang vor dem Streben nach persönlichem Ruhm. Auch die Reisezeiten sind lang. Die milde Witterung in Britannien und die Auszeit, die den Rittern in einem typischen Jahr zur Verfügung steht, bieten realistischerweise genug Zeit für nur ein einziges Szenario.
- Ein Teil des Spielspaßes ist der dynastische Aspekt. Der Tod eines Charakters ist in **Pendragon** wahrscheinlicher als in Spielen, in denen magische Heilung an der Tagesordnung ist, und Geschwister, Cousins oder Kinder zu haben, die ausgeschiedene oder getötete Charaktere ersetzen, kann sehr befriedigend sein. Wenn Ritter von Spielern Kinder haben sollen, die während einer Kampagne erwachsen werden, müssen die Spieljahre schnell vergehen.
- Jahr für Jahr verbessern sich die Charakteristika, Merkmale, Leidenschaften und Fertigkeiten der Ritter durch Ruhm, Erfahrungsmarkierungen und Training. Die Vorzüge von Ruhm und Übung werden nur in der Winterphase gewährt, also muss die Zeit schnell genug vergehen, um auch etwas davon zu haben.

Kampagnen im Klassischen Stil umfassen mehr als ein Abenteuer im Jahr, aber Fortschritte müssen sich weiterhin auf die Winterphase beschränken.

In diesem Tempo vergeht die gesamte Zeitspanne des Epos, so dass die Spieler Veränderungen in den Bräuchen und der Ausrüstung, in den Burgen und der Landschaft sowie in den gesellschaftlichen Sitten und Erwartungen miterleben können. Rüstungen und Pferderassen entwickeln sich weiter, Bräuche verbessern sich und die Spielercharaktere entwickeln sich mit ihnen.

Die Spielleitung kann versucht sein, mehr Abenteuer in einem Spieljahr unterzubringen, aber in jedem Fall sollte keine Chance für Verbesserungen bis zum Ende des Jahres eingeplant werden, sonst werden die Charaktere zu schnell mächtig. Für Spiele, die in einem eher episodischen Modus außerhalb der Kampagnenstruktur laufen, wird dasselbe Tempo empfohlen, aber da langfristiges Wachstum weniger wichtig ist, hat das Unterbringen mehrerer Szenarien in einem Jahr insgesamt weniger Wirkung. Dennoch gibt es in der Winterphase noch Verbesserungen.

In den folgenden Abschnitten geht es darum, wie die Zeit im Spiel festgehalten wird: Vom Ablauf der Wochen, Monate und Jahre der Spielzeit bis hin zur „Echtzeit" und den künstlichen Zeiten des Kampfes.

Jahreszeit

Die Zeit wird in Monaten und Jahren gemessen. Obwohl sich die zwölf Monate kaum verändert haben, hat sich die Art und Weise, wie man sich den Verlauf eines Jahres vorstellt, seit der Zeit von König Artus stark verändert.

Im arturischen Britannien wird der alte julianische Kalender verwendet. Das neue Jahr wird am 25. März gefeiert.

Jedes Jahr beginnt mit der Sommerphase und endet mit der Winterphase. Während des Winters, wenn sich die meisten Menschen vor dem schlechten Wetter zurückziehen, werden die Veränderungen verzeichnet. Wie bereits erwähnt, gibt es im Durchschnitt ein Szenario pro Jahr, meist während des guten Wetters im Sommer. Im Idealfall werden die Ereignisse des gesamten Jahres – einschließlich der Winterphase – in einer Sitzung abgehandelt.

Es wird dir vermutlich schwerfallen, in einer einzelnen Sitzung ein gesamtes Jahr abzuhandeln, wenn die Sitzung kürzer ist als vier Spielstunden am Stück.

Saisons

Der Begriff „Saison" wird für Spielzwecke auf zwei leicht unterschiedliche Arten verwendet.

Saison als astronomische Jahreszeit

Jedes Jahr hat vier astronomische Jahreszeiten, die jeweils drei Monate umfassen und durch astronomische Orientierungspunkte abgegrenzt werden. Die genauen Daten variieren, weil dies auch die astronomischen Daten tun. Die Sommersonnenwende ist der längste Tag des Jahres und die Wintersonnenwende der kürzeste.

- **Frühling:** Frühlings-Tagundnachtgleiche bis Sommersonnenwende (~ 21. März bis 21. Juni)
- **Sommer:** Sommersonnenwende bis Herbst-Tagundnachtgleiche (~ 21. Juni – 21. September)
- **Herbst:** Herbst-Tagundnachtgleiche bis Wintersonnenwende (~ 21. September bis 21. Dezember)
- **Winter:** Wintersonnenwende bis Frühlings-Tagundnachtgleiche (~ 21. Dezember bis 21. März)

Feldzugssaison

Dies ist die Jahreszeit, in der die Ritter in den Krieg ziehen. Zu Beginn von Artus' Herrschaft, als die Lehnsherren noch auf ihre Lehnsabgaben angewiesen sind, dauert die Feldzugssaison die Sommermonate Juni, Juli und August. Später, als die Berufsarmeen nach 531 die feudalen Abgaben ersetzen, dauert die Saison fünf Monate und erstreckt sich über April, Mai, Juni, Juli und August.

Das Höfische Jahr

Die Spielleitung nutzt die Zeit, um die Kampagne zu gestalten und viele Gelegenheiten zu bieten, sowohl Höfische Fertigkeiten als auch Kampffertigkeiten einzusetzen.

Der königliche Hof tritt in regelmäßigen Abständen zusammen, wie in Tabelle 2.2: *Das höfische Jahr* beschrieben. Adlige, die nicht teilnehmen, veranstalten oft ihre eigenen lokalen Feste.

Ausbildung

Wenn die Tage länger werden, nutzen alle Ritter das angenehmere Wetter, um mit der intensiven körperlichen Konditionierung zu beginnen, die erforderlich ist, um Schlachten für ihre Herren zu schlagen. Dazu gehört auch, dass sie ihre Knappen trainieren und neue Pferde einreiten. Für Lehnsritter ist dies auch die Zeit, um die Frühjahrssaat zu beaufsichtigen und die Schäden zu beseitigen, die während der Wintermonate an ihrem Landbesitz entstanden sind.

Frühjahrshof

Wenn die Blumen blühen und die Feldfrüchte sprießen, kommen die Ritter an den Hof ihres Lords, um zu sehen, wie es ihrem Volk über den Winter ergangen ist und was sie in der kommenden Saison

Tabelle 2.2: Das höfische Jahr

Saison	Aktivität	Monat	Festtag oder Ereignis
Frühling	Training	März	Tagundnachtgleiche, 21. März (ungefähr)) Ostern (variiert) Neujahr, 25. März
	Frühjahrshof	April	-
	Pfingsthof	Mai	Pfingsten
Sommer	Krieg und Abenteuer	Juni	Sonnenwende, 21. Juni (ungefähr))
	Krieg und Abenteuer	Juli	-
	Krieg und Abenteuer	August	-
Herbst	Jagd	September	Tagundnachtgleiche, 21. September (ungefähr))
	Jagd	Oktober	-
	Jagd	November	-
Winter	Winterhof	Dezember	Sonnenwende, 21. Dezember (ungefähr)) Weihnachten, 25. Dezember
	Winterphase	Januar	Krönungstag, 1. Januar
	Winterphase	Februar	-

zu erledigen haben. Das tatsächliche Datum des Frühjahrshofs variiert jedes Jahr, abhängig von der mysteriösen Methode zur Berechnung des Datums für den Ostersonntag. Normalerweise findet er irgendwann im April statt, manchmal auch im März.

Pfingstgericht

Pfingsten ist ein Feiertag, der fünfzig Tage nach Ostern fällt und an die Erleuchtung der Apostel durch den Heiligen Geist nach der Kreuzigung erinnert. Jedes Pfingstfest hält König Artus ein großes Fest ab, bei dem er von allen großen Rittern erwartet, dass sie von ihren Taten des vergangenen Jahres berichten. Nach dem Bau von Camelot findet dort immer das Pfingstfest statt, bei dem viele Ritter der Tafelrunde anwesend sind. Es wird ein Turnier abgehalten, und das große Fest beginnt erst, wenn ein Wunder geschieht, das den Beginn einer Queste für einen oder mehrere der anwesenden Ritter markiert. Das Volk strömt zum Hof, um es mitzuerleben. Es ist ein natürlicher Zeitpunkt, um die großen Lords, Ritter und Ladys am Hof des Hochkönigs zu besuchen und mit ihnen zu verkehren.

Krieg und Abenteuer

Der Sommer ist die aktivste Jahreszeit für Ritter, wenn sie ihre Hauptpflichten für ihren Lord erfüllen müssen, sei es als Wache, als Eskorte für wichtige Leute, als Patrouille oder im Krieg. Während dieser Zeit können sie die Höfe anderer Lords, sogar fremder Lords, besuchen.

Ritter von Spielern und andere namhafte Ritter begeben sich wahrscheinlich während der Sommerzeit auf Abenteuerfahrt. Das ist die übliche Jahreszeit für **Pendragon**-Szenarien, es sei denn, im Text steht etwas anderes.

Jagd

Wenn das Wetter kühler wird und die Blätter zu fallen beginnen, werden die Wälder vom Gebell der Hunde und dem schrillen Ruf der Hörner erfüllt – die Jagdsaison ist da. Ob zum Sport oder die Tafel, dies ist die Zeit, in der die Ritter in die Wälder ziehen, um ihrer Beute nachzustellen, manchmal allein, manchmal mit Dutzenden von anderen Teilnehmern und mehreren Meuten von Hunden.

Es ist auch die Zeit, in der die Lehnsritter die so wichtige Ernte beaufsichtigen und ihren Landbesitz für den langen Winter bereit machen.

Winterhof

Wenn der erste Schnee fällt, ziehen sich die Hausritter auf die Burg ihres Lehnsherrn zurück und erhalten ihren jährlichen Sold. Lehnsritter ziehen sich mit ihren Familien auf ihre Höfe zurück.

Im Winterhalbjahr besuchen die Ritter die Burg ihres Lords zu Festlichkeiten oder begeben sich mit ihm an den königlichen Hof. Es ist wahrscheinlich, dass Besucher anwesend sind, und es wird für Unterhaltung gesorgt, um sich die langen Stunden der Dunkelheit zu vertreiben.

Winterphase

Die Winterphase dauert Monate. In dieser Zeit aktualisieren die Spieler ihre Charakterbögen, um darzustellen, was ihre Charaktere im Laufe des Jahres gelernt und wie sie sich verändert haben.

Schnelle Erzählzeit

Die schnelle Erzählzeit verläuft rasch, damit der Spielverlauf nicht in ereignisloser Langeweile versinkt. Sofern die Reise nicht Teil des Abenteuers ist, sollten alle Reisen in der schnellen Erzählzeit stattfinden. Die Spielleitung sagt zum Beispiel: „Ihr braucht zwölf Tage, um dorthin zu gelangen“ oder „Ihr sucht eine Woche lang den Wald ab, und nichts passiert.“ Andere Beispiele sind leicht vorstellbar:

„Es dauert zwanzig Tage, bis du wieder vollständig geheilt bist.“

„Der Sturm hält zwei Tage an.“

„Ihr wartet zwei Wochen, bis die feindliche Flotte auftaucht.“

„Den ganzen Sommer über ereignet sich nichts Ungewöhnliches.“

Szenariozeit

Szenariozeit gibt es in zwei Arten, die jeweils Erzählzeit und die Echtzeit genannt werden.

Die Spielleitung verwendet die Erzählzeit in Form von Stunden und Minuten. Sie beschreibt, was vor sich geht, indem sie etwa sagt: „Es dauert fünf Minuten, bis du sie erreichst“, oder „Du musst hier eine Stunde warten; möchtest du etwas tun?“ oder „Der Riese wird dich in einer Minute erreichen, also solltest du dich schnell vorbereiten.“

Echtzeit tritt in Szenarien auf, in denen die Spieler in ihrer Rolle sprechen oder auf andere Weise das „Hier und Jetzt“ der Spielhandlung ausspielen. Ein Spieler sagt etwa: „Mein Ritter begibt sich zu dem Höfling hinüber, der gerade spricht“, oder: „Ich möchte den König etwas fragen, bevor ich aufbreche“, oder: „Ich werde mit dem Herold sprechen, um zu versuchen, an den Herzog heranzukommen.“

Schlachtzüge

Wenn ein Ritter in eine Massenschlacht verwickelt ist, wird die Zeit in Schlachtzügen gemessen. Schlachtzüge dauern in etwa eine Stunde. Eine Schlacht dauert zwischen einer und acht

Schlachtzügen, wobei jede einzelne Begegnung in Kampfrunden ausgetragen wird.

Weitere Informationen findest du in **Kapitel 6: Schlachten** ab S. 120.

Kampfrunden

Wenn der Stahl gezogen wird und die Ritter sich gegenüberstehen, werden Kampfrunden verwendet, um das Geschehen zu verfolgen. Wenn es wichtig ist, zu wissen, wie viel Zeit vergangen ist, dauert eine Kampfrunde etwa zehn Sekunden, doch diese Zeit ist allgemein dehnbar.

In einer Kampfrunde kann je eine Aktion ausgeführt werden. Eine Aktion ist nicht nur ein einzelner Hieb und eine Parade, sondern eine Reihe von Hieben und Schlägen, die von beiden Kämpfern ausgeführt werden, die sich die ganze Zeit über bewegen. Nahkämpfe sind die häufigsten Ereignisse, die eine Einteilung in Kampfrunden erfordern, aber die Spielleitung kann die Kampfrunde auch für andere Ereignisse als Kämpfe nutzen, wenn es nötig ist.

Andere Runden

Der Begriff „Runde“ wird in den Regeln auch anderweitig verwendet, z. B. als Teil eines Festes, einer Verfolgung oder einer Treibjagd. Die Zeit, die sie darstellen, ist noch abstrakter als die in Schlachten und Kämpfen:

- **Festmalrunden:** Eine Festmalrunde entspricht etwa ein bis zwei Stunden für die Dauer eines mehrgängigen Festmahls. Dabei handelt es sich nicht um einfache Mahlzeiten, sondern um große Ereignisse, bei denen viel geredet und intrigiert wird. Ein typisches Festmahl kann zwei oder drei Runden dauern, aber die großartigsten königlichen Feste sind ganztägige Angelegenheiten, die fünf Runden dauern!
- **Jagdrunden:** Diese dauern jeweils etwa eine Stunde; die Anzahl der Runden an einem Jagdtag hängt von der Jahreszeit ab, da die Jagden immer mit Einbruch der Dunkelheit enden.
- **Verfolgungsrunden:** Die Länge einer Runde bei einer Verfolgungsjagd oder einem Rennen ist am flexibelsten von allen, da sie vom Umfang abhängt. Bei einer Verfolgungsjagd über Land sollten die Runden jeweils eine Stunde dauern, während bei einem Wettlauf zu Fuß eine Runde vielleicht nur so lang wie eine Kampfrunde zu sein braucht.

Kapitel III
Arturische Taten

Was sind einige Szenarien, in denen sich Ritter von Spielern wiederfinden können, und wie sollen die Charaktere handeln? Schließlich wird ein gutes Rollenspiel dadurch erleichtert, dass man eine Vorstellung davon hat, was einen in bestimmten Situationen erwartet. Ritter müssen wissen, wie und wann sie Höfische Sitten und Intrigen bei Hofe anwenden, sich in der Jagd und der Falknerei auszeichnen, die tückischen und heimlichen Regeln der Minne beherrschen und sich auf der Festtafel benehmen können, ohne sich zu blamieren!

In diesem Abschnitt werden gängige ritterliche Szenarien und deren Ablauf beschrieben. Die meisten sind mit einem einfachen Wurf zu bewältigen, andere erfordern viel Zeit und Rollenspiel, um sie erfolgreich zu meistern.

Unterkünfte

Wenn sie durch fremde Länder reisen, übernachten Ritter normalerweise in einer Burg, einem Herrenhaus, einem Kloster oder einer anderen Siedlung, der sie auf ihrem Weg begegnen. Gastfreundschaft ist eine ehrwürdige Tradition, und es ist üblich, jedem Reisenden standesgemäß zu helfen.

Die meisten Menschen reisen sehr wenig und sind wahrscheinlich ausgehungert nach Informationen und Klatsch über die Außenwelt. Daher sind Fremde, von denen man weiß, dass sie keine Feinde sind, willkommen, und wenn sie unterhaltsam sind, sind sie umso willkommener. Wenn es sich um einen Feind handelt, der versehentlich an die Tür gekommen ist, schindet der Pförtner einfach etwas Zeit und wechselt vielleicht ein paar bittere oder beleidigende Worte mit den Reisenden, während die Ritter zu den Waffen greifen und sich darauf vorbereiten, hinauszueilen und den Feind zu ergreifen.

Weitere Informationen zu den Regeln der Gastfreundschaft und dem Besuch eines Hofes findest du in den vorherigen Teilen dieses Abschnitts.

Klöster heißen alle Gäste willkommen. Stallknechte kümmern sich um die Pferde, und die Gäste haben einen Platz, um sich frisch zu machen und auszuruhen. In der Regel gibt es getrennte Quartiere für verschiedene soziale Ränge, um den Adel von den einfachen Leuten fernzuhalten. Der Abt kann sein Quartier sogar Baronen und Rittern der Tafelrunde zur Verfügung stellen. Gemeine erhalten die typische strenge Mönchskost, aber Ritter und Adlige speisen mit dem Abt üppigere Speisen.

Wo es keine anständigen Unterkünfte gibt, suchen die Ritter in bäuerlichen Behausungen Unterkunft. Gewöhnliche Bürgerinnen und Bürger lassen mächtige Fremde meist nur ungern in ihre Häuser und empfehlen vielleicht jemanden in der Stadt, der weniger misstrauisch ist. Ein potenziell angenehmer Gastgeber stimmt zögernd zu, beklagt sich aber meist, dass er arm ist und nichts zu entbehren hat und deutet an, dass er irgendwie entschädigt werden muss. Sie feilschen um den Preis, bis eine Einigung erzielt wird. Nichts ist garantiert, außer dem, worauf sich beide Parteien im Voraus einigen.

Öffentliche Gasthäuser entwickeln sich erst spät in König Artus' Regierungszeit und zunächst nur in Städten und Marktstädten. Anfangs sind die Gasthäuser von schlechter Qualität. Es ist unwahrscheinlich, dass sie private Unterkünfte, eine Speisekarte zur Auswahl oder anderes Essen als die übliche Bauernkost haben. Das Gebäude beherbergt wahrscheinlich alle Gäste in einem großen Gemeinschaftsraum mit einer einzigen Feuerstelle.

Wenn keine Unterkünfte zur Verfügung stehen, kampieren die Ritter letztendlich auf dem kalten, harten Boden. Diejenigen, die mit Pavillonzelten reisen, werden diese Erfahrung etwas erträglicher finden.

Gefangenschaft

Sich einem Feind zu ergeben, nachdem man auf die Hälfte der Trefferpunkte oder weniger reduziert wurde, ist niemals eine unehrenhafte Handlung und oft die klügste Vorgehensweise, um als Charakter zu überleben. Spieler in **Pendragon** sollten verstehen, dass es weder eine Schande noch das Ende der Karriere ihres Charakters ist, gefangen genommen zu werden. Tatsächlich ist die Gefangennahme durch eine intrigante Zauberin oder einen Raubritter ein klassisches Merkmal des Genres – sowohl König Artus als auch Sir Lancelot werden in den Geschichten mehrmals gefangen genommen! Es macht viel Spaß, zu sehen, wohin solche Entwicklungen führen.

Andererseits ist das Angebot, einen besiegten Feind gefangen zu nehmen, eine ritterliche Handlung, und die Aussicht auf Lösegeld motiviert die meisten Ritter, die Gefangennahme dem Töten vorzuziehen. Lösegeld ist der uralte Brauch, das Leben eines Adligen gegen Bezahlung zu erhalten. Daher ist die Gefangennahme von Feinden für alle Ritter ein potenziell lukratives Ziel.

Gefangennahme- und Lösegeldsituationen treten üblicherweise während einer Schlacht auf. Gefangene Ritter werden entwaffnet und unter Bewachung zusammengetrieben. Sobald die Schlacht vorbei ist, müssen die Gefangenen den Eid der Bewährung ablegen, einen Unterwerfungsschwur, der garantiert, dass sie nicht versuchen werden, zu fliehen oder Verrat an ihrem Geiselnehmer zu begehen. Als Gegenleistung für den Eid muss der Geiselnehmer dem Gefangenen Unterkunft und Verpflegung zur Verfügung stellen, in der Regel in einer seinem Rang angemessenen Weise. Wer weniger als das bietet, muss Selbstsüchtig markieren. Je nachdem, wie vertrauenswürdig der Gefangene ist, kann der Geiselnehmer dem gefangenen Ritter als Zeichen der Ehre sogar sein Schwert, seine Rüstung und seine Pferde zurückgeben, was ihm eine Markierung für Großzügig einbringt. Das ist zwar ehrenhaft, aber weder notwendig, da die Waffen und Pferde des Gefangenen nun durch das Recht der Eroberung dem Fänger gehören, noch ist es in vielen Fällen besonnen. Daher sollte ein Ritter eines Spieler keine Markierung für Selbstsüchtig erhalten, wenn er die Habe seines Gefangenen für sich behält.

Der Geiselnehmer erlaubt dem gefangenen Ritter, seinen Lehnsherren und seine Familie über seinen Status zu informieren. Daraufhin tragen diese die benötigten Gelder zusammen. Einiges kommt von den Bauern des Landbesitzes des Ritters, einiges von seiner Familie und einiges von seinem Lehnsherrn. Der Betrag, den ein Lehnsherr beisteuert, gibt einen Hinweis darauf, wie viel ihm der Gefangene wert ist. Einem geschätzten Ritter ist die Freilassung sicher, denn sein Lehnsherr wird den vollen Betrag zahlen, wenn nötig. Ein lästiger oder armer Ritter bekommt vielleicht nur ein paar Libra. Eine Familie hat die Pflicht, für die Freilassung zu sorgen, und wird alles bezahlen, was nötig ist, um den Ritter zurückzubekommen. Lehnsritter können ihre Bauern einfach für die nötige Summe auspressen. Es ist möglich, dass der gefangene Ritter freigelassen wird, um sein eigenes Lösegeld zu kassieren. Er muss dazu einen

Ritterliche Lösgelder werden häufiger in Form von Pferden, feinen Stoffen und teuren Haushaltswaren statt in Münzen geleistet.

Eid schwören, innerhalb einer bestimmten Zeit zurückzukehren, in der Regel ein Jahr und einen Tag, entweder mit oder ohne Lösegeld.

Der gefangene Ritter muss freigelassen werden, sobald die Zahlung erfolgt. Es kann lange dauern, bis das Geld aufgebracht ist. Denke daran, dass Geld nur selten den Besitzer wechselt, aber Güter wie Pferde, Wandteppiche, Geschirr, Möbel und andere Haushaltswaren können in Karren zur Heimstatt des Fängers gebracht werden.

Wenn er nicht ausgelöst wird, muss der gefangene Ritter als treuer Gefolgsmann seines Geiselnehmers dienen und dabei eine geliehene Rüstung, Waffen und ein Pferd nutzen. Der Geiselnehmer entscheidet über die Dauer des Dienstes, aber sie muss ausreichen, um die Lösegeldschuld zu begleichen. Berechne die erforderlichen Jahre, indem du sie mit der Differenz des Lebensstandards vergleichst, in dem er festgehalten wird. Ritter, die sich in solcher Gefangenschaft befnden, tun gut daran, sich um eigene Beute und Gefangene bemühen, um die Auslösung zu beschleunigen.

Szenario-Aufhänger und -Wendungen

- Der gefangene Ritter wird freigelassen, um sein eigenes Lösegeld zu beschaffen, und kehrt nicht zurück!
- Der gefangene Ritter verhält sich verräterisch, während er unter dem Eid der Bewährung steht!
- Niemand bietet an, das Lösegeld für den gefangenen Ritter zu zahlen! Nun hast du ihn an der Backe.
- Der Entführer verlangt ein ungewöhnlich hohes Lösegeld, weit mehr als der Rang des gefangenen Ritters gestattet!
- Der Entführer akzeptiert kein Lösegeld und hält den gefangenen Ritter auf ewig gefangen!
- Der Geiselnehmer ist in einer Notlage und bittet den gefangenen Ritter um kämpferischen Beistand!

Festmahle

Das Wort „Festmahl" kann für Lords und Ritter verschiedene Dinge bedeuten. Es kann ein jährliches oder regelmäßiges Ereignis meinen, wie z. B. einen Feiertag oder einen Markttag; einen Tag, der einem Heiligen oder einer alten Gottheit oder einem Geist gewidmet ist; oder es kann ein meist weltliches Ereignis bedeuten, wie z. B. eine Hochzeit oder einen Ritterschlag. Dann das „Festmahl" selbst, das im Grunde das Essen und die Menschen beschreibt, die daran teilnehmen, um zu speisen und fröhlich zu sein.

Es ist die Ehre des Adels
Hohe Tage und feierliche Feste zu feiern;
Dann ihre Pracht zur Schau zu stellen,
Um mit ihren Lieblingen zu feiern,
Und ihre Nachbarn mit aller Höflichkeit zu behandeln

—Thomas Nashe, Summer's Last Will und Testament

Feste können auf öffentlichen Plätzen, in Burghöfen, großen Sälen und sogar in privaten Gemächern stattfinden. Sie können Hunderte von Feiernden oder eine Handvoll enger Vertrauter umfassen. Die einzige Voraussetzung ist ein Anlass zum Feiern.

Ungeachtet des sozialen Standes ist das Essen in der mittelalterlichen Gesellschaft genauso streng geregelt wie jeder andere Aspekt des täglichen Lebens. Die Kirche und der Brauch schreiben vor, welche Lebensmittel man wann essen darf, welche Lebensmittel sündhaft sind und wie viel man essen und trinken darf, ohne Tadel oder Verdammnis zu riskieren. Der Zyklus der Jahreszeiten schafft natürliche Zeiten des Überflusses und Zeiten des Mangels. „Du bist, was du isst" ist eine Maxime, die die Menschen dieser Zeit gut verstehen, denn es herrscht der Glaube, dass die persönliche Beziehung zum Essen das höhere Selbst widerspiegelt und auch die allgemeine Gesundheit der Gemeinschaft, in der man lebt.

Alle diese Verbote und Sitten werden jedoch außer Kraft gesetzt, wenn es um ein edles Festmahl geht. Festmahle sind Ausreden, um starre gesellschaftliche Grenzen zu überschreiten, daher sind sie umso ausgelassener und festlicher. Manche Theologen meinen sogar, dass Festmahle letztlich gut für die Seele sind, denn nur durch die Erfahrung der Sünde kann man ihr zu anderen Zeiten wahrhaftig und tugendhaft widerstehen.

Abgesehen von solchen philosophischen Überlegungen gibt es aber auch positive Aspekte des Festmahls: Der Aufwand, der für die Ausrichtung eines Festes betrieben wird, ist ein Zeichen für Gottes Anerkennung und Segen, und die üppigen Kosten stärken die Macht und das Ansehen des Adels. Nur die Großen und Guten können sich solchen Luxus leisten, und so erinnern regelmäßige Festmahle alle

Tabelle 3.1: Kleidung nach Lebensstandard

Lebens-standard	Kleidung	Erford. Preis für Kleidung	Geselligkeit	Mindest-klasse
Mittellos	Geflickt und zerlumpt, oder normale Bauernkleidung; ungefärbtes Grau, die natürliche Farbe der Wolle	Ein paar Denarii	–5	Söldnerritter (kein Knappe)
Arm	Fadenscheinig, geflickt und alt; gelegentlich mit Torf oder zerkleinerten Blättern orange-rot, mit Zwiebelschalen gelb oder mit Gerbstoffen braun gefärbt	120 d.	–3	Söldnerritter
Gewöhnlich	Modisch, mit einer Vielzahl von Farben; blau und grün aus Flechten und Färberwaid, rot aus einheimischem Krapp	£1	+1	Hausritter oder Lehnsritter
Reich	Stickereien und teure Stoffe; hellere Farben aus importierten Farbstoffen	£2	+2	Gutsherr
Prächtig	Aufwändige Spitzen, Stickereien und teurere Materialien; leuchtende Farben aus unerschwinglichen Farbstoffen, darunter Indigo aus Fernindien	£4	+3	Bannerherr
Prunkvoll	Wie Prächtig, aber mit eingewebten Edelsteinen	£8	+4	Freiherr
Extravagant	Wie Prächtig, aber mit zusätzlichem Goldbrokat, Pelzen, verziert mit Edelsteinen und Perlen, die mit Silber- und Goldfäden in den Stoff eingewebt sind	£16	+5	Reicher Freiherr
Opulent	Wie Extravagant, aber im Überfluss; Kleidung gefärbt mit phönizischem Purpur, einem seltenen Farbstoff, der aus zermahlenen Meeresschnecken hergestellt wird, gefunden vor der Küste des Heiligen Landes	£32	+6	Graf, Herzog, geringerer König

daran, warum die Adligen ihren erhabenen Status verdienen. Für den Adel selbst sind Feste eine Möglichkeit, die Trennung innerhalb der eigenen Klasse zu verstärken, indem sie öffentlich zeigen, wer wo sitzt, wer bedient wird und in welcher Reihenfolge.

Im Spiel Pendragon sind Festmahle eine Gelegenheit für die Spielleitung, Festmahle als wichtige und zentrale gesellschaftliche Ereignisse hervorzuheben, die mit Turnieren vergleichbar sind. Wie Turniere ist auch das Festmahl ein Mittel, um Interaktionen, Intrigen, Rivalitäten und Allianzen zwischen Rittern von Spielern und Spielleitercharakteren zu fördern.

Geselligkeit

Geselligkeit ist das Maß für das standesmäßige Verhalten, das man in den Augen seiner Standesgenossen an den Tag legt. Als Modifikator ausgedrückt, fügen Charaktere Geselligkeit zu ihrem AUS und den meisten Höfischen Fertigkeiten (insbesondere Komponieren, Höfische Sitten, Tanz, Mode, Liebelei, Spielen, Intrigen, Redekunst, Instrumentenspiel und Gesang) bei Hofe oder während eines Festmahls hinzu. Sie wirkt auch als Modifikator für die Höfische Fertigkeit aller anderen Ritter von Spielern, wenn sie auf einen Charakter in einer höfischen Umgebung angewendet wird.

Der Grundwert für Geselligkeit wird durch die Kleidung eines Ritters eines Spielers bestimmt, die sich nach seinem Lebensstandard und der Fertigkeit Mode (falls angewandt) richtet, wie unten beschrieben. Festereignisse können sich auch auf die Geselligkeit auswirken und dienen dazu, die Ruhm-Belohnungen am Ende von Festen zu bestimmen. Die Charaktere sind standardmäßig alle auf der Stufe Gewöhnlich.

In der Regel kann der Wert der Geselligkeit niemals den AUS-Wert des Charakters übersteigen.

Kleidung

Der Geldwert von Kleidung und Schmuck bestimmt die Kosten und damit den Modifikator für die Geselligkeit, wie in *Tabelle 3.1: Kleidung nach Lebensstandard* angegeben. Die Spalte „Mindestklasse“ gibt den absoluten Mindeststandard an, der für Ritter oder Ladys dieser Klasse vorausgesetzt wird; Ritter können sich immer über ihren Stand hinaus kleiden, wenn sie es sich leisten können.

Festmahlrunden

Charaktere spielen Festmahle in einer Reihe von abstrakten Runden aus. Jede Runde umfasst etwa ein bis zwei Stunden, in denen gegessen und getrunken, aufgestanden und sich unter die anderen Gäste gemischt wird, gefeiert wird und private Gespräche gesucht werden. Die im Folgenden beschriebenen Festmahlereignisse bilden den Höhepunkt dieser Zeit der Fröhlichkeit für jeden Charakter.

Die Spielleitung legt die Anzahl der Runden eines Festes zu Beginn fest, je nach Größe des Ereignisses. Vorgeschlagene Mindestzahlen findest du in Tabelle 3.2: *Festmahlrunden.*

Tabelle 3.2: Festmahlrunden

Festgrösse	Beispiel	Mind. Runden
Klein	Die Hochzeit eines Lehnsritters	2
Mittel	Abschließendes Festmahl eines Nachbarschaftsturniers	3
Groß	Osterfestmahl für einen Herzog	4
Königlich	Artus' Pfingstfest	5

Sitzordnung

Wo man bei einem Festmahl sitzt, spricht Bände. Ein Beispiel für die Beziehung zwischen einem Herrscher und seinem Haushalt zeigt sich in der Sitzordnung bei einem Festmahl oder einer täglichen Mahlzeit. Näher am Lord zu sitzen ist ein Zeichen von Status.

Wenn andere hochrangige Lords anwesend sind, dann essen die Ladys der hohen Tafel mit der Gastgeberin in der Sonne. Bei einem großen Festmahl mit Besuchern müssen die Gemeinen woanders essen. Wenn mehr Ritter kommen, dann müssen auch die Knappen ihren gewohnten Platz verlassen und ihre Ritter bei Tisch bedienen.

In jedem Festsaal gibt es vier Bereiche, die in absteigender Reihenfolge in Bezug auf „das Salz" angeordnet sind – das ist der prunkvolle silberne oder goldene Salzkeller, der das feinste und reinste Salz des Hauses enthält. Das Salz befindet sich immer an der hohen Tafel.

Das Salz, das an der hohen Tafel serviert wird, ist von purem Weiß, während das Salz, das Söldnern und Hausrittern serviert wird, oft von grünlicher oder schwarzer Färbung ist.

- **Oberhalb des Salzes:** Ein Platz an der hohen Tafel! Allein das Sitzen in dieser erhabenen Position bringt dem Charakter +2 Geselligkeit pro Runde des Festmahls ein. Allerdings verdoppelst du auch alle Geselligkeitsverluste, die durch Ereignisse während des Festmahls entstehen – alle Augen sind auf dich gerichtet!
- **Näher am Salz:** Du sitzt in der Nähe der hohen Tafel, nahe genug, dass die dort Sitzenden dich bemerken und vielleicht in ein Gespräch verwickeln. Du sitzt physisch an einem niedrigeren Tisch, aber in der Nähe des Kopfes und unweit der hohen Tafel. Wenn du dich im Ruhm derer sonnst, die vor dir sitzen, deutet das darauf hin, dass du fast wichtig genug bist, um dir einen Platz dort zu verdienen, und gewährt dir +1 Geselligkeit pro Runde.
- **Weiter vom Salz entfernt:** Für den durchschnittlichen Ritter oder die Lady ist es normalerweise keine Schande, weiter vom Salz entfernt zu sitzen, und auch die meisten Spielleitercharakter-Gäste sitzen hier. Weit weg von der hohen Tafel ist das Essen ein wenig kälter und das Salz ein wenig gröber, aber, so würden manche behaupten, man kann außerhalb des Rampenlichts viel mehr Spaß haben.
- **Auf dem Boden:** Knappen und Hunde (und Gäste, die absichtlich brüskiert wurden) bekommen keinen Sitzplatz am Tisch und müssen sich daher einen Platz zum Essen suchen ... irgendwo. Wenn sie Glück haben, hat der Herr frische Binsen oder Stroh auf dem Boden verteilt.

Für Charaktere bedeutet diese Schmach einen Abzug von –1 pro Runde auf die Geselligkeit (oder –2 pro Runde, wenn sie als Ergebnis eines verpatzten Ruhmwurfs hier sitzen; siehe unten).

Neue Ritter sitzen am weitesten von der hohen Tafel entfernt, aber natürlich an der Spitze. Wenn der Haushofmeister, der für die Sitzordnung verantwortlich ist, dem Ritter einen anderen Sitzplatz näher an der hohen Tafel zuweist, ist das ein Zeichen der Gunst. Jeder, der bis dahin vor dem Geehrten saß, rückt einen Platz nach unten.

Es ist unglücklich, wenn der Haushofmeister einem Ritter sagt, er solle sich auf einen niedrigeren Platz setzen als den, auf dem er vorher gesessen hat. Es ist eine schwere Beleidigung, einem Ritter zu sagen, er solle sich unter die Knappen setzen. Einem Ritter zu sagen, er solle sich zu den Gemeinen setzen, ist eine Beleidigung, die es wert ist, dass sie mit ihrem Lord brechen.

Abgesehen von der hohen Tafel erhalten Ritter von Spielern ihren Sitzplatz zuerst abhängig von ihrem Rang, dann abhängig vom Ruhm. So sitzen alle Söldnerritter zusammen, dann alle Hausritter, dann alle Lehnsritter und so weiter. Besondere Umstände können die Beförderung eines Charakters in eine höhere Position rechtfertigen, aber das ist nie das Ergebnis zufälliger Würfelwürfe.

Der Ruhmwurf

Vor dem Festmahl muss jeder anwesende Charakter einen einzigen Vergleichslosen Ruhmwurf ablegen: Ein Wurf gegen den Ruhm des Charakters geteilt durch 1.000 (siehe „Der Ruhm-Wurf" auf S. 34 im **Pendragon**-Regelwerk). Siehe *Tabelle 3.3: Sitzordnung*, um herauszufinden, wo der Charakter sitzt. Wenn zum Beispiel zwei Ritter näher am Salz sitzen, sitzt der Ritter mit dem größeren Ruhm viel näher als sein Begleiter. Die Größe des Festmahls kann dieses Ergebnis verändern: Bei einem kleinen Festmahl rückst du eine Erfolgsstufe nach oben, bei einem Königlichen Festmahl rückst du eine Stufe nach unten (aber nicht schlechter als Weiter vom Salz entfernt, es sei denn, du hattest einen Patzer).

Tabelle 3.3: Sitzordnung

Resultat	Sitzplatz
Kritisch	Oberhalb des Salzes
Erfolg	Näher am Salz
Fehlschlag	Weiter vom Salz entfernt
Patzer	Würfle noch einmal gegen Ruhm (diesmal wird ein Patzer als einfacher Fehlschlag gewertet) und setze dich eine Position weiter unten von der Stelle, die der zweite Wurf bestimmt hat. Wenn das Ergebnis „Weiter vom Salz entfernt" lautet, musst du stattdessen auf dem Boden mit den Hunden und Knappen essen!

Die Spielleitung notiert die Position aller Spieler zusammen mit ihrem Ruhm auf dem **Festmahlsprotokoll**. Charaktere, die in benachbarten Bereichen sitzen, gelten als nah genug, um sich während des Festmahls zu unterhalten, wenn sie das möchten.

Auswirkungen auf die Ehre

Jeder Charakter, der unfreiwillig in einem Bereich „unter" einem anderen Ritter eines Spielers desselben Ranges mit weniger Ruhm-Punkten sitzt, muss einen Probenwurf gegen Bescheiden bestehen oder er verliert 1 Ehre. Charaktere, die ihren Ruhmwurf verpatzen, erleiden automatisch den Verlust von 1 Punkt Ehre, ebenso wie Charaktere mit dem Wert Berühmt oder Erhabener Stolz.

Charaktere können sich jederzeit während des Festes oder danach dazu entschließen, mit dem Gastgeber zu streiten, aber das sollte ausgespielt werden.

Seine Position aufgeben

Charaktere können ihren Platz freiwillig zugunsten eines niedrigeren Bereichs abtreten, wenn sie lieber bei ihren Kameraden sitzen möchten. Dazu ist ein Probenwurf gegen Bescheiden erforderlich. Markiere bei einem Erfolg Bescheiden und erhalte 10 Ruhm (oder 20 Ruhm bei einem kritischen Erfolg), dann verschiebe deinen Sitzplatz nach unten. Ein Fehlschlag bedeutet, dass die geplante Platzwahl nicht durchgeführt werden kann. Ein verpatzter Wurf bedeutet, dass der Versuch der Demut als unaufrichtig und zynisch erscheint und den Charakter 1 Punkt Ehre kostet.

Charaktere mit einem Berühmt Wert für oder Erhabenen Stolz können ihre Position nicht freiwillig aufgeben.

Festlichkeiten

Jede Festmahlrunde hat mehrere Festmahlereignisse – soziale Interaktionen –, die für jeden Charakter festgelegt werden. Die Festmahl-Ereignisse werden mit Hilfe von Festmahl-Ereigniskarten abgehandelt, die der Spieler zieht (diese Karten sind als Download erhältlich).

Bei jeder Festmahlrunde zählen die Ritter der Spieler ihr aktuelles AUS, ihren Geselligkeit-Bonus und einen Bonus auf Ruhm zusammen, wie in *Tabelle 3.4* angegeben.

Tabelle 3.4: Ruhm-Prominenz-Modifikator

Ruhm	Rang	AUS-Mod.
0–999	Nicht-Ritter	+0
1.000–2.999	Unerprobt	+1
3.000–3.999	Erfahren	+2
4.000–5.999	Respektiert	+3
6.000–7.999	Namhaft	+4
8.000–11.999	Renommiert	+5
12.000–15.999	Illuster	+6
16.000–31.999	Außergewöhnlich	+7
32.000+	Legendär	+8

Der AUS-Gesamtwert bestimmt, wie viele Festmahl-Ereigniskarten der Spieler in dieser Runde ziehen und auswählen darf, zusammengefasst in *Tabelle 3.5: Festmahl-Ereigniskarten nach AUS*.

Ritter von Spielern, die sich entscheiden, Festmahl-Ereigniskarten zu ziehen, müssen in der entsprechenden Runde eine davon ausspielen, selbst wenn sie nachteilige Effekte bewirkt. Stattdessen können sie sich einfach entscheiden, der Liebelei, dem Glücksspiel, den Intrigen oder dem Schlemmen nachzugehen.

Tabelle 3.5: Festmahl-Ereigniskarten nach AUS

Gesamt AUS	Ereignisse/Runde
4-	0
5–9	1
10–14	2
15–19	3
20–24	4
25–29	5
30+	6

Der Spieler muss jeweils eine Karte ziehen, entweder das Ereignis spielen oder erneut ziehen (bis zur Grenze des gesamten AUS). Wenn alle anderen übersprungen werden, muss immer die letzte Karte gespielt werden!

Ein Charakter mit einem AUS von 9 darf zum Beispiel nur eine Karte pro Runde ziehen und muss spielen, was er zieht. Erhöht sich sein AUS jedoch durch die Boni auf Geselligkeit aus den Ereigniskarten und erreicht 10 oder mehr, darf er nun bis zu zwei Karten ziehen. Wenn sie es schaffen, während des Festes ein AUS von 15 zu erreichen, dürfen sie bis zu drei Karten ziehen, usw.

Zieht der Spieler eine Gastgeber-Ereigniskarte (wie unten mit dem Symbol eines Kelchs gekennzeichnet), muss er diese Karte sofort ausspielen und darf in dieser Runde keine weiteren Karten ziehen.

Karten, die nicht gespielt wurden, werden zurück in den Stapel gemischt. Nachdem der Spieler seine Karte gespielt hat, legt er sie beiseite und legt sie erst wieder in den Stapel, wenn der Stapel aufgebraucht ist; dann wird er mit allen Karten neu gemischt.

Lesen einer Festmahl-Ereigniskarte

Jede Festmahl-Ereigniskarte beschreibt ein Ereignis, das deinem Charakter und möglicherweise auch anderen Charakteren widerfährt. Die meisten erfordern einen Vergleichs- oder Vergleichslosen Attributswurf. Einige Karten können über mehrere Runden aufbewahrt werden, um einen Bonus zu erhalten oder zu einem späteren Zeitpunkt gespielt zu werden.

Wenn die Karte einen Wurf fordert, befolge die Anweisungen auf der Karte und wende das Ergebnis sofort an. Einige Ergebnisse können zu weiteren Aktionen nach deinem Ermessen führen (z. B. einen anderen Ritter zu einem Duell herausfordern). In solchen Fällen liegt es an dir und der Spielleitung, die Konsequenzen deiner Entscheidung auszuspielen!

Wie oben erwähnt, sind einige Karten mit „Gastgeber" gekennzeichnet – diese müssen gespielt werden, sobald sie gezogen werden, und du darfst in dieser Runde keine weiteren Karten ziehen. Andere Karten können Würfe von jedem anderen Spielercharakter auslösen, der bei dem Festmahl anwesend ist. Jeder Charakter würfelt und wendet seine Ergebnisse einzeln an.

Die Zahl am unteren Rand der Karte ist der Modifikator für Geselligkeit, den du beim Ausspielen der Karte erhältst. Dieser Modifikator gilt unabhängig von allen anderen Modifikatoren, die sich aus den Würfeln ergeben, die auf der Karte gefordert werden. Deine Geselligkeit ändert sich nicht, bis du die Karte ins Spiel bringst.

Andere Ereignisse

Spielercharaktere, die aus irgendeinem Grund keine Ereigniskarte riskieren wollen, müssen stattdessen eine von vier anderen höfischen Aktivitäten wählen: Tratschen, poussieren, mit Gefährten spielen oder sich einfach auf Essen und Trinken konzentrieren. Der Charakter muss einen Vergleichslosen Wurf gegen die entsprechende Fertigkeit oder das Merkmal (Liebelei, Spielen, Intrigen, Schwelgerisch) ablegen, modifiziert durch seinen Geselligkeits-Bonus. Bei einem Erfolg wird automatisch die Fertigkeit oder das Merkmal markiert; ein kritischer Erfolg bringt dem Charakter außerdem Ruhm in Höhe seines Gesamt-AUS ein. Die Spielleitung kann das Ergebnis auch nutzen, um Informationen zur Geschichte zu liefern oder dem Charakter die Möglichkeit zu geben, einen anderen Teilnehmer des Festmahls kennenzulernen.

Verwende *Tabelle 3.6: Zufällige Festmahlgerichte*, um das „Beliebtestes Gericht" aus jedem Gang eines Festmahls zu generieren (würfle einmal pro Gang) oder um einem herrschaftlichen Mahl farbenfrohe Details hinzuzufügen.

Tabelle 3.6: Zufällige Festmahlgerichte

1W20	1. Gang	2. Gang	3. Gang
1	Fleisch mit Senf	Artischocken gefüllt mit Heidelbeerreis	Kräuterpfannkuchen
2	Bier- und Käsequiche	Brühe mit Speck und Erbsen	Geröstete Hühner- und Fasanenflügel („Herzogsflügel")
3	Schwanenhalspudding	Fleischplatten	Eine Auswahl an Käsesorten
4	Rindermarkfrikadellen	Geröstete Robbe	Quitten in Wein geschmort
5	Aale in dickem würzigem Püree	Honigglasiertes Brathähnchen, gewürfelt mit Senf und Pinienkernen	Gebratene Taube
6	Gebratener Jungschwan	Heraldisches Wappen in Fleischgelee	Holunder-Wahrsagekuchen
7	Fetter Kapaun	Gefülltes Wildschwein	Gebratene Lerchen
8	Rochenreiher	Pfaue (vor dem Servieren in ihre Federn gekleidet)	Wild in Weizenschrotbrei
9	Fasanenbraten	Temperament-Kräuterkuchen und Käse	Weißes Geflügelfleisch in Wein geschmort
10	Lachs in kalter grüner Soße	Kapaunpasteten und Kartoffelschnitze	Mandelkuchen auf Rondellen serviert
11	Obstküchlein	Gebackener Kranich	Glasierte Eier
12	Kalte Fleischscheiben in Ingwersauce	Gebratenes Kaninchen	Importierte oder gebackene Früchte
13	Senf mit Trockenfrüchten	Pasteten mit Brasse und Aal	Doucette (Pudding-Knochenmark-Pastete)
14	Tümmler und Erbsen	Gekochte Rohrdommel	Gebratener Adler
15	Petersilienbrot	Weizenschrotbrei	Gebratene Brasse, serviert in einer Dariole (Teigtaschenform)
16	Haslet (Hackbraten aus Hoden und Innereien vom Wild)	Junghenne (ähnlich wie Cornwall-Brathühnchen)	Rübchen mit Käse überbacken
17	Gebratener Lachs in Weinsoße	Biberschwänze	Hypocras (scharf gewürzter Wein)
18	Mandelomelett	Hahn-Ferkel (halbes Spanferkel an halbes Huhn genäht)	Pilzkuchen
19	Dorschschwänze	Neunaugen in scharfer Soße	Waffeln
20	Pasteten (Pflaume, Quitte und Apfel)	Frucht- und Lachskuchen	Ganze Gewürze getrocknet, „zur Unterstützung der Verdauung„

Adlige Gäste dürfen sich niemals aus der Halle eines Lords entfernen, ohne diesen zuvor um Erlaubnis ersucht zu haben und auf ihre Fertigkeit Höfische Sitten zu würfeln.

Verlassen des Festmahls

Wenn du einem Festmahl fernbleibst, zu dem du eingeladen wurdest, ist das eine schwere Beleidigung für den Gastgeber; du musst teilnehmen – auch wenn es nur für eine Runde ist – oder du riskierst schwerwiegende gesellschaftliche und politische Konsequenzen. Sobald jedoch die erste Runde des Festmahls stattgefunden hat, kann sich der Charakter vernünftigerweise zurückziehen.

Dazu muss der Charakter seinen Gastgeber „um Erlaubnis bitten, sich zu entfernen" und sich angemessen verbeugen und entschuldigen. Bei einem Erfolg erhält der Charakter eine Erfahrungsmarkierung; bei einem kritischen Erfolg erhält er außerdem 10 Ruhm. In jedem Fall verdient er sich die Dankbarkeit des Gastgebers für seine Souveränität und Etikette.

Bei einem misslungenen Wurf entlässt der Gastgeber den Charakter mit einer ungeduldigen Handbewegung, und der Charakter verliert –1W3 Punkte Geselligkeit, bis zu einem Minimum von Null. Bei einem Patzer hat die Person das Festmahl verlassen, ohne den Gastgeber um Erlaubnis zu ersuchen, oder sie hat den Gastgeber beleidigt, sei es tatsächlich, eingebildet oder vorgetäuscht, absichtlich oder versehentlich. Die Person verliert außerdem 1 Punkt Ehre und alle angesammelte Geselligkeit.

Erzwungenes Entfernen

Einige Ereigniskarten können einen Ritter eines Spielers dazu zwingen, das Festmahl zu verlassen, bevor er um Erlaubnis bittet, sich zu entfernen. Dafür kann es eine Vielzahl von Gründen geben. Charaktere, die zu viel Bier und Wein getrunken haben, werden vielleicht ohnmächtig und werden von ihren Begleitern aus dem Saal gezerrt. Manche Ereigniskarten bieten die Möglichkeit, bis zum Exzess zu essen und sich danach eine ruhige Ecke für ein Nickerchen zu suchen. Verliebte Charaktere können das Festmahl Arm in Arm mit einem/r jungen Geliebten verlassen und versprechen, etwas später wiederzukommen.

Wenn ein Würfelwurf oder eine Karte es erfordert, ist für keines dieser Ergebnisse ein Wurf auf Höfische Sitten erforderlich, um die Erlaubnis des Gastgebers zum Verlassen des Festes zu erhalten, obwohl sie und andere Anwesende dies zur Kenntnis nehmen und dies nach dem Ermessen der Spielleitung immer noch die Ehre des Ritters oder der Dame beeinflussen kann.

Festmahl-Ruhm

Wenn die letzte Runde des Festmahls stattgefunden hat, ertönt eine Trompetenfanfare, die das formelle Ende des Festmahls markiert. Die Spielleitung bittet die Spieler, alle Geselligkeit zusammenzuzählen, die sie ausschließlich durch Festmahl-Ereignisse erhalten haben (sprich, wobei die anfängliche Geselligkeit nicht mitgezählt wird). Dann vergleichen sie diese Summen mit den Werten in *Tabelle 3.7: Geselligkeit-Schwellen.*

Ist die angesammelte Geselligkeit geringer als der vorausgesetzte Schwellenwert, erhält der Charakter Ruhm in Höhe seines Aussehens plus seiner Geselligkeitspunkte, multipliziert mit der Anzahl der Festmahlrunden, an denen er teilgenommen hat (maximal 100 Ruhm). Wenn der Charakter den Schwellenwert erreicht oder überschreitet, erhält er diesen Ruhm plus den angegebenen Bonus, da die anderen Teilnehmer ihn als den namhaftesten und denkwürdigsten Teilnehmer einstufen. Wenn mehr als ein Charakter den Schwellenwert übertrifft, erhält der Charakter mit der höchsten gesammelten Geselligkeit den Bonus. Bei einem Gleichstand gewinnt der Charakter mit dem höchsten Ruhm.

Wenn zum Beispiel Sir Avalloc (AUS 11) bei einem Mittleren Festmahl 6 Geselligkeit angesammelt hat, verdient er am Ende 51 Ruhm (11 für sein AUS, plus 6 Geselligkeit ergibt 17, mal 3 für die Anzahl der Runden bei einem mittleren Fest). Wenn er stattdessen z. B. 8 Geselligkeit erreicht (und damit den Schwellenwert von 7 überschritten hat), beträgt seine Ruhm-Belohnung am Ende 76 (51 plus 25 Bonus-Ruhm), weil er der herausragende Gast bei einem Mittleren Festmahl war.

Tabelle 3.7: Geselligkeit-Schwellen

Grösse	Schwelle	Bonus Ruhm
Klein	5	+10 Ruhm
Mittel	7	+25 Ruhm
Groß	9	+50 Ruhm
Königlich	11	+100 Ruhm

Minne

Ungerechtigkeit, Kriege und Liebesfreuden
trieben mich einst an
und erfüllten meine Lieder mit Frohsinn,
und nun hat mir die Frau, der ich gehorchen muss,
diese Lieder verboten.
Und in jeder Hinsicht
haben sich meine Lieder ihrer Herrschaft unterworfen.

Nun habe ich mich der Liebe zugewandt,
und du wirst Liebeslieder kommen und gehen sehen,
denn es gefällt der Schönsten,
mein Lied zu erdulden.
Zu meiner Ehre hat sie
mir ihren Körper angeboten,
und nicht einem der reichen Adligen.

—Bertran de Born, Tortz e gerras e joi d'amor

Die feine Liebe, oder *Minne*, ist die keusche Beweihräucherung eines Geliebten, um Inspiration zu erhalten. Ursprünglich von Königin Guinevere kodifiziert, beginnt sie, wenn ein Ritter in eine Edelfrau oder einen Höfling vernarrt ist. Er wird von dem keuschen Wunsch verzehrt, ihre Gunst zu erlangen und wird von ihnen zu großen Taten inspiriert. Der Ritter eines Spieler erhält eine Bewunderung (Person)-Leidenschaft, die bei 1W6+6 beginnt und in einem beliebigen Kontext (einmal pro Tag) beschworen werden kann.

Ein Ritter, der die Minne praktiziert, muss Taten für seine/n Geliebte/n vollbringen, ständig an

sie oder ihn denken, ihre Aufmerksamkeit suchen und ihre Ehre eifersüchtig schützen. Um den Passiven Ruhm für die Minne zu erhalten, müssen sie eine Bewunderung (Person)-Leidenschaft haben und die anderen Voraussetzungen für das Ideal des Romantischen Ritters erfüllen.

Ein Ritter muss danach streben, die Meinung seines geliebten Menschen über ihn zu erhöhen. Das kann durch Geschenke, Gefallen oder das erfolgreiche Erledigen von Aufgabenerreicht werden. Der Geliebte kann verlangen, dass der Ritter als Beweis seiner Zuneigung eine solche Aufgabe übernimmt.

Ritter können ihren Geliebten eine entsprechende Ruhm-Belohnung vermachen, wenn sie Kontrahenten im Namen ihrer Minne bezwingen.

Die Geliebte kann Ruhm für Aufgaben erhalten, die in ihrem Namen erfüllt werden. Wenn ein Ritter einen Kontrahenten besiegt (entweder im tödlichen Kampf oder bei einem Turnier) und ihn der Geliebten mit der Nachricht schickt, dass er im Namen der Geliebten besiegt wurde, erhält sie die gleiche Ruhm-Belohnung, als hätte sie den Feind persönlich im Kampf bezwungen!

Der Ritter kann auch andere Ruhm-Belohnungen, die er verdient, wenn er von seiner Bewunderung (Person)-Leidenschaft inspiriert ist, an die/den Geliebte/n vermachen. Wenn du 10 Ruhm vermachst, erhältst du einen Markierung für Bewunderung. Wer 100 Ruhm vermachen, erhöht seine Bewunderung automatisch um einen Punkt. (Der Ritter eines Spielers darf nicht mehr als einen Punkt Bewunderung pro Jahr durch vermachten Ruhm erhalten.) Diese Weitergaben müssen zum Zeitpunkt der Ruhm-Belohnung erklärt werden und müssen aus einer einzigen Belohnung stammen – sie dürfen nicht aufbewahrt oder mit anderen Ruhm-Belohnungen kombiniert werden.

Beginnend in der Periode der Minne wird die Minne als höfische Liebe kodifiziert und der Prozess der Bewunderung und Verführung wird in einen ritualisierten gesellschaftlichen Tanz verwandelt. Diese viel detailliertere Methode des Umwerbens wird in anderen **Pendragon**-Veröffentlichungen behandelt.

Der Akt

Die *Minne* ist eine spirituelle Praxis. Der körperliche Akt löscht die Minne aus und wandelt die Bewunderung-Leidenschaft in Liebe (Gemahl/in) um, wenn das Paar heiratet, oder in Liebe (Person), wenn nicht. Die Bewunderung-Leidenschaft wird entfernt und durch Liebe mit dem halben Wert ersetzt. Der Liebende und die Geliebte können weiterhin die Praktiken der Minne ausüben, aber die Belohnung ist geringer. Der Ritter darf seiner Geliebten keine eigenen Ruhm-Belohnungen mehr vermachen, aber er darf weiterhin Ritter in ihrem Namen gefangen nehmen und ihr so Ruhm einbringen.

Jagd

Die Fertigkeit Jagd deckt die gesamte Vielfalt der Aufgaben ab, die während des edlen Sports der Jagd ausgeführt werden, mit Ausnahme der Waffenfertigkeiten. Zur Jagd gehört auch zu wissen, was die verschiedenen Hornstöße bedeuten und ob ein Tier ein „Wildbret, jagdbares Tier oder Raubzeug" is, also die Tiere des Feldes – Bock, Reh, Fuchs, Marder, Reh; die Tiere des Waldes – Hirsch, Hirschkuh, Hase, Wildschwein, Wolf; und die meisten anderen kleineren Tiere, einschließlich Dachs, Wildkatze und Otter. Dazu gehören die Pflege der Jagdhunde, die besten Methoden zur Jagd auf die verschiedenen Tiere und die Bedeutung ihrer Rufe, das Erkennen der Fährte und das Aufspüren der Tiere anhand dieser; die Kenntnis der besten Methode, um jedes Tier schnell zu töten; und die Fertigkeit des Schlachtens und der Feldarbeit, damit jeder, von den Jagdhunden und Hundejungen bis zum Sponsor, seinen angemessenen Anteil bekommt.

Eine Jagd erfordert Hunde und Pferde und wird durch Buschreiter und einen Förster ergänzt, der als Ratgeber rund um die Tiere fungiert. All diese Dinge werden in den folgenden Regeln für die Jagd vorausgesetzt.

Kann ich bei der Jagd eine Rüstung tragen?

Ritter tragen bei der Jagd normalerweise keine vollständige Rüstung, sondern nur einen Gambeson (4 Punkte Schutz) oder einen Aketon (2 Punkte). Ritter in Ringpanzern oder Plattenrüstungen erleiden einen Abzug von –5 auf die Fertigkeit Jagd und erleiden den gleichen Abzug aufgrund des lauten

Rennen und Verfolgungsjagden

Ein Rennen oder eine Verfolgungsjagd abzuhandeln, funktioniert ähnlich wie das Jagdsystem: Die Spielleitung zieht eine Reihe von parallelen Linien oder markiert Gebiete auf einer Karte und platziert Spielsteine oder Miniaturen, die die verschiedenen beteiligten Parteien darstellen, in den Zonen. Die Spielleitung bestimmt, wie viele Linien gezogen werden sollen, aber es sollten nicht weniger als vier sein.

Bei einem Rennen starten alle in derselben Zone; bei einer Verfolgungsjagd kann die Partei, die verfolgt wird, einen Vorsprung von einer oder zwei Zonen haben, jabhängig von den Umständen, die zur Verfolgung geführt haben.

Jeder legt einen Vergleichslosen Wurf gegen seine normale Bewegungsrate (oder die seines Rosses, wenn beritten) ab. Bei einem Erfolg rückt der Spielstein eine Zone weiter, bei einem kritischen Erfolg zwei Zone. Ein Fehlschlag bedeutet kein Vorankommen, während ein Patzer einen Wurf gegen GES (oder Reitkunst, falls beritten) erfordert. Ein Fehlschlag bei diesem Wurf bedeutet, dass er lahm oder erschöpft ist und nicht weitermachen kann (mit entsprechenden Konsequenzen, wenn er verfolgt wird); ein erfolgreicher Wurf bedeutet lediglich, dass ein Hindernis ihn aufhält – würfle gegebenenfalls auf *Tabelle 3.9: Jagd-Hindernisse* oder lass den Charakter einfach die nächste Runde der Würfe aussetzen. Diese Abfolge von Würfen nennt man eine Verfolgungsrunde.

Bei einem Wettrennen gewinnt der Charakter, der als erster die Zielzone erreicht, aber bevor er zum Sieger erklärt wird, müssen die Bewegungsrate-Würfe aller Spieler abgehandelt werden; bei einem Unentschieden müssen alle Spieler an der Zielzone GES- (oder Reitkunst-) Vergleichswürfe ablegen, um zu bestimmen, wer es als erster über die Ziellinie schafft.

Es ist möglich, dass die Verfolger mehrere Male aufholen. Jedes Mal, wenn eine Verfolgungsrunde endet und Verfolger und Verfolgte in derselben Zone stehen, müssen sie einen Vergleichswurf ablegen, der auf der erklärten Absicht des Charaktere beruht. Das kann ein Wurf Waffenfertigkeit gegen Waffenfertigkeit sein, wenn der Ritter stehen und kämpfen will, oder ein Jagd-Wurf, wenn der Verfolgte bei einer Verfolgungsjagd über Land versucht, den Verfolger abzuschütteln, indem er sich durch unwegsames Gelände schlägt. Ein Charakter, der einfach nur versucht, einem Angreifer zu entkommen, behandelt dies wie eine Zurück Ziehen-Aktion, indem er seine einen Vergleichswurf mit seiner Bewegungsrate gegen die Waffenfertigkeit des Verfolgers ablegt.

Wenn der Verfolgte den Vergleichswurf gewinnt, fügt er Schaden zu, wenn er eine Waffenfertigkeit benutzt, und rückt eine Zone auf der Strecke vor. Wenn der Verfolger gewinnt, kann er nicht nur Schaden anrichten, sondern er hat auch seine Beute in die Enge getrieben und muss sich entweder wehren (woraufhin ein vollständiger Kampf ausgespielt wird) oder sich ergeben.

Der Einfachheit halber werden mehrere verbündete Charaktere, die sich auf derselben Linie befinden, als eine einzige Gruppe betrachtet, die sich gemeinsam bewegt.

Verfolgte Charaktere fliehen, sobald sie die letzte Zone erreicht haben (und entkommen allen Verfolgern, die ebenfalls dort ankommen!).

Geräuschs von klirrendem Metall auch für alle anderen in ihrer Gruppe.

Meiden

Tiere haben ein Attribut namens Meiden. Es bemisst die Fähigkeit des Tieres, davonzurennen, sich zu verstecken und seine Verfolger zu täuschen. Mehr zur Meiden findest du in **„Kapitel 8: Bestiarium“** auf S. 173.

Vorbereitungen

Zu Beginn einer Jagd wählt die Gruppe die gewünschte Beute aus, zum Beispiel einen Bock, ein Wildschwein, einen Bären oder eine andere, exotischere Kreatur. Professionelle Jäger sammeln „Marken“ von verschiedenen Tieren – Fellbüschel, Geläuf, Geweihstücke, Drachenschuppen –, die sie bei der Versammlung präsentieren, die eine Kombination aus geselligem Beisammensein und Planungssitzung bei einem Frühstück auf dem Feld ist. Der Gastgeber (oder der Gast mit dem meisten Ruhm) wählt aus den vorgelegten Marken aus, welche Beute er an diesem Tag jagen will.

Eine Jagd wird normalerweise in Runden von etwa einer Stunde Länge unterteilt. An einem einzigen Tag sind im Winter bis zu sechs, im Frühling und Herbst acht und im Sommer zehn Jagdrunden möglich. Wenn die Runden absolviert wurden, ist die Jagd für den Tag beendet und alle müssen in ihre Unterkünfte zurückkehren.

Jagdrunden dauern jeweils etwa eine Stunde. Die möglichen Gesamtstunden einer Jagd hängen von der Jahreszeit ab.

Während einer Jagdrunde sind die Jäger an viele Aktivitäten gebunden, vor allem an das Suchen von

Spuren, das Finden des besten Weges durch das Dickicht, das Lauschen auf Geräusche der Jagd und so weiter. Spuren und Fährten lassen sich mit Hilfe von Hunden und Jägern leicht finden und verfolgen.

Die Jagdgesellschaft wählt einen Anführer (den Charakter mit der höchsten Fertigkeit in der Jagd). Auf Wunsch der Gruppe kann sie sich in mehrere Gruppen aufteilen, um mehrere Würfe für die Jagd zu ermöglichen.

Der Aufbruch

Während der Morgen graut, sitzt die Jagdgesellschaft auf und die Hunde werden losgelassen. Die Jagd beginnt!

Zeichne vier parallele Linien auf ein Blatt Papier, nummeriert von 1–4. Lege einen Marker für die Beute vor die Position #1. Jeder Teilnehmer an der Jagd sollte seinen eigenen Spielstein oder Marker haben. Führungsreiter und Verfolger werden durch ihre relative Position bestimmt.

Die Platzierung auf den Positionen wird durch die Jagd-Fertigkeit und die Bewegungsrate bestimmt.

Zu Beginn versuchen alle Anführer einen Vergleichslosen Wurf gegen Jagd. Setze kritische Erfolge auf Position #1, Erfolge auf Position #2, Fehlschläge auf Position #3 und Patzer auf Position #4. Gefolgsleute werden automatisch auf dieselbe Position wie ihr Anführer gesetzt.

Die Bewegungsrate modifiziert anschließend die Ergebnisse. Jeder Teilnehmer würfelt gegen die Bewegungsrate seines Rosses. Ein kritischer Erfolg bewegt den Marker um eine Position vorwärts; ein Erfolg bedeutet, dass der Marker dort bleibt, wo er ist, während ein Fehlschlag eine Position und ein Patzer zwei Positionen zurückversetzt wird.

Die Verfolgung

Jetzt geht es weiter mit der Verfolgung, wie sie im Folgenden beschrieben wird, für jede weitere Jagdrunde, bis die Beute aufgespürt ist („das AUFspüren") oder der Tag endet. Wenn der Marker eines Charakters jemals hinter Position #4 zurückfällt, ist er zu weit zurückgefallen und darf am Rest der Jagd nicht mehr teilnehmen.

Jeder Anführer muss einen Vergleichswurf seiner eigenen Jagd-Fertigkeit gegen das Meiden der Beute auf *Tabelle 3.8: Ergebnisse Jagd gegen Meiden* ablegen. Alle Hindernisse, auf die du triffst, werden von jedem Charakter in der Gruppe individuell abgehandelt und das Hindernis muss erfolgreich überwunden werden, bevor du fortfahren kannst.

Tabelle 3.8: Ergebnisse Jagd gegen Meiden

Ergebnis (Jäger)	Resultat
Kritischer Erfolg	Auf ein Hindernis treffen und zwei Positionen vorrücken
Gewinn	Auf ein Hindernis treffen und eine Position vorrücken
Teilerfolg oder Unentschieden	Auf ein Hindernis treffen
Verlieren	um eine Position zurückgehen
Patzer	Zwei Positionen zurückgehen

Hindernisse überwinden

Pro Jagdgruppe wird nur ein Wurf auf *Tabelle 3.9: Jagd-Hindernisse* abgelegt, aber jeder Ritter der Gruppe muss einzeln auf das angegebene Attribut

Tabelle 3.9: Jagd-Hindernisse

2W6	Hindernis-Effekt
2	Versteckter Graben oder plötzlicher Abgrund: Wurf auf die GES des Pferdes, um einen Sturz mit 2W6 Schaden für Pferd und Reiter zu vermeiden.
3	Gefährliche Äste oder aufragende Felsen: Wurf auf die GES des Pferdes, um einen Sturz und 1W6 Schaden zu vermeiden.
4–5	Ein kleiner Bach oder Graben: Springe über das Hindernis, indem du gegen Reitkunst würfelst. Ein Fehlschlag zeigt an, dass das Pferd sich weigert zu springen, und bei einem Patzer stürzen sowohl der Reiter als auch das Pferd und erleiden 1W6 Schaden.
6	Vögel fliegen aus dem Unterholz auf. Wurf auf Reitkunst, um einen Sturz vom Pferd mit 1W6 Schaden zu vermeiden.
7	Verwirrende Spuren. Gelingt dir kein Wurf gegen Jagd, verlierst du die Spur der Beute und falle eine Position zurück.
8	Ein umgestürzter Baum hinterlässt nur einen niedrigen Durchgang: Wurf gegen Jagd, um einen Weg hindurch zu finden oder falle eine Position zurück.
9	Dornige Brombeersträucher: Das Pferd muss einen KON-Wurf ablegen oder erleidet 1W6 Schaden.
10	Jagdhörner oder bellende Hunde in der Ferne! Wurf auf Aufmerksamkeit, um den Geräuschen zu folgen; wenn du Erfolg hast, bewege dich zur Position der Beute.
11	Sackgasse: Wurf auf Aufmerksamkeit. Bei einem Fehlschlag würfelst du zweimal auf dieser Tabelle, wobei du weitere Ergebnisse von 11 ignorierst, und wendest beide Ergebnisse an, während du versuchst, die Spur wiederzufinden.
12	Die Beute kommt zurückgeprescht! Geh weiter zu **„Das Annehmen"**.

Tabelle 3.10: Ergebnisse Waffe gegen Meiden

Wurf Waffe gegen Meiden	Effekt
Kritischer Erfolg	Füge normalen Schaden +4W6 zu. Die Beute wendet sich wütend um und beginnt in der nächsten Runde zu kämpfen, falls sie noch bei Bewusstsein ist.
Erfolg	Füge normalen Schaden zu.Die Beute kämpft in der nächsten Runde, es sei denn, sie ist schwer verletzt, dann scheut sie erneut davon.
Teilerfolg oder Unentschieden	Die Beute entwischt; alle am Annehmen kehren auf Position #4 zurück. Wurf auf Jagd in der nächsten Runde mit einem Modifikator von +5.
Verlieren	Die Beute entwischt; alle am Annehmen kehren auf Position #4 zurück.
Patzer	Die Beute entwischt; alle am Annehmen kehren auf Position #4 zurück. Beim Versuch, die Beute zu erreichen, stürzt der Ritter des Spielers und erleidet 1W6 Schaden.

würfeln. Ein misslungener Wurf bedeutet, dass du eine Position vom angegebenen Vorsprung verlierst (und möglicherweise vom Rest der Gruppe getrennt wirst, es sei denn, alle werden langsamer, damit du sie einholen kannst).

Das Annehmen

Wenn die Beute in der Nähe ist (sprich, sobald ein oder mehrere Charaktere mit dem Spielstein der Beute auf der Jagdspur zusammenstoßen), muss der/die Jäger das Tier so lange treiben, bis es nicht mehr weitergehen kann und die Jäger „annehmen", also sich ihnen stellen muss. Jagdhörner ertönen, um verirrte Hunde, waghalsige Galopper und erschöpfte Mitläufer herbeizurufen, die sich alle auf die Beute stürzen, um sie zu erlegen.

Der erste Charakter am Ort des Geschehens (oder derjenige mit dem höchsten Ruhm) darf eine freie Attacke ausführen; alternativ kann er sich in der Nähe der Kreatur aufhalten, bis Verstärkung eintrifft, um sie im normalen Nahkampf anzugreifen.

Die Tradition schreibt vor, dass die Jäger auf die Ankunft des Gastgebers oder des geehrten Gastes warten, damit dieser den ersten Schlag gegen die Beute ausführt. Wer nicht warten will, muss **Bescheiden/Stolz** würfeln. Wenn Bescheiden erfolgreich ist und die Person sich entscheidet, trotzdem zuzuschlagen, verliert er dabei 1 Punkt Ehre.

Wenn mehrere Charaktere zuerst angreifen wollen, darf derjenige angreifen, der die höchste Bewegungsrate (oder bei Gleichstand den höchsten GES-Wert) hat.

Diese erste Attacke ist ein Vergleichswurf mit der Waffenfertigkeit des Jägers gegen den Meiden-Wurf der Beute, der mittels *Tabelle 3.10: Ergebnisse Waffe gegen Meiden* abgehandelt wird.

Der Ansturm

Wenn die Beute nach der ersten Attacke noch lebt, können bis zu drei Charaktere mit Nahkampfwaffen eine weitere Attacke versuchen, wenn möglich, während das Tier versucht, entweder zu fliehen oder sich auf seine Angreifer zu stürzen.

Der Gastgeber einer Jagd oder dessen Ehrengast hat das Recht auf den ersten Hieb gegen die Beute.

Wenn es sich für die Flucht entscheidet, verwendet die Beute immer noch ihren Meiden-Wert auf *abelle* 3.10, um sich während des Ansturms Angriffen zu widersetzen, anstatt eine Kampffertigkeit. (Wenn mehrere Personen angreifen, erleidet das Tier Abzüge auf seinen Meiden-Wert, wie es das mit seiner Kampffertigkeit im normalen Kampf tun würde.)

Wenn es sich für den Kampf entscheidet, setzt es seine Kampffertigkeiten auf die übliche Weise ein.

Normaler Kampf

Wenn die Kreatur den Ansturm überlebt, geht die Jagd an dieser Stelle in den normalen Nahkampf über. Andernfalls, wenn die Kreatur flieht, wird die Jagd wieder aufgenommen und geht zurück zur Verfolgung.

Trunkenheit

In den Hallen von König Artus in Britannien fließt der Alkohol in Strömen. Ale, Bier, Met und Wein sind alle erhältlich, obwohl Ale am häufigsten ist. Ale wird in den Dörfern von Schankwirtinnen, alten Frauen ohne Ehemann, hergestellt. Sie verkaufen ihr Bier direkt in ihren Behausungen, den sogenannten Alehäusern, den Vorläufern der Kneipen. Zu König Artus' Zeiten wird Ale aus gemälzter Gerste hergestellt und mit lokalen Kräutern wie Klee und Heidekraut aromatisiert. Bier ist wie Ale, wird aber gezielt mit den bitteren Blüten der Hopfenpflanze (dem Hopfen) aromatisiert. Met ist ein Getränk aus fermentiertem Honig, Gewürzen und Kräutern und wird immer noch vom weniger romanisierten kymrischen Adel bevorzugt. Wein wird in den Städten bevorzugt, besonders vom römischen Klerus, und in großen Mengen vom Kontinent importiert.

Allerdings ist harter Alkohol zu Artus' Zeiten noch nicht entdeckt worden.

Herkömmliches Ale wird „small ale" genannt, weil es wässrig und schwach ist. Es ist schwierig, sich damit zu betrinken. Wohlhabendere Lords haben jedoch professionelle Braumeister, die stärkere und schmackhaftere Biere brauen, die mit importierten Gewürzen wie Zimt und Ingwer aromatisiert werden. Solche Herren servieren ihren Gästen auch reichlich Met und unvermischten Wein. Das ist der Grund für das unverschämte Verhalten der Gäste eines Lords, denn sie sind an weniger starkes Gebräu gewöhnt und betrinken sich mit der gleichen Menge eines stärkeren Getränks.

Spielleitercharaktere und Ritter von Spielern können zur Trunkenheit neigen. Der Schweregrad wird durch einen Wurf auf Schwelgerisch mittels *Tabelle 3.11: Ergebnisse der Trunkenheit* ermittelt.

Modifikatoren für Schwelgerisch

- **Met:** +2
- **Wein:** +5 (oder höher für exotische Weine)

Tabelle 3.11: Trunkenheit-Ergebnisse

Schwelgerisch-Ergebnis	Zustand der Trunkenheit	Modifikatoren
Kritisch	Sturzbetrunken	+10 auf Lüstern, Waghalsig, Nachsichtig und Tapfer; −10 auf alle Fertigkeiten
Erfolg	Betrunken	+5 auf Liebelei, Redekunst, Lüstern, Waghalsig, Nachsichtig und Tapfer; −5 auf alle anderen Fertigkeiten
Fehlschlag	Nüchtern	Keine Modifikatoren
Patzer	Nüchtern	Für den Rest der Szene müssen keine Schwelgerisch-Würfe mehr abgelegt werden

Tabelle 3.12: Betätigung während Trunkenheit

Energetisches Ergebnis	Zustand der Trunkenheit	Modifikatoren
Kritisch	Ausgenüchtert	Keine Modifikatoren; der Zustand des Charakters ist jetzt Nüchtern
Erfolg	Dumpf und schläfrig	−5 auf alle Fertigkeiten
Fehlschlag	Ohnmächtig	Rührt sich nicht; wenn geweckt, −10 auf alle Fertigkeiten
Patzer	Komatös	Wird unter keinen Umständen vor dem nächsten Morgen wach

- **Schmausen in Gegenwart von Feinden:** −5
- **Teilnahme an einem königlichen Festmahl:** −2

Charaktere, die betrunken sind, haben ein eingeschränktes Bewusstsein für ihre Handlungen und können daher nicht aus ihnen lernen. Wenn der Charakter betrunken ist, erhält er keine Erfahrungsmarkierungen auf seine Fertigkeiten.

Die Trunkenheit hält so lange an, wie der Trinkende wach ist. Würfle auf Tatkräftig für alle zwei Stunden Spielzeit (entspricht einer Schlemmerrunde), bis sich alle zurückziehen, und konsultiere *Tabelle 3.12: Betätigung während Trunkenheit.* Behalte immer das schlechteste Ergebnis der vorherigen Würfe. Abzüge, die sich aus diesem Wurf ergeben, werden zu denen addiert, die sich aus der Trunkenheit des Charakters ergeben.

Modifikatoren für Tatkräftig

- **Sturzbetrunken:** −10
- **Betrunken:** −5
- **Geschwächt:** −5

Charaktere, die das Bewusstsein verlieren, müssen am nächsten Tag einen Wurf auf KON mit einem Modifikator von −5 ablegen (−10, wenn sie Komatös sind). Ein Fehlschlag bedeutet einen Kater, der alle Fertigkeiten für den Rest des Tages um –5 erschwert.

Jemanden bei Hofe verführen

Charaktere möchten vielleicht eine Adlige, einen Höfling oder sogar einen gemeinen Diener verführen, während sie sich am Hofe aufhalten. Das ist ein potenziell gefährliches Vorhaben, bei der unabhängig vom Stand der Beteiligten Vorsicht geboten ist.

Gemeine können mit einem erfolgreichen Wurf auf Liebelei verführt werden, der einen Wurf auf **Keusch/Lüstern** auslöst. Der Spielleitung steht es frei, Liebelei negative Modifikatoren hinzuzufügen, z. B. wenn der Charakter glücklich verheiratet oder in jemand anderen verliebt ist, oder wenn der Ritter des Spielers einen niedrigen AUS-Wert hat oder wichtige Würfe für Höfische Fertigkeiten (wie Tanz) nicht bestanden hat. Umgekehrt kann ein Charakter mit einem hohen AUS-Wert oder bedeutendem Ruhm einen Bonus auf Liebelei erhalten.

Edelfrauen und Höflinge sind den Rittern der Spieler gesellschaftlich relativ gleichgestellt und wachsen in einer Atmosphäre auf, die ständig davor warnt, sich von silberzüngigen, unaufrichtigen Besuchern verführen zu lassen. Wenn der Hof christlich ist, ist es wahrscheinlich, dass die gesellschaftlichen Sitten die Keuschheit betonen und ehren. Auch an einem heidnischen Hof kann öffentliche Zügellosigkeit verpönt sein, je nach Jahreszeit. Eine Adlige oder einen Höfling zu verführen, erfordert also viel Aufwand.

Zunächst muss der Charakter der Adeligen oder dem Höfling ein Gefallen erweisen, dessen Wert von ihrem Rang und Status abhängt. Das können wertvolle Geschenke, Taten oder gefährliche Wagnisse sein. Die Spielleitung sollte insgeheim einen Mindestwert für die Anzahl der Gefallen festlegen, die die Adlige oder den Höfling überzeugen, dem Charme des Spielers zu erliegen.

Geheimhaltung ist für die Sicherheit und den Ruf aller Beteiligten unbedingt erforderlich.

Folgen und Entdeckung

Wenn die Verführung (oder ihr Versuch) entdeckt wird, kann das Konsequenzen haben. Wenn es sich um eine Liaison zwischen einem Mann und einer Frau handelt, steht es der Spielleitung frei, in der Winterphase für Kindsgeburt zu würfeln, um festzustellen, ob die Verbindung Früchte trägt.

Abhängig von der Gesinnung des Lords oder der Lady wird eine Liaison zwischen einem gemeinen Diener und einem Ritter der Spieler normalerweise ignoriert. Wenn der Lord oder die Lady von der Verführung verärgert ist, kann der Diener Prügel beziehen oder sogar seinen Posten verlieren. Der Ruf des Charakters leidet in der Regel nur geringfügig – wenn überhaupt, aber er kann stark leiden, wenn der Hof die christliche Moral besonders hochhält oder wenn der Diener der persönliche Favorit des Lords oder der Lady war, unabhängig von deren Religion. Ein Verlust an Ehre ist garantiert, wenn die Verführung in irgendeiner Weise nicht einvernehmlich zu sein scheint.

Eine verheiratete Adlige oder einen Höfling zu verführen ist brandgefährlich und illegal. Ehebruch liegt vor, wenn eine Person mit jemandem außerhalb ihrer Ehe schläft, da diese ein rechtlich bindender Vertrag ist, mit dem Besitz und Erbrecht verknüpft sind. Obwohl das Kirchenrecht in Bezug auf Ehebruch nicht zwischen Männern und Frauen unterscheidet, neigt der Brauch dazu, stark zugunsten des Ehemanns zu gewichten. Denn ein Mann, dessen Frau Ehebruch begangen hat, wurde betrogen (das Bild des Kuckucks wird hier bemüht, eines Vogels, der seine Eier in das Nest eines anderen Vogels legt) und lebt in der Urangst, dass das Kind, das seine Frau im nächsten Jahr zur Welt bringt, vielleicht nicht von seinem Blut ist.

Betrogen zu werden ist eine schwere Entehrung für einen Ehemann, die eine Handlung der Rache erfordert. Wenn ein Mann seine Frau und ihren Liebhaber *in flagranti* erwischt (aus dem Lateinischen: „in flagrante delicto", d. h. unter Missachtung des Ehevertrags), hat er das Recht, den Übeltäter zu töten. Wenn er gnädig ist, kann er den Übeltäter auch einfach kastrieren. Beide Handlungen geben ihm die Ehre zurück, die er als Betrogener eingebüßt hat. Er kann seine Frau für ihre Indiskretion in ein Nonnenkloster schicken oder sie behalten, damit sie ihre Pflichten als Verwalterin erfüllt, aber nicht mehr.

Eine Affähre fortführen, kann ein tödliches Unterfangen sein!

So ist der Stand der Dinge zu Beginn der Kampagne. Doch mit der Entwicklung des Artus-Ethos entwickeln viele Adlige ein nachsichtigeres Verständnis von Verführung und Verführtwerden. Ein solches Verhalten bedeutet zwar immer noch den Verlust der Ehre in den Augen der Gesellschaft, aber die Güte verleiht immer einen Markierung für Nachsichtig, wenn die Frau nicht bestraft wird, und eine Markierung für Gnädig, wenn er ihrem Liebhaber vergibt.

Turniere

Turniere sind ein aufregendes neues Sportereignis, bei dem Gruppen von Rittern, die mit stumpfen Waffen kämpfen, versuchen, sich gegenseitig von ihren Pferden zu stoßen. Turniere, die ursprünglich

Hastiludes („Lanzenspiel“) genannt wurden, beginnen als Schlachtfeldübungen für Ritter und Knappen. Mit der Zeit wurden die Übungen zu Schauereignissen, die Scharen von Menschen anzogen.

Adlige Familien, der Klerus und ihre Gefolgsleute nehmen an den Turnieren teil, ebenso wie Händler, die Marktstände aufbauen, und verschiedene Künstler, die ihre verschiedenen Kunsthandwerke ausüben. Auch das gemeine Volk schaut sich das Spektakel an, zapft Bier, feuert seine Lieblingsritter an und tanzt zur Musik. So kann ein einziges Turnier ein Abenteuer für sich sein, denn es gibt viele Gelegenheiten für Rollenspiel, und man weiß nie, wer dort auftauchen wird. Die Anwesenheit wichtiger Lords wie Bannerherren, Grafen, Herzöge und Fürsten bietet einem teilnehmenden Ritter eine gute Gelegenheit, auf sich oder seine Sache aufmerksam zu machen.

Turniere sind sicher und erfordern die Verwendung von „Friedenswaffen“, gefälschten (stumpfen) Waffen und Lanzen, die leicht brechen. Um die Sicherheit zu gewährleisten, sind Tjoste jedoch nur für geprüfte Kriegerinnen und Krieger zugänglich, die wissen, wie man in einer Rüstung reitet und fällt, wenn man getroffen wird. Manchmal ist ein Tjost-Wettbewerb nur für Adlige von Rang zugänglich, für Ritter, die drei Generationen ritterlicher Vorfahren nachweisen können, oder für diejenigen, die sich eine hohe Startgebühr leisten können. Auf die Sieger eines Turniers warten Preise und Ruhm, während auf die Verlierer Demütigung und sogar der Verlust eines wertvollen Pferdes oder einer Rüstung warten.

Turniere werden Monate im Voraus angekündigt. Die Ritter treffen eine Woche bis einen Tag vorher ein und erhalten eine Unterkunft in den beiden Dörfern, die die Grenzen des für das große Gestampfe ausgewählten Feldes bilden, oder sie errichten ein Pavillonzelt in der Nähe des Geländes, in dem sie übernachten können, vor allem, wenn sie mit einer Dame unterwegs sind. Der Ort der Unterkünfte der Ritter gibt an, zu welchem der beiden Mannschaften des Gestampfes sie gehören. Die Ritter mischen sich und treffen sich während dieser Zeit. Es kann auch ein Buhurt abgehalten werden, in dem die Knappen üben und angeben, indem sie gegen ihresgleichen kämpfen.

Teilnahme an einem Turnier

Die folgenden Voraussetzungen müssen erfüllt sein, um an einem Turnier teilzunehmen:

- Nur Ritter dürfen an Turnieren teilnehmen. Ob es sich um einen Vasallen-, Hausritter oder Söldnerritter handelt, spielt keine Rolle, aber Knappen und Kavallerie dürfen nur an ihren eigenen Sonderveranstaltungen teilnehmen.
- Ritter ohne Ehre oder mit schlechtem Leumund dürfen nicht teilnehmen.
- Die Teilnahme in Verkleidung ist erlaubt.
- Für die Teilnahme ist eine Gebühr erforderlich.

Konsultiere *Tabelle 3.14: Hauptturniertabelle*, um die Details des Turniers anhand seiner Größe zu bestimmen, und wirf auf *Tabelle 3.14: Turniergegner* nach Bedarf, um die Konkurrenz der Ritter der Spieler zu generieren.

Die hier angegebenen zufälligen Kontrahenten gelten nur für die Periode des Knabenkönigs. Überarbeitete Listen für spätere Perioden erscheinen in den entsprechenden Bänden von *Die Große Pendragon-Kampagne*.

Kurzturniere

Den Ausgang eines einfachen Turniers (also eines, für das die Spielleitung keine außergewöhnlichen Ereignisse geplant hat) zu entscheiden, erfordert nur eine Handvoll Würfe. Dies ist ein schnelles und einfaches Turnierszenario für Ritter auf Abenteuerfahrt.

Turnierfertigkeiten und -größen

Der erste Schritt ist die Bestimmung des Turnier-Schwierigkeitsgrads (TSG), ein relativer Ausdruck für die Gegenwehr, die die Ritter der Spieler erwartet. Der TSG-Wert ist gleich der *schlechtesten* Sturmangriff-Fertigkeit der Charaktere.

Viele Modifikatoren wirken sich jedoch auf diesen Wert aus. Er kann herabgesetzt sein, weil die Grafschaft unter einem Fluch steht oder alle verängstigt sind. Er kann durch die Anwesenheit von einem oder mehreren Rittern der Tafelrunde erhöht werden oder weil jemand gegen die Ritter der Spieler Inspiriert ist. Siehe *Tabelle 3.15: Turnier-Schwierigkeitsgrad-Modifikatoren* für den Schwierigkeitsgrad von Turnieren für einige gemeine Beispiele.

Bestimme die Größe des Turniers durch Würfeln auf *Tabelle 3.13: Hauptturniertabelle.* Hier werden auch der Ruhm für Teilnehmers und den Sieger sowie der Preis, der auf dem Spiel steht, ermittelt. Füge +5 zu dem Wurf hinzu, wenn das Turnier in der Periode der Turniere oder der Gralssuche stattfindet, und +10, wenn es sich um die Periode des Zwielichts handelt.

Um das Ergebnis des Gestampfes und des Tjosts zu ermitteln, führe einen Vergleichswurf auf eine Waffenfertigkeit deiner Wahl (für den Nahkampf) oder auf Sturmangriff (für den Tjost) gegen den TSG-Wert aus und ziehe *Tabelle 3.16: Kurzturnierabhandlung* zu Rate. Lege sodann einen zweiten Vergleichswurf auf derselben Tabelle ab, um den kumulierten Schaden des Ereignisses zu ermitteln. Es ist also möglich, ein Turnierereignis zu gewinnen, dabei aber schwere Verwundungen zu erleiden! (Ein Ritter, der an einem Wettkampf teilnimmt und noch gesund genug ist, um an einem anderen Wettkampf teilzunehmen, kann dies tun und verdoppelt damit seinen potenziellen Ruhm.)

Tabelle 3.13: Hauptturniertabelle

Zufall	Grösse	Teilnehmende Ritter	Ruhm für Teilnehmer	Ruhm des Siegers	Preisgeld	Tage	Tjost-Runden	Höfische Würfe	Kosten für Sponsor	Fertigkeit des Barbiers
1–15	Nachbarschaft	25–50	15	20	£1–2	2	6	1W3	£6	14
16–18	Lokal	100–150	25	35	£4–6	2–3	7	1W6	£24–40	14
19–20	Regional, Klein	200–300	50	75	£8–12	4–5	8	1W6	£60–90	17
	Regional, Groß	400–600	75	150	£16–24	6–7	9	1W6+1	£140–220	18
	Königlich	800–1.600	100	350	£32–64	8–12	10	1W6+3	£330–800	19
	Königlich, Prachtvoll	2.400	150	500	£96	14	11	2W6+4	£1.300	20

Zufall: Relative Häufigkeit von Turnieren, die zufällig auftreten
Größe: Qualitative Definition der Größenordnung
Teilnehmende Ritter: Wie viele Ritter im Durchschnitt teilnehmen
Ruhm für Teilnehmer: Jeder, der teilnimmt, erhält eine Ruhm-Belohnung
Ruhm des Siegers: Der Sieger des Turniers erhält eine weitere Ruhm-Belohnung sowie einen Preis
Preisgeld: Was ist der Preis wert – in der Regel sind es keine Münzen, sondern etwas Ausgefallenes im Wert der entsprechenden Summe (siehe **„Turnierpreise“** auf S. 58 für Beispiele)
Tage: Dauer des Turniers von Anfang bis Ende
Tjost-Runden: Wenn du nicht die Kurzturnierregeln verwendest, ist dies die Anzahl der Ausscheidungsrunden, um den Sieger zu ermitteln.
Höfische Würfe: Die Anzahl der Höfischen Fertigkeiten, die jeder Charakter würfeln darf; würfle diese auch, wenn du die Kurzturnierregeln verwendest.
Kosten für Sponsor: Nur König Artus kann sich ein großes königliches Turnier leisten, und während seiner Herrschaft werden nur drei Turniere veranstaltet
Fertigkeit des Barbiers: Wenn sich nicht gerade eine Ehefrau, eine Geliebte oder ein Mitglied ihres Gefolges um sie kümmert, werden Ritter, die schwer verwundet sind, von einem Fachmann mit dem angegebenen Wert in Erster Hilfe und Heilkunst versorgt

Tabelle 3.14: Turniergegner

1W20 + Tjost-Runde	Sturmangriff	Waffenfertigkeit*	Schaden	Rüstung	Schaden Pferd	Rüstung Pferd
1–5	13	13	4W6	10 + 6	5W6	1
6–13	15	15	5W6	10 + 6	6W6	2
14–19	17	16	5W6	11 + 6	6W6	4
20+	19	18	5W6	12 + 6	6W6	4

*Die Waffenfertigkeit ist normalerweise Schwert, kann aber auch Schaftwaffe sein, um einen Streitkolben oder eine Axt zu führen. Passe die Rüstung der jeweiligen Zeit an.
Hinweis: Nimm an, dass die Kontrahenten einen durchschnittlichen GES-Wert von 12 haben, oder wirf 2W6+5 für zufällige Werte.

Tabelle 3.15: Turnier-Schwierigkeitsgrad-Modifikatoren

1W20	TSG-Modifikator	Ursache oder Effekt
1–3	–10	Turnier ist verflucht oder schlecht besucht
4–8	–5	Heißes oder nasses Wetter
9–13	0	Nichts Ungewöhnliches
14–15	+5	Berühmte(r) Ritter oder Familienfeind anwesend
16–18	+10	Außergewöhnliche(r) Ritter oder persönlicher Feind anwesend
19+	+15	Ritter der Tafelrunde oder Inspirierter Feind anwesend

Tabelle 3.16: Kurzturnierabhandlung

Ergebnis	Ruhm-Belohnung	Schaden
Kritisch	Ruhm des Siegers	Kein Schaden
Sieg	Ruhm f. Teilnehmer ×2	1W6
Unentschieden	Ruhm f. Teilnehmer ×1½	1W6
Teilerfolg	Ruhm f. Teilnehmer	3W6
Niederlage	Ruhm f. Teilnehmer	4W6
Patzer	Ruhm f. Teilnehmer ×½	5W6

Anmerkung: In allen Fällen wird der erlittene Schaden nicht von der getragenen Rüstung beeinflusst. Diese Zahl steht für die Ansammlung verschiedener kleiner Verletzungen, die im Laufe des Turniers durch die Rüstung gedrungen sind und nur durch Natürliche Heilung geheilt werden können.

Die Invokation

Am Morgen des Turniers hält der Sponsor (normalerweise ein hochrangiger Adliger) eine Rede, die Invokation genannt wird. Die ritterlichen Wettkämpfer ziehen in einem aufwändigen Festzug vor den Schiedsrichtern (die sowohl Ritter als auch Damen sein können) und den Schaulustigen her. Die Herolde präsentieren dann die Dame des Turniers, die die Frau des Sponsors oder eine heiratsfähige Edelfrau sein kann, deren Hand dem Sieger angeboten werden kann. Der Sponsor stellt dann den Großmarschall vor, der für den Ablauf der Veranstaltung verantwortlich ist, die Schiedsrichter, die in der Regel bekannte Veteranen, Lords und Ladys sind, und die vielen Herolde, die auf dem Feld des Gestampfes für Fairness sorgen und die Details überwachen. Der Sponsor zeigt auch den oder die Preise vor, die er vergeben wird, und legt die Bedingungen für die Gefangennahme und die Lösegelder fest, die die Schiedsrichter während des Gestampfes durchsetzen werden.

Das grosse Gestampfe

Das große Gestampfe ist eine simulierte Schlacht. Zum Zeitpunkt dieser Szenarien ist es das Hauptereignis des Turniers. Das Feld des Gestampfes ist mehrere Quadratmeilen groß und hat vage Grenzen, in der Regel zwischen zwei Dörfern, in denen die gegnerischen Mannschaften lagern. An jedem Ende ist ein *Recet* (oder Rückzugsgebiet) abgesteckt; dies sind die „hinteren Bereiche" für jede Mannschaft. Das Recet ist von bewaffneten Lakaien umgeben, deren Aufgabe es ist, gegnerische Ritter abzuwehren, die versuchen könnten, einzudringen. Die Lords bringen oft eine große Anzahl ihrer Gefolgsleute mit, um bei der Verteidigung zu helfen.

Ein großes Gestampfe kann bei Nachbarschaftsturnieren einen halben Tag oder bei regionalen oder königlichen Wettkämpfen mehrere Tage dauern.

Die Teilnehmer teilen sich in zwei gleichgroße Gruppen auf und stürmen auf ein Signal hin mit ihren Lanzen aufeinander los, um nach dem Brechen der Lanzen in den Nahkampf überzugehen. Die Mannschaften werden in Gruppen wie Conrois aufgeteilt, die sich gegenseitig unterstützen und sich die gesammelte Beute und das Lösegeld für die Gefangenen teilen können. Ein Gefangener kann von seinen Freunden gerettet werden, bevor er als gefangener Ritter in den Recet eintritt. In der Periode des Knabenkönigs werden die Ritter von ihren Knappen und Bücklingen unterstützt. Letztere sind Gehilfen, deren Aufgabe es ist, die Gefangenen vom Feld in das Recet zu führen oder, wenn nötig, dorthin zu schleppen, wo sie festgehalten werden. Manchmal dürfen sogar Kontingente von Lakaien auf das Feld, um ihren Herren zu helfen, obwohl diese Praxis in der Periode der Eroberung endet. Tagsüber können sich die Ritter in ihr Lager zurückziehen, um erste Hilfe zu erhalten, sich auszuruhen oder etwas zu trinken und zu essen, aber sie stürzen sich wieder in den Kampf, wenn sie sehen, dass ihre Seite das Nachsehen hat.

Turnier-Gestampfe folgen demselben Prozedere wie reguläre Schlachten, aber ihre Intensität beträgt nur die Hälfte des üblichen Werts.

Die Kampfrichter wachen über das Spielfeld und die Herolde weisen die Zuschauer auf spannende Kämpfe hin. Am Ende des Tages entscheiden die Richter, wer der beste Kämpfer des Tages ist und der mit einem Preis ausgezeichnet wird. Ein großes Gestampfe kann am nächsten Tag oder an mehreren Tagen fortgesetzt werden, wobei die Zahl der Kämpfer normalerweise abnimmt, weil sie gefangen genommen oder verwundet werden. Normalerweise wird jeden Tag eine Auszeichnung vergeben.

Nach dem Ende des Gestampfes des Tages wird ein Festmahl mit Musik, Tänzen, Gauklern, Barden und Troubadouren veranstaltet, das bis spät in die Nacht andauert. Ähnliche Feste finden in jeder Nacht der Veranstaltung statt.

Bei der letzten Veranstaltung oder am letzten Tag werden die Sieger der Veranstaltungen benannt und erhalten ihre Preise, und dann wird der Streiter, der Ehrenritter (*chevalier d'honneur*), gekürt. Alle Kämpfer, ungepanzert und unbewaffnet, treffen sich vor Zuschauern und umarmen einander in Freundschaft und zum Beweis, dass sie keinen Groll aufeinander hegen. Die Gefangenen leisten das Lösegeld für ihre Rüstungen und Pferde oder sogar für sich selbst, wenn dies die Bedingungen der Wettkämpfe waren. Ein abschließendes Festmahl wird abgehalten, und danach gehen die Ritter auseinander. Diejenigen, die zu verwundet sind, um zu reisen, bleiben als Gäste bei ihrem Gastgeber, bis sie wieder reisefähig sind.

Ablauf des Turnier-Gestampfes

Bei einem Gestampfe tritt eine Mannschaft gegen eine andere an. Charakterer müssen sich vor Beginn der Schlacht für eine Seite entscheiden, der sie zusammen mit einem Conroi-Anführer beitreten und nach allen Regeln aus **Kapitel 6: Schlacht** kämpfen, denn genau das ist ein Turnier-Gestampfe: Eine Scheinschlacht. Die Spielleitung muss eine Liste von Begegnungen und Gelegenheiten zusammenstellen, die für ein Turnier geeignet sind (sprich, ausschließlich Ritter). Die Größe des Gestampfes entspricht den regulären Größen der Schlacht, aber die Intensität beträgt nur die Hälfte.

Siehe *Tabelle 6.6: Ruhm für die Teilnahme an einer Schlacht*, wie viel Ruhm errungen wird, basierend auf der Größe des Gestampfes. Ritter von

Spielern erhalten wie immer individuelle Ruhm-Belohnungen für das Besiegen von Kontrahenten, aber denke daran, dass du bei der Verwendung von Turnierwaffen nur ein Zehntel des normalen Ruhmes vergeben solltest.

Herolde und Richter halten die Taten und Leistungen fest, und der große Preis des Turniers geht an denjenigen, der nach Meinung der Richter im Gestampfe am tapfersten, schneidigsten und effektivsten war.

Die Regeln für das Turnier-Gestampfe sind einfach und kurz:

- Lanzen und scharfe Waffen werden für das Turnier abgestumpft.
- Ein Ritter ist besiegt, wenn er vom Pferd geholt, bewusstlos geschlagen, getötet wird (natürlich aus Versehen) oder sich ergibt.
- Wenn ein Gegner besiegt wird, kann sein Ross genommen werden und wird zum Preis des Siegers, wenn der Ritter oder seine Knappen es in den sicheren Bereich bringen und dort halten kann.
- Von Rittern in derselben Mannschaft und vor allem im selben Conroi wird erwartet, dass sie sich gegenseitig helfen.
- Mehrere Kontrahenten können einen einzelnen Ritter angreifen.

Der Tjost

Sir Marhaus erringt den Preis

Dann zog Sir Marhaus weiter, und nach zwei Tagen brachte ihn sein Fräulein zu einem großen Turnier, das die Lady de Vawse hatte ausrufen lassen. Und wer den Sieg errang, sollte einen reichen goldenen Reif erhalten, der tausend Bezantiner wert war. Und da kämpfte Sir Marhaus so tapfer, dass er allen voran war, und hatte zu einer Zeit vierzig Ritter in den Sand gestreckt, und so wurde der goldene Reif ihm verliehen.

*—Malory, **König Arthur und die Ritter der Tafelrunde**, Viertes Buch IV, XXV. Kapitel*

In der Periode der Eroberung wird eine zweite Turnierdisziplin eingeführt, die „Tjost zum Vergnügen" (*joust a plaisance*) genannt wird. Zunächst ist es nur ein kleines Turnier, bei dem die Herausforderer in Einzelduellen gegen alle anderen antreten. Das sind protzige und prahlerische Veranstaltungen, die nur von hochmütigen Angebern durchgeführt werden. Als gelegentliches Ereignis begonnen, werden sie immer beliebter und regelmäßiger, so dass sie in der Periode der Minne zu formalisierten Ausscheidungswettkämpfen werden, an deren Ende ein einziger Sieger steht. Sie werden oft vor dem Gestampfe ausgetragen, das immer noch als Hauptereignis gilt, damit so viele Ritter wie möglich daran teilnehmen können, da das Gestampfe einen Teilnehmer oft ganz aus dem Kampf nimmt. Beim Tjost wird jedem Teilnehmer ein zufälliger Kontrahent zugelost, gegen den er in bis zu drei Lanzengängen auf einem Feld, Kampfbahn genannt, antreten muss.

In der Periode der Turniere gibt es viele Veränderungen, da das Turnier zu einem zentralen Ereignis für die soziale Interaktion wird. Das Gestampfe verliert an Bedeutung und der Tjost wird zum Hauptereignis. In der Mitte der Periode wird das Gestampfe ganz eingestellt. Individuelles Talent und Pomp sind wichtiger als martialische Fähigkeiten. In der Periode der Turniere wird eine Barriere, die sogenannten Schranken, entlang der Mitte der Kampfbahn errichtet, um zu verhindern, dass die Pferde ineinander laufen, und es werden neue Arten von Lanzen und Rüstungen eingeführt, um die Sicherheit zu erhöhen.

Neue Turnierbräuche kommen in Mode, wie zum Beispiel die Helmschau. Am Tag vor Beginn des Turniers legen alle Ritter ihre Helme und Schilde in einer Reihe aus, damit sie identifiziert werden können. Richter und Edeldamen nehmen sie unter die Lupe und weisen auf jeden hin, der unehrenhaft ist, sich im Exil befindet oder anderweitig ungeeignet für dieses Turnier ist. Wenn sich diese Anschuldigungen als wahr herausstellen, wird der/die Teilnehmer/in vom restlichen Wettkampf ausgeschlossen.

Zu diesem Zeitpunkt wird ein Vesper-Turnier eingeführt. Am Abend vor dem Hauptturnier wird ein kleines Turnier veranstaltet, damit neue Ritter ihre Fertigkeiten unter Beweis stellen und bewundert werden können, ohne zwischen den erfahreneren Rittern unterzugehen.

Auch für Knappen und Edelknechte, die nicht mehr an den Hauptveranstaltungen teilnehmen dürfen, wird der Buhurt formalisiert. Es ist ein freies Gestampfe, das denselben Regeln folgt wie das große Gestampfe. Obwohl die Preise, ob Rüstung, Pferde oder Lösegeld, den ritterlichen Äquivalenten unterlegen sind, ist es für erfahrene Knappen immer noch eine Möglichkeit, sich etwas dazuzuverdienen.

Formelle Tjost-Veranstaltungen brauchen einige Zeit, um sich zu etablieren, und kommen etwa zehn Jahre nach Artus' Krönung auf. Letztendlich verdrängen sie alle anderen Arten des Turnierwettkampfs vollständig.

Und dann stellten sie sich zum Kampf auf und kamen so schnell zusammen, wie ihre Pferde laufen konnten, und brachen ihre Schilde und Harnische, und der eine mehr als der andere; und Gawain wurde auf der linken Seite verwundet, aber der andere Ritter wurde durch die Brust gestoßen, und die Lanze kam auf der anderen Seite heraus, und so fielen sie beide aus dem Sattel, und im Fallen zerbrachen sie beide ihre Lanzen.

Tabelle 3.17: Tjost-Ergebnisse

Vergleichswurf Sturmangriff	Effekt
Kritisch	Perfekter Treffer. Du stößt deinen Kontrahenten automatisch aus dem Sattel (kein GES-Wurf erforderlich), der 2W6 Sturzschaden erleidet; bei einem misslungenen Wurf auf Reitkunst wird er unter seinem Pferd zerquetscht (erleidet den Sturmschaden des Pferdes). Lanze bricht.
Erfolg	Treffer und Lanze bricht; der Kontrahent legt einen GES-Wurf ab, um im Sattel zu bleiben
Unentschieden, doppelt kritisch	Treffer Lanze auf Lanze, beide Lanzen brechen; beide müssen Würfe auf Reitkunst bestehen, um den Sturz des Pferdes zu verhindern!
Unentschieden, doppelter Erfolg	Beide treffen, beide Lanzen brechen, beide müssen GES würfeln, um im Sattel zu bleiben
Unentschieden, doppelter Fehlschlag	Beide verfehlen, keine Lanze bricht
Unentschieden, doppelter Patzer	Wirf 1W6: • **1–2:** Beide treffen das Pferd des Kontrahenten (beide werden disqualifiziert) • **3–4:** Beide verfehlen, die Pferde kollidieren, wenn es kein zentrales Hindernis (Schranken) gibt, jedes Pferd nimmt den vollen Sturmangriffsschaden des anderen Pferdes; wenn Schranken vorhanden sind, dasselbe Ergebnis wie 5–6 • **5–6:** Beide verfehlen, beide Reiter fallen von ihren Pferden, ohne getroffen zu werden, und beide erleiden 1W6 Sturzschaden
Teilerfolg	Treffer, die Lanze bricht, wenn eine ungerade Zahl für den Sturmangriff gewürfelt wird.
Niederlage	Fehlschlag, GES-Wurf, um im Sattel zu bleiben, ansonsten erleide 1W6 Sturzschaden
Patzer	Oh-oh, wirf 1W20 ... • **1–5:** Wenn Schranken vorhanden sind, triff die Schranken; wenn keine Schranken, dasselbe Ergebnis wie 6–10 • **6–10:** Trifft das Pferd des Kontrahenten (disqualifiziert) • **11–12:** Lanze durch den Schlag fallen lassen, was dich wie einen inkompetenten Jungspund aussehen lässt (–5 auf Höfische Fertigkeiten für den Rest des Turniers) • **13–14:** Vom Pferd geworfen, das davon rennt; erleide 1W6 Sturzschaden • **15–16:** Trifft den Sattel des Kontrahenten und verärgere ihn möglicherweise (Nachsichtig Wurf) • **17–18:** Sturz vom Pferd und erleide 1W6 Sturzschaden • **19–20:** Sturz vom Pferd, Fuß im Steigbügel verhakt, erleide 3W6 Schaden, weil mitgeschleift (kein Rüstungsschutz)

In der Periode des Zwielichts rückt der Stolz auf die Klasse in den Vordergrund, was zum großen Teil darauf zurückzuführen ist, dass die Rolle des Ritters auf dem Schlachtfeld abnimmt, da die ausgebildete Infanterie in der Kriegsführung nützlicher wird und die wohlhabende Stadtbevölkerung sich ihren Weg in die wirtschaftliche Bedeutung bahnt. Eine Folge davon ist, dass die Startgebühr für die Teilnahme an einem Turnier stark ansteigt und die Teilnehmer nachweisen müssen, dass sie Erbe von mindestens drei Generationen des Ritterstandes sind.

Die Turniere werden zu opulenten Festumzügen. Anstelle von martialischen Großtaten stehen Zeremonien und Unterhaltung im Vordergrund. Nur noch die Tjost-Ausscheidungen protzen mit Trompeten und Herolden. Paraden, Theatralik und andere teure Vergnügungen, die Szenen aus Mythen und Legenden oder aus der Minne darstellen, wie zum Beispiel Ritter, die eine künstliche Burg stürmen, die von blumenwerfenden Ladys verteidigt wird, dominieren die Zeit, die dem Ereignis gewidmet ist. Auch die Ladypromenade ist ein fester Bestandteil dieser Bühne.

Ritter der Tafelrunde dürfen normalerweise nicht gegeneinander kämpfen, aber für Tjost-Wettbewerbe wird diese Regel ausgesetzt.

Prozedere des Turnier-Tjosts

Turnier-Tjosten werden als eine Reihe von Einzelwettkämpfen mit entgegengesetzten Fertigkeiten im Sturmangriff ausgetragen. Jeder Wurf mit der Fertigkeit Sturmangriff wird als „Durchgang" bezeichnet.

Turnier-Tjost verwendet sein eigenes Prozedere, die von anderen berittenen Attacken abweichen.

Tjosten ist ein Wettkampfsport, bei dem es um das Ausscheiden geht. Dabei geht es nicht darum, einen Gegner zu töten, sondern ihn in einem demütigenden Spektakel vom Pferd zu stoßen oder (falls das nicht gelingt) als Erster drei Lanzen auf dem Schild deines Kontrahenten zu zerschlagen. (Tjost-Lanzen sind so konstruiert, dass sie öfter brechen.) Zwei Ritter gürten ihre Schilde, halten ihre Lanzen unter den Armen und über den Hälsen ihrer Pferde und spornen ihre Pferde unter tosendem Applaus an.

Das Turnier-Tjosten unterscheidet sich vom Sturmangriff auf einen Kontrahenten in der Schlacht oder vom Tjosten, der als Teil einer Herausforderung ausgeführt wird. Beim Tjosten werden die Ergebnisse aus Tabelle 3.17: *Tjost-Ergebnisse* verwendet, um ein Ergebnis zu bestimmen. Obwohl die Fertigkeit Sturmangriff immer noch verwendet wird, unterscheiden sich die Ergebnisse von denen des Kampfes.

Einige blutrünstige Ritter können Tjosten mit unmodifizierten Lanzen veranstalten. Diese tödlichen Wettkämpfe werden nach dem normalen Verfahren für Berittene Sturmangriffe abgewickelt.

Turnier Tjost-Ruhm

Der Ruhm für den Sieg in einer Runde entspricht einem Zehntel des Ruhmes des Kontrahenten.

Wenn unmodifizierte Lanzen verwendet werden, wird die Hälfte der Ruhm-Belohnung für den Kampf vergeben.

Turnier-Tjostwertung

Die Tjost-Wertung wird in der Periode der Turniere eingeführt. Dabei handelt es sich um ein formales Punktesystem, bei dem Punkte für einen Lanzentreffer auf Brust, Helm oder Schild des Kontrahenten vergeben werden. Meistens gibt es bei einem Turnier drei Durchgänge. Der Gewinner der Begegnung ist der Ritter mit den meisten Punkten, der in die nächste Ausscheidungsrunde kommt. Bei manchen Turnieren gibt es keine Ausscheidungsrunden, sondern es wird ermittelt, wer am Ende des Turniers die meisten Punkte errungen hat.

Punkte werden wie folgt vergeben:

- **Aus dem Sattel holen:** 3 Punkte oder sofortiger Sieg, abhängig von den Regeln
- **Treffen von Lanze auf Lanze:** 2 Punkte
- **Gebrochene Lanze:** 1 Punkt
- **Getroffen, aber Lanze nicht gebrochen:** 0 Punkte, wird aber als Unentschieden verwendet
- **Treffer Sattel:** –1 Punkt
- **Treffer Schranken:** –2 Punkte
- **Treffer Pferd:** Disqualifikation

Turnier-Preise

Ritter, die das Burhut und das Tjost gewinnen, haben Anspruch auf einen Preis. Die Spielleitungen können sich ihre eigenen Preise ausdenken oder Tabelle 3.18: *Turnierpreise* als Leitfaden verwenden, um ihren Wert zu bestimmen; die hier aufgeführten Beispiele sind inspiriert von tatsächlichen, aufgezeichneten Turnierpreisen, die aus historischen Dokumenten aus dem zwölften bis sechzehnten Jahrhundert stammen. Beachte den Modifikator für den Wurf der Größe des Turniers, der je nach Größe des Turniers ansteigt.

Tabelle 3.18: Turnierpreise

1W20	Resultat
1	Goldgürtel, £1
2	Goldener Ring, £1
3	Erweiterter Nasalhelm, goldfarben, mit einer silbernen Figur des Heiligen Bartholomäus auf dem Kamm, £2
4	Erweitertes Ringpanzerhemd, £2
5	Reich verziertes Ritterschwert, £3
6	Goldene Kette, £3
7	Erweitertes Ringpanzerhemd, £3
8	Weißer Fährten- oder Spürhund mit goldenem Halsband, £3
9	Prachtvoll gearbeiteter Erweiterter Nasalhelm, aufwändiger Kamm (Rüstungsschutz 3), £5
10	Goldener Reif oder Krone, £5
11	Reiche Ritterkleidung, £5
12	Großer Rubin, £6
13	Erweiterter Nasalhelm, diamantbesetzt, mit einem goldenen nackten Amor an einen Lorbeerbaum gebunden, £7
14	Mittelgroßer Diamant, £7
15	Goldring mit einem großen Rubin, £7
16	Goldring mit einem mittelgroßen Diamanten, £8
17	Exquisite Goldfigur eines Löwen, Geiers oder eines anderen königlichen Tieres, £9
18	Prächtige Ritterkleidung, £10
19	Goldene Spange oder Brosche mit kleinen Rubinen verziert, £11
20	Stab oder Knüppel aus Gold, gekrönt von einem großen Rubin, £11
21	Goldene Spange oder Brosche mit kleinen Diamanten verziert, £12
22	Schicker goldener Kelch, verziert mit kleinen Rubinen und Diamanten, £12
23	Hellfuchsfarbenes Streitross, das kommt, wenn man es ruft, und tänzeln kann, £21 (Werte des normalen Streitrosses)
24	Prachtvolles braunes Streitross, £23 (Werte des normalen Streitrosses, aber 60 TP)
25	Edler grauer Renner, £27 (Werte des normalen Renners, aber Bewegung 22)

Turniergrößen-Wurfmodifikator: Nachbarschaft +0, Lokal +1, Regional (Klein) +2, Regional (Groß) +3, Königlich +4, Königlich (Prachtvoll) +5

Turnier-Nebenereignisse

Turniere sind voller Gelegenheiten, auf Merkmale und Leidenschaften zu würfeln. Ritter von Spielern können jeder dieser Leidenschaften frönen, die der Spieler wünscht. Bevor die Wettkämpfe beginnen, findet ein großes Festmahl statt (siehe weiter vorne in diesem Kapitel), gefolgt vom Gottesdienst am nächsten Morgen. Charaktere, die schlemmen wollen, sollten Schwelgerisch markieren, während diejenigen, die sich enthalten, Maßvoll markieren sollten. Auch die Entscheidung, die Kirche zu besuchen oder nicht, markiert Fromm bzw. Weltlich. Das Vorhandensein so vieler in Frage kommender Partner gibt die Möglichkeit, Lüstern zu markieren, oder ihnen zu widerstehen, um Keusch zu markieren.

Ritter haben die Möglichkeit, an höfischen Wettkämpfen teilzunehmen, wenn sie möchten. Dabei handelt es sich um Vergleichswürfe aller Teilnehmer, aus denen ein Sieger hervorgeht. Alle Ritter von Spielern würfeln gleichzeitig für ihre Charaktere, und schlechtere Würfe werden eliminiert. Wenn es ein Unentschieden für den besten Wurf gibt, müssen die Teilnehmer weiter würfeln, bis einer von ihnen gewinnt.

Besuch an einem fremden Hof

Der Besuch eines fremden Hofes (jeder Hof, der nicht der des Lehnsherrn des eigenen Charakters ist) ist ein übliches Ereignis für einen Ritter. Es kann sein, dass er als Wache für ihren reisenden Lehnsherrn oder seine Lady fungiert oder mit anderen Rittern auf ein Abenteuer auszieht. Bestimmte Protokolle werden befolgt.

Begegnung mit fremden Rittern auf Patrouille

Die Charaktere können gelegentlich in andere Grafschaften oder Königreiche reisen. Die meisten Ritter (auch die Ritter von Spielern) müssen im Rahmen ihrer Pflichten an den Grenzen ihrer Grafschaft patrouillieren; alle kennen die Konventionen, die gelten, wenn sie einer Patrouille begegnen.

Ein Treffen mit einer Patrouille wird mit ziemlicher Sicherheit kurz nach dem Überqueren der Grenze zu einer anderen Grafschaft oder zu einem anderen Königreichs erfolgen. Hier kommen die Fertigkeiten Höfische Sitten und Identifikation ins Spiel. Ein erfolgreicher Wurf auf Höfische Sitten stellt sicher, dass dein Charakter einen guten Eindruck auf die Patrouille macht und die Beziehungen

verbessert. Ein erfolgreicher Wurf auf Identifikation ermöglicht es Rittern von Spielern, etwas über die fremden Ritter zu erfahren, insbesondere über ihre berühmten (Kampf-)Fertigkeiten und darüber, welchem Lord sie dienen, was wichtige Informationen liefert und soziale Intrigen oder Schmeicheleien ermöglicht.

Wenn der fremde Lord oder die fremde Lady die Ankunft der Ritter der Spieler erwartet, begrüßt einer der einheimischen Ritter sie und lädt sie auf die Burg des Herrn ein und begleitet sie dorthin. Der Ritter schickt auch einen Boten, um Lord oder Lady eilig zu informieren, damit die Burg oder der Saal für die Gäste vorbereitet werden kann.

Erwartet der Lord oder die Lady die Charaktere nicht, dann verlangen die patrouillierenden Ritter, ihr Anliegen zu erfahren, und erwarten, dass sie ihre Absichten bekannt geben. Die Ritter der Spieler wissen, dass eine friedliche Geste von ihnen erwartet wird und sie ihr Anliegen mitteilen oder einfach sagen sollten, dass sie sich „auf der Durchreise“ befinden. Die Patrouille kann die Ritter der Spieler passieren lassen (vor allem, wenn ihre jeweiligen Lords einander freundlich gesinnt sind), oder aber sie stattdessen zum Verhör in die Burg ihres Lords bringen.

Die Charaktere wissen, dass Widerstand zu Feindseligkeiten führt. Wenn die Ritter der Spieler sich weigern, Auskunft zu geben, werden die Wachen wahrscheinlich misstrauisch und empfindlich. Die Spielleitung kann im Namen der Patrouille einen Modifikator zu einem Misstrauisch-Wurf hinzufügen, dessen Erfolg dazu führt, dass die Patrouille die Weigerung der Spieler als feindliche Handlung interpretiert. Wenn die Patrouille den Charakteren zahlenmäßig überlegen ist, kann sie angreifen, wobei ein feindlicher Knappe oder Bote mit dieser üblen Nachricht zur Burg galoppiert, sobald der Kampf beginnt. Der Lord wird wahrscheinlich seine Hausritter versammeln, sich bewaffnen und zu dem Ort eilen, an dem der Kampf stattfindet (wenn die Burg in der Nähe ist) oder stattgefunden hat (wenn er weiter entfernt ist). Ein Kampf mit der einheimischen Patrouille macht Feinde, und der Lord muss gegenüber Fremden keine Gnade walten lassen.

Am Tor einer fremden Burg

Wenn keine Patrouille die Ritter der Spieler abfängt, finden sie vielleicht ein Burgtor, das tagsüber für den örtlichen Verkehr geöffnet ist. Eine Handvoll Wachen steht immer am Tor, um die Identität und die Absichten aller Eintretenden zu überprüfen, vor allem von bewaffneten und berittenen Rittern.

Wenn das Tor geschlossen ist, reitet man normalerweise heran und klopft, bläst ins Horn, läutet eine Glocke oder schreit einfach, bis jemand erscheint und einem zuhört. Diese Person wird normalerweise Pförtner genannt, weil es ihre Aufgabe ist, die Pforte oder das Tor zu hüten. Ein Pförtner zu sein ist ein angesehener Posten auf jeder Burg, denn er entscheidet darüber, wer sofort oder später eintritt. Ein erfolgreicher Wurf auf Höfische Sitten kann den Spielern helfen, wenn sie unerwartet erscheinen. Der Pförtner kann sich entscheiden, den Eintritt sofort zu gestatten, aber es ist wahrscheinlicher, dass er eine Nachricht an seinen Lord schickt. Die Charaktere müssen geduldig vor dem Tor warten, auch wenn das Wetter beklommen ist.

Irgendwann taucht ein Kastellan, ein Verwalter oder ein anderer Beamter auf und heißt die Ritter am Hof willkommen. Die Gastfreundschaft muss vom Burgherrn gewährt und von den Besuchern angenommen werden (siehe unten).

Der Innenhof

Beim Betreten der Tore kommen den Besuchern Stallknechte und Vögte entgegen und bieten ihnen an, ihre Pferde zu übernehmen. Ritter sollten ihren Knappen ohnehin befehlen, sich um ihre Pferde zu kümmern, wobei ihnen die Stallknechte helfen. Es ist wahrscheinlich, dass die Knappen in oder bei den Ställen bleiben, bis sie am nächsten Tag gerufen werden, denn es ist ihre Pflicht, auf die Pferde und das Hab und Gut ihrer Ritter aufzupassen. Einem Ritter eines Spielers steht es jedoch frei, seinen Knappen als Leibdiener und Boten einzusetzen, wenn es nötig ist. Die Knappen erhalten Essen und können ein Bett im Heu der Ställe finden.

Vorstellung am Hofe

Diener geleiten die Besucher in die Gegenwart des regierenden Lords oder der Lady, die sich vielleicht auf ihrem hohen Sitz, in ihrem Schlafgemach (es ist nicht ungewöhnlich, dass Herrscher Gäste von ihrem Bett aus empfangen) oder mit einer anderen Pflicht beschäftigt sind. Sie begrüßen die Ritter und erkundigen sich nach ihren Namen, wenn sie sie nicht kennen. Der Charakter mit dem höchsten Ruhm sollte für alle sprechen und einen Wurf auf Höfische Sitten ablegen, dessen Ergebnis den Ton der Begegnung bestimmen kann. Der Lord kann nach ihren Geschäften fragen oder sich nach ihrem Ziel erkundigen, ist aber nicht dazu verpflichtet, denn es ist alter kymrischer Brauch, zuerst Gastfreundschaft zu zeigen. Nach der Begrüßung sind die Ritter der Gnade ihres Gastgebers ausgeliefert, der sie normalerweise einlädt, so lange zu bleiben, wie sie es wünschen. Dann werden die Ritter aus

Der Besuch eines Hofs einers anderen Lords geht mit vielen Erwartungen an formelles Verhalten beider Parteien einher.

der Gegenwart des Fürsten weggeführt. Der Fürst ist nicht verpflichtet, sie wiederzusehen. Ein erfolgreicher Wurf auf Höfische Sitten kann eine Einladung zum Essen mit der Familie des Fürsten nach sich ziehen.

Ein Führer, vielleicht ein Kämmerer oder Seneschall oder vielleicht einer der Pagen oder Knappen des Hofes, bringt die Ritter zu ihrem Quartier. Je nach Epoche und Reichtum des Herrschers kann das ein möbliertes Turmzimmer sein, das sich die Charaktere teilen, oder aber auch ein Haufen sauberes Stroh in der Halle. Der eigentliche Bewohner des Zimmers (oder des Bodenbereichs) zieht aus, um Platz für die Ritter der Spieler zu schaffen. Ein separates Gästehaus (falls vorhanden) ist normalerweise für sehr wichtige Besucher, wie Diplomaten oder Agenten des Königs, reserviert. Ein erfolgreicher Wurf auf Höfische Sitten kann selbst dem niedrigsten Ritter dessen Tür öffnen.

Die Ritter der Spieler erhalten Utensilien, um den Schmutz der Straße abzuwaschen: Eimer mit Wasser, Seife und Handtücher sind vorhanden. Wenn der Anführer einen hohen Rang hat, wird ihm auch ein Bad zur Verfügung gestellt, das andere Ritter nach ihm benutzen können – das Wasser wird normalerweise nicht gewechselt.

Wenn die Ritter eine Einladung zum Essen mit der Familie des Fürsten erhalten, wird von ihnen erwartet, dass sie ihre beste Kleidung anlegen. Wenn ihre Manieren die Gastgeber sehr beeindrucken oder die Gastgeber besonders großzügig sind, können sie den Besuchern auch teure Gewänder anbieten, die sie während ihres Aufenthalts tragen dürfen.

Während ihres Aufenthalts gewährt der Lord oder die Lady Rittern eine begrenzte Bewegungsfreiheit auf der Burg. Einer der Hofdiener begleitet sie immer und versucht geschickt, sie von den Dingen fernzuhalten, von denen der Lord nicht will, dass sie sie sehen oder über sie sprechen. Wenn es sich bei dem Diener um einen Gemeinen handelt, kann ein erfolgreicher Wurf auf Volksweisheit ihn beruhigen, und ein erfolgreicher Wurf auf Intrigen kann es einem Charakter ermöglichen, etwas über das Treiben auf der Burg zu erfahren und vielleicht zu hören, ob etwas Ungewöhnliches vor sich geht.

Sobald sie die Gastfreundschaft erhalten haben, sollten Ritter der Spieler die Burg nicht ohne die Erlaubnis des Burgherrn verlassen. Das nennt man „um Erlaubnis bitten, sich zu entfernen“ und ist ein wichtiger Bestandteil der Gastfreundschaft. Wenn du die Burg verlässt, ohne um Erlaubnis zu bitten, kostet dich das einen Punkt Gastfreundschaft. Wenn die Zeit angemessen ist, kann der Lord oder die Lady ihnen etwas zu essen für den Weg schenken, Anweisungen, wie sie zum nächsten Ziel kommen, und vielleicht auch einen Führer für die nächste Etappe der Reise zur Seite stellen. Es kann auch sein, dass sie zum Abschied einen Scheidebecher mit Wein anbieten und die Ritter sogar bitten, Botschaften oder Nachrichten an andere Höfe zu überbringen, wenn der Lord oder die Lady sie schätzt.

Speisen an der Tafel des Lords oder der Lady

Wenn das Abendmahl näher rückt, bringt ein Diener die Charaktere in den großen Saal und weist ihnen die ihrem Stand entsprechenden Plätze zu, indem er die Bewohner zurückstößt, um Platz zu schaffen. Namhaften oder renommierten Rittern kann ein Platz an der hohen Tafel angeboten werden, möglicherweise neben dem Lord oder der Lady.

Das Tischgespräch ist für Prahlerei, gute Laune und Belanglosigkeiten gedacht. Die Spielleitung kann die Ritter der Spieler auf Wunsch durch die Prozedur des **„Festmahls“** führen, die weiter vorne in diesem Kapitel beschrieben wird.

Wenn der Lord an der alten kymrischen Tradition der Gastfreundschaft festhält, fragt er die Charaktere erst nach dem letzten Gang nach ihrem Anliegen. Eine Bitte um Nachrichten von der Außenwelt kann dieser Frage vorausgehen oder folgen und könnte eine Gelegenheit für Charaktere sein, Redekunst-Würfe zu absolvieren.

Unterhaltung

Der Fürst bietet den Ritter der Spieler während ihres Aufenthalts Vergnügungen an. Es kann sein, dass der Fürst einfach nur mit seinem Reichtum und seiner Großzügigkeit angeben möchte, oder er mag die Charaktere und genießt ihre Gesellschaft, oder er möchte Ablenkungen anbieten, um ein gezieltes Treffen mit den Rittern der Spieler aus politischen oder diplomatischen Gründen zu verzögern.

Der Aufenthalt am Hofe eines fremden Fürsten verspricht Musik, Späße, Tanz, Glücksspiele, Falknerei und jede Menge Jagdvergnügen.

Abends, meist nach dem Essen, ruft der Fürst Unterhalter in die Haupthalle. Darunter sind Musiker aller Art, wie beispielsweise Sänger, Harfenspieler, Lautenisten, Flötisten und Trommler. Jongleure, Pantomimen und Narren werden mit lustigen und aufregenden Zurschaustellungen körperlicher Geschicklichkeit oder des Humors verblüffen. Zur Unterhaltung können auch Gedichtrezitationen und Musik von einem renommierten Barden gehören, wenn der Hof besonders wohlhabend oder berühmt ist. Charaktere können sich anbieten, zur Belustigung des Hofes aufzutreten, oder sie können dazu

aufgefordert werden. Sie können Würfe auf ihre Fertigkeiten in den Bereichen Komposition, Redekunst, Instrumentenspiel und Gesang versuchen, um ihre edlen Gastgeber zu beeindrucken (oder auch nicht). Die Spielleitung sollten ihre Spieler dazu ermutigen, diese Ereignisse auszuspielen.

Ein Tanz ist ebenfalls ein übliches Vergnügen, und die Ritter von Spielern haben die Chance, mit erfolgreichen Tanz-Würfen zu zeigen, was sie können, um sich bei Hofe und bei allen, mit denen sie gerade Liebeleien hegen, beliebt zu machen.

Gelegentlich nehmen Charaktere auch an Glücks- oder Geschicklichkeitsspielen teil. Glücksspiele sind ein weit verbreiteter Zeitvertreib für Adlige, und Charaktere haben die Möglichkeit, je nach ihren Spielen-Würfen einige Denarii am Tisch zu gewinnen oder zu verlieren. So mancher Ritter bringt sogar seinen eigenen Würfelbecher oder ein Reiseset mit Backgammon- oder Schachfiguren mit, um sicherzugehen, dass keine Gelegenheit für ein Glücksspiel oder eine Herausforderung ungenutzt bleibt.

Ritter und Adel genießen das Wetten beim Glücksspiel.

Jede Art von Spiel wird wahrscheinlich begeisterte Teilnehmer/innen anziehen. Trinkwettbewerbe sind natürlich der Dauerbrenner unter kampflustigen Rittern und ausgelassenen Heiden. Das Singen von Liedern ist manchmal mit einer Wette verbunden: Das Mitglied der Gruppe, das am wenigsten Unterhaltungswert bot, wird durch eine Abstimmung nach dem Ende der Musik ermittelt und muss eine Art von Verlust hinnehmen, der oft im Lied angegeben wird.

Das Geschichtenerzählen ist wahrscheinlich der beliebteste Zeitvertreib am Hof.

Abgesehen von Spielen und Wetten ist das Geschichtenerzählen der beliebteste Zeitvertreib bei Festen. Anekdoten- und Geschichtenerzähler sind geschätzte Gäste; Barden können immer mit gutem Essen und Trinken als Gegenleistung für ihre Geschichten rechnen, aber auch Ritter und Damen können ihre eigenen Geschichten präsentieren. Die Besten können erwarten, dass sie den ganzen Saal mit ihren Geschichten fesseln, oft mit musikalischer Untermalung. Geschickte Geschichtenerzähler hören an einem dramatischen Punkt ihrer Erzählung auf und sichern sich so eine Einladung zum nächsten Fest, damit sie ihre Geschichte zu Ende erzählen können!

Viele Male erhalten die Geschichten eine visuelle Komponente durch die Wandteppiche, die in der Halle hängen. Die gewebten oder gemalten Wandteppiche spenden nicht nur Wärme, sondern stellen auch Szenen dar, die in der Regel mit einem erklärenden Text versehen sind, aus dem der kundige Erzähler seine Schlüsse ziehen kann. Der Wandteppich dient also sowohl als Ansporn zum Erzählen als auch als visuelle Hilfe für die Zuhörer.

Clydnod der Diplomat

Sir Clarion wurde auserwählt, im Namen seines Lords Frieden mit einem benachbarten Baron auszuhandeln. Zu seinen Zielen gehören die folgenden: (1) freier Zugang zu den Handelsstraßen der Baronie; (2) Verzicht auf die Jagdrechte im Bedegraine-Wald; (3) Mautrechte an der Hochwasserbrücke.

Sein Lord, König Leodegrance, gibt Sir Clarion £10 in römischem Silber, um die Räder schmieren zu können. Im Laufe des Szenarios verteilt Sir Clarion £4 an „Geschenken" und führt drei Vergleichswürfe auf Höfische Sitten (zu Zwecken der Diplomatie) gegen Höflinge und den rivalisierenden Baron selbst durch.

Er gewinnt zwei und erhält die Konzession des Barons für die Handelsstraßen und die Jagdrechte im Bedegraine-Wald. Der Baron ist jedoch nicht bereit, auf die Mautrechte zu verzichten.

Sir Clarion sitzt auf und reitet nach Hause, um König Leodegrance die gemischten Nachrichten zu überbringen.

In den kommenden Tagen kann ihr Gastgeber die Charaktere auffordern, an einer Jagd teilzunehmen und ihre Jagd-Fertigkeit zu üben oder ihr Können in der Falknerei zu demonstrieren. Ein Diener wird sie immer begleiten und entweder besorgen, was die Charaktere wollen, oder sie darüber aufklären, warum sie es nicht bekommen können. Außerhalb ihres Quartiers ist es schwer, Zeit zu finden, um ohne Eskorte mit jemandem allein zu sein.

Diplomatie bei Hofe

Ritter von Spielern sind vielleicht in diplomatischer Mission für ihre Lehnsherren unterwegs oder wollen die hohe Kunst der Diplomatie zum eigenen Vorteil nutzen. Die einfache Version der Diplomatie besteht darin, dass sich der Charakter unter vier Augen mit dem Lord oder der Lady (und vielleicht ihren Ratsmitgliedern, Schreibern und Priestern) trifft und erklärt, was sie zu erreichen wünschen. Dann überreichen sie £1W6+3 in Form von Geschenken; wer diese Mindestvoraussetzungen für den Wert der Geschenke nicht erfüllt, erleidet zumindest einen Abzug von –5 auf alle Höfischen Fertigkeiten für die Zwecke der Diplomatie. Hochmütige oder selbstsüchtige Lords können die Ritter der Spieler wegschicken oder ihre Güter beschlagnahmen!

Der gegnerische Diplomat könnte der Fürst oder die Lady oder einer ihrer Vertreter sein. Die Spielleitung bestimmt die Höfische Sitten-Fähigkeit des gegnerischen Diplomaten mit einem Wurf von 3W6+4. Es ist durchaus möglich, dass der Gegner für seine diplomatischen Fertigkeiten berühmt ist.

Ein Vergleichswurf auf Höfische Sitten zwischen Diplomaten bestimmt den Gewinner, sprich wer seine Wünsche erfüllt bekommt. Das gesamte Szenario kann mit einem Wurf auf Höfische Sitten abgehandelt werden oder über mehrere Verhandlungstage verlaufen. Für besonders schwierige Fälle kann die Spielleitung einen Reflexiven Modifikator von –5/+5 oder sogar –10/+10 auferlegen.

Spionieren bei Hofe

Charaktere müssen vielleicht jemanden für ihren Lehnsherrn ausspionieren, während sie sich an einem fremden Hof aufhalten. Spionieren bedeutet, Informationen von jemandem einzuholen, der sie für sich behalten will. Das ist ein verräterisches Unterfangen. Wie bereits erwähnt, ist es für Charaktere schwierig, Zeit zu finden, um mit jemand anderem als der zugewiesenen Eskorte allein zu sein; sie können die Eskorte nach Informationen aushorchen, die ebenfalls ausgebildet worden sein könnte, mit ihrer eigenen Fertigkeit Intrigen zu widerstehen.

Der Ritter des Spielers muss zuerst einen Informanten auswählen. Innerhalb eines vernünftigen Rahmens kommt jeder am Hof als Informant in Frage, einschließlich Beamten des Hofes, Ladys, Mägde, Lords, Höflinge und Knappen. Alle Bediensteten, auch die adligen, können bestechlich sein und aus persönlichem Interesse handeln.

Wenn ein Informant ausgewählt ist, muss der Ritter des Spielers zuerst eine gemeinsame Grundlage finden und ihn (oder sie) zum Reden bringen. Das kann durch Liebelei, Verführung (siehe oben) oder durch den Einsatz einer Fertigkeit geschehen, mit der du dein Wissen über ein gemeinsames Interesse demonstrierst (wie Falknerei, Jagd, Heraldik, Spielen usw.), ein Geschenk (dessen Wert in £ gemessen wird), eine Gefälligkeit, eine gemeinsame Jagd oder Beize, ein kurzes Abenteuer und unzählige andere Möglichkeiten, um eine Beziehung aufzubauen.

Schließlich entscheidet ein Vergleichswurf zwischen der Intrigen-Fertigkeit des Charakters und der des Informanten über das Ergebnis. Da der Informant weiß, dass er bestimmte Arten von Informationen nicht an Personen außerhalb des Hofes weitergeben darf, kann er seine Fertigkeit mit einer Leidenschaft, wie z. B. Mannestreue oder Loyalität, modifizieren oder verstärken.

Kapitel IV
Religion

Religion, insbesondere das Christentum, spielt in der Artusliteratur eine wichtige Rolle. Der Heilige Gral, die teuflischen Intrigen von Unholden und die wundersamen Visionen von Engeln und Heiligen bilden den spirituellen Hintergrund für die ritterlichen Abenteuer. Als Krieger leben Ritter immer nahe an der grimmigen Realität des Todes, und ein spirituelles Leben bietet ihnen etwas Trost und Orientierung. In **Pendragon** bringt die Religion Abwechslung in deine Charaktere, fördert das Rollenspiel und fügt ihren Abenteuern interessante übernatürliche Ebenen hinzu.

Vier Religionen werden in Britannien praktiziert: Christentum, Heidnisch, Barbarisch und Wotanismus. Es gibt noch andere, aber diese vier repräsentieren die Glaubensrichtungen der meisten Briten. Das Christentum ist die mit Abstand beliebteste Religion. Es ist der vorherrschende Glaube in Logres, Cornwall, Ost-Cumbria (außer in den sächsischen Gebieten) und an der Küste Cambrias. Ungläubige machen den größten Teil der Bevölkerung in Mittel-Cambria und West-Cumbria aus, mit kleinen Gemeinschaften hier und da in Logres und Cornwall; Barbarisch ist die Tradition der piktischen Stämme Kaledoniens. In den kaledonischen Feudalkönigreichen werden Christentum, Heidemtum und Barbarentum gelebt – manchmal sogar alles auf einmal! Dem Wotanismus folgen nur die Sachsen in ihren östlichen Küstenkönigreichen.

Konflikte zwischen Religionen sind kein besonders wichtiges Thema in den Artusgeschichten. Spielleiter wünschen sich vielleicht, dass religiöse Konflikte Teil ihrer Kampagnen sind, aber ständige Streitereien zwischen den Charakteren und Bigotterie verderben mit Sicherheit das Spiel. Spielern und Spielleitungen gleichermaßen wird empfohlen, religiöse Konflikte in einer Kampagne, wenn überhaupt, nur sparsam und mit großer Sorgfalt und Sensibilität einzusetzen. Schließlich ist der Tisch rund, und alle Sitze zeigen nach innen. Wir sind alle wir.

*Die Version des Christentums, wie es in **Pendragon** vorgestellt wird, begründet sich auf mittelalterliche Theologie, die sich oftmals stark von modernen christlichen Ansichten unterscheidet.*

Das Christentum

Hört die Geschichte des heiligsten Gefäßes, das Gral genannt wird, in dem das kostbare Blut des Erlösers an dem Tage aufgefangen wurde, an dem er gekreuzigt wurde, damit er sein Volk von den Schmerzen der Hölle erlösen konnte.

*—Anonym, **Die Große Geschichte des Heiligen Grals**, Abschnitt I, Incipit*

Das Christentum ist eine Religion, die auf dem Leben und den Lehren Jesu von Nazareth basiert, einem jüdischen Zimmermann, der im frühen ersten Jahrhundert in der römischen Provinz Judäa lebte. Christen glauben, dass Jesus vom Heiligen Geist Gottes gezeugt wurde und dass die Jungfrau Maria ihn zur Welt brachte und damit ein neues Zeitalter für die Menschheit einläutete. Seine Anhänger nennen sich selbst Christen, nach dem griechischen Wort *christos* („Gesalbter"), dem Titel, den man ihm gab, weil er der Sohn Gottes ist.

Der heilige Josef von Arimathäa brachte das Christentum im ersten Jahrhundert nach Britannien. Eifrige Missionsbemühungen und die Verbreitung eines Glaubens, der die Tugenden der liebenden Güte, Brüderlichkeit und Nächstenliebe preist, brachten viele Bekehrte unter den britischen Heiden hervor. In den nächsten Jahrhunderten verbreitete sich der Glaube weit und friedlich auf den britischen Inseln. Zu König Artus' Zeiten wurde Britannien zu einem überwiegend christlichen Land.

Christliche Glaubensvorstellungen

Das Christentum ist monotheistisch und beschäftigt sich intensiv mit individueller Ethik und Moral. Christen glauben, dass der eine wahre Gott, dessen verborgener Name nie ausgesprochen wird, das Universum und alles darin erschaffen hat. Dann schuf Gott die ersten Menschen, Adam und Eva, und setzte sie in den Garten Eden, das irdische Paradies. Der Teufel in Gestalt einer Schlange verleitete Adam und Eva dazu, Gott nicht zu gehorchen, und verdammte die Menschheit zur Sterblichkeit und zu einem Leben nach dem Tod in den flammenden Höllenschlünden. Die Rebellion Adams und Evas gegen Gott wird als „Erbsünde" bezeichnet, deren Glaube zu einem Streitpunkt zwischen verschiedenen Fraktionen des Christentums zur Zeit König Artus' wurde.

Alle Christen glauben, dass Gott in der Gestalt Jesu auf die Erde herabgestiegen ist, gepredigt hat und sich opfern ließ, um die Welt von der Erbsünde zu erlösen. Er befreite die verdammten Seelen aus der Hölle und öffnete den Weg zum Himmel für diejenigen, die seinen Lehren folgen würden. Seine Auferstehung besiegte so den Tod und bewies die Wahrheit Seiner Herkunft und die Stärke Seiner Religion.

Christen glauben, dass die beste Art und Weise, Jesus zu ehren, darin besteht, jeden Menschen, egal welchen Standes, mit liebevoller Freundlichkeit, Mitgefühl und Barmherzigkeit zu behandeln. Christen speisen und kleiden die Armen, nehmen Obdachlose auf und bieten Gemeinschaft als praktische Glaubensangelegenheiten an. Christen sehen diese Handlungen der Liebe als den ultimativen Schutz gegen die Täuschungen und Versuchungen des Teufels. Denn Gott hat jedem Menschen, wie auch Adam und Eva, die Wahl gelassen, Gutes oder Böses zu tun. Jeder Mensch ist ein Sünder, aber Gott vergibt denen, die ihren bösen, selbstsüchtigen Weg aufrichtig bereuen. Die Lehren Jesu, die zusammenfassend als Evangelien oder „frohe Botschaft" bezeichnet werden, sind der Weg zur Erlösung und durch ihn der Pfad zur ewigen Glückseligkeit im Himmel.

Das Christentum ist eine biblische Religion, das heißt, seine Anhänger verehren heilige Texte, die von Menschen geschrieben wurden, die von Gott inspiriert wurden, um das Wissen über seine Gesetze zu bewahren. Die heiligen Texte des Christentums werden zusammenfassend als Biblia Sacra (vom lateinischen Wort für „heilige Schriftrollen") bezeichnet, eine Sammlung von Geschichten, Gleichnissen, Gedichten, Briefen, Hymnen und Zeugnissen über Gott und seinen Sohn.

Christen glauben, dass der Geist eines reuigen Sünders nach dem Tod des Körpers ewig im Himmel leben wird, einem Ort des Lichts, der Liebe und des Glücks, an dem man mit verlorenen Lieben wiedervereint ist und wo man die Heiligen und Propheten der Bibel trifft. Der Himmel wird in der Regel mit einem zentralen Thron dargestellt, auf dem Gott – die Heilige Dreifaltigkeit – sitzt und von unzähligen geflügelten Engeln begleitet wird.

Christen glauben, dass reulose Sünder nach ihrem Tod in die Hölle kommen. Die christliche Vorstellung von der Hölle ist geprägt von den düsteren heidnischen griechischen Unterwelten Hades und Tartarus, in denen die Seelen nur als Schatten existieren, und den Unterwelten der jüdischen Volksweisheit, Sheol und Gehinnom, in denen Gott die bösen Seelen vernichtet. In der Zeit von König Artus wird das Tor zur Hölle als das Maul einer großen Bestie, des Teufels, dargestellt, in das die Seelen der Reuelosen geworfen werden. Die Hölle ist der Bauch der Bestie, in dem die Sünder im Feuersee stöhnen und von Unholden bis zum Jüngsten Tag gequält werden.

Christliche Ethik

Christlichen Charakteren wird beigebracht, die folgenden Persönlichkeitsmerkmale vor allen anderen zu schätzen, um sie als Leitfaden für richtiges Verhalten zu nutzen. Der Heilige Geist belohnt diejenigen, die solche gesegneten Ideale annehmen und bekennen, mit erhöhter Lebenskraft.

Keusch

Keuschheit ist eine der himmlischen Tugenden. Wie Jesus im Buch Matthäus sagt:

> *„Ihr habt gehört, dass gesagt worden ist: Du sollst nicht die Ehe brechen. Ich aber sage euch: Wer eine Frau auch nur lüstern ansieht, hat in seinem Herzen schon Ehebruch mit ihr begangen." (Matthäus, 5:27–28)*

Die Ehe ist ein heiliges Sakrament, und die Ehre des Eheversprechens erlaubt es Mann und Frau, für alle Zeiten ein Fleisch zu werden. In der Heiligkeit der Ehe liegen unermessliche Freude und Trost, und wer ihre Grenzen überschreitet, verfällt der Sünde der *luxuria*: der selbstsüchtigen, tierischen Lust.

Wenn man unverheiratet ist, bedeutet Keuschheit, sich von Handlungen des Fleisches fernzuhalten, wobei Jungfräulichkeit das höchste Ideal ist. Sich selbst um die Heiligkeit der Unschuld zu betrügen, nur um einen Moment des Vergnügens willen, ist töricht und verleiht dem Teufel Macht über dich.

Nachsichtig
Nachsichtig zu sein bedeutet, Gott in allen Menschen zu erkennen und ist daher eine Tugend. Wie Jesus lehrt:

„Ihr habt gehört, dass gesagt worden ist: Du sollst deinen Nächsten lieben und deinen Feind hassen. Ich aber sage euch: Liebt eure Feinde und betet für die, die euch verfolgen." (Matthäus, 5:43–44)

Rache hält die Gewalt aufrecht und verhindert, dass die Menschen das Himmelreich sehen.

Gnädig
Nachsicht und Gnade bilden zusammen die himmlische Tugend der *patientia*, die die Sanftmut des Heiligen beschreibt. Wie der heilige Paulus schrieb:

„Seid gütig zueinander, seid barmherzig, vergebt einander, weil auch Gott euch durch Christus vergeben hat." (Epheser, 4:32)

Dem Zorn nachzugeben, bedeutet, der Sünde *ira* zu erliegen. Grausamkeit schadet dem Grausamen ebenso wie dem Opfer, denn das Reich Gottes ist für die Zornigen verschlossen.

Bescheiden
Bescheidenheit ist eine der himmlischen Tugenden. Wie Jesus uns versichert:

„Wenn ihr in eine Stadt oder in ein Dorf kommt, erkundigt euch, wer es wert ist, euch aufzunehmen; bei ihm bleibt, bis ihr den Ort wieder verlasst. Wenn ihr in ein Haus kommt, dann wünscht ihm Frieden." (Matthäus, 10:11–12)

Sich seiner Taten zu rühmen, sich zu schmücken und auf seine Brüder herabzuschauen, heißt, der *superbia* nachzugeben: der Sünde des Stolzes. Der Teufel wartet sehnsüchtig auf die Hochmütigen.

Fromm
Gott hat dir eine reine Seele gegeben, die im Tempel deines Körpers wohnt. Gib dich nicht den Versuchungen der Weltlich hin, denn das Fleisch ist schwach und vergänglich. Lass dich nicht von der Weltlich täuschen und deine Gedanken vom Geist ablenken. Weise das Fleisch ab! Weise das Weltliche ab! Nimm den Geist in dir an und wirf den Lehm von Adam ab! Dann hast du die Versöhnung mit Gott erreicht. Wie Jesus uns sagt:

Der Christliche Religiöse Ritter

Religiöse Ritter christlichen Glaubens bemühen sich um ein Gleichgewicht zwischen ihrem martialischen Lebensstil und den Werten, die in den Evangelien niedergelegt sind. Dieser Kampf verleiht ihnen oft ein ernstes, weltfremdes Auftreten.

Persönlichkeitsmerkmale: Keusch, Nachsichtig, Gnädig, Bescheiden, Fromm und Maßvoll

Voraussetzungen: 96 Tugendpunkte insgesamt (jeweils mindestens 16), Ergebenheit (Gott)-Leidenschaft 16+, Religion (Christlich) 10+

Vorteil: +4 Trefferpunkte

„An jenem Tag werdet ihr erkennen: Ich bin in meinem Vater, ihr seid in mir und ich bin in euch." (Johannes, 14:20)

Sich mit dem Weltlichen zu beschäftigen ist eine Torheit. Ist ein lebenslanges Vergnügen den Verlust der ewigen Glückseligkeit im Himmel wert?

Mäßig
Maßvoll zu sein, ist eine himmlische Tugend, denn man muss einen klaren Kopf haben, um die frohe Botschaft zu hören. Wie uns das alte Buch der Sprüche lehrt:

„Findest du Honig, iss nur, so viel dir bekommt, sonst wirst du ihn satt und erbrichst ihn." (Sprüche 25:16)

„Eine Stadt mit eingerissener Mauer ist ein Mann, der sich nicht beherrscht." (Sprüche 25:28)

Im Übermaß zu essen und zu trinken bedeutet, sich der Sünde der *gula* hinzugeben. Völlerei hält die Seele im sterblichen Körper gefangen und öffnet das Herz für den Teufel.

Christliche Anbetung
Christliche Priester leiten die Gläubigen in verschiedenen Riten an, die „Sakramente" genannt werden und sie dem Glauben weihen. Der wichtigste dieser Riten ist die Taufe, bei der ein Mensch in Wasser eingetaucht wird, um von seinen Sünden gereinigt zu werden. Oft geschieht dies bei der

Geburt, aber auch Erwachsene können getauft werden. Formelle Gottesdienste, die Messen genannt werden, werden jeden Sonntag von Christen überall gefeiert und noch öfter von besonders frommen Menschen. Bei den Messen spenden die Priester das Abendmahl, bei dem die Gläubigen Brot brechen und Wein trinken, der durch den Heiligen Geist in das Fleisch und Blut Jesu verwandelt wird. Andere gemeine Riten sind die Eheschließung, bei der die Ehe gesegnet wird, die Buße, bei der die Sünden vergeben werden, und die extreme Salbung, die beim Tod gespendet wird, um die Reise in den Himmel zu erleichtern. Von allen Christen wird erwartet, dass sie an diesen Ritualen teilnehmen, um ihren Glauben zu bekräftigen und Jesus und seine Lehren das ganze Jahr über zu ehren.

Christliche Feiertage

Die heiligsten Tage sind die Tage, die im Leben Jesu vorkommen, die so genannten Gebotenen Feiertage, an denen die Gläubigen zum Gottesdienstbesuch verpflichtet sind. Jeder Tag ist ein heiliger Tag für den einen oder anderen Heiligen. Gemeinschaften verehren bestimmte Heilige mehr als andere und legen mehr Wert auf ihre Gedenktage. Diese Liste enthält die Gebotenen Feiertage und einige der am weitesten verbreiteten und beliebtesten Heiligentage.

Das Fest der Heiligen Maria, 1. Januar

Dieser Tag ehrt die selige Jungfrau Maria, die Mutter Gottes. Sie gehört zu den beliebtesten christlichen Heiligen und ist die beliebteste Fürsprecherin für Menschen, die Gottes Segen suchen.

Das Dreikönigsfest, 6. Januar

Auch „Tag der Heiligen Drei Könige" genannt, erinnert dieser Tag an die Ankunft der Heiligen Drei Könige aus dem Land Persien, die die Geburt Jesu miterlebten und Geschenke von Gold, Weihrauch und Myrrhe machten.

Das Fest der Heiligen Brigid, 1. Februar

Die lebende Heilige Brigid ist die irische Schutzpatronin des Viehs, der Milch und des Käses, aber auch des Feuers und der Poesie. Irgendwann in der Periode der Eroberung wird sie in die Arme der Heiligen Jungfrau aufgenommen.

Das Fest des Heiligen Patrick, 17. März

Der Heilige Patrick brachte das Christentum nach Irland und bekehrte den Hochkönig und Tausende von Gemeinen mit erstaunlichen Wundern. Er wird dafür respektiert, dass er die Frohe Botschaft in einem wilden Land verbreitet hat und wird auch in seiner Heimat Britannien hoch verehrt. Irgendwann vor der Periode der Anarchie wurde er heiliggesprochen.

Das Fest des Heiligen Georg, 23. April

An diesem Tag wird der berühmte Drachentöter geehrt. Er ist ein beliebter Heiliger unter Rittern.

Ostern (Gebotener Feiertag)

Der Gründonnerstag, der Karfreitag und der Ostersonntag sind die heiligsten Tage des christlichen Jahres, denn in dieser Zeit wurde Jesus verurteilt, gekreuzigt, hat die Seelen in der Hölle befreit, ist von den Toten auferstanden und leibhaftig in den Himmel aufgefahren. Der Ostersonntag ist nicht nur ein Pflichttag, an dem alle Gläubigen die Messe besuchen sollen, sondern der Brauch verlangt auch, dass die Gläubigen die Kommunion empfangen. In der römischen Kirche wird Ostern am ersten Sonntag nach dem ersten Vollmond gefeiert, der auf oder nach der Frühlings-Tagundnachtgleiche stattfindet. In der Britischen Kirche, ja...Es kommt darauf an, wen du fragst.

Das Datum für Ostern ist eines der dogmatischen Hauptunterschiede zwischen der Römischen und Britischen Kirche.

Das Fest des Heiligen Pelagius, 1. Mai

Die britische Kirche ehrt diesen Heiligen, der der Schutzpatron der Rostroten Mönche ist, obwohl er von der römischen Kirche als Ketzer angesehen wird.

Das Fest des Heiligen Alban, 22. Juni

Dieser Tag erinnert an den ersten britischen Märtyrer, den Schutzpatron der Konvertiten, Flüchtlinge und Folteropfer.

Das Fest des Heiligen Johannes, 24. Juni

Das ist das Geburtsdatum von Johannes dem Täufer, der den Weg für die Ankunft Jesu bereitet hat. Es ist auch der Mittsommertag, der als ein guter Tag gilt, um zu einem Abenteuer aufzubrechen.

Das Fest der Heiligen Petrus und Paulus (Gebotener Feiertag), 29. Juni

An diesem Tag wurden die beiden wichtigsten Apostel Jesu in Rom gemartert, wo sie die frohe Botschaft verbreitet hatten. Der heilige Petrus war der erste Papst der Kirche.

Himmelfahrt (Gebotener Feiertag), 15. August

Dies ist der Tag, an dem die Heilige Jungfrau Maria leibhaftig in den Himmel erhoben wurde.

Das Fest des Heiligen Michael, 29. September

Der größte der Engel und Anführer im Kampf gegen den Teufel. Er ist der Schutzheilige der Ritter und wird an diesem Tag gefeiert.

Allerheiligen (Gebotener Feiertag), 1. November

An diesem Tag werden alle Heiligen kollektiv verehrt.

Das Fest des Heiligen Martin, 11. November

Dieser Tag wird zu Ehren des Schutzpatrons des Ordens der Brüder der kurzen Kutte begangen.

Das Fest der Unbefleckten Empfängnis (Gebotener Feiertag), 8. Dezember

Dieser Tag erinnert an den Moment, in dem der Heilige Geist die selige Jungfrau Maria empfing.

Weihnachten (Gebotener Feiertag), 25. Dezember

Nach der römischen Kirche der Tag, an dem Jesus von der heiligen Jungfrau Maria in der Stadt Bethlehem in der Provinz Judäa geboren wurde. Die britische Kirche ist sich über das Datum einig, mehr oder weniger.

Das Fest des Heiligen Stephanus, 26. Dezember

Stephan war der erste christliche Märtyrer, der für seinen Glauben an die Göttlichkeit Jesu in der Stadt Jerusalem gesteinigt wurde. Er ist der Schutzpatron der Kopfschmerzen und der Steinmetze.

Die Geschichte des Christentums

Jede der Historien der vier Glaubenssysteme, die in diesem Buch vorgestellt werden, werden aus der Perspektive eines Gläubigen dieser Zeit beschrieben. Widersprüche lassen sich nicht ausschließen!

Während der Regierungszeit des britischen Königs Tenvantius, als Augustus Herrscher von Rom war, wurde die Provinz Judäa von einer Rebellion heimgesucht. Die Judäer waren ein besetztes Volk und offen feindselig gegenüber dem Kaiser und dem heidnischen römischen Glauben. Der Kaiser erließ eine Reihe von Strafgesetzen, um die aufständischen Judäer zu unterdrücken und ließ jeden Anführer kreuzigen, der sich Rom nicht unterwerfen wollte.

Jesus von Nazareth war ein solcher Anführer, obwohl er nicht versuchte, Rom mit Waffengewalt zu stürzen, sondern durch das heilige Wort seiner Predigten. Er inspirierte Tausende von Menschen mit seinen spirituellen Einsichten, so sehr, dass viele ihn als ihren Messias, ihren Christos betrachteten. Herodes der Große, der von den Römern eingesetzte König von Judäa, und seine römischen Herren sahen in Jesus eine Bedrohung für ihre Herrschaft und verurteilten seine ketzerischen und verräterischen Ideen. Jesus wurde in Gewahrsam genommen, gefoltert und auf dem verfluchten Hügel Golgatha für seine Verbrechen gegen den Staat gekreuzigt. Das Kruzifix, ein Bild von Jesus am Kreuz, wurde zu einem mächtigen Symbol des christlichen Glaubens.

Der Leichnam Jesu wurde abgenommen und in einem Grab begraben, das Josef von Arimathäa gehörte, einem wohlhabenden Mann, der heimlich seinen Lehren folgte. Nach drei Tagen stand Jesus auf wundersame Weise von den Toten auf, besuchte kurz seine Jünger und stieg dann leibhaftig in den Himmel auf. Fünfzig Tage später kam der Heilige Geist auf seine Jünger herab, rief die Apostel (vom griechischen *apostolos*, „Bote“) und verlieh ihnen die Gabe der Zungenrede, damit sie in allen Sprachen predigen konnten. Die Apostel reisten dann durch die vielen weit entfernten Provinzen des Römischen Reiches, um die frohe Botschaft zu verbreiten.

Die Gründung der britischen Kirche

Joseph von Arimathäa war ein Freund von Jesus und folgte seinen spirituellen Praktiken. Er schenkte Jesus sein eigenes Grab und lieferte das Gefäß, das beim letzten Abendmahl verwendet wurde. In diesem Gefäß wurde auch etwas von Jesu Blut aufgefangen, als er am Kreuz litt, und wurde dadurch mit dem Heiligen Geist benetzt. Für seine Verdienste um Jesus wurde Josef von den Römern verurteilt und mehrere Jahre lang ohne Nahrung und Wasser in einem Turm eingesperrt, wurde aber auf wundersame Weise durch die Kraft des Heiligen Grals am Leben erhalten und befreit. Er entkam mit seiner Familie und mehreren Gefolgsleuten und trug den Heiligen Gral und andere christliche Artefakte hinfort, damit sie nicht in römische Hände fielen. Eine beschwerliche physische, spirituelle und metaphorische Reise endete in Britannien, wo Joseph sich auf der Sumpfinsel Ynis Witrin in Summerset niederließ und die erste christliche Gemeinde, Glastonbury genannt, gründete.

Joseph baute dort eine winzige Kapelle und pflanzte einen Dornbusch auf dem Wearyall Hill, der noch immer jedes Jahr zu Weihnachten auf wundersame Weise blüht, egal bei welchem Wetter. Seine Familie blieb jedoch nur für kurze Zeit in Glastonbury, denn sie mussten fliehen, als der böse König Arivagus Josephs Jünger bei ihrer Mission zu seiner Burg massakrierte. Josephs Familie behielt den Heiligen Gral in ihrer Obhut, als sie von Glastonbury in andere Regionen Britanniens zog, um schließlich die Dynastie der Gralskönige zu gründen. Diejenigen, die zurückblieben, wurden zu den Urahnen der britischen christlichen Tradition, und unter der Ägide der Josephiten verbreitete sich das Christentum langsam und friedlich im West Country und darüber hinaus.

Wie der Name bereits andeutet, ist die Römische Kirche hinsichtlich ihrer hierarchischen Struktur den administrativen Systemen des Römischen Reiches nachempfunden.

Die Gründung der römischen Kirche

Etwa zur gleichen Zeit, als Joseph nach Britannien reiste, kamen die Apostel Petrus und Paulus aus Judäa in Rom an, um das Evangelium zu verbreiten. Sie schlossen sich der dortigen großen christlichen Gemeinde an, und Petrus wurde der erste Bischof von Rom.

Die Ankunft des Christentums in Rom verlief weit weniger friedlich als in Britannien. Die Christen wurden von den heidnischen Römern als fremd und seltsam angesehen und mit Argwohn betrachtet, weil sie sich weigerten, den Göttern und den Kaisern Opfergaben zu bringen. Im Jahr 64 n. Chr. brannte ein großes Feuer die Ewige Stadt nieder, und Nero, der wahnsinnige Kaiser, gab den Christen die Schuld. Nero verdammte sie und Hunderte wurden ermordet. Einige wurden festgehalten und von Hunden zerrissen, andere wurden als Opfergabe für die Götter lebendig verbrannt, und noch viele mehr fanden ihren Tod im Kolosseum, um die römischen Massen zu unterhalten. Die beiden Heiligen Petrus und Paulus wurden zu dieser Zeit gemartert. Der heilige Paulus wurde öffentlich enthauptet, und der heilige Petrus wurde auf seinen sehnlichen Wunsch hin kopfüber gekreuzigt, da er sich des gleichen Todes wie Jesus unwürdig fühlte.

Die Verfolgung des Christentums setzte sich im nächsten Jahrhundert fort, und viele Christen glaubten, dass sie, um zu überleben, ihre ungleichen Gemeinschaften vereinen und sich der römischen Kultur anpassen müssten. Im Jahr 110 n. Chr. arbeitete der heilige Ignatius von Antiochien daran, die christliche Autorität in einer Struktur zu zentralisieren, die sich an den Regierungen der römischen Städte orientierte. Die christlichen Gemeinden wurden allmählich wie römische Städte und die Bischöfe wie Magistrate. Im ganzen Reich glich jede Kirche einem römischen Tempel, und das Christliche wurde den römischen Bürgern immer vertrauter und weniger fremd. Und in den dunklen Zeiten der Unruhen und Hungersnöte zog die beständige christliche Botschaft der Nächstenliebe und Brüderlichkeit viele neue Anhänger an, vor allem unter den Sklaven und Armen, aber auch unter einer wachsenden Zahl von Adligen. Auf diese Weise verbreitete sich das Christentum schnell in der gesamten Mittelmeerwelt, von Judäa bis Hispanien, in jedem Dorf, jeder Stadt und jedem Ort des Reiches.

Die römische Kirche in Britannien

Die Römische Kirche kam im zweiten Jahrhundert nach Britannien, als Lucius, der von den Römern eingesetzte König der Catuvellauni, Missionare nach Londinium einlud. Zu ihrer Überraschung entdeckten die päpstlichen Gesandten, die Heiligen Fagan und Dyfan, eine blühende christliche Gemeinde in Großbritannien. Die Gesandten gründeten die älteste Kirche in Londinium, genannt Saint Peter upon Cornhill, und predigten die frohe Botschaft von Stadt zu Stadt. Sie bauten sogar ein Kloster in Glastonbury, das die winzige Kapelle des heiligen Joseph ersetzte, sehr zum Unmut der heidnischen Priesterinnen in der Nähe.

Das Christentum hatte in Britannien trotz seines relativ friedlichen Wachstums auch seinen Anteil an der Misere. Der erste britische Märtyrer war der Heilige Alban. Noch als Heide nahm er einen römisch-christlichen Priester bei sich auf und wurde durch die sanften Lehren des Bruders bekehrt. Als Soldaten kamen, um den Priester zu holen, zog Alban die Kleidung des Priesters an, gab sich als dieser aus und wurde in der Stadt enthauptet, die heute seinen heiligen Namen trägt. Bei seiner Enthauptung geschahen Wunder, wie zum Beispiel, dass die Augen seines Henkers hervortraten und ein Brunnen dort entstand, wo sein Kopf zu Boden fiel. An der Stelle seines Leidens wurde eine Abtei gebaut, die nach Glastonbury zum zweitbeliebtesten Wallfahrtsort in Britannien wurde. Die Fingerknochen des Heiligen Alban gelten unter den Gläubigen als mächtige Reliquien.

Konstantin der Große

In den ersten Jahren des dritten Jahrhunderts befand sich das Römische Reich aufgrund politischer Krisen, barbarischer Invasionen und drastischer wirtschaftlicher Probleme in einem Zustand des Chaos. Die politischen Machtkämpfe wurden immer grausamer. In fünfzig Jahren gab es 22 Kaiser, von denen zwanzig gewaltsam starben. Im Jahr 284 n. Chr. ergriff Kaiser Diokletian die Macht und teilte das ausgedehnte Reich in eine östliche und eine westliche Hälfte, um zu verhindern, dass sich seine Rivalen gegen ihn erhoben. Diokletian setzte die Verfolgung der Christen energisch fort, und viele Tausende wurden im ganzen Reich abgeschlachtet. Diokletians schreckliche Taten und Reformen führten zu einem Bürgerkrieg, in dem sich General gegen General in einem wilden Wettkampf um die Kontrolle des Reiches gegenüberstand.

Konstantins britisches Erbe ist ein Quell großen Stolzes unter den römischen Christen.

Konstantin war einer dieser Generäle. Er war der Sohn von Constantius, einem römisch-britischen Kaiser, der in der Stadt Eburacum in Cumbria geboren wurde. Konstantin stieg zum Caesar des Westens (dem stellvertretenden Kaiser) auf und wurde beauftragt, den früheren Posten seines Vaters in Britannien zu übernehmen. Von hier aus unternahm Konstantin seinen verhängnisvollen Versuch, die Macht zu übernehmen. Seine Legionen erklärten ihn zum Augustus (vollwertigen Kaiser) und er marschierte nach Süden über den Kontinent, in der Absicht, die Kaiser Maxentius und Licinius zu stürzen. Acht Meilen außerhalb von Rom, an der Milvischen Brücke, gab Gott Konstantin eine wundersame Vision. Als er in den Himmel schaute, sah Konstantin das Kreuzzeichen auf dem Gesicht der Sonne. Obwohl er zahlenmäßig weit unterlegen war, schenkte Gott Konstantin unter seinem Zeichen einen großen Sieg, und Maxentius wurde besiegt. Konstantin wurde als alleiniger Augustus des Westreiches eingesetzt.

Die religiöse Bekehrung von Konstantin war ein entscheidender Wendepunkt in der christlichen Geschichte. Konstantin belohnte seine neugewonnene Religion sofort mit dem Edikt von Mailand, in dem er die offizielle Toleranz für das Christentum im ganzen Reich erklärte. Im Jahr 323 n. Chr. marschierte Konstantin gegen den östlichen Augustus, den heidnischen Licinius, und besiegte ihn nach zwei Jahren Krieg. Konstantin wurde zum alleinigen Herrscher des Reiches im Osten und Westen. Um den kaiserlichen Zusammenhalt zu fördern, wandte sich Konstantin an die stark zentralisierte und organisierte Römische Kirche, um einen Großteil der zerfallenden kaiserlichen Bürokratie zu beaufsichtigen und wiederaufzubauen.

Im Jahr 325 n. Chr. berief Konstantin das Konzil von Nicäa ein, um die vielen verschiedenen christlichen Lehren, die es im Reich gab, zu konsolidieren. Ihm schwebte ein neuer römischer Staat mit einem Kaiser, einer Religion und einem religiösen Text vor, um die unzähligen Völker des Reiches zu vereinen.

Konstantins Vision von politischer und religiöser Einheit führte zu einer Gegenreaktion gegen die verschiedenen heidnischen Religionen des Reiches. Konstantins Sohn, Kaiser Constantius II., verbot alle heidnischen Opfer und schleifte viele heidnische Tempel. Die nachfolgenden Kaiser verboten dann alle heidnischen Religionen im Reich und erklärten die Ausübung jeglicher heidnischer Religion zum Hochverrat, der mit dem Tode bestraft wurde. Das Christentum wurde bald zur offiziellen Religion des Reiches, und alle anderen wurden verboten.

Die Pelagianische Häresie und das britische Christentum

Konstantins Plan für ein einheitliches Christentum wirkte sich auch auf fromme Christen aus. Jede Idee, die der Rechtgläubigkeit des Konzils von Nicäa widersprach, galt als Ketzerei. In einigen Fällen wurden Ketzer mit Gefängnis und Tod bestraft. Die erste große häretische Bewegung, die von der römischen Orthodoxie unterdrückt wurde, war das arianische Christentum, benannt nach Arius von Alexandria, einem afrikanischen Theologen aus dem vierten Jahrhundert, der glaubte, Jesus sei geringer als Gott, da er sein Sohn sei. Das Nicäanische Glaubensbekenntnis erklärte, dass Gott und sein Sohn gleich sind, und so wurden Arius' Ideen als ketzerisch angesehen. Konstantin verbannte Arius aus Alexandria, bis er Buße tat und zur Orthodoxie zurückkehrte. Seine Anhänger wurden häufig gefoltert, und manchmal wurden ihre Kirchen und Häuser niedergebrannt.

Um 400 n. Chr. predigte ein britischer Mönch namens Pelagius, der „Insulaner", in Rom eine ungewöhnliche Lehre. Er glaubte, dass die Erbsünde von Adam und Eva nicht für den Rest der Menschheit galt und dass tugendhafte Taten und rechtes Verhalten in diesem Leben ausreichten, um die Erlösung nach dem Tod zu gewährleisten. Sein theologischer Kontrahent war der heilige Augustinus von Hippo, ein eifriger heidnischer Konvertit und Kirchenvater, der für die spätere römische Orthodoxie verantwortlich war. Der heilige Augustinus vertrat die Ansicht, dass die Menschheit aufgrund der Erbsünde von Natur aus sündig sei und dass nur durch die heiligen Sakramente die Erlösung auch nur im Entferntesten möglich sei. Im Jahr 418 n. Chr. wurde Pelagius zum Ketzer erklärt und nach Ägypten verbannt, wo er bald darauf starb. Die meisten seiner Anhänger kehrten nach Britannien zurück und fanden in der britischen Kirche viele offene Ohren.

429 n. Chr. schickte Papst Coelestin I. den heiligen Germanus von Auxerre nach Britannien, um die pelagianische Häresie zu bekämpfen, und 443 n. Chr. erneut, jedes Mal mit Unterstützung von Aurelius Ambrosius, dem ersten Pendragon. Doch Germanus' Bemühungen, den Pelagianismus in der britischen Kirche zu zerstören, waren nicht ganz erfolgreich. Trotz der Verurteilung von Pelagius durch Rom und seiner Bemühungen, den Glauben der Bevölkerung zu ändern, ist eine beträchtliche Anzahl britischer Christen immer noch von Pelagius' Ideen beeinflusst.

So wuchs das Christentum in vier Jahrhunderten von einer winzigen, verfolgten jüdischen Sekte zur größten und dominantesten Religion in Britannien und auf dem Kontinent. Lange nach dem Untergang des Westlichen Reiches, zur Zeit von König Artus, behält das römische Christentum seine mächtige Hierarchie und eine starke Präsenz in den Städten Britanniens bei. Viele Gläubige, vor allem im West Country, praktizieren verschiedene Formen des britischen Christentums, und eine noch größere Zahl praktiziert eine Mischung aus beiden Sekten.

Konstantins Vision einer einzigen Einheitskirche hat sich in Britannien noch nicht verwirklicht, obwohl der größte Teil der Bevölkerung Britanniens durch die Evangelien geeint ist. Man kann von Irland im Westen bis nach Canterbury im Osten reisen, und überall findet man denselben Glauben an das Opfer und die Auferstehung Jesu, auch wenn sich die Zeremonien, die Feiertage und bestimmte Aspekte der Moral unterscheiden mögen. Denn die geheimnisvolle Macht des Heiligen Grals lebt insgeheim in den Herzen aller Christen, ungeachtet der Unterschiede in der Lehre.

Zu Beginn von Artus' Herrschaft, ist der Heilige Gral den meisten Hütern des christlichen Glaubens obskur, auch wenn sich alle wegen seine Heiligkeit einig sind.

Die Unterschiede zwischen der Britischen und der Römischen Kirche

Die Britische und die Römische Kirche haben viele Gemeinsamkeiten im Glauben und in den Gebräuchen, obwohl sie sich in der Art und Weise unterscheiden können, wie sie sich kleiden, Gottesdienst feiern, die Sakramente teilen und mit weltlichen Herren umgehen. Die Römische Kirche ist eine hierarchische Organisation mit ihrem Haupt in Rom. Zu Beginn des Spiels ist das Primat des Papstes noch keine zwei Jahrhunderte alt und wurde auf dem Konzil von Nicäa festgelegt. Die römische Kirche unterscheidet sich von der feudalen Herrschaft zu König Artus' Zeiten. Im Vergleich dazu ist die Britische Kirche nicht hierarchisch, basiert auf Abteien und Nonnenklöstern, und ihre Führer gehorchen weltlichen Herrschern.

Die Britische Kirche hat ihre eigene Note, was zum Teil auf die frühe Anpassung kymrischer und druidischer Stammespraktiken und den späteren Einfluss des Pelagianismus zurückzuführen ist. Ein Beweis für Ersteres ist die ungewöhnliche Tonsur (die Haartracht), die die Mönche tragen. Beim römischen Brauch wird der Oberkopf im berühmten „Bruder-Tuck"-Stil rasiert. Beim britischen Brauch wird der vordere Teil des Kopfes von Ohr zu Ohr rasiert, so dass nur eine Stirnlocke übrig bleibt, ein Stil, der auf den Druidenorden zurückgeht.

Der größte Unterschied zwischen den beiden Sekten betrifft die Frage der Autorität. In der Britischen Kirche ist ein Kloster immer mit einem Stamm, einem Clan oder einem lokalen Herrscher verbunden, und das Amt des Abts oder der Äbtissin wird von den Nachkommen der herrschenden Familie geerbt. Britische Äbte sind nicht der römischen Hierarchie gegenüber loyal, sondern den Herren, die ihrer Abtei ursprünglich das Land gewährt haben. Daher werden sie manchmal von den Vorurteilen und Eigeninteressen ihrer weltlichen Lehnsherren beeinflusst.

Die Römer akzeptieren nur die Autorität Roms, um ihre Bischöfe zu ernennen, die ihrerseits Äbte ernennen und sich von der reichsübergreifenden Lehre des Nicäaischen Glaubensbekenntnisses leiten lassen. Daher fehlt der britischen Kirche etwas von dem Zusammenhalt und den universalistischen Qualitäten der römischen Kirche, und so können manchmal lokale Fehden entstehen, die viele verschiedene britische Kirchen hervorbringen.

In den Fragen der Lehre gibt es einen großen Streit zwischen der Britischen und der Römischen Kirche über das richtige Datum für Ostern. Die britischen Christen lehnen das vom Konzil von Nicäa festgelegte Datum für Ostern ab. Die Gründe für diesen Streit sind viel zu esoterisch, um sie hier zu erläutern, aber da Ostern für beide Kirchen der wichtigste Feiertag ist, ist dieser Streit eine vorrangige Reibungsquelle. Zu den weiteren Lehrunterschieden gehören das Britische Testament des Joseph von Arimathäa, nicht anerkannte Heilige und die Verehrung des Heiligen Grals und anderer Reliquien, die von den Josephiten vor vielen Jahrhunderten nach Britannien gebracht wurden.

Burg Carbonek

Burg Carbonek, auch „Castle of Joy" genannt, ist eine der wichtigsten und unzugänglichsten christlichen heiligen Stätten in Großbritannien. Es befindet sich irgendwo im Königreich Listeneisse und liegt unter einem Zauberbann, der es jedem, der es sucht, unmöglich macht, es zu finden. Denn in seinen heiligen Hallen befindet sich der Heilige Gral, der vor Jahrhunderten von den Nachkommen Josephs von Arimathäa hierher gebracht wurde. Hier vollziehen der Fischerkönig, seine Familie und sein Gefolge alte heilige Riten und bewachen den Heiligen Gral vor der Torheit der Welt. Es wird gemunkelt, dass Carbonek die Heimatbasis der wandernden Weißen Mönche ist, die später in der Kampagne auftauchen.

Schließlich hat der Einfluss des Pelagianismus auf die Britische Kirche zu vielen Meinungsverschiedenheiten über die Legitimität einiger Reformen Konstantins geführt. Viele britische Äbte haben die pelagianische Vorstellung übernommen, dass die Menschheit nicht durch die Erbsünde verflucht wurde und dass die Taufe und andere Sakramente nicht völlig notwendig für die Erlösung sind. Dies steht im Gegensatz zur römischen Orthodoxie, die die Erbsünde und die Sakramente für unantastbar hält. Außerdem neigt die Britische Kirche dazu, die klerikale Armut zu betonen, die von vielen wohlhabenden und mächtigen römischen Klerikern abgelehnt wird, obwohl sie von den römischen Bettelorden durchaus bewundert wird.

Einige christliche Heilige Stätten in Britannien

Viele christliche Heilige Stätten wurden an Orten errichtet, die für den Glauben von großer Bedeutung sind, z. B. an Orten, an denen Märtyrer ihr Ende fanden. Andere, wie Glastonbury, wurden über Orten errichtet, die für heidnische Gläubige wichtig waren. Die meisten werden jedoch auf Geheiß eines großen Herrschers oder Prälaten finanziert und errichtet.

Abtei von Amesbury: Ein Haus der Schwarzen Mönche und Nonnen in der Grafschaft Salisbury, gegründet von König Ambrosius Aurelianus. Königin Ygraine zieht sich hier mit ihrer jüngsten Tochter

Morgan le Fay zurück, die in der Bibliothek der Abtei heimlich ihre Zauberkünste erlernt.

Canterbury: Eine kleine Kirche, die während der Herrschaft von König Artus in der alten Grafschaft Cantium gegründet wurde und später zu einem Wallfahrtsort wurde. Dass sie die Sachsen überlebte, ist das wahre Wunder dieses Ortes.

Carlion-on-Usk: Der Bischofssitz von Erzbischof Dubricus im Königreich Escavalon, der zu Beginn von König Artus' Herrschaft der Kirche südlich des Flusses Humber vorsteht. Dort gibt es eine große Kirche, die ausschließlich dem Heiligen Julius und eine weitere dem Heiligen Aaron gewidmet ist, den beiden anderen bekannten britischen Märtyrern neben dem Heiligen Alban.

Kathedrale der Heiligen Jungfrau: Eine Kathedrale, die zu Beginn von König Artus' Herrschaft in der Stadt Sarum in der Grafschaft Salisbury geweiht wurde. Sie wird von den Schwarzen Mönchen betrieben, die in ihrem Kloster eine ausgezeichnete Küche unterhalten.

Glastonbury Abtei: Eine römische Abtei, die auf einer Sumpfinsel namens Ynys Witrin im Königreich Summerset errichtet wurde. Sie ist die heiligste christliche Stätte in Britannien, denn hier ließ sich Josef von Arimathäa erstmals mit dem Heiligen Gral nieder. Glastonbury ist bis heute der wichtigste christliche Wallfahrtsort auf den Britischen Inseln. Schwarze Mönche hüten die Abtei und werden von dem wohlhabenden Dorf anbei unterstützt. Der geheimnisvolle Heilige Dorn wächst auf dem Wearyall Hill, in Sichtweite der Abtei.

Llanilltyd Fawr („Illtuds große Kirche"): Eine religiöse Schule, die vom Heiligen Illtud im Königreich Escavalon gegründet wurde. Viele christliche Gelehrte wurden hier ausgebildet, darunter die Heiligen David, Samson und Gildas. Es wird von den Rostroten Brüdern betrieben und verfügt über eine der vielseitigsten, interessantesten und möglicherweise ketzerischen Bibliotheken zur christlichen Theologie in Britannien.

Kloster Menevia: Ein abgelegenes römisches Kloster im lieblichen Valley of Roses an der extremen Südwestküste von Cambria. Menevia wurde vom Heiligen David, dem zukünftigen Primas von Britannien, gegründet, der das Land von einem bösen irischen Häuptling gewann.

Kathedrale des Heiligen Stephan: Die Kathedrale der Stadt Camelot in der Grafschaft Hantonne. Stell dir vor, wen du alles bei der Messe in der Stephanskathedrale treffen könntest!

Kirche des Heiligen Albans: Der Ort in der Grafschaft Hartland, an dem der erste britische Märtyrer getötet wurde. Dazu gehören ein Kloster und ein Münster, die beide von einem Orden Brauner Mönche unterhalten werden. Es ist ein beliebter Ort für Pilger. Nur in Saint Alban's kann man echte Fingerknochen des Heiligen erstehen.

St. Marys Abtei: Eine friedliche britische Abtei auf der ruhigen Insel Ynys Enlli (der heutigen Insel Bardsey), direkt vor der Küste Nord-Cambrias. Der heilige Cadfan gründet die Abtei kurz nachdem König Artus gekrönt wurde. Hier liegen die Gebeine vieler Heiliger begraben, und hier wird sich der heilige Dubricus schließlich von der Welt zurückziehen.

St. Pauls Kathedrale: Der Sitz des Bischofs von Londinium in der Grafschaft Thamesmouth. Das Schwert Clarent, das „Schwert des Friedens", erscheint hier auf wundersame Weise während der Periode der Anarchie, gebunden an einen Stein und einen Amboss im Innenhof der Kathedrale. Das ist das berühmte Schwert im Stein, das König Artus herauszieht, um sein Königtum einzufordern. Das Schwert wird auf dem Altar der Kathedrale aufbewahrt und von Artus als Zeremonienschwert für Ritterschläge und andere offizielle Anlässe benutzt.

Der Brunnen der Heiligen Winefride: Später in König Artus' Regierungszeit tauchen im Norden und Westen Cambrias mehrere Brunnen und Quellen auf, die mit der geheimnisvollen Heiligen Winefride in Verbindung gebracht werden. Die bekannteste Quelle wird einfach „Holywell" genannt, der Ort, an dem sie gemartert wurde und wieder auferstanden ist.

Christliche Führer

Jesus schuf die Kirchenhierarchie, um seine Lehren zu schützen.Die christliche Kirche teilt die Menschheit in geistliche und weltliche Mitglieder auf. Die Geistlichen führen ihre Gemeinden wie gute Hirten in geistliche Sicherheit, predigen gutes Benehmen und Frömmigkeit und schützen sie vor den Machenschaften des Teufels und seiner Schergen. Sie tragen eine besondere Kleidung, die Habit genannt wird (vom lateinischen *habitus*, „Erscheinung"), Kleidungsstücke, deren Farbe die Sekte anzeigt, der sie angehören.

Da kam der Bischof von Canterbury ... und sprach so zu Sir Mordred: Herr, was wollt Ihr tun? Wollt Ihr ... also Eures Vaters Weib zum Weib nehmen? Herr, sagte der edle Pfaffe, laßt ab von diesem Vorhabven, sonst muß ich Euch mit Bibel und Glocke und Kerze verfluchen.

Zu Artus' Zeit ist die Römische Kirche stark zentralisiert, mit dem Papst als oberstem Geistlichen. Ihm untergeordnet sind die Erzbischöfe, die große Regionen beaufsichtigen, sowie die Bischöfe, die in wichtigen Städten der Christenheit regieren. Die untersten Ränge in der römisch-christlichen Hierarchie sind die Priester, die in Klöstern ausgebildet werden und in jedem Dorf, jeder Stadt und jedem Ort in Britannien predigen. Die Britische Kirche ist nur auf lokaler Ebene organisiert, und ihre Priester werden von ihren Äbten ausgebildet und unterstehen diesen.

Geistliche und die Kirche im Allgemeinen sind eine Mischung aus guten und schlechten Menschen. Allein das Festhalten an einem kirchlichen Amt ist keine Garantie für moralisches Verhalten – viele Bischöfe und Äbte behandeln ihre Ämter als Pfründe und kassieren ihren Reichtum, ohne jemals ihren Sitz zu besuchen. Einige sind für ihre Ausschweifungen bekannt. Andere widmen sich den guten Werken und der hohen Moral des Christentums, sind bescheiden und freundlich und schützen ihre Schutzbefohlenen vor Gewalt und Ausbeutung. In der Tat können komplexe Charaktere sowohl gute als auch schlechte Eigenschaften aufweisen. Die Spielleitung kann wählen, welche Mischung sie in ihrer Kampagne anwenden will.

Der Papst

Das Oberhaupt der Römischen Kirche ist der Papst (von griechisch *pappas* und lateinisch *pater*, „Vater"), der in Rom lebt und Tausende von Geistlichen verwaltet, die ihn als obersten Verwalter des Glaubens ansehen. Der Papst ist der Bischof von Rom und beansprucht als Nachfolger des Heiligen Petrus die geistliche Autorität, in Gottes Namen zu handeln. Elf Männer hatten das Amt während Artus' Herrschaft nacheinander inne.

Erzbischöfe

Unter dem Papst stehen die Erzbischöfe. Dies sind Bischöfe, die andere Bischöfe in großen Regionen verwalten. In Britannien gibt es drei Erzbischöfe: Einen in Londinium, der Logres dient; einen in Eburacum, der das gesamte Gebiet nördlich des Flusses Trent verwaltet; und einen in Carlion-on-Usk, der Cornwall und Cambria betreut und schließlich während Artus' Herrschaft nach Menevia in West-Cambria umzieht. Der größte der drei hat das Amt des „Primas von Britannien" inne.

Bischöfe

Bischöfe (aus dem Griechischen *episkopos*, „Aufseher") kontrollieren Gebiete, die um Städte und Ortschaften zentriert sind, die nach dem alten römischen Verwaltungsbegriff Bistümer oder Diözesen genannt werden. Bischöfe nehmen ihre Titel von den Städten, in denen sie regieren, also „Bischof von Londinium" und so weiter. Bischöfe kommen nicht unbedingt aus ihren Diözesen und können aus jedem Land des alten Reiches stammen. Die Bischöfe werden durch Zuruf der Priester einer Kathedrale, durch den Papst oder durch einen weltlichen Fürsten, der sich das Recht vorbehalten hat, das Oberhaupt einer von seiner Familie gegründeten Institution zu ernennen, in ihr Amt eingesetzt. In jedem Fall muss der Papst die Beförderung bestätigen und ein Pallium verleihen, ein besonderes Kleidungsstück, das den offiziellen Rang kennzeichnet.

Jeder Bischof beaufsichtigt seine eigene Gemeinde und leitet eine Organisation von Priestern. Die Stadt, in der er wohnt, wird Bischofssitz genannt. Jeder Bischofssitz hat eine große Kirche, die Kathedrale, ein Münster für den Unterricht, ein Krankenhaus, ein Armenhaus und ein Nonnenkloster für heilige Frauen. Bischöfe weihen und beaufsichtigen die Priester in ihren Diözesen.

Bischöfe können auch Barone sein, was sie sowohl zu Führern der christlichen Kirche als auch zu feudalen Freiherren macht.

Viele Bischöfe halten als Barone weltliche Macht fest, eine Funktion, die völlig getrennt von ihrer Rolle als kirchliche Autorität existiert. Als Barone sind sie demnach als Freiherrn dem König unterstellt. Während Artus' Herrschaft gibt es zehn Bischofssitze: Camelot, Carduel, Carohaise, Chichester, Exeter, Leicester, Lincoln, Londinium, Norwich und Rochester. Andere entstehen, als Artus sein Reich in ganz Britannien und auf dem Kontinent ausdehnt.

Einige Bischöfe werden zu Kardinälen (vom lateinischen *cardinalis*, „wesentlich"), die zu wichtigen Verwaltungsämtern mit großer Verantwortung für die Kirche ernannt werden. Sie müssen eine Residenz in Rom unterhalten und sind mit der obersten Aufgabe betraut, neue Päpste zu wählen. Wenn ein Kardinal den Willen des Papstes ausführt, erhält er den Titel „Päpstlicher Legat" und ist mit erheblichen Befugnissen ausgestattet.

Äbte

Ein Abt (vom aramäischen *abba*, „Vater") ist das Oberhaupt eines Klosters. Er leitet die Angelegenheiten der Abtei, schlichtet die meisten internen

Tagzeitenliturgie

Die Stundengebete, manchmal auch als „Officium Divinium“ (Göttlicher Dienst) bezeichnet, sind die Zeiten, zu denen Mönche zum täglichen Gebet aufgerufen werden, obwohl gebildete christliche Adlige und Bürgerliche den Zeitplan ebenfalls für ihre täglichen Aktivitäten nutzen. Glocken läuten, um sie darauf aufmerksam zu machen. Die Stunden sind

- **Laudes: Morgendämmerung oder manchmal 3 Uhr morgens**
- **Prim: Früher Morgen, ungefähr gegen 6 Uhr morgens**
- **Terz: Vormittag, 9 Uhr**
- **Sext: Mittag, 12 Uhr**
- **Non: Nachmittag, 15 Uhr**
- **Vesper: Abend, 18 Uhr**
- **Komplet: Nacht, 21 Uhr**
- **Mette: Mitternacht**

Streitigkeiten und empfängt wichtige Besucher. Er kann ein geweihter Priester sein oder auch nicht, stammt aber ganz sicher aus einer adligen Familie. Die Loyalität des Abtes gilt manchmal nicht dem Bischof, sondern dem örtlichen Grundherrn, dessen Vorfahren das Land, auf dem die Abtei steht, verliehen haben. Das gilt vor allem für die britische Kirche, wo Äbte auch die Macht haben, Priester zu weihen, wie römische Bischöfe.

Ein Prior ist wie ein Abt, leitet aber ein Priorat – eine kleinere Version einer Abtei mit nur drei bis zehn Mönchen.

Kanoniker

Kanoniker (vom griechischen *kanon*, „Regel“) sind die Priester, die „Ordensgeistlichen“, die in jeder Stadt und jedem Dorf in Britannien die Herden der Gläubigen hüten. Sie sind geweiht und mit der geistlichen Vollmacht ausgestattet, ihren Gemeindemitgliedern die heiligen Sakramente zu spenden. Sie verwalten die Kirchengebäude und das Personal, predigen von der Kanzel (wenn es eine gibt), besuchen die Leidenden und sammeln den Zehnten. Ihre Veranlagung, ihr Bildungsstand, ihre Frömmigkeit und Nüchternheit sind von Gemeinde zu Gemeinde unterschiedlich.

Mönche

Mönche (vom griechischen *monos*, „einsam“) sind Asketen. Sie halten sich an die Ideale des heiligen Antonius von der Wüste und üben freiwillig Selbstverleugnung, indem sie sich von den Versuchungen und Sünden der Welt absondern. Es gibt zwei Arten von monastischen Organisationen. Mitglieder eremitischer Orden sind Einsiedler, die allein auf der persönlichen Suche nach Gott leben. Die meisten Mönche leben in Gemeinschaften und legen die Gelübde der Keuschheit, der Armut und des Gehorsams ab, beten gemeinsam und arbeiten an ihrer Selbstvervollkommnung.

Ein Ritter, eine Edeldame, ein Mitglied des Klerus oder ein Gemeiner, der ein zurückgezogenes, dem Gebet und der Kontemplation gewidmetes Leben führt, kann als Eremit bezeichnet werden (von griechisch *eremites*, „einsam“). Es gibt viele verschiedene Arten. Einige, wie Sir Percivales Tante, die Königin der Einöde, schließen sich (mit Dienern) ein und werden „Ankeriten“ genannt, weil sie an einem Ort bleiben. Andere ziehen umher, nackt, stinkend, mit den Armen fuchtelnd, Reisende auf der Straße überfallend, die frohe Botschaft verkündend, ihre Augen glänzen vor wahnsinniger Heiligkeit. Alle, die dem Beispiel des heiligen Antonius folgen, können ein gewisses Maß an Gnade erlangen und haben manchmal seltsame Visionen, die sie teilen können.

Zönobitische Mönche durchlaufen eine formale Ausbildungszeit, bevor sie als Mitglieder in einen geschlossenen Orden aufgenommen werden. Die Anwärter legen Gelübde des „Dritten Ordens“ ab, um sich während ihres Aufenthalts an die Regeln des Ordens zu binden. Studenten in Klöstern stehen in diesem Rang und planen, auf ihre Gelübde zu verzichten, wenn sie nach Abschluss ihrer Ausbildung abreisen. Kandidaten können mit sechzehn Jahren formell in eine Abtei eintreten, wo sie strenge Gelübde ablegen und mindestens ein Jahr lang Novizen bleiben. Novizen, die sich bewährt haben, werden zu Postulanten befördert und dienen in diesem Rang mindestens zwei weitere Jahre, bis sie ihre endgültigen „feierlichen“ Gelübde der Verpflichtung gegenüber dem Kloster ablegen.

Mönche sind in Orden unterteilt, die sich auf verschiedene Werke spezialisieren, und weiter in Zweige, Orden innerhalb von Orden, die sich noch weiter spezialisieren und bestimmte Heilige über andere verehren. Nicht alle Orden existieren während der gesamten Kampagne, obwohl die Schwarzen und Braunen Mönche zu Beginn der *Großen Pendragon-Kampagne* gleichzeitig erscheinen.

Mönchsorden können anhand der Farbe ihrer Roben unterschieden werden.

Schwarze Mönche: Römische christliche Mönche, die in der Regel Gelehrte, Berater, Diplomaten und später in der Kampagne auch Inquisitoren sind. Sie entstammen oft dem Adel und leben normalerweise ihrem Stand entsprechend. Die Schwarzen Mönche konzentrieren sich auf intellektuelle Arbeit und das Lehren als Methode, um zur Heiligkeit zu gelangen. Sie sponsern oft Schulen für die Kinder von sehr wohlhabenden Adligen. Morgan le Fey zum Beispiel lernte in der Abtei Amesbury, die von den Schwarzen Mönchen geleitet wird, lesen und schreiben.

Der größte Zweig der Schwarzen Mönche sind die Brüder der kurzen Kutte, die sich um die Armen in den Städten in ganz Britannien kümmern. Nach Angaben des Ordens hat ihr Gründer, der Heilige Martin, einst seinen reichen Mantel in zwei Hälften gerissen, um einen armen Mann zu bekleiden. Die Tradition des Ordens besteht darin, den vielen Armen zu helfen und ihnen Nahrung, Unterkunft, Kleidung und Krankenhauspflege zukommen zu lassen. Ihr Name kommt von den gekürzten („*curtailed*") Kleidern, die sie tragen und die sie in ihren

Gürtel stecken, um den Schmutz und den Unrat zu vermeiden, durch die sie täglich waten müssen.

Braune Mönche: Der älteste Orden der christlichen Mönche Britanniens wurde ein Jahrhundert vor der Ankunft der römischen Christen in Britannien gegründet. Sie sind die direkten Erben von Josef von Arimathäa und der ursprünglichen Glastonbury-Tradition. Im Gegensatz zu den Schwarzen sind die meisten Braunen Mönche geweihte Priester und können die Sakramente spenden. Keine einzelne Organisation beaufsichtigt die Braunen Mönche und jede Abtei ist unabhängig von den anderen. Daher gibt es mehrere Zweige des Mutterordens. Die beiden größten sind die Rostroten und Grauen Brüder. Die Rostroten Brüder tragen rotbraune Kutten und sind Experten für eine ihrer ältesten Aufgaben: den Frieden zwischen den Lords zu wahren. Die Grauen Brüder tragen aschfarbene Umhänge und kümmern sich um die Armen auf dem Feld und in der Stadt, sind aber auf die Heilkunst spezialisiert.

Brüder

Ein Mönchsbruder ist ein Mitglied eines religiösen Ordens, der Aspekte des Mönchtums mit dem aktiven Dienst in der Welt verbindet. Während die Mönche an einem Ort bleiben, sind die Brüder unterwegs und leben unter den Menschen. Brüder sind Mendikanten bzw. Bettelmönche (vom lateinischen *mendicus*, „Bettler“) und legen Wert auf persönliche Armut. Brüder kommen normalerweise aus einer Abtei oder einem Kloster, das sie als „Heimatbasis“ nutzen, um sich nach vielen Monaten auf der Straße auszuruhen.

Schwarze Brüder: Ein römischer Bettelorden, der in der Periode des Zwielichts gegründet wurde, um die römisch-christliche Orthodoxie durchzusetzen und Ketzerei auszumerzen, wo immer sie sich zeigt. Sie ziehen von einer Stadt oder einem Dorf zum nächsten, prangern geistliche Nachlässigkeit an und verurteilen Ketzer. Manchmal werden sie von einer Kompanie Soldaten begleitet.

Braune Brüder: Die Braunen Brüder sind ein fanatischer britischer Bettelorden, der sich während der Periode der Turniere bildet. Sie führen ein Leben als Wanderprediger und halten eine sehr wörtliche Auslegung des Armutsgelübdes aufrecht. Sie nehmen niemals Geld an, haben keine Klöster (obwohl sie in jedem willkommen sind), weigern sich, Eigentum zu besitzen, und ziehen frei unter den Menschen umher, vor allem unter den Armen, und predigen das Evangelium. Sie leben vom Betteln um Nahrung und andere notwendige Dinge.

Weiße Brüder: Ein geheimnisvoller Orden von Bettelmönchen, die makellose weiße Gewänder tragen. Manche behaupten, sie seien römisch, während andere behaupten, sie seien britischen Ursprungs. Sie tauchen zum ersten Mal in der Periode der Eroberung auf und tauchen häufiger kurz vor und während der Gralssuche auf. Es ist wenig über sie bekannt, außer dass sie Armut, Keuschheit und Kontemplation betonen.

Äbtissinnen

Eine Äbtissin leitet ein Nonnenkloster, ein Haus der heiligen Frauen. Nonnenklöster sind meist mit nahe gelegenen Klöstern verbunden, deren Abt von der Äbtissin Loyalität erhält. Äbtissinnen der britischen Kirche sind geringfügig unabhängiger als ihre römischen Schwestern.

Nonnen

Frauen ist es verboten, Priester zu werden, und so werden diejenigen, die sich auf ein Leben in der Religion einlassen, „Nonnen“ genannt (von lateinisch *nonna*, „Erzieherin, Tante“). Sie durchlaufen die gleiche Ausbildung wie Mönche und legen „solenne“ Gelübde ab, die sie lebenslang an ihren Orden binden.

Die Orte für religiöse christliche Frauen werden Nonnenklöster genannt, manchmal auch Konvente, wenn sie allein stehen, oder häufiger Klöster, weil sie mit einem Mönchsorden verbunden sind. Nonnenklöster stehen immer unter dem Schutz eines der größeren Mönchsorden. So gibt es Schwarze und Braune Nonnen und solche der kurzen Kutte, Graue und Rostroten Schwestern. Sie schulden ihrem Mutterorden und der übergeordneten Kirche Treue.

Wenn ein Nonnenkloster völlig unabhängig ist, ist eine römische Äbtissin nur dem örtlichen Bischof gegenüber verantwortlich, eine britische Äbtissin einem Abt oder dem örtlichen Lord. Unabhängig davon ist die Äbtissin eines unabhängigen Nonnenklosters Landbesitzerin mit allen üblichen Rechten und Pflichten, da sie das Land treuhänderisch für die Kirche oder ihre Abtei verwaltet. Es ist also möglich, dass die Lehnsherrin eines Ritters eine Äbtissin ist!

Das bekannteste der religiösen Frauenhäuser in **Pendragon** ist die Abtei von Amesbury in der Salisbury Plain, in der Nähe von Stonehenge. Dieses Kloster wurde von Aurelius Ambrosius, dem ersten Pendragon, gestiftet und erhält seither großzügige königliche Unterstützung. Es ist der Ort, an den sich Königin Ygraine nach Uthers Tod zurückzieht, an dem Morgan le Fey erzogen wird und an den sich Königin Guinevere am Ende von Artus' Herrschaft zurückzieht.

Die Abtei Amesbury ist ein Nonnenkloster, das im Laufe der Kampagne zu einem bestimmten Zeitpunkt drei Königinnen beherbergt: Ygraine, Morgan le Fay und Guinevere.

Gotteslästerung

Ritter fluchen regelmäßig, meist auf eine subtile Art und Weise, die von den zarten Ohren des Hofes akzeptiert wird. Die bevorzugte Art und Weise ist nicht, wie in unseren Tagen, ein Körperteil oder eine Handlung zu beleidigen, sondern etwas Heiliges zu beleidigen. Da es mehr heilige Institutionen als Körperteile gibt, haben Ritter viel mehr Dinge zu beleidigen als wir heutzutage.

Das Fluchen selbst ist durch das zweite Gebot verboten: „Du sollst den Namen des Herrn, deines Gottes, nicht missbrauchen." Sein Name kann in Eiden angerufen werden, und „missbrauchen" bedeutet, den Eid zu missachten. Es wird auch so interpretiert, dass man ihn in einer vulgären Mode, für persönliche Zwecke oder missbräuchlich benutzt. So ist z. B. „Gottverdammt" ein solcher „Missbrauch". Beliebte Eide dieser Art sind:

„Gadzooks!", was *„Gottes Haken"* bedeutet und sich auf die Nägel bezieht, mit denen Jesus am Kreuz aufgehängt wurde.

„Gottes Blut!" oder, volkstümlicher, *„beim Blute"*, bezieht sich auf den wertvollsten Teil des Körpers Jesu und ist extrem nah an der Blasphemie. Jeder benutzt es, obwohl es offiziell verpönt ist.

„Gottes Zähne!" war der Lieblingsfluch von König Johann von England. Andere Flüche der Könige waren: *„Gottes Haupt!"* und *„Gottes Tod!"* und *„Sankt Alban's Finger!"*

„Beim heiligen Gesicht von Lucca!" bezieht sich auf ein bestimmtes Bild von Jesus am Kreuz in Lucca, Italien; geschnitzt von Nikodemus, der Josef von Arimathäa half, den Leichnam von Jesus nach seinem Tod zu bestatten.

Das Fluchen auf kämpferische Heilige ist bei christlichen Rittern beliebt, die den Namen des Heiligen anrufen, um seine Aufmerksamkeit auf den Redner zu lenken. Einige beliebte kämpferische Heilige zu König Artus' Zeiten waren:

- ✠ Heiliger Theodor, der Rekrut
- ✠ Heiliger Demetrius, der Prokonsul
- ✠ Heiliger Georg, der Drachentöter
- ✠ Heiliger Prokopius, der Offizier
- ✠ Heiliger Mauritius von der thebanischen Legion
- ✠ Heiliger Merkur von Skythien
- ✠ Heiliger Michael, der Erzengel der Schlacht

Laien

Religiöse Ritter, Damen und Gemeine können christlichen Orden als Laien dienen (vom lateinischen *laicus*, „Volk"). Sie übernehmen je nach Stand und Bildungsgrad verschiedene Aufgaben, von der Handarbeit bis zur Verwaltung. Während ihres Dienstes legen sie ein „einfaches" Gelübde des Gehorsams und der Keuschheit ab und werden „Bruder" oder „Schwester" genannt.

Das Böse

Das Böse ist ein grundlegend christliches Konzept. Das Böse und alles, was es bedeutet, muss in jedem Spiel, das mit der christlichen Religion zu tun hat, angesprochen werden. Es nicht zu erwähnen oder zu definieren, wäre zimperlich vom Spieleautor, der damit stillschweigend die Erlaubnis für unbegrenzte Zügellosigkeit erteilt.

Für das Spiel sollte das Böse in irgendeiner Form existieren, obwohl eine Kirche des Satans zu lächerlich ist. Da der Zweck von **Pendragon** darin besteht, die Pracht und den Zauberglanz des sagenhaften Reiches zu veranschaulichen und die vielen Lösungen für typische Artus-Probleme zu erforschen, würden böse Ritter von Spielern das Spiel ruinieren, und wir empfehlen, dass keine bösen Charaktere von Spielern kontrolliert werden. Für Spielzwecke können Spielleitercharaktere jedoch immer noch ihre individuellen Seelen an den Teufel verkaufen.

Nachweislich böse Charaktere sollten allein der Spielleitung vorbehalten bleiben.

Andere Religionen sind nicht böse, ebenso wenig wie die nichtmenschlichen Feen oder die meisten Ungeheuer. Böse Leute können sowohl christlich als auch heidnisch sein, aber nur wenige von ihnen sind *wirklich* böse. Trotzdem gibt es böse Menschen im christlichen Sinne. Der Ritter des Drachen, gegen den Percival kämpft, lässt sich am besten verstehen, wenn man ihn als das darstellt, was er angeblich ist: Ein Ritter, der seine Seele an den Teufel verkauft hat. Herzog Klingsor aus dem deutschen *Parzifal* und sein Gegenstück aus dem französischen *Perlesvaus*, der König der Burg Munsalvaesche, können der für sie vorgesehenen Verdammnis nicht entkommen. Die Spielleitung muss entscheiden, wie viel vorsätzliches Böses in Agravaine, Klingsor, Mordred, Morgan le Fay, Turquine und den anderen Schurken steckt. Meistens sehe ich sie als schlecht und falsch, aber nicht als böse.

Der Preis des Bösen

Wenn die Summe der bösen religiösen „Tugenden" 96 oder mehr beträgt, dann ist dieser Charakter nachweislich böse und unterliegt dem teuflischen Abruf durch seinen Meister. Wenn ein solcher Charakter zum Beispiel in einer verhängnisvollen Nacht den Teufelshunden begegnet, gilt er als böse und wird vom Teufel aus dem Spiel genommen.

Der böse Ritter

Böse Charaktere sind allein der Spielleitung vorbehalten. Mit der Erlaubnis der Spielleitung kann ein Ritter eines Spielers auf diesen Pfad hinabsteigen, wenn er die folgenden Richtlinien beachtet.

Persönlichkeitsmerkmale: Rachsüchtig, Selbstsüchtig, Falsch, Grausam, Stolz, Misstrauisch (96 insgesamt)

Vorzüge: Da die bösen Charaktere nur von der Spielleitung kontrolliert werden sollen, werden die Vorzüge nach Bedarf von ihr erstellt. Einige der möglichen Spezialeffekte sind erhöhte Trefferpunkte, gepanzerte Haut und der Besitz eines feuerspeienden Schildes, flammender Speere und monströser Pferde.

Heidentum

Generell gibt es bei den Galliern drei Gruppen, die besonders geehrt werden: Barden, Vates und Druiden. Die Barden sind Sänger und Dichter, während die Vates heilige Riten überwachen und Naturphänomene untersuchen. Die Druiden studieren ebenfalls die Wege der Natur, beschäftigen sich aber auch mit den Gesetzen der Moral.

—Strabo, ***Geographica*** *4.4.4–5 (von Posidonius)*

Viele der Menschen, die außerhalb von Logres leben, sind nie vollständig zum Christentum übergetreten. Auch innerhalb von Logres haben einige Menschen ihren angestammten Glauben nicht aufgegeben. Diese Leute werden Heiden genannt, und ihre Religion ist das britische Heidentum (oder Paganismus vom lateinischen paganus, „rustikaler Dörfler“). Es gibt mehrere heidnische Praktiken, aber wir konzentrieren uns hier auf das Kymrische, das auch einige römische Glaubensvorstellungen beinhaltet.

Heidnische Glaubensvorstellungen

Das Heidentum ist polytheistisch und erkennt an, dass alles in der Welt lebendig ist, dass Geister die Natur beherrschen und verehren sie als Götter und Göttinnen. Diese Geister bewohnen die Landschaft, den Himmel, die Sonne, den Mond und andere Teile der Welt. Sie durchdringen die Welt mit Lebenskraft und Bewusstsein. Der Kern der heidnischen Verehrung ist, dass diese Gottheiten durch Zeremonien, Opfer und Gebete erreicht werden können, um sie zu überzeugen, eine Handlung, die in ihrer Macht steht, auszuführen. Die Menschen helfen den Göttern dabei, die Welt gesund zu halten. So trägt die menschliche Anbetung dazu bei, den ewigen Zyklus der Jahreszeiten, den Auf- und Untergang von Sonne, Mond und Sternen, das Wachstum der Pflanzen und die Gezeiten der Meere zu unterstützen. Die Druiden lehren, dass Götter, Göttinnen, Feen, Menschen, Tiere, Pflanzen und Steine alle Teile des Drachens sind, eines archetypischen Bildes des Lebens, das so ehrfurchtgebietend ist, dass es einen zu Asche werden lässt, wenn man es in seiner Gesamtheit sieht. Die Drachendarstellung ist in Heidnischen Siegeln weit verbreitet und das Symbol auf König Artus’ Schlachtstandarte.

Heidnische Menschen missionieren nicht und halten sich auch nicht an eine strenge Führungshierarchie oder eine einzige zentrale Autorität. Die Wahrheit hat für Heiden viele Formen, die alle in ihrem begrenzten Bereich Respekt verdienen.

Das Heidentum beruht auf einer kreativen mündlichen Tradition und meidet das geschriebene Wort. Es verehrt die Erfahrung vor der Bildung. Das britische Heidentum ist nicht buchgebunden. Anders als das Christentum gibt es keine heiligen Bücher oder Texte, die seine Lehren zusammenfassen und bewahren. Stattdessen ist das religiöse Wissen viel fließender und wird mündlich in Form von Geschichten und Liedern weitergegeben, die moralische Lehren erteilen, zu mutigen Handlungen inspirieren und ein Mittel zum Verständnis der Welt darstellen. Obwohl die Geschichten und Lieder immer ähnlich sind, unterscheiden sich ihre Protagonisten – die Götter, Göttinnen, Feen und Helden der kymrischen Sagenwelt – und die vielen Arten, sie zu ehren, von Region zu Region. Es gibt also keine formale, einheitliche religiöse Tradition im britischen Heidentum, sondern eher eine Reihe religiöser Einstellungen und Tendenzen, die seit Jahrtausenden mehr oder weniger stabil geblieben sind.

Heiden glauben an ein Leben nach dem Tod. Wenn der Leib eines Menschen stirbt, geht seine Seele vorübergehend in das Land der Jugend oder auf die Inseln der Seligen, um sich auszuruhen,

Der Heidnische Religiöse Ritter

Wenn du einem Heidnischen Religiösen Ritter begegnest, begegnet dir ein Hauch der großen Helden von einst, die jetzt vor Leben strotzen. In vielerlei Hinsicht sind sie das Gegenteil ihrer christlichen Standesgenossen.

Persönlichkeitsmerkmale: Lüstern, Tatkräftig, Großzügig, Ehrlich, Stolz, Fromm

Voraussetzungen: 96 Tugendpunkte insgesamt (jeweils mindestens 16), Ergebenheit (Götter)-Leidenschaft 16+, Religion (Heidnisch) 10+

Vorteil: +2 Heilungsrate

ruhmreiche Schlachten zu schlagen und sich unter den Göttern und Göttinnen auszutoben. Wenn sie bereit sind, werden sie zurückgeschickt, um in dieser Welt wiedergeboren zu werden, oft ohne Erinnerung an ihr früheres Leben.

Richtergesetze

Die Richtergesetze regeln das Leben der heidnischen Individuen, Clans und Stämme und behandelt so unterschiedliche Themen wie Ehe, sozialen Status, Verletzung, Verwandtschaft, Eigentum, Krieg und Religion. Druiden verbringen bis zu zwanzig Jahre damit, dieses uralte Wissen auswendig zu lernen, damit sie zu wandernden Brehons („Richtern") für die heidnischen Kymren werden können. Zwischen den Ritualtagen schlichten Druiden Streitigkeiten, verhandeln Fälle und dienen dem heidnischen Volk als Anwälte, Richter und, wenn nötig, als Henker.

Druiden dienen als umherziehende Richter in den Gemeinden der britischen Heiden.

Heidnische Ethik

Heidnischen Charakteren wird beigebracht, die folgenden Persönlichkeitsmerkmale vor allen anderen zu schätzen, um sie als Leitfaden für richtiges Denken und Handeln zu nutzen. Wer sich bemüht, diese Ideale zu erreichen, wird von einer Gottheit mit erhöhter Lebenskraft belohnt.

Lüstern

Sinnlichkeit ist eine Tugend, ein Geschenk des Lebens. Liebelei ist ein Sport, ob er nun Früchte trägt oder nicht, und Minne ist die Aufgabe des Lebens. Lass dich von der Mutter und der Jungfrau in deinem Handeln leiten. Wisse, dass fleischliche Beziehungen nur im Einvernehmen gestattet sind; Vergewaltigung und Pädophilie sind tabu. Monogamie und Nicht-Monogamie sind gleichwertig, obwohl die Ehe durch das Richtergesetz geregelt wird. Nicht-monogame Paare finden sich am häufigsten bei ekstatischen Fruchtbarkeitsfesten wie Beltaine. Keuschheit ist natürlich lebensfeindlich und bereitet keine Freude, also erbringe der Göttin stattdessen die richtigen Opfergaben!

Tatkräftig

Vitalität ist eine Tugend, ein Zeichen für die eigene Männlichkeit. Tanz, Jagd und Falknerei fördern die Vitalität des Körpers; Komponieren, Spielen, Instrumentenspiel und Gesang fördern die Vitalität des Geistes. Alle sind sie heilig. Sei wie der strahlende Held Pryderi. Erobere Irland und kehre mit dem singenden Haupt von Bran dem Gesegneten zum Festmahl zurück. Heirate dann eine Göttin und stirb im Kampf gegen einen Gott im Zweikampf. Ruhe wird nur wertgeschätzt, damit man weiterhin kraftvoll sein kann. Andernfalls ist Faul sein gleichbedeutend mit dem Tod.

Großzügig

Gastfreundschaft ist eine Tugend, denn sie gibt dem Stamm Leben. Jeder Fremde kann sie erwarten, alle Hausherren müssen sie gewähren. Nachbarn versuchen, sich gegenseitig zu übertrumpfen, um am Großzügigsten zu sein. Ein Krieger würde seinen ärgsten Feind mit seiner besten Kleidung, Essen und Trinken bewirten, bevor er ihn erschlägt. Die Druiden sagen, dass Gastfreundschaft ein Teil der Richtergesetze ist und dass der Brauch von allen aufrechterhalten werden muss. Selbstsüchtig zu sein bedeutet also, Tod und Schande über den Stamm zu bringen.

Ehrlich

Wahrheitsgemäß zu sprechen ist eine Tugend, denn es fördert das Vertrauen zwischen den Stämmen und macht das Leben leichter. Die Barden lehren uns, dass man beim Reden aus dem Herzen sprechen muss und nicht durch Beschönigungen täuschen darf. Das eigene Wort muss ein feierliches Band sein, sonst kann man nicht gemeinsam mit anderen Menschen handeln. Falsch zu sein, ist also gegen das Leben des Stammes.

Stolz

Bescheidenheit ist unehrlich und fördert die Sanftmut. Freude an seinen Leistungen zu empfinden, ist eine Tugend, ein weiteres Geschenk des Lebens. Man sollte sich nicht scheuen, vor jedem, der zuhören will, mit seinen Leistungen zu prahlen. Erinnere dich an die Sage des irischen Helden Conall. Sein Triumph war, dass er bei einem großen Festmahl mit den wilden Männern aus Connacht das beste Stück Fleisch bekam. Aber denk daran, dass du den Männern aus Connacht nicht aus Bosheit das kleinste Stück geben solltest. Stolz muss nicht gleichbedeutend mit Dummheit sein, und Großzügigkeit ist immer noch das Gesetz.

Fromm

Das Göttliche ist Teil der Welt. Die Bestandteile der Welt – Bäume, Felsen, Flüsse, Tiere und Menschen – sind vom Göttlichen durchdrungen. Sie sind göttlich. Fromm zu sein bedeutet, mit dem ewigen Kreislauf von Geburt, Tod und Wiedergeburt in Einklang zu sein. Die Gedanken im ewigen Hier und Jetzt und an die Heiligkeit der täglichen Aufgaben zu halten, fördert das Leben in dieser Welt. Die Anderswelt ist das Land der Toten, und Gedanken, die einen außerhalb dieser Welt führen, führen zum Tod.

Heidnische Gottheiten

Die heidnischen Vorstellungen des Göttlichen scheinen ein Wirrwarr aus pseudohistorischen Figuren, mythischen Helden, Zauberern, Zauberinnen, Geistertieren, Feen, Göttern, Göttinnen und den euhemerisierten Kräften der Natur zu sein. Ein gottfürchtiger heidnischer Charakter könnte jedem von ihnen Opfergaben darbringen. Anders als die römischen Gottheiten sind die der Kymren nicht so spezialisiert und haben oft konkurrierende oder sich überschneidende Domänen.

Zum Beispiel sind viele der Götter und Göttinnen Kriegsgötter, die angerufen werden, um den Sieg in der Schlacht zu erringen. Dieselben Götter können aber auch für Heilung, Liebe, Handwerk, Recht, Magie und Musik angerufen werden.

Die korrekte Schreibweise dieser Gottheiten ist schwer festzulegen, da sie gesprochen und nicht aufgezeichnet wurden; an verschiedenen Orten werden Varianten derselben Namen verwendet. Einige der bekanntesten Gottheiten sind:

- **Andraste:** Eine Kriegsgöttin
- **Affalach:** Ein Gott der Obstgärten, Schutzherr der Insel Avalon, genannt der „Herr der Äpfel“
- **Amaethon:** Ein Schwindler-Gott des Ackerbaus, genannt der „Herr der Ernte“.
- **Arianrhod (Arianrhod-Diana):** Eine Göttin des Mondes, der Magie und der Rache
- **Beli-Lugh (Beli, Belenos, Belenos-Apollo, Lugh):** Ein Gott der Sonne, der Musik, des Krieges, der Heilung und der Gesetzgebung
- **Blodeuwedd:** Eine Göttin der Liebe und Rache, genannt „Blumengesicht“
- **Bran:** Ein Gott des Lebens, des Todes und der Unterwelt, Herr des Hauses Llyr, Hochkönig der britischen Götter und Göttinnen
- **Brigid (Brigantia):** Eine Göttin des Feuers, der Poesie und des Krieges
- **Camulos (Camulos-Mars):** Ein Gott des Krieges
- **Cocidius (Cocidius-Mars):** Ein Kriegsgott
- **Creiddylad:** Eine Göttin der Liebe, des Lebens und der Frühlingszeit, genannt „Die Jungfrau“. Sie wird jeden Herbst von ihrem Bruder Gwynn entführt und jeden Frühling von ihrem Geliebten Llew befreit.
- **Cerridwen:** Eine Göttin des Lebens, des Todes und der Magie, genannt „Die dunkle Göttin“. Sie besitzt einen Kessel, der ihr große Weisheit verleiht.
- **Diana:** Eine Göttin der Jagd und des Mondes, genannt „Die Herrin der Wildnis“
- **Don (Anna, Danu, Gaia, Bona Dea):** Eine Göttin der lebensspendenden Gewässer, genannt „Die Mutter“ oder „Mutter Erde“
- **Dylan:** Ein Gott des Meeres und des Todes
- **Govannon:** Ein Gott der Schmiede und des Handwerks
- **Gwydion:** Ein Betrüger-Gott des Krieges und der Magie, genannt „Der Druide der Götter“
- **Gwynn:** Ein Gott des Todes, der Unterwelt und der Winterzeit. Er führt die nächtliche Jagd an, um die Seelen der Toten einzusammeln. Jeden Herbst entführt er seine Schwester Creiddylad und bringt sie in die Unterwelt.

- **Havern (Sabrina):** Die Göttin des Flusses Severn
- **Hercules:** Ein Gott der Stärke und des Ackerbaus
- **Isis:** Ein ägyptischer Name für die Große Göttin, deren Verehrung alle Göttinnen einschließt
- **Lenus (Lenus-Mars):** Ein Gott des Krieges und der Heilung
- **Llew (Owaine, Gwythyr, Mabon):** Ein Gott der Sonne, der Krieger und der Frühlingszeit. Er ist der junge Gott-Held, der in die Unterwelt hinabsteigt, um das Land vom Winter zu befreien.
- **Llyr:** Ein Gott des westlichen Ozeans und Hüter des Landes unter ihm
- **Mabon:** „Der Sohn", ein Titel für Sonnengötter in ihrer jugendlichen, kriegerischen Gestalt
- **Manawyddan (Manannan):** Ein Gott der Irischen See und des Landes unter ihr
- **Mars:** Ein Kriegsgott, dessen Name oft mit lokalen Gottheiten kombiniert wird
- **Math:** Ein Gott der Magie und der Sterne, genannt „Der Herr der sternenklaren Weisheit", Beschützer des Hauses Don
- **Mithra:** Ein persischer Gott des Lichts, der Sonne und der Krieger, beliebt bei den römischen Legionären der Antike
- **Nudd (Nuada, Nodens):** Ein Gott der Heilung, der Küstengewässer und der Schlacht, genannt „Silberne Hand"
- **Rhiannon (Epona):** Eine Göttin der Pferde
- **Rudianos (Rudianos-Mars):** Ein Gott des Krieges
- **Segomo (Segomo-Mars):** Ein Kriegsgott
- **Sulis (Sulis-Minerva):** Eine Göttin des Feuers, der Heilung und der heißen Quellen
- **Venus:** Eine Göttin der Liebe und des Geschlechtsverkehrs, beliebt bei Dichtern, die die Minne verehren
- **Vulkan:** Ein Gott der Schmiede und Baumeister

... und viele mehr. Britische Heiden haben in der Regel einen Stammesgott als Schutzpatron, der nur ihren Clans gefällt, wie zum Beispiel Brigantia für die Briganten in Cumbria. Die Römer haben sogar persönliche Götter und Göttinnen, *Genii* genannt, die als individuelle Schutzgeister dienen. Spielleitungen steht es frei, ihre eigenen Heidnischen Gottheiten für Abenteuerzwecke zu erschaffen.

Heidnische Anbetung

Wie bei den Namen der heidnischen Gottheiten gibt es auch bei den religiösen Praktiken in Britannien große Unterschiede. Nur sehr wenige Gemeinschaften ehren ihre Gottheiten auf die gleiche Weise, benutzen die gleichen Worte oder erzählen sogar die gleichen Geschichten. Dennoch gibt es unter den britischen Heiden einige gemeinsame Praktiken, die sie vereinen. Britische Heiden in der Zeit von König Artus scheuen die geschlossenen Tempelanlagen ihrer romanisch-britischen Vorfahren. Sie beten eher im Freien an, entweder einzeln oder gemeinsam.

Die Praktiken der heidnischen Anbetung sind so unregelmäßig und eigenwillig, wie die des Christentums starr und vorgeschrieben sind.

Tempel

In Britannien gibt es nur noch wenige heidnische Tempel aus römisch-britischer Zeit. Die meisten wurden im 4. Jahrhundert zerstört oder in Kirchen umgewandelt. Römische Tempel bestehen aus Stein, von Säulen umgeben und beherbergen eine Statue oder Statuen einer Gottheit. Britische Tempel sind in der Regel kleiner, aus Holz, haben meist keine Säulen und sind manchmal zum Himmel hin offen. Die größten erhaltenen klassischen heidnischen Tempel in Britannien sind der Sulis-Tempel in der Stadt Bath und die Nudd geweihte Tempel auf Mariner's Isle auf einer Insel im Severn Estuary.

Sakrale Landschaft

Britische Heiden betrachten zwar die gesamte Natur als heilig, aber sie neigen dazu, bestimmte Naturmerkmale stärker zu verehren als andere.

Heilige Gewässer

Quellen, Brunnen, Tümpel, Sümpfe, Seen und Flüsse sind in der heidnischen Religion Großbritanniens besonders heilig, da sie Symbole für Leben und Tod sind. Sie ernähren Pflanzen, Tiere und Menschen, werden aber auch mit der Unterwelt in Verbindung gebracht: Das unsichtbare, unterirdische Reich, in dem die Toten zur Ruhe kommen. In **Pendragon** werden die heiligen Stätten, die mit diesen Gewässern verbunden sind, normalerweise von den Damen des Sees gepflegt, die die Göttin der Gewässer als ultimative Quelle des Lebens verehren. Mit Ausnahme der Meere und Ozeane gelten alle natürlich vorkommenden Wasserwege und Quellen als das Reich der Göttin. Quellen und Brunnen sind der Mittelpunkt mehrerer traditioneller britischer heidnischer Heiligtümer. Oft werden Tempel und Ritualzentren um oder in der Nähe eines heiligen Brunnens oder Teichs gebaut. Außerdem wird jeder Fluss und jeder Bach als eine eigene Göttin angesehen, was sich in seinem Namen widerspiegelt. In Britannien sind die Flüsse Severn, Dee und Brent nach den Göttinnen Sebrina, Deva und Brigantia benannt.

Heilige Erde

Steine und Erde sind in der britischen heidnischen Religion heilig. Sie sind die Knochen und das Fleisch von Mutter Erde. Heidnische Menschen begraben ihre Toten in Gräbern und geben so die Körper in den Schoß der Mutter zurück, auf dass sie wiedergeboren werden können. Könige und Helden wurden traditionell in Grabhügeln beigesetzt, die oft zum Mittelpunkt verschiedener heiliger Stätten wurden. Darüber hinaus konnte jeder interessante Felsblock oder jede massive Felsformation mit Trankopfern geehrt oder mit Blumen geschmückt werden. Hochgelegene Orte, Bergkuppen und bestimmte Berge werden verehrt, wie zum Beispiel Yr Wyddfa in Cambria, die traditionelle Heimat der Götter. Druiden klettern in Festnächten auf zerklüftete Türme und rufen heiliges Feuer vom Himmel. Die Feen lehrten die Menschen, bestimmte Orte mit stehenden Steinen zu markieren, entweder als Wächter auf einsamen Feldern oder in großen Kreisen, wie beim Tanz der Giganten in Salisbury und den tanzenden Jungfrauen in Cornwall. Die Steine selbst wurden manchmal aus fernen Ländern über das Meer transportiert.

Auch die meisten Bäume sind den britischen Heiden heilig. Speziell gepflegte Haine aus Eichen, Erlen und Eschen, die *Nemetons* genannt werden, dienen den Druiden als Ritualzentren. Manchmal ist ein Hain von einem Erdwerk, einem *Temenos*, umgeben, das von Holzpfählen überragt wird und durch ein zeremonielles Tor zugänglich ist.

Opfer

Tieropfer werden normalerweise von Druiden oder heidnischen Fürsten in *Nemetons* durchgeführt. Das Blut wird in die Erde gesickert und die Organe, die Haut und die Knochen dienen als Wahrsagehilfen und rituelle Utensilien. Wenn es sich um ein großes Tier wie einen Stier oder ein Wildschwein handelt, verzehrt die anwesende Gemeinschaft das Fleisch anschließend.

Am häufigsten werden wertvolle Gegenstände in Flüssen, Sümpfen, Tümpeln, Seen und Brunnen versenkt. Wertvolle Waffen, Rüstungen, Münzen, Silber- oder Goldplatten und wertvolle Kunstwerke werden zeremoniell geworfen und in die Anderswelt geschickt. Diese Opfergaben können Bitten um Hilfe, Zeichen der Dankbarkeit oder auch verzweifelte Handlungen der Beschwichtigung sein.

Andere Opfergaben gibt es in Hülle und Fülle, seien es Blumen, in Menschen- oder Tiergestalt gebackenes Brot oder einfache Trankopfer von Wein, Honig, Obst und Milch.

Die Druiden und die Herrinnen des Sees sowie die meisten zivilisierten heidnischen Gemeinschaften verbieten Menschenopfer. Nur die verdorbenen Sachsen in ihren Küstenenklaven opfern Menschen im Namen ihres blutigen Gottes Wotan. Der wilde Brauch ist auch bei den Barbarischen Pikten bekannt.

Menschenopfer werden von britischen Heiden nicht praktiziert.

Heidnische Feiertage

Die heidnischen Briten teilen das Jahr in zwei Hälften ein: Sommer und Winter. Die Winterhälfte ist der Beginn des Kalenders und beginnt mit dem großen Fest Samhain (1. November) und endet mit dem Großen Fest von Beltaine (1. Mai). Zwischen Samhain und Beltaine liegen zwei weitere Feste, Imbolc (1. Februar) und Lughnasadh (1. August), die zusammen mit Beltaine und Samhain das vierspeichige Rad des Jahres bilden, das alle Jahreszeiten der Natur und die Bewegung der Sterne am Himmel umfasst. Für das britische Heidentum hat das Rad des Jahres eine besondere Bedeutung, denn es symbolisiert die Geburt, den Tod und die Wiedergeburt der Sonne sowie den entsprechenden Lebenszyklus der Natur selbst. Jedes Fest erinnert also an einen wichtigen Punkt in diesem Zyklus. Die Sonnenwenden und Tagundnachtgleichen werden ebenfalls innig verehrt, allerdings eher von heidnischen Priestern und Priesterinnen als von Adligen und Gemeinen. Nur die Wintersonnenwende wird aufgrund des Einflusses der Römer vom Volk gefeiert.

Das Große Fest von Beltaine („helles Feuer"), Beginn des Sommers, ca. 1. Mai

Beltaine ist das erste von zwei großen Festen, die entlang des Jahresrades gefeiert werden. Es feiert den Triumph der Sonne über die Dunkelheit und das Kommen des lebenserneuernden Sommers. Die Welt ist wiedergeboren, frisch und vor Fruchtbarkeit strotzend. Es ist eine Zeit, in der die Barriere, die die sichtbare Welt von der Anderswelt trennt, am schwächsten ist, und man sagt, dass Feen und Geister der Toten umherziehen, Gemeinden besuchen, Häuser und Felder segnen und sich zu Ehren der Götter und Göttinnen des Lebens, des Feuers und der Sonne mit Tänzern um Festfeuer versammeln.

Diese Assoziation mit neuem Leben ist jedoch mehr als nur ein Symbol für den kommenden Sommer, denn Beltaine ist die Zeit, in der Gärten und Felder gesät, neue Kälber gemolken, Ferkel geboren und neue Bienenschwärme zum Honig- und Metbrauen eingefangen werden.

Das einwöchige Marktfest von Beltaine bringt alle lokalen Clans zusammen. Die allgemeine Stimmung ist fröhlich und ausgelassen. Barden erzählen spannende Geschichten von heroischen Taten und singen inspirierende Lieder von neuer Liebe. Die Feierlichkeiten gipfeln in ekstatischen Fruchtbarkeitsriten, an denen alle Erwachsenen teilnehmen, bis weit in die sternenklare Nacht hinein.

Das Fest von Lughnasadh („Lughs Versammlung"), Sommer, ca. 1. August

Lughnasadh wird regional gefeiert, um Beli-Lugh und die Sonne in ihrem Zenit zu ehren. Der Gott hat seine volle Stärke erreicht, und die lebendige Welt beugt ihr Knie vor seinem strahlenden Ruhm. Lughnasadh markiert den Beginn der Erntezeit, der arbeitsreichsten Zeit des Jahres für das gemeine Volk, wenn der Reichtum der Erde schussbereit ist, um eingesammelt zu werden. Die ersten Ernten von Winterweizen und Roggen, Äpfeln, Brombeeren und Honig werden dem Gott zum Dank dargebracht. Schafe werden in rauschenden Wettkämpfen geschoren, Rinder gezüchtet und die Felder für die Wintersaat gerodet und gepflügt.

Das Große Fest Samhain („Ende des Sommers"), Beginn des Winters, ca. 1. November

Samhain ist das wichtigste Fest des Jahres. Es ist das Ende und der Anfang. Es steht für den Tod der Sonne, die Reise des Lebens in den Tod und das Kommen des finsteren Winters. Infolgedessen wird die Welt in Dunkelheit getaucht und das Leben beginnt zu verwelken. Es ist eine Zeit, in der die Barriere, die die sichtbare Welt von der Anderswelt trennt, wieder am schwächsten ist, und man sagt, dass Feen und Geister der Toten umherwandern, Unheil stiften, Schrecken verbreiten und in der Dunkelheit der Nacht Reisende entführen.

Diese Assoziation mit dem Tod ist jedoch mehr als nur ein Symbol für den kommenden Winter, denn Samhain markiert das Ende der Weidesaison für Schafe und Rinder. Kühe und Schafe, die vertrocknet sind oder sich nicht mehr fortpflanzen, werden dann rituell geschlachtet, und Schweine erwartet in den nächsten Wochen ein ähnliches Schicksal. Für diese Tiere ist Samhain wahrhaftig die Zeit des Todes.

Das Samhain-Marktfest bringt daher alle lokalen Clans, ihre Herden und die Gemeinen zu einer stammesübergreifenden Versammlung zusammen. Die allgemeine Stimmung ist anfangs düster und nachdenklich. Barden erzählen traurige Geschichten von heroischen Opfern und singen traurige Lieder von verlorener Liebe. Der Tod von geliebten Menschen, den Ahnen und der Sonne selbst wird in Massenritualen kollektiv betrauert. Es ist die Zeit, um Dinge zu beenden, vor allem Clanfehden und individuelle Zwistigkeiten.

Wintersonnenwende, ca. 25. Dezember

Die Wintersonnenwende wird nicht mit einem Fest gefeiert, sondern wird lokal als fröhliche Zeit betrachtet. Die Lebensmittellager sind voll, der neue Met und das Bier fließen in Strömen, und es gibt nicht viel zu tun, außer am Feuer zu sitzen und sich gegenseitig zu unterhalten. In vielen Teilen Britanniens verkleiden sich ungestüme Jugendliche als Zaunkönige und treiben in der Gemeinde kleinen Unfug. Es gilt als glückbringend, wenn man ihnen Essen und Trinken gibt, wenn sie vor der eigenen Tür stören.

Man sagt, dass die Sonne um diese Zeit geboren wird, und obwohl es die dunkelste Zeit des Jahres ist, ist es eine Zeit der Hoffnung auf das kommende Licht. Die Assoziation mit der Geburt der Sonne fällt mit dem Hirtenkalender zusammen. In dieser Zeit werden die ersten Lämmer geboren, die in den Scheunen und Hütten der einfachen Leute warm und sicher gehalten werden.

Die Römer im arthurischen Britannien ehren die Wintersonnenwende, die sie *Brumalia* nennen, den „kürzesten Tag" des Jahres. In römischer Zeit feierten die Brumalien die Geburt von Sol Invictus, dem offiziellen Sonnengott. Dies ist auch der wichtigste Feiertag für den Mithra-Kult, denn es ist das Geburtsdatum des Gottes Mithra. Die römischen Christen feiern die Brumalia als Geburtsdatum ihres Gottes Jesus.

Das Fest von Imbolc („Knospenzeit"), Winter, ca. 1. Februar

Das Imbolc-Fest findet im Herzen des Winters statt, wenn die anhaltende Dunkelheit und Kälte ihren Tribut fordern. Da es immer wieder zu Unwettern kommt, können sich die Clans oft nicht in Massen versammeln wie bei den großen Festen Samhain und Beltaine. Imbolc wird daher eher lokal von Gemeinschaften gefeiert, die sonst durch Schnee, Graupel, Regen und bittere Kälte isoliert sind. Während dieser Zeit werden die Lebensmittelvorräte langsam knapp (genauso wie die Vorräte an Met und Bier!), und es herrscht ein allgemeines Gefühl der Angst und Verzweiflung. Aber es ist noch nicht alle Hoffnung verloren.

In ihrer Weisheit haben die Druiden das Imbolc-Fest ins Leben gerufen, um diesen Gefühlen des Schreckens Gedanken der Hoffnung und des zukünftigen Aufstiegs der Sonne entgegenzusetzen. Im Hirtenkalender ist Imbolc die Zeit, in der die neuen Kälber geboren werden. Das Ablammen geht weiter, und die Mutterschafe säugen Tag und Nacht. So wird Imbolc trotz seiner Dunkelheit bewusst als Zeit gefeiert, um neues Leben zu nähren und die Ankunft der neuen Sonne zu verkünden.

In weiten Teilen Britanniens wird Imbolc zu Ehren der Göttin Brigantia gefeiert. Das gilt besonders für Cumbria, wo sie am stärksteb verehrt wird. Barden und Druiden ehren Brigantia zu dieser Zeit, denn sie ist eine Göttin der Inspiration und der Poesie, die die Herzen und den Verstand der Menschen zu großen Handlungen der Tapferkeit und des Mutes entfachen kann.

In der Regel dauert Imbolc ein paar Tage und beginnt mit einer allgemeinen Reinigung, bei der Zäune und Hecken ausgebessert, Obstbäume beschnitten und Felder für die kommende Wachstumsperiode gedüngt werden. Auf dem Höhepunkt des Festes zünden die Dörfer Lagerfeuer auf den gemeinsamen Weiden an, die Herren geben (einen Teil) ihrer Met- und Biervorräte frei und das Volk schwelgt in Gesang und Tanz.

Die Geschichte des britischen Heidentums

Barden singen diese Geschichte oft, denn sie erzählt, wie das Volk nach Britannien kamen und was sie hier taten, bevor die Römer kamen.

Von Brutus und der Göttin Diana

Einst, vor langer Zeit, bevor die Römer die Welt eroberten und dann verloren, zu der Zeit, als Eli Richter im fernen Judäa war, gab es einen großen König namens Brutus. Er war der Enkel des trojanischen Helden Aeneas, der vor der Zerstörung von Troja, der Stadt der Sonne, floh und die Stadt Rom gründete.

Durch eine traurige Wendung des Schicksals tötete Brutus seine beiden Eltern. Er tötete seine Mutter im Geburtsbett und erschoss seinen Vater mit einem verirrten Pfeil.

Brutus und seine Gefolgsleute, die größten der Söhne Trojas, wurden verurteilt und aus der Stadt Rom vertrieben. Und mit tausend Schiffen setzten sie ihre Segel in Richtung des aufgewühlten Mittelmeers.

Brutus' Flotte strandete auf einer verlassenen Insel, und er brachte der Göttin Diana traurige Opfer dar und bat sie, ihm zu helfen, eine Heimat zu finden. Die Göttin fand an seinen Opfergaben Gefallen und sagte zu ihm:

„Brutus, jenseits der untergehenden Sonne, hinter den Reichen Galliens, liegt eine Insel im Meer, die von Riesen bewohnt wird. Jetzt ist sie größtenteils leer und bereit für dein Volk."

Ermutigt durch Dianas Prophezeiung, dankte das Heer des Brutus der Göttin und segelte nach jenseits der Säulen des Herkules. Und dort, verloren in der Dunkelheit und im aufgewühlten Hyperboreischen Meer, lag die von der Göttin versprochene Insel.

Von Brutus und dem Krieg der Giganten

Die Ankunft von Brutus verwandelte Britannien von einem Land der Ungeheuer in eines der Zivilisation.

Brutus und die strahlenden Söhne Trojas erreichten die grüne, nebelumhüllte Insel und betraten das Land, das heute Cornwall heißt. Aber siehe da! die Insel war bei weitem nicht so leer, wie die Göttin es vorausgesagt hatte.

Riesen durchstreiften die Ebenen, seltsame Bestien suchten die dunklen Wälder heim und Drachen stiegen in den fernen Himmel auf. Das Feenvolk bewohnte die Insel und war beleidigt über die Anwesenheit der Menschen.

Denn die Trojaner brachten ihre männlichen Bräuche mit, wie das Pflanzen und Säen und das Bauen von Häusern und Mauern. Solche Handlungen provozierten die Feen, die daraufhin einen grausamen Krieg gegen die Söhne Trojas führten.

Eine lange und schreckliche Schlacht wurde zwischen den beiden Heerscharen ausgefochten, und viele wurden auf beiden Seiten erschlagen. Aber das Heer des Brutus war wild und tapfer, und die restlichen Riesen wurden in die Berge getrieben und die größten Drachen vom Himmel geschossen.

Und dort, auf einem von Krähen wimmelnden Schlachtfeld, parlierten die erschöpften Heere und schlossen Waffenstillstand und schworen in heiligen Hainen heilige Eide, um friedlich miteinander auf der Insel zu leben. Die Trojaner und das Feenvolk genossen danach einen langen, behüteten Frieden.

Von Druis und dem Haus des Don

In dieser Zeit verliebten sich einige des Feenvolks in die schönen Söhne und Töchter Trojas und umwarben sie in warmen, sternenklaren Nächten. Den Kindern solcher Verbindungen war ein großes und tragisches Leben bestimmt, und ihre vermischten Blutlinien überleben sogar bis in die Tage von König Artus.

Ein solcher Feenmann, der weise und mächtige Sarronius, zeugte Druis auf Eurytion, die Tochter von König Salis, einem Nachkommen von Brutus. Von Sarronius lernte Druis, die Orte der Macht mit großen Steinen zu markieren, die Sterne am Himmel zu lesen, die Namen der Götter des Landes und des Himmels zu sprechen und die glitzernden Schuppen des Drachens in jedem taugetränkten Blatt zu sehen.

Druis lehrte die Priester und Priesterinnen von Troja neue Namen für die Götter und Göttinnen. Sie lernten, Pakte mit den Flüssen, Feldern, Bergen und Sternen zu schließen und die Menschen an ihre Bahnen und Rhythmen zu binden.

Nun sang Druis, dass das Haus Don von der Großen Bärenmutter abstammt, die Mathonwy genannt wird. Mathonwy brachte zwei Kinder zur Welt, ein Mädchen namens Don und einen Jungen namens Math.

Don nahm den Sonnengott Beli-Lugh zur Gemahlin und gebar Amaethon, Arianrhod, Govannon, Gwydion, Nudd und Penarddun. Math diente dem Haus seiner Schwester als dessen Beschützer und regierte vom großen Schneeberg Yr Wyddfa („Grabhügel") in Cambria aus, wo die Sterne dem Land am nächsten sind.

Druis gründete einen heiligen Priesterorden, um die Weisheit seines Vaters in den Herzen und Köpfen der vergesslichen Menschen lebendig zu halten. Der Orden wurde zu seinen Ehren als Druiden bekannt, und sein Sohn Bardus gründete ebenfalls den weniger bedeutenden Orden der Barden, um die Weisheit durch Geschichten und Lieder unter den Menschen zu verbreiten.

Mutter Don nahm die trojanischen Priesterinnen in ihre wasserreichen Arme und befahl ihnen, ihre Flüsse, Seen und Brunnen vor denen zu schützen, die sie entweihen wollten. Mit der Zeit wurden die Priesterinnen als die Herrinnen des

Sees bekannt, die zusammen mit den Druiden jedes Jahr zu Samhain und Beltaine die Große Hochzeit zwischen Land und Himmel vollzogen.

Auf diese Weise vermischten sich die alten Götter und die Nachkommen Trojas mit den neuen und wurden zu einem einzigen Haus. Mit der Zeit nannten sich die Menschen von Troja nach Brutus „Briten" und wurden eins mit ihrer Insel, die sie die Insel der Mächtigen nannten.

Die Religion der Druiden und der Herrinnen vom See verbreitete sich weit über Britannien, Irland, die Bretagne, Gallien und Spanien. Die heilige Insel Mon, direkt vor der Küste von Cambria und in Sichtweite des verschneiten Yr Wyddfa gelegen, wurde zum Zentrum ihres Glaubens.

Von den Männern aus Eisen und dem Haus Llyr

Zu der Zeit, als Josia König im fernen Judäa war, kamen die Eisenmänner von jenseits des Meeres auf die Insel. Sie waren ein Clan von Eroberern, die viele Festungen auf den Hügeln errichteten und den Briten die Herrschaft über das Land entrissen.

Sie brachten eiserne Schwerter, Speerspitzen und Pfeilspitzen mit und erschreckten mit ihren rumpelnden Kriegswagen die Feen und schlugen die bronzebewehrten Briten nieder. Der Himmel öffnete sich, die Fundamente von Yr Wyddfa bekamen Risse, und das Haus Don war gezwungen, die Oberherrschaft des eisenbewehrten Hauses Llyr anzuerkennen.

Die Druiden und die Herrinnen des Sees lernten schnell die Namen der neuen Götter von jenseits des Meeres, in der Hoffnung, die Männer aus Eisen und die Briten zu vereinen. Sie entdeckten, dass das Haus Llyr mit dem Haus Don durch Dons Gemahlin Beli-Lugh verwandt war.

Denn Beli-Lugh zeugte auch die schöne Göttin Penarddun, in die sich Llyr, ein Gott des westlichen Ozeans, unsterblich verliebte. Llyr nahm sie zur Frau, und sie zeugte Bran, Branwen und Manawyddan.

Llyr wurde dann von einem Sonnengott, Euroswydd, um die Hand von Penarddun herausgefordert, der die Schlacht gewann und Llyr für alle Ewigkeit tief unter dem Westlichen Ozean gefangen hielt. Bran, den wir den Gesegneten nennen, stürzte schließlich Euroswydd und beanspruchte die rechtmäßige Herrschaft über das Haus Llyr zurück.

Mit dieser Geschichte fanden die Druiden und Herrinnen des Sees die Verwandtschaft mit den Göttern und Göttinnen der Eisenmänner und lehrten die Menschen ihre Namen und wie man sie ehrt. So wurden die Götter des Landes und des Himmels eins mit den Göttern des Meeres und des Schwertes.

Da Eisen durch Feuer und Hammer geschmiedet wird, wurden die Männer aus Eisen und die Briten zu einem mächtigen Volk. Sie nannten sich die Kymren (die „Landsleute") von der Insel der Mächtigen.

Von Bran dem Gesegneten, dem Krieg der Rache und dem Fall des Hauses Llyr

Bran der Gesegnete, der rabenäugige Herr der Toten, herrschte als lebender Gottkönig über die Götter und Menschen Britanniens. Seine irdische Erscheinung war immer die eines gewaltigen Riesen, der so groß war, dass er zwischen Britannien und Irland mit dem Kopf über den Wellen gehen konnte.

Bran war ein beliebter König und regierte weise von Logres aus, indem er den Rat der Götter und Menschen am Großen Fluss im Herzen Britanniens einholte. Das Land erblühte in einem endlosen Traum aus großen Abenteuern und glorreichen Taten.

Nun heiratete Brans Schwester, die selige Branwen, den König von Irland, der sie misshandelte und in seiner Burg einsperrte. Bran versammelte die Kymren und führte ein Heer aus Göttern und Menschen gegen die Iren in einen schrecklichen Krieg, um Branwens Ehre wiederherzustellen.

Aber die Iren besaßen den Kessel der Wiederherstellung, und jedes Mal, wenn einer ihrer Krieger starb, wurde der Leichnam in den Kessel gelegt und erwachte völlig geheilt zu neuem Leben. Brans Heer war in arger Bedrängnis, denn seine eigenen Krieger starben einfach auf dem Feld und blieben tot.

Efnisien, ein junger Schwindler-Gott aus dem Hause Llyr, täuschte die Iren und gab sich als einer ihrer gefallenen Krieger aus. Als die Iren ihn in den Kessel steckten, zerstörte er ihn von innen heraus und opferte sich in einem großen Feuersturm, der Irland für Generationen verwüstete.

Nur sieben Kymren, ein Gott und sechs Menschen, überlebten die Zerstörung des Kessels und kehrten nach Britannien zurück. Man erinnert sich an sie: Der gesegnete Manawyddan und die Helden Pryderi, Taliesin, Glifieu, Ynawg, Gruddyeu und Heilyn.

Tödlich verwundet, bat Bran darum, dass sein Kopf abgehackt und auf dem Weißen Hügel von Caer Lud begraben wird, um als Talisman gegen fremde Invasionen zu dienen. Doch ohne einen starken und gerechten König zankten sich die Menschen und Götter Britanniens, und das Land verfiel in Bürgerkrieg und Hungersnot.

Von der Ankunft der Römer und dem Untergang der Druiden

Ungefähr zu der Zeit, als Jesus im fernen Judäa am Kreuze litt, eroberten die Männer des Goldenen Adlers, die Römer, Nachfahren des trojanischen Aeneas, Gallien und fielen auf der Insel der Mächtigen ein. Die Kymren waren zu einem unbedeutenden, gespaltenen Volk geworden und hatten die Souveränität über das Land verloren.

Die Ankunft der Römer läutete den Niedergang des Druidenordens ein.

Eines nach dem anderen fielen die alten kymrischen Königreiche, und schon bald marschierten die Römer unter dem mit Raureif bedeckten Yr Wyddfa her und plünderten die heilige Insel von Mon. Die Männer des Goldenen Adlers vernichteten die schwarzgeflügelten Flüche der Druiden und Herrinnen des Sees und schlachteten sie dort ab, wo sie schreiend am lodernden Ufer standen.

Die verbliebenen Druiden und Herrinnen des Sees flohen in ein Versteck, wurden von den Römern geächtet und schmachteten in der Dunkelheit. Sie konnten die Namen der römischen Götter und Göttinnen nicht lernen, wie sie es vor langer Zeit mit den Feen und den Eisenmännern getan hatten, und konnten sie daher auch nicht an die Kymren weitergeben.

Nach vielen Jahren des Jochs und der Knute begannen die Kymre, die seltsamen Namen der Götter und Kaiser Roms zu sprechen und lernten, kleine schwarze Runen auf Schafsfell zu malen, um ihre Herzen zu verbergen. Der große Druide Marabon beklagte, dass die Römer den Drachen mit der Macht der Schrift erschlugen. Und es heißt, dass sich der Himmel öffnete, der Große Fluss seinen Lauf änderte und der schneegekrönte Yr Wyddfa, das einst durch die Berührung von Lughs Feuer vergoldet wurde, hinter grauen, düsteren Wolken verschwand, um nie wieder gesehen zu werden.

Von der Ankunft der Christen

Ungefähr zu der Zeit, als die Römer Jerusalem im fernen Judäa niederbrannten, singen die Herrinnen des Sees, dass ein sanfter, sanfter Fremder namens Joseph von Arimathäa mit seiner Familie und seinen Gefolgsleuten auf die heilige Insel Ynis Witrin kam und um Erlaubnis bat, sich niederzulassen. Die Herrinnen hießen sie willkommen, und Joseph pflanzte seinen Wanderstab auf dem Wearyall Hill, der als Zeichen der Freundschaft zu einem kleinen Weißdornbaum erblühte.

Die römischen Priester, die *Flamen*, berichteten in ihren freudlosen, seelenlosen Kritzeleien, dass Josephus, der Sohn Josephs von Arimathäa, den Hof des Herzogs Ganor besuchte und mit den Priestern über das Christentum debattierte. Der große Lucan, der Philosoph, sprach schlecht über die Mutter ihres Gottes, und Josephus verzauberte den Mann, auf dass er sich selbst die Zunge herausriss.

Orfee, der große Druidenfürst der Burg der Verzauberungen in Kaledonien, sang davon, wie er Joseph von Arimathäa beherbergte und mit ihm über die Vorzüge seiner seltsamen, fremden Religion diskutierte. Orfee erzählt, dass er von dem sanftmütigen Mann so bewegt war, dass er prompt die Namen der christlichen Götter lernte und nie wieder die alten Namen sprach!

Der letzte Erzdruide Britanniens, Tanabos, sang davon, wie er eine kymrische Frau auf der Flucht vor einem misshandelnden römischen Zenturio rettete, kurz bevor der dreimal verfluchte Kaiser Theodosius Opferungen verbat und die Stimmen der Götter zum Schweigen brachte. Er brachte sie zu einer christlichen Burg, die sich im Landbesitz der Sippe von Josef von Arimathäa befand, und legte einen Zauberglanz darüber, damit sie nur von denen gefunden werden konnte, die sie nicht suchten.

In diesen Tagen sind die Namen der alten Götter größtenteils vergessen, und die neuen Namen – die hier nicht gesungen werden sollen – sind bei den Kymren von Cornwall bis Kaledonien in aller Munde, gesungen in den Kirchen und auf den Straßen der großen Städte und Dörfer Britanniens.

Aber wenn man das geschäftige Treiben des Dorfes verlässt und über goldene Felder und zwischen den hoch aufragenden Eichen und Erlen geht, wird man die Namen der alten Götter im Wind flüstern hören. In der Zeit von König Artus hat Merlin die Druiden aus den Schatten zurückgebracht, und sogar die Herrinnen haben ihre Seen verlassen, um an Artus' Hof zu erscheinen.

Nein, die Zeit der alten Götter ist noch nicht ganz vorüber, und es gibt noch viele weitere Namen zu lernen. Denn der Große Bär von Britannien, der Arktos-im-Himmel genannt wird, wandelt wieder unter uns.

Einige Heidnische Heilige Stätten in Britannien

Viele heidnische Heilige Stätten wurden ihrer alten Magie beraubt oder von Christen umfunktioniert. Sie alle sind geheimnisvolle Orte, und die folgenden Beschreibungen zeigen nur ihre bekanntesten Merkmale.

La Fontaine aux Fees: Dies ist eine Quelle in einer Platanenschlucht in den Wäldern um Camelot, in der gelegentlich Feendamen gesichtet wurden.

Govannons Schmiede: Dieser lange Grabhügel in der Grafschaft Gentian hat eine Fassade aus sechs massiven Steinen und ist Govannon, einem Gott der Schmiede und des Handwerks, heilig.

Hantonne-Kreuzungen: Drei Orte in der Grafschaft Hantonne sind dafür bekannt, dass sich das Feenland und die irdische Welt überschneiden. Der erste ist Berry Hill, ein Grabhügel, der mit dicken Dornenbüschen bewachsen ist. Der zweite ist Long Stone, zwei stehende Steine, die mit einem langen Grabhügel auf der Isle That Was Raised (Isle of Wight) verbunden sind. Hier werden jahreszeitliche heidnische Rituale abgehalten und Christen besuchen den Ort manchmal, da hier die Heilige Katharina gegen den Teufel kämpfte und obsiegte. Der dritte Ort sind die Devil's Jumps, eine Reihe von fünf glockenförmigen Grabhügeln, die am Mittsommertag auf den Sonnenuntergang ausgerichtet sind. Die Einheimischen behaupten, wenn man am Abend des Mittsommertags in breitem Bogen um die Schanzen geht, siehst man die grauenvollen Stände eines Geistermarktes, auf dem seltsame Waren feilgeboten werden.

Die Hurlers: An diesem Ort in Cornwall gibt es drei Steinkreise, die auf den Wächter des Bären (Arcturus), einen Stern, der den Großen Bären (Sternbild Ursa Major) ankündigt, und den Harfner

(Wega) ausgerichtet sind, die alle drei den Druiden heilig sind. Die Legende besagt, dass die Kreise einst Männer waren, die in Steine verwandelt wurden, weil sie es gewagt hatten, während eines heiligen Festes Hurling zu spielen.

Die Insel Avalon: Eine magische Insel, versteckt in den Sumpfgewässern, die die Insel Ynis Witrin im Königreich Summerset umgeben. Sie ist die Heimat der britischen Herrin des Sees.

Die Männer des Königs und die Flüsternden Ritter (Rollright-Steine): Dieser Steinkreiskomplex befindet sich auf dem Bergrücken oberhalb von Longvale in der Grafschaft Tribruit und ist einer der legendärsten in Britannien. Die Steine versteinerten einst eine einfallende Armee, die von einer mächtigen Zauberin versteinert wurde. Der größte Stein, der Königsstein, war der Anführer der Armee, und eine kleinere Gruppe von Steinen in der Nähe, die Flüsternden Ritter genannt, waren eine Gruppe von Verrätern, die sich gegen ihn verschworen hatten. Es heißt, dass die Steine in bestimmten Nächten zu einem nahe gelegenen Bach gehen, um zu trinken und zu tanzen. Der Königsstein ist auf die kleine Ziege (Capella) ausgerichtet, ein Stern, der die Hirten leitet. Die Ziege gehört zum Sternbild des Fuhrmanns, das im Spätwinter in seiner Gesamtheit zu sehen ist und den Frühling ankündigt.

Der See der Diana: Ein kleiner See im Herzen des Waldes von Broceliande in der Bretagne. Einst ein römisches Heiligtum für die Göttin Diana, ist er heute der Eingang zum Haus der bretonischen Herrin des Sees.

Longvale (Long Compton): Dieses grüne, neblige Tal befindet sich auf dem Land des Herrn des Guts Long Compton, der es vor Eindringlingen schützt. Das Tal liegt an der Kreuzung mehrerer alter Wege, und viele Hexen und heidnisches Volk leben hier.

Tempel auf Mariner's Isle: Ein verfallener klassischer Heidentempel auf der Mariner's Isle in der Severnmündung in der Grafschaft Glevum. Der Tempel ist Nudd geweiht, einem Gott des Meeres und der Heilung. Bittsteller schlafen im Tempel und hoffen auf Heilung und Visionen von ihrem Gott.

Eichenfestung: Diese Stätte ist ein Temenos, ein Erdwall, der von einem Hain aus heiligen Eichen in der Grafschaft Salisbury umgeben ist. Druiden führen hier saisonale Fruchtbarkeitsriten durch, denn der Hain ist Amaethon, dem Gott der Landwirtschaft, und anderen Geistern des Feldes heilig. Der Graf von Salisbury unterstützt den Ort.

Old Town Lake: Ein bodenloser Teich in der Grafschaft Silchester auf den Ländereien des Barons von Stein und Hirsch. Manchmal sieht man nachts weiße Damen aus dem See kommen.

Außenposten des Heiligen Hains: Dieser Ort ist ein Nemeton, ein Hain aus heiligen Bäumen in der Grafschaft Ascalon, der vom Pendragon unterstützt wird. Hier treffen sich Druiden, um zu beten, jahreszeitliche Riten festzuhalten und spirituelle Angelegenheiten zu besprechen. Der Hain darf nur von Mitgliedern des Druidenordens betreten werden.

Heiliger Hain der Quelle: Dieser Ort ist ein Nemeton, ein Hain aus heiligen Bäumen, der eine heilige Quelle in der Grafschaft Bedegraine umgibt und vom Grafen von Bedegraine unterstützt wird. Sowohl Druiden als auch Damen des Sees nutzen den Ort für rituelle Zwecke.

Stone Abbey of the Giant (Cerne Abbas Giant): Eine riesige Kreidefigur, die in einen Hügel in der Grafschaft Dorsette gehauen wurde. Sein hervorstehender Phallus schafft eine unauslöschliche Assoziation mit Fruchtbarkeit. Frauen, die sich Kinder wünschen, müssen eine ganze Nacht schlafend innerhalb des Kreideumrisses des Phallus verbringen. Der Herr von Cairn Manor verwaltet die Stätte, und nur mit seiner Erlaubnis darf man sie besuchen.

Stonehenge: Von den Einheimischen „Tanz der Riesen" genannt, ist diese berühmte Stätte mit den großen stehenden Steinen in Salisbury auf die Sommer- und Wintersonnenwende ausgerichtet. Niemand weiß genau, wer Stonehenge erbaut hat, obwohl es viele Gerüchte gibt. Das populärste besagt, dass Merlin die Steine für Aurelius Ambrosius, König Artus' Großvater, aus Irland heranschaffen ließ. Stonehenge ist der königliche Friedhof – Ambrosius und Uther liegen hier begraben – und die Mönche der nahegelegenen Abtei Amesbury halten ständig Ausschau nach Eindringlingen.

Das Wasser von Sulis (Aquae Sulis): Das ist ein verfallener römischer Tempel in der Stadt Bath im Summerset, der der Göttin Sulis-Minerva geweiht ist und von den Herrinnen vom See und König Cadwy vom Sommerland bewahrt wird. Der Tempel beherbergt ein heiliges Thermalbecken, das heilende Kräfte hat. Bittsteller bringen Votivgaben dar, indem sie Gebete auf dünne Bleiplatten schreiben, die aufgerollt und ins Wasser geworfen werden.

Weiße Pferde: Das sind drei riesige Pferdefiguren aus Kreide, die in die Hänge der Hügel in den Gentian und Salisbury Downs gehauen wurden. Sie sind Epona, einer Göttin der Pferde, heilig. Die größte Pferdefigur ist die in Gentian.

Heidnische Führer

Priester und Priesterinnen sind die geistlichen Führer der heidnischen Gemeinschaften, denen sie als Richter, Lehrer, Dichter, Anwälte, Unterhalter, Ritualleiter, Heiler, Berater, Historiker, Philosophen, Astronomen und Magier dienen. Seit der römischen Besatzung und vor allem mit dem Aufkommen des Christentums ist ihre Zahl stetig geschrumpft, auch wenn die Herrschaft von König Artus für sie eine kurze Erholungspause in der Geschichte darstellt.

Merlin und König Artus ermöglichen den Druiden und Herrinnen des Sees eine nur allzu kurzlebige Rückkehr in die Bedeutsamkeit.

In dieser Zeit sind die Druiden und die Herrinnen des Sees die größten und am besten organisierten heidnischen Kulte in Britannien. Obwohl sie die römische Verfolgung nur knapp überlebt haben, haben sich beide mit Merlin einen Platz an Artus' Hof gesichert. Es gibt noch unzählige andere kleinere Kulte, vor allem bei den kymrischen Stämmen in Cambria und Cumbria. Die alten Flamen sind längst gestorben oder zum Christentum übergetreten, auch wenn ein paar Reliquien den einen oder anderen vergessenen Schrein hüten. Es halten sich hartnäckig Gerüchte, dass Priester von Mithra immer noch geheime Trupps von äußerlich gottfürchtigen christlichen Rittern anführen und dass man römische Reiter manchmal Eponas Namen flüstern hören kann.

Priester und Priesterinnen sind, wie ihre christlichen Gegenstücke, eine Mischung aus guten und schlechten Menschen. Sie sind für ihre strahlende Großzügigkeit und Freundlichkeit ebenso bekannt wie für ihren wütenden Stolz und ihre Grausamkeit. Trotz ihrer Verbindung zur Geisterwelt sind heidnische Priester und Priesterinnen genauso fehlerhaft wie jeder Mensch.

Die Druiden

Merlin gründete den Alten und Ehrwürdigen Druidenorden neu, lange nachdem die eindringenden Römer ihn im ersten Jahrhundert nach Christus zerschlagen hatten. Die Druidenorganisation ist locker und unterhält freundschaftliche Beziehungen zu den meisten der verschiedenen heidnischen Kulte in Britannien, der Bretagne und Irland. Sie sind auf folgende Weise organisiert.

Umherziehende Barden: Jungen, die mit dem dem zweiten Gesicht geboren werden, gehen bei Meisterbarden in die Lehre und werden nach einigen Jahren harter Wanderschaft zu Wanderbarden. Um ein Barde zu werden, muss man die drei Arten von Musikalischen Instrumenten – Blas-, Saiten- und Schlaginstrumente – sowie die mündlichen Traditionen des Gesangs, des Geschichtenerzählens, der Poesie, der Genealogie und der Rechtsprechung beherrschen. Wanderbarden sind der niedrigste Rang des Druidenordens, und die meisten sind weder ehrgeizig noch talentiert genug, um in diesem Handwerk weiter aufzusteigen.

Meisterbarden: Ein Meisterbarde ist ein Druide in Ausbildung, der sich bereits als Meister der bardischen Musik und der mündlichen Überlieferung erwiesen hat und nun die esoterischen Künste der Weissagung, der Philosophie und des Rituals studiert. Innerhalb des Ordens werden Meisterbarden „Ovaten" genannt, die geheime Bezeichnung für ihren Rang. Ovaten sind ranghöher als Barden. Wahre Meisterbarden können ein magisches Schmähgedicht vortragen, das *lampoon* genannt wird (vom Französischen: „Trinklied, Trinkspruch"), eine Satire, die so mächtig ist, dass sie das Aussehen, den Ruf und die Gesundheit eines Königs verunstalten kann, wenn er seine gesellschaftlichen Pflichten missachtet.

Druiden: Um ein Druide zu werden, durchläuft ein Mann eine Zeit lang die Ausbildung zum Barden und dann zum Ovaten, um sich auf Prüfungen vorzubereiten, deren Ziel es ist, ihn als fähig zu erweisen, die Rituale, Zaubersprüche und andere religiöse Pflichten einer heidnischen Gemeinschaft zu erfüllen. Nur Männer können Druiden sein, obwohl auch Frauen druidischen Unterricht erhalten können. Frauen werden normalerweise Herrinnen des Sees oder Hexen. Frauen müssen keine Druiden sein, weil sie als Trägerinnen des Lebens bereits in die größten Geheimnisse eingeweiht sind.

Erzdruide: Der höchste und mächtigste Druide im Land ist der Erzdruide. Im Gegensatz zu anderen druidischen Rängen wird der Oberdruide nicht von einem Vorgesetzten geprüft und dann in sein Amt eingesetzt. Stattdessen muss er sich durch Wissen und Erfahrung mit größeren, unsichtbaren Kräften bewährt haben. Die druidische Ausbildung bereitet einen Menschen auf diese Erfahrung vor. Merlin ist Erzdruide vor König Artus und zu Beginn seiner Herrschaft. Später, nach einer Zeit, in der niemand diesen Rang innehatte, ist Taliesin der Barde der letzte Erzdruide Britanniens.

Posidonius sagt auch, dass es eine kleine Insel im Atlantik an der Mündung der Loire gibt, die von Frauen des Stammes der Samnitae bewohnt wird. Sie sind von Dionysos besessen und besänftigen diesen Gott durch geheimnisvolle Zeremonien und andere Arten von heiligen Ritualen.

*—Strabo, **Geographica**, 4.4.6*

Die Herrinnen des Sees

Die Herrinnen des Sees sind eine Schwesternschaft heidnischer Priesterinnen aus Britannien und behaupten, seit jeher die Hüterinnen der mystischen Souveränität Britanniens zu sein. Sie versuchen, den Pendragon zu unterstützen, damit das Land einen starken und gerechten König hat. Die Herrinnen des Sees, die über große Weisheit und Heilkunst verfügen, sind alles, was von der einst dominierenden Religion der Großen Göttin übrig geblieben ist. Sie hüten die Seen, Brunnen, Quellen, Teiche und Flüsse, die ihr und ihren vielen Töchtern heilig sind. Alles, was von dieser Schwesternschaft übrig geblieben ist, sind zwei Gruppen, eine auf der Insel Avalon, unterhalb der Sumpfgewässer von Summerset, die andere unterhalb des Sees von Diana, tief im Wald von Broceliande in der Bretagne. Die Damen des Sees sind folgendermaßen organisiert.

Jungfern des Sees: Mädchen, die mit dem zweiten Gesicht geboren wurden, werden zur Ausbildung und Verfeinerung nach Avalon oder an den See der Diana gebracht. Sie werden im Lesen und Schreiben, im Heilen, in der Frauenkunde über Schwangerschaft und Geburt und in verschiedenen Künsten unterrichtet. Viele Frauen gehen nicht über diesen Rang hinaus und kehren stattdessen in die Oberwelt zurück, um ihr Leben als Edelfrauen zu leben, wenn auch als talentierte, die den Herrinnen immer noch treu sind.

Herrinnen des Sees: Das sind die Priesterinnen der Göttin, die den Heidnischen Gemeinschaften in der Oberwelt dienen und ihre Ausbildung und magische Erziehung fortsetzen. Man sagt, sie können unter Wasser atmen, wie das Wasser selbst werden und sich auf dem Wasser so schnell bewegen wie in Gedanken.

Oberste Herrin des Sees: Die Oberste Herrin des Sees ist die Hohepriesterin der Göttin. Es gibt immer nur zwei: Eine in Avalon, die andere in Broceliande. Um Oberste Herrin zu werden, muss eine Herrin die mächtigste Verzauberin ihrer Schwesternschaft sein. Zur Zeit von König Artus sind Nineve und Nimue die Obersten Herrin von Avalon; Viviane ist die Oberste Herrin des Sees der Diana.

Barbarentum

Die Pikten, die von der Zivilisation unbehelligt sind, sind Barbaren. Sie verehren Geister, die sterbliche Gestalt annehmen können und als wilde Tiere erscheinen. Die Barbaren betrachten ihre Religion als in Britannien beheimatet, obwohl sie lange nach den Söhnen des Brutus kamen.

Barbarische Ansichten

Da sie keine Kleidung tragen, schmücken sie ihre Hüften und ihren Hals mit Eisen; da sie Eisen als Symbol für Reichtum betrachten, schätzen sie dieses Metall so wie andere Barbaren das Gold. Sie tätowieren ihre Körper mit bunten Mustern und Zeichnungen aller Arten von Tieren; aus diesem Grund tragen sie keine Kleidung, die die Verzierungen auf ihren Körpern verdecken würde. Extrem wild und kriegerisch sind sie nur mit einem Speer und einem schmalen Schild bewaffnet, sowie einem Schwert, das an einem Gürtel an ihrem ansonsten nackten Körper hängt. Sie benutzen weder Brustpanzer noch Helme, da sie diese als Belastung beim Durchqueren der Sümpfe betrachten.“

*—Herodian, **Geschichte des Kaisertums nach Marc Aurel**, Buch III, Kapitel 14*

Die Religion der Barbaren ist – zumindest nach „zivilisierten“ christlichen oder heidnischen Maßstäben – amoralisch und unpersönlich. Sie hat keine wahren Götter, sondern nur Naturkräfte mit Namen. Sie kennt weder Gut noch Böse, nur die unaufhörliche zyklische Bewegung der Natur und die eigennützige Moral des persönlichen und familiären Überlebens. Sie unterwirft sich den

Kräften der Natur und identifiziert sich nicht mit einer eigenen menschlichen Moral. Sie bindet die Anbeter in den Fluss der materiellen Welt ein, damit sie mit der Natur gedeihen können, anstatt gegen sie zu kämpfen.

Barbaren sind der Ansicht, dass die Welt ein großer mystischer Baum ist, dessen Äste die Obere Welt berühren, dessen Stamm rittlings die Mittlere Welt umspannt und dessen Wurzeln sich tief in die Unterwelt graben. Bei der piktischen Anbetung wird versucht, persönliche Pakte mit den Geistern der drei Welten zu schließen, damit sich die Menschen und die Geister gegenseitig nähren können.

Barbarische Ethik

Barabren wird beigebracht, die folgenden Persönlichkeitsmerkmale vor allen anderen zu schätzen, die als Leitfaden für korrektes Denken und Handeln dienen sollen. Wer auf diese Weise handelt, wird von einem Tiergeist mit Schnelligkeit und Heilung belohnt.

Rachsüchtig

Die Kräfte, die die Welt formen, müssen im Gleichgewicht gehalten werden, sonst stürzt die Welt ins Chaos. So ist es auch mit den Kräften, die das Leben des Clans formen. Um das Gleichgewicht zu halten, muss die Ehre des Clans hochgehalten werden. Unrecht, das dem Clan angetan wird, muss direkt wiedergutgemacht werden, sonst zerbricht das Vertrauen und die Kräfte, die den Clan zusammenhalten, werden zerstört. Wenn also die Nachbarn dein Vieh stehlen, musst du im nächsten Frühjahr auch das ihre stehlen.

Ehrlich

Sachlich zu sprechen ist eine Tugend, denn es fördert das Vertrauen unter Clanangehörigen und macht das Leben leichter. Das eigene Wort muss ein feierliches Band sein, sonst kann man nicht gemeinsam mit anderen Menschen handeln. Falsch zu sein, ist also gegen das Leben des Clans.

Stolz

Bescheidenheit ist unehrlich und fördert die Demut. Freude an der eigenen Leistung zu empfinden, ist eine Tugend. Man sollte sich nicht scheuen, vor jedem, der zuhören will, mit seinen Leistungen zu prahlen. Prahle immer damit, wie viele Rinder du von deinen Nachbarn gestohlen hast.

Willkürlich

Es gibt kein Gesetz.Es gibt kein Gut. Es gibt kein Böse. Es gibt nur Leben und Tod. Das Leben frisst das Leben. Der Tod ist für das Leben notwendig. Um zu leben, muss man töten. Töte also nur, wenn es für das Leben notwendig ist.

Der Barbarisch Religiöse Ritter

Barbarisch Religiöse Ritter spüren die Welt der Geister um sich herum, so real und lebendig wie du oder ich. Sie kümmern sich wenig um die Höflichkeit bei Hofe und fühlen sich in der Wildnis heimischer.

Persönlichkeitsmerkmale: Rachsüchtig, Ehrlich, Stolz, Willkürlich, Misstrauisch, Fromm

Voraussetzungen: 96 Tugendpunkte insgesamt (mindestens je 16), Ergebenheit (Geister)-Leidenschaft 16+, Religion (Ungläubig) 10+

Vorzüge: +10 Bewegungsrate, +1 Heilungsrate

Misstrauisch

Wenn du Außenstehenden vertraust, wirst du getötet. Das haben uns die Römer gelehrt. Vertraue niemandem, den du nicht aus deiner Kindheit kennst. Sonst werden sie dein Vieh stehlen.

Fromm

Es gibt nur Leben und Tod. Du bist lebendig oder du bist tot. Wenn du tot bist, geht dein Geist nicht durch die mittlere Welt, sondern lebt in der Unterwelt mit den Würmern. Ehre die Geister, damit sie dich ernähren. Füttere die Geister, wenn sie hungrig sind.

Geister

Die Pikten identifizieren zwei Geistervölker, die Samhladhs und die Ysbryds, die wiederum Teile des größten Geistes sind, des Drachens, dessen gleißende Windungen die Länge des Weltenbaums umgürten.

Samhladhs (ausgesprochen „*sow-las*“) sind Clangeister, Tiervorfahren wie Bär, Wolf, Amsel, Hase, Fischadler und so weiter. Sie leben mit den Menschen der Mittelwelt. Jeder Tiergeist hat eine besondere Kraft, die er jungen Kriegern verleiht, die ihm gefallen.

Ysbryds (ausgesprochen „*is-brids*“) sind ferne und mächtige Geister, die in den Ästen und Wurzeln der Ober- und Unterwelt hausen. Die Geister der Sonne, des Mondes und der Sterne leben in der Oberwelt

und können nicht angesprochen werden, da sie extrem weit entfernt sind. Die Sturmgeister der Wolken, des Donners, des Regens und des Blitzes leben ebenfalls dort und sind leichter zu erreichen, aber gefährlich, wenn sie unzufrieden sind. Die Geister, die in der Unterwelt leben, sind die des Feuers und des Steins, die sich mit den Ahnen unter die wurmstichigen Wurzeln der Unterwelt mischen. Nur die größten Schamanen können mit ihnen sprechen.

Feiertage der Barbaren

Die Barbaren kennen keine heiligen Tage, zumindest nicht in der gleichen Weise wie die Heiden und Christen. Sie unterteilen das Jahr allerdings in Sommer und Winter. Die Geister lehrten sie über die Orte der Macht und wie man den Liedern der Sterne lauscht, aber die Menschen haben keinen Grund, die Tage an ihren Fingern und Zehen zu zählen.

Die Geschichte der Barbaren

Die Schamanen singen, dass das Volk aus dem Land der jungen Sonne kam, weit im Osten, jenseits des Mittelmeers. Das Land war gebirgig und trocken, und es gab kein gutes Gras für die Herden zu fressen. Also folgte das Volk der Sonne nach Spanien, aber wieder fanden sie nur trockene Berge und die Kühe jammerten, dass sie nichts zu fressen hatten. Also schwamm das Volk nach Britannien und fand wieder Berge, aber diese Berge waren grün und saftig. Die Herden freuten sich und tanzten, denn sie hatten jetzt genug zu essen.

Aber das Volk war immer noch unglücklich, denn es hatte keine Frauen. Also schwammen sie nach Irland und stahlen die Frauen der Iren. Und dann waren die Menschen Mann und Frau, und jeder hatte einen Partner und einen Clan und einen Stamm, und jeder war glücklich. Die Geister des Tieres, des Waldes und des Flusses waren gute Nachbarn und lehrten die Menschen viele Dinge. Und zusammen tanzten sie den großen Spiraltanz für viele glückliche Jahreszeiten.

Dann kamen die Männer des Goldenen Adlers aus dem Süden. Sie konnten das unmenschliche Wissen des Drachen nicht ertragen und töteten sie mit der Macht der Worte. Die Erde knackte und die Sterne wirbelten, und die Geister der Tiere, der Wälder und der Flüsse wurden still.

Die Männer des Goldenen Adlers nennen uns die *Picti*, die „Bemalten", aber wir nennen uns die Kinder von Alba oder einfach das *Volk*. Wir sind mutig und zahlreich und werden nicht zulassen, dass sie sich aus ihren kümmerlichen Mauern heraus trauen und unser Vieh stehlen.

Barabarische Heilige Stätten

Barbarische heilige Stätten sind wie die heidnischen, da sie ihnen auch von Geistern offenbart wurden. So verehren die Barbaren Orte der Macht, die durch stehende Steine, Steinkreise und Grabhügel gekennzeichnet sind. Diese werden für die Ahnenverehrung und das Lauschen auf die Sterne genutzt. Die heiligsten Orte der Barbaren sind nur den wilden, in den Bergen lebenden Pikten in Kaledonien bekannt. Barbarische piktische Ritter von Spielern sowie Ladys stammen aus der Grafschaft Jagent in Logres und sind daher nicht mit ihnen vertraut. Sie haben ihre eigenen heiligen Orte in und um Jagent gefunden, von denen es viele gibt.

Barbarische Anführer

Die geistlichen Führer der Pikten werden Fiosaiche (ausgesprochen „fis-i-chuh“) genannt, Schamanen, die auf den Weltenbaum klettern, Kranke heilen und mit den Geistern ihrer Ahnen und des Landes Zwiesprache halten.

Wotanismus

Britanniens jüngster religiöser Import ist die unwillkommene Gefälligkeit des sächsischen Feindes. Er wird Wotanismus genannt, nach ihrem Hauptgott Wotan.

Der Wotanische Glaube

Die sächsische Religion ist polytheistisch und kennt mehrere mächtige Gottheiten sowie unzählige lokale Geister der Landschaft. Sie glauben, dass der Kosmos in sieben Reiche unterteilt ist, von denen die wichtigsten der Himmel, *Neorxnawang* oder *Hefenfelth* („himmlische Felder“) genannt, und die Erde, *Middangeard* („mittleres Feld“) sind. Diese Länder sind durch *Irminsul* („große Säule“) verbunden, den Weltenbaum, den die Priester erklimmen, um die Reiche der Götter und Geister zu besuchen. Die Familien ehren die *Cofgodas* („Buchtgötter“) genannten Geister, die ihre Haushalte, Boote, Tiere und Gärten beschützen.

Es werden Opfer gebracht, um die immer hungrigen Götter und Geister zu besänftigen. Dazu gehören Blumen, Backwaren, Lebensmittel, Tiere und Menschen. Blut wird besonders verehrt und bei den meisten religiösen Zeremonien verwendet.

Zu den Bestattungsbräuchen gehören die Erdbestattung, die Erdhügelbestattung und die Einäscherung, bei der die Asche verstreut, vergraben oder im Meer versenkt wird. In Britannien werden einige große Könige in ganzen Schiffen begraben, die mit Reichtümern, Lieblingshunden und geopferten Sklaven beladen sind.

Eosturmonath hat einen Namen, der heute mit „Ostermonat“ übersetzt wird und der einst nach einer Göttin namens Eostre benannt war, zu deren Ehre in diesem Monat Feste gefeiert wurden. Jetzt bezeichnen sie die Osterzeit mit ihrem Namen und nennen die Freuden des neuen Ritus mit dem altehrwürdigen Namen des alten Brauchs.

—Bede, ***De temporum ratione****, 15*

Wotanische Ethik

Wotanische Ritter werden gelehrt, die folgenden Persönlichkeitsmerkmale vor allen anderen zu schätzen, die als Richtschnur für rechtes Denken und Handeln dienen sollen. Die Götter erwarten mannhaftes Verhalten und dulden keine Narren und Feiglinge. Wotan belohnt dieses Verhalten, indem er dem Schwertarm Stärke verleiht.

Großzügig

Gib mit beiden Händen und töte mit einer.

Schwelgerisch

Trink und iss, bis dein Magen auf den Holzteller platzt. Dann tu dasselbe morgen wieder.

Stolz

Rühme dich deiner Größe! Sei kein Schwächling.

Waghalsig

Das Schicksal hat bereits an deinem Lebensfaden gezupft; wenn deine Zeit gekommen ist, gibt es nichts, was du tun kannst, um ihm zu entkommen.

Tapfer

Es gibt nichts Verwerflicheres als einen Feigling. Steh auf und kämpfe, oder du bist nichts.

Weltlich

Zeit ist genug, um über den Tod nachzudenken, wenn du tot bist. Lebe für das Jetzt.

Wotanische Gottheiten

Die sächsischen Gottheiten werden die *Asen* („Götter“) genannt. Das sind die bekannteren, die den Sachsen nach Britannien gefolgt sind:

- **Baeldaeg oder Beldeg:** Ein Gott des Tages, des Lichts und der Sonne, genannt „Der Weiße Gott".
- **Eostre:** Eine Göttin des Ostens, des Frühlings und des Sonnenaufgangs
- **Frigg:** Eine Göttin der Fruchtbarkeit und Sexualität
- **Haleg:** Eine Göttin der Ernte, die im Herbst mit dem Haleg-Wagen durch die Lande reitet
- **Heil:** Eine Göttin der Heilung und der Blutegel
- **Hretha:** Eine Göttin der Erde, Mutter der Götter und Menschen
- **Mona:** Ein Gott des Mondes
- **Seaxneat:** Der Ahnengott der Sachsen, genannt „Der Herr des Schwertes"
- **Sunne:** Eine Göttin der Sonne
- **Thunor:** Ein Gott des Donners, der Blitze und der Sommerstürme. Er führt einen Streithammer.
- **Tiw:** Ein Gott des Himmels, Vater der Götter und Menschen, genannt „Der Strahlende Gott"
- **Weyland:** Ein Gott der Schmiede und der Eisenverarbeitung
- **Wotan:** Ein Gott des Krieges, des Speers und der Weisheit, der die Wilde Jagd anführt, um die ehrenvollen Toten einzusammeln

Die Sachsen verehren auch Feen und andere Geister, von denen es viele Arten gibt. Sie bringen den Elfen und anderen hilfreichen Geistern Opfer dar, manchmal auch den Zwergen. Niemals aber den Riesen, obwohl sie in der Schlacht starke Verbündete und manchmal gute Bettgenossen sind.

Wotanische Feiertage

Die Sachsen begehen das ganze Jahr über einige heilige Tage, die den Kymren jedoch unbekannt sind.

Modraniht „Monat der Mutter", ca. 25. Dezember

Der „Muttermonat", der auf die Wintersonnenwende fällt, ist der Beginn des sächsischen Jahres. Die Sachsen schmücken Bäume, um die Pflanzen zum Erwachen zu bringen, und verbrennen Weihnachtsscheite, um die Sonne zu stärken. Sie schlemmen Wildschweinköpfe und trinken tagelang Unmengen von Met.

Solmonath „Schlammmonat", ca. Februar

Bei diesem Fest backen die Frauen Brote in Form von gewünschten Segnungen, Tieren, Getreidegarben und symbolischen Wesen. Sie werden gesegnet und bei einem großen Festmahl gegessen.

Der Wotanische Religiöse Ritterschlag

Dieser Ritter lebt für die Schlacht, wo nur wenige gegen ihn bestehen können. Die meisten christlichen und heidnischen Ritter würden den Religiösen Ritter höflich als „sprunghaft" bezeichnen."

Persönlichkeitsmerkmale: Großzügig, Schwelgerisch, Stolz, Waghalsig, Tapfer, Weltlich

Voraussetzungen: 96 Tugendpunkte insgesamt (jeweils mindestens 16), Ergebenheit (Wotan)-Leidenschaft 16+, Religion (Wotanismus) 10+

Vorteil: +1W6 Schaden

Hrethamonath „Hrethas Monat", ca. März

Die Göttin Hretha wird zu dieser Zeit geehrt, um eine gute Pflanzsaison zu gewährleisten.

Eosturmonath „Eostres Monat", ca. April

In diesem Monat wird der Frühling mit Blumen, Tänzen, einer Hasenjagd und dem Sammeln von gefärbten Vogeleiern als Symbol der Fruchtbarkeit gefeiert.

Litha, ca. Ende Juni

Das ist die Zeit des Mittsommers und wird mit großen Leuchtfeuern begangen, um der Sonne Kraft zu geben, die nach diesem Ereignis beginnt, schwächer zu werden und kürzere Tage zu haben. Aerra Litha ist das viertägige Fest vor der Sonnenwende. Aeftera Litha ist die Fortsetzung nach der Sonnenwende.

Halegmonath „Heiliger Monat", ca. September

Dies ist die Zeit für das Erntefest. Ein Götzenbild von Haleg wird zum Leben erweckt und in ihren heiligen Wagen gesetzt, der von einem Paar Kühen gezogen wird. Er reist durch die Länder und die Göttin segnet ihr Volk, bevor sie zurück in ihr Heiligtum gebracht wird, wo die Sklaven, die bei den Riten geholfen haben, geopfert werden.

Blodmonath „Blutmonat", ca. November

Dies ist die Zeit des großen Schlachtens, sowohl von Menschenopfern für die Götter als auch von

Vieh, das die Menschen im kommenden Winter ernähren soll.

Die Geschichte des Wotanismus

Tiw machte die sieben Länder des Weltenbaums. Sie sind der Himmel, das Zwergenland, das Land der Lichtelfen, das Mittelland, das Land der Dunkelelfen, das Land der Riesen und die Hölle.

Die Götter schufen die Sonne, den Mond und die Sterne. Sie schufen das Meer, die Bäume, die Berge und die Flüsse. Sie schufen die Zwerge aus dem Blut von Riesen und die Elfen aus Licht. Wotan hing am Weltenbaum und riss sich ein Auge aus, um Weisheit zu erlangen. Er fand die nützlichen Kräuter und legte von jedem eines in die sieben Welten.

Die Riesen führten Krieg gegen die Götter. Der Sohn Wotans war Seaxneat, der aus Bäumen Menschen als Verbündete gegen die Riesen machte. Wir sind die Söhne Seaxneats. Seaxneat gab uns das Schwert. Die Drei Schwestern gaben jedem von uns ein *Wyrd*, eine Zuteilung von Leben und Schicksal. Die Söhne des Seaxneat besiegten die Riesen, wurden aber von den Dänen überrannt und flohen an die Küsten des Ozeans. Wir bauten Boote, segelten nach Britannien und gründeten großartige Königreiche.

Wir werden eines Tages die Welt von den Dänen zurückerobern. Wir werden weiter kämpfen, bis die Welt verbrennt, die Götter fallen und eine neue Welt geboren wird.

Einige Wotanische Heilige Stätten in Britannien

Bestimmte Stätten im Südosten Britanniens werden von den erobernden Sachsen als heilig angesehen. Es sind oft Orte der Macht, die seit Jahrtausenden von den Römern, Kymrem, dem Volk von Brutus und sogar dem Feenvolk geehrt werden. Andere solche Orte sind die Grabstätten gefallener Helden und Könige. Moderne Namen erinnern noch an ihren sächsischen Ursprung.

Elveden: „Elfengeistertal“, im Königreich der Ostsachsen. Dies ist ein gefährlicher Ort.

Gadshill: „Götterhügel“, im Königreich von Kent. Hier leben die Götter.

Goldsworth: „Goldhorde“, in der Grafschaft Berroc, Königreich Logres. Ein Ort, an dem die gezähmten Sachsen den Göttern Goldopfer darbringen, um Vergebung dafür zu erbitten, dass sie von König Artus kastriert wurden.

Greenacre: „Geisteracker“, im Königreich Kent. Dies ist ein Ort der Scucca, der wandelnden Toten.

Greenborough: „Grüner Grabhügel“, im Königreich Kent. Es ist grün.

Grimes Grab: „Wotans Grab“, Caerwent. Wotan ist hier begraben.

Hascombe: „Tal der Hexen“, in der Grafschaft Berroc, Königreich von Logres. Die *Haegtesse*-Frauen der gezähmten Sachsen sprechen hier mit Geistern.

Holywell: „Heiliger Brunnen“, im Königreich Kent.

Lyminge: Eine wichtige Begräbnisstätte im Königreich Kent. Viele Krieger und Prinzen liegen hier begraben.

Thunores Hlaew: „Thunors Grabhügel“, im Königreich Kent. Thunor liegt hier begraben.

Tuesley: „Tiws Lichtung“, in der Grafschaft Berroc, Königreich Logres. Die gezähmten Sachsen bringen hier Opfer dar.

Tuesnoad: „Tiws Wald“, im Königreich Kent. Hier gehen viele seltsame Bestien umher.

Willy: „Schrein“ in der Grafschaft Berroc, Königreich Logres. Ein Ort zum Anbeten, wenn du ein gezähmter Sachse bist.

Woodnesborough: „Wodin's Barrow“, im Königreich Kent. Wotan ist hier auch begraben.

Wye: „Schrein“, im Königreich Kent. Ein Ort der Anbetung, wenn du ein echter Sachse bist.

Wotanische Anführer

Die religiösen Führer des Wotanismus gibt es in verschiedenen Varianten:

Dry: Die Dry praktizieren das Zauberei. Sie zeichnen Runen und stellen Talismane her. Sie haben keine formale Hierarchie, daher sind die spezifischen Praktiken sehr persönlich und variieren von Siedlung zu Siedlung. Sie lernen von Lehrern, die auch Zauberei praktizieren.

Godere: Dies sind die sächsischen Priester, denen allerdings die Brüderlichkeit und die politische Macht ihrer Heidnischen oder Christlichen Gegenstücke fehlt. Sie sind oft eng mit dem sächsischen Adel verwandt, dessen Interessen sie dienen. Die Godere machen Weissagungen, segnen Ernten, leiten Massenrituale, beten für Wetter- und Kriegsglück und beaufsichtigen Opfer, um gute Gaben für die Götter zu sichern. Sie haben das letzte Wort bei Weissagungen und Vorzeichen und verbringen die meiste Zeit damit, Könige zu beraten.

Ein wichtiger Orden der sächsischen Priester sind Männer, die sich als Frauen verkleiden und der Göttin Haleg dienen. Sie kümmern sich das ganze Jahr über um den Wagen der Haleg und beaufsichtigen die Sklaven, die ihn während der großen Prozession der Göttin ziehen. Sie leiten die Herbstfeiern zu Halegs Ehre und opfern danach die Sklaven, indem sie sie ertränken.

Haegtesse oder Burgrune: Mächtige Frauen, die zum Schutz, zur Heilung und zum Wahrsagen mit Geistern sprechen. Sie als Hexen zu bezeichnen, ist nicht falsch.

Laece: „Blutegel.“ Diese sind Heiler.

Heilige Könige: Die wichtigsten Menschen, die Opfer darbringen, sind die Könige, die als Hohepriester dienen und das Ohr der Götter haben. Sie erkennen keine Hierarchie an und haben eine persönliche Beziehung zu den Unsterblichen. Während sie Wotan als Kriegs- und Königsgott an erster Stelle verehren, führen sie auch einen Großteil der öffentlichen Opferungen für die anderen Götter und Göttinnen durch.

Pendragon
Heilige Stätten
Legende
Christliche Stätten
Heidnische Stätten
Wotanische Stätten
Grossstädte
Städte
Meilen
0
20
40
60
0
25
50
75
100
Kilometer
Wald von Celbe
Perilous
Wald von Deira
Eburacum
Wald von Roestoc
Wald von Deleable
Heiliger Hain der Quelle
Newark
Stadt der Legionen
Wald von Arroy
Wald von Bedegraine
Wald von Lincoln
Bedegraine
Venta Icenorum
St. Marys Abtei
Oroquelenes
Grimes Grab
Wald von Arden
Wald von Sauvage
Elveden
Dunwich
Wald von Landoine
Wald von Aventureuse
Wald von Dean
Rollright Stones
Camulodunum
von Roevant
Longvale
Kirche des Heiligen Albans
Glevum
Wald von Quinqueroi
Tempel auf Marine's Isle
Corinium
St. Pauls Kathedrale
Wald von Campacorentin
Carlion
Londinium
Kloster Menevia
Wald von Nam
Govannons Schmiede
Gadshill
Das Wasser von Sulis
Silchester
Canterbury
Rochester
Wye
Woodnesborou
Llanilltyd Fawr
Goldsworth
Stonehenge
Lyminge
Dover
Hascombe
Abtei von Amesbury
Avalon
Wald von Perdue
Thunores Hlaew
Glastonbury Abbey
Camelot
Tuesnoad
Old Town Lake
Tuesley
Hantonne Kreuzzungen
Außenposten des Heiligen Hains
Glastonbury Abtei
Chichester
Wald von Camelot
Hantonne
Wald von Morris
Exeter
Durnovaria
Wald von Modron
The Hurlers

Kapitel V
Magie & Wunder

In der Welt von **Pendragon** bilden Magie und Wunder die atemberaubende Kulissen für Erzählungen, dienen als Handlungselemente, um Geschichten voranzutreiben, und werden oft eingesetzt, um die Integrität von Rittern auf ihren Questen zu prüfen.

Um Magie und Wunder geschehen zu lassen, sagt die Spielleitung einfach, dass sie geschehen. Es gibt nur wenige Möglichkeiten für Ritter, sich gegen sie zu verteidigen. Das ist extrem mächtig, und die Spielleitung wird dringend gebeten, damit sparsam umzugehen und den Geschmack des Genres nicht zu verderben, indem sie den Pudding sozusagen bei jeder Gelegenheit mit Magie und Wundern ertränkt. Wenn allerdings Magie und Wunder eingesetzt werden, sollte die Spielleitung die Auswirkungen beschreiben, z. B. „Feuer bricht in einem Kreis um den Ritter aus", oder einfache Aussagen machen, wie „Du bist gesegnet worden." Es ist nicht nötig, dass die Spielleitung beschreibt, wie Magie und Wunder funktionieren, oder auch nur explizit sagt, dass sie geschehen. Lass die Spieler spekulieren.

Diese Richtlinien sind allgemein und für die Spielleitung gedacht. Ritter wissen sicherlich über Magie und Wunder Bescheid, also schadet es nicht, wenn die Spieler diesen Text lesen. Spieler wissen auch, dass Ritter, die zaubern, eine schwer entehrende Handlung begehen und dafür Verlust an Ehre und Stand hinnehmen müssen.

Magie

Magie entstammt der alten Weisheit der heidnischen und barbarischen Religionen. Magie ist die Kunst, die Welt zu verändern, den Verstand anderer zu beherrschen und mit okkulten Mitteln Wissen zu erlangen. Magie ist manifestierter Wunsch. Sie ist das Handwerk der Zauberer, jener Menschen, von denen man sagt, dass sie „mit dem zweiten Gesicht geboren" wurden und das Blut von Feen oder Unholden in ihren Adern haben. Die heidnischen, wotanischen und barbarischen Religionen sehen in der Magie sowohl ein spirituelles Mittel zum Zweck als auch eine tiefe Handlung der Anbetung. Magie ist etwas für heidnische Priester, Priesterinnen und Schamanen.

Heidnische Magie

Heidnische Religionen glauben, dass Zauberinnen und Zauberer die Kräfte der Schöpfung beeinflussen können. Sie können sich auf die okkulten Kräfte in ihrer Umgebung einstimmen und sie beschwören und sie durch ihren Körper und ihre Absichten kanalisieren, um die Realität zu verändern und durch die Schleier von Zeit und Raum zu sehen. Die Anwendung von Magie kann also erheblichen körperlichen und geistigen Tribut fordern. Es ist üblich, dass Zauberinnen und Zauberer für ihre Kräfte mit langem Schlummer bezahlen müssen. Wenn eine Zauberin oder ein Zauberer eine Zeit lang aktiv war, ist es wahrscheinlich, dass er oder sie danach für längere Zeit abwesend ist, um sich zu erholen.

Die vier Talente

Zauberinnen und Zauberer verstehen Magie durch vier magische Fertigkeiten, die Talente genannt werden. Sie erzeugen mit diesen Talenten magische Effekte, um die Welt nach ihren Bedürfnissen und Wünschen zu offenbaren und umzugestalten.

Hellsehen: Das ist die Kunst, Wissen aus der Vergangenheit, der Gegenwart und der Zukunft zu erlangen. Beispiele dafür sind Astrologie, Weissagung, Geisterbeschwörung, Wahrsagerei, das Werfen von Losen und andere Methoden, um Wissen zu erlangen und Ergebnisse vorherzusagen. Magier/innen, die von Natur aus mit diesem Talent begabt sind, werden als Seher/innen oder Prophet/innen bezeichnet.

Verzauberung: Dies ist die Kunst, den Geist durch Beschwörungen oder Zaubersprüche zu beeinflussen. Beispiele dafür sind, mit jemandem über Träume zu kommunizieren, natürliche Fähigkeiten zu verbessern (oder zu verschlechtern), Menschen dazu zu bringen, sich zu verlieben, jemanden zu verwirren, Wahnsinn herbeizuführen, eine Person zu zwingen, Befehle zu befolgen, sie zum Einschlafen zu bringen, in Tränen auszubrechen oder vor Lachen zu sterben. Der Zweck von Verzauberungseffekten ist, dass der Zauberer einen gewissen Einfluss auf ein anderes Wesen gewinnt. Im Spiel erlauben Verzauberungen dem Zauberer, Persönlichkeitsmerkmale, Leidenschaften, Fertigkeiten und Kampffertigkeiten von Charakteren, Tieren und übernatürlichen Kreaturen zu verändern.

Nur menschliche Zauberinnen und Zauberer dürfen Verzauberungen wirken, denn von allen Kindern Gottes wurde nur dem Menschen die Herrschaft über die Welt und all ihre Geschöpfe übertragen.

Zauberglanz: Dies ist die Kunst, die physische Realität zu verändern. Dazu gehört es, Burgen aus dem Nichts zu spinnen, Flammen vom Himmel zu rufen, einen verschleiernden Nebel zu beschwören, einen Fluss dazu zu bringen, seinen Lauf zu ändern, das Wetter zu kontrollieren, Waffen und Rüstungen zu verstärken, unsichtbar zu werden, zu fliegen, eine Armee über den Ärmelkanal zu transportieren oder sich in eine andere Person, ein Tier oder eine fantastische Kreatur zu verwandeln. Die Veränderung ist nicht illusorisch, aber auch nicht unbedingt dauerhaft. Es ist möglich, die Verwandlung dauerhaft zu machen, aber nur durch einen sehr mächtigen Zauberer oder ein außerweltliches Wesen. Ob vorübergehend oder dauerhaft, die Folgen der Veränderung können sehr real sein. Bestimmte Effekte des Zauberglanzes können töten, verstümmeln und zerstören, andere nicht. Im Spiel dienen die magischen Effekte des Zauberglanzes dazu, einem Zauberer oder anderen Personen seiner Wahl einen bedeutenden handlungstechnischen Vorteil zu verschaffen.

Heilung: Dies ist die Kunst, andere gesund zu machen und zu heilen, indem man die natürliche Heilungsrate beschleunigt, Verwundungen heilt, in der Schlacht abgetrennte Glieder wieder anbringt und einen vom Wahnsinn gezeichneten Geist beruhigt. Im Spiel können durch Heileffekte Trefferpunkte wiederhergestellt, Charakteristika verbessert und Wahnsinn und Melancholie abgemildert werden. In mancher Hinsicht sind Heileffekte wie Zauberglanz-Effekte, da der Zauberer die physische Realität verändert. Allerdings sind Heileffekte immer dauerhaft, da ein Zauberer die Magie an die Wunde bindet, indem er seine eigene Gesundheit opfert.

Weitere Details zu den Arten von Magiern, die Heidnische Magie ausüben, findest du unter **„Heidnische Führer“** auf S. 95.

Wie machen sie das?

Die Magie und die Wunder, die in den mittelalterlichen Artusgeschichten dargestellt werden, entstammen den mystischen Traditionen des Christentums, des Judentums, des Islams, des Zoroastrismus (und der damit verbundenen Dämonologie) und der unzähligen heidnischen Religionen der Antike, einschließlich des Neuplatonismus und des Schamanismus. Die christlichen Autoren der Artusromane schöpften großzügig aus diesen Quellen und filterten sie durch ihre eigene Vorstellungskraft und ihre Vorlieben.

Es gibt in der mittelalterlichen Literatur nur wenige Beispiele dafür, wie genau sich Magie manifestiert oder was Zauberer tun, um sie zu wirken. Es gibt zwar ein paar reizvolle Beispiele, aber die meisten Artusmagier zaubern mit wenig mehr als einem Nicken oder einer Handbewegung. Es gibt keine sichtbaren Ausbrüche mystischer Energie oder Disney-Puffs aus glitzerndem Feenstaub. Die Welt verändert sich einfach.

Es sind die romantischen Dichter des 19. Jahrhunderts, vor allem Tennyson, Keats und Yeats, und die präraffaelitischen Maler wie Burne-Jones, Hunt und Waterhouse, die unser modernes Empfinden für das Aussehen und die Wirkung der Artusmagie geprägt haben: Verträumt, schattenhaft, neblig, mit geheimnisvollen Damen, die magische Netze weben, verhüllten Gestalten, die mondbeschienene Rituale abhalten, und einer subtilen, fast psychologischen Qualität, die von Traurigkeit und Sehnsucht geprägt ist.

Es liegt an der Spielleitung zu entscheiden, wie Magie in ihrer eigenen Kampagne aussieht, wie sie sich anfühlt und was Zauberinnen und Zauberer tun müssen, um sie zu manifestieren.

Wotanische Magie

Die Auswirkungen der wotanischen Magie fallen in die Kategorien der vier Talente, aber die magische Praxis konzentriert sich mehr auf Runenhandwerk, die Herstellung von Talismanen und die Kontrolle des Wetters.

Die priesterlichen *Godere* bringen Opfer dar und segnen die Felder und Schiffe ihrer sächsischen Brüder, da die Ernten und die Seefahrt von den Launen des Windes und des Regens abhängen. Die meisten der blutgetränkten jährlichen Wotanismus-Rituale, die sie beaufsichtigen, dienen diesem Zweck.

Wotanische Magie verlässt sich stark auf Blutopfer.

Priester, die *Dry* genannt werden, lernen und zeichnen Runen, ein Symbolsystem, dessen Figuren magische Kraft besitzen. Sie können auf Waffen, Steinen, Amuletten, Haushaltsgegenständen eingraviert, in Kleidung eingenäht oder sogar laut ausgesprochen werden, um übernatürliche Kräfte zu beschwören. Talismane sind Abzeichen, die die Kraft der Runen verkörpern und die jeder Sachse zum Schutz bei sich trägt. Sie können mit Runen, dem Bild einer Gottheit oder einem anderen Machtsymbol versehen sein.

Barbarische Magie

Das Barabarentum hat seine eigene Art von Magier, einen Schamanen, der auf eigene Faust in die unsichtbare Welt eingedrungen ist, die geheimen Namen gelernt hat und zurückgekehrt ist, um seine Kräfte für andere einzusetzen. An den Zeremonien muss normalerweise die ganze Familie teilnehmen und dem Schamanen bei der Magie helfen. Typische magische Wirkungen sind die Heilung von Krankheiten und Verwundungen, die Beruhigung des Windes, das Entzünden eines Feuers, die Beschwörung eines Tieres zum Essen oder zum Schutz oder der Segen für die Fruchtbarkeit des Haushalts (sowohl bei Menschen als auch bei Tieren).

Um Magie zu wirken, rufen barbarische Schamanen die Geister der Natur an, einschließlich der Geister von Wetterphänomenen wie Wind, Wolken und Regen, oder die Geister von Tieren und Pflanzen oder sogar die Geister von geografischen Merkmalen wie Felsen, Hügeln und Bergen. Manche Geister sind leicht zu rufen, andere sind viel schwieriger und erfordern große Opfer. Ist der Kontakt hergestellt, bittet der Schamane den Geist um Hilfe, und wenn der Geist dazu bereit ist, gewährt er die gewünschte Macht und das Wissen. Oft werden Schamanen mit Tätowierungen ihres persönlichen oder Clan-Naturgeistes bedeckt, um die Verbindung zu signalisieren.

Zauberer

Aus der Zeit von König Artus sind viele Arten von Zauberern bekannt, die verschiedene Traditionen und Kulturen in Britannien und darüber hinaus repräsentieren. Die meisten von ihnen sind mit den heidnischen oder barbarischen Religionen verbunden, obwohl einige fähige Personen die Magie nicht zu religiösen oder spirituellen Zwecken, sondern um ihrer selbst willen oder zum persönlichen Vorteil ausüben.

Schamanen: Wie bereits erwähnt, sind das die Magieanwender der Barbaren. Schamanen sind vollwertige Mitglieder ihrer Clans und teilen deren Fleisch und Güter, leben aber isoliert und einsam am Rande des Landes ihrer Familie. Sie sind in der Regel geschickte Jäger und in der Lage, allein in der Wildnis Kaledoniens zu leben.

Hexen: Bauern und Bäuerinnen, die Magie praktizieren, werden in der Gegend Hexen („Weise“) genannt. Sie wurden mit der Gabe des zweiten

Gesichts geboren, sind aber nur durch Versuch und Irrtum geschult und haben sich auf Formen der Volksmagie spezialisiert, insbesondere auf die Heilung von leichten Verwundungen, die Heilung der „Wehwehchen“ einer Gemeinde und das Brauen von Liebestränken im Austausch gegen Waren oder ein paar Denarii. Wie die ungläubigen Schamanen leben auch die Hexen am Rande der Gesellschaft, obwohl sie manchmal isolierte heidnische Gemeinschaften bei jahreszeitlichen Ritualen anführen oder heidnischen Priestern und Priesterinnen bei ihren Ritualen helfen. Hexen erkennen keine Autorität außerhalb ihrer Covens an, respektieren aber die Macht der einheimischen britischen Zauberer und Zauberinnen.

Zauberer und Zauberinnen: Dies sind heidnische oder wotanische Zauberer, die von Priestern oder Priesterinnen dieser Tradition ausgebildet wurden. Druiden, Herrinnen des Sees und sächsische Priester und Häretinnen können als Verzauberer und Verzauberinnen bezeichnet werden. Sie sind meist Teil einer hierarchischen Gruppe, die von einer Titelfigur wie dem Erzdruiden, der Obersten Dame oder einem heiligen König angeführt wird. Zauberer und Zauberinnen sind die wichtigsten heidnischen Religionsführer, die jahreszeitliche Feste organisieren, Massenrituale leiten, Streitigkeiten schlichten und Herrscher beraten. Sie werden immer von den Gemeinschaften, denen sie dienen, unterstützt und beschützen sie vehement.

Hexenmeister und Hexenmeisterinnen: In den letzten Jahrhunderten ist aus den Schatten des sterbenden Reiches eine neuere Art von Zauberern aufgetaucht, die die Magie aus Büchern lernen. Hexenmeister und Hexenmeisterinnen werden in christlichen Klöstern, Abteien und Konventen ausgebildet und bekennen sich nach außen hin zum christlichen Glauben. Irgendwann während ihrer Ausbildung entdecken sie jedoch einen ketzerischen Band mit alten Heidnischen Überlieferungen – einen Folianten über zeremonielle Magie, eine Darstellung der mystischen Philosophie oder eine alchemistische Abhandlung – und beginnen

Hexenmeister und Hexenmeisterinnen sind nominell Christen, die sich ketzerischem Wissen zugewandt haben, um vorübergehende Macht im Austausch für ihre Seelen zu erhalten.

mit der Entschlüsselung ihrer Geheimnisse ein lebenslanges Streben nach Macht und Erleuchtung, weit außerhalb der christlichen Lehren. Anders als bei den Zauberern und Zauberinnen gibt es keine einheitliche Hierarchie der Hexenmeister und Hexenmeisterinnen. Sie sind von Natur aus einsame Praktizierende der magischen Künste.

Lebende Zauberer

Zauberern kann man, wie der Magie selbst, nicht trauen. Jeder kennt die Gründe dafür, auch wenn die Gründe je nach Standpunkt des Beobachters variieren. Manche misstrauen ihnen, weil sie die Realität verändern können, oder weil sie mit den Toten sprechen, oder weil sie das Wetter vorhersagen und es ändern können, wenn es ihnen nicht gefällt. Andere Menschen lehnen Zauberer ab, weil sie glauben, dass alle okkulten Kräfte vom Satan kommen. Die meisten mögen einfach niemanden, der seltsam ist; Zauberer haben von Natur aus Zugang zum Unbekannten, und was nicht bekannt ist, ist seltsam und man kann ihm nicht vertrauen.

Hier sind also einige der berühmtesten, am meisten verehrten und gefürchteten Magier, die zu Beginn von König Artus' Herrschaft lebten und zauberten. Nimm dich in Acht, junger Ritter, denn der Umgang mit Zauberern kann zu Schande und Entehrung führen.

Meister Blaise

Ein freundlicher alter kymrischer Zauberer und christlicher Priester, der weiseste der Neun Würdigen Schreiber. Er ist der Beichtvater von Merlins Mutter, Merlins Taufpate und hilft dabei, Merlin aufzuziehen und zu erziehen. Auf Merlins Geheiß beginnt er damit, die Taten des großen Magiers in einem Kodex namens *Das Gralsbuch* aufzuzeichnen. Als Merlin erwachsen ist, zieht sich Blaise nach Cumbria zurück, wo Merlin ihn von Zeit zu Zeit besucht und ihm Geschichten für das Buch erzählt. Er stirbt früh in Artus' Regierungszeit, im Jahr 513.

Meister Gwenbaus

Ein aquitanischer Zauberer und älterer Bruder von König Ban von Ganis. Er ist der Onkel väterlicherseits von Sir Lancelot du Lac. Er ist ein renommierter Schreiber und ein geschickter Diplomat, der dabei hilft, die Vertragsverhandlungen zwischen dem jungen König Artus und den Rebellenkönigen zu überwachen. Außerdem ist er ein hingebungsvoller Schüler des Merlin. Im Jahr 516 lernt er die Mutter von Sir Agriveil kennen und verliebt sich unsterblich in sie. Er flieht aus den Diensten seines Bruders, um bei seiner Lady im Wald der Gefahr zu sein, und wird nie wieder am Hof gesehen. Der Teil des Waldes der Gefahr, in dem er lebt, wird als „Wald ohne Wiederkehr" bekannt.

Gwrhyr, Versteher der Sprachen

Ein Druide aus Cambria mit der Gabe der Sprachen, der von Merlin rekrutiert wurde, um König Artus zu dienen. Er versteht jede Sprache, die er hört, und kann sie fließend sprechen, lesen und schreiben, was ihn zu einem großen Gewinn am Hof macht.

Meister Helyes von Toulouse

Ein berühmter Zauberer, der den Herrscherhäusern von Toulouse auf dem Kontinent dient. Gerüchten zufolge besitzt er ein wundersames Buch der Magie, mit dem er verblüffend genaue Vorhersagen machen kann. Im Jahr 520 tritt er als einer der Neun Würdigen Schreiber in König Artus' Dienste.

Dame Lile

Eine Zauberin und eine Herrin des Sees, die unter Lady Nineve dient, mit der sie eine erbitterte Rivalität pflegt. Sie dient als Oberste Herrin des Sees von 513 bis 517, als die junge Lady Nimue sie ersetzt.

Meister Malduc

Dieser römische Zauberer dient dem Zenturio-König in Eburacum. Merlin verbannt ihn im Jahr 512 aus Britannien, als König Artus das Königreich Malahaut erobert.

Menw ap Teirwaedd

Ein Druide und der größte seines Ordens neben Merlin und später Taliesin. Merlin beruft ihn 511 aus dem Königreich Powys an den Hof, wo er als Abgesandter der heidnischen kymrischen Stämme unter Artus' Herrschaft dient.

Merlin

Der weiseste und mächtigste Zauberer aller Zeiten. Er ist ein Freund und Mentor sowohl von König Uther Pendragon als auch von dessen Sohn, König Artus. Er ist der Erzdruide von Britannien, bis er im Jahr 517 plötzlich verschwindet.

Königin Morgan le Fay

Die notorisch böse Königin von Gorre und die mächtigste Zauberin in Britannien. Sie ist die Halbschwester von König Artus, Schwester der Königinnen Margawse von Lothian und Elaine von Garloth, Ehefrau von König Uriens von Gorre und Mutter von Yvaine, einer zukünftigen Ritterin der Tafelrunde. Im Jahr 521 wird sie vom Hof verbannt.

Lady Nimue

Eine Zauberin und die oberste Dame des Sees von Avalon nach 517. Eine von Artus' größten Verbündeten und immer Freundin der Ritter der Tafelrunde.

Lady Nineve

Eine Zauberin und die oberste Dame des Sees von Avalon von 492 bis 512. Sie ist eine talentierte Magierin, aber eine uninspirierte und ineffektive Anführerin. Im Jahr 512 wird sie auf tragische Weise ermordet, niedergestreckt von Sir Balin.

Meister Pertoines von Oxford

Ein kymrischer Zauberer, einer der Neun Würdigen Schreiber, der Merlins Prophezeiungen schriftlich festhielt und 505 das erste Kollegium der Künste in Oxford gründete. Er ist berühmt für seine Studien in der Astrologie. In der Zukunft hilft Pertoines Gelehrsamkeit Geoffrey von Monmouth beim Schreiben seines Klassikers *Vita Merlini*.

Königin Sebille

Eine verruchte kymrische Zauberin, Verbündete und ehemalige Zofe von Morgan le Fey. Sie heiratet König Maelgwn im Jahr 512 und wird Königin von Norgales.

Lady Viviane

Die Oberste Herrin des Dianasees in der Bretagne, von 470 bis 540. Sie ist die Tochter eines Valvasors (niederer frz. Adel) des Herzogs von Burgund und einer geheimnisvollen Dame. Sie war einst die Geliebte und Schülerin von Merlin. Sie ist auch die Ziehmutter von Sir Lancelot, Sir Lionel und Sir Bors dem Jüngeren.

Wunder

Da kam der Bischof von Canterbury, der ein edler Pfaffe und heiliger Mann war, und sprach nso zu Sir Mordred: „Herr, was wollt Ihr tun? ... wie könnt Ihr also Eures Vaters Weib zum Weib nehmen? Herr", sagte der edle Pfaffe, „laßt ab von diesem Vorhaben, sonst muß ich Euch mit Bibel und Glocke und Kerze verfluchen."

—Malory, ***König Arthur und die Ritter der Tafelrunde,*** *Einundzwanzigstes Buch, I. Kapitel*

Wunder dienen demselben Zweck wie die Magie: Sie erfüllen die diesseitige Welt mit etwas Staunenswerttem und offenbaren eine größere Bedeutung jenseits der Schranken von Leben und Tod. Wunder entspringen nicht dem angeborenen Geschick eines begabten menschlichen Magiers oder einer schelmischen Fee, sondern dem Geist und dem Willen einer Gottheit. Wunder sind die direkte Fürsprache einer mächtigen Gottheit für einen Bittsteller. Christliche Heilige, weise Druiden, gelehrte Rabbiner, Einsiedler jeden Glaubens und unschuldige Narren können ihre Gottheiten um Hilfe bitten. Es ist ihre Beziehung zu ihrer Gottheit, ihr „Einssein", das darüber entscheidet, ob ihre Bitte erfüllt wird.

Niemand vollbringt Wunder. Man bittet um sie, oder sie geschehen einfach.

Wunder sind oft mächtiger und dauerhafter als die Wirkung von Magie. Das spiegelt das übermenschliche Ausmaß des Bewusstseins einer Gottheit wider. In den Artusgeschichten gehen Wunder immer auf den Willen Gottes zurück. Manchmal sind Wunder süß und subtil, wie ein Singvogel, der sich auf der Schulter eines Ritters niederlässt, um die frohe Botschaft Jesu zu singen, oder die Entdeckung eines Steinkreuzes auf einem leeren Feld, in das eine private Botschaft für den Ritter eingemeißelt ist, der es zufällig entdeckt. Andere Male sind Wunder schrecklich und zerstörerisch, wie die plötzliche, feurige Auslöschung einer Burg oder die Verwüstung eines ganzen Königreichs. Egal, wie groß das Ausmaß ist, Wunder sind immer tiefgreifend und lebensverändernd.

Ritter können keine Wunder bewirken, aber Wunder passieren ihnen ganz sicher. In einer solchen Situation gibt es keinen Verlust an Ehre, aber Spielleitungen können Markierungen für Fromm oder Ergebenheit (Gottheit) vergeben.

Christliche Wunder

Christliche Wunder ähneln der barbarischer Magie, da sie die Fürsprache eines Geistes oder einer Gottheit für den Bittsteller erfordern. In diesem Fall ist der Geist ein Engel, und die Gottheit ist Gott. Es gibt drei Arten von Wundern:

Göttliche Manifestation: Göttliche Manifestationen sind dramatische Beweise für Gottes Existenz, die alle Anwesenden mit erhabener Furcht und Verwunderung erfüllen, dem Bittsteller oder seinen Begleitern Einsicht und Rat gewähren oder die Feinde des Bittstellers in Angst und Schrecken versetzen und ihren Willen brechen. Beispiele aus der Literatur sind eine himmlische, körperlose Stimme, ein Brief, der aus dem Nichts auftaucht, ein sterbender Vogel, der sich an einem Dornbusch aufspießt, ein geheimnisvolles Steinkreuz, eine Vision des Himmels, ein furchterregendes, von Feuer umhülltes, riesiges Gesicht, das Strahlen aus seinen Augen schießt, oder ein Schutzengel in Gestalt eines geheimnisvollen nackten Kindes oder eines freundlichen alten Mannes.

Göttliche Intervention: Göttliche Interventionen sind direkte Fürbitten von Gott für einen Bittsteller. Gott hilft dem Bittsteller direkt mit Manna (heiliger Speise), erhöhter Stärke, Heilung oder einer anderen Form des Schutzes, wie zum Beispiel einem unsichtbaren Schutzengel, der ein feuriges Schwert schwingt. Göttliche Interventionen sollen den Bittsteller und seine Gefährten vor körperlichem oder geistigem Schaden schützen.

Göttliche Vergeltung: Gott beschließt, die Bösen zu bestrafen, indem er Racheengel – wahrhaft schreckliche Wesen mit brennenden Gesichtern und Leibern, die Schwerter mit Klingen aus schwarzem Feuer tragen – schickt, um die Feinde des Bittstellers zu zerschmettern, oder er verwandelt die Bösen in Tiere oder tötet sie auf wahrhaft grausame Art und Weise direkt. Unter außergewöhnlichen Umständen verwüstet Gott ganze Königreiche und zerstört ganze Städte mit Blitzen, Feuer und Erdbeben.

Die vielen Arten von heiligen Menschen, die zu Heiligen werden können, die zu Wundern fähig sind, findest du unter **„Christliche Führer"** auf S. 76.

Heilige

Heilige sind Menschen, deren Leben die von Jesus gelehrten Tugenden vorlebt. Sie erreichen einen solchen Zustand der Gnade, dass sie Gott zuverlässig um Wunder bitten können. Heilige, lebende und verstorbene, werden um Führung und Fürsprache für die Bittsteller angerufen. Viele Heilige erleiden einen gewaltsamen Tod für ihren Glauben und werden Märtyrer genannt. Heilige, die eines normalen Todes sterben, werden Bekenner genannt. Nur wenige erlangen die Heiligkeit zu Lebzeiten, obwohl dies sicherlich hin und wieder vorkommt.

Angefangen mit den ersten Märtyrern der frühen Kirche wurden Heilige über Hunderte von Jahren durch öffentliche Bezeugungen von Wundern und durch die Zustimmung des Volkes ausgewählt. Zu Artus' Zeiten konnten örtliche Äbte, Bischöfe und Erzbischöfe eine Person informell zum/zur Heiligen erklären, entweder lebend oder posthum. Der Papst kann eine Person formell heilig sprechen und den Feiertag des Heiligen in den römischen Kalender aufnehmen. Die Römische und die Britische Kirche erkennen die meisten, wenn auch nicht alle Heiligen an, was zu Streitigkeiten zwischen den beiden Sekten führen kann.

Heilige können aus gesellschaftlicher Zustimmung wie auch durch offizielle Wege der Anerkennung heraus erwachsen.

Lebende Heilige

Viele namhafte christliche Heilige lebten zur Zeit von König Artus. Mehrere begannen ihre Karriere als hochrangige Adlige, darunter Ritter, Prinzessinnen, Könige und Königinnen. Alle verzichteten auf ihre früheren weltlichen Positionen und wählten ein Leben der Kontemplation und des Dienstes an den Armen. Auch wenn sie nicht mit demselben Stigma behaftet sind wie Zauberer, rufen Heilige immer noch Unbehagen und Vorsicht hervor, weil sie mit dem Fremden und Unbekannten in Verbindung gebracht werden. Die von Gott gewährten oder von Heiligen erbetenen Wunder können genauso erschreckend und beunruhigend sein wie jeder Zauberglanz oder jede Verzauberung.

Heiliger Brendan der Reisende

Ein irischer Mönch, der dreiunddreißig der heiligsten Männer Irlands zusammenruft und in See sticht, um die Insel des Paradieses im westlichen Ozean zu finden. Gott wirkt viele Wunder für Brendan und führt ihn zu mehreren wundersamen Inseln voller seltsamer Kreaturen und Menschen. Er kehrt mit vielen Geschichten nach Irland zurück und stirbt irgendwann nach der Schlacht von Camlann.

Heilige Brigid

Eine irische Äbtissin und Tochter des Königs von Leinster. Sie baute das erste Nonnenkloster in Irland. Sie ist eine berühmte Heilerin, und es heißt, dass Gott die Töpfe der Gläubigen auf wundersame Weise mit Käse und Butter füllt, wenn sie darum bittet. So hat sie auf den Britischen Inseln eine große Anhängerschaft gewonnen. Sie stirbt während König Artus' Herrschaft, im Jahr 524.

Heiliger Carannog

Dieser kymrische Heilige setzt einen Altar ins Wasser und schwört, überall zu predigen, wo er anlandet. König Artus findet den Altar und versucht, ihn als Tisch zu benutzen, aber jedes Mal, wenn seine Diener versuchen, ihn zu decken, werden die Teller und Kelche auf wundersame Weise weggeworfen. Carannog und der Altar werden schließlich wieder vereint, aber nicht bevor der gute Heilige einen Drachen in Summerset besiegt hat, wo er von König Cadwy für seine Taten Land erhält. Er stirbt während der Herrschaft von König Artus, um 550.

Heiliger Collen

Ein kymrischer Mönch und ehemaliger Ritter und Kämpfer des Papstes. Er ist der Abt von Glastonbury am Ende von König Artus' Herrschaft. Er wird von Gwynn ap Nudd, einem Herrscher der heidnischen Unterwelt, zu seinem Hof auf dem Gipfel von Glastonbury Tor gerufen. Der Heilige Collen wird von dem Gott gnädig empfangen, der ihn bittet, zu bleiben und das Fest zu genießen. Stattdessen bespritzt der Heilige den Geisterhof mit Weihwasser und Gott verbannt die Feen und Unholde für immer von Glastonburys heiligem Boden.

Heiliger David (Dewi)

Ein kymrischer Heiliger, zukünftiger Erzbischof von Cambria und Cornwall, und zukünftiger Primas von ganz Britannien nach den Heiligen Dubricus und Teilo. In jedem Moment von Dewis bisherigem Leben gab es Wunder. Als er noch im Bauch seiner Mutter lebte, schlug Gott einen eitlen Prediger stumm, um die Ohren des gesegneten Dewi nicht zu verletzen. Als Jugendlicher studierte er beim heiligen Illtud in dessen Großer Kirche und wanderte barfuß durch ganz Cambria, heilte Kranke, heilte Blinde und diente den Ärmsten der Armen. Dewi pilgerte ins Heilige Land, kehrte mit vielen Reliquien zurück und war eifrig entschlossen, die strenge klösterliche Tradition der Wüstenväter im feuchten und kalten Cambria zu begründen. Gott befahl Dewi dann, sein Kloster in Menevia als Heiligtum der Maßvollheit zu errichten. Dewi verbietet in seinem Orden alle alkoholischen Getränke und erhält schnell den Beinamen „Der Wassermann„. Sein größtes Wunder erlebt Dewi aber erst später in König Artus' Regierungszeit, als er Primas wird.

Es ist Dubricus, der an der Seite von Merlin Zeuge wird, wie Artus das Schwert aus dem Stein zieht, und diesen später zum Hochkönig Britanniens krönt.

Heiliger Dubricus (Dyfrig, Dubricius)

Der Erzbischof von Cambria und Cornwall und der Primas von ganz Britannien zu Beginn von König Artus' Herrschaft. Er ist es, der Artus zum Hochkönig krönt. Ein fleißiger kymrischer Abt und einer der berühmtesten der lebenden britischen Heiligen. Er baute mehrere Klöster in Cambria und dem West Country und viele Wunder werden seiner Anwesenheit zugeschrieben. Er zieht sich nach Ynys Enlli, einer Insel vor der kymrischen Küste, zurück und stirbt im Jahr 550.

Heiliger Gildas

Er wird *Sapiens* (vom lateinischen Wort für „weise") genannt, da er einer der bedeutendsten Historiker der Artus-Ära ist. Gildas predigt Feuer und Schwefel und verurteilt seine Landsleute, indem er behauptet, die Invasion der Sachsen sei auf ihre sündige Lebensweise zurückzuführen. Seine größte Sünde ist, dass er insgeheim König Artus wegen einer Familienfehde hasst, in der Artus den verräterischen und unehrlichen Bruder von Gildas tötet. Aus Bosheit lässt Gildas Artus in seiner berühmten Geschichte *De Excidio et Conquestu Britanniae* aus. Gildas segelt später in die Bretagne und lässt sich auf einer Insel gegenüber der Halbinsel Rhuys in der Braunen Bucht von Morbihan nieder. Im Jahr 570 stirbt er allein in seiner kalten kleinen Zelle.

Heilige Gladys (Gwladus)

Eine kymrische Königin und Mutter des Heiligen Cadoc und vier weiterer Heiliger. Die Heilige Gladys und ihr Mann, König Gwynllyw, waren rücksichtslose Stammesfürsten und führten viele Kriege mit ihren Nachbarn. Gott gibt ihnen eine Vision und sagt ihnen, dass sie ihr weltliches Leben aufgeben und als Einsiedler Kontemplation suchen sollen. Sie tun es, und viele Wunder begleiten die heilige Gladys danach, darunter die Verbreitung von Gottes Gnade in all ihren Kindern. Im Jahr 523 stirbt sie in Frieden.

Heiliger Helier

Ein brillanter sächsischer Bekehrter, der zur Insel Jersey im britischen Meer segelte, in einer Höhle lebte und viele Wunder für die Inselbewohner erbat, darunter die Heilung von Blinden und das Sprechen mit Schlangen. Als sächsische Piraten im Jahr 560 die Insel überfallen, versucht er, das Evangelium zu predigen, wird aber brutal gemartert. An der Stelle, an der er starb, sprudelt auf wundersame Weise ein Springbrunnen.

Heiliger Illtud

Ein kymrischer Abt, ehemaliger Ritter und frommer Gelehrter, Lehrer vieler heiliger Männer, darunter die Heiligen David, Gildas und Samson. Er ist der Sohn eines bretonischen Prinzen und ein Cousin von König Artus. Schon früh in seiner ritterlichen Laufbahn, während der Jagd, bestraft Gott Illtuds böse Gefährten, indem er sie ganz vom Erdboden verschluckt. Dann verleiht er dem heiligen Illtud die Gabe der Weitsicht und befiehlt ihm, das britische Kloster Llanilltyd Fawr („Illtuds große Kirche") im Königreich Escavalon zu bauen. Er wird im Jahr 505 zu Jesus gerufen, einige Jahre bevor König Artus gekrönt wird.

Heiliger Nectan

Ein Einsiedler und Sohn eines kymrischen Königs, der in See stach und gelobte, sich überall dort niederzulassen, wo sein kleines Boot landete. Ein Sturm bringt ihn 510 nach Cornwall, wo er prompt von Räubern entführt wird. Er versucht, die frohe Botschaft zu verkünden, aber die Räuber enthaupten ihn. Wie durch ein Wunder hebt er seinen Kopf auf und trägt ihn zu einem nahe gelegenen Brunnen. Einer seiner Mörder bekehrt sich sofort zum Christentum und begräbt ihn dort. Viele Wunder geschehen an dem Ort, an dem seine Reliquien ruhen, die bis heute von seinem Mörder bewacht werden.

Heiliger Samson

Ein kymrischer Wandermönch, dem Gott einen wundersamen Wagen schenkt, mit dem er herumfahren und das Evangelium predigen kann. Von seinem Wagen aus verkündet er die Frohe Botschaft in Ynys Byr, Irland, Cornwall, auf den Scilly-Inseln und in der Bretagne. Schließlich lässt er sich in Dol in der Bretagne nieder und wird dort vom König von Frankreich zum Bischof ernannt.

Heiliger Teilo

Der kymrische Bischof von Llandaff in Cambria und der zukünftige Primas von ganz Britannien nach dem Heiligen Dubricus und vor dem Heiligen David. Teilo war ein Schüler des Heiligen Dubricus und ein enger Freund des Heiligen David, mit dem er gegen einen irischen Häuptling kämpfte, um Davids Kloster in Menevia zu gründen. Die meisten von Teilos Wundern ereignen sich später in seinem Leben, nachdem er vor dem Gelbfieber in die Bretagne floh, um beim heiligen Samson zu sein. Dort bändigt er einen wilden Drachen und kettet ihn an einen Felsen. Dann kehrt er nach Britannien zurück und zieht sich zurück. Als er stirbt, werden seine sterblichen Überreste auf wundersame Weise in drei Teile geteilt, so dass drei verschiedene Kirchen die Ehre haben, sie zu beherbergen.

Heilige Winefride

Eine geheimnisvolle kymrische Heilige, die gegen Ende von König Artus' Herrschaft gemartert und wiedererweckt wird, als sie die Annäherungsversuche eines groben Freiers zurückweist. Der böse Mann enthauptet sie und eine heilende Quelle erscheint dort, wo ihr Kopf zu Boden fällt. Ihr Onkel, der Heilige Bueno, findet ihre Leiche und betet für ihre Seele. Gott bringt ihren Kopf wieder an und erweckt sie zum Leben, woraufhin die Erde ihren Freier verschlingt, der nie wieder gesehen wird. Winefride zieht sich in ein Kloster zurück, und überall, wo sie hinreist, sprudeln heilende Quellen hervor.

Schutz vor Magie und Wundern

Wie in den mittelalterlichen Geschichten zu sehen ist, sind Ritter und Ladys gegen Magie und Wunder meist schutzlos. Der einzige wirkliche Schutz, den sie haben, besteht darin, ein Leben zu führen, das die Ideale von religiösem Glauben, Ritterlichkeit, romantischer Liebe und sanften Tugenden vorlebt. So sind Religiöse Ritter, Galante Ritter, Romantische Ritter und Edeldamen in gewissem Maße vor Magie und Wundern geschützt.

Religiöse Ritter

Die mächtigste Form des Schutzes ist der feste Glaube an eine Religion. Ein Ritter, der das Religiöse Ideal erreicht hat, kann einen Wurf gegen seine Ergebenheit (Gottheit)-Leidenschaft ablegen, wobei ein Erfolg oder ein kritischer Erfolg, je nach Religion, völlige Immunität gegen magische oder wundersame Effekte gewährt. Christliche Religiöse Ritter können sich vor Heidnischer Magie schützen, aber nicht vor den Wundern Gottes. Genauso können sich Heidnische, Wotanische und Barbarische Ritter vor Wundern schützen, aber nicht vor heidnischer Magie.

Nichtreligiöse Ritter besitzen die Macht des Zweifels, und obwohl ihr unvollständiger Glaube keinen Schutz bietet, erlaubt er ihnen, nützliche wundersame oder magische Wirkungen verschiedener Religionen ohne Konsequenzen zu akzeptieren. Ein nicht-religiöser Christlicher Ritter kann zum Beispiel ohne Weiteres Heilung von einem Heidnischen Magier annehmen, ohne seinen Glauben zu verlieren. Religiöse Ritter hingegen haben einen vollkommenen Glauben und können *nicht* freiwillig auf seinen Schutz verzichten, ohne *alle* religiösen Merkmale des Heilers zu markieren. So muss ein Christlicher Religiöser Ritter, der sich von einem Heidnischen Magier magisch heilen lassen will, die Eigenschaften Tatkräftig, Großzügig, Lüstern, Stolz und Fromm markieren. Das Gleiche gilt für einen Heidnischen, Wotanischen oder Barbarischen Religiösen Ritter. Beachte, dass diese Markierungen dazu führen können, dass ein Religiöser Ritter in der folgenden Winterphase seine Vorzüge verliert.

Der Schutz des Glaubens wirkt unter allen Umständen, egal ob der Charakter bei Bewusstsein ist oder nicht.

Galante Ritter, Romantische Ritter und Ladys

Ritter und Ladys, die nach den Idealen der Ritterlichkeit, der Minne und der sanften Tugend streben, haben einen gewissen Schutz vor Magie oder Wundern, unabhängig von ihrem religiösen Glauben. Im Gegensatz zum religiösen Schutz funktionieren diese Formen des Schutzes nur unter bestimmten Umständen, und Ritter und Ladys müssen wach sein und sich aktiv gegen die unerwünschten Auswirkungen wehren.

Bei einem erfolgreichen Wurf auf Ritterlichkeit oder Bewunderung (Geliebte) erhalten Galante Ritter und Romantische Ritter laut **Pendragon**-*Regelwerk* völlige Immunität gegen alle übernatürlichen Effekte. Hier wird ein nuancierterer Ansatz vorgestellt, bei dem der Schutz gegen bestimmte Arten von magischen Talenteffekten oder Wundern besteht. Es steht der Spielleitung frei, einen der beiden Ansätze zu wählen oder keinen von beiden, wie sie es für richtig hält.

Galante Ritter: Ritter, die das Ritterliche Ideal erreichen, können sich gegen Verzauberungen oder göttliche Erscheinungen verteidigen, die sie dazu bringen könnten, einen Grundsatz des Kodex der Ritterlichkeit zu verraten. Ein Galanter Ritter kann einen Wurf gegen seine Leidenschaft Ritterlichkeit ablegen, wobei ein Erfolg oder ein kritischer Erfolg vollständige Immunität gegen magische Effekte oder Gnade durch Gottes Wunder gewährt. Ein solcher Wurf wird immer dann gemacht, wenn Verzauberungen oder göttliche Manifestationen gegen sie eingesetzt werden.

Romantische Ritter: Ritter, die die Lehren der Minne hochhalten, können die Macht der Wahren Liebe einsetzen, um Verzauberungen oder göttliche Manifestationen abzuwehren, die sie dazu bringen könnten, ihrer/m Geliebten zu schaden oder sie/ihn zu verraten. Sie können einen Wurf gegen ihre Bewunderung (Geliebte)-Leidenschaft ablegen, wobei ein Erfolg oder ein kritischer Erfolg sie immun gegen die Wirkung macht. Außerdem kann ein Romantischer Ritter bei einem kritischen Erfolg jeden Zauberglanz oder jede göttliche Vergeltung, die auf die Geliebte gewirkt wurde, mit dem Kuss der Wahren Liebe bannen. Das ist die Macht der Wahren Liebe, vor der sogar Gott in seiner Barmherzigkeit von Zeit zu Zeit das Knie beugt.

Ladys: Die Liebe einer Mutter ist mit der Wahren Liebe vergleichbar und hat genauso viel Kraft. Edeldamen, die sich um die Ideale der ladyhaften Tugend bemühen, haben einen gewissen Schutz vor Magie und Wundern. Edeldamen können sich gegen Verzauberungseffekte oder göttliche Manifestationen verteidigen, die sie dazu zwingen würden, ihre unmittelbare Familie – ihre Kinder und ihre Gemahlin – zu verletzen oder zu verraten. Eine Lady kann einen Wurf gegen ihre Liebe (Familie)-Leidenschaft ablegen, wobei ein Erfolg oder kritischer Erfolg Immunität gegen den Effekt gewährt.

Feen und Unholde

Feen und Unholde sind Geister, übernatürliche Wesen, die seit der Erschaffung der Welt existieren. Jeder glaubt an sie, und die meisten wissen etwas über sie, je nach Kultur, Religion und Erfahrung. Barbaren und Heiden fürchten und verehren sie als Naturgottheiten, die die Einöden, Wälder und Berge der britischen Inseln bewohnen. Christen glauben, dass sie gefallene Engel sind, die vom Himmel vertrieben wurden, weil sie gegen Gott rebelliert haben.

Feen und Unholde sind Geisterwesen, die in unserer Welt materielle Gestalt annehmen können.

Die Natur der Feen und Unholde

Die Weisesten der Weisen aller Glaubensrichtungen und Philosophieschulen sind sich einig, dass Feen und Unholde als unsichtbare Geister in ihrer natürlichen Form existieren und aus einem Stoff bestehen, der viel subtiler als Luft ist. Sie können substanzlose Formen aus Luft formen und sich selbst für kurze Zeit erscheinen lassen, wie sie wollen, aber sie können nicht physisch mit der Welt interagieren. Dazu müssen sie eine Kreatur besetzen (etwas, das Unholden bevorzugt tun) oder Körper mit Magie erschaffen (die bevorzugte Wahl der Feen). Mehr als alles andere wünschen sich manche Geister körperliche Formen, um die reichen und verführerischen Empfindungen des Fleisches zu erleben.

Ein Geist, der von einem Lebewesen Besitz ergreift, verletzt dessen Entscheidungsfreiheit, die Gott allen seinen Geschöpfen zugestanden hat. Sowohl der besessene als auch der besitzende Geist erleiden dadurch Verderben. Das äußere Erscheinungsbild der Kreatur verändert sich langsam, so dass sie schließlich zu einem entwürdigenden Abklatsch ihres früheren Selbst wird. Besessenheit ist normalerweise die einzige Möglichkeit für Unholde, körperliche Formen anzunehmen, und sie haben große Freude daran, Gottes perfekten Entwurf zu verderben.

Einen fleischlichen Körper aus dem Nichts zu erschaffen ist viel schwieriger und erfordert einen Geist mit der Macht, die Welt zu verändern. Der Geist erwirbt die körperlichen Merkmale von Lebewesen – entweder durch Diebstahl oder Tausch – und formt sie mit seiner Magie um. Aus diesem Grund erscheinen Feen den Menschen in schillernden Formen, die auf ihre geheimnisvollen Bedürfnisse und ihre launischen Launen zugeschnitten sind. Feen bevorzugen es, sich auf diese Weise körperliche Formen zu schaffen, da die geschaffenen Körper meist länger halten als die besessenen.

Feen und Unholde mit körperlichen Formen, entweder besessen oder erschaffen, können sich paaren und andere Feen und Unholde mit körperlichen Formen hervorbringen. Sie können sich auch mit Tieren und Menschen paaren, um Halbfeen zu produzieren, wobei der Grad der Verderbnis mit jeder Nachkommengeneration abnimmt. Auf diese Weise bevölkern die Geister Britannien, Irland und die Bretagne seit jeher mit allen möglichen seltsamen, schönen und schrecklichen Kreaturen.

„Grammarye" ist das Wort für den Zauberglanz der Feen – die Fähigkeit, falsche Wirklichkeiten zu erschaffen, um Sterbliche zu täuschen.

Geister sind unsterblich, aber ihre körperlichen Formen können vernichtet werden. Wenn das passiert, kehren die Geister in ihre unsichtbaren, feinstofflichen Körper zurück und fliehen aus der Welt. Geister können auch ihre körperliche Form aufgeben und hinterlassen Leichen, die sich schnell in niedere Stoffe auflösen oder ins Nichts verschwinden, als wären sie nie da gewesen.

Feen

In der Zeit von König Artus glauben die meisten Menschen, dass Feen von den Engeln abstammen, die Gott aus dem Himmel verbannt hat, weil sie die ersten Sünden Stolz und Neid begangen haben. Feen sahen sich entweder als den Menschen überlegen an und wollten ihre Anbetung oder waren neidisch auf ihre körperliche Schönheit und begehrten ihre Körper. Da die Feen dem Teufel keine Treue schworen, durften sie zwischen Himmel und Erde wohnen. So leben die Feen seit dem Sündenfall an der Seite der Menschen, verhöhnen sie, necken sie und erscheinen ihnen als Götter, Göttinnen, Träume und Albträume.

Feen-Grammarye

Da sie dem Teufel keine Mannestreue geschworen haben, haben die Feen einen Teil ihrer früheren spirituellen Autorität behalten, um die Welt zu verändern. Diese Macht nennen wir „Grammarye", die es den Feen ermöglicht, temporäre Wirklichkeiten zu erschaffen, ähnlich wie Zauberer es mit dem Zauberglanz tun. Je nach ihren besonderen Begabungen können Feen alles aus dem Nichts erschaffen, ihre Gestalt verändern, unsichtbar werden, Menschen heilen oder krank machen und die Elemente kontrollieren. Feen haben zwar die Macht, die Welt zu verändern, aber nicht grundlegend und nie dauerhaft ohne große Opfer. Gott verbietet den Feen, den Menschen ihre Entscheidungsfreiheit zu nehmen, deshalb dürfen sie ihren Verstand und ihre Gefühle nicht direkt mit Verzauberungen kontrollieren. Sie können die Menschen zwar (leicht) täuschen und sie mit Furcht und Begierde manipulieren, aber sie müssen den Menschen die Wahl ihres individuellen Schicksals überlassen. Feen, die sich ständig über dieses Verbot hinwegsetzen oder wahllos Menschen ermorden, entfernen sich immer weiter von Gott und nähern sich ihren teuflischen Geschwistern.

Häufige Arten von Feen

Alle Ungeheuer aus Mythen und Legenden sind Feen oder Unholde. Vom größten Drachen bis zum kleinsten Zwerg, vom schönsten Elfenmädchen bis zur abscheulichsten Hexe – sie alle teilen das gleiche übernatürliche Erbe. In dieser Zeit sind die meisten

Feen von den Küsten und dem Tiefland Britanniens vertrieben worden und leben in wilden Berg- oder Waldregionen. Einige wenige leben offen, die meisten bleiben unsichtbar, und einige haben sich mit Tieren und Menschen gepaart und eine Vielzahl von Nachkommen gezeugt. Das sind die Arten von Feen, mit denen die meisten Menschen in Britannien vertraut sind – wenn nicht aus direkter Erfahrung, dann sicherlich aus Geschichten und Liedern.

Feenvolk

Einige Feen sehen menschlich aus und leben in Gruppen.Elfen erscheinen als schöne Menschen, leben in „Königreichen" und schwören elfischen „Königen" und „Königinnen" die Treue, so scheint es zumindest für sterbliche Augen. Ebenso erscheinen Zwerge (auch *Pechs* genannt) und Heinzelmännchen als kleine, missgestaltete Menschen und Riesen als riesige, groteske Menschen. Kobolde gehören ebenfalls zu dieser Art von Feen, allerdings mit zunehmend unmenschlichen Formen. Sie leben in ihren eigenen sozialen Gruppen, die jedoch grob, obszön oder lächerlich sind.

Nimm dich in Acht, wenn du in **Kapitel 8: Bestiarium** nach ihnen suchst.

Feenbestien

Feen haben seit Anbeginn der Zeit Tiere kopiert, verändert und sich mit ihnen gepaart. Feenbestien sind ihre verdorbenen Nachkommen. Feenbestien gibt es in zwei Arten: die Schrecklichen und die Vielfältigen. Schreckliche Bestien sind riesige Versionen natürlicher Tiere. Die schreckliche Paulag-Katze von Cambria ist eine solche Bestie, der Nachkomme von Henwen, der Feensau. Vielgestaltige Bestien sind Kreaturen, die aus vielen verschiedenen Kombinationen von tierischen (und manchmal auch menschlichen) Teilen bestehen. Dazu gehören Greifen, Hippogreife, Mantikore, Einhörner und vor allem Glatisant, das berühmte Questentier. Kombinationen von schrecklichen Größen und bunten Formen sind möglich und sind wahrlich der Stoff, aus dem Albträume sind. Feenbestien sind mit wenigen Ausnahmen meist Einzelgänger und immer äußerst gefährlich, besonders wenn sie nach Fleisch hungern.

Nimm dich in Acht, denn sie lauern in den Schatten von **Kapitel 8: Bestiarium**.

Unholde

Nach christlicher Überlieferung war der Teufel einst der schönste Engel im Himmel, aber er und seine Anhänger fielen in Ungnade, als sie sich gegen Gott auflehnten. Wie die Feen waren auch die Unholde hochmütig und neidisch auf die Menschen. Sie ärgerten sich über die Liebe und Aufmerksamkeit, die Gott diesen niederen Geschöpfen schenkte, und versuchten, ihnen mit der Wut eifersüchtiger älterer Geschwister zu schaden. Der Teufel und seine Unholde wurden von Gott bestraft, in die Hölle verbannt und an die Aufgabe gefesselt, die Seelen der sterblichen Sünder zu quälen. Als Jesus in die Hölle ging und Adam und Eva und alle anderen rechtschaffenen Menschen, die vor ihm lebten, befreite, schwor der Teufel, so viele Seelen wie möglich zurückzufordern und Gottes endgültigen Plan für die Menschheit zu vereiteln.

Unholde sind dem Teufel verschworene Geister. Ihr einziges Verlangen ist es, Seelen für die Hölle zu beanspruchen und die Menschheit zu verderben.

Intrigen des Teufels

Der Teufel und seine Schergen haben eine Art von falscher Macht. Als Strafe für ihre Rebellion haben sie die geistige Macht verloren, irgendeinen Teil von Gottes Schöpfung zu verändern. Die einzige Macht, die sie haben, liegt in ihrem erstaunlichen und vollständigen Wissen über alles, was jemals in der Vergangenheit geschehen ist, und in ihrer Fähigkeit, Lügen, etwa auch Illusionen, zu wirken. Die einzigen wahren Illusionen in **Pendragon** sind die, die aus den Worten des Täuschers entstehen. Der Zauberglanz der Heidnischen Magie und der Feen-Grammarye sind keine Illusionen, sondern Veränderungen der Realität. Die teuflische Intrige ist ein substanzloser Schein, den nur die Schlauen und Gläubigen durchschauen können. Wie die Feen dürfen auch die Unholde die Menschen nicht direkt durch Verzauberung kontrollieren, sondern müssen ihnen die Wahl zwischen Gut und Böse lassen. Christliche Menschen, die Sünden begehen, setzen sich jedoch der Gefahr aus, von spirituell verletzt oder besessen zu werden. Die Arbeit der Teufel besteht also darin,

die Menschen mit Lügen und Illusionen dazu zu verleiten, zu sündigen, sich selbst und anderen zu schaden und Mord oder Selbstmord zu begehen, damit der Teufel ihre Seelen in Besitz nehmen kann.

Sei wachsam, wenn du sie in **Kapitel 8: Bestiarium** aufspürst.

Engel

Ein Engel unterscheidet sich von Feen und Unholden dadurch, dass er von Gott markant und einzigartig gemacht wurde. Engel sind Gottes Boten, die seinen Willen direkt zum Ausdruck bringen. Engel handeln nicht aus eigenem Antrieb (oder können es nicht). Deshalb ist jede Begegnung mit einem Engelswesen in Wirklichkeit eine Begegnung mit Gott. In der Artusliteratur werden Engel in den unterschiedlichsten Formen dargestellt – als nackte Kinder, gütige alte Männer, Hände, die aus feurigen Wolken erscheinen, und als schreckliche, brennende Kreaturen mit verkohlten Gesichtern, die feurige Schwerter schwingen.

Die Überlieferung von Feen und Unholden

Ritter und Ladys werden entweder formell von christlichen Schreibern oder bardischen Lehrern über Feen und Unholde unterrichtet, oder informell durch Klatsch und Geschichten, die am Herd erzählt werden. Die Fertigkeiten Volksweisheit und Religion (beliebig) sind so etwas wie ein Maß für dieses Wissen. Wenn ein Spieler einer Fee oder einem Unhold begegnet und etwas über sie/ihn wissen möchte, kann er mit einem erfolgreichen Wurf in Volksweisheit oder Religion (in diesem Moment) nützliche Informationen aus Erzählungen aus seiner Kindheit abrufen.

Warnende Beispiele

Feen und Unholde sehen zwar menschlich aus und handeln wie Menschen, aber sie sind ausgesprochen unmenschlich. Das Gleiche gilt für diejenigen, die wie bekannte Tiere, Steine oder Pflanzen aussehen.

Halte dich von einsamen Feen fern. Sie wollen den Menschen normalerweise schaden. Feen, die in Gruppen reisen und leben, haben wahrscheinlich keine bösen Absichten, sind aber trotzdem gefährlich und man sollte ihnen nicht vertrauen. Höflichkeit ist sehr wichtig. Sei höflich und bitte sie, so schnell wie möglich zu gehen.

Feen reagieren empfindlich auf echte oder eingebildete Kränkungen und können Ärger machen, wenn sie beleidigt sind. Es ist am besten, das Wort „Feen“ nicht zu sagen, wenn man über sie spricht. Verwende Euphemismen wie das „Schöne Volk“, die „Guten Nachbarn“ oder „Mutters Segen“.

Volksweisheit und Religion sind die beiden Hauptfertigkeiten, um mit sich gegen Feen und Unholde und ihre unheilvollen Absichten zur Wehr zu setzen.

- Christen, die Lüstern, Selbstsüchtig, Falsch, Grausam, Stolz, Weltlich oder Schwelgerisch sind, ermöglichen Unholde, ihnen zu schaden.
- Sprich den Namen des Teufels nicht dreimal aus, damit du nicht die Neugierde der Unholde weckst.
- Nahrung, die im Feenland gegessen wird, verhindert oder verzögert die Rückkehr ins Menschenland.
- Geschenke, die von Feen in ihrem Land vergeben werden, können sich in den Menschenländern in etwas Unnützes verwandeln.
- Sowohl Feen als auch Unholde sind erfahrene Manipulatoren, und die Menschen ziehen in der Regel den Kürzeren aus jedem Handel, den sie mit ihnen schließen.
- Sie können zaubern.
- Ihre Sinne sind übernatürlich scharf. Menschen können sich nicht vor ihnen verstecken.
- Sie sind übermenschlich zäh.

Schutz vor Feen und Teufeln

Die Erfahrung hat die Briten, sowohl die Edlen als auch die Gemeinen, gelehrt, wie sie sich vor Feen und Unholden schützen können.

Die Überlieferung von Eisen, Bronze, Salz und Kräutern

Das Schmieden von Eisen und Bronze, das Sammeln von Salz aus dem Meer und das Wissen um die Kraft der Kräuter sind Zeugnisse der Gnade Gottes im Menschen und mächtige Symbole für die Herrschaft des Menschen über die Welt. So sind Eisen, Bronze, Salz und bestimmte Kräuter zuverlässige Fetische gegen Feen und Unholde.

Eisen schmerzt alle Feen und Unholde und verbrennt ihre körperlichen Formen. Die seltsame okkulte Kraft, die dem Eisen innewohnt, stößt sogar ihre geistigen Formen ab. Jede Waffe aus Eisen oder auf Eisenbasis fügt einer Fee oder einem Unhold +1W6 Punkte Schaden zu.

Wenn du ein Hufeisen (mit der offenen Seite nach oben) über eine Tür hängst oder ein Messer unter dem Türrahmen vergräbst, wird es für Feen und Unholde schwierig, dein Haus zu betreten. Friedhöfe mit einem Eisenzaun zu umgeben, hält unglückliche Seelen gefangen und unerwünschte Geister fern. Männer, die in Rüstungen gehüllt sind, können von Geistern schon von weitem wahrgenommen werden und werden leicht gemieden. Feen, die Ritter mit eisernen Waffen herausfordern, sind daher besonders mutig und gefährlich. Feenritter tragen Rüstungen und Waffen aus Sternenmetall (Eisen, das in Meteoritenkernen vorkommt), das sie nicht verbrennt, oder aus anderen magisch verbesserten Materialien wie Glas, Silber oder herbstlich gefärbten Blättern.

Das Geräusch von klirrender Bronze irritiert Feen und Unholde, wie die Söhne des Brutus feststellten, als sie vor den Feenhorden der Vergangenheit ihre Schwerter gegen ihre Schilde schlugen. Diese Tradition hat sich bis heute gehalten, und das tägliche Läuten von Bronzeglocken – klingende Windspiele, klappernde Kuhglocken und vor allem die großen klingenden Glocken von Kirchen und Kathedralen – reicht normalerweise aus, um die meisten Feen und Unholde fernzuhalten. In Städten und Dörfern in der Nähe eines Klosters, einer Abtei oder einer Kathedrale läuten die Glocken alle drei Stunden, um die Mönche zum Gebet zu rufen. Deshalb meiden die Geister besiedelte Gebiete.

Salz ist für die Menschen wertvoll, denn sie brauchen es zum Überleben. Wenn du also Salz opferst, indem du es wegwirfst, verleiht es dir die Macht, Feen und Unholde zu vertreiben. Salz, das über Türschwellen oder in Zimmerecken gestreut wird, kann verhindern, dass Feen und Unholde eindringen, und Salz auf Speisen zu streuen, die im Feenland gegessen werden, kann deren magischen Bann brechen.

Weise Frauen wissen, dass Feen und Unholde bestimmte blühende Kräuter meiden, wie z. B. die Gartenraute (auch „Weihraute" genannt), das Geißfuß (nur wenn es am Johannistag gepflückt wird) und die Schafgarbe (auch „Gotteshand" genannt). Kräuterbüschel werden über Türen und von Dachsparren gehängt und in die Haare von Mägden geflochten, wobei die Wirkung unterschiedlich stark ist.

Christliche Symbole

Heiliges Wasser, Gebete, das Schwenken eines Kruzifixes, die Anrufung der Namen Jesu, der Heiligen Jungfrau Maria und aller Heiligen und sogar das Kreuzzeichen lassen die meisten Unholde verschwinden, denn sie sind äußere Zeichen eines unbestechlichen Glaubens. Christliche Symbole können Feen abschrecken, denn sie fürchten die Gegenwart des Heiligen Geistes wie ungezogene Kinder einen zornigen Elternteil.

Irrationale Manipulation

Motivationen von Feen sind oft verzerrte oder übertriebene Versionen menschlicher Triebe oder völlig fremd und widersprechen der menschlichen Logik. Sie sind launische Wesen, innerlich und äußerlich. Die Briten haben verschiedene Methoden gelernt, um aggressive Feen hereinzulegen oder zu verzögern, obwohl sie nicht immer funktionieren.

Gerstenkörner in den Pfad einer Fee zu streuen, kann sie dazu bringen, innezuhalten, um sie zwanghaft zu zählen. Es ist nicht klar, warum dies wirkt, aber es funktioniert manchmal.

Salz, das über die linke Schulter geworfen wird, hält Feen und Unholde davon ab, sich zu nähern.

Kleidung auf links zu drehen oder verkehrt herum zu tragen, verwirrt manche Feen, so dass sie die Menschen nicht erkennen können und sie deshalb in Ruhe lassen.

Das Angebot, ein Rätselspiel, ein Schlagringspiel oder ein anderes altbekanntes Spiel zu spielen, kann feindliche Feen davon abhalten, sofort anzugreifen.

Wenn du von einer Fee oder einem Unhold gejagt wirst, versuche, einen Fluss oder Bach zu überqueren. Es heißt, dass böse Geister fließende Gewässer nicht überqueren können.

Kapitel VI

Schlacht

Die Pflicht eines Ritters ist es, den Weg in das glorreiche und tragische Chaos der Schlacht anzuführen. Wenn eine große Anzahl von Kriegern zum Kampf zusammenkommt, ist das nicht nur ein Ereignis, sondern ein Abenteuer für die Ritter der Spieler, eine Chance, an dem Durcheinander, der Furcht und den Heldentaten des Massenkampfes teilzuhaben. Unabhängig vom Ausgang der Schlacht liegt der Fokus hier auf dem Zufall und den Entscheidungen, die bestimmen, ob ihre persönlichen Ergebnisse episch, tragisch oder beides sind. Die Schlachten, die ein regulärer Teil des Lebens eines Ritters darstellen, können den Rittern eine große Menge an Ruhm einbringen – oder sie tot auf dem Feld zurücklassen..

Dieses System simuliert Gefechte zwischen größeren Gruppen von Kontrahenten, die über das hinausgehen, was die einfache Anwendung der Standardkampfregeln bewältigen kann. Die Größe des Gefechts reicht von ein paar Rittern auf dem Feld bis hin zu Zehntausenden von Kämpfern. Diese Regeln helfen auch dabei, längere Turnier-Gestampfe abzuhandeln.

Stundenlange Nahkämpfe werden in Schlachtzügen zusammengefasst, und obwohl die Ritter der Spieler nur ein kleiner Teil der Armeen sind, hat jeder Kämpfer die Chance, die Schlacht durch außergewöhnliche heroische Taten entscheidend zu beeinflussen.

Eine Schlacht leiten

Der Conroi ist die ritterliche Grundeinheit in einer feudalen Armee; 10–15 Ritter, die normalerweise von einem Bannerherrn oder einem anderen Lord angeführt werden. Alle Charaktere gehören zu einem Conroi (oder führen diesen an), und der Conroi-Anführer trifft taktische Entscheidungen für die ganze Gruppe.

Mehrere Conrois, die ihrem Freiherrn folgen, bilden eine Bataille (oder Bataillon). Die Anzahl der Bataillen in einem Heer variiert stark, je nach Größe der Schlacht und der Macht der Freiherren.

Die Sachsen hingegen erkannten, wie sehr ihr eigener Stolz ihnen geschadet hatte und dass der Vorteil auf der Seite der Briten lag, und beschlossen, bei Tagesanbruch einen Vorstoß zu wagen und ihr Glück mit dem Feind auf offenem Feld zu versuchen, was dann auch geschah. Kaum war es Tag, marschierten sie in Reih und Glied auf. Als die Briten sie sahen, teilten sie ihre Männer in mehrere Gruppen auf und gingen als erste zum Angriff über, während die anderen nur in der Defensive waren. Dennoch wurde auf beiden Seiten viel Blut vergossen und der größte Teil des Tages mit dem Kampf verbracht, bis die Sachsen schließlich, nachdem Octa und Eosa getötet worden waren, den Rücken kehrten und den Briten einen vollständigen Sieg überließen.

*— Geoffrey von Monmouth, **Geschichte der Könige Britanniens**, Buch VIII, Kapitel 23*

Ein Freiherr hat normalerweise drei Conrois unter seinem Befehl – eine einzige Bataille. Der Freiherr führt in der Regel einen der Conrois persönlich an und steht an vorderster Front der Kämpfe.

Ein mächtiger Graf teilt sein Heer in mehrere Bataillen auf und führt die besten Ritter selbst an, während seine Offiziere die anderen anführen.

Drei Abteilungen, die jeweils ein oder mehrere Bataillone umfassen, bilden ein Heer. Während eines Marsches nimmt die Vorhut, auch Vorausabteilung genannt, die Position an der Spitze der Kolonne ein und ist dafür verantwortlich, Späher auszusenden, um die feindliche Armee zu finden, Hinterhalte zu legen oder einfach nur einen Platz zu finden, an dem die Armee ihr Lager aufschlagen kann. Oft gehören auch Pioniere und Handwerker dazu, die die Straße von Hindernissen befreien, die den Nachschubzug behindern könnten. In der Mitte befindet sich die

Hauptstreitmacht, in der der Heerführer und der Großteil der Truppen marschieren. Der Nachschubzug folgt hinter der Hauptstreitmacht. Dahinter hat die Nachhut die Aufgabe, das marschierende Heer vor Angriffen von hinten zu schützen. Der Lagertross folgt der Nachhut, ungeschützt von der Armee, oder mischt sich unter den Versorgungszug.

Für den Kampf formieren sich die Truppen auf dem Schlachtfeld in der gleichen Reihenfolge wie die Abteilungen, wobei sich die Vorhut rechts von der Kampflinie, die Hauptstreitmacht in der Mitte und die Nachhut auf der linken Flanke versammelt. Der Nachschubzug und die Ausrüstung verbleiben zusammen mit dem Tross im Lager im hinteren Teil der Armee. Im Gegensatz zu den Conroi- und Bataille-Anführern nehmen die Abteilungskommandeure und der Heerführer (der in der Regel auch die Hauptstreitmacht befehligt) normalerweise eine Position hinter ihren Truppen ein. Dort bleiben sie mit ihren persönlichen Standarten, ihrem Leibwächter-Conroi und allen nicht gebundenen Conrois in Reserve, um einen Durchbruch zu verhindern oder einen besiegten Feind zu verfolgen.

Vor der Schlacht

- Die Spielleitung oder das Szenario bestimmt die Streitkräfte in der Schlacht: Ihre Größe, ihre Anführer und ihre Helden.
- Die Spielleitung bestimmt Größe und Intensität der Schlacht.
- Die Spielleitung wählt Begegnungen aus und erstellt einen Kartenstapel oder eine Liste.
- Die Spieler bestimmen die Zusammensetzung, die Führung und die Moral des Conrois ihrer Ritter.
- Jeder Heerführer würfelt auf seine Fertigkeit Schlacht.

Bestimme die Truppen

Die Spielleitung bestimmt die Streitkräfte auf beiden Seiten der Schlacht. Die Aktionen der Charaktere zu einem früheren Zeitpunkt im Szenario können auch bestimmen, wer anwesend ist. Vielleicht ist es ihnen gelungen, einen Adligen zu überreden, dem König treu zu bleiben, oder ihre Arroganz hat einen Nachbarn entfremdet, der sich nicht dem Banner des Befehlshabers anschließt.

Die Spielleitung bestimmt die Lords oder Adligen, die jede Seite der Schlacht anführen, sei es ein einfacher Bannerherr mit einem einzigen conroi, der gegen sächsische Plünderer kämpft, oder der König und seine großen Fürsten, die das Aufgebot des gesamten Königreichs anführen.

Ein Adliger auf jeder Seite wird zum Heerführer ernannt, und seine Fertigkeit in der Schlacht wird notiert; wenn die Spielleitung sie nicht bereits kennt, würfle sie mit 2W6+10 aus.

Um eine Schlacht vorzubereiten, muss die Spielleitung die Schlacht-Fertigkeit jedes Heerführers bestimmen, ebenso die Intensität der Schlacht.

Grösse und Intensität der Schlacht

Die Größe der Schlacht bestimmt auch die Intensität. Geskriptete Schlachten haben eine festgelegte Intensitätsstufe. Um die Intensität zufällig zu bestimmen (oder wenn du dies bei geskripteten Schlachten vorziehst), mach einen Wurf, der durch die Größe der Schlacht in *Tabelle 6.1: Größe der Schlacht* bestimmt wird. Eine Mittlere Schlacht hat zum Beispiel eine Zufallsintensität von 2W6+3.

Nutze die Intensität der Schlacht, um zu bestimmen, wer die Begegnung wählt, dem sich die Spieler in jedem Schlachtzug stellen müssen.

Begegnungen

Jede Schlacht, von der kleinsten Auseinandersetzung zwischen einer Handvoll Rittern bis hin zu den größten Zusammenstößen von Armeen, ist um die einzelnen Begegnungen herum aufgebaut. Bei Schlachten in der Größe „Kampf" ist eine

Tabelle 6.1: Grösse der Schlacht

Schlacht-Grösse	ungefähre Anzahl Ritter pro Seite	Gesamt-anzahl der Kämpfer	Maximale Züge	Zufällige Intensität
Kampf	10	30	1	1W6+2
Geplänkel	30	100	3	2W6
Schlagabtausch	50	300	5	2W6+1
Kleine Schlacht	150	1.000	6	2W6+2
Mittel Schlacht	500	3.000	7	2W6+3
Große Schlacht	1.500	10.000	8	3W6
Gewaltige Schlacht	5.000	30.000	8	3W6+1

einzige Begegnung bereits die gesamte „Schlacht". In der Tat ist das eine reguläre Kampfbegegnung im großen Stil. Bei größeren Konflikten werden mehrere Begegnungen durch eine Kombination aus Spieler- und Spielleitungsentscheidungen aneinandergereiht. Betrachte diese Begegnungen als Vignetten innerhalb der größeren Schlacht, als aufregende Höhepunkte zwischen Perioden von amorphem Chaos, namenloser Furcht und stumpfer Langeweile.

Diese Begegnungen werden mit Hilfe von Begegnungskarten oder einer von der Spielleitung erstellten Liste organisiert. Sie werden entweder von den Spielern oder von der Spielleitung ausgewählt, je nachdem, wie die Ergebnisse der Schlacht- und Intensität-Würfe ausfallen. Die Spielleitung sollte zwei Kartenstapel oder Listen zusammenstellen, bevor die Schlacht beginnt: Eine/n mit den Gegnern, das andere mit den Gelegenheiten. Die Spielleitung sollte die Auswahl auf die Schlacht zuschneiden – wenn zum Beispiel keine bäuerlichen Truppen anwesend sind, sollte die Begegnung Bauern ausgelassen werden.

Gegner sind verschiedene Arten von feindlichen Kämpfern und können in einer Schlacht mehrfach vorkommen. Gelegenheiten hingegen gibt es nur einmal und sie können nur gewählt werden, wenn ein Spieler einen kritischen Erfolg bei seinem Schlacht-Wurf erzielt. Gelegenheiten sind eine Chance, die Schlacht entscheidend zu beeinflussen, indem du zum Beispiel eine gegnerische Standarte eroberst oder einen feindlichen Kommandanten tötest. Nachdem eine Gelegenheit durchgespielt wurde, kann sie in dieser Schlacht nicht mehr gewählt werden.

Jede Gelegenheit darf nur einmal pro Schlacht gespielt werden.

Die verfügbaren Begegnungen werden durch die Art des Gegners bestimmt, gegen den gekämpft wird. In diesem Buch sind Gegner für ein normales feudales Aufgebot enthalten und einige aus anderen Kulturen am Rande von Logres, damit die Spieler die Zwölf Schlachten von Artus während der Periode des Knabenkönigs durchspielen können. Andere Begegnungen, einschließlich angepasster Turnier-Gestampfe, findest du in speziellen Szenarien und Quellenbüchern. Der Spielleitung steht es außerdem frei, bestehende Begegnungen nach eigenem Ermessen zu verändern. Zum Beispiel kann sie die Begegnung mit den Speerkämpfern verwenden, um eine Gruppe der sächsischen Fyrde darzustellen. Bestimmte Variablen wie Rüstungsschutz, Ritterwert, Waffenfertigkeit (und Ruhm-Belohnung) und so weiter müssen in solchen Fällen möglicherweise geändert werden.

Spielleitungen steht es frei, Begegnungen nach eigenem Ermessen zu mischen, um eine interessante Vielfalt an möglichen Ereignissen vor einer bestimmten Schlacht zu schaffen. Sobald die Schlacht jedoch begonnen hat, wird die tatsächliche Reihenfolge und Art der Begegnungen durch eine Mischung aus Schlacht-Würfen, Intensitäts-Würfen und Entscheidungen der Spielleitung und der Spieler bestimmt.

Die Spieler und die Spielleitung können in jedem Schlachtzug aus einer Reihe von Begegnungen wählen, aber nur eine wird durchgespielt.

Conroi der Charaktere

Da rüstete König Arthur sein Heer in zehn Bataillonen. Und Nero war in dem Feld vor dem Schloß Terrabil mit einem großen Heer gerüstet, und er hatte zehn Bataillone und darin viel mehr Leite, als Arthur hatte. Nun hatte Nero mit dem größten Teil seiner Leute die Vorhut ...

*—Malory, **König Arthur und die Ritter der Tafelrunde**, Zweites Buch, X. Kapitel*

Die grundlegendste Ebene der Schlachtfeldorganisation und die einzige, die einen direkten Einfluss auf die Ritter der Spieler hat, ist der Conroi (oder die Schwadron), der aus etwa zehn Rittern und ihren Knappen besteht. Sie haben im Idealfall gemeinsam trainiert und gekämpft und versuchen, durch dick und dünn an ihrer Seite zu bleiben.

Jeder Conroi hat einen Anführer. Dabei handelt es sich normalerweise um den Ritter mit dem höchsten Adelsrang. Ritter von Spielern können bereits einen Conroi und einen Anführer haben oder sie werden am Tag der Schlacht einem zugewiesen.

Wenn der Conroi-Anführer ein Spielleitungcharakter ist, sollte der Spieler mit dem ranghöchsten Ritter oder dem höchsten Ruhm (oder vielleicht derjenige, der die Pizza zum Spiel mitgebracht hat) die Rolle dieses Charakters übernehmen, um Schlacht-Würfe zu übernehmen und zu entscheiden, wann die Zeit dafür ist, Zurückzufallen. Er kämpft immer noch seine eigene Schlacht, entlastet aber auch die Spielleitung.

Moral

Der Conroi wird von einer gemeinsamen Leidenschaft oder einer Reihe von Leidenschaften geleitet, die die Ritter motiviert, weiter zu kämpfen und sie im Namen ihrer gemeinsamen Sache über die normale menschliche Ausdauer hinaus antreibt. Diese gemeinsame Sache ist der Moralwert der des Conroi und

repräsentiert dessen Kampfeswillen im Verlauf der Schlacht. Die Moral sinkt schnell, wenn die Ritter gegen ihre Feinde kämpfen, was ihre körperliche und geistige Erschöpfung und Zerrüttung widerspiegelt. Jede Begegnung hat einen Mindest-Moralwert, den der Conroi erreichen muss, um sich ihr stellen zu können, andernfalls muss er Zurückfallen (weitere Einzelheiten dazu findest du weiter hinten in diesen Regeln). Die Moral steigt, wenn du deine Kontrahenten besiegst, wenn du dich waghalsig in den Kampf stürzt, um deinen Kameraden ein Beispiel zu sein, und wenn du dich Zurückfallen lässt, wo die Ritter versorgt werden, sich neu ausrüsten und sich eine Weile erholen können, bevor sie erneut in den Kampf ziehen.

Wende das folgende Verfahren an, um die Moral des Conroi zu bestimmen:

- Die Leidenschaft muss entweder eine sein, die alle Ritter von Spielern im Conroi gemeinsam haben, oder es müssen verschiedene Leidenschaften derselben Tradition sein. Meistens handelt es sich dabei um Leidenschaften, die der Leidenschaft der Treue zuzurechnen sind – Treueschwur, Loyalität, usw., es kann sich aber auch um gemeinsame Leidenschaften des Fervor oder der Adoratio handeln. Ähnlich wie bei den einzelnen Leidenschaften müssen die Spieler hier ihre Wahl mit den Umständen der Schlacht begründen, und die Spielleitung hat das letzte Wort bei der Zustimmung.
- Ermittle anschließend den Durchschnittswert der einzelnen Leidenschaften, um den tatsächlichen Moralwert zu bestimmen. Wenn die Ritter der Spieler alle dieselbe Leidenschaft für die Moral des Conroi wählen, addiere +5 zu dem Wert.
- Der Anführer des Conroi behält diesen Wert im Auge, da er sich im Laufe der Schlacht verändert. Er kann jedoch nie über seinen Anfangswert steigen.

Der Heerführer würfelt

Für jede Schlacht ab einer bestimmten Größe würfelt die Spielleitung (oder ein anderer Spieler) auf die Schlacht-Fertigkeit des befreundeten Heerführers mit den Modifikatoren aus *Tabelle 6.2: Modifikatoren für den Schlacht-Wurf des Heerführers*. Die Spielleitung würfelt immer für die Fertigkeit des gegnerischen Heerführers, auch hier zuerst nach *Tabelle 6.2* für Modifikatoren und notiert das Ergebnis.

Mehr zu den Ergebnissen dieser Würfe findest du in den folgenden Abschnitten.

Tabelle 6.2: Modifikatoren für den Schlacht-Wurf des Heerführers

Umstände der Schlacht	Modifikator
Unterzahl 1½ :1	+2/–2
Unterzahl 2:1	+5/–5
Unterzahl 3:1	+7/–7
Unterzahl 5:1	+10/–10
Kampf in eigenem Heimatland	+5
Letztes Gefecht	+5
Aufklärung	+5
Erschöpft	–5/+5
Krankheit/Hunger	–5/+5
Mehrere zerstrittene Kommandeure	–5

Unterzahl: Basierend auf dem relativen RW (Ritterwert; siehe S. 133) Werten der einzelnen Kräfte.

Eigenes Heimatland: Lokale Kräfte wissen in der Regel, wo sich der Feind aufhält.

Letztes Gefecht: Eine Truppe, die keine Optionen mehr hat – ein letzter Ausfall aus einer Burg, die dem Untergang geweiht ist, eine Armee, die keinen Spielraum mehr hat, um zu manövrieren oder zu entkommen, eine verzweifelte Bande, der der Hungertod droht. Lässt sich nicht mit dem Modifikator „Eigenes Heimatland" kombinieren.

Aufklärung: Eine Invasionsarmee, die mindestens ein Fünftel ihrer RW als Hobelare, berittene Speerkämpfer oder Nördliche Spießreiter hat, kann diesen Bonus beanspruchen. Lässt sich nicht mit dem Bonus „Eigene Heimat" kombinieren.

Erschöpft: Gilt für alle, die gerade einen Gewaltmarsch hinter sich gebracht haben, oder für schwer gepanzerte Truppen, die bei ungewohnt heißem Wetter kämpfen.

Krankheit/Hunger: Die Truppe hat aufgrund von Seuchen erhebliche Verluste erlitten und/oder lebt seit mehr als einer Woche von knappen Rationen oder Schlimmerem.

Mehrere zerstrittene Kommandeure: Wenn die Truppe von mehreren Anführern gleichberechtigt befehligt wird, von denen sich jeder um das Oberkommando streitet, würfle gegen die höchste Fertigkeit unter ihnen, aber wende diesen Modifikator an.

Befehlsverweigerung

Die Befehle deines Conroi-Anführers zu missachten (sich zurückziehen, der Schlacht fernbleiben, usw.) ist ein schweres Vergehen. Ritter von Spielern, die sich weigern zu gehorchen, sollten mindestens je einen Punkt Stand und Treueschwur verlieren; auch Markierungen für Stolz, Waghalsig oder Feige können angemessen sein. Angenommen, der Anführer des Conroi überlebt, kann es zusätzliche Strafen geben, wie zum Beispiel ein Misstrauen (Charakter) als Zielgerichtetes Merkmal oder sogar eine Hass-Leidenschaft!

Befehlsverweigerung führt außerdem automatisch dazu, dass der Ritter des Spielers allein auf dem Feld steht, es sei denn, der Ritter zieht sich zurück. Wenn mehrere Charaktere den Conroi verlassen, wird jeder von ihnen als allein auf dem Feld gezählt – sie können keinen eigenen Conroi bilden.

Heroische Taten können die gesellschaftlichen Folgen abmildern, aber der Ritter des Spielers erleidet trotzdem Stand- und Treueschwur-Verluste. Seine Pflicht ist es, zu gehorchen und nicht auf eigene Faust loszuziehen, unabhängig von seinen eigenen Überzeugung von der Rechtschaffenheit seiner Sache.

Das Ergebnis des Wurfs einees Heerführers kann Abzüge generieren, festlegen, wer im ersten Schlachtzug den Sturmangriff reiten darf und sogar Auswirkungen auf die Begegnungen haben, die sich während der Schlacht ereignen.

Wurf-Ergebnisse

Würfelt der befreundete Heerführer einen Erfolg oder einen kritischen Erfolg, ist der erste Schlachtzug immer ein Berittener Sturmangriff gegen den Feind. Bei einem Patzer erleidet jeder Heerführer in der ersten Runde einen Abzug von −5 auf seine Fertigkeit.

Würfelt der feindliche Heerführer einen Erfolg oder einen kritischen Erfolg, kann die Spielleitung die Spieler einmal pro Schlacht dazu zwingen, eine Begegnung nach Wahl der Spielleitung zu bestreiten. Wenn er einen Patzer erzielt, darf der Conroi-Anführer der Ritter der Spieler erklären, dass eine Begegnung keine Auswirkung auf die Moral hat.

Kampf der Schlacht

Schlachten bestehen aus einem oder mehreren Schlachtzügen; normalerweise bestimmt das Szenario oder die Größe der Schlacht die genaue Anzahl. Diese Zahl gibt die maximale Anzahl der Begegnungen an, die die Charaktere bestreiten können. Jede Begegnung wiederum stellt den „kritischen Moment" des jeweiligen Schlachtzuges dar – wenn Leben in der größten Gefahr schweben und wenn Sieg und Niederlage auf dem Spiel stehen.

Begegnungen und Intensität

Zu Beginn einer Schlacht stellt die Spielleitung alle möglichen Begegnungen vor, indem sie einfach die Namen der Karten vorliest und sie auf den Tisch legt, damit die Spieler sie sehen können, allerdings mit der Seite, die die Details der Begegnung enthält, nach unten.

Die Spielleitung gibt auch die Intensität der Schlacht bekannt, eine Zahl, die die ungefähren Chancen des Conrois der Ritter der Spieler darstellt, ihr eigenes Schicksal auf dem Schlachtfeld zu lenken – je höher die Intensität, desto größer und blutiger ist die Schlacht und desto größer ist die Wahrscheinlichkeit, dass die Charaktere auf Entwicklungen reagieren müssen.

Ablauf des Schlachtzugs

- **Die Begegnung festlegen:** Die Spielleitung legt die Ausgangsbegegnung für diesen Schlachtzug fest.
- **Intensität-Wurf:** Die Spielleitung würfelt einen Vergleichslosen Wurf gegen den Intensitätswert der Schlacht. Ist der Wurf erfolgreich, steht die gewählte Begegnung fest. Wenn der Wurf misslingt, haben die Charaktere die Möglichkeit, eine andere Begegnung zu wählen. Ein Patzer führt zu einer Gelegenheit nach Wahl der Spielleitung.
- **Der Schlacht-Wurf:** Spieler, die diese Änderung vornehmen wollen, würfeln auf **Schlacht**, um eine andere Begegnung oder eine andere Gelegenheit zu wählen. Spieler, die beim Vergleichslosen Schlacht-Wurf erfolgreich sind, wählen jeweils eine Begegnung. Spieler, die einen kritischen Erfolg gewürfelt haben, können stattdessen eine Gelegenheit wählen, wenn sie möchten.
- **Begegnung wählen:** Der Anführer des Conroi wählt die Begegnung aus, wenn es mehr als eine zur Auswahl gibt. Wenn es eine Gelegenheit gibt, muss diese gespielt werden. (Bei mehreren Begegnungen wählt der Conroi-Anführer aus.) Wenn der Conroi nicht über die erforderliche Moral verfügt, um die gewählte Begegnung oder Gelegenheit zu bestreiten, lässt er sich stattdessen Zurückfallen.
- **Moral senken:** Die Moral sinkt um den für die Begegnung oder Gelegenheit angegebenen Wert.
- **Haltung wählen:** Ritter der Spieler wählen Haltungen und beschwören Leidenschaften (wenn sie dies wünschen).

- **Begegnung bestreiten:** Jede Begegnung wird über eine Anzahl von Kampfrunden ausgetragen. Ritter von Spielern kämpfen die Anzahl der Kampfrunden, die ihre Haltung diktiert. Sie erhalten außerdem Ruhm für das Besiegen von Kontrahenten.
- **Der Knappenwurf:** Charaktere können einen Wurf mit der Fertigkeit Knappe ablegen, um verlorene Waffen oder Pferde zu ersetzen, einen Gefangenen vom Feld zu eskortieren oder einen bewusstlosen Ritter eines Spielers zu entfernen.

Die Begegnung festlegen

Die Spielleitung beginnt jeden Schlachtzug, indem sie den Namen der vorgegebenen Begegnungs ankündigt und ein paar Details über die Gruppe erzählt, während sie die gewählte Karte hochhält: „In der Nähe befindet sich eine Gruppe von Rittern von Gorre. Das sind zähe Nordmänner, schwer bewaffnet und auf Streitrössern reitend."

In Schlachten gibt es oft Ereignisse, die an bestimmte Spielrunden gebunden sind. Wenn die Ritter der Spieler auf dem Feld sind (sprich, sich nicht zurückgezogen oder anderweitig das Spielfeld verlassen haben), gelten die Modifikatoren und besonderen Bedingungen des Ereignisses für sie in diesem Zug und werden zu diesem Zeitpunkt angegeben.

Der Conroi-Anführer muss nun einen Wurf auf seine Fertigkeit Schlacht ablegen, um zu prüfen, ob ein Berittener Sturmangriff möglich ist, wie in *Tabelle 6.3: Gelegenheiten für Berittene Sturmangriffe* beschrieben). (Die Ausnahme von dieser Regel gilt für den ersten Schlachtzug, wie unten beschrieben.)

Wenn „Feindliche Ritter stürmen heran!" erscheint, muss der Kontrahent ein berittener Ritter irgendeiner Art sein. Wenn es in der gegnerischen Armee keine berittenen Ritter gibt, behandle dieses Ergebnis als einen einfachen misslungenen Wurf. Andernfalls müssen die Ritter der Spieler einen Sturmangriff des Kontrahenten über sich ergehen lassen und dürfen keinen Konter-Sturmangriff durchführen oder eine andere Begegnung wählen.

Erster Sturmangriff

Soweit der Fertigkeitswurf des Heerführers nicht misslungen ist oder in der Kampfbeschreibung nicht anders angegeben, ist der erste Schlachtzug immer ein Berittener Sturmangriff! Jeder muss den Berittenen Sturmangriff als Kampfaktion für die erste Kampfrunde der Begegnung wählen, und die Charaktere dürfen nur die Waghalsige oder Tapfere Haltung wählen. Es wird natürlich kein Wurf für Gelegenheiten für Sturmangriffe durchgeführt.

Die Intensität-Würfe und die Würfe für die Schlacht

Nachdem die Ausgangsbegegnung festgelegt wurde, macht die Spielleitung einen Wurf gegen den Intensitäts-Wert der Schlacht. Wenn das Ergebnis ein Erfolg ist, findet diese Begegnung statt. Ein kritischer Erfolg verdoppelt die Anzahl der Gegner in der Begegnung, während ein Patzer eine Gelegenheit nach Wahl der Spielleitung erzeugt.

Wenn der Intensität-Wurf fehlschlägt, darf jeder Ritter eines Spielers einen Wurf auf seine Fertigkeit Schlacht ablegen, der sein Auge für die Schlacht und taktische Möglichkeiten darstellt – oder auch nicht. Ein erfolgreicher Schlacht-Wurf erlaubt es dem Spieler, den Verlauf der Schlacht zu bestimmen, indem er eine der möglichen Begegnungen auswählt, die zu Beginn der Schlacht ausgelegt wurden, im Gegensatz zu der von der Spielleitung gewählten. Es steht ihm frei, die Spielleitung zu bitten, den Titel einer Begegnung zu erläutern („Was ist ein Nördlicher Spießreiter?"). Die Spielleitung sollte eine Beschreibung der Begegnung oder Gelegenheit liefern, aber möglichst keine mechanischen Details verraten (z. B. Moralkosten, Ruhm-Belohnungen usw.), wenn möglich. Stattdessen kann sie ihre Sprache entsprechend anpassen und eine Begegnung mit hohen Moralkosten als „grimmig dreinblickende Krieger, die bereit sind, ihr Leben teuer zu verkaufen" oder Ähnliches beschreiben.

Ein kritischer Erfolg beim Schlacht-Wurf erlaubt es dem Spieler, stattdessen eine Gelegenheit zu wählen.

Beachte, dass verschiedene erfolgreiche Spieler verschiedene Begegnungen wählen können, und

Wenn der Intensität-Wurf gelingt, wählt die Spielleitung die Begegnung für diesen Zug. Misslingt er, könnten die Charaktere die Chance haben, ihre Begegnung oder sogar eine Gelegenheit selbst zu wählen, je nachdem, wie gut sie würfeln.

Tabelle 6.3: Gelegenheiten für Berittene Sturmangriffe

Ergebnis des Schlacht-Wurfs	Im vorigen Zug gebunden	Im vorigen Zug nicht gebunden
Kritischer Erfolg	Darf Sturmangriff ausführen	Darf Sturmangriff ausführen (+5 Sturmangriff-Bonus)
Erfolg	Darf keinen Sturmangriff ausführen	Darf Sturmangriff ausführen
Fehlschlag	Darf keinen Sturmangriff ausführen	Darf keinen Sturmangriff ausführen
Patzer	Feindliche Ritter stürmen heran!	Feindliche Ritter stürmen heran!

wenn mehr als ein Spieler einen kritischen Erfolg erzielt, können sie verschiedene Gelegenheiten wählen (falls verfügbar). In einem solchen Fall wählt der Conroi-Anführer (wenn er ein Ritter eines Spielers ist) aus den ausgesuchten Gelegenheiten aus; andernfalls wird die Auswahl zufällig getroffen.

Sobald eine Begegnung oder Gelegenheit ausgewählt wurde, müssen alle Charaktere desselben Conroi diese Begegnung oder Gelegenheit annehmen. Die anderen Wahlmöglichkeiten werden für diesen Zug ignoriert.

Nach der Auswahl durchlaufen die Ritter der Spieler die gewählte Begegnung oder die Gelegenheit, wie unten beschrieben. Die übrigen Begegnungen und Gelegenheiten werden vorerst ignoriert und sind in späteren Runden immer noch verfügbar. Die Spieler dürfen dieselbe Begegnung mehr als einmal spielen, aber sie dürfen nicht dieselbe Gelegenheit wählen, sobald sie sie einmal bestritten haben.

Es gibt immer einen Mindestwert für die Moral, um eine Begegnung antreten zu können; wenn der Conroi nicht genug Moralpunkte übrig hat, um sich der Begegnung zu stellen, müssen sie sich stattdessen lösen und Zurückfallen (siehe **„Zurückfallen"** auf S. 132 für weitere Einzelheiten). Das bedeutet, dass der Conroi nicht die nötige Energie oder Inbrunst aufbringen konnte, um diesen Feind anzugreifen, und sich zurückziehen muss, um sich zu erfrischen und seine Leidenschaft wieder aufzubauen, bevor er das Feld wieder betritt.

Moral reduzieren

Nach der Wahl der Begegnung oder Gelegenheit würfelt die Spielleitung den Moralverlust aus, wie er für die Begegnung angegeben ist, und zieht das Ergebnis vom aktuellen Moralwert des Conroi ab, was den Tribut darstellt, den dieser Schlachtzug den Rittern allein durch Kampfesmüdigkeit, nachlassenden Elan und strapazierte Nerven abverlangt.

Reduziere die Motal des Conrois erst nachdem die Begegnung oder die Gelegenheit festgelegt wurde.

Haltung wählen

Nachdem eine Begegnung festgelegt wurde, wählen die Ritter der Spieler ihre Haltung für die Schlachtzug. Die Haltung bestimmt die Anzahl der Kampfrunden, die sie in diesem Zug bestreiten müssen (siehe unten, unter **„Kampf!"**), und kann sogar die Auswahl der Kampfaktionen begrenzen.

Tapfer

Bestreite die Begegnung zwei Kampfrunden lang wie gewohnt. Markiere Tapfer.

Waghalsig

Bestreite die Begegnung drei Kampfrunden lang wie gewohnt. Markiere Waghalsig und addiere sofort +1W3 zur Moral deines Conroi. Wenn du nicht Teil eines Berittenen Sturmangriffs bist, musst du die Waghalsige Attacke für mindestens die erste Kampfrunde der Begegnung wählen.

Besonnen

Bestreite die Begegnung eine Kampfrunde lang wie gewohnt. Markiere Besonnen und reduziere sofort die Moral deines Conroi um –1W3.

Feige

Nimm nicht an der Begegnung teil. Du musst sofort Zurückfallen, verlierst 1 Punkt Ehre und kostest deinen Conroi –1W6 Punkte Moral, wenn deine Trefferpunkte mehr als die Hälfte deines Gesamt-Trefferpunktwertes betragen.

Schlachtfeldposition

Gebunden oder Auf dem Feld: Der Ritter oder der Conroi wählen aktiv Begegnungen und kämpfen im Schlachtzug.

Zurückfallen: Eine Aktion, die den Ritter oder den Conroi von „Auf dem Feld" nach „Außerhalb der Schlacht" bewegt.

Außerhalb der Schlacht: Der Ritter befindet sich hinter den Linien, bekommt Erste Hilfe und erholt sich.

Feld verlassen: Der Ritter oder Conroi ist nicht mehr Teil der Schlacht – sie geht ohne ihn weiter

Die Begegnung bestreiten

Begegnungen sind das Herzstück jeder Schlacht. Hier erlangen die Ritter den meisten Ruhm und haben die Chance auf ein hohes Lösegeld. Aber wer sich zu weit ins Schlachtengetümmel vorwagt, riskiert viel von seinem eigenen Leben und seiner Lebensgrundlage.

Leidenschaften in der Schlacht

Da Charaktere Leidenschaften nur einmal am Tag beschwören können, dürfen sie eine Leidenschaft in der Regel nur einmal während einer Schlacht einsetzen (die Ausnahme sind wirklich monumentale, mehrtägige Gefechte). Die Wirkung der

Leidenschaft, ob gut oder schlecht, hält für eine einzige Schlachtzug an. Wie immer muss die Spielleitung die Verwendung der Leidenschaft genehmigen.

Kampf!

Handle die Begegnung wie einen normalen Nahkampf ab. Jeder Charakter steht einem oder mehreren Kontrahenten gegenüber (je nach Haltung und Begegnung). Wenn sie an einem Sturmangriff teilnehmen, müssen alle Charaktere im Conroi den Berittenen Sturmangriff als erste Aktion wählen. Danach können sie zu anderen Aktionen wechseln oder weitere Berittene Sturmangriffe ausführen, wenn sie gegen andere berittene Ritter kämpfen. Ritter von Spielern dürfen einen Verbündeten nicht unterstützen, ohne vorher eine erfolgreiche Zurückziehen-Aktion gegen ihren eigenen Kontrahenten ausgeführt zu haben.

Bestreite reguläre Kampfrunden und wende dabei alle Sonderbedingungen aus der aktuellen Begegnung an. Alle Ritter, die nicht Feige sind, kämpfen mindestens eine Kampfrunde. Diejenigen, die Tapfer als Haltung gewählt haben, kämpfen zwei Runden lang, während diejenigen, die Waghalsig gewählt haben, drei Runden lang kämpfen.

Wenn dein Charakter seinen Kontrahenten vor der durch seine Haltung festgelegten Mindestanzahl an Kampfrunden besiegt, muss er gegen einen neuen Kontrahenten kämpfen. Bei jeder Begegnung wird die Anzahl der verfügbaren Kontrahenten angegeben; wenn alle verfügbaren Kontrahenten besetzt sind, können sich die Ritter von Spielern gegen einen zusammenrotten, wodurch der Gegner gezwungen ist, den Abzug für Mehrere Kontrahenten hinzunehmen.

Der Schlachtzug endet für den Conroi automatisch, wenn alle verfügbaren Kontrahenten besiegt sind (gefangen genommen, getötet oder durch Schwere Verwundungen oder Bewusstlosigkeit kampfunfähig gemacht). Wenn ein Charakter noch Kontrahenten hat, kann er eine weitere Runde kämpfen, indem er zuerst einen Wurf jeweils auf Tatkräftig und Tapfer besteht.

Gelegenheiten setzen die obige Reihenfolge oft außer Kraft.

Nach dem Ende einer Begegnung erhalten die teilnehmenden Charaktere jeweils die angegebene Menge an Ruhm, wenn sie ihren Kontrahenten besiegt (getötet, gefangen oder kampfunfähig gemacht) haben. Wenn sie mehr als einen

Kontrahenten besiegt haben, erhalten die Ritter der Spieler Ruhm für jeden Kontrahenten.

Schließlich erhöhst du die Moral des Conrois um einen Betrag, der der Summe des RW aller besiegten Kontrahenten entspricht (runde Brüche wie üblich). Wenn du z. B. drei berittene Ritter (je 1 RW) besiegst, erhöht sich deine Moral um +3, während du drei piktische Pikeniere (je 1/8 RW) besiegst, ohne dass sich deine Moral erhöht (besiegst du jedoch vier solcher Kontrahenten, rundest du auf 1 RW auf und erhältst somit +1 Moral).

Charaktere können ihr Glück herausfordern, indem sie eine Reihe von Kontrahenten angreifen, um ihre Moral zu erhöhen (oder Ruhm zu sammeln), aber denke daran, dass die Moral nie über ihren Anfangswert steigen kann.

Ritter von Spielern können jederzeit versuchen, sich mit einer erfolgreichen Zurückziehen-Aktion freiwillig zurückzuziehen. Wenn sie dies tun, bevor sie ihre durch die Haltung vorgegebene Mindestanzahl an Kampfrunden gekämpft haben, müssen sie in der nächsten Schlachtzug die Feige Haltung wählen. Der Conroi-Anführer kann die Begegnung auch jederzeit abbrechen; die Spielleitung kann eine Markierung für Feige und einen Verlust an Ehre für den Anführer verhängen, wenn sich Ritter von Spielern im Angesicht schwachen Widerstands zurückziehen.

Begegnungen mit Fernwaffen

Wenn er einen mit Fernwaffen ausgestatteten Kontrahenten zu Fuß (Bogenschützen, Speerwerfer, usw.) attackiert, gerät der Conroi für eine gewisse Zeit unter Fernwaffenbeschuss, bevor er die Bogenschützen erreicht.

Der Anführer des Conroi muss einen Wurf auf Schlacht ablegen, um zu bestimmen, wie viele Kampfrunden unter Fernwaffenbeschuss er aushalten muss, bevor er zu den Bogenschützen aufschließen kann:

- **Kritischer Erfolg:** Sofortiger Kontakt
- **Erfolg:** Eine Runde
- **Fehlschlag:** Zwei Runden
- **Patzer:** Drei Runden

Gegen Charaktere mit Schilden kommt der Fernkampfmodifikator für die Bogenschützen zur Anwendung, dürfen aber die Aktion Haken schlagen nicht einsetzen, wenn sie als Teil eines Conroi kämpfen.

Wirf für jede Runde Fernwaffenbeschuss 1W6, um zu sehen, ob eine Attacke den Ritter oder sein Pferd getroffen hat: 1–4, das Pferd; 5–6, der Reiter.

Alle Ritter, die den Beschuss überleben, dürfen die Bogenschützen im Nahkampf attackieren. Wenn die Anzahl der Runden des Fernwaffenbeschusses der Mindestanzahl an Kampfrunden des Ritters aufgrund seiner Haltung entspricht, zwingt der Fernwaffenbeschuss ihn zur Umkehr, ohne ihm die Chance zu geben, anzugreifen.

In einem Conroi aus vier Charakteren hat in dieser Schlachtzug zum Beispiel einer Besonnen, zwei Tapfer und einer Waghalsig gewählt. Beim Sturmangriff auf eine Gruppe Bogenschützen misslingt dem Anführer der Schlacht-Wurf. Der Besonnene Ritter übersteht eine einzige Kampfrunde des Fernwaffenbeschusses, bevor er sich zurückzieht; die Tapferen Ritter und der Waghalsige Ritter überstehen jeweils zwei Kampfrunden Fernwaffenbeschuss, aber nur der Waghalsige Ritter ist in der Lage, seinen Angriff zu Ende zu führen und die Bogenschützen für eine einzige Runde (seine dritte) zu bekämpfen, bevor sich die Bogenschützen zurückziehen.

Der Knappenwurf

Am Ende des Schlachtzugs darf jeder Ritter eines Spielers einen Knappenwurf ablegen, wenn sich der Conroi nicht zurückzieht. Dieser Wurf ist nie verpflichtend, da er ein geringes Risiko des vorübergehenden Verlustes des Knappen birgt.

Führe einen Vergleichslosen Wurf gegen die Knappenfertigkeit aus.

Ein Erfolg zeigt an, dass der Knappe dem Ruf folgt. Ein Fehlschlag bedeutet, dass der Knappe dir in dieser Runde nicht helfen kann, während ein Patzer bedeutet, dass der Knappe im Getümmel der Schlacht verschwunden ist und erst wieder auftaucht, nachdem die Feindseligkeiten beendet sind!

Knappen, die deinem Ruf folgen, können eine der folgenden Aufgaben erledigen:

- eine zerbrochene Lanze ersetzen (bis zu zwei Mal, bevor du Zurückfällst, um neue aufzunehmen);
- sein Pferd einem abgesessenen Ritter anbieten (der Knappe muss daraufhin Zurückfallen, aber ein kritischer Erfolg beim Knappenwurf bedeutet, dass der Knappe ein reiterloses Streitross gefunden hat, das er dem Charakter stattdessen gibt!);
- einen Gefangenen vom dem Feld führen – Knappe muss Zurückfallen;
- einen bewusstlosen Ritter eines Spielers vom Feld schaffen– Knappe muss Zurückfallen

Gefangennahme & Lösegeld

Charaktere tun gut daran, zu bedenken, dass die Gefangennahme adliger Kontrahenten eine große Belohnung in Form von Lösegeld verspricht.

Wenn der Ritter eines Spielers es wünscht, kann er einen beliebigen feindlichen Ritter gefangen nehmen, der das Bewusstsein verlor. Denk daran, dass du auch die Fertigkeit Handgemenge einsetzen oder deine Schläge dämpfen kannst, um deine Kontrahenten gefangen zu nehmen, ohne sie zu töten.

Wenn ein Charakter jemanden gefangen nimmt, muss er dafür sorgen, dass jemand seinen Feind hinter die Linien in Sicherheit bringt. Der Ritter des Spielers kann dies entweder selbst tun oder seinen Knappen damit beauftragen. Wer die Kapitulation eines Feindes annimmt und ihn dann absichtlich oder aus Nachlässigkeit einer Gefahr aussetzt, verliert 1 Punkt Ehre.

Wenn der Charakter seinen Gefangenen eskortiert, markiert er Ehre und setzt den nächsten Schlachtzug aus. Er kann entweder warten, bis sich sein Conroi nach hinten zurückzieht, und sich dann automatisch wieder anschließen, oder er kann sich zurück aufs Feld wagen, wo er als Allein auf dem Feld gilt (siehe nächste Seite), aber er kann versuchen, seinen Conroi am Ende des Schlachtzuges mit einem Vergleichslosen Wurf auf Identifikation zu finden (siehe unten).

Wenn der Knappe den Gefangenen eskortiert, bleibt der Knappe so lange Außerhalb der Schlacht, bis sich der Ritter des Spielers ebenfalls nach hinten zurückzieh.

In beiden Fällen legst du einen Wurf auf Reitkunst (für die Eskorte durch einen Charakter) oder die Fertigkeit des Knappen –10 (für die Eskorte durch einen Knappen) gegen die Intensität der Schlacht ab. Bei einer Niederlage muss sich der Charakter durch eine zufällige Begegnung kämpfen,

Ritter & Kapitulation

Ritter und Adlige kapitulieren eher, als dass sie bis zum Tod kämpfen, wenn sie in einer schwierigen Lage sind.

Spielleiter-Charaktere, die auf die Hälfte ihrer Trefferpunkte oder weniger reduziert werden, müssen einen einzigen Vergleichslosen Tapfer-Wurf ablegen und die folgenden Auflistung konsultieren. Wenn der Kontrahent zu Fuß gegen einen berittenen Ritter eines Spielers antritt, legt er den Wurf mit einem Modifikator von –5 auf Tapfer ab. (Kontrahenten ohne einen aufgeführten Tapfer-Wert fliehen automatisch.)

- Kritischer Erfolg: Kämpft weiter, bis tot oder bewusstlos
- Erfolg: Kämpft eine weitere Kampfrunde und würfelt dann erneut
- Fehlschlag: Fluchtversuch
- Patzer: Sofortige Kapitulation

Fluchtversuche werden je nachdem, ob der Ritter eines Spielers und/oder der Kontrahent beritten sind, wie folgt abgehandelt:

- Wenn beide Charaktere beritten sind, wird gegen Reitkunst gewürfelt, um zu fliehen.
- Wenn beide Charaktere zu Fuß sind, wird gegen GES gewürfelt, um erfolgreich zu fliehen.
- Wenn der fliehende Charakter beritten und der Kontrahent zu Fuß ist, flieht er.
- Wenn der fliehende Charakter zu Fuß und der Kontrahent beritten ist, kann der Charakter nur entkommen, wenn der Kontrahent ihn gewähren lässt; andernfalls wird er gefangengenommen.

Ritter von Spielern können immer entscheiden, wie lange sie weiterkämpfen wollen, solange sie dazu in der Lage sind. Wer versucht zu fliehen und gefangengenommen wird, kann wählen, ob er sich sofort ergibt oder weiterkämpft. In letzterem Fall kann der Versuch, sich in einer späteren Runde zu ergeben, einen **Gnädig**-Wurf des Kontrahenten erfordern.

Spielleiter-Charaktere, die versuchen zu fliehen und mit einem Vergleichswurf auf Reitkunst oder GES scheitern, kämpfen weiter, bis sie bewusstlos werden oder sterben. Wer beim Fluchtversuch scheitert, ohne dass ein Wurf nötig ist, ergibt sich sofort.

bevor er die Nachhut erreicht; ein Knappe, der den Wurf verliert, wird automatisch gefangen genommen, und der gefangene Ritter kehrt in seine eigenen Reihen zurück, um erneut zu kämpfen.

Zurückfallen

Zu bestimmten Zeitpunkten in der Schlacht kann sich ein Conroi-Anführer entscheiden oder durch die Umstände gezwungen werden, in den hinteren Teil der Schlacht Zurückzufallen, um sich auszuruhen und zu erholen.

Der Conroi muss sofort Zurückfallen, sobald sein Moral-Wert auf Null sinkt oder wenn die Moral des Conroi zu gering ist, um die gewählte Begegnung zu bestreiten; er führt keinen Kampf und erlangt keinen Ruhm.

Ansonsten liegt die Entscheidung, Zurückzufallen, immer beim Anführer des Conroi, der nach dem Ermessen der Spielleitung je nach Gesamtzustand der Einheit eine Markierung für Besonnen oder Feige erhalten kann. Die Entscheidung Zurückzufallen kann jederzeit während des Schlachtzugs getroffen werden. Wenn die Aufforderung Zurückzufallen mitten im Kampf erfolgt, muss jeder Charakter eine Zurückziehen-Aktion ausführen, oder er muss seinen aktuellen Kampf beenden, bevor er seiner Einheit folgen kann.

Zurückzufallen nimmt den Conroi für mindestens einen ganzen Zug aus der Schlacht und stellt sofort +1W6 Punkte für die Moral des Conroi wieder her. Ritter von Spielern können ihre Verwundungen auch von erfahrenen Chirurgen, Gemahlen/Gemahlinnen oder anderen Begleitern versorgen lassen. Da davon ausgegangen wird, dass die Verwundungen jedes Ritters eines Spielers von einer anderen Person behandelt werden, würfle einen zufälligen Fertigkeitwert von 14+1W6 für Erste Hilfe für jeden behandelten Ritter. Die Charaktere können natürlich auch beschließen, gegenseitig ihre Verwundungen zu behandeln, oder ihre Knappen dies übernehmen lassen.

Verlorene Pferde können durch einen erfolgreichen Knappenwurf des Charakters (siehe zuvor) oder einen erfolgreichen Wurf auf Reitkunst ersetzt werden; welche Qualität das Pferd hat, liegt im Ermessen der Spielleitung und hängt unter anderem von der Art des Gegners ab, gegen den diese Schlacht geführt wird. Je besser der Erfolg, desto besser das Pferd, als grundsätzliche Regel.

Der Anführer des Conroi kann sich so viele Schlachtzüge lang zurückziehen, wie er möchte, und erhält pro Runde +1W6 Moralpunkte, bis die Moral ihren Ausgangswert erreicht hat. Dann muss er sich im nächsten Schlachtzug wieder dem Kampf anschließen, oder er erklärt, dass der gesamte Conroi das Feld verlassen hat.

Nicht-Wahnsinnige Ritter, die Allein auf dem Feld sind, reduzieren weiter die Moral ihres Conrois, auch wenn sie separate Begegnungen bestreiten, wodurch die Moral viel rascher sinkt.

Allein auf dem Feld

Ein paar Umstände können dazu führen, dass Charaktere allein auf dem Feld enden: Wenn sie ihre Einheit freiwillig verlassen, unter durch eine Leidenschaft ausgelöstem Wahnsinn leiden oder während des Kampfes vom Pferd stürzen und ihr Knappen-Fertigkeitswurf scheitert, um ein Ersatzross zu bekommen.

Zu Beginn des nächsten Schlachtzuges agiert der Ritter des Spielers als sein eigener Conroi-Anführer und führt den Schlacht-Wurf mit einem Modifikator von −10 aus. Er muss sich an die Ergebnisse halten und einen Kampf alleine bestreiten; außer im Fall von Wahnsinn verwendet der Charakter weiterhin den aktuellen Moralwert des Conroi und zieht den Moralverlust seiner eigenen Begegnung ebenfalls von der Gesamtsumme ab. Für Wahnsinnige Charaktere nimmst du eine persönliche Moral in Höhe von 1W6 plus dem Wert der Leidenschaft, die den Ritter ursprünglich Wahnsinnig gemacht hat. Wenn diese persönliche Moral auf Null gesunken ist, verschwindet der Ritter im Nebel des Krieges und ist aus dem Spiel, bis die Spielleitung es für angebracht hält, ihn zurückzuholen.

Nach der Begegnung kann der Ritter des Spielers wählen, ob er im nächsten Zug alleine auf dem Feld agiert (im Falle von Wahnsinn ist dies automatisch der Fall), seinen ehemaligen Conroi sucht, versucht, einen neuen Conroi zu versammeln, oder Zurückfällt.

- Um seine ehemaligen Gefolgsleute zu suchen, muss der Ritter des Spielers einen Vergleichslosen Wurf auf Identifikation bestehen. Ein Erfolg zeigt an, dass er seine Gefolgsleute gefunden hat und in den folgenden Zügen wie gewohnt mit ihnen kämpfen kann, während ein Fehlschlag bedeutet, dass er im nächsten Zug Allein auf dem Feld kämpfen muss.
- Der Charakter kann mit einem Wurf auf Ruhm versuchen, einen neuen Conroi zu versammeln. Bei einem Erfolg bildet er einen neuen Conroi mit einem Moralwert von 2W6+3 (oder 2W6+6 im Falle eines kritischen Erfolgs). Die Leidenschaften, aus denen sich dieser Moralwert zusammensetzt, müssen nicht die gleichen sein wie die des alten Conrois des Ritters. Der neue Conroi des Ritters agiert für den Rest der Schlacht als eigenständige Einheit, die ihre eigene Moral verwaltet und Begegnungen ohne die Unterstützung oder den Einfluss der anderen Ritter von Spielern austrägt. Allerdings würfelt der Charakter seine Schlacht-Fertigkeit für den Rest der Schlacht mit einem Modifikator

von –5, um den spontanen Charakter seines Conrois widerzuspiegeln.

- Ritter, die Zurückfallen wollen, können dies ohne Abzug tun. Sie bleiben Außerhalb der Schlacht, bis sich ihr ursprünglicher Conroi ebenfalls zurückzieht. Charaktere mit einem Tapfer-Merkmal von 16+ müssen Feige markieren, wenn sie diese Option wählen, es sei denn, sie sind Geschwächt.

Nach der Schlacht

Ritter und Rösser, sie leigen verstreut,
Die Innereien vergossen, die Leiber enthäupt,
Abgetrennte Bein' und Arm'
Lagen umher in großer Zahl...

*—Anonym, **Von Arthour und von Merlin** (Zeilen 9169–9172)*

Die Schlacht endet, sobald die maximale Anzahl von Schlachtzügen verstrichen ist. Diese wird entweder durch das jeweilige Szenario oder durch die Größe der Schlacht in *Tabelle 6.1* bestimmt. Vor allem in größeren Schlachten wird der Conroi mit ziemlicher Sicherheit weniger Begegnungen bestreiten als die Anzahl der Gesamtzahl der Züge, weil er sich ein oder mehrere Male zurückzieht.

In großen Schlachten entscheidet die Kampagnenerzählung im Voraus über den Ausgang; für die Ritter der Spieler ist die Frage am wichtigsten, was sie aus ihren individuellen Erfahrungen vor dem größeren Hintergrund des umgebenden Mahlstroms machen. Bei Geplänkeln und Schlagabtauschen ist das Gegenteil der Fall: Sie entstehen spontan aus den Ereignissen eines Szenarios, ihr Ausgang ist ungewiss und muss mit dem folgenden System ausgearbeitet werden.

Nach der Schlacht

- Bestimme Sieg oder Niederlage
- Bestimme den Ruhm für jeden Ritter
- Bestimme Lösegeld und Beute

Sieg oder Niederlage

Wenn der Ausgang einer Schlacht nicht von vornherein feststeht, kannst du mit den folgenden Richtlinien bestimmen, welche Seite den Sieg für sich beansprucht. Sie basiert darauf, wie viel Schaden die Ritter der Spieler austeilen, und wird daher nicht für Schlachten größer als „Schlagabtausch" empfohlen, es sei denn, du möchtest den Charakteren einen unverhältnismäßig großen Einfluss auf den Verlauf der Schlacht geben.

Konsultiere *Tabelle 6.4: Ritterwerte zur Zeit des Knabenkönigs* und rechne die Verluste des Conroi an Ritterwert (RW) aus. Ein „Ritterwert" entspricht der Kampffähigkeit eines einzelnen gerüsteten Ritters zu Pferd (mit begleitendem Knappen); es braucht also viele „geringere" Gegner, um es mit einem einzelnen Ritter aufzunehmen. Ein Charakter ist „verloren", wenn er getötet oder gefangen genommen wird.

Tabelle 6.4: Ritterwerte zur Zeit des Knabenkönigs

Truppentyp	RW
Bauer	1/16
Fußsoldat, Speerträger oder Bogenschütze	1/8
Gepanzerter Fußsoldat	1/4
Hobelar, Knappe oder Spießreiter	1/4
Berittener Feldwebel	1/2
Armer Ritter	3/4
Ritter	1

Wenn der Conroi neben den Rittern der Spieler auch aus Spielleitercharakteren besteht, führt der Conroi-Anführer einen letzten unveränderten Wurf auf Schlacht aus und zieht *Tabelle 6.5: Conroi-Verluste* zu Rate. Dies ist der Prozentsatz der Ritter der Spielleitung aus dem Conroi der Charaktere, die in den Kämpfen verloren wurden. Addiere dies zu allen Rittern von Spielern hinzu, die getötet oder gefangen genommen wurden.

Tabelle 6.5: Conroi-Verluste

Schlacht-Wurf	% Verluste	Schicksal des Gefolges
kritischer Erfolg	keine Verluste	N/A
Erfolg	10%-Verluste	10% gefangen
Fehlschlag	20% Verluste	10% getötet, 10% gefangen genommen
Patzer	50% Verluste	30% getötet, 20% gefangen genommen

Letztendlich ist es in nicht-geskripteten Schlachten die Leistung der Ritter der Spieler in ihren individuellen Begegnungen, die allegmein über Sieg oder Niederlage entscheiden.

Die Begegnung listet den RW-Wert jedes besiegten Gegners auf.

Zähle den RW der gegnerischen Truppen zusammen, die von den Charakteren im Kampf getötet oder gefangen genommen wurden.

Teil diese feindlichen RW-Verluste durch die verbündeten RW-Verluste im Conroi der Ritter der Spieler und multipliziere dies, wenn eine der beiden Seiten in der Unterzahl war, wie folgt:

Der Feind war zahlenmäßig stark unterlegen (2:1 oder mehr): ×2

Eigene Truppe zahlenmäßig stark unterlegen (1:2 oder schlechter): ×½

Verwende diese Zahl, um das Schlachtergebnis anhand der folgenden Liste zu bestimmen:

- **4 oder mehr:** Entscheidender Sieg
- **2–3.9:** Sieg
- **0.5–1.9:** Unentschieden
- **0.25-0.4:** Niederlage
- **Weniger als 0.25:** Entscheidende Niederlage

Beispiel: *Ein Conroi aus Charakteren kämpft in einer Begegnung gegen ein Überfallkommando von Sachsen. Am Ende der Schlacht haben die Ritter der Spieler 2 RW an Verlusten erlitten (ein Charakter und ein Spielleitungcharakter), aber den Plünderern 6 RW an Verlusten beigebracht. Außerdem waren die Ritter der Spieler 1:2 in der Überzahl.*

Die Ergebnisberechnung lautet 6/2=3 (feindliche RW-Verluste geteilt durch freundliche RW-Verluste) ×½ (das Verhältnis der Unterzahl) = 1½, ein unentschiedenes Ergebnis. Es waren einfach zu viele Sachsen, um ihre Überfalltruppen abzuschütteln, aber vielleicht ziehen sie sich auf ihre Langschiffe zurück und versuchen irgendwo weiter oben an der Küste zu landen ...

Wären die Ritter der Spieler nicht so in der Unterzahl gewesen, hätten sie einen klaren Sieg errungen.

Ruhm

Für Ritter bedeutet die Schlacht Ruhm.

Jeder Charakter, der dem Ruf folgt und mindestens an der ersten Begegnung der Schlacht teilnimmt, erhält eine pauschale Ruhm-Belohnung für seine Teilnahme, die von der Größe der Schlacht abhängt und davon, ob es sich um einen Kampf bis zum Ende oder eine Scheinschlacht auf dem Turniergelände mit Turnierwaffen handelt. Sie können auch einen Multiplikator auf den Basis-Ruhm für den Ausgang der Schlacht erhalten (der Sieg bringt mehr Ruhm ein!) und wenn er Truppen in der Schlacht anführt.

Diese Belohnungen werden zu dem Ruhm hinzu addiert, der durch das Besiegen von Kontrahenten verdient wird, wie in den Begegnungen angegeben.

Tabelle 6.6: Ruhm für die Teilnahme an einer Schlacht

Schlacht-Grösse	Basis-Ruhm	Turnier-Ruhm (Turnierwaffen)
Kampf oder Scharmützel	5	0
Schlagabtausch	10	1
Kleine Schlacht	20	2
Mittlere Schlacht	30	3
Große Schlacht	45	5
Gewaltige Schlacht	60	6

Multipliziere den Grundwert der Teilnahme am Ruhm mit dem Ergebnis der Schlacht.

Tabelle 6.7: Ruhm-Multiplikator für Schlacht-Teilnahme

Ergebnis der Schlacht	Multiplikator
Entscheidender Sieg	×2
Sieg	×1½
Unentschlossenheit	×1
Niederlage	×¾
Entscheidend besiegt	×½

Wenn ein Ritter eines Spielers in einer Schlacht, die größer als ein Scharmützel war, eine Befehlsposition innehatte, multipliziere den Ruhm des Charakters entsprechend.

Addiere alle Multiplikatoren zusammen, bevor du sie auf den Basisruhm anwendest. So erhält ein Conroi-Kommandant, dessen Seite einen Sieg erringt, ×3½ des Basisruhmes für seine Teilnahme.

Tabelle 6.8: Ruhm-Multiplikator je Anführer

Befehl	Multiplikator
Conroi-Anführer	×2
Bataillonskommandant	×3
Heerführer	×5

Als Nächstes zählst du für jeden einzelnen Ritter eines Spielers den Ruhm aus den Begegnungen zusammen und addierst ihn zum Teilnahme-Ruhm, um die Ruhm-Belohnung für die Schlacht zu ermittteln.

Nehmen wir den siegreichen Conroi-Anführer von zuvor: Er hat im Laufe der Schlacht zwei Speerkämpfer und einen Berittenen Feldwebel besiegt und einen berittenen Elite-Ritter zur Kapitulation gezwungen, was ihm insgesamt 95 Ruhm aus Begegnungen einbringt. Angenommen, es handelte sich um eine Mittlere Schlacht (Teilnahme: 30 Ruhm), so geht unser Conroi-Anführer mit insgesamt 200 Ruhm aus der Schlacht hervor!

Ritter von Spielern können durch gefangengenommene Gegner und Überfälle auf den feindlichen Versorgungszug persönliche Beute machen, wie in den entsprechenden Begegnungen beschrieben. Bei diesen Lösegeldern werden äußere Faktoren wie der Anteil des Lords, der Wert seiner Ausrüstung (Rüstung, Waffen und Zaumzeug) usw. berücksichtigt.

Jeder Teilnehmer an einer Schlacht erhält auch einen Anteil an der Gesamtbeute, wenn das Ergebnis ein Sieg oder ein Entscheidender Sieg ist. Wenn das Szenario nichts anderes vorsieht, wird der Grundwert der Beute von der gegnerischen Armee bestimmt, wie in *Tabelle 6.9: Beute-Grundwerte* angegeben.

Der Grundwert wird mit der Art des Sieges multipliziert und ob der Ritter des Spielers während der Schlacht eine Führungsposition innehatte, wie in *Tabelle 6.10: Plünderungsmodifikatoren* angegeben.

Begegnungen

Der Rest dieses Kapitels deckt eine Vielzahl von möglichen Begegnungen und Gelegenheiten ab. Wähle eine davon aus, wie unter **„Gegner-Begegnung“** (S. 122–123) beschrieben oder verwende sie als Beispiele, um deine eigenen zu erstellen!

Chance auf Konter-Sturmangriff

Kontrahenten, die mit Lanzen bewaffnet sind (berittene Ritter und Feldwebel, Nördliche Spießreiter, usw.) führen immer Konter-Sturmangriffe gegen die Ritter der Spieler aus, wenn sie im ersten Schlachtzug angetroffen werden. In den folgenden Zügen wirfst du 1W6, um zu sehen, ob sie für einen Sturmangriff bereit sind:

- **1–2:** Ja! Sie sind mit Lanzen ausgerüstet und haben Platz für einen Konter-Sturmangriff.
- **3–6:** Nein! Ihre Lanzen sind bereits gebrochen oder sie haben die Gefahr zu spät erkannt.

Tabelle 6.9: Beute-Grundwerte

Gegner*	Beschreibung	Grund-Beute
Feudale Armee	Feind sind Äquivalent zu den Charakteren	£2
Unterlegene Feudale Armee	Ferne Ländereien sind in der Regel weniger gut ausgerüstet und beritten als arturische Gegner	1½£
Sachsen	Gute Rüstung, aber der Mangel an Pferden beeinträchtigt den Wert	£1
Kymrische Bergstämme	Haben minderwertige Waffen und Pferde	£½
Piktische Bergstämme, irische Krieger	Arme Leute mit schlechter Rüstung und fast ohne Pferde	£¼

*Hinweis: Wenn du einen Entscheidenden Sieg erringst, addiere +£2W3 zum Wert deiner Beute.

Tabelle 6.10 Plünderungsmodifikatoren

Umstände	Modifikator
Der Feind war zahlenmäßig stark unterlegen (2:1 oder mehr)	×½
Eigene Truppe zahlenmäßig stark unterlegen (1:2 oder schlechter)	×2
Conroi-Anführer	+⅓
Abteilungskommandeur	×3 × Schlachtgröße-Multiplikator (Klein ×1; Mittel ×2; Groß ×3; Riesig ×4)
Heerführer	×10 × Schlachtgröße-Multiplikator (Klein ×1; Mittel ×2; Groß ×3; Groß ×4)

Gegner-Begegnungen

Bauern

Moralverlust: 1W3
Mindest-Moral: 5
Ritterwert: 1/16

Arme Bauern, die durch die Umstände oder ihren Herrn gezwungen sind, ihre Felder zu verlassen und ihre landwirtschaftlichen Geräte zum Kampf zu erheben. Auch wenn sie zahlreich erscheinen, ist ihnen ihr Leben wichtiger als ihr Herr und es ist ihnen nicht nach einem Kampf zumute. Es gibt keinen Ruhm im Kampf gegen diese Unglücklichen, nur Blutvergießen.

Auf einen Ritter kommen fünf Bauern.

Sie sind jedoch ein ängstlicher Haufen und müssen gegen Feige würfeln, wenn sie sich einem Sturmangriff durch berittene Ritter gegenübersehen, und fliehen bei einem Erfolg, nur um von den donnernden Reitern niedergemacht zu werden.

Selbst wenn sie standhalten, greift nur die Hälfte ihrer Zahl pro Runde an (sprich, drei Bauern pro Charakter), was den üblichen Abzug für Mehrere Kontrahenten bedeutet. Ein Bauer flieht automatisch am Ende einer Kampfrunde, in der er Schaden genommen hat.

Für jede Gruppe von Bauern, die gegen einen Ritter eines Spielers im Kampf gebunden sind, wird am Ende jeder Kampfrunde ein einzelner kollektiver Tapfer-Wurf abgelegt, um zu sehen, ob sie weiterkämpfen. Ein misslungener Wurf bedeutet, dass die Hälfte der Gruppe flieht (zusätzlich zu den verwundeten Bauern), während ein Patzer bedeutet, dass die gesamte Gruppe flieht.

Bauern

GRO	GES	STR	KON
10	10	10	8

Attacken

Waffe	Fertigkeitswert	Schaden
Ackergerät	8	2W6+3

Gesundheit

Attribut	Wert
Trefferpunkte	18
Niederschlag	10
Schw. Verwundung	8
Bewusstlos	5

Sonstiges

Attribut	Wert
Bewegung	15
Rüstungspunkte	0
Ruhm-Belohnung	0
Heilungsrate	—

Merkmale: Tapfer 6
Rüstung: Keines

Lösegeld

Keines

Speerkämpfer

Moralverlust: 1W6
Mindest-Moral: 8
Ritter Wert: 1/8

Der niedrigste der ordentlichen Kämpfer, nur mit einem Speer und minimaler Rüstung ausgestattet. Sie können einem berittenen Sturmangriff standhalten, wenn sie sich in einer Hecke aus Speerspitzen formieren und zusammenbleiben können. In einer solchen Formation sind sie nicht nur für Ritter gefährlich, sondern auch für ihre Pferde!

Auf einen Ritter kommen drei Speerträger.

Da die Speerträger wissen, dass ihre Stärke in ihrer Anzahl liegt, stürzen sie sich gerne auf ihre Feinde und erzwingen einen Abzug für Mehrere Kontrahenten. Wie zu erwarten, können sie die Aktion Speer pflanzen gegen einen Berittenen Sturmangriff einsetzen, wenn sie zuerst einen Tapfer-Wurf bestehen (alle Speerträger einer Gruppe müssen erfolgreich sein, um diese Aktion zu nutzen). Unabhängig davon führen sie ihre Speere immer einhändig (ihr Waffenschaden spiegelt dies mit dem Bonus von +1W6 wider) und erleiden keinen Höhenabzugvon –5 im Kampf gegen berittene Kontrahenten, da der Speer eine Langdistanzwaffe ist.

Sie ziehen sich mit der Aktion Verteidigen langsam zurück, wenn mehr als ein Drittel ihrer Gruppe schwer verletzt oder getötet wird. Sie fliehen, wenn zwei Drittel von ihnen schwer verletzt oder getötet wurden.

Speerkämpfer

GRO	GES	STR	KON
10	10	12	13

Attacken

Waffe	Fertigkeit	Wert	Schaden
Dolch	Handgemenge	10	2W6+4
Speer (2H)	Speer	10	4W6+2W6

Gesundheit

Attribut	Wert
Trefferpunkte	23
Niederschlag	10
Schw. Verwundung	13
Bewusstlos	6

Sonstiges

Attribut	Wert
Bewegung	16
Rüstungspunkte	5
Ruhm-Belohnung	10
Heilungsrate	—

Merkmale: Tapfer 12
Rüstung: Gambeson und Topfhelm

Lösegeld

Keines

Fußsoldaten

Mindest-Moral: 7
Moralverlust: 1W6
Ritterwert: 1/8

Diese Männer, ob hartgesottene Söldner oder feudale Garnison, sind mit Schwertern, Streitkolben oder Äxten bewaffnet. Sie tragen leichte Rüstungen und haben Schilde dabei. Sie sind zwar zäher als der Bauernpöbel, aber auch sie halten einem berittenen Sturmangriff von lanzenschwingenden Rittern nur äußerst ungern stand, da ihre Waffen in einer solchen Situation nur von begrenztem Nutzen sind.

Auf einen Ritter eines Spielers kommen zwei Fußsoldaten. Führe einen einzigen Wurf durch, um ihre gemeinsame Bewaffnung zu bestimmen.

Wenn sie sich einem Sturmangriff durch berittene Ritter gegenübersehen, lege einen Wurf gegen ihr kollektives Tapfer-Merkmal ab. Bei einem Erfolg halten alle Stand und kämpfen; bei einem Fehlschlag flieht die Hälfte von ihnen, bei einem Patzer fliehen alle. Sie fliehen auch, wenn die Hälfte von ihnen schwer verletzt oder getötet wurde.

Denke daran, den Modifikator für Höhenunterschied anzuwenden, wenn sie gegen berittene Ritter kämpfen, sowie den Bonus für Langdistanzwaffe für alle Ritter, die mit Speeren oder Lanzen bewaffnet sind.

Fusssoldaten

GRO	GES	STR	KON
10	10	12	13

Attacken

Waffe	Fertigkeit	Wert	Schaden
Streitaxt	Schaftwaffe	10	4W6*
Streitkolben	Schaftwaffe	10	4W6**
Schwert	Schwert	10	4W6

* –1W6 Schildschutz
** +1W6 gg. Ringpanzer

Gesundheit

Attribut	Wert
Trefferpunkte	23
Niederschlag	10
Schw. Verwundung	13
Bewusstlos	6

Sonstiges

Attribut	Wert
Bewegung	16
Rüstungspunkte	5+6
Ruhm-Belohnung	10
Heilungsrate	—

Merkmale: Tapfer 12
Rüstung: Gambeson und Topfhelm + Rundschild
Wirf 1W6, um zu zu sehen, was für eine Waffe die Soldaten führen:
1–2 | Schwert
3–4 | Streitaxt
5–6 | Streitkolben

Lösegeld
Keines

Bogenschützen

Mindest-Moral: 5
Moralverlust: 1W6
Ritter Wert: 1/8

Feindseliger Abschaum, der auf gute Ritter schießt!

Auf einen Charakter kommen drei Bogenschützen. Mache einen einzigen Wurf, um ihre gemeinsame Bewaffnung zu bestimmen.

Die Bogenschützen beginnen, ihre Pfeile oder Bolzen abzuschießen, sobald die Ritter in Reichweite kommen. Siehe „Annäherungsdistanz“ auf S. 152 des *Pendragon-Regelwerks*, um zu bestimmen, wie viele Kampfrunden die Bogenschützen haben, bevor die Ritter sie erreichen (unter der Annahme, dass sich berittene Ritter im Kanter bewegen, wenn sie angreifen, ansonsten im Trab). Wenn die Ritter beritten sind, denke daran, zu würfeln, um zu sehen, ob die Fernwaffe ihr Pferd (1–4) oder sie selbst (5–6) trifft.

Sind mehr berittene als abgesessene Ritter in des Conroi, wenn sie diese erreicht, muss jeder Bogenschütze einen Tapfer-Wurf ablegen oder fliehen. Die gesamte Einheit flieht, sobald ein Drittel ihrer Zahl schwer verletzt oder getötet ist.

Bogenschützen

GRO	GES	STR	KON
9	10	15	15

Attacken

Waffe	Fertigkeit	Wert	Schaden
Leichte Armbrust	Armbrust	12	1W6+10
Primitivbogen	Bogen	12	3W6
Dolch	Handgemenge	10	2W6+4

Gesundheit

Attribut	Wert
Trefferpunkte	24
Niederschlag	9
Schw. Verwundung	15
Bewusstlos	6

Sonstiges

Attribut	Wert
Bewegung	18
Rüstungspunkte	1 oder 5
Ruhm-Belohnung	5
Heilungsrate	—

Merkmale: Tapfer 8
Rüstung: Offener Helm; oder Gambeson und Offener Helm; oder Gambeson und Topfhelm
Wirf 1W6, um ihre Bewaffnung und Ausrüstung zu generieren:
1–2 | Offener Helm, Primitivbogen, Dolch
3–4 | Gambeson, Offener Helm, Primitivbogen, Dolch
5–6 | Gambeson, Topfhelm, Leichte Armbrust, Dolch

Lösegeld
Keines

Ritter zu Fuß

Mindest-Moral: 10
Moralverlust: 1W6
Ritter Wert: 1/2

Aus welchem Grund auch immer kämpfen diese Ritter zu Fuß. Sie könnten in eine Situation geraten sein, in der sie nicht rechtzeitig zu ihren Pferden gelangen konnten, ihre Pferde früher in der Schlacht verloren haben oder sogar beschlossen haben, für irgendeinen taktischen Vorteil abzusteigen. Dennoch sind sie genauso tödlich und entschlossen wie ihre berittenen Brüder – vielleicht sogar noch entschlossener!

Auf einen Charakter kommen 1½ Ritter zu Fuß (aufrunden wie üblich).

Diese Ritter stürzen sich zu zweit auf die Ritter der Spieler, so oft es geht, wobei sie die Charaktere mit dem meisten Ruhm und/oder der besten Ausrüstung und den besten Pferden zuerst angreifen, während der Rest im Zweikampf kämpft. Denke daran, dass die Speere der Ritter ihren Höhenabzug von –5 aufheben, wenn sie gegen einen berittenen Kontrahenten kämpfen. Wenn sie gegen Kontrahenten zu Fuß kämpfen, benutzen sie bevorzugt ihre Schwerter.

Würfle, um das Lösegeld für jeden einzelnen gefangenen Ritter zu bestimmen.

Ritter zu Fuss

GRO	GES	STR	KON
14	11	12	14

Attacken

Waffe	Fertigkeit	Wert	Schaden
Speer	Speer	12	4W6*
Schwert	Schwert	15	4W6

* Negiert Höhenabzug im Kampf gegen berittenen Kontrahenten

Gesundheit

Attribut	Wert
Trefferpunkte	28
Niederschlag	14
Schw. Verwundung	14
Bewusstlos	7

Sonstiges

Attribut	Wert
Bewegung	17
Rüstungspunkte	10+6
Ruhm-Belohnung	25
Heilungsrate	—

Merkmale: Tapfer 15

Rüstung: Ringpanzerhemd, Aketon und Nasalhelm + Mandelschild

Lösegeld

1W6	Typ	Betrag
1	Armer Ritter	£3
2–5	Hausritter	£4
6	Lehnsritter	£10

Elite-Ritter zu Fuß

Mindest-Moral: 12
Moralverlust: 1W6+2
Ritterwert: 1/2

Dieser Conroi aus abgesessenen Rittern könnte leicht mit der Leibwache eines wichtigen Fürsten verwechselt werden, so prächtig sind ihr Geschirr und ihre Waffen. Ihnen fehlen nur die mächtigen Rösser, die normalerweise auf dem Schlachtfeld zum Einsatz kommen, und die nun entweder durch ein Unglück oder aus freien Stücken fehlen. Sie sind jedoch robuste Krieger und lassen sich nicht so leicht von ihrer Position abbringen.

Auf einen Charakter kommen 1½ Elite-Ritter zu Fuß (aufrunden wie üblich).

Diese Ritter stürzen sich zu zweit auf die Ritter der Spieler, so oft es geht, wobei sie die Charaktere mit dem meisten Ruhm und/oder der besten Ausrüstung und den besten Pferden zuerst angreifen, während der Rest im Zweikampf kämpft. Denke daran, dass die Speere der Ritter ihren Höhenabzug von –5 aufheben, wenn sie gegen einen berittenen Kontrahenten kämpfen. Wenn sie gegen Kontrahenten zu Fuß kämpfen, benutzen sie bevorzugt ihre Schwerter.

Würfle, um das Lösegeld für jeden einzelnen gefangenen Ritter zu bestimmen.

Elite-Ritter zu Fuss

GRO	GES	STR	KON
14	11	12	14

Attacken

Waffe	Fertigkeit	Wert	Schaden
Speer	Speer	12	4W6*
Schwert	Schwert	15	4W6

* Negiert Höhenabzug im Kampf gegen berittenen Kontrahenten

Gesundheit

Attribut	Wert
Trefferpunkte	28
Niederschlag	14
Schw. Verwundung	14
Bewusstlos	7

Sonstiges

Attribut	Wert
Bewegung	17
Rüstungspunkte	10+6
Ruhm-Belohnung	25
Heilungsrate	—

Merkmale: Tapfer 15

Rüstung: Ringpanzerhemd, Aketon und Nasalhelm + Mandelschild

Lösegeld

1W6	Typ	Betrag
1	Armer Ritter	£3
2–5	Hausritter	£4
6	Lehnsritter	£10

Hobelare

Moralverlust: 1W6+3
Mindest-Moral: 10
Ritterwert: 1/2

Hobelare sind leicht bewaffnete Reiter, die normalerweise als Aufklärer oder zur Verfolgung fliehender Truppen eingesetzt werden. Sie reiten auf kleinen und wendigen Hobs, von denen sie ihren Namen ableiten. („Hobs“ leitet sich von einem alten gälischen Wort ab, das „schnell“ bedeutet.) Sie haben kein Interesse daran, sich mit einem Conroi von Rittern anzulegen, und es fehlt ihnen an Ausbildung oder Stärke, um sich in einem solchen Kampf zu behaupten. Sie sind auch kein besonders attraktives Ziel für Ritter, denn sie bieten wenig Ruhm und kein Lösegeld, wenn sie besiegt werden.

Auf einen Ritter eines Spielers kommen zwei Hobelare.

Wenn die Charaktere sie im Nahkampf binden, versuchen sie automatisch die Aktion Zurückziehen. Die Bewegungsrate ihrer Hobs beträgt 18. Der Ritter des Spielers „kämpft“ effektiv gegen Mehrere Kontrahenten und erleidet daher einen Abzug von −5 auf jede seiner Aktionen, wenn er versucht, beide Hobelare einzuholen. Wenn sich der Charakter nur auf einen Hobelar konzentrieren will, flieht der andere automatisch.

Wenn ein Hobelar gefangen genommen wird, kämpft er mindestens eine Kampfrunde lang, bevor er auf sein Tapfer-Merkmal würfelt. Ein misslungener Wurf bedeutet einen weiteren Zurückziehen-Versuch in der folgenden Kampfrunde (falls zutreffend), während ein Erfolg eine weitere Kampfrunde bedeutet.

Hobelare

GRO	GES	STR	KON
10	15	10	13

Attacken

Waffe	Fertigkeit	Wert	Schaden
Speer	Speer	14	3W6

Gesundheit

Attribut	Wert
Trefferpunkte	23
Niederschlag	10
Schw. Verwundung	13
Bewusstlos	6

Sonstiges

Attribut	Wert
Bewegung	18
Rüstungspunkte	6+6
Ruhm-Belohnung	25
Heilungsrate	—

Fertigkeiten & Merkmale: Reitkunst 16, Tapfer 10
Rüstung: Gambeson und Nasalhelm + Mandelschild

Lösegeld

Keines

Berittene Feldwebel

Moralverlust: 1W6+2
Mindest-Moral: 12
Ritterwert: 3/4

Berittene Feldwebel – nicht-adlige Krieger, die in der Kunst des Kampfes zu Pferd ausgebildet sind – erscheinen oft neben wahren Rittern auf dem Schlachtfeld und verstärken die Zahl der Ritter in einem Conroi. Sie können aber auch in eigenen Einheiten kämpfen, wie hier. Dieser Gegner kann auch verwendet werden, um Edelknechte, arme Söldnerritter ohne Knappen und andere besser gestellte Reiter darzustellen, die nicht so gut ausgerüstet sind wie die Ritter.

Es gibt genauso viele Feldwebel wie Ritter von Spielern.

Berittene Feldwebel reiten auf kleinen Streitrössern und sind ähnlich bewaffnet und ausgerüstet wie gewöhnliche Ritter, wenn auch nicht ganz so gut. Sie sind in der Regel kein Lösegeld wert, wenn sie in der Schlacht gefangen genommen werden, aber wie oben erwähnt, können einige von ihnen Edelknechte oder arme Söldnerritter sein. Lege den Wert des Lösegelds für jeden gefangenen Gegner einzeln fest.

Berittene Feldwebel, die in der Taktik des berittenen Kampfes ausgebildet sind, können einen Konter-Sturmangriff ausführen, wie unter **„Chance auf Konter-Sturmangriff“** auf S. 136 beschrieben.

Berittene Feldwebel

GRO	GES	STR	KON
13	10	12	15

Attacken

Waffe	Fertigkeit	Wert	Schaden
Speer	*Sturmangriff*	*13*	*5W6*
Speer	Speer	7	4W6
Schwert	Schwert	13	4W6

Gesundheit

Attribut	Wert
Trefferpunkte	28
Niederschlag	13
Schw. Verwundung	15
Bewusstlos	7

Sonstiges

Attribut	Wert
Bewegung	15
Rüstungspunkte	9+6
Ruhm-Belohnung	25
Heilungsrate	—

Fertigkeiten & Merkmale: Reitkunst 14, Tapfer 12
Rüstung: Ringpanzerhemd, Aketon und Offener Helm + Mandelschild

Lösegeld

1W6	Art	Betrag
1–4	Feldwebel	—
5–6	Armer Söldner	£2

Berittene Ritter

Moralverlust: 1W6+2
Mindest-Moral: 12
Ritter Wert: 1

Dies ist ein Conroi von Rittern ähnlich dem der Ritter der Spieler. Obwohl es auch berittene Unteroffiziere und natürlich Knappen gibt, gehen wir davon aus, dass die Ritter der Spieler nur gegen andere Ritter kämpfen, wobei die Bandbreite von Landbesitzenden Vasallen bis hin zu verarmten Elendsgestalten reicht, die kaum in der Lage sind, sich und ihre Pferde zu ernähren und ordentlich auszurüsten.

Es gibt genauso viele berittene Ritter wie Charaktere.

Die Ritter können einen Konter-Sturmangriff durchführen, wie unter **„Chance auf Konter-Sturmangriff"** auf S. 136 beschrieben. Außer bei einem Sturmangriff kämpfen sie lieber mit Schwertern, es sei denn, sie stehen Langdistanzwaffen gegenüber, dann schwingen sie ihre Speere. Diese Ritter reiten auf normalen Streitrossen. Nimm an, dass ihre Reittiere und ihre Ausrüstung in einem guten Zustand sind, unabhängig von den Unterhaltskosten und der Art des Ritters.

Würfle, um das Lösegeld für jeden einzelnen gefangenen Ritter zu bestimmen.

Berittener Ritter

GRO	GES	STR	KON
14	11	12	14

Attacken

Waffe	Fertigkeit	Wert	Schaden
Speer	*Sturmangriff*	*13*	*6W6*
Speer	Speer	12	4W6
Schwert	Schwert	15	4W6

Gesundheit

Attribut	Wert
Trefferpunkte	28
Niederschlag	14
Schw. Verwundung	14
Bewusstlos	7

Sonstiges

Attribut	Wert
Bewegung	16
Rüstungspunkte	10+6
Ruhm-Belohnung	25
Heilungsrate	—

Fertigkeiten & Merkmale: Reitkunst 15, Tapfer 15
Rüstung: Ringpanzerhemd, Aketon und Nasalhelm + Mandelschild

Lösegeld

1W6	Art	Betrag
1	Armer Ritter	£3
2–5	Hausritter	£4
6	Lehnsritter	£10

Berittene Eliteritter

Moralische Niederlage: 2W6
Mindest-Moral: 12
Ritterwert: 1

Dies sind die Hausritter und Vasallen eines bekannten und respektierten Fürsten und tragen die feinste Rüstung und reiten prächtige Pferde.

Es gibt so viele berittene Elite-Ritter wie Ritter von Spielern.

Die Ritter können einen Konter-Sturmangriff durchführen, wie unter **„Chance auf Konter-Sturmangriff"** auf S. 136 beschrieben. Außer bei einem Sturmangriff ziehen sie es vor, mit Schwertern zu kämpfen, es sei denn, sie stehen Langdistanzwaffen gegenüber; in diesem Fall schwingen sie ihre Speere. Diese Ritter reiten normale Streitrosse, die allerdings alle feine Hengste sind, die £5 mehr wert sind als ein gleichwertiges Pferd. (Es liegt im Ermessen der Spielleitung, ob die gefangenen Pferde der berittenen Elite-Ritter eine besondere Ausbildung erhalten haben und/oder ihre eigenen Persönlichkeiten haben, wie auf den Seiten 184–186 im **Pendragon**-*Regelwerk* beschrieben.)

Würfle, um das Lösegeld für jeden einzelnen gefangenen Ritter zu bestimmen.

Berittener Eliteritter

GRO	GES	STR	KON
14	11	12	14

Attacken

Waffe	Fertigkeit	Wert	Schaden
Speer	*Sturmangriff*	*13*	*6W6*
Speer	Speer	12	4W6
Schwert	Schwert	15	4W6

Gesundheit

Attribut	Wert
Trefferpunkte	28
Niederschlag	14
Schw. Verwundung	14
Bewusstlos	7

Sonstiges

Attribut	Wert
Bewegung	16
Rüstungspunkte	10+6
Ruhm-Belohnung	25
Heilungsrate	—

Fertigkeiten & Merkmale: Reitkunst 15, Tapfer 15
Rüstung: Ringpanzerhemd, Aketon und Nasalhelm + Mandelschild

Lösegeld

1W6	Art	Betrag
1	Armer Ritter	£3
2–5	Hausritter	£4
6	Lehnsritter	£10

Piktische Clankrieger

Moralverlust: 1W6+1
Mindest-Moral: 8
Ritterwert: 1/8

Bemalte Männer von jenseits des Walls und eine häufige Präsenz in der Armee von Lothian und anderen nördlichen Königreichen. Sie tragen keine Rüstung außer ihren Tätowierungen (von denen sie glauben, dass sie ihnen magischen Schutz gewähren) und einem Tartschenschild an den Handgelenken und tragen keine anderen Waffen als einen Speer, der immer mit zwei Händen geführt wird. Sie sind leichtfüßig und kümmern sich wenig um die Feinheiten des Kampfes, die ihre sanften Kontrahenten aus dem Süden erwarten, sondern genießen es, hochmütige Ritter zu besiegen. Und sei gewarnt! Pikten machen sich wenig aus Lösegeld und bieten keines an – für sie ist der Kopf eines Ritters auf einer ihrer Piken Belohnung genug.

Auf einen Ritter eines Spielers kommen zwei Piktische Clankrieger.

Sie schwingen ihre Speere beidhändig (ihr Schaden spiegelt den Bonus wider). Sie können die Aktion Speer pflanzen gegen einen Berittenen Sturmangriff einsetzen, ohne dass ein Wurf erforderlich ist, da sie in dieser Taktik zum Selbsterhalt gut geübt sind. Trotz ihres Glaubens sind ihre Tätowierungen nicht magisch und bieten keinen Rüstungsschutz.

Wenn ein Drittel von ihnen schwer verwundet oder getötet wurde, versucht der Rest zu fliehen, indem er in der nächsten Kampfrunde die Aktion Zurückziehen wählt.

Piktische Clankrieger

GRO	GES	STR	KON
12	14	10	12

Attacken

Waffe	Fertigkeit	Wert	Schaden
Speer (2H)	Speer	14	6W6

Gesundheit

Attribut	Wert
Trefferpunkte	24
Niederschlag	12
Schw. Verwundung	12
Bewusstlos	6

Sonstiges

Attribut	Wert
Bewegung	17
Rüstungspunkte	4
Ruhm-Belohnung	25
Heilungsrate	—

Rüstung: Tartsche

Lösegeld

Keines

Sächsische Krieger

Moralverlust: 1W6+2
Mindest-Moral: 8
Ritterwert: 1/4

Eine wilde Bande erfahrener, gerüsteter Heorthgeneat, die persönliche Hauswache eines sächsischen Fürsten.

Auf einen Charakter kommen zwei Sachsen. Führe einen einzigen Wurf durch, um die Bewaffnung der verteidigenden Sachsen zu bestimmen.

Einer der beiden Kontrahenten (der Verteidiger) ist mit Speer, Axt oder Schwert plus Schild bewaffnet, während die anderen Großäxte und keine Schilde haben. Sie bilden einen „Schildwall", um sich in der ersten Kampfrunde gegen einen Berittenen Sturmangriff zu verteidigen, und schließen sich dann gegen ihre Kontrahenten zusammen: In der ersten Runde würfelst du nur für die verteidigenden Sachsen. Nach der ersten Runde greifen beide Sachsen normal an. Sie akzeptieren keine Kapitulation oder Lösegelder. Sie kämpfen so lange, bis drei Viertel ihrer Zahl gefallen und aus dem Kampf ausgeschieden sind.

Sächsische Krieger

GRO	GES	STR	KON
15	10	15	15

Attacken

Waffe	Fertigkeit	Wert	Schaden
Streitaxt	Schaftwaffe	14	5W6*
Speer	Speer	14	5W6**
Schwert	Schwert	14	5W6
Großaxt	2H-Schaftwaffe	14	7W6*

* –1W6 Schildschutz
** Negiert Höhenabzug im Kampf gegen berittenen Kontrahenten

Gesundheit

Attribut	Wert
Trefferpunkte	30
Niederschlag	15
Schw. Verwundung	15
Bewusstlos	8

Sonstiges

Attribut	Wert
Bewegung	18
Rüstungspunkte	5+6 oder 5
Ruhm-Belohnung	25
Heilungsrate	—

Rüstung: Brünne, Offener Helm + Rundschild; kein Schild, wenn mit Großaxt bewaffnet

Wirf für jeden Kontrahenten 1W6:

1–2 | Schwert
3–4 | Streitaxt
5–6 | Spear

Lösegeld

Keines

Erobert das Banner

Moralische Niederlage: 3W6
Mindest-Moral: 13

Im Getümmel der Schlacht entdeckt ihr das persönliche Banner eines feindlichen Befehlshabers. Wenn ihr es erbeutet, versetzt ihr dem Feind einen schweren Schlag.

Das Banner wird von einem berittenen Conroi bewacht, der zu den handverlesenen Rittern des Lords gehört. Bestreite diese Begegnung als Standardkampf. Es gibt so viele Wachen, wie es Ritter von Spielern gibt. Die Charaktere können keinen Sturmangriff ausführen – es sind zu viele Wachen im Weg. Die Wachen sind bereit, das Banner bis zum Tod zu verteidigen und können einen Wurf auf ihre Treueschwur (Lehnsherr)-Leidenschaft von 15 ablegen, um sich dazu zu Inspirieren.

Markiere die Leidenschaft, die als Moral des Conroi verwendet wird.

Um das Banner zu erobern, müssen ein oder mehrere Ritter von Spielern zuerst ihren eigenen Kontrahenten besiegen und dann entweder den Bannerträger bezwingen oder die Aktion Ringen (Waffe abnehmen) gegen ihn gewinnen, um ihm das Banner aus den Händen zu reißen.

Sobald die Charaktere im Besitz des Banners sind, können sie sich aus dem Kampf lösen, um das Banner zurück zu ihren eigenen Reihen zu eskortieren. Alle Charaktere mit Ausnahme des Bannerträgers müssen Vergleichswürfe auf Reitkunst ablegen, um der Verfolgung durch die übrigen feindlichen Ritter zu entgehen. Wenn es mehr Charaktere als Kontrahenten gibt, erleiden die Kontrahenten jeweils einen Modifikator von –5 auf ihre Reitkunst, so als ob sie gegen Mehrere Kontrahenten kämpfen würden (bis zu einem Maximum von –15).

Wurf-Ergebnis

Erfolg: Blockiere einen Ritter, der den Bannerträger angreift

Teilerfolg: Blockiere einen Ritter, werde aber einmal von einer Bannerwache angegriffen

Niederlage: Eine Bannerwache schleicht sich vorbei und greift den Bannerträger an

Patzer: Eine Bannerwache greift dich eine Kampfrunde lang an, auf ihrem Weg den Bannerträger anzugreifen

Jede Bannerwache, die zwischen den Eskortierenden vorbeischlüpft, darf eine Kampfaktion gegen den Bannerträger ausführen. Wird der Bannerträger getötet, bewußtlos geschlagen oder wird ihm das Banner von einer Bannerwache entrissen, wird das Banner zu seinen eigenen Reihen zurückgebracht. Andernfalls wird das Banner erobert!

In beiden Fällen ist die Begegnung vorbei. Wenn die Ritter der Spieler das Banner behalten, lassen sie sich sofort Zurückfallen.

Wird das Banner in die Reihen der Charaktere gebracht, erhält der Bannerträger +100 Ruhm, während die Eskortierenden jeweils +50 Ruhm erhalten. Alle erhalten +£2 Grundbeute. Sie erhalten außerdem Gefallen im Wert von G10 von ihrem Heerführer und ihrem Abteilungs-Kommandeur!

Der gegnerische Abteilungs-Kommandeur muss einen Schlacht-Wurf mit –5 ablegen (falls nicht bekannt, würfle 2W6+5 für seine Fertigkeit) und verlässt das Feld, wenn er versagt, und nimmt seine Abteilung mit! Wenn der Schlacht-Wurf gelingt, werden alle Mindest-Moralwerte für den Rest der Schlacht um 3 reduziert.

Bannerwachen

GRO	GES	STR	KON
16	15	15	17

Attacken

Waffe	Fertigkeit	Wert	Schaden
Speer	Speer	16	5W6
Schwert	Schwert	20	5W6

Gesundheit

Attribut	Wert
Trefferpunkte	33
Niederschlag	16
Schw. Verwundung	17
Bewusstlos	9

Sonstiges

Attribut	Wert
Bewegung	16
Rüstungspunkte	12+6
Ruhm-Belohnung	50
Heilungsrate	—

Rüstung: Erweitertes Ringpanzerhemd, Erweiterter Nasalhelm, Aketon + Mandelschild
Merkmale: Tapfer 18
Fertigkeiten: Reitkunst 20
Leidenschaften: Treueschwur (Lehnsherr) 20

Lösegeld

£5

Kampf gegen feindlichen Anführer

Moralverlust: 3W6
Mindest-Moral: 14

Das Schicksal meint es gut mit euch: Einer der Befehlshaber der feindlichen Flanke (Vorhut oder Nachhut) steht jetzt abseits seiner Abteilung, umgeben von seinen Leibwächtern. Keine sonstigen Verbündeten sind nahe genug, um ihn zu schützen. Das ist eure Chance, einen hochrangigen Adligen gefangen zu nehmen! Wie ihr euch denken könnt, wird es kein leichter Kampf werden, denn die Wachen des Kommandeurs gehören zu den besten Kriegern, die die gegnerische Armee aufbieten kann.

Es gibt 1½ so viele Leibwächter wie Charaktere. Kämpfe diesen Kampf wie einen normalen Kampf.

Alle Leibwächter und der gegnerische Anführer sitzen auf Streitrössern und können einen Konter-Sturmangriff durchführen, wie unter „Chance auf einen Konterangriff" auf S. 136, wenn die Ritter der Spieler einen Berittenen Sturmangriff durchführen wollen. Die Charaktere sind jedoch nicht verpflichtet, einen Sturmangriff durchzuführen.

Die Leibwächter stürzen sich zu zweit auf einen Ritter eines Spielers, so oft es geht, beginnend mit denen, die den höchsten Ruhm haben – dies ist nicht die Zeit für ritterliche Nettigkeiten! Der Anführer hält sich zurück und greift nicht direkt an.

Um gegen den Anführer zu kämpfen, muss jeder Charakter zuerst seine(n) Kontrahenten besiegen. Die Leibwächter beschwören in der ersten Kampfrunde ihre Leidenschaften und werden sich nicht freiwillig ergeben, es sei denn, ihr Lord wird gefangen genommen oder getötet.

Wird der Anführer gefangen genommen oder getötet, verlässt die gesamte feindliche Abteilung die Schlacht! Ein anderer Adliger kann versuchen, die Abteilung mit einem Schlacht-Wurf mit −10 zu sammeln (würfle 2W6+5, um seine Fertigkeit in der Schlacht zu bestimmen, falls nicht bekannt). Ist dieser Wurf erfolgreich, wird die Mindest-Moral um 5 und der Moralverlust für alle Begegnungen und Gelegenheiten für den Rest der Schlacht um 2 reduziert. Wenn der Wurf erfolgreich ist, kann der Conroi der Ritter der Spieler entweder für den nächsten Schlachtzug Zurückfallen, während sie sich auf einen anderen Teil des Schlachtfelds verlagern, oder sie können stattdessen die Gelegenheit **„Überfall auf den Versorgungszug"** nutzen (S. 147). Der gesamte Conroi muss das eine oder das andere tun, und die endgültige Entscheidung liegt beim Conroi-Anführer.

Der Ritter, der den Anführer tötet oder gefangen nimmt, erhält 150 Ruhm sowie Anspruch auf die Ausrüstung und das Lösegeld des Lords. Er kann von seinen eigenen Befehlshabern einen Gefallen (mindestens G15) erhalten oder nach dem Ermessen der Spielleitung auf der Stelle mit Ländereien, einem Titel oder einer ähnlichen prestigeträchtigen Beförderung belohnt werden (z. B. auch Mitgliedschaft in der Tafelrunde, falls möglich). Alle Ritter im Conroi, die den Anführer nicht getötet oder gefangen genommen haben, erhalten trotzdem +50 Ruhm, +£5 Beute sowie jeweils Gefallen (G15) von jeweils ihrem Heerführer *und* Abteilungsanführer!

Leibwächter

GRO	GES	STR	KON
16	15	12	17

Attacken

Waffe	Fertigkeit	Wert	Schaden
Speer	Speer	18	5W6+1W6*
Schwert	Schwert	20	5W6+1W6*

* +1W6 durch Hartgesottener Ritter

Gesundheit

Attribut	Wert
Trefferpunkte	33
Niederschlag	16
Schw. Verwundung	17
Bewusstlos	9

Sonstiges

Attribut	Wert
Bewegung	-
Rüstungspunkte	12+6
Ruhm-Belohnung	50
Heilungsrate	1

Rüstung: Erweiterter Ringpanzer, Erweiterter Nasalhelm, Aketon + Mandelschild
Merkmale: Tapfer 18
Fertigkeiten: Reitkunst 16
Leidenschaften: Treueschwur (Lehnsherr) 20 (+2)

Lösegeld
£5

Anführer

GRO	GES	STR	KON
15	14	15	18

Attacken

Waffe	Fertigkeit	Wert*	Schaden
Speer	Speer	14	5W6
Schwert	Schwert	16	5W6

* Waffenfertigkeit beinhaltet −5 Abzug für das Tragen von Doppelpanzern

Gesundheit

Attribut	Wert
Trefferpunkte	33
Niederschlag	16
Schw. Verwundung	18
Bewusstlos	9

Sonstiges

Attribut	Wert
Bewegung	-
Rüstungspunkte	13+6
Ruhm-Belohnung	150
Heilungsrate	-

Rüstung: Doppelter Ringpanzer, Erweiterter Nasalhelm, Aketon + Mandelschild
Eigenschaften: Tapfer 20 (+1)
Fertigkeiten: Reitkunst 16

Lösegeld
£100 oder mehr, je nach Rang!

Abteilung sammeln!

Moralverlust: 3W6
Mindest-Moral: 12

Etweder wurde der Kommandeur der Abteilung getötet oder gefangen genommen, oder ihre Standarte wurde vom Feind erbeutet, aber plötzlich schmilzt der gesamte Flügel deiner Armee dahin! Panik breitet sich in den Reihen aus, und Ritter und Fußsoldaten wenden sich zur Flucht. Nur kühnes Handeln kann die Abteilung retten, und euer Conroi ist als Einziger in der Lage, das zu tun. Könnt ihr die Flucht noch rechtzeitig aufhalten?

Diese Gelegenheit hat drei Phasen:

- Erstens musst du die Gefahr erkennen und dich darauf vorbereiten, ihr entgegenzuwirken;
- Zweitens müssen alle anderen davon abgehalten werden, zu fliehen;
- Drittens, versammle sie und führe sie möglicherweise zu einem Sturmangriff auf den Feind.

Charaktere dürfen für diese Gelegenheit nur eine Leidenschaft würfeln, können sie aber zu Beginn einer der drei Phasen beschwören.

1. Die Gefahr erkennen

Jeder Ritter eines Spielers muss auf Schlacht würfeln, um die Gefahr zu erkennen. Bei einem Fehlschlag tun sie für den Rest der Begegnung nichts Wichtiges mehr. Bei einem Erfolg müssen sie gegen Tapferkeit, Ehre und Treueschwur würfeln. Jeder kritische Erfolg ist 2 Punkte wert, jeder Erfolg 1 Punkt, jeder Fehlschlag 0 und jeder Patzer –2.

Wenn ein Ritter eine positive Summe erreicht hat, kann er zur nächsten Phase übergehen. Wenn keiner der Charaktere in der Schlacht erfolgreich war oder eine positive Punktzahl erreicht hat, endet die Gelegenheit.

2. Der Panik Einhalt gebieten

Es wird davon ausgegangen, dass die Ritter der Spieler Hörner oder Trompeten haben oder finden können und die Schlachtrufe für Abteilungsbefehle kennen, wie z. B. Halt, Neuformieren usw. Das ist schließlich Teil der Ausbildung eines Ritters.

Jeder Ritter, der es bis hierher geschafft hat, darf nun einen Wurf auf Instrumentenspiel (Instrument) mit –10 versuchen, es sei denn, er hat Punkte in das Erlernen des Horns oder der Trompete gesteckt (siehe die Beschreibung der Fertigkeit auf S. 102–103 des **Pendragon**-*Regelwerks*). Wenn mehr als ein Charakter es bis zu dieser Phase geschafft hat, darf nur einer diesen Wurf ablegen (lass die Spieler nach beliebigen Kriterien wählen). Ein kritischer Erfolg lässt alle Flüchtenden innehalten, und jeder erhält +10 auf Redekunst in der nächsten Phase. Ein Erfolg bedeutet, dass sich der Rückzug der Abteilung verlangsamt, auch wenn er nicht ganz zum Stillstand kommt – jeder erhält +5 auf Redekunst in der nächsten Phase. Ein Patzer verwirrt alle und die meisten laufen davon – der Versuch ist gescheitert und die Ritter der Spieler werden mit dem Rest der Abteilung vom Feld gefegt, genauso wie das Ergebnis **„Nur Patzer"** in der nächsten Phase.

3. Die Truppen sammeln

Jetzt ist es an der Zeit, die Ritter und Soldaten an ihre Pflicht, ihre Loyalität und ihre Tapferkeit zu erinnern! Die fliehenden Truppen haben ein kollektives Feige-Merkmal von 20, gegen das jeder Charakter, der noch aktiv ist, einen Wurf auf das gegenteilige Merkmal Ehre oder Tapfer oder Treueschwur (Lehnsherr) ablegt. Für jeden Erfolg änderst du den Wert für Feige um –5; für jede Niederlage erhöhst du ihn um +5. Jetzt darf jeder Ritter, der sich noch in der Begegnung befindet, einen Wurf auf Redekunst machen, dem der modifizierte Feige-Wert der Menge gegenübersteht.

Ergebnisse

Nur Patzer: Die Abteilung verlässt das Feld. Die Ritter der Spieler können sich der allgemeinen Flucht anschließen (–1 Ehre und Treueschwur; Markierung für Besonnen; Zurückfallen; möglicherweise Rüge durch ihren Lehnsherrn, wenn sie das nächste Mal zusammentreffen), oder sie bleiben und stellen sich dem Feind (+1 Ehre und Waghalsig; kämpfen in der nächsten Begegnung gegen die dreifache Anzahl von Kontrahenten – wenn sie alle besiegen, sind sie das Fünffache des normalen Schlacht-Ruhmes wert, und jeder erhält Beute wie ein Abteilungsanführer).

Mehr Fehlschläge als Erfolge: Die Abteilung verliert die Hälfte ihrer Truppen durch Rückzug. Die Ritter der Spieler können sich dem Rückzug anschließen (–1 Ehre; Markierung für Feige; Zurückfallen; möglicherweise Rüge durch ihren Lehnsherrn) oder bleiben und sich dem Feind stellen (+1 Ehre; Waghalsig markieren; in der nächsten Begegnung stehen sie der doppelten Anzahl von Kontrahenten gegenüber – wenn sie alle besiegen, erhalten sie das Dreifache des normalen Schlacht-Ruhmes und jeder erhält Beute wie für einen Conroi-Anführer, während der eigentliche Conroi-Anführer Beute wie ein Abteilungsanführer erhält).

Mehr Erfolge als Fehlschläge: Die Abteilung hält an, formiert sich neu und geht im nächsten Schlachtzug in die Defensive. Die Charaktere erhalten +1 Ehre, eine Markierung für Ehre und Redekunst, doppelten Schlacht-Ruhm und Beute wie ein Conroi-Anführer (der Conroi-Anführer erhält Beute wie ein Abteilungsanführer) und einen Gefallen (G15) vom Heerführer.

Nur Erfolge: Die Abteilung formiert sich schnell neu und geht in die Offensive! Wähle eine zufällige Begegnung. Jeder Ritter eines Spielers erhält +5 auf jede Fertigkeit (Waffenfertigkeit, Reitkunst, usw.) während der Begegnung. Alle Charaktere erhalten +1 Ehre, +1 Treueschwur, +1 auf eine in dieser Begegnung verwendete Leidenschaft, eine Markierung für Redekunst, dreifachen Schlacht-Ruhm sowie Beute wie ein Abteilungsanführer und einen Gefallen (G25) vom Heerführer.

Zweikampf der Streiter

Moralverlust: 0
Mindest-Moral: 14

Während die Wogen der Schlacht zurückrollen und die zerhackten und verstümmelten Leichen zum Vorschein kommen, senkt sich eine unheimliche Stille über das Feld. Es ist, als würden sich beide Armeen einen Moment Zeit nehmen, um zu Atem zu kommen, sich den Schweiß und das Blut von der Stirn zu wischen, bevor sie sich erneut in den tödlichen Kampf stürzen. Und dann, fast wie bei Exerzieren auf dem Paradeplatz, bildet der Feind eine Gasse und ein Streiter kommt hervor. Er ist der stärkste Krieger der Abteilung und will einen Charakter zu einem Zweikampf auf Leben und Tod herausfordern.

Der Anführer des Conroi kann jeden in seinem Conroi zu seinem Streiter wählen – sogar sich selbst. Wenn ein bestimmter Charakter die Ehre haben möchte, kann er sich bei seinem Anführer bewerben, der den Streiter anhand von Kriterien in der folgenden Reihenfolge auswählt, sofern keine anderen Faktoren vorliegen:

1. Höchster Titel
2. Höchster Ruhm
3. Beste Sturmangriff-Fertigkeit
4. Bester Pferdeschaden
5. Bester Rüstungsschutzwert (einschließlich Rüstung der Tugend, falls zutreffend)

Wenn mehr als ein qualifizierter Kandidat ein Plädoyer hält, müssen die Ritter der Spieler gegen Ehre, einen geeigneten Hass oder eine andere Leidenschaft würfeln, um ihre Argumente vorzubringen; Redekunst oder andere Fertigkeiten können diesen Wurf nicht modifizieren, obwohl ein kritischer Wurf auf Tapfer oder Waghalsig nach Ermessen der Spielleitung einen Modifikator von +5 verleihen kann.

Bei einem Erfolg steigen sie in der Auswahlreihenfolge eine Ebene auf, bei einem kritischen Erfolg steigen sie bis in die obersete Ebene auf. Bei einem Fehlschlag werden sie nicht als Streiter in Betracht gezogen. Befindet sich außer dem Conroi-Anführer mehr als ein Ritter auf der obersten Ebene der Auswahl, erfolgt unter diesen die Auswahl nach derselben Reihenfolge wie zwischen allen Rittern auf der obersten Ebene außer dem Conroi-Befehlshaber.

Wenn gegen ein feudales Heer gekämpft wird, wird die Herausforderung als Tjost bis zum Tode ausgetragen. Zwischen den gegnerischen Conrois wird Platz geschaffen, damit die beiden Streiters einen Berittenen Sturmangriff aufeinander ausführen können. Ritterliche Kontrahenten können ihrem Kontrahenten eine Ersatzlanze geben, wenn dieser keine hat oder wenn seine Lanze bricht. Wenn ein Ritter aus dem Sattel gestoßen und den Kampf fortsetzen will, kann der andere Ritter entscheiden, ob er absteigt oder vom Sattel aus weiterkämpft. Galante Ritter werden natürlich absteigen; andere, die sich dafür entscheiden, können Ehre markieren.

Nicht-feudale Armeen haben wahrscheinlich verschiedene Arten von Streiters. Die Sachsen zum Beispiel schicken einen Berserker (S. 162) oder sogar einen kleinen Riesen (S. 202)!

Streiter

GRO	GES	STR	KON
16	15	18	17

Attacken

Waffe	Fertigkeit	Wert	Schaden
Schwert	*Sturmangriff*	*18*	*7W6**
Schwert	Schwert	19	5W6+1W6**

* Oder wie bei dem besten Schlachtross der Periode
** +1W6 von Hartgesottener Ritter

Gesundheit

Attribut	Wert
Trefferpunkte	33
Niederschlag	16
Schw. Verwundung	17
Bewusstlos	9

Sonstiges

Attribut	Wert
Bewegung	16
Rüstungspunkte	12+6
Ruhm-Belohnung	50
Heilungsrate	-

Rüstung: Erweiterter Ringpanzer, Erweiterter Nasalhelm, Aketon + Mandelschild
Eigenschaften: Tapfer 20
Fertigkeiten: Reitkunst 19
Leidenschaften: Treueschwur (Lehnsherr) 18
Anmerkung: Die Spielleitung kann die Fertigkeit Schwert des Ritters durch eine andere Waffenfertigkeit ersetzen (z. B. Schaftwaffe, wenn er mit Streitkolben kämpft, oder, in späteren Perioden, einem Schlachthammer), wenn sie dies wünscht.

Lösegeld

£5

Nur die beiden Streiter dürfen in der ersten Kampfrunde kämpfen. Die meisten Kulturen ehren den Brauch der heroischen Herausforderung (die Sachsen noch mehr als die Ritter!) und halten sich zurück, um den beiden Streitern einen Kampf bis zum Ende zu ermöglichen. Pikten werden das nicht anbieten, und böse Ritter können den Conroi angreifen, während seine Mitglieder abgelenkt sind und den Kampf beobachten. Wenn die Herausforderung gebrochen wird, ist die Gelegenheit verloren und der Kampf wird wieder zu einer normalen Begegnung eines passenden Typs (nach Wahl der Spielleitung).

Der Einsatz der Herausforderung liegt ebenfalls im Ermessen der Spielleitung und kann sogar schon vor dem eigentlichen Kampf mittels Rollenspiel ausgehandelt werden. Zumindest wird der besiegte Streiter von der siegreichen Seite gefangen genommen, egal wie die Schlacht ausgeht. Eine weitere übliche Konsequenz ist der Rückzug der Abteilung des besiegten Streiters, mit den gleichen Folgen wie unter **„Kampf gegen feindlichen Anführer“** (S. 144). Bei solch hohen Einsätzen sollte die Spielleitung +150 Ruhm für den Sieg über den gegnerischen Streiter vergeben.

Lagerplünderung

Mindest-Moral: 10
Moralverlust: 3W6

Wie auch immer es ihnen gelungen ist, Feinde sind in euer Lager gelangt! Sie randalieren, morden, plündern und brandschatzen. Wenn ihr es nicht schafft, sie aufzuhalten, wird nicht nur der Rest der Armee zu einem kritischen Zeitpunkt abgelenkt, sondern auch eure Besitztümer und Pferde gehen verloren!

Wähle als Begegnung einen zufälligen Feind aus, der das Lager überfällt. In dem Durcheinander des Überfalls wirst du vom Rest deines Conrois getrennt; du darfst nicht die Besonnene Haltung wählen, da jeder Ritter für sich allen streitet. Glücklicherweise wollen die feindlichen Truppen keine Konfrontation, so dass dir immer nur maximal zwei Kontrahenten gegenüberstehen (auch wenn es bei einer normalen Begegnung dieser Art mehr Gegner geben würde).

Nach 1W3 Kampfrunden wählst du ein weiteres zufällige Begegnung und stehst diesen neuen Kontrahenten für den Rest der Begegnung gegenüber (falls vorhanden).

Wenn ein Ritter in einer Kampfrunde keinen Kontrahenten gegenübersteht, darf er selbst ein wenig plündern ... Markiere Selbstsüchtig und Willkürlich und wirf 1W6 auf *Tabelle 6.11: Zufällige Lagerbeute*, um zu sehen, was einfach so herumliegt, ohne dass es jemand beansprucht.

Tabelle 6.11: Zufällige Lagerbeute

1W6	Beute
1	Kleine Schmuckstücke im Wert von £1
2	Eine verirrte Zelter
3	Ein schönes Schwert (£1 Wert, +1 Schaden)
4	Schmuck im Wert von £5
5	Ein verirrtes Streitross
6	Eine der besten Rüstungen für die damalige Zeit

Jetzt kommt der üble Teil: Die Spielleitung bestimmt, ob dich jemand Wichtiges beobachtet hat (Wurf gegen einen durchschnittlichen Aufmerksamkeit-Wert von 12) und ob deine Beute erkennbar ist (dies ist ein Wurf auf Identifikation gegen die Fertigkeit des ursprünglichen Besitzers, wenn er dich mit seinem Eigentum sieht, wobei die Spielleitung eine angemessene Reaktion wählt ...).

Wenn ein Ritter beide Gegnergruppen besiegt und nicht dabei gesehen wurde, wie er seine Kameraden bestohlen hat (oder der Versuchung widerstanden hat), erhält er 50 Ruhm und Gefallen im Wert von G30, die unter verschiedenen Rittern oder Adligen aufgeteilt werden, wie es die Spielleitung für richtig erachtet.

Wenn ein Ritter eine Gruppe von Plünderern besiegt, erhält er 20 Ruhm und G10 in Form von aufgeteilten Gefallen.

Wurde der Ritter beim Stehlen beobachtet, verliert er 2 Ehre und andere Ritter können das Zielgerichtete Merkmal von Misstrauisch +5 gegenüber dem Ritter entwickeln, besonders wenn Dinge verschwinden.

Überfall auf den Versorgungszug

Mindest-Moral: 14
Moralverlust: 1W6

Die feindlichen Linien sind durchbrochen, und ihr Lager bleibt verwundbar zurück! Oder vielleicht habt ihr eine Lücke in den Linien ausgenutzt und habt freie Bahn auf unbewachte Wagen und Zelte. Jetzt ist die Zeit für einen Blitzangriff, aber beeilt euch damit. Wenn ihr euch vom Plündern ableken lasst, riskiert ihr, dass die Lagerwachen oder die zurückkehrenden Truppen euch auf frischer Tat ertappen.

Handle diese Gelegenheit in mehreren Phasen ab. Es liegt an jedem einzelnen Charakter, wie weit er sein Glück strapazieren will ...

Ritter, die an der ersten Phase teilnehmen, müssen ihr Selbstsüchtig-Merkmal markieren. Dann wirf 1W6 auf *Tabelle 6.12: Zufällige Lagerbeute*, um zu sehen, was einfach so herumliegt, ohne dass es jemand beansprucht.

Tabelle 6.12: Zufällige Lagerbeute

1W6	Beute
1	Kleine Schmuckstücke von £1W6 (Ringe, Ketten, usw.)
2	Ein herrenloser Zelter
3	Ein wirklich schönes Schwert (£1 Wert, +1 Schaden)
4	Münzen im Wert von £2W6
5	Ein verirrtes Streitross
6	Eine der besten Rüstungen für die damalige Zeit

Der Ritter darf weiter plündern und würfelt für jede weitere Phase erneut auf *Tabelle 6.12*. Er darf dies noch zwei weitere Male tun, bevor garantiert Feinde erscheinen.

Der zweite Wurf markiert Willkürlich, während der dritte Wurf Waghalsig markiert. Wenn der Ritter außerdem ein Ergebnis würfelt, das er bereits gewürfelt hat, muss er sich einem Kontrahenten stellen, statt Beute zu finden!

Wenn dies mit dem zweiten Wurf geschieht, steht er 1W3+1 Speerkämpfern (oder dem Äquivalent in der aktuellen Armee) gegenüber – ihre Attribute finden sich auf S. 158. Beachte, dass dies keine Begegnung ist! Bestreite dies wie einen normalen Kampf. Andere Charaktere dürfen dem Ritter nicht zu Hilfe kommen, da davon ausgegangen wird, dass sich alle verteilt haben und darauf konzentriert sind, sich zu holen, was sie können. Es wird auch angenommen, dass die plündernden Ritter absteigen und ihren Knappen die Verantwortung für die Pferde überlassen (alle Knappenwürfe erleiden –5). Wenn dies mit dem dritten Wurf geschieht, müssen sie sich 1W3 Durchschnittlichen Rittern (S. 156) zu Fuß stellen. Ritter von Spielern, die den Wunsch äußern, für eine vierte Phase zu plündern, markieren weder irgendwelche Merkmale noch würfeln sie auf der Lagerbeutetabelle. Stattdessen müssen sie gegen einen berittenen Erfahrenen Ritter (S. 156) kämpfen; viel Glück für sie!

Spielleiter-charaktere

Kapitel VII

Ritter mögen großen Ruhm für das Erschlagen schrecklicher Ungeheuer erringen, aber sie verbringen die meiste Zeit damit, mit Menschen aus jeder Schicht der feudalen Gesellschaft zu interagieren. In diesem Kapitel werden Attribute für eine Vielzahl von speziellen und allgemeinen Personen vorgestellt, mit denen die Spielleitung ihre Version von Artus' Britannien bevölkern kann.

Nur die Fertigkeiten, Merkmale und Leidenschaften, die für das Spiel notwendig sind, sind in den Spielwertblöcken enthalten. Spielleitungen steht es ansonsten frei, weitere hinzuzufügen oder die vorhandenen abzuändern.

Hauptcharaktere

Hier sind die Attribute für wichtige, namentlich genannte Spielleitercharaktere aufgeführt, die während der Periode des Knabenkönigs aktiv waren. Darunter sind viele außergewöhnliche Personen, die außerhalb des üblichen, regulären Volkes liegen und nicht als Vertreter typischer Ritter angesehen werden sollten.

Vollständige Charakterbögen sind nicht vorgesehen; diese sind nicht notwendig. Wenn die Spielleitung Informationen benötigt, die hier nicht angegeben sind, entscheide einfach selbst und drücke damit deiner Version eines berühmten Artus-Charakters einen persönlichen Stempel auf.

Gegner

Die Attribute für Kämpfer brauchen keine vollständigen Charakterbögen. Tatsächlich sind die meisten der hier dargestellten, abgekürzten Charakterinformationen auch nicht unbedingt notwendig, sondern nur für den Fall enthalten, dass die Spielleitung sie gebrauchen kann.

Gemeine Leute

Eines der Themen, die sich durch diese Charaktere ziehen, ist, dass die Gemeinen feige und unterwürfig gegenüber ihren Vorgesetzten sind, was sich in ihrem gemeinsamen Vernunft-Wert ausdrückt. Wenn es hart auf hart kommt, verschlucken Gemeine ihre Zunge, gehen Konfrontationen aus dem Weg und fliehen, wenn nötig, vor Angst. Aber vergiss nie, dass sie ihre Familien genauso lieben wie alle anderen, und unrechtmäßige Taten, die böse Ritter ihren Verwandten antun, können sie zu leidenschaftlicher Feindseligkeit aufstacheln. In den meisten Szenarien sind sie den Adligen zahlenmäßig überlegen, immer im Hintergrund und fast unsichtbar, sofern sie nicht gerufen werden.

Adlige

Dies sind die gewöhnlichen Adligen, die die feudale Welt am Laufen halten. Keiner von ihnen ist für seine Fertigkeiten berühmt, aber sie beherrschen die höfischen und standesgemäßen Künste. Sie sollten alle einen Namen haben; diesen kannst du dir gerne selbst ausdenken. Passe ihre Eigenschaften, Leidenschaften, Fertigkeiten und Kampffertigkeiten an die Bedürfnisse der Geschichte an, vor allem wenn sie als Gemahl/Gemahlin eines Spielercharakters oder als Geliebte in einer Romantischen Queste dienen sollen.

Religiöse Leute, Zauberer und Heilige

Heilige können ehemalige Ritter, Ladys, Mitglieder des Klerus oder Gemeine sein. Die hier aufgeführten Personen sind heilige Geistliche, die von Gott wegen ihrer Güte berührt wurden. Nicht-heilige Kleriker und sogar korrupte Kleriker können ganz einfach erschaffen werden, indem man Wunder aus den Spielwertblöcken entfernt und ihre Merkmale und Leidenschaften nach Belieben herabsetzt oder erhöht. Siehe S. 110 zur Mechanik von Wundern.

Heidnische Zauberer können religiöse Menschen sein, wie Druiden oder Herrinnen des Sees, oder autodidaktische Mystiker, wie Hexen oder Hexenmeister. Alle haben Zugang zu Kräften, die Talente genannt werden. Auf S. 105 findest du die Regeln zu Wahrsagerei, Verzauberung, Zauberglanz und Heilmagie.

Hauptcharaktere

König Artus

Als unehelicher Sohn eines Königs geboren, von Merlin entführt und an den Ufern des fernen Llyn Tegid aufgezogen, ist der „Knabenkönig" eigentlich schon ein junger Mann, als ihm sein Schicksal im Hof der Kathedrale von St. Paul's offenbart wird. Dies sind die Attribute für Artus, unmittelbar nachdem er in Carlion zum Hochkönig gekrönt wurde. Er ist ein unerfahrener Ritter, der die Voraussetzungen des Königtums nicht kennt und sich stattdessen auf die Führung Merlins verlässt. Dennoch verkörpert er bereits alle Eigenschaften des Kodex' der Ritterlichkeit.

Charakteristische Eigenschaften: Prüfende Augen; breitschultrig
Geburtsjahr: 492
Ruhm: 3.000*

***Anmerkung:** Artus' wahre Abstammung bleibt unbekannt; als sich herausstellt, dass er der Sohn und Erbe König Uthers ist, erbt er weitere 4.000 Ruhm

Sir Artus

Hochkönig Britanniens

GRO	GES	STR	KON	AUS
14	15	16	16	15

Attacken

Waffe	Fertigkeit	Wert	Schaden
Lanze	*Sturmangriff*	*12*	*6W6*
Dolch	Handgemenge	8	2W6+5
Ritterschwert	Schwert	13	5W6

Gesundheit

Attribut	Wert
Trefferpunkte	30
Niederschlag	14
Schw. Verwundung	16
Bewusstlos	8

Sonstiges

Attribut	Wert
Bewegung	21
Rüstungspunkte	16+6
Ruhm-Belohnung	25
Heilungsrate	3

Rüstung: Rüstung der Ritterlichkeit, Erweitertes Ringpanzerhemd, Erweiterter Nasalhelm, Aketon + Mandelschild
Merkmale: Bescheiden 16, Besonnen 14, Ehrlich 15, Fromm 12, Gerecht 18, Gnädig 17, Großzügig 18, Keusch 6, Maßvoll 12, Nachsichtig 11, Tapfer 16, Tatkräftig 17, Vertrauend 17
Zielgerichtete Merkmale: Vertrauend (Merlin) +5
Ehre: 15
Leidenschaften: Gastfreundschaft 15, Liebe (Familie) 16,Ritterlichkeit 10, Stand 10
Fertigkeiten: Aufmerksamkeit 13, Erste Hilfe 10, Höfische Sitten 12, Intrigen 10, Liebelei 15, Redekunst 12, Reitkunst 12, Schlacht 7

Lady Guinevere

Dies ist die junge Prinzessin, Tochter von König Leodegrance, im Jahr 514, die schönste Frau der Welt. Durch die königliche Hochzeit und ihre Krönung gewinnt sie 3.500 Ruhm und erhält Leidenschaft Liebe (Artus) 10.

Lady Guinevere ist als Thronfolgerin eines Königreichs aufgewachsen und beherrscht die Künste der Diplomatie und der höfischen Raffinesse.

Charakteristische Eigenschaften: Erdbeerblonde Locken; verschmitztes Zwinkern; Musikalische Stimme
Geburtsjahr: 497
Ruhm: 3.000

Lady Guinever

Prinzessin von Cameliard, zukünftige Königin Britanniens

GRO	GES	STR	KON	AUS
9	15	12	14	22*

Attacken

Waffe	Fertigkeit	Wert	Schaden
Dolch	Handgemenge	11	2W6+4
Ritterschwert	Schwert	8	4W6

Gesundheit

Attribut	Wert
Trefferpunkte	23
Niederschlag	9
Schw. Verwundung	14
Bewusstlos	6

Sonstiges

Attribut	Wert
Bewegung	19
Rüstungspunkte	0
Ruhm-Belohnung	—
Heilungsrate	3

Besitztümer: Putz und Reichtümer, die einer Lady ihres Standes ziemlich sind. Ihr Modegeschmack wird schon bald die Vorlieben aller Damen bei Hofe vorgeben; sie präsentiert sich stets makellos.
Merkmale: Bescheiden 6, Besonnen 4, Ehrlich 12, Fromm 9, Gerecht 15, Gnädig 12, Großzügig 15, Keusch 12, Maßvoll 12, Nachsichtig 6, Tapfer 15, Tatkräftig 13, Vertrauend 8
Ehre: 16
Leidenschaften: Gastfreundschaft 14, Liebe (Familie) 14,Pflicht (Vasallen) 5, Treueschwur König Leodegrance) 13
Fertigkeiten: Belagerung 9, Belesenheit 3, Erste Hilfe 15, Falknerei 9,Heilkunst 14, Höfische Sitten 15, Identifikation 14, Intrigen 19, Komponieren 8, Liebelei 15, Mode 11, Redekunst 18, Reitkunst 8, Spielen 15, Tanz 18, Volksweisheit 5
***Anmerkung:** Guinevere besitzt Transzendente Schönheit (siehe **„Unbeabsichtigte Bewunderung"** auf S. 89 des **Pendragon**-*Regelwerks*).

Merlin der Zauberer

Merlin ist der mächtigste Zauberer aller Zeiten. Er ist der Sohn eines Inkubus und einer menschlichen Prinzessin. Er wurde bei seiner Geburt getauft, bevor der Dämon von seiner Seele Besitz ergreifen konnte. Normalerweise erscheint er als mysteriöser, älterer Herr mit langen grauen Haaren und Bart, aber genauso oft nimmt er die Gestalt anderer Menschen oder sogar von Tieren an.

Merlin ist weise und kennt die druidischen Überlieferungen Britanniens ebenso wie die des Christentums und aller anderen Religionen und Philosophien. Er dient in einer Doppelrolle als Berater von König Artus und als Erzdruide von Britannien.

Merlin hat durch sein jenseitiges Erbe eine übernatürliche Stärke und Gesundheit, aber er ist auch abnormal behaart und sehr hässlich. Sein unmenschliches Blut prädisponiert ihn zur Lüsternheit, und Geschichten über seine lüsternen Heldentaten und Verführungen sind weit verbreitet. Er verfügt über geschärfte Sinne, kennt instinktiv die Wege der Heilung und der Wildnis, kann jede Sprache sprechen und hat dank seines Lehrers Blaise alle Künste der Menschen gemeistert.

Er ist ein hervorragender Taktiker und Reiter, hat aber eine schlechte natürliche Waffenfertigkeit. Obwohl er seine Magie zur Verteidigung einsetzen kann, vermeidet er es normalerweise, in einen Kampf zu geraten. Er zieht es vor, unantastbar anstatt hart zu sein.

Als Zauberer wird er von allen rechtschaffenden Menschen gefürchtet mit Misstrauen bedacht. Er besitzt große magische Talente und kann so die Zukunft vorhersagen, Schwere Verwundungen heilen, vorübergehend Dinge erschaffen, seine Gestalt verändern, sich verbergen und sich sehr schnell im Land bewegen. Einst war er der vertrauenswürdigste Berater König Uthers, bevor er wegen Entführung vom Hof verbannt wurde; er hat andere Könige beraten, darunter auch Lot, aber jetzt widmet er seine ganze Aufmerksamkeit und Weisheit der Aufgabe, den Knabenkönig Artus zum größten Monarchen Britanniens zu formen.

Er behauptet, das Beste für Britannien im Sinn zu haben, aber wer kann einem Zauberer wirklich vertrauen? Von Zeit zu Zeit verschwindet er in seinem privaten Versteck, um sich von seinen magischen Anstrengungen zu erholen.

Charakteristische Eigenschaften: Abnorm behaart; beunruhigender Blick
Geburtsjahr: 458
Ruhm: Keiner

Merlin

Der Große Erzdruide zu Beginn von Artus' Herrschaft

GRO	GES	STR	KON	AUS
18*	17	28*	19	9

Attacken

Waffe	Fertigkeit	Wert	Schaden
Zauberstab	2H-Schaftwaffe	20 (+6)*	7W6

Gesundheit

Attribut	Wert
Trefferpunkte	23
Niederschlag	12
Schw. Verwundung	11
Bewusstlos	6

Sonstiges

Attribut	Wert
Bewegung	18
Rüstungspunkte	20*
Ruhm-Belohnung	-
Heilungsrate	4

Besitztümer: Keine. Merlin trägt zerfledderte Bettlerlumpen, wenn er in seiner normalen Gestalt bei Hofe ist oder wenn er bei heidnischen Zeremonien amtiert. Durch seine Künste reist er, wohin er will, erscheint, wie er will, und macht, was er braucht. Er hat keine Verwendung für Geld oder Prunk.

Merkmale: Besonnen 14, Ehrlich 20, Fromm 20, Gerecht 20, Gnädig 8, Großzügig 20, Lüstern 20, Maßvoll 0, Nachsichtig 12, Stolz 20, Tapfer 6, Tatkräftig 19, Vertrauensvoll 10

Leidenschaften: Ergebenheit (Britannien) 20 (+4), Loyalität (Artus) 16

Fertigkeiten: Aufmerksamkeit 20 (+1), Erste Hilfe 20 (+4)*, Falknerei 5, Gesang 10, Heilkunst 20*, Höfische Sitten 20 (+1)*, Identifikation 16, Instrumentenspiel (beliebig) 19, Intrigen 10, Jagd 20 (+1)*, Komponieren 10, Liebelei 10, Redekunst 18, Religion (Andere) 20*, Religion (Christlich) 20 (+2)*, Religion (Heidnisch) 20 (+4)*, Schreiber 20* (Gabe der Zungen, alle Sprachen), Spielen 20 (+1)*, Tanz 9, Verwaltung 5, Volksweisheit 20 (+1)*

***Anmerkung:** Merlin besitzt ein jenseitiges Erbe, das einige seiner grundlegenden Charakteristika auf unnatürliche Weise verstärkt (ohne seine Abgeleiteten Charakteristiken zu beeinflussen), ihm eine „Rüstung" gegen körperlichen Schaden verleiht und ihm übernatürliche Kenntnisse in einer Vielzahl von Fertigkeiten gewährt.

Magische Talente: Heilung 20 (+10), Verzauberung 20 (+10), Wahrsagerei 20 (+10), Zauberglanz 20 (+10). Trotz seines jenseitigen Erbes ist der Merlin immer noch ein Wesen aus Fleisch und Blut und unterliegt daher der gleichen magischen Erschöpfung wie jeder andere menschliche Zauberer. Für die Geschichte kann die Spielleitung ihn jedoch nach Belieben einsetzen, ohne dass es eine Grenze für die Anzahl und Qualität der Talente gibt, die er einsetzen kann. In der Literatur neigt der Merlin dazu, Magie nur dann einzusetzen, wenn es nötig ist, und nur selten exzessiv – wenn er es aber tut, kann es spektakulär sein.

Artefakt: Ein magischer Stab, der Kontrahenten entwaffnet. Merlin muss sich in Kurzer Fernwaffenreichweite befinden; er kann im Nahkampf gebunden sein. Die Spielleitung legt einen Vergleichswurf gegen die Waffe ab, die der Angreifer benutzt. Wenn Merlin gewinnt, wird die Waffe des Kontrahenten aus seinem Griff gerissen und nach Belieben an einen beliebigen Ort in Sichtweite von Merlin geschleudert.

König Pellinore de Galis

Sir Pellinore ist König der Menschen und der Inseln in Cambria. Er ist ein Mann der „alten Sitten", immer noch ein Heide, und er ist von einer unnatürlichen Leidenschaft besessen, das große und geheimnisvolle Questentier zu fangen.

Diese Obsession führt dazu, dass Pellinore sich jahrelang von seinem Reich entfernt. Auf seinen Reisen hat der lüsterne Heidenkönig bei viele Frauen gelegen, genug, um einen ganzen Clan von Bastarden zu zeugen – den De Gales-Clan.

Neben Merlin, dem Zauberer, ist König Pellinore der treueste und wertvollste Verbündete des Knabenkönigs.

Charakteristische Eigenschaften: Kräftige Statur; prächtiger Bart; tiefe Stimme
Geburtsjahr: 473

Sir Pellinore

Der Questritter

GRO	GES	STR	KON	AUS
17	16	18	17	17

Attacken

Waffe	Fertigkeit	Wert	Schaden
Lanze	*Sturmangriff*	*20 (+10)*	*6W6*
Speer	Speer	20 (+10)	6W6+2
Ritterschwert	Schwert	20 (+6)	6W6+2

Gesundheit

Attribut	Wert
Trefferpunkte	34
Niederschlag	17
Schw. Verwundung	17
Bewusstlos	9

Sonstiges

Attribut	Wert
Bewegung	22
Rüstungspunkte	12+6
Ruhm-Belohnung	200
Heilungsrate	5

Rüstung: Erweitertes Ringpanzerhemd, Erweiterter Nasalhelm, Aketon + Mandelschild
Merkmale: Besonnen 6, Ehrlich 17, Fromm 12, Gerecht 12, Gnädig 12, Großzügig 17, Lüstern 18, Maßvoll 10, Nachsichtig 13, Stolz 17, Tapfer 17, Tatkräftig 18, Vertrauend 10
Zielgerichtete Merkmale: Misstrauisch (Der Pendragon) +4, Misstrauisch (andere Cambrische Könige) +9
Obsessions: Habgier (Glatisant, das Questentier) +28
Ehre: 17
Leidenschaften: Gastfreundschaft 15, Hass (Iren) 10, Liebe (Familie) 12, Stand 14
Fertigkeiten: Aufmerksamkeit 16, Erste Hilfe 17, Falknerei 8, Höfische Sitten 10, Identifikation 8, Instrumentenspiel 11, Intrigen 5, Jagd 20 (+4), Liebelei 15, Redekunst 7, Reitkunst 20 (+10), Religion (Heidnisch) 11, Schlacht 18, Volksweisheit 11

König Lot von Lothian

Als gerissener und mächtiger heidnischer König regiert Lot das große Königreich Lothian. Er ist ein gefährlicher Kämpfer und hat viele Schlachten im Norden gewonnen. Er genießt die Loyalität oder zumindest den Gehorsam aller nördlichen Könige sowie die Treue vieler wilder piktischer Stämme in den Hochlanden. Er ist der Patriarch des Orkney-Rittergeschlechts, zu dem so namhafte Persönlichkeiten wie Gawaine, Gaheris und Agravaine gehören.

Lot begehrt den Titel des Hochkönigs seit den Tagen von Uther Pendragon. Heute hält er sich für den mächtigsten König in ganz Britannien, der sich das Recht auf die Krone durch Können, Gerissenheit und Ausdauer verdient hat. Von einem „bartlosen Bastard" um diesen Titel gebracht zu werden, ist die schlimmste Beleidigung, die er sich vorstellen kann.

Charakteristische Eigenschaften: Buschige Augenbrauen; charmanter Akzent
Geburtsjahr: 467

Sir Lot

Lord des Nordens

GRO	GES	STR	KON	AUS
12	13	17	15	14

Attacken

Waffe	Fertigkeit	Wert	Schaden
Lanze	*Sturmangriff*	*20*	*6W6*
Dolch	Handgemenge	7	2W6+5
Ritterschwert	Schwert	20 (+3)	5W6

Gesundheit

Attribut	Wert
Trefferpunkte	27
Niederschlag	12
Schw. Verwundung	15
Bewusstlos	7

Sonstiges

Attribut	Wert
Bewegung	20
Rüstungspunkte	12+6
Ruhm-Belohnung	100
Heilungsrate	3

Rüstung: Erweitertes Ringpanzerhemd, Aketon, Erweiterter Nasalhelm + Mandelschild
Merkmale: Besonnen 6, Ehrlich 12, Fromm 9, Gerecht 6, Gnädig 7, Großzügig 9,Lüstern 13, Maßvoll 12, Nachsichtig 13, Stolz 16, Tapfer 19, Tatkräftig 20, Vertrauend 2
Zielgerichtete Merkmale: Misstrauisch (Der Pendragon) +6, Misstrauisch (Pikten) +10
Ehre: 14
Leidenschaften: Gastfreundschaft 14, Liebe (Familie) 15, Pflicht (Vasallen) 17
Fertigkeiten: Aufmerksamkeit 17, Belagerung 16, Erste Hilfe 13, Höfische Sitten 9, Identifikation 9, Intrigen 14, Liebelei 14, Redekunst 15, Reitkunst 17, Schlacht 20 (+5), Volksweisheit 9

Sir Ulfius, Herzog des Tales

Herzog Ulfius ist der mächtigste Fürst, der die Vergiftung des Heiligen Albans überlebt und seine Macht als wichtige Figur während der Anarchie aufrechterhalten hat. Jetzt, in seinem hohen Alter, hofft er, sein stolzes Erbe an seine Söhne weiterzugeben, die viel vom aristokratischen Stolz ihres Vaters, aber wenig von seiner Tugendhaftigkeit oder Gravitas haben.

Ulfius ist durch und durch ein romanisierter Brite, ein Bindeglied zu einer sich immer weiter entfernenden Vergangenheit. Sein Titel, Herzog des Tales, existiert seit undenklichen Zeiten. Als Herzog ist er für die Verteidigung des Tals, auch Thames Valley genannt, verantwortlich und es ist größtenteils seinen Bemühungen zu verdanken, dass die sächsische Geißel im Süden so weit eingedämmt wurde, wie es während der Anarchie der Fall war.

Charakteristische Eigenschaften: Zotteliger Bart; Schlupflider
Geburtsjahr: 439

Herzog Ulfius

Königlicher Kämmerer

GRO	GES	STR	KON	AUS
13	9	11	12	8

Attacken

Waffe	Fertigkeit	Wert	Schaden
Lanze	*Sturmangriff*	*18*	*6W6*
Saufeder	Speer	20	4W6
Ritterschwert	Schwert	20	4W6

Gesundheit

Attribut	Wert
Trefferpunkte	25
Niederschlag	13
Schw. Verwundung	12
Bewusstlos	6

Sonstiges

Attribut	Wert
Bewegung	15
Rüstungspunkte	12+6
Ruhm-Belohnung	100
Heilungsrate	2

Rüstung: Erweitertes Ringpanzerhemd, Aketon, Erweiterter Nasalhelm + Mandelschild
Merkmale: Bescheiden 2, Besonnen 18, Ehrlich 10, Fromm 10, Gerecht 8, Gnädig 11, Großzügig 6, Keusch 13, Maßvoll 14, Nachsichtig 11, Tapfer 20, Tatkräftig 19, Vertrauend 8
Zielgerichtete Merkmale: Nachsichtig (Söhne) +5, Vertrauend (König Artus) +7
Ehre: 14
Leidenschaften: Gastfreundschaft 12, Liebe (Familie) 18,Pflicht (Vasallen) 15, Stand 16, Treueschwur (König Artus) 20
Fertigkeiten: Aufmerksamkeit 12, Belagerung 17, Erste Hilfe 12, Höfische Sitten 16, Identifikation 15, Intrigen 18, Jagd 20, Redekunst 14, Reitkunst 20, Schlacht 19, Verwaltung 15

Sir Ector

Ein rustikaler Ritter aus dem nördlichen Cambria. Sir Ector ist König Artus' Ziehvater, der ihn von Merlin, dem Zauberer, empfing, als Artus noch ein Kleinkind war. Er ist ein Mann von großer Ehre, der sowohl Artus als auch seinen leiblichen Sohn, Sir Kay, sehr liebt.

Merlin scheint Sir Ector sowohl wegen seiner Loyalität gegenüber König Uther als auch wegen der abgelegenen Lage seines Anwesens ausgewählt zu haben. Trotz der hohen Ehre des Ritters hat Merlin Sir Ector nichts von Artus' wahrer Abstammung erzählt. Dennoch erkannte Ector die Bedeutung seines Mündels und ließ seine Frau den kleinen Kay einer Amme übergeben, damit sie den neugeborenen Artus selbst stillen konnte.

Als Artus das Schwert aus dem Stein zog, verlangte sein Ziehvater nur, dass er Kay zu seinem Seneschall ernenne – eine Bitte, die der Knabenkönig gerne erfüllte.

Charakteristische Eigenschaften: Freundliche Augen; dickbäuchig
Geburtsjahr: 460

Sir Ector

Ein ehrlicher und frommer Mann

GRO	GES	STR	KON	AUS
15	11	14	16	10

Attacken

Waffe	Fertigkeit	Wert	Schaden
Lanze	*Sturmangriff*	*15*	*6W6*
Streitkolben	Schaftwaffe	13	5W6
Ritterschwert	Schwert	18	5W6

Gesundheit

Attribut	Wert
Trefferpunkte	31
Niederschlag	15
Schw. Verwundung	16
Bewusstlos	8

Sonstiges

Attribut	Wert
Bewegung	18
Rüstungspunkte	10+6
Ruhm-Belohnung	50
Heilungsrate	3

Rüstung: Ringpanzerhemd, Aketon, Nasalhelm, Mandelschild
Merkmale: Bescheiden 13, Besonnen 10, Ehrlich 12, Fromm 13, Gerecht 12, Gnädig 13, Großzügig 14, Keusch 13, Maßvoll 11, Nachsichtig 13, Tapfer 18, Tatkräftig 14, Vertrauend 12
Ehre: 16
Leidenschaften: Gastfreundschaft 18, Liebe (Familie) 18, Stand 11, Treueschwur (König Artus) 20
Fertigkeiten: Aufmerksamkeit 10, Erste Hilfe 13, Höfische Sitten 10, Identifikation 10, Jagd 20, Redekunst 8, Reitkunst 18, Schlacht 10, Verwaltung 10, Volksweisheit 14

Sir Kay

Dies ist der junge Sir Kay als mutiger und selbstbewusster Kämpe in seiner Blütezeit, etwa zur Zeit von Artus' Hochzeit. Er bekleidet das wichtige Amt des Seneschalls unter seinem Ziehbruder Artus.

Als König Artus Lady Guinevere heiratet, ist Sir Kay wie viele andere am Hof von ihrer Anmut und Schönheit begeistert. Die unten stehende Bewunderung-Leidenschaft spiegelt diese Entwicklung wider und ist natürlich nicht vor der königlichen Hochzeit im Jahr 514 vorhanden.

Sir Kay wird am Hof schnell für seine ruppige Persönlichkeit bekannt. Er wirkt wie jemand, der ständig von den Unannehmlichkeiten des Lebens genervt ist und seine Untergebenen und geringer gestellten Standesgenossen einem ständigen Strom von Spott aussetzt.

Charakteristische Eigenschaften: Bulldoggengesicht; flachsblond
Geburtsjahr: 489

Sir Kay

Artus' Ziehbruder und königlicher Seneschall

GRO	GES	STR	KON	AUS
10	13	9	18	8

Attacken

Waffe	Fertigkeit	Wert	Schaden
Lanze	*Sturmangriff*	*19*	*6W6*
Dolch	Handgemenge	10	2W6+3
Ritterschwert	Schwert	18	3W6

Gesundheit

Attribut	Wert
Trefferpunkte	28
Niederschlag	10
Schw. Verwundung	18
Bewusstlos	7

Sonstiges

Attribut	Wert
Bewegung	16
Rüstungspunkte	11+6
Ruhm-Belohnung	50
Heilungsrate	4

Rüstung: Erweitertes Ringpanzerhemd, Aketon, Nasalhelm + Mandelschild

Merkmale: Bescheiden 10, Besonnen 10, Ehrlich 15, Fromm 10, Gerecht 16, Gnädig 7, Großzügig 12, Keusch 11, Maßvoll 10, Nachsichtig 8, Tapfer 10, Tatkräftig 16, Vertrauend 10

Zielgerichtete Merkmale: Rachsüchtig (Persönliche Kränkungen) +2; Stolz (Unter Neuankömmlingen) +5

Ehre: 13

Leidenschaften: Bewunderung (Guinevere) 18, Gastfreundschaft 6, Liebe (Familie) 12, Pflicht (Vasallen) 14, Stand 15, Treueschwur (König Artus) 19

Fertigkeiten: Aufmerksamkeit 18, Belesenheit 17, Erste Hilfe 11, Höfische Sitten 20 (+2), Identifikation 17, Intrigen 17, Jagd 15, Redekunst 14, Reitkunst 16, Schlacht 6, Tanz 8, Verwaltung 17, Volksweisheit 18

Sir Robert, Graf von Salisbury

Dies ist der junge Graf von Salisbury im Jahr 510, kurz nachdem er den Titel angenommen hat. Weitgehend unerprobt, ist er ein eifriger Unterstützer des Knabenkönigs und ein großer Feind der Sachsen.

Sir Robert stammt von einer stolzen und mächtigen Linie von Kriegsherren ab. Sein Urgroßvater, Lord Renn, war ein gerissener Anführer, der sein Volk beschützte, als der Einfluss Roms auf Britannien schwand und die Bedrohung durch Sachsen und ehrgeizige Nachbarn zunahm. Sein Großvater, Graf Robyn, führte die Grafschaft Salisbury durch die dunklen Zeiten nach dem Abzug der Legionen, als der Tyrann Vortigern durch die siegreichen Armeen von Aurelius Ambrosius, dem ersten Pendragon, fiel; sein Vater, Graf Roderick, diente König Uther treu. Tragischerweise fanden beide Männer durch niederträchtigen Verrat den Tod.

Graf Robert wuchs während der Anarchie auf, die auf den Tod von Uther und den meisten der großen Fürsten Britanniens folgte. Er lernte die Kunst der Diplomatie von seiner Mutter, Gräfin Ellen, und die Kunst des Krieges von Dame Aspara. Jetzt ist er bereit, die Führung zu übernehmen.

Charakteristische Eigenschaften: Buschiger Schnurrbart; durchdringender Blick
Geburtsjahr: 492

Sir Robert

Graf von Salisbury

GRO	GES	STR	KON	AUS
11	17	12	14	11

Attacken

Waffe	Fertigkeit	Wert	Schaden
Lanze	*Sturmangriff*	*15*	*6W6*
Ritterschwert	Schwert	13	4W6

Gesundheit

Attribut	Wert
Trefferpunkte	25
Niederschlag	11
Schw. Verwundung	14
Bewusstlos	6

Sonstiges

Attribut	Wert
Bewegung	20
Rüstungspunkte	10+6
Ruhm-Belohnung	25
Heilungsrate	3

Rüstung: Ringpanzerhemd, Nasalhelm, Aketon + Mandelschild

Merkmale: Bescheiden 12, Besonnen 8, Ehrlich 16, Fromm 8, Gerecht 6, Gnädig 5, Großzügig 13,Keusch 10, Maßvoll 11, Nachsichtig 6, Tapfer 16 , Tatkräftig 9, Vertrauend 12

Ehre: 13

Leidenschaften: Hass (Sachsen) 17, Liebe (Familie) 12, Stand 15

Fertigkeiten: Aufmerksamkeit 7, Erste Hilfe 10, Höfische Sitten 5, Reitkunst 12, Schlacht 11, Tanz 12

Dame Aspara

Dame Aspara ist eine der großen Ritterinnen von Salisbury, die Tochter eines alanischen Reiters, der im Sattel geboren wurde. Sie diente zuerst Roderick von Salisbury und dient jetzt seinem Sohn mit gleicher Ergebenheit.

Wie ihr Schützling Graf Robert hat Dame Aspara erst vor kurzem ihren aktuellen Titel als Marschallin von Salisbury erhalten. Sie ist dafür verantwortlich, das Militär der Grafschaft zu organisieren und auszurüsten, die Disziplin aufrechtzuerhalten, die Logistik zu verwalten und die Truppen in die Schlacht zu führen. Sie hat auch eine zeremonielle Rolle an Roberts Hof und führt den Vorsitz bei Turnieren.

Aspara gilt als lebende Legende in Salisbury, denn sie soll von den mythischen Amazonen abstammen und mit dem ersten Pendragon, König Aurelius Ambrosius, marschiert sein. Sie gehörte zu den ersten weiblichen Rittern in Britannien und hat bewiesen, dass sie auch in ihren letzten Lebensjahren allen Herausforderern gewachsen ist.

Charakteristische Eigenschaften: Stahlgraues Haar; stechender Blick
Geburtsjahr: 446

Dame Aspara

Kastellanin der Felsenburg

GRO	GES	STR	KON	AUS
10	15	14	15	12

Attacken

Waffe	Fertigkeit	Wert	Schaden
Lanze	*Sturmangriff*	*20*	*6W6*
Speer	Speer	20	4W6
Ritterschwert	Schwert	20 (+1)	4W6

Gesundheit

Attribut	Wert
Trefferpunkte	25
Niederschlag	10
Schw. Verwundung	15
Bewusstlos	6

Sonstiges

Attribut	Wert
Bewegung	20
Rüstungspunkte	11+6
Ruhm-Belohnung	100
Heilungsrate	3

Rüstung: Ringpanzerhemd, Aketon, Erweiterter Nasalhelm + Mandelschild
Merkmale: Bescheiden 9, Besonnen 10, Ehrlich 13, Fromm 10, Gerecht 16, Gnädig 10, Großzügig 14, Keusch 10, Maßvoll 7, Nachsichtig 8, Tapfer 20 (+1), Tatkräftig 20, Vertrauend 8
Zielgerichtete Merkmale: Vertrauend (Graf von Salisburg) +6
Ehre: 17
Leidenschaften: Gastfreundschaft 12, Liebe (Familie) 8, Pflicht (Vasallen) 12, Stand 10, Treueschwur (Graf von Salisbury) 20
Fertigkeiten: Aufmerksamkeit 15, Erste Hilfe 13, Höfische Sitten 15, 17, Jagd 12, Redekunst 14, Reitkunst 20, Schlacht 16, Volksweisheit 10

Gegner

Ritter

Hier werden typische Ritter präsentiert. Der zentrale Unterschied zwischen den Typen sind ihre Fertigkeitswerte. Ändere die Werte der Fertigkeiten und füge Eigenschaften und Leidenschaften hinzu oder modifiziere sie, um für Abwechslung zu sorgen.

Unerprobter Ritter

Ein Ritter zu Beginn seiner Laufbahn noch nicht in der Schlacht erprobt

GRO	GES	STR	KON	AUS
14	11	11	14	2W6+3

Attacken

Waffe	Fertigkeit	Wert	Schaden
Lanze	*Sturmangriff*	*13*	*6W6*
Dolch	Handgemenge	10	2W6+4
Ritterschwert	Schwert	13	4W6

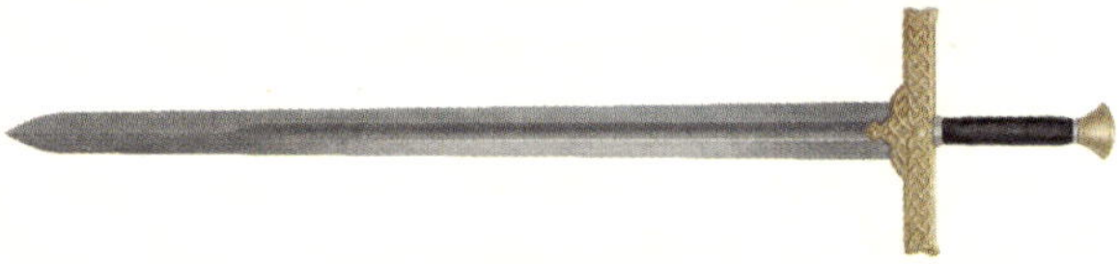

Gesundheit

Attribut	Wert
Trefferpunkte	28
Niederschlag	14
Schw. Verwundung	14
Bewusstlos	7

Sonstiges

Attribut	Wert
Bewegung	16
Rüstungspunkte	10+6
Ruhm-Belohnung	25
Heilungsrate	3

Rüstung: Ringpanzerhemd, Aketon, Nasalhelm + Mandelschild
Merkmale: Tapfer 15
Ehre: 15
Leidenschaften: Treueschwur/Mannestreue (Lehnsherr) 15
Fertigkeiten: Aufmerksamkeit 7, Erste Hilfe 10, Höfische Sitten 10, Identifikation 7, Jagd 8, Reitkunst 13, Schlacht 10

Durchschnittlicher Ritter

Ein typischer Haus- oder Söldnerritter

GRO	GES	STR	KON	AUS
14	11	14	14	2W6+3

Attacken

Waffe	Fertigkeit	Wert	Schaden
Lanze	*Sturmangriff*	*15*	*6W6*
Dolch	Handgemenge	10	2W6+5
Ritterschwert	Schwert	15	5W6

Gesundheit

Attribut	Wert
Trefferpunkte	28
Niederschlag	14
Schw. Verwundung	14
Bewusstlos	7

Sonstiges

Attribut	Wert
Bewegung	18
Rüstungspunkte	10+6
Ruhm-Belohnung	25
Heilungsrate	3

Rüstung: Ringpanzerhemd, Nasalhelm, Aketon + Mandelschild
Merkmale: Tapfer 13+1W3
Ehre: 13+1W3
Leidenschaften: Treueschwur (Lehnsherr) 13+1W3
Fertigkeiten: Aufmerksamkeit 9, Erste Hilfe 12, Höfische Sitten 10, Identifikation 9, Jagd 10, Reitkunst 15, Schlacht 10

Erfahrener Ritter

Ein Haus- oder Söldnerritter mit langjährigen Diensten und entsprechenden Narben

GRO	GES	STR	KON	AUS
15	11	15	15	2W6+3

Attacken

Waffe	Fertigkeit	Wert	Schaden
Lanze	*Sturmangriff*	*16*	*6W6*
Dolch	Handgemenge	12	2W6+5
Streitkolben	Schaftwaffe	12	5W6
Ritterschwert	Schwert	16	5W6

Gesundheit

Attribut	Wert
Trefferpunkte	30
Niederschlag	15
Schw. Verwundung	15
Bewusstlos	8

Sonstiges

Attribut	Wert
Bewegung	18
Rüstungspunkte	11+6
Ruhm-Belohnung	50
Heilungsrate	3

Rüstung: Erweiterter Ringpanzer, Aketon, Nasalhelm + Mandelschild
Merkmale: Tapfer 14+1W6
Ehre: 13+1W6
Leidenschaften: Mannestreue/Treueschwur (Lehnsherr) 15
Fertigkeiten: Aufmerksamkeit 10, Erste Hilfe 12, Höfische Sitten 11, Identifikation 10, Jagd 11, Reitkunst 16, Schlacht 11

Respektierter Ritterschlag

Ein Ritter, der sich in seiner Heimatgrafschaft einen Namen gemacht hat

GRO	GES	STR	KON	AUS
14	11	14	15	2W6+4

Attacken

Waffe	Fertigkeit	Wert	Schaden
Lanze	*Sturmangriff*	*17*	*6W6*
Dolch	Handgemenge	12	2W6+5
Ritterschwert	Schwert	17	5W6

Gesundheit

Attribut	Wert
Trefferpunkte	29
Niederschlag	14
Schw. Verwundung	15
Bewusstlos	7

Sonstiges

Attribut	Wert
Bewegung	18
Rüstungspunkte	10+6
Ruhm-Belohnung	50
Heilungsrate	3

Rüstung: Ringpanzerhemd, Aketon, Nasalhelm + Mandelschild
Merkmale: Tapfer 14+1W3
Ehre: 13+1W6
Leidenschaften: Treueschwur (Lehnsherr) 16
Fertigkeiten: Aufmerksamkeit 10, Erste Hilfe 12, Höfische Sitten 13, Identifikation 10, Jagd 11, Reitkunst 17, Schlacht 12

Namhafter Ritter

Ein Ritter, der im ganzen Königreich berühmt ist, entweder als Oberhaupt des Haushalts oder als geringerer Vasall

GRO	GES	STR	KON	AUS
15	11	14	15	2W6+4

Attacken

Waffe	Fertigkeit	Wert	Schaden
Lanze	*Sturmangriff*	*19*	*6W6*
Speer	Speer	14	5W6
Ritterschwert	Schwert	19	5W6

Gesundheit

Attribut	Wert
Trefferpunkte	30
Niederschlag	15
Schw. Verwundung	15
Bewusstlos	8

Sonstiges

Attribut	Wert
Bewegung	18
Rüstungspunkte	11+6
Ruhm-Belohnung	50
Heilungsrate	3

Rüstung: Erweiterter Ringpanzer, Aketon, Nasalhelm + Mandelschild
Merkmale: Tapfer 14+1W6
Ehre: 12+1W6
Leidenschaften: Treueschwur (Lehnsherr) 16
Fertigkeiten: Aufmerksamkeit 12, Schlacht 16, Höfische Sitten 13, Erste Hilfe 12, Reitkunst 19, Jagd 10, Identifikation 10

Renommierter Ritterschlag

Ein wohlhabender Ritter, über dessen Worte und Taten im ganzen Land gesprochen wird

GRO	GES	STR	KON	AUS
16	13	14	15	2W6+4

Attacken

Waffe	Fertigkeit	Wert	Schaden
Lanze	*Sturmangriff*	*20 (+1)*	*6W6*
Axt	Schaftwaffe	15	5W6
Ritterschwert	Schwert	20 (+1)	5W6

Gesundheit

Attribut	Wert
Trefferpunkte	31
Niederschlag	16
Schw. Verwundung	15
Bewusstlos	8

Sonstiges

Attribut	Wert
Bewegung	19
Rüstungspunkte	11+6
Ruhm-Belohnung	100
Heilungsrate	3

Rüstung: Erweiterter Ringpanzer, Aketon, Nasalhelm + Mandelschild
Merkmale: Tapfer 15+1W3
Ehre: 14+1W6
Leidenschaften: Pflicht (Vasallen) 15, eine oder mehrere auf 16
Fertigkeiten: Aufmerksamkeit 13, Erste Hilfe 13, Höfische Sitten 13, Identifikation 13, Jagd 13, Reitkunst 20 (+1), Schlacht 18

Aussergewöhnlicher Ritter

Ein unvergleichlicher Ritter, der dem Rat des Königs nahe steht

GRO	GES	STR	KON	AUS
16	14	16	18	2W6+5

Attacken

Waffe	Fertigkeit	Wert	Schaden
Lanze	*Sturmangriff*	*20 (+2)*	*6W6*
Axt	Schaftwaffe	18	5W6
Ritterschwert	Schwert	20 (+4)	5W6

Gesundheit

Attribut	Wert
Trefferpunkte	34
Niederschlag	16
Schw. Verwundung	18
Bewusstlos	9

Sonstiges

Attribut	Wert
Bewegung	20
Rüstungspunkte	12+6
Ruhm-Belohnung	100
Heilungsrate	4

Rüstung: Erweiterter Ringpanzer, Aketon, Erweiterter Nasalhelm + Mandelschild
Merkmale: Tapfer 15+1W6
Ehre: 15+1W6
Leidenschaften: Loyalität (König Artus) 12+1W6, Ritterlichkeit 8+1W6, eine oder mehrere auf 16
Fertigkeiten: Aufmerksamkeit 15, Erste Hilfe 15, Höfische Sitten 16, Identifikation 15, Jagd 15, Reitkunst 20 (+2), Schlacht 18, alle anderen Fertigkeiten auf 10

Krieger

Die meisten, die in Britannien zu den Waffen greifen, gehören natürlich nicht zum Adel. Vom feigen Banditen bis zum gepanzerten Feldwebel, der so furchterregend kämpft wie ein Lord, können die Krieger Britanniens die stärksten Verbündeten oder die erbittertsten Feinde eines Ritters sein.

Bandit

Köter und Hundesöhne, allesamt

GRO	GES	STR	KON	AUS
12	10	12	12	1W6+5

Attacken

Waffe	Fertigkeit	Wert	Schaden
Dolch	Handgemenge	8	2W6+4
Selbstbogen	Bogen	8	3W6
Speer	Speer	8	4W6

Gesundheit

Attribut	Wert
Trefferpunkte	24
Niederschlag	12
Schw. Verwundung	12
Bewusstlos	6

Sonstiges

Attribut	Wert
Bewegung	16
Rüstungspunkte	4
Ruhm-Belohnung	10
Heilungsrate	2

Rüstung: Gambeson
Merkmale: Gnädig 7, Vertrauensvoll 4, Tapfer 8
Leidenschaften: Hass (Ritter) 12
Fertigkeiten: Aufmerksamkeit 18, Jagd 16

Speerträger

Mitglied des Gefolges eines Lords, Wache einer Heimstatt

GRO	GES	STR	KON	AUS
12	11	12	14	2W6+3

Attacken

Waffe	Fertigkeit	Wert	Schaden
Dolch	Handgemenge	10	2W6+4
Speer	Speer	15	4W6
Ritterschwert	Schwert	12	4W6

Gesundheit

Attribut	Wert
Trefferpunkte	26
Niederschlag	12
Schw. Verwundung	14
Bewusstlos	7

Sonstiges

Attribut	Wert
Bewegung	17
Rüstungspunkte	7+6
Ruhm-Belohnung	25
Heilungsrate	3

Rüstung: Brünne, Aketon, Offener Helm + Mandelschild
Merkmale: Tapfer 10
Leidenschaften: Mannestreue (Herr) 10
Fertigkeiten: Aufmerksamkeit 12

Erfahrener Speerkämpfer

Ein erfahrener Gardist oder ergrauter Söldner-Fußsoldat

GRO	GES	STR	KON	AUS
14	11	13	15	2W6+2

Attacken

Waffe	Fertigkeit	Wert	Schaden
Dolch	Handgemenge	10	2W6+5
Speer	Speer	15	5W6
Ritterschwert	Schwert	12	5W6

Gesundheit

Attribut	Wert
Trefferpunkte	29
Niederschlag	14
Schw. Verwundung	15
Bewusstlos	7

Sonstiges

Attribut	Wert
Bewegung	17
Rüstungspunkte	10+6
Ruhm-Belohnung	50
Heilungsrate	3

Rüstung: Ringpanzerhemd, Aketon, Nasalhelm + Mandelschild
Merkmale: Tapfer 12
Leidenschaften: Mannestreue (Herr) 12
Fertigkeiten: Aufmerksamkeit 14

Bogenschütze

Ein bäuerlicher Bogenschütze, ein Burgverteidiger

GRO	GES	STR	KON	AUS
10	12	12	13	2W6+3

Attacken

Waffe	Fertigkeit	Wert	Schaden
Dolch	Handgemenge	10	2W6+4
Selbstbogen	Bogen	15	3W6

Gesundheit

Attribut	Wert
Trefferpunkte	23
Niederschlag	10
Schw. Verwundung	13
Bewusstlos	6

Sonstiges

Attribut	Wert
Bewegung	17
Rüstungspunkte	5
Ruhm-Belohnung	25
Heilungsrate	3

Rüstung: Gambeson und Topfhelm
Merkmale: Tapfer 10
Fertigkeiten: Aufmerksamkeit 12, Jagd 8

Armbrustschütze

Oftmals ein Söldner vom Kontinent

GRO	GES	STR	KON	AUS
10	12	11	12	2W6+3

Attacken

Waffe	Fertigkeit	Wert	Schaden
Dolch	Faustkampf	10	2W6+4
Leichte Armbrust	Armbrust	15	1W6+10

Gesundheit

Attribut	Wert
Trefferpunkte	22
Niederschlag	10
Schw. Verwundung	12
Bewusstlos	6

Sonstiges

Attribut	Wert
Bewegung	17
Rüstungspunkte	5
Ruhm-Belohnung	25
Heilungsrate	2

Rüstung: Gambeson und Topfhelm
Merkmale: Tapfer 8
Fertigkeiten: Aufmerksamkeit 10

Berittener Feldwebel

Berittener Gardist oder Edelknecht

GRO	GES	STR	KON	AUS
12	11	12	14	2W6+3

Attacken

Waffe	Fertigkeit	Wert	Schaden
Dolch	Handgemenge	10	2W6+4
Speer	Speer	15	4W6
Ritterschwert	Schwert	12	4W6

Gesundheit

Attribut	Wert
Trefferpunkte	26
Niederschlag	12
Schw. Verwundung	14
Bewusstlos	7

Sonstiges

Attribut	Wert
Bewegung	17
Rüstungspunkte	10+6
Ruhm-Belohnung	25
Heilungsrate	3

Rüstung: Ringpanzerhemd, Aketon, Nasalhelm + Mandelschild
Merkmale: Tapfer 15
Leidenschaften: Mannestreue (Herr) 15
Fertigkeiten: Aufmerksamkeit 12, Reitkunst 15, Schlacht 10

Mann aus den Hügeln

Typisches Mitglied einer Stammeskriegergruppe

GRO	GES	STR	KON	AUS
10	13	12	15	2W6+3

Attacken

Waffe	Fertigkeit	Wert	Schaden
Dolch	Handgemenge	12	2W6+4
Langbogen	Bogen	14	4W6
Speer	Speer	12	4W6

Gesundheit

Attribut	Wert
Trefferpunkte	25
Niederschlag	10
Schw. Verwundung	15
Bewusstlos	6

Sonstiges

Attribut	Wert
Bewegung	18
Rüstungspunkte	0+4
Ruhm-Belohnung	25
Heilungsrate	3

Rüstung: Tartsche Schild
Eigenschaften: Besonnen 14, Tapfer 12
Fertigkeiten: Aufmerksamkeit 13, Jagd 10

Sachsen

„Sachsen!“ Allein das Wort jagt so manchem Briten einen Schauer über den Rücken. Sie kamen als Söldner, jetzt wollen sie herrschen. Als unerbittliche Feinde der Kymren bestehen die sächsischen Armeen aus vielen einzigartigen Kriegern.

Berserker: Berauscht von ihrer Leidenschaft und manchmal auch von magischen Pilzen. Ihr Name bedeutet aufgrund ihrer Kleidung „Bärenhemd“; *Ufserks*, oder „Wolfshemd“, sind ebenfalls bekannt und mechanisch identisch.

Ceorls: Ein Ceorl ist ein gewöhnlicher Bauer. Das sind die Männer, die gewöhnliche Dörfer oder Städte verteidigen, die überraschend angegriffen werden, bevor reguläre Krieger eine Verteidigung aufstellen können. Sie sind angemessen bewaffnet, haben eine gewisse Ausbildung und können durchaus ein sächsisches Heer ins Feld begleiten, vor allem auf sächsischem Gebiet.

Heorthgeneaten: Ein Heorthgeneat ist ein Vollzeit-Krieger, der von seinem Lord gut ausgebildet und ausgerüstet wird. Manchmal werden sie auch Husceorls oder Hauscarls genannt, da sie in der Halle ihres Lords leben.

Sächsischer Ritter

Eine fahle Nachahmung des Kymrischen Ritters

GRO	GES	STR	KON	AUS
15	11	14	12	2W6+3

Attacken

Waffe	Fertigkeit	Wert	Schaden
Speer	*Sturmangriff*	*12*	*5W6*
Sachs	Handgemenge	12	2W6+5
Ritterschwert	Schwert	15	5W6

Gesundheit

Attribut	Wert
Trefferpunkte	27
Niederschlag	15
Schw. Verwundung	12
Bewusstlos	7

Sonstiges

Attribut	Wert
Bewegung	18
Rüstungspunkte	9+6
Ruhm-Belohnung	25
Heilungsrate	2

Rüstung: Aketon, Ringpanzerhemd, Offener Helm + Rundschild (–2 auf alle berittenen Sturmangriffe)
Merkmale: Tapfer 15
Leidenschaften: Treueschwur (Lehnsherr) 15
Fertigkeiten: Aufmerksamkeit 12, Schlacht 12, Reitkunst 12

Ceorl

Der lokale sächsische in den Dienst gepresste

GRO	GES	STR	KON	AUS
14	8	12	12	2W6+2

Attacken

Waffe	Fertigkeit	Wert	Schaden
Sachs	Handgemenge	10	2W6+5
Speer	Speer	10	4W6
Speerwerfer	Wurfwaffe	10	3W6

Gesundheit

Attribut	Wert
Trefferpunkte	26
Niederschlag	14
Schw. Verwundung	12
Bewusstlos	7

Sonstiges

Attribut	Wert
Bewegung	15
Rüstungspunkte	0+6
Ruhm-Belohnung	10
Heilungsrate	2

Rüstung: Rundschild
Eigenschaften: Tapfer 10
Leidenschaften: Loyalität (Lehnsherr) 10
Fertigkeiten: Aufmerksamkeit 12, Bootfahren 12

Reicher Ceorl

Besser gerüstet als ihre Gefährten

GRO	GES	STR	KON	AUS
16	8	14	14	2W6+3

Attacken

Waffe	Fertigkeit	Wert	Schaden
Sachs	Handgemenge	10	2W6+5
Axt	Schaftwaffe	10	5W6
Speer	Speer	12	5W6
Speerwerfer	Wurfwaffe	12	3W6

Gesundheit

Attribut	Wert
Trefferpunkte	30
Niederschlag	16
Schw. Verwundung	14
Bewusstlos	8

Sonstiges

Attribut	Wert
Bewegung	16
Rüstungspunkte	7+6
Ruhm-Belohnung	25
Heilungsrate	3

Rüstung: Brünne, Aketon, Offener Helm + Rundschild
Merkmale: Tapfer 12
Leidenschaften: Loyalität (Lehnsherr) 10
Fertigkeiten: Aufmerksamkeit 15, Bootsfahrt 12

Heortgeneat

Sächsischer Fußknecht

GRO	GES	STR	KON	AUS
16	8	14	16	2W6+3

Attacken

Waffe	Fertigkeit	Wert	Schaden
Sachs	Handgemenge	12	2W6+5
Axt	Schaftwaffe	16	5W6
Speer	Speer	15	5W6
Speerwerfer	Wurfwaffe	15	3W6

Gesundheit

Attribut	Wert
Trefferpunkte	32
Niederschlag	16
Schw. Verwundung	16
Bewusstlos	8

Sonstiges

Attribut	Wert
Bewegung	16
Rüstungspunkte	10+6
Ruhm-Belohnung	50
Heilungsrate	3

Rüstung: Ringpanzerhemd, Aketon, Nasalhelm + Rundschild
Eigenschaften: Tapfer 15
Leidenschaften: Treueschwur (Lehnsherr) 13
Fertigkeiten: Aufmerksamkeit 15, Bootfahren 15

Berittener Heorthgeneat

Berittene Infanterie, sitzt vor dem Angriff ab

GRO	GES	STR	KON	AUS
14	8	14	16	2W6+3

Attacken

Waffe	Fertigkeit	Wert	Schaden
Sachs	Handgemenge	12	2W6+5
Axt	Schaftwaffe	16	5W6
Speerwerfer	Wurfwaffe	15	3W6

Gesundheit

Attribut	Wert
Trefferpunkte	30
Niederschlag	14
Schw. Verwundung	16
Bewusstlos	8

Sonstiges

Attribut	Wert
Bewegung	16
Rüstungspunkte	10+6
Ruhm-Belohnung	50
Heilungsrate	3

Rüstung: Ringpanzerhemd, Aketon, Nasalhelm + Rundschild
Eigenschaften: Tapfer 15
Leidenschaften: Treueschwur (Lehnsherr) 13
Fertigkeiten: Aufmerksamkeit 15, Reitkunst 15

Ætheling

Ein Häuptling, der viele treue Huscarls befehligt

GRO	GES	STR	KON	AUS
16	12	15	15	2W6+4

Attacken

Waffe	Fertigkeit	Wert	Schaden
Axt	Schaftwaffe	16	5W6
Speer	Speer	16	5W6
Ritterschwert	Schwert	20	5W6

Gesundheit

Attribut	Wert
Trefferpunkte	31
Niederschlag	16
Schw. Verwundung	15
Bewusstlos	8

Sonstiges

Attribut	Wert
Bewegung	19
Rüstungspunkte	11+6
Ruhm-Belohnung	50
Heilungsrate	3

Rüstung: Ringpanzer, Aketon, Erweiterter Nasalhelm + Rundschild
Merkmale: Großzügig 15, Stolz 16, Waghalsig 13, Tapfer 16
Zielgerichtete Merkmale: Misstrauisch (Briten) +5
Ehre: 12+1W6
Leidenschaften: Treueschwur (Lehnsherr) 16, Hass (Briten) 14
Fertigkeiten: Aufmerksamkeit 15, Identifikation 10

Kyning

Ein König oder Fürst der Sachsen

GRO	GES	STR	KON	AUS
16	12	15	15	2W6+5

Attacken

Waffe	Fertigkeit	Wert	Schaden
Axt	Schaftwaffe	16	5W6
Speer	Speer	20	5W6
Ritterschwert	Schwert	20	5W6

Gesundheit

Attribut	Wert
Trefferpunkte	31
Niederschlag	16
Schw. Verwundung	15
Bewusstlos	8

Sonstiges

Attribut	Wert
Bewegung	19
Rüstungspunkte	11+6
Ruhm-Belohnung	50
Heilungsrate	3

Rüstung: Ringpanzer, Aketon, Erweiterter Nasalhelm + Rundschild
Merkmale: Großzügig 16, Stolz 20, Waghalsig 10, Tapfer 20
Zielgerichtete Merkmale: Misstrauisch (Briten) +7
Ehre: 12+1W6
Leidenschaften: Hass (Briten) 15, Pflicht (Untertanen) 18
Fertigkeiten: Aufmerksamkeit 15, Identifikation 12

Berserker

Bärenhemden und Wolfsfelle

GRO	GES	STR	KON	AUS
18	12	16	15	2W6+1

Attacken

Waffe	Fertigkeit	Wert	Schaden
Sachs	Handgemenge	15	2W6+6
Große Axt oder Streithammer	Beidhand-Schaftwaffe	18	8W6

Gesundheit

Attribut	Wert
Trefferpunkte	33
Niederschlag	18
Schw. Verwundung	15
Bewusstlos	8

Sonstiges

Attribut	Wert
Bewegung	19
Rüstungspunkte	6
Ruhm-Belohnung	50
Heilungsrate	3

Rüstung: Brünne und Aketon
Merkmale: Schwelgerisch 16, Stolz 16, Tapfer 20, Waghalsig 20
Leidenschaften: Hass (auf dich) 18
Fertigkeiten: Aufmerksamkeit 8

Pikte

Die Pikten stammen aus dem alten Skythien und wanderten schließlich auf die Britischen Inseln aus. Sie waren unerbittliche Feinde der Römer und leben heute noch in großer Zahl nördlich der Mauer und in kleinerer Zahl in ganz Britannien (vor allem in der Grafschaft Jagent). Ihre Kultur ist den kymrischen Christen völlig fremd; es gibt nur wenige piktische Ritter.

Beachte, dass Pikten Meister im Rennen und Verstecken sind und deshalb eine Meiden-Fertigkeit haben.

Piktenkrieger

Bemalte Krieger des Nordens

GRO	GES	STR	KON	AUS
12	14	10	12	7

Attacken

Waffe	Fertigkeit	Wert	Schaden
Dolch	Handgemenge	12	2W6+4
Speer	Speer	14	4W6
Speerwerfer	Wurfwaffe	15	3W6

Gesundheit

Attribut	Wert
Trefferpunkte	24
Niederschlag	12
Schw. Verwundung	12
Bewusstlos	6

Sonstiges

Attribut	Wert
Bewegung	17
Rüstungspunkte	0+4
Ruhm-Belohnung	25
Heilungsrate	2

Rüstung: Tartsche Schild
Merkmale: Besonnen 16, Tapfer 16
Leidenschaften: Liebe (Clan) 15, Ergebenheit (Göttin) 12
Fertigkeiten: Aufmerksamkeit 15, Jagd 18, Meiden 14, Volksweisheit 15
Anmerkung: Pikten sind es gewohnt, sich in Dunkelheit zu bewegen und erleiden bei schlechten Lichtverhältnissen nur die Hälfte der normalen Abzüge auf ihre Aufmerksamkeit. Sie bevorzugen es, ihre Speere beidhändig zu führen.

Mächtiger Piktenkrieger

Ein tödlicher Feind, der mit magischen Tätowierungen geschmückt ist

GRO	GES	STR	KON	AUS
14	14	12	12	7

Attacken

Waffe	Fertigkeit	Wert	Schaden
Speer	Speer	16	4W6
Ritterschwert	Schwert	14	4W6
Speerwerfer	Wurfwaffe	18	3W6

Gesundheit

Attribut	Wert
Trefferpunkte	26
Niederschlag	14
Schw. Verwundung	12
Bewusstlos	7

Sonstiges

Attribut	Wert
Bewegung	18
Rüstungspunkte	3+4
Ruhm-Belohnung	50
Heilungsrate	2

Rüstung: Magische Tätowierungen + Tartsche-Schild
Merkmale: Tapfer 18
Leidenschaften: Hass (Kymren) 15, Liebe (Clan) 18
Fertigkeiten: Aufmerksamkeit 15, Jagd 18, Meiden 12, Volksweisheit 15
Anmerkung: Pikten sind es gewohnt, sich in Dunkelheit zu bewegen und erleiden bei schlechten Lichtverhältnissen nur die Hälfte der normalen Abzüge auf ihre Aufmerksamkeit. Sie bevorzugen es, ihre Speere beidhändig zu führen.

Gemeines Volk

Nur selten werden für Gemeine Spielwerte gebraucht. Namen brauchen sie jedenfalls nicht. Meistens reicht ihre Berufsbezeichnung aus, um sie zu identifizieren.

Diejenigen, die in *Tabelle 7.1: Attribute für das Gemeines Volk* aufgeführt sind, gelten als geschickt in ihren verschiedenen Berufen, und wenn es hart auf hart kommt, nutzen sie ihren Handgemenge-Wert (vermerkt in der Spalte „Waffe"), um mit ihrem Werkzeug anzugreifen. Der Spielleitung steht es frei, ihre Merkmale, Leidenschaften, Fertigkeiten und Kampffertigkeiten an die Bedürfnisse ihrer Geschichte anzupassen. Willst du einen koketten Schmied oder Hausangestellten? Füge Liebelei 12 zu deren Fertigkeiten hinzu. Wenn du willst, dass sie geschickte Spione sind, füge Aufmerksamkeit, Höfische Sitten, Volksweisheit oder Belesenheit hinzu oder erhöhe sie. Willst du hart kämpfende Bauern? Erhöhe ihr Handgemenge auf 12, wobei bessere Werkzeuge 3W6+3 Schaden verursachen.

Was tut das gemeine Volk?

Für Spielleitungen, die aus dem Stegreif einen bäuerlichen Beruf brauchen, gibt es folgende Listen.

Beispiele für „gemeine" Berufe: Austernhändler, Bäcker, Bauer, Bierbrauer, Drescher, Falkner, Fallensteller, Färber, Fischer, Fischhändler, Förster, Geflügelhalter, Gerber, Glaser, Hausierer, Heumacher, Heuwender, Holzhändler, Imker, Jagdaufseher, Jäger, Kerzenzieher, Köhler, Küfer, Kürschner, Kurzwarenhändler, Maurer, Mercier (örtlicher Stoffhändler), Metzger, Milchmädchen, Müller, Obsthändler, Pastetenhändler, Pferdeausbilder, Pferdepfleger, Pflüger, Rattenfänger, Schäfer, Schafscherer, Schankwirtin, Schneider, Schnitter, Schuhmacher, Schuster, Schweinehirte, Seemann, Stallknecht, Stellmacher, Tavernenwirt, Tuchmacher, Viehtreiber, Vogelzüchter, Waldhüter, Weber, Wehrhüter, Wildhüter, Wollhändler, Wollkämmer, Wollwickler, Ziegenhirte, Zimmermann

Für reiche Bauern oder Stadtbewohner, füge hinzu: Apotheker, Barbier, Chemiker, Eisenschmied, Geldverleiher, Gerichtsvollzieher, Gewürzhändler, Goldschmied, Grand Mercier (Verkäufer von Luxusstoffen), Heiler, Knochenrichter, Kupferschmied, Navigator, Schiffskapitän, Silberschmied, Spengler, Weinhändler, Zinnschmied

Hausangestellte sind: Amme, Butler, Diener, Haushälterin, Kindermädchen, Köchin, Spießer, Unterkoch, Vorratswirt, Wäscherin, Zimmermädchen

Tabelle 7.1: Attribute für das Gemeine Volk

Name	Niederschlag	Trefferpunkte	Schw. Verwundungen	Waffe	Rüstung	Fertigkeiten	Merkmale	Leidenschaften
Schmied	11	25	14	Hammer 13 (2W6+4)	1 (Lederschürze)	Aufmerksamkeit 9 Erste Hilfe 8 Handarbeit 15 Volksweisheit 13	Besonnen 15 Tapfer 10	Liebe (Familie) 14
Haushaltsdiener	9	22	13	Küchenmesser 6 (1W6+3)	Keine	Aufmerksamkeit 10 Erste Hilfe 5 Handarbeit 15 Höfische Sitten 5 Volksweisheit 15	Bescheiden 15 Besonnen 15 Feige 15	Liebe (Familie) 14 Loyalität (Lord oder Lady) 12
Bauer oder örtlicher Kaufmann	9	19	10	Messer 8 (1W6+3) oder beidhändiges Werkzeug 8 (2W6+3)	Keine	Aufmerksamkeit 8 Erste Hilfe 5 Handarbeit 12 Jagd 5 Verwaltung 8 Volksweisheit 14	Besonnen 15 Feige 15	Liebe (Familie) 14
Reiche Bauern, Kaufleute oder Berufsständler	10	24	14	Dolch 7 (2W6+4)	1 (schwere Kleidung)	Aufmerksamkeit 13 Belesenheit 10 Erste Hilfe 5 Handarbeit 15 Höfische Sitten 5 Jagd 6 Redekunst 10 Verwaltung 10 Volksweisheit 15	Besonnen 15 Feige 14	Liebe (Familie) 14

Adel

Dies sind die gewöhnlichen Adligen, die die feudale Welt in Bewegung halten. Keiner von ihnen ist für seine Fertigkeiten berühmt, aber sie beherrschen die höfischen Künste sowie jene, die ihrem Stand entsprechen. Sie sollten alle einen Namen haben; du kannst ihn dir gerne selbst ausdenken. Passe ihre Eigenschaften, Leidenschaften, Fertigkeiten und Kampffertigkeiten an die Bedürfnisse der Geschichte an, vor allem wenn sie als Gemahl/Gemahlin eines Spielercharakters oder als Geliebte in einer romantischen Queste dienen sollen.

Höfling

Ein nicht-ritterlicher Adliger, der für eine Funktion am Hof ausgewählt wird; manchmal sind sie mit Rittern verheiratet

GRO	GES	STR	KON	AUS
10	13	10	15	2W6+8

Attacken

Waffe	Fertigkeit	Wert	Schaden
Dolch	Handgemenge	12	2W6+3

Gesundheit

Attribut	Wert
Trefferpunkte	25
Niederschlag	10
Schw. Verwundung	15
Bewusstlos	6

Sonstiges

Attribut	Wert
Bewegung	17
Rüstungspunkte	1
Ruhm-Belohnung	850
Heilungsrate	3

Rüstung: Schwere Kleidung
Besitz: Gewöhnliche Kleidung (£1), ein kleiner Geldbeutel mit Silberpennys (4W20 Denarii)
Dienstboten: 1 Diener, 1 Page
Merkmale: Besonnen 13, Tapfer 7
Ehre: 10+1W6
Leidenschaften: Liebe (Familie) 14, Loyalität (Lehnsherr) 13
Fertigkeiten: Aufmerksamkeit 14, Belagerung 8, Belesenheit 10, Höfische Sitten 15, Identifikation 14, Intrigen 12, Liebelei 12, Redekunst 12, Reitkunst 10, Religion (beliebig) 10, Verwaltung 9

Lady

Eine verheiratete Tochter, Frau oder Witwe eines Ritters

GRO	GES	STR	KON	AUS
10	13	10	15	2W6+8

Attacken

Waffe	Fertigkeit	Wert	Schaden
Dolch	Handgemenge	10	2W6+3

Gesundheit

Attribut	Wert
Trefferpunkte	25
Niederschlag	10
Schw. Verwundung	15
Bewusstlos	6

Sonstiges

Attribut	Wert
Bewegung	17
Rüstungspunkte	0
Ruhm-Belohnung	850
Heilungsrate	3

Rüstung: Keine
Besitztümer: Teure Kleidung (£2), ein fein gewebter Seidenbeutel mit einem Rahmen aus Leder und Kupfer und silbernem Verschluss (£2), gefüllt mit Silberpennys (4W20 Denarii), ein Stundenbuch am Gürtel (£1)
Diener: 2 Mägde, 1 Page
Merkmale: Besonnen 14, Keusch 15, Tapfer 10
Ehre: 12+1W6
Leidenschaften: Gastfreundschaft 15, Liebe (Familie oder Gemahlin) 14, Loyalität (Lehnsherr) 13
Fertigkeiten: Aufmerksamkeit 12, Belagerung 10, Erste Hilfe 15, Handarbeit 14, Heilkunst 14, Höfische Sitten 15, Intrigen 14, Liebelei 12, Reitkunst 10, Tanz 12, Verwaltung 12

Maid

Eine unverheiratete Adlige über 21 Jahren, die oft von anderen Adligen als Magd, Kindermädchen und Pflegerin angestellt wird

GRO	GES	STR	KON	AUS
10	13	10	15	2W6+8

Attacken

Waffe	Fertigkeit	Wert	Schaden
Dolch	Handgemenge	10	2W6+3

Gesundheit

Attribut	Wert
Trefferpunkte	25
Niederschlag	10
Schw. Verwundung	15
Bewusstlos	6

Sonstiges

Attribut	Wert
Bewegung	17
Rüstungspunkte	0
Ruhm-Belohnung	400
Heilungsrate	3

Rüstung: Keine
Besitz: Gewöhnliche Kleidung (£1), ein gefärbter weicher Lederbeutel mit Silberpennys (3W20 Denarii)
Dienstboten: 1 Magd, 1 Page
Merkmale: Keusch 14, Besonnen 14, Tapfer 6
Ehre: 10+1W6
Leidenschaften: Gastfreundschaft 13, Liebe (Familie) 14, Loyalität (Lehnsherr) 15
Fertigkeiten: Aufmerksamkeit 12, Belagerung 8, Erste Hilfe 15, Handarbeit 13, Heilkunst 13, Höfische Sitten 14, Intrigen 14, Liebelei 12, Reitkunst 10, Tanz 12, Verwaltung 10

Heidnisches Religiöses Volk und Zauberer

Jetzt will ich Euch berichten, warum ich sie hasse: denn viele von ihnen sind Hexen und Zauberinnen, und wenn ein Ritter so stark und heldenhaft ist wie einer sein kann, so machen sie ihn zu einem feigen Wicht, um ihn zu überwinden, und dies ist der Hauptgrund, warum ich sie hasse; und allen guten Damen und Edelfrauen weihe ich meinen Dienst, wie ein Ritter tun soll.

—Malory, ***König Arthur und die Ritter der Tafelrunde****, Viertes Buch, XVIII. Kapitel*

Zaubererer nutzen vier Fertigkeiten, die Talente genannt werden, um Magie zu wirken. Führe am Ende einer Kampfrunde einen Vergleichslosen Talentwurf aus. Dies simuliert den Moment intensiver Konzentration, der für die Ausübung der Magie nötig ist. Ein Erfolg oder kritischer Erfolg bedeutet, dass die Magie wirkt; ein Fehlschlag oder Patzer bedeutet, dass sie nicht wirkt. Diese Spielleiter-Zauberer können je nach Erfahrung nur ein- oder zweimal pro Begegnung zaubern, bevor sie erschöpft sind. Spielleitungen steht es frei, diese Rate nach Bedarf zu erhöhen oder zu verringern oder diese vorgeschlagenen Mechaniken nach Belieben zu modifizieren.

Wahrsagerei: Wird verwendet, um Wissen über die Vergangenheit, Gegenwart oder Zukunft zu erlangen. Gib bei einem Erfolg eine einfache „Ja"- oder „Nein"-Antwort auf eine Frage, die dem Zauberer gestellt wurde, oder eine kurze Beschreibung eines verborgenen Handlungselements (nach Ermessen der Spielleitung).

Verzauberung: Diese beeinflusst den Geist eines Lebewesens. Erhöht ein Persönlichkeitsmerkmal, eine Leidenschaft, eine Fertigkeit oder eine Kampffertigkeit eines Verbündeten oder Kontrahenten um +/–5 (nach Wahl der Spielleitung) oder macht ein Ziel bewegungsunfähig, indem es einschläft, hysterisch lacht oder unkontrolliert weint. Die Effekte der Verzauberung verblassen innerhalb einer Stunde, es sei denn, die Spielleitung legt etwas anderes fest.

Zauberglanz: Erzeugt eine vorübergehende Veränderung der Realität. Die Realität wird innerhalb einer Stunde „zurückgesetzt", danach verblassen die Effekte des Zauberglanzes. Spielleiter-Zauberer nutzen Zauberglanz, um:

- **Einen Gegenstand zu beleben:** Jeder Gegenstand, der kleiner oder gleich dem Dreifachen der GRO des Magiers ist (eine Statue, ein Baumstamm, ein Schwert, eine Rüstung, ein Tisch), kann so belebt werden, dass er mit der Waffenfertigkeit des Zauberers attackiert und den Waffenschaden des Magiers verursacht oder versucht, sich mit der STR des Magiers zu ringen. Der Gegenstand kann ansonsten eine nützliche Funktion erfüllen und sogar eine begrenzte Intelligenz und die Fähigkeit zu sprechen erhalten.
- **Unsichtbar werden oder ein anderes Ziel unsichtbar machen:** Kontrahenten erleiden einen Modifikator von –15 auf Jagd und alle Waffenfertigkeiten, die gegen das unsichtbare Ziel eingesetzt werden. Jede Runde kann ein Kontrahent eine Aktion nutzen, um einen Wurf auf Aufmerksamkeit zu versuchen. Wenn er erfolgreich ist, beträgt der Modifikator für die nächste Runde –10. Wenn er zwei Runden lang Würfe auf Aufmerksamkeit besteht, beträgt der Modifikator –5. Taktiken, um das unsichtbare Ziel zu enttarnen (Mehl, Schlamm, einen Wandteppich werfen usw.) erfordern mindestens eine Aktion vor der Ausführung.
- **Die eigene Gestalt oder die einer anderen Person verändern:** Wähle eine beliebige Person aus diesem Kapitel oder eine Pflanze, ein Tier oder eine übernatürliche Kreatur (**Kapitel 8: Bestiarium**), die nicht mehr als die dreifache GRO des Magiers hat, ohne ihre magischen Fähigkeiten (falls vorhanden); dichte Objekte mit ähnlicher Masse (Holzstuhl, stehender Stein, Rüstung); subtile Objekte (Rinnsal, Lichtstrahl) mit ähnlichem Volumen.
- **Die aktuelle Umgebung verändern:** Es kann eine einfache ästhetische Veränderung sein, um eine Stimmung zu erzeugen; ein dichter Nebel erscheint oder der Wald verwandelt sich plötzlich in eine Sandwüste.Es könnte eine Veränderung sein, die Ritter der Spieler betrifft. Zum Beispiel erscheint ein Dornenfeld, das die Bewegungsrate behindert (Kriechen ×¼) , oder die Charaktere stehen plötzlich hüfthoch in einem Fluss und drohen zu ertrinken. Die Spielleitung kann entscheiden, ob die Veränderung echten Schaden anrichtet oder nicht.
- **Ein Lebewesen oder einen wertvollen oder nützlichen Gegenstand erschaffen:** Jeder Gegenstand aus den verschiedenen Preislisten ist akzeptabel (siehe **Pendragon-*Regelwerk***), oder jede Person aus diesem Kapitel oder eine Kreatur aus **Kapitel 8: Bestiarium,** allerdings ohne ihre magischen Fähigkeiten. Der erschaffene Gegenstand oder das Wesen dürfen nicht größer als die dreifache GRO des Zauberers sein.
- **Verschwinden:** Verschwinden und an anderer Stelle wieder auftauchen, auch über große Entfernungen hinweg. Aus der Sicht des Spielercharakterss ist der Zauberer einfach fort, es sei denn, die Spielleitung wünscht etwas Dramatisches.

Heilung: Verleiht einen Modifikator von +5 auf Erste Hilfe und Heilkunst, oder +2 auf die Heilungsrate für 1 Woche, oder heilt 1W3+3 Trefferpunkte (nach Ermessen der Spielleitung). Wenn der Zauberer Trefferpunkte heilt, ziehe die Zahl von seinen eigenen ab! Zauberer können auch alle Leiden und Obsessionen heilen.

Manche Zauberer besitzen Talismane, die Magie für den einmaligen Gebrauch speichern. Sie wirken automatisch bei der Aktion des Magiers und erfordern keinen Talentwurf. Die Talismane hier werden von den Zauberern als schnelles Mittel zum Freikämpfen benutzt. Sie können auch magische Substanzen enthalten, wie z. B. Heilsalben.

Fertigkeit: Schreiber [Geistlich, nicht-ritterlich]

Die Fertigkeit Schreiber ist nur bei hochgebildeten Menschen zu finden: Sie ist Zauberern und Geistlichen vorbehalten und geht über die einfache Belesenheit von Rittern und Ladys hinaus. Ein Schreiber kann lesen, schreiben, rechnen, Budgets verwalten, Akten anlegen, Archive und Bibliotheken pflegen, Inventare organisieren und so weiter. Dazu gehört auch, die richtigen Formen der Korrespondenz für höfische, akademische und diplomatische Zwecke zu kennen. Schreiberei ist feudale Büroarbeit und akademische Forschung. Wann immer ein Magier oder ein Kleriker etwas Akademisches tun will, wie z. B. Bücher recherchieren und verfassen, wirft er oder sie einen Wurf auf seine/ihre Fertigkeit Schreiber. Magier und Kleriker setzen ihre Fertigkeit Schreiber anstelle der Fertigkeit Belesenheit ein und müssen sich auf dieselbe Weise nach Sprachen spezialisieren.

Markierungen für Fromm und/oder Ergebenheit (Gottheit) sind für alle Heidnischen Charaktere gerechtfertigt, die Barden, Druiden oder Herrinnen des Sees bei der Ausübung von Magie beobachten.

Verzauberer und Verzauberinnen

Heidnische Zauberer werden als Verzauberer (Druiden und umherziehende Barden) und Verzauberinnen (Herrinnen des Sees) bezeichnet. Sie sind gleichermaßen Meister der Magie und heilige Männer und Frauen, die von den meisten Heidnischern in hohem Ansehen stehen. Obwohl sie nicht als Zauberin gelten, wird der Einfachheit halber eine britische Heiden-Bauernhexe mit einbezogen. Allgemeine Wotanische und Barbarische Magier werden in zukünftigen Ergänzungen erscheinen.

Hexenmeister und Hexenmeisterinnen

Das sind die Leute, die sich selbst die magischen Künste beibringen. Zauberer kommen aus den Reihen der nicht geweihten christlichen Geistlichen und werden daher auch Schreiber genannt. Zauberinnen hingegen sind hoch gebildete Adelige, die niemandem dienen.

Druide

Erbe einer alten Tradition

GRO	GES	STR	KON	AUS
11	12	9	11	10

Attacken

Waffe	Fertigkeit	Wert	Schaden
Kampfstab	Beidhand-Schaftwaffe	8	1W6+3

Gesundheit

Attribut	Wert
Trefferpunkte	22
Niederschlag	11
Schw. Verwundung	11
Bewusstlos	6

Sonstiges

Attribut	Wert
Bewegung	16
Rüstungspunkte	0
Ruhm-Belohnung	-
Heilungsrate	2

Rüstung: Keine; +4 Parade (Viertelstab)

Besitztümer: Weiße, wollene Zeremonialgewänder, zeremonielle goldene Lunula (Mondsichelanhänger), gewöhnliche Kleidung, kleiner Beutel mit Silberpennys (1W20+5 Denarii), Reiseausrüstung

Magische Talente: Wahrsagerei 12, Verzauberung 14, Zauberglanz 16, Heilung 10 (zweimal pro Begegnung)

Magischer Talisman: Zauberstab aus Eibe mit einem Zauberglanz, der die Gestalt des Druiden für bis zu einen Tag in die eines natürlichen Tieres verwandelt (siehe **„Tiere des Waldes"** ab S. 176)

Magische Substanz: Heilsalbe (1W3+3 Trefferpunkte), 1 Dosis

Merkmale: Besonnen 15,Ehrlich 16, Fromm 16, Gerecht 16, Lüstern 16, Misstrauisch 14, Schwelgerisch 15, Stolz 17, Tapfer 9

Leidenschaften: Ergebenheit (Gottheit) 16, Loyalität (Druiden) 15

Fertigkeiten: Erste Hilfe 14, Heilkunst 9, Höfische Sitten 15, Religion (Heidnisch) 16, Schreiber (Latein/Ogham) 14/16, Volksweisheit 15

Hexe

Eine bäuerliche Mystikerin, die zu einem Hexenzirkel gehört

GRO	GES	STR	KON	AUS
9	11	9	9	6

Attacken

Waffe	Fertigkeit	Wert	Schaden
Dolch	Faustkampf	6	2W6+3

Gesundheit

Attribut	Wert
Trefferpunkte	18
Niederschlag	9
Schw. Verwundung	9
Bewusstlos	5

Sonstiges

Attribut	Wert
Bewegung	15
Rüstungspunkte	0
Ruhm-Belohnung	-
Heilungsrate	2

Rüstung: Keine

Besitztümer: Verarmte Kleidung; krude Beutel; ein angeschlagener Silberring (an dem der Finger noch befestigt ist)

Magische Talente: Heilung 12 (einmal pro Begegnung), Verzauberung 8, Wahrsagerei 10, Zauberglanz 6

Magische Substanz: Heilsalbe (1W3+3 Trefferpunkte), Tödliches Gift (Fuchseisenhut 25), je 1W3 Dosen

Merkmale: Besonnen 14, Besonnen 15, Ehrlich 14,Feige 14, Misstrauisch 16, Nachgiebig 15, Stolz 15

Leidenschaften: Ergebenheit (Göttin) 12, Loyalität (Hexenzirkel) 10

Fertigkeiten: Erste Hilfe 14, Heilkunst 14, Volksweisheit 16

Umherziehender Barde

Geboren mit dem zweiten Gesicht; wird vielleicht eines Tages ein Druide

GRO	GES	STR	KON	AUS
11	12	9	11	10

Attacken

Waffe	Fertigkeit	Wert	Schaden
Dolch	Handgemenge	8	2W6+3

Gesundheit

Attribut	Wert
Trefferpunkte	22
Niederschlag	11
Schw. Verwundung	11
Bewusstlos	6

Sonstiges

Attribut	Wert
Bewegung	16
Rüstungspunkte	0
Ruhm-Belohnung	-
Heilungsrate	2

Rüstung: Keine

Besitztümer: Mindestens ein Streich-, Holzblas- und Schlaginstrument; Reiseausrüstung

Magische Talente: Verzauberung 12 (ein Ziel lähmen, indem es einschläft, weint oder unkontrolliert lacht; einmal pro Begegnung)

Merkmale: Besonnen 13, Ehrlich 15, Fromm 13, Gerecht 12, Gerecht 16, Misstrauisch 12, Schwelgerisch 16, Stolz 16

Leidenschaften: Ergebenheit (Gottheit) 14

Fertigkeiten: Erste Hilfe 11, Gesang 16, Instrumentenspiel (Instrument) 16, Komponieren 16, Redekunst 16, Religion (Heidnisch) 11, Schreiber (Latein) 10, Volksweisheit 13

Schreiber

Ein geheimnisvoller Magier, der in einem christlichen Umfeld lebt

GRO	GES	STR	KON	AUS
10	11	9	10	9

Attacken

Waffe	Fertigkeit	Wert	Schaden
Dolch	Handgemenge	6	2W6+3

Gesundheit

Attribut	Wert
Trefferpunkte	20
Niederschlag	10
Schw. Verwundung	10
Bewusstlos	5

Sonstiges

Attribut	Wert
Bewegung	15
Rüstungspunkte	0
Ruhm-Belohnung	-
Heilungsrate	2

Rüstung: Keine

Besitztümer: Gefärbte Wollsoutane, silbernes Kruzifix, Schreibzeug, Reiseausrüstung

Magische Talente: Heilung 13 (zweimal pro Begegnung), Verzauberung 13,Wahrsagerei 13, Zauberglanz 13

Magischer Talisman: Ein Zauberstab aus Esche mit einem Zauberglanz, der den Zauberer in einer Rauchwolke verschwinden und an jedem beliebigen Ort innerhalb von 1.000 Meilen wieder erscheinen lässt

Merkmale: Besonnen 17, Falsch 16,Feige 14, Fromm 16, Maßvoll 14, Misstrauisch 16, Selbstsüchtig 15, Stolz 15

Fertigkeiten: Erste Hilfe 14, Heilkunst 12, Religion (Christlich) 14, Religion (Heidnisch) 10, Schreiber (Latein) 16

Hexenmeisterin

Geschickte Adlige, die über längst vergessene Geheimnisse verfügt

GRO	GES	STR	KON	AUS
9	11	8	10	14

Attacken

Waffe	Fertigkeit	Wert	Schaden
Dolch	Handgemenge	6	2W6+3

Gesundheit

Attribut	Wert
Trefferpunkte	19
Niederschlag	9
Schw. Verwundung	10
Bewusstlos	5

Sonstiges

Attribut	Wert
Bewegung	15
Rüstungspunkte	0
Ruhm-Belohnung	500
Heilungsrate	2

Rüstung: Keine

Besitz: Großes Silberkreuz, teure Kleidung (£5), Schreibmaterial, Reiseausrüstung

Magische Talente: Heilung 13 (zweimal pro Begegnung), Verzauberung 13,Wahrsagerei 13, Zauberglanz 13

Magischer Talisman: Eine Umhangnadel mit einem Zauberglanz, der die Zauberin unsichtbar macht

Merkmale: Besonnen 17, Falsch 16, Fromm 14, Lüstern 15, Misstrauisch 16, Selbstsüchtig 15, Stolz 15,Willkürlich 14

Fertigkeiten: Erste Hilfe 15,Heilkunst 14, Religion (Christlich) 12, Religion (Heidnisch) 9, Schreiber (Latein) 16

Christliches religiöses Volk und Heilige

Die heiligsten aller christlichen Leute werden Heilige genannt, vom lateinischen *sanctus* („heilig"). Es gibt keine explizite Methode, um sich als Heiliger zu qualifizieren, und tatsächlich werden viele Heilige erst nach ihrem Ableben erkannt. Was alle Heiligen gemeinsam haben, ist die Manifestation des Wunderbaren auf der Erde, ein sicheres Zeichen ihrer Nähe zum Göttlichen, auf das niemand sonst Anspruch erheben kann.

Heilige zaubern nicht; sie bitten Gott um Wunder. Wenn Gott zustimmt, dann manifestiert er sich, greift ein oder übt Vergeltung für den Heiligen. Heilige Menschen nutzen Fertigkeiten, die Wunder genannt werden, um Gottes Eingreifen zu erbitten; der Zahlenwert neben jedem Wunder ist ein Maß dafür, wie bereit Gott ist, die Bitte des Heiligen zu erfüllen. Heilige müssen eine Kampfrunde im Gebet verbringen, um ein Wunder zu erbitten. Mache in der nächsten Runde einen Vergleichslosen Wurf für ein Wunder. Ein Erfolg oder kritischer Wurf bedeutet, dass Gott das Wunder gewährt; bei einem Fehlschlag oder Patzer tut er es nicht. Heilige können nur ein Wunder pro Begegnung erbitten, egal ob sie erfolgreich sind oder nicht, aber sie erleiden keine körperliche Erschöpfung wie Magier.

Göttliche Manifestation: Die Manifestation kann lieblich, heilig und sanft sein – und die Anwesenden mit Freude und Zuversicht erfüllen – oder jenseits aller Vorstellungskraft erschreckend – und die Anwesenden mit Furcht und Schrecken erfüllen. Gib den Verbündeten oder Kontrahenten des Heiligen einen Tapfer-Modifikator von +/–15. Eine göttliche Manifestation kann auch ein Rat sein, bei dem Gott oder einer seiner Engel guten Mut und Ratschläge gibt. In der mittelalterlichen Literatur schreibt und schickt Gott auch Briefe.

Göttliche Intervention: Eine direkte Fürsprache Gottes im Namen des Heiligen, bei der Gott den Verbündeten des Heiligen direkt mit erhöhter STR (+5) oder wundersamer Heilung (aller Schaden, alle Leiden, Obsessionen, sogar Wiederauferstehung) oder Schutz vor körperlichem Schaden (+15 Rüstung) für die Dauer einer Begegnung oder bis zu einer Stunde hilft. Gott kann auch alles erschaffen, was er will, um den Verbündeten oder Kontrahenten des Heiligen zu helfen oder sie zu behindern, einschließlich sie in Sicherheit zu bringen.

Göttliche Vergeltung: Gott bestraft den Kontrahenten eines Heiligen. Er kann einen Racheengel schicken, der den Kontrahenten des Heiligen automatisch bewusstlos schlägt, ihn in ein niederes Tier verwandelt oder ihn auf grausame und verstörende Art und Weise tötet. Sei kreativ; die mittelalterlichen Artusschreiber waren es auf jeden Fall.

Ganz gleich, um welches Wunder es sich handelt, die Markierungen für Fromm und Ergebenheit (Gott) sind für alle Christen gerechtfertigt, die Zeuge eines solchen Ereignisses werden.

Bischof

Erinnere dich daran, dass ein Bischof auch ein Freiherr ist und von Leibwächtern und Haushaltsmitgliedern begleitet wird, wohin er auch geht. Auch wenn viele Bischöfe als Heilige bezeichnet wurden, sind wahre heilige Bischöfe aufgrund ihrer weltlichen Pflichten, die sie an die Fesseln der Welt binden, selten.

Klostergeistliche und Wanderklerus

Mönche sind religiöse Männer. Sie leben abseits der Alltagsgesellschaft, um mit einer bewussten Frömmigkeit zu arbeiten und/oder zu leben und die profane Welt zu meiden. Sie leben gemeinschaftlich in Klöstern, die auch Abteien genannt werden. Die meisten Mönche sind keine Priester und übernehmen daher keine Aufgaben, denen Kanoniker nachgehen. Mönche sind in verschiedene Organisationen, die Orden genannt werden, unterteilt, deren Ziele und Lebensweisen sich voneinander unterscheiden.

Frauen, die sich für den geistlichen Weg entscheiden, werden Nonnen genannt. Sie leben in Nonnenklöstern, getrennt von den Mönchen und der weltlichen Welt, aber die Nonnenklöster sind immer mit einer Abtei verbunden, und die leitende Äbtissin untersteht weiterhin dem Abt.

Die Zugehörigkeit zu einem Orden sowie die Kirchenzugehörigkeit und die Position verändern die Attribute eines Mönchs oder einer Nonne.

Eremit

GRO	GES	STR	KON	AUS
10	10	10	10	6

Attacken

Waffe	Fertigkeit	Wert	Schaden
Fausthieb	Handgemenge	6	3

Gesundheit

Attribut	Wert
Trefferpunkte	20
Niederschlag	10
Schw. Verwundung	10
Bewusstlos	5

Sonstiges

Attribut	Wert
Bewegung	15
Rüstungspunkte	0
Ruhm-Belohnung	-
Heilungsrate	2

Rüstung: Keine
Besitztümer: Verarmte Kleidung (wenn überhaupt)
Wunder: Göttliche Manifestation 16, Göttliche Intervention 12, Göttliche Vergeltung 8
Merkmale: Bescheiden 16, Bescheiden 18, Gnädig 18, Großzügig 16,Keusch 17, Maßvoll 16, Nachsichtig 18, Tapfer 8, Tatkräftig 15
Leidenschaften: Ergebenheit (Gott) 18
Fertigkeiten: Erste Hilfe 13, Heilkunst 13, Höfische Sitten 11, Redekunst 13, Religion (Christlich) 14, Volksweisheit 15

Eigenschaften und Fertigkeiten je nach Orden

- **Schwarze Mönche/Nonnen:** Schreiber (Latein/Griechisch) 16/14, Intrigen 16, Religion (Christlich) 16
- **Brüder/Nonnen der kurzen Kutte:** Erste Hilfe 16, Volksweisheit 16
- **Graue Mönche/Nonnen:** Heilkunst 16, Erste Hilfe 16
- **Rotbraune Mönche/Nonnen:** Höfische Sitten 16, Volksweisheit 16, Religion (Christlich) 16
- **Schwarze Brüder:** Intrigen 16, Redekunst 16
- **Braune Brüder:** Volksweisheit 16, Redekunst 16
- **Weiße Brüder:** Keusch 18, Großzügig 18, Fromm 16; Höfische Sitten 16, Volksweisheit 16, Redekunst 16, Religion (Christlich) 16

Bischof

GRO	GES	STR	KON	AUS
10	11	9	10	9

Attacken

Waffe	Fertigkeit	Wert	Schaden
Fausthieb	Handgemenge	5	3

Gesundheit

Attribut	Wert
Trefferpunkte	23
Niederschlag	10
Schw. Verwundung	10
Bewusstlos	5

Sonstiges

Attribut	Wert
Bewegung	15
Rüstungspunkte	1
Ruhm-Belohnung	-
Heilungsrate	2

Rüstung: Schwere Kleidung
Besitztümer: Vergoldetes Kreuz oder Kruzifix, vergoldeter Bischofsstab, violette Soutane (Bischofsgewand), kirchlicher Amtsring (Amethyst), feines Seidenpallium (Halstuch, Symbol des Amtes), Mitra aus Goldtuch (hoher Zeremonienhut), prächtige Kleidung (£15), großer Beutel mit Silberpennys (£1), feine Reiseausrüstung
Wunder: Göttliche Manifestation 6, Göttliche Intervention 4, Göttliche Vergeltung 2
Merkmale: Bescheiden 14, Bescheiden 18, Gnädig 18,Keusch 14, Maßvoll 16, Tapfer 10, Vergebend 16
Leidenschaften: Ergebenheit (Gott) 16, Loyalität (Erzbischof) 15, Loyalität (Papst) 12
Fertigkeiten: Erste Hilfe 10, Heilkunst 10, Höfische Sitten 16, Intrigen 14, Redekunst 16, Religion (Christlich) 16, Schreiber (Latein) 16, Volksweisheit 12

Kloster- und Wanderklerus

GRO	GES	STR	KON	AUS
10	11	9	12	10

Attacken

Waffe	Fertigkeit	Wert	Schaden
Fausthieb	Handgemenge	6	3

Gesundheit

Attribut	Wert
Trefferpunkte	22
Niederschlag	10
Schw. Verwundung	12
Bewusstlos	6

Sonstiges

Attribut	Wert
Bewegung	15
Rüstungspunkte	0
Ruhm-Belohnung	-
Heilungsrate	2

Rüstung: Keine
Eigenschaften: Bescheiden 16, Fromm 16, Gnädig 16, Großzügig 16,Keusch 16, Maßvoll 16, Nachsichtig 17, Tapfer 12, Tatkräftig 14
Leidenschaften: Ergebenheit (Gott) 16
- *Britische Äbtissin/Abt:* füge Loyalität (Lehnsherr) 15 hinzu
- *Römische Äbtissin/Abt:* füge Loyalität (Bischof) 15 hinzu
- *Mönch oder Mönch:* füge Loyalität (Abt) 15 hinzu
- *Nonne:* füge Loyalität (Äbtissin) 15 hinzu

Fertigkeiten: Heilkunst 12, Schreiber (Latein) 14, Höfische Sitten 14, Erste Hilfe 13, Volksweisheit 13, Handarbeit 13, Redekunst 10, Religion (Christlich) 15
- *Äbtissin/Abt:* Intrigen 9, Verwaltung 12 hinzufügen

Wunder:
- *Äbtissin/Abt:* Göttliche Manifestation 12, Göttliche Intervention 8, Göttliche Vergeltung 4
- *Mönch/Nonne:* Göttliche Manifestation 13, Göttliche Intervention 9, Göttliche Vergeltung 5
- *Friese:* Göttliche Manifestation 14, Göttliche Intervention 10, Göttliche Vergeltung 6

Besitztümer:
- *Äbtissin/Abt:* Gold und Silber eingelegtes Kreuz oder Kruzifix, kirchlicher Amtsring (Amethyst), feiner Wollhabit, Reiche Kleidung (£5), Großer Beutel mit Silberpennys (1W20+10 Denarii), Reiseausrüstung
- *Mönch:* Geschnitztes Holzkreuz oder Kruzifix mit Kupfereinlage, wollene Kutte in der Ordensfarbe, Gewöhnliche Kleidung, kleiner Beutel mit 1W6 Denarii für Almosen, Reiseausrüstung
- *Klosterbruder:* Kreuz aus zwei mit Schnur zusammengebundenen Stöcken, fadenscheinige, verblichene und geflickte Wollkutte in der Farbe des Ordens, kleiner leerer Beutel, Reiseausrüstung (leicht)
- *Nonne:* Wie Mönch, aber zusätzlich ein dünner goldener Ehering (als Braut Jesu)

Kapitel VIII
Bestiarium

Ob hier werden die vielen verschiedenen Tiere und übernatürlichen Kreaturen aufgeführt, die die Welt von **Pendragon** bevölkern. Diese Informationen sind für die Spielleitung gedacht, aber die Spieler können darin blättern, um eine Vorstellung von der relativen Macht der Kreaturen zu bekommen, mit denen sie es zu tun bekommen könnten – die meisten Ritter haben zum Beispiel genug Geschichten und Legenden über Drachen gehört, um zu wissen, ob es klug ist, einem Drachen zu nachzustellen (unabhängig davon, was ihr Mut und ihre Ehre ihnen raten würden).

Jedes Tier wird mit Attributen, Spielmechanismen und Kommentaren vorgestellt.

Hinweise zu den Attributen

Charakteristika: GES, GES, STR und KON sind immer aufgeführt. AUS wird nur für Menschen und für Kreaturen mit menschlichem Aussehen angegeben.

Abgeleitete Charakteristika: Schaden (Schd.), Niederschlag (ND), Bewegungsrate (Bew.), Trefferpunkte (TP), Bewusstlos (d. h..), Schwere Verwundung (SV) und Heilungsrate (HR). Einige Tiere haben inhärente Modifikatoren für ihre Attribute, und einige haben verschiedene Möglichkeiten, sich fortzubewegen, wie zum Beispiel Fliegen oder Schwimmen.

Die Bewegung von Vierbeinern wird durch ihre weltliche Laufgeschwindigkeit bestimmt (oder durch das nächstliegende Äquivalent im Fall von übernatürlichen Kreaturen). Wie unter **„Pferdegeschwindigkeiten“** auf S. 181 im **Pendragon**-*Regelwerk* vermerkt, entspricht dies dem Vierfachen der Meilen, die man beim Gehen pro Stunde zurücklegt. Denke daran, dass Vierbeiner kantern, traben oder galoppieren können.

Das Attribut Schaden für die meisten Kreaturen wird anders berechnet als für Menschen, denn Tiere können im Kampf nicht immer ihre volle Stärke und Masse einsetzen, wie es ein Ritter mit einer Stahlwaffe vermag. Daher haben viele Ungeheuer und Bestien ein Schadensattribut, das deutlich niedriger ist als das eines menschlichen Charakters.

„[D]ie Absicht des Autors ist es, die Natur der … Tiere zu beschreiben und aus der Betrachtung dieser Naturen Illustrationen zu zeichnen.“

—Physiologus des Bischofs Theobald

Rüstung: Einige Tiere und Kreaturen haben Werte für ihre natürliche Rüstung, die aus Schuppen oder zäher Haut bestehen, oder auch ihre übernatürliche Rüstung.

Merkmale und Leidenschaften: Nur für Menschen und menschenähnliche Elfen verfügbar, und nur die nützlichen oder namhaften sind aufgeführt. Die Spielleitung kann die Werte für Merkmale oder Leidenschaften natürlich für jede einzelne Kreatur ändern.

Fertigkeiten: Tiere und einige übernatürliche Kreaturen haben die Fertigkeit Meiden, die weiter unten beschrieben wird.

Kampffertigkeiten: Tiere und Feenwesen greifen mit Zähnen, Klauen und anderen Mitteln an, sowohl mit natürlichen als auch mit übernatürlichen. Jede dieser Fertigkeiten wird als separate Fertigkeit mit einem eigenen Wert aufgeführt.

Sonderfähigkeiten: Tiere und übernatürliche Kreaturen können einzigartige Fähigkeiten oder Eigenschaften haben, die menschlichen Charakteren einfach nicht zur Verfügung stehen.

Tapfer-Modifikator: Einige Tiere und alle übernatürlichen Kreaturen haben einen Modifikator für das Merkmal Tapfer. Dieser Modifikator kommt immer dann zur Anwendung, wenn ein Charakter einen Tapfer-Wurf ablegen muss, um die betreffende Kreatur im Kampf zu binden oder sie zu attackieren, und eine Kreatur mit einem Modifikator erfordert immer einen Tapfer-Wurf, um sich ihr zu nähern.

Tabelle 8.1: Tabelle zur Kreaturengröße

GRO	Gewicht (Pfd.)	Höhe				
		Mensch	*Gedrungen*	*Stämmig*	*Schlacksig*	*Sehnig*
1	6	2 Fuß	1 Fuß	1 Fuß 6 Zoll	2 Fuß 11 Zoll	9 Fuß 10 Zoll
2	16	2 Fuß 9 Zoll	1 Fuß 4 Zoll	2 Fuß 1 Zoll	4 Fuß 1 Zoll	13 Fuß 8 Zoll
3	25	3 Fuß 2 Zoll	1 Fuß 7 Zoll	2 Fuß 5 Zoll	4 Fuß 9 Zoll	15 Fuß 10 Zoll
4	39	3 Fuß 8 Zoll	1 Fuß 10 Zoll	2 Fuß 9 Zoll	5 Fuß 6 Zoll	18 Fuß 4 Zoll
5	62	4 Fuß 3 Zoll	2 Fuß 2 Zoll	3 Fuß 3 Zoll	6 Fuß 5 Zoll	21 Fuß 5 Zoll
6	72	4 Fuß 6 Zoll	2 Fuß 3 Zoll	3 Fuß 5 Zoll	6 Fuß 9 Zoll	22 Fuß 6 Zoll
7	82	4 Fuß 8 Zoll	2 Fuß 4 Zoll	3 Fuß 6 Zoll	7 Fuß 1 Zoll	23 Fuß 6 Zoll
8	95	4 Fuß 11 Zoll	2 Fuß 6 Zoll	3 Fuß 9 Zoll	7 Fuß 5 Zoll	24 Fuß 9 Zoll
9	109	5 Fuß 2 Zoll	2 Fuß 7 Zoll	3 Fuß 11 Zoll	7 Fuß 9 Zoll	25 Fuß 11 Zoll
10	125	5 Fuß 5 Zoll	2 Fuß 8 Zoll	4 Fuß 1 Zoll	8 Fuß 2 Zoll	27 Fuß 1 Zoll
11	134	5 Fuß 7 Zoll	2 Fuß 9 Zoll	4 Fuß 2 Zoll	8 Fuß 4 Zoll	27 Fuß 9 Zoll
12	144	5 Fuß 8 Zoll	2 Fuß 10 Zoll	4 Fuß 3 Zoll	8 Fuß 6 Zoll	28 Fuß 4 Zoll
13	154	5 Fuß 10 Zoll	2 Fuß 11 Zoll	4 Fuß 4 Zoll	8 Fuß 9 Zoll	29 Fuß
14	165	5 Fuß 11 Zoll	3 Fuß	4 Fuß 6 Zoll	8 Fuß 11 Zoll	29 Fuß 9 Zoll
15	177	6 Fuß 1 Zoll	3 Fuß 1 Zoll	4 Fuß 7 Zoll	9 Fuß 2 Zoll	30 Fuß 5 Zoll
16	189	6 Fuß 3 Zoll	3 Fuß 2 Zoll	4 Fuß 8 Zoll	9 Fuß 4 Zoll	31 Fuß 1 Zoll
17	203	6 Fuß 4 Zoll	3 Fuß 3 Zoll	4 Fuß 9 Zoll	9 Fuß 7 Zoll	31 Fuß 10 Zoll
18	218	6 Fuß 6 Zoll	3 Fuß 4 Zoll	4 Fuß 11 Zoll	9 Fuß 9 Zoll	32 Fuß 7 Zoll
19	233	6 Fuß 8 Zoll	3 Fuß 5 Zoll	5 Fuß	10 Fuß	33 Fuß 4 Zoll
20	250	6 Fuß 10 Zoll	3 Fuß 6 Zoll	5 Fuß 1 Zoll	10 Fuß 3 Zoll	34 Fuß 2 Zoll
21	268	7 Fuß	3 Fuß 7 Zoll	5 Fuß 3 Zoll	10 Fuß 6 Zoll	34 Fuß 11 Zoll
22	287	7 Fuß 2 Zoll	3 Fuß 8 Zoll	5 Fuß 4 Zoll	10 Fuß 9 Zoll	35 Fuß 9 Zoll
23	308	7 Fuß 4 Zoll	3 Fuß 9 Zoll	5 Fuß 6 Zoll	11 Fuß	36 Fuß 7 Zoll
24	330	7 Fuß 6 Zoll	3 Fuß 10 Zoll	5 Fuß 7 Zoll	11 Fuß 3 Zoll	37 Fuß 5 Zoll
25	354	7 Fuß 8 Zoll	3 Fuß 11 Zoll	5 Fuß 9 Zoll	11 Fuß 6 Zoll	38 Fuß 4 Zoll
30	500	8 Fuß 7 Zoll	4 Fuß 3 Zoll	6 Fuß 5 Zoll	12 Fuß 11 Zoll	43 Fuß
40	1.000	11 Fuß	6 Fuß	8 Fuß	16 Fuß	54 Fuß
50	2.000	14 Fuß	7 Fuß	10 Fuß	20 Fuß	68 Fuß
60	4.000	17 Fuß	9 Fuß	13 Fuß	26 Fuß	86 Fuß
70	8.000	22 Fuß	11 Fuß	16 Fuß	33 Fuß	108 Fuß
80	16.000	27 Fuß	14 Fuß	20 Fuß	41 Fuß	137 Fuß
90	32.000	34 Fuß	17 Fuß	26 Fuß	52 Fuß	172 Fuß
100	64.000	43 Fuß	22 Fuß	33 Fuß	65 Fuß	217 Fuß
110	128.000	55 Fuß	27 Fuß	41 Fuß	82 Fuß	273 Fuß
120	256.000	69 Fuß	34 Fuß	52 Fuß	103 Fuß	344 Fuß
130	512.000	87 Fuß	43 Fuß	65 Fuß	130 Fuß	433 Fuß

Schatz: Manche Kreaturen hüten etwas sehr Wertvolles oder besitzen schöne Felle, prächtige Hörner oder andere Trophäen, die Charaktere nach einer erfolgreichen Jagd mit nach Hause nehmen können. Solche Wertgegenstände werden hier aufgelistet. Rohstoffen wie Fellen wird kein Wert zugewiesen, da ihr endgültiger Wert von der Fertigkeit des Handwerkers bestimmt wird, der das Material bearbeitet.

Ruhm-Belohnung: Die Menge an Ruhm, die durch das Besiegen oder Töten eines Tieres oder einer übernatürlichen Kreatur gewonnen wird.

GRO zu Grösse

Tabelle 8.1 enthält ungefähre Umrechnungen der GRO-Attribute von Kreaturen in Gewicht und Länge entlang der längsten Achse. (In den meisten Fällen ist dies die vertikale Höhe, aber nicht immer – ein Pferd mit GRO 40 ist zum Beispiel 8 Fuß lang, nicht hoch).

Die Höhe wird auf den nächsten Zoll gerundet; ab GRO 40 wird die Höhe auf den nächsten Fuß gerundet.

Skaliere für Kreaturen mit nicht-menschlichen Proportionen die Höhe/Länge basierend auf dem Körpertyp, um eine grobe Schätzung zu erhalten:

- **Gedrungen (Zwerge):** ×½
- **Stämmig (Bären, Pferde):** ×¾
- **Schlacksig (Riesen):** ×1½
- **Sehnig (Drachen, Lindwürmer, Wyvern):** ×5

Speere gegen Bestien

Beidhändig geführte Speere und jede Beidhand-Schaftwaffe mit einer Speerspitze sind bei der Jagd besonders effektiv. Wenn du ein Tier mit einer solchen Waffe attackierst, erhältst du einen Modifikator von +5 auf die Waffenfertigkeit. Speere können auch gegen anstürmende Bestien eingesetzt werden.

Meiden

Die Fertigkeit Meiden, die einige Tiere und übernatürliche Kreaturen von Natur aus kennen, zeigt an, wie geschickt sich das Tier verstecken und vor Jägern fliehen kann. Während jedes Abschnitts einer Jagd legt die Beute einen Vergleichswurf mit Meiden gegen die Jagd-Fertigkeit des Charakters ab.

Fliegende Kreaturen

Einige Kreaturen können fliegen, was sie besonders gefährlich macht. Während sie in der Luft sind, erhalten sie den Höhenvorteil-Modifikator von +5 auf ihre Waffenfertigkeiten, wenn sie einen Kontrahenten am Boden angreifen. Werden sie im Flug mit Fernwaffen beschossen, ist die Attacke ein Vergleichswurf gegen die Fliegend-Bewegungsrate. Wenn eine fliegende Kreatur auf die Hälfte ihrer Trefferpunkte reduziert wird, kann sie nicht mehr fliegen.

Tapfer-Modifikatoren

Es gibt Kreaturen, die groß und wild sind und bei Menschen Furcht auslösen, wenn sie ihnen begegnen. Charaktere, die eine wilde Bestie angreifen wollen, müssen unter Umständen einen erfolgreichen Tapfer-Wurf ablegen, wenn sie sie zum ersten Mal sehen: Wenn die Kreatur einen Tapfer-Modifikator in ihren Attributen hat, muss jeder anwesende Charakter einen Probenwurf ablegen, bevor er die Kreatur im Nahkampf bindet (attackiert, versucht zu beschwichtigen, usw.). Ein Fehlschlag bedeutet, dass der Charakter eine Kampfrunde lang zögert, sich der Bestie zu nähern (in der nächsten Runde kann ein weiterer Wurf versucht werden, und so weiter, bis der Wurf erfolgreich ist), während ein Patzer bedeutet, dass der Charakter Feige markiert und 1W6 Runden lang mit seiner vollen Bewegungsrate (oder der seines Pferdes) flieht, bevor er wieder zur Besinnung kommt und handeln kann, wie er will.

Dieser Modifikator ist ein Überlebensfaktor für junge Ritter von Spielern – Kreaturen, die zu groß oder zu mächtig sind, um sie zu töten, sollten gemieden oder besänftigt werden, nicht angegriffen.

Bitte beachte, dass Gruppen von Rittern, die einem einzelnen Ungeheuer gegenüberstehen, eine bessere Chance haben, es zu besiegen. Daher werden alle Tapfer-Modifikatoren gleichmäßig durch alle Anwesenden geteilt, auch wenn nur ein Charakter das Ungeheuer angreifen will.

Natürlich können auch andere Modifikatoren für die Situation angewandt werden; der Inspirations-Bonus aus einer Leidenschaft kann den Tapfer-Modifikator ausgleichen, wenn zum Beispiel das Objekt der Leidenschaft des Ritters in Gefahr ist.

Charaktere, die eine Konfrontation mit einer gefährlichen Kreatur aktiv vermeiden wollen, können anstelle des Tapfer-Wurfs einen Besonnen-Wurf ablegen, in diesem Fall wird der Tapfer-Modifikator „umgedreht" und stattdessen umgekehrt auf Besonnen angewendet. Eine Kreatur mit einem Tapfer-Modifikator von –10 verleiht demnach beispielsweise einen Modifikator von +10 Besonnenheit. Dieser Modifikator wird *nicht* durch die Anzahl der anderen anwesenden Charaktere geteilt.

Kreaturen mit einem Tapfer-Modifikator sind von Natur aus tödlich und gefährlich, und ein Ritter, der den Besonnenen Pfad wählt, markiert nie Feige. Ritter, die besonders Tapfer sind, können stattdessen nur dann Besonnen würfeln, wenn der Tapfer-Modifikator ihr effektives Merkmal auf unter 16 senkt.

Jagdrudel

Bei der Jagd folgen die Hunde den Fährtenhunden, die heulen, wenn die Beute entdeckt wird. Sobald die Beute gesichtet wird, übernehmen die Blickhunde das Rennen und rennen hinter der Beute her, wobei sie sie im Blick behalten und sie beißen, damit sie stolpert und langsamer wird. Wenn die Beute vor Erschöpfung langsamer wird, holt der Rest des Rudels auf und stürzt sich auf sie, beißt zu und tötet das Tier. Die menschlichen Jäger kommen als letzte, nehmen den Hunden die Beute ab und belohnen sie mit den dampfenden Innereien.

Wenn die Hunde eine Rudeltaktik anwenden, hetzen und umschwärmen sie ihre Beute und zwingen sie zu einem Abzug, während sie versuchen, sich gegen mehrere Kontrahenten zu wehren. Wenn das Tier versucht, sich auf einen einzigen Angreifer zu konzentrieren, führen die anderen Hunde Waghalsige Attacken aus.

Tiere

Charaktere können bei der Jagd oder auf Abenteuern auf jede Menge wilde oder schmackhafte Tiere treffen. Dies sind natürliche Kreaturen, die vom Ersten Menschen benannt wurden und daher unter der Herrschaft aller Menschen stehen. Hier findest du die Attribute für einige der häufigsten Tiere, egal ob domestiziert oder wildlebend. Beachte, dass einige besondere Fähigkeiten (Zerfleischen, Wildheit, usw.) nur bei bestimmten Wildtieren vorhanden sind.

Tiere des Anwesens

Ritter und Ladys lernen im Rahmen ihrer grundlegenden Lebenserziehung zuerst diese domestizierten Tiere kennen. Diese Tiere sind jedem vertraut und leben im sicheren Rahmen der Felder und Gehölze der Kindheit.

Hunde

Jeder hat Hunde. Sie sind Vasallen aller Menschen und stehen über den gemeinen Nutztieren. Manche sind reinrassig, die meisten sind raufl ustige Mischlinge mit unbestimmter Herkunft. Alle sind

Tabelle 8.2: Hunde

Art	GRO/ND	GES	STR	KON/SV	Bew.	TP/BL	Meiden	Rüstung
Mischling	3	15	6	15	8	18/5	10	1
Spürhund	5	15	12	20	10	25/6	10	1
Sichtjäger	4	20	8	12	23	16/4	10	0
Irischer Wolfshund	11	15	16	20	15	31/8	8	2

Kampf-Fertigkeiten
Mischling: Biss 15 (2W6)
Spürhund: Biss 15 (3W6)
Sichtjäger: Biss (Gehend) 15, (Laufend) 10, (Sprintend) 5 (2W6)
Irischer Wolfshund: Biss 20 (4W6)

Tapfer-Modifikator
Irischer Wolfshund: –1

Ruhm-Belohnung
Irischer Wolfshund: 15

nützlich für die Jagd, zum Schutz, zum Hüten, als Gefährten und zum Fressen von Abfällen. Einige werden für bestimmte Funktionen gezüchtet. Ein Jagdrudel umfasst typischerweise jede der hier aufgeführten Arten.

Mischling

Die meisten Hundearten sind von diesem Typ. In jedem Haushalt gibt es irgendeine Art von Mischling, weder Spürhund noch Windhund, der Fremde anbellt und sich von Abfällen ernährt.

Sichtjäger

Der Vorfahre der modernen Windhunde und Whippets ist ein Jagdhund, der seine Beute auf Sicht verfolgt. Er ist sehr schnell, aber relativ schlecht darin, einer Fährte zu folgen. Er läuft mit den Fährtenhunden mit, bis die Beute in Sichtweite ist, und sprintet ihr dann hinterher.

Spürhund

Spürhund (je nach Rasse auch Bluthunde oder Beagles genannt) können der kleinsten Geruchsspur zu ihrem Ziel folgen. Sie können vergleichsweise nicht schnell rennen, aber sie haben eine Ausdauer, die jeden Sichtjäger übertrifft. Sie sind sehr laut und erregbar, die bellen und heulen, während sie laufen. Eine weibliche Spürhündin, die wegen ihrer Zuchtfähigkeit geschätzt wird, nennt man *Brachet*.

Irischer Wolfshund

Ein großer Jagdhund, der wegen seiner Größe und seines Mutes geschätzt wird. Er ist in der Lage, ein Reh zu erlegen und scheut sich nicht, ein Wildschwein oder einen Bären zu verfolgen. Er ist weniger häufig als andere und daher wertvoll. Eine in Irland weit verbreitete Rasse, die sowohl zur Bewachung des Haushalts als auch für die Jagd ausgebildet wird.

Farmtiere

Es gibt zahlreiche Schafsarten (Schwarznase, weißköpfig, Kurzwoll-, Langwoll-, Berg-) und Ziegen (Langhaar-, Langhorn-), die auf den britischen Inseln fröhlich auf den Weiden und in den Gehegen umherstolzieren und blöken. Sie liefern Milch, Fleisch und Wolle für Kleidung; aus Schafsfell wird auch Pergament hergestellt.

Rinder, einschließlich Kühe und Ochsen (kastrierte Stiere), liefern Milch, Fleisch, Leder und leisten körperliche Arbeit. Schweine liefern Fleisch und Leder und sind nur halbdomestiziert, da sie meist in den nahe gelegenen Wäldern nach Nahrung suchen.

Hühner rennen über die Höfe und picken auf dem Boden herum. Sie liefern Fleisch, Eier und Federn zum Ausstopfen.

Enten und Gänse können auf ähnliche Weise gezähmt werden, vorausgesetzt, es gibt einen Teich oder Bach auf dem Hof; Gänsefedern werden auch zum Befiedern von Pfeilen verwendet. Fasane, Rebhühner, Waldschnepfen und Wachteln werden zwar nicht unbedingt domestiziert, aber wild in nahe gelegenen Gehölzen gehalten und von den Bauern vor Wilderei geschützt, wo sie wegen ihres Fleisches, ihrer Federn und ihrer Eier gejagt werden. Pfauen wurden von den Römern nach Britannien gebracht, und viele von ihnen verwilderten, aber einige werden als Zierde auf wohlhabenderen Gütern gehalten.

Stier

GRO	GES	STR	KON
40	10	40	12

Attacken

Attacke	Wert	Schaden
Ansturm	10	8W6
Wut	8	6W6
Niedertrampeln	16	7W6

Gesundheit

Attribut	Wert
Trefferpunkte	52
Niederschlag	40
Schw. Verwundung	12
Bewusstlos	13

Sonstiges

Attribut	Wert
Bewegung	18
Rüstungspunkte	4
Ruhm-Belohnung	25
Tapfer-Mod.	0

Fertigkeiten: Meiden 5

Ansturm: Ein Stier kann mit seinem vollen Schaden angreifen. Die Regeln für die Sturmangriffsdistanz gelten auch für diese Attacke.

Wut: Ein Stier kann sich bis zu seiner vollen Bewegungsrate bewegen und versuchen, ein Opfer mit seinen Hörnern zu zerfleischen.

Niedertrampeln: Ein Stier kann ein Opfer mit seinen Hufen zertrampeln, aber nur, wenn das Opfer einen Niederschlag erlitten hat und noch am Boden liegt.

Falke

GRO	GES	STR	KON
1	20	5	10

Attacken

Attacke	Wert	Schaden
Klauen	12	1W6
Herabstoßen	19	2W6

Gesundheit

Attribut	Wert
Trefferpunkte	11
Niederschlag	1
Schw. Verwundung	10
Bewusstlos	3

Sonstiges

Attribut	Wert
Bewegung	80 (Fliegend)
Rüstungspunkte	0
Ruhm-Belohnung	0
Tapfer-Mod.	0

Fertigkeiten: Meiden 20 (+20) wenn Fliegend

Klauen: Die Krallen des Falken sind rasiermesserscharf und können üble Verletzungen in ungeschützes Fleisch reißen.

Herabstoßen: Im vollen Flug kann der Falke aus großer Höhe einen Sturzflug auf ein Ziel ausführen, der stark genug ist, um kleine Tiere zu töten und Menschen ernsthaft zu verletzen.

Gestaltwandler aus Artus' Britannien

Einige bestimmte Clans oder Familien können sich in Tiere verwandeln, wenn sie wollen. Es gibt jedoch keine arturische Tradition, dass der Mond Menschen dazu bringt, sich in Kreaturen zu verwandeln und ihnen übernatürliche Kräfte zu verleihen.

Wenn Menschen in Tiere verwandelt werden, geschieht das immer durch ihre eigene Kraft (Merlin zum Beispiel ist ein berüchtigter Gestaltwandler) oder durch die Hand eines Zauberers, einer Fee oder einer Gottheit.

Sir Marrok wird zum Beispiel von seiner bösen Frau in einen Wolf verwandelt, die hofft, dass er als Schädling getötet wird. Math Hen, in den alten Zeiten der Schöpfung, verwandelte seine Neffen zur Strafe für Vergewaltigung in männliche und weibliche Wölfe (sowie einen Hirsch und eine Hirschkuh und ein Wildschwein und eine Sau). Es gibt eine Sage von einer Familie, die sich in Wölfe verwandelt und, obwohl sie von Natur aus wild und mörderisch ist, freundlich zu einem Mann ist, der einem Jungtier hilft.

Was auch immer die Ursache für die Verwandlung ist, die mechanischen Auswirkungen sind dieselben. Wenn sie in menschlicher Gestalt sind, verwenden sie Attribute, die ihrem Stand und ihrer Herkunft entsprechen, und ein normales Tier, wenn sie die Gestalt eines Tieres haben.

Katzen streifen durch die Höfe, suchen nach Nagetieren und erschrecken die Hühner. Kaninchen und Hasen werden in großen Gehegen gehalten und in freier Wildbahn wegen ihres Fleisches und ihres warmen Fells gefangen. Rote Eichhörnchen jagen sich gegenseitig in den Wäldern. Sie sind eine Fleischquelle für die unteren Klassen und Pelzbesatz für die Winterkleidung und werden manchmal von Ladys als Haustiere gehalten.

Bauernhoftiere sind für Menschen nicht besonders gefährlich.

Tiere des Waldes

Jenseits der sanften Felder und Wälder der Kindheit liegt eine riesige Wildnis aus bewaldeten Hügeln und Bergen, die von tiefen, felsdurchsetzten Tälern, reißenden Flüssen und tückischen Sümpfen unterbrochen wird. Das ist die natürliche Welt, und sie ist sowohl schön als auch tödlich. Nur wer als Kind auf die Jagd ging oder den Prahlereien der Ritter und den Überlieferungen der Gelehrten bei Hofe lauschte, wusste von den wilden Tieren, die hier leben. Alle diese Tiere werden für ihr Fleisch oder als Sport gejagt, und einige sind selbst gefährliche Jäger.

Auerochsen

Auerochsen sind majestätische, dunkelhäutige, urzeitliche Rinder, die Schulterhöhen von bis zu neun Fuß erreichen. Bullen und Kühe treten in Herden auf, die sich auf abgelegenen Wiesen und in gut bewässerten Tälern aufhalten. Bullen haben scharfe, drei Fuß lange Hörner, die Rüstungen durchbohren können, und sind in der Brunftzeit besonders aggressiv. Sie stürmen immer auf Reiter los, die in ihre Nähe kommen.

Auerochse

GRO	GES	STR	KON
50	10	50	15

Attacken

Attacke	Wert	Schaden
Ansturm	12	10W6
Aufspießen	12	10W6
Niedertrampeln	16	8W6

Gesundheit

Attribut	Wert
Trefferpunkte	65
Niederschlag	50
Schw. Verwundung	15
Bewusstlos	16

Sonstiges

Attribut	Wert
Bewegung	20
Rüstungspunkte	6
Ruhm-Belohnung	100
Tapfer-Mod.	0

Fertigkeiten: Meiden 5

Ansturm: Ein Auerochsenbulle kann mit seinem vollen Schaden angreifen. Die Regeln für **„Vorbeireiten"** (siehe S. 149 im **Pendragon**-) gelten auch für diese Attacke.

Aufspießen: Ein Auerochsenbulle kann sich bis zu seiner vollen Bewegungsrate bewegen und versuchen, ein Opfer mit seinen Hörnern zu zerfleischen.

Niedertrampeln: Ein Auerochsenbulle kann ein Opfer mit seinen Hufen zertrampeln, aber nur, wenn das Opfer einen Niederschlag erlitten hat und noch am Boden liegt.

Schatz: Auerochsenfelle sind dick, warm und selten; die drei Fuß langen Hörner können zu zeremoniellen Trinkgefäßen gefertigt oder der ganze Schädel als beeindruckende Trophäe ausgestellt werden.

Bär

GRO	GES	STR	KON
40	12	40	15

Attacken

Attacke	Wert	Schaden
Klauen	13	4W6/4W6
Zerfleischen	18	8W6

Gesundheit

Attribut	Wert
Trefferpunkte	55
Niederschlag	40
Schw. Verwundung	15*
Bewusstlos	14*

Sonstiges

Attribut	Wert
Bewegung	15
Rüstungspunkte	6
Ruhm-Belohnung	50
Tapfer-Mod.	0

Fertigkeiten: Meiden 5

Klauen: Ein Bär kann ein Ziel pro Runde mit beiden Klauen gleichzeitig angreifen. Wenn der Bär die Runde gewinnt, führt er zwei getrennte 4W6 Schadenswürfe statt eines einzigen Schadenswurfs von 8W6 aus. Der Schaden, der durch diese beiden Schadenswürfe entsteht, wird als zwei separate Verwundungen behandelt.

Zur Bestimmung des Niederschlags werden die beiden Werte jedoch addiert.

Zerfleischen: Wenn der Bär seinen Kontrahenten Niederschlägt, zerquetscht er in der folgenden Kampfrunde seine Beute unter seiner Masse und versucht einen „Todesbiss" mit seinen mächtigen Kiefern. Jeder Versuch, sich gegen diese Attacke zu verteidigen, abgesehen von Handgemenge, führt zu einem Abzug von –5 auf die Waffenfertigkeit.

***Geschwindigkeit:** Wenn er nicht mit einem mit einem Saufeder bewaffneten Kontrahenten konfrontiert ist, kann ein Bär eine volle Runde lang normal angreifen, nachdem eine normale Kreatur kampfunfähig wäre (d. h., auch nachdem seine aktuellen Trefferpunkte die Bewusstlos-Schwelle erreicht oder unterschritten haben, oder nachdem er z. B. eine Schwere Verwundung erhalten hat).

Schatz: Das Fell eines Bären wird wegen seines dicken, glänzenden Pelzes geschätzt, der sich im Winter hervorragend als Gewand oder Decke eignet oder als Sattelbezug für das Schlachtross des Ritters verwendet werden kann; manche Jäger bewahren die Bärenkrallen an einem Lederriemen als Trophäe auf, während andere den Kopf oder sogar den ganzen Bären ausstopfen und montieren, um ihn in ihrer Halle auszustellen.

Bären

Diese kleine Art des Braunbären ist die einzige in Britannien heimische Art. Normalerweise versucht er, den Menschen aus dem Weg zu gehen, kann aber tödlich sein, wenn er gefangen oder in die Enge getrieben wird. Eine beliebte Unterhaltung bei Turnieren und Festen ist es, einen Bullen gegen einen gefangenen Bären in einem Kampf auf Leben und Tod antreten zu lassen. Im Kampf gegen einen berittenen Feind greift ein Bär normalerweise zuerst den Reiter an.

Wildschwein

GRO	GES	STR	KON
16	15	30	15

Attacken

Attacke	Wert	Schaden
Hauer	15	5W6

Gesundheit

Attribut	Wert
Trefferpunkte	31
Niederschlag	16
Schw. Verwundung	15*
Bewusstlos	8*

Sonstiges

Attribut	Wert
Bewegung	8
Rüstungspunkte	5
Ruhm-Belohnung	25
Tapfer-Mod.	0

Fertigkeiten: Meiden 5

Hauer: Die langen, scharfen Hauer des Wildschweins durchbohren mit Leichtigkeit Rüstung, Fleisch und Knochen. Im Kampf gegen einen berittenen Gegner greift ein Wildschwein immer zuerst das Pferd an, da es nicht höher gelangen kann. Wildschweine führen Sturmangriffe gegen ihre Gegner aus und versuchen, im Vorbeirennen mit ihren Hauern das arme Ross auszuweiden.

***Geschwindigkeit:** Wenn es nicht mit einem mit einem Saufeder bewaffneten Kontrahenten konfrontiert ist, kann ein Wildschwein eine volle Runde lang normal angreifen, nachdem eine normale Kreatur kampfunfähig wäre (sprich, auch nachdem seine aktuellen Trefferpunkte den Schwellenwert für Bewusstlosigkeit erreicht oder unterschritten haben, oder nachdem es z. B. eine Schwere Verwundung erhalten hat).

Schatz: Manche Jäger verschönern ihre Rüstungen mit Hauern erlegter Wildschweine oder stellen Ausstellungsstücke daraus her.

Wildschweine

Das Wildschwein ist eine gerissene und wilde Kreatur, die für ihre Tödlichkeit respektiert wird, wenn sie in die Enge getrieben wird. Als Spezies sind Wildschweine ziemlich kampflustig, und alte, einsame Wildschweine sind besonders gefährlich.

Hirsche

In Britannien gibt es mehrere Hirscharten, und Wildbret ist das Grundnahrungsmittel auf den höfischen Tafeln. Männliche Hirsche werden Bullen oder Böcke genannt. Die weiblichen Tiere werden Hirschkühe genannt. Rehjunge werden Kitze genannt.

Elch

Der britische Elch ist ein extrem großer Hirsch und kommt nur in Kaledonien, jenseits des Walls, vor. Sie sind etwa fünf bis sechs Fuß hoch und haben ein Geweih, das bis zu sechs Fuß lang ist. Sie sind Einzelgänger, außer eine Kuh hat ein Kalb. Einem kastrierten Männchen wächst ein verdrehtes Geweih, das nicht abfällt und Teufelsgeweih genannt wird.

Tabelle 8.3: Rehe

Art	GRO/ND	GES	STR	KON/SV	Bew.	TP/BL	Meiden	Rüstung
Elch	45	15	45	12	23	57/14	14	5
Damhirsch	12	20	15	12	15	24/6	18	3
Rothirsch	30	20	30	12	30	42/11	15	4
Reh	5	25	5	12	20	17/4	18	0

Kampf-Fertigkeiten
Elch: Sturmangriff 12 (9W6), Aufspießen 12 (7W6)
Damhirsch: Sturmangriff 10 (3W6), Aufspießen 10 (2W6)
Rothirsch : Sturmangriff 12 (6W6), Aufspießen 12 (4W6)
Reh: Tritt 10 (1W6)

Ruhm-Belohnung
Elch: 25
Damhirsch: 1
Rothirsch : 10
Reh: 0

Angriff: Ein Hirsch kann einen Sturmangriff ausführen und dabei seinen vollen Schaden verursachen. Die Regeln für **„Vorbeireiten"** (siehe S. 149 des **Pendragon**-*Regelwerk*) gelten auch für diese Attacke.

Damhirsch

Der Damhirsch hat normalerweise ein rötlich-braunes Fell mit weißen Flecken. Er hat ein Geweih und ist etwa drei Fuß hoch, obwohl die größten Tiere doppelt so groß sein können. Die Herden trennen sich normalerweise nach Geschlecht, außer in der Brunftzeit. Sie können mit Leichtigkeit bis zu sechs oder sieben Fuß hoch springen. Sie wurden von den Römern in Britannien eingeführt.

Rothirsch

Der Rothirsch ist ein großer Waldhirsch und eine beliebte Jagdbeute. Er ist etwa vier Fuß groß. Sein verzweigtes Geweih kann bis zu drei Fuß lang sein. Außer in der Brunftzeit versammeln sich Männchen und Weibchen in getrennten Herden. Im Sommer sind sie in verschiedenen Schattierungen rotbraun, im Winter gräulich und haben einen verräterischen weißen Bürzel.

Reh

Dies ist ein kleiner Hirsch, der es nicht wert ist, von einem Ritter gejagt zu werden. Er wird nur deshalb aufgeführt, weil das Reh in verschiedenen Mythen und Märchen eine wichtige Rolle spielt und daher in Abenteuern erscheinen könnte. Es ist so klein, dass es kaum Attribute braucht – ein einziger Hieb genügt, um es zu töten, und es hat keine Attacken, die einen gepanzerten Ritter verletzen könnten.

Elefanten

Wie es diese seltenen, riesigen, langnasigen, vierbeinigen Tiere nach Britannien geschafft haben, ist ein Thema für die Debatten der Gelehrten. Vielleicht haben die Römer sie mitgebracht, oder die Trojaner in den Zeiten davor. So oder so treiben sich nun in den tiefen Wäldern herum und grasen die Vegetation ab, eine außergewöhnliche Beute für jeden Jäger.

Elefant

GRO	GES	STR	KON
70	5	70	20

Attacken

Attacke	Wert	Schaden
Niedertrampeln	16	10W6
Aufspießen	12	14W6
Packen & Werfen	14	6W6

Gesundheit

Attribut	Wert
Trefferpunkte	90
Niederschlag	70
Schw. Verwundung	20
Bewusstlos	23

Sonstiges

Attribut	Wert
Bewegung	24
Rüstungspunkte	10
Ruhm-Belohnung	50
Tapfer-Mod.	–15

Niedertrampeln: Ein Elefant kann versuchen, ein Ziel mit vollem Schaden niederzutrampeln. Das Ziel kann einen Vergleichswurf mit seiner GES (wenn es zu Fuß unterwegs ist) oder der GES seines Reittiers gegen diese Attacke ablegen; bei einem Sieg weicht er/es der Attacke vollständig aus, während ein Teilerfolg den Schaden um die Hälfte reduziert.

Aufspießen: Der Elefant kann versuchen, einen einzelnen Kontrahenten mit seinem mächtigen Stoßzahn aufzuspießen. Wenn der Kontrahent eine Plattenrüstung trägt, erhöht sich der Schaden um +2W6.

Packen und Werfen: Ein Elefant kann versuchen, ein Ziel mit seinem Rüssel zu packen und es dann 1W6+5 Yards weit zu werfen, was 6W6 Punkte Schaden verursacht.

Einhörner: Elefanten meiden sie, nicht aus Furcht, wohlgemerkt. Sie finden sie einfach nur lästig.

Schatz: Elefantenelfenbein ist sehr wertvoll und kann zu einer Vielzahl von Schmuckstücken verarbeitet werden.

Füchse

Diese schlauen Raubtiere sind etwa so groß wie kleine Hunde, haben buschige Schwänze und plagen die Hühnerställe eines jeden Bauernhofs. Daher gelten sie als Ungeziefer. Sie haben meist ein rötliches, feines Fell, das sich im Winter in reines Weiß verwandelt.

Fuchs

GRO	GES	STR	KON
2	30	4	12

Attacken

Attacke	Wert	Schaden
Biss	10	1W6

Gesundheit

Attribut	Wert
Trefferpunkte	14
Niederschlag	2
Schw. Verwundung	12
Bewusstlos	4

Sonstiges

Attribut	Wert
Bewegung	16
Rüstungspunkte	0
Ruhm-Belohnung	10 (Jagd)
Tapfer-Mod.	0

Fertigkeiten: Meiden 20 (+1)

Biss: Obwohl sie es vorziehen, vor Konfrontationen zu fliehen, können Füchse bösartig sein, wenn sie in die Enge getrieben werden und mit ihren nadelartigen Zähnen zubeißen.

Schatz: Das Fell des Fuchses ist besonders wertvoll und wird zum Füttern edler Kleidungsstücke verwendet.

Großkatzen

Durch das dichte Unterholz der britischen Wälder schleichend, pirschen sich die Großkatzen mit erlesener Fertigkeit und Geduld an ihre Beute heran. Großkatzen sind extrem gefährliche Bestien, und manche können einen vollständig gepanzerten, berittenen Ritter zur Strecke bringen!

Löwe

Der majestätische und schreckliche Löwe aus der Artussage taucht immer wieder in den Abenteuern der Ritter auf. Zum Beispiel hilft Sir Percivale einem auf der Gralssuche, zwei von ihnen leben in der Gruft der Löwen in Ganis und vier von ihnen eskortieren den magischen Schimmel durch den Wald. Dieser Löwe ist viel größer als der „natürliche" afrikanische Löwe und ähnelt von der Größe her eher dem Säbelzahntiger. Der Löwe ist der König der Tiere und man kann ihn manchmal dabei beobachten, wie er mit anderen Tieren Hof hält.

Schatz: Löwenfelle der können zu kunstvollen Sattelbezügen oder dekorativen Teppichen verarbeitet werden.

Luchs

Der britische Luchs ist ein mittelgroßes Raubtier. Sie haben im Sommer ein bräunliches, geflecktes Fell, das sich im Winter silbergrau färbt. Ihre Ohren enden in Pinseln, und sie haben große Pfoten

Tabelle 8.4: Grosskatzen

Art	GRO/ND	GES	STR	KON/SV	Bew.	TP/BL	Meiden	Rüstung
Löwe	40	20	40	15	35	55/14	10	5
Luchs	5	25	15	20	25	25/6	20	2
Panther	12	25	25	15	20	27/8	15	3

Kampf-Fertigkeiten
Löwe: Klauen 20 (4W6/4W6), Zerfleischen 20 (8W6)
Luchs: Klauen 20 (1W6/1W6), Zerfleischen 20 (+5) (3W6)
*Panther:*Zerfleischen

Tapfer-Modifikatoren
Löwe: –5
Panther: –5

Ruhm Gewonnen
Löwe: 250
Luchs: 10
Panther: 100

Klauen: Großkatzen können ein Ziel pro Runde mit beiden Klauen gleichzeitig angreifen. Wenn die Katze die Runde gewinnt, führt sie zwei getrennte 4W6 Schadenswürfe statt eines einzigen Schadenswurfs von 8W6 aus. Der Schaden, der durch diese beiden Schadenswürfe entsteht, wird als zwei separate Verwundungen behandelt.

Zur Bestimmung des Niederschlags werden die beiden Werte jedoch addiert.

Zerfleischen: Wenn die Katze bei ihrem Kontrahenten einen Niederschlag erzielt, springt sie in der folgenden Kampfrunde auf ihre Beute und versucht, sie mit ihren kräftigen Kiefern zu beißen. Jeder Versuch, diese Attacke ohne Handgemenge abzuwehren, führt zu einem Abzug von –5 auf die Waffenfertigkeit.

und Stummelschwänze. Sie sind sehr geheimnisvoll und können sich hervorragend verstecken. Luchse sind keine Bedrohung für Menschen, aber gelegentlich für Nutztiere.

Schatz: Der Winterpelz des Luchses wird für die Herstellung von warmer Kleidung sehr geschätzt.

Panther

Der Panther ist angeblich eine einheimische britische Katze, die ein buntes Fell hat und auf ihre Weise freundlich ist. Er ist ein eingeschworener Feind der Drachen und hat angeblich einen unglaublichen Odem, der ihn gegen diese großen Ungeheuer immun macht, allerdings nur, wenn er von einer besonderen und seltenen Nahrung stammt.

Der Panther ist kleiner als ein Löwe und legt sich lieber auf die Lauer, um einsame Feinde in den tiefen Wäldern anzugreifen. Wenn er bei der Jagd überrascht wird, gilt er als wunderbarer Sport.

Schatz: Die Felle von Panthern können zu kunstvollen Sattelbezügen oder dekorativen Teppichen verarbeitet werden.

Wölfe

Wölfe ziehen in Rudeln von etwa 6 Jägern umher. Sie sind eine Bedrohung für Vieh und einsame Reisende, greifen aber selten Menschen an, es sei denn, sie tragen rote Umhänge.

Wolf

GRO	GES	STR	KON
8	20	15	20

Attacken

Attacke	Wert	Schaden
Biss	20	4W6

Gesundheit

Attribut	Wert
Trefferpunkte	28
Niederschlag	8
Schw. Verwundung	20
Bewusstlos	7

Sonstiges

Attribut	Wert
Bewegung	20
Rüstungspunkte	2
Ruhm-Belohnung	10
Tapfer-Mod.	0

Fertigkeiten: Meiden 10

Biss: Wölfe sind Rudeljäger, die ihre Beute mit ihren Bissen bis zur Erschöpfung niederringen. Jeder Wolf, der von seinem Kontrahenten ignoriert wird, wählt in dieser Runde die Aktion Waghalsige Attacke.

Allegorische Tiere

Die mittelalterliche Welt ist eine Welt der Mythen und Allegorien, in der jedes Lebewesen symbolische oder versteckte Bedeutungen haben kann. Die Vorzeichen der Natur zu deuten, mag uns heute vielleicht töricht vorkommen, aber für die Menschen von damals waren sie bedeutungsvoll. So können einige Kreaturen in **Pendragon** eine bedeutende emotionale Reaktion hervorrufen oder durch die Beobachtung ihrer ungewöhnlichen, unverwechselbaren Handlungen zu Weisheit inspirieren. Die Wirkung ist eher psychologisch als magisch oder wundersam, auch wenn es den Spielern so vorkommen mag und sich auch so anfühlt.

Spielleitungen werden ermutigt, allegorische Tiere zu verwenden, um Hinweise auf das Abenteuer zu geben, die Bedeutung von Merkmalen, Leidenschaften und Fertigkeiten in der Geschichte hervorzuheben oder als seltsame und entzückende arturische Einlagen. Immer wenn sich ein Charakter in der richtigen Umgebung befindet und einen Wurf auf die Jagd macht, kann er eines dieser Tiere (wie von der Spielleitung festgelegt) in seinem natürlichen Zustand sehen. Einige Kreaturen haben einen Bonus oder Abzug (in Klammern) für ihre Erkennung. Bei Erfolg gewinnt der Charakter, der den Jagd-Wurf abgelegt hat, die Markierung. Alle anderen anwesenden Charaktere müssen einen Wurf auf Aufmerksamkeit ablegen, wenn sie auf das Tier hingewiesen werden (mit demselben Modifikator), und wenn sie erfolgreich sind, erhalten sie die Markierung für das angegebene Merkmal, die Leidenschaft oder die Fertigkeit ebenfalls.

Für viele dieser allegorischen Kreaturen werden keine Attribute angegeben, da solche Zahlen in den meisten Fällen bedeutungslos wären. Einige Kreaturen werden jedoch an anderer Stelle in diesem Kapitel beschrieben und haben Spielwertblöcke, da sie mehrere Rollen in der Natur oder der Gesellschaft erfüllen.

Dachs

Ein Dachs ist eine kleine, dicke, grabende Kreatur mit Stummelbeinen und langen Krallen. Er ist grau gefärbt und hat schwarze und weiße Streifen im Gesicht. Er frisst kleine Wildtiere, aber sein Geschmack für Haushühner macht ihn zum Ungeziefer. Dachsgruppen graben gemeinsam Höhlen, wobei einer auf dem Rücken liegt, während die anderen Dreck auf seinem Bauch aufhäufen und ihn dann wie einen Karren aus der Höhle ziehen.

Allegorie: Wenn man sie dabei beobachtet, wie sie gemeinsam eine Höhle graben, erhält man eine Markierung für Volksweisheit.

Biber

Der Biber ist ein großes Nagetier mit einem flachen Schwanz, das im Wasser lebt. Er baut Dämme in Flüssen. Sie leben in Höhlen, die sie in die Ufer von Wasserläufen gegraben haben, oder in geschickt gebauten Baumstammhütten in der Mitte der Seen, die durch die Dämme entstanden sind.

Biber sind köstlich, und ihre Schwänze dürfen an fleischlosen Tagen verzehrt werden, da sie Fischen ähneln. Deshalb werden sie wegen ihres Fleisches und ihres wertvollen, wasserabweisenden Fells gejagt. Der größte Wert liegt jedoch in ihren Hoden, aus denen eine starke Medizin gewonnen wird. Wenn sich Jäger einem männlichen Biber nähern, kastriert er sich selbst und wirft seine Organe dem Jäger zu, um so mit dem Leben davonzukommen. Wenn ein Biber verfolgt wird, der bereits kastriert ist, entblößt er seinen Mangel, in der Hoffnung, weitere Verfolger abzuschrecken.

Allegorie (+5): *Wenn man beobachtet, wie ein Biber seine Hoden abwirft oder kastriert wird, erhält man eine Markierung für Feige.*

Biene

Die Biene ist ein schwarz-gelbes Insekt, das in großen Gruppen, den Bienenstöcken, lebt. Sie ist fleißig, höflich zu allen ihren Artgenossen und außerdem ein Ausbund an sozialer Freundlichkeit. Sie arbeitet den ganzen Tag nicht für sich selbst, sondern für das Wohl der Gemeinschaft und hat einen solchen Sinn für Gerechtigkeit, dass sie sich selbst zu Tode sticht, wenn sie ein Verbrechen gegen die Gemeinschaft begeht.

Allegorie (+10): *Wenn man Bienen bei der Arbeit beobachtet, erhält man eine Markierung für Tatkräftig. Wenn man beobachtet, wie sich eine Biene zu Tode sticht, erhält man eine Markierung für Gerecht.*

Kaninchen und Hase

Kaninchen und Hasen sind kleine, nagetierähnliche Kreaturen mit langen Ohren und kräftigen Hinterläufen, mit denen sie sich sehr schnell fortbewegen können. Sie sind schmackhaft und daher feige und nutzen ihre hohe Schnelligkeit, um bei der kleinsten Bewegung wegzulaufen. Sie sind für ihre sexuelle Zügellosigkeit und Fruchtbarkeit bekannt. Sie leben in großen Sippen, die Herden oder Kolonien genannt werden und in denen Rammlerkönige Harems mit vielen Frauen halten. Sie werden in großen Gehegen gehalten, die viele Möglichkeiten bieten, sie zu beobachten.

Allegorie (+10): *Wenn man eine wilde Hasen- oder Kaninchenkolonie beobachtet, erhält man eine Markierung für Feige. Ein domestiziertes Gehege in der Sommerphase zu beobachten, verleiht eine Markierung für Lüstern.*

Wasserhuhn

Dieser Vogel ist oft in Gesellschaft von Adlern zu finden, deren Nester weiter unten in Klippenflanken liegen. Wasserhühner adoptieren jeden verwaisten oder verstoßenen Adler, der aus seinem Nest gestürzt ist. Sie ziehen den Adler wie ihr eigenes Junges bis zum gesunden Erwachsensein auf.

Allegorie (+10): *Wenn man ein Wasserhuhn sieht, das ein Adlerküken aufzieht, erhält man eine Markierung für Großzügig.*

Adler

Adler sind die Könige der Vögel, mit dunklem, goldbraunem Gefieder und Flügeln, die fünf bis sieben Fuß lang sind. Ihre Schnäbel sind böse scharfe Aushebeln und ihre Füße enden in vier gewaltigen Krallen. Sie sind mächtige Himmelsjäger und fangen Fische, Vögel und kleine Bodentiere, indem sie sich lautlos aus der Luft fallen lassen. Gelegentlich werden sie als Jungtiere gefangen, aber ihre Größe und Wildheit machen es schwierig, mit ihnen umzugehen, und ihre Ausbildung ist sehr teuer. Deshalb sammeln nur große Könige und Kaiser sie.

Diese gebieterischen Herrscher des Himmels testen ihren Nachwuchs, indem sie die Nestlinge hochhalten, um in die Sonne zu starren. Wenn sie zurückweichen, werden die Jungen als unwürdig abgewiesen und aus dem Nest geworfen. Die Eltern tun dies aus einem Gefühl der unnachgiebigen Gerechtigkeit heraus.

Allegorie (+10): *Wenn man beobachtet, wie ein Jungadler aus dem Nest geworfen wird, erhält man eine Markierung für Gerecht.*

Fuchs

Der Fuchs ist ein hinterlistiges und schlaues Tier mit aufrechten spitzen Ohren und einem buschigen Schwanz. Er läuft nie in einer geraden Linie, sondern wendet sich immer wieder in eine neue Richtung. Je nach Jahreszeit wechselt er sein Fell, um sich besser zu verstecken und über seine Opfer herzufallen. Es gibt drei Farben: Die häufigste ist rot; eine andere ist dunkelblau, braun oder grau; die dritte ist im Sommer auf dem Rücken braun und um den Bauch herum hellgrau, wird aber im Winter reinweiß.

Das Fuchsweibchen ist eine Füchsin, bekannt als Verführerin, und immer schwer trächtig. Seltsamerweise werden ihre Jungen ohne Form geboren, und sie leckt sie sodann in ihre richtige Gestalt.

Füchse lieben Trauben und werden einen Weinberg verwüsten, wenn man es ihnen erlaubt. Wenn er Fleisch will, stellt sich der Fuchs tot, um Vögel anzulocken, die ihm die zarten Augen auspicken wollen. Wenn sie dann in der Nähe landen, packt der Fuchs sie mit seinem Maul und verschlingt sie. Sie haben eine ungesunde Beziehung zu Hühnern, deren verlockendem, schmackhaftem Fleisch sie nicht widerstehen können, sehr zum Leidwesen der Landwirte.

Legende: *Wenn man einen Fuchs beobachtet, der Vögel fängt, indem er sich tot stellt, erhält man eine Markierung für Falsch.*

Falke

Zusätzlich zu seinen an anderer Stelle beschriebenen praktischen Funktionen (**„Tiere des Anwesens“** auf S. 174), ist der Falke auch ein allegorisches Tier. Falken verweigern ihren Jungen die Nahrung und werfen sie schnell aus dem Nest, damit sie für sich selbst sorgen können. Sie tun das, weil es die Vögel zäh macht.

Allegorie (+10)*: Wenn man beobachtet, wie ein junger Falke aus seinem Nest geworfen wird, erhält man eine Markierung für Grausam.*

Wiedehopf

Der Wiedehopf ist ein kleiner, fahler, brauner Vogel mit schwarzer und weißer Zeichnung. Er ist bekannt für seinen Kamm, der normalerweise fest zu einem spitzen Hut auf dem Hinterkopf gebunden ist, aber wie ein Fächer ausgebreitet werden kann, wenn er andere umwirbt oder bedroht.

Wenn ein Wiedehopf alt wird, kann er nicht mehr fliegen, aber seine Nachkommen kümmern sich um ihn, füttern und putzen ihn, bis er schließlich an Altersschwäche stirbt.

Allegorie (+5)*: Wenn man beobachtet, wie sich Wiedehopfjunge zärtlich um ihre Eltern kümmern, erhält man eine Markierung für Liebe* (*Familie*).

Luchs

Luchse sind besonders wertvoll, weil ihr Urin innerhalb von sieben Tagen zu einem wertvollen Bernstein aushärtet, der *Lyngurium* genannt wird (wörtlich: „verfestigter Luchsurin“). Luchse wissen das und vergraben ihr Lyngurium so tief wie möglich, damit die Menschen ihren Schatz nicht finden können. Siehe auch ihren Eintrag unter **„Tiere des Waldes“** auf S. 176.

Allegorie (+5)*: Wenn man beobachtet, wie ein Luchs seinen Urin vergräbt, erhält man eine Markierung für Selbstsüchtig.*

Löwe

Legorisch gesehen steht der Löwe für Königtum. Er ist der König der Tiere und manchmal sieht man ihn in Landbesitz mit anderen Kreaturen, die sich vor ihm verbeugen. Siehe auch ihren Eintrag unter „Tiere des Waldes“ auf S. 176.

Allegorie (+10)*: Wenn man einen männlichen Löwen beim Abhalten eines Hofes beobachtet, erhält man eine Markierung für Treueschwur.*

Rebhuhn

Rebhühner sind klein, rundlich und braun, mit grauen Köpfen und weißen Brüsten. Sie meiden Höhen und beschränken sich auf niedrige Flüge und nisten am Boden.

Das Rebhuhn ist hinterlistig, weil es Eier von anderen Vögeln stiehlt und versucht, sie aufzuziehen. Doch die entführten Jungvögel entdecken schließlich die Wahrheit und rufen klagend nach ihren Eltern, die mitleidig und verzweifelt bis zum Tod antworten.

Allegorie (+5)*: Wenn man entführte Jungvögel beobachtet, die nach ihren Eltern rufen, erhält man eine Markierung für Falsch.*

Pfau

Pfauen wurden von den Römern nach Britannien gebracht und dienten als Rasenschmuck. Einige der wohlhabenderen Herrenhäuser halten den Brauch aufrecht, aber die meisten Pfauen sind längst verwildert. Das ist bemerkenswert, wenn man bedenkt, dass ihr Gefieder blau schillert, mit kecken Federkämmen und prächtig langen Schwanzfedern, die an den Enden mit augenähnlichen Punkten besetzt sind – nicht gerade eine gute Tarnung im britischen Laub. Aber der Britische Pfau hat eine sichere Verteidigung gegen Raubtiere entwickelt: Eitelkeit.

Die Eitelkeit des Pfaus ist allumfassend und er hält sich selbst für das schönste Tier. Jeden Morgen, wenn er aufwacht, denkt der Pfau, dass seine Schönheit verblasst ist und krächzt vor lauter Entsetzen und weckt den ganzen Wald auf. Vor den Augen aller Tiere breitet der Pfau seine prächtigen Federn aus und untersucht sie, während er sich in der Aufmerksamkeit und den bewundernden Blicken sonnt. Dann stößt er einen unheimlichen, klagenden Schrei aus, als er die unvermeidliche graue Feder findet, woraufhin alle anderen Tiere erschrocken die Flucht ergreifen.

Auf diese Weise hat der wilde Pfau in Britannien überlebt. Pfauen sind dafür bekannt, sich in Gruppen zu versammeln, die „Inspirationen“ genannt werden, und sich über andere Tiere lustig zu machen.

Allegorie (+10)*: Wenn man einen stolzierenden Pfau beobachtet, der seinen Schwanz ausfächert und sich umschaut, um zu sehen, wer ihn sieht, erhält man eine Markierung für Stolz.*

Pelikan

Dies sind große, weiße Vögel mit riesigen Schnäbeln, mit denen sie Fische aus dem Wasser holen. Man findet sie in Feuchtgebieten an der Küste und in Binnenseen.

Diese Wasservögel töten jedes Jahr ihre Jungen aus gerechtem Zorn und durchbohren dann drei Tage später ihre eigenen Brüste, bis das Blut über die Küken fließt, die dann ins Leben zurückkehren, so wie Christus nach drei Tagen ins Leben zurückkam.

***Allegorie* (+5 *für Christen*)**: *Ein Christ, der beobachtet, wie der Pelikan seine Jungen wieder zum Leben erweckt, erhält er eine Markierung für Fromm.*

Storch

Der Weißstorch, auch Klapperstorch genannt, hat eine menschliche Seele. Wenn er ein gutes Leben führt, wird er auf eine Insel gebracht, wo er in menschliche Gestalt zurückkehrt. Er ist weiß mit schwarzen Flügeln, hat einen langen Hals, lange rote Beine und einen langen, scharfen Schnabel. Er ist groß: vier Fuß hoch und hat eine Spannweite von sieben Fuß. Er ernährt sich von Insekten, kleinen Reptilien und Säugern und vor allem von Fröschen. Er hat keine Angst vor Menschen, es sei denn, er wird belästigt, und nistet oft auf Häusern, wo er als Zaubermittel gegen Feuer wirkt.

Störche sind familienorientierte Vögel. Sie sind monogam und kehren immer in dieselben Nester zurück. Die Eltern bebrüten das Nest so intensiv, dass sie Federn verlieren, und kümmern sich danach so lange um ihre Jungen, bis sie ausgewachsen sind.

***Allegorie* (+5)**: *Wenn man beobachtet, wie sich Störche um ihre Jungen kümmern, erhält man eine Markierung für Liebe* (*Familie*).

Übernatürliche Kreaturen

Dem Ruf des Abenteuers muss manchmal entsprochen werden, woraufhin der Questritter sein Pferd anspornt und sich über die Grenzen der bekannten Welt hinauswagt. Dort, am Fuße schroffer Klippen, die von einer sturmgepeitschten See umspült werden, oder in den dunklen und urzeitlichen Wäldern, oder auf den zerklüfteten Gipfeln von Bergen, die so hoch sind, dass sie die Wolken berühren, tummeln sich wundersame und furchterregende Kreaturen.

Dies sind die Feen und Unholde der schönen und schrecklichen Träume.

Einige sind Kreaturen, die von Geistern besessen sind, andere wiederum sind selbst fleischgewordene Geister. Die meisten sind die verdorbenen Nachkommen von unnatürlichen Verbindungen zwischen Geistern und Tieren.

Sie alle sind gefährlich.

Übernatürliche Kreaturen verwunden

Feen, Unholde und Geister sind keine Geschöpfe der natürlichen Welt und somit sind nicht aus den gleichen Körpersäften wie Menschen oder Tiere gemacht. Daher erleiden sie zusätzlichen Schaden durch Gegenstände und Materialien, für die sie besonders anfällig sind. Dazu gehören vor allem Waffen, die aus Eisen geschmiedet oder von einer heiligen Person gesegnet wurden. Diese Waffen können übernatürlichen Kreaturen Schaden zufügen. *Alle anderen Waffen können eine Kreatur zwar niederschlagen (wirf Schaden, um zu sehen, ob du die GRO der Kreatur überschritten hast), richten aber ansonsten keinen Schaden an.*

Eine aus Eisen geschmiedete Waffe fügt +1W6 Schaden zu. Eine gesegnete Eisenwaffe verursacht +2W6 Schaden gegen übernatürliche Kreaturen. Diese sind äußerst selten. Eine weltliche Substanz, die von einer heiligen Person gesegnet wurde (z. B. eine Phiole mit Wasser oder ein Stechpalmenzweig), fügt übernatürlichen Kreaturen 1W6 Schaden zu und ignoriert den Rüstungsschutz.

Feen-Grammarye und teuflische Betrügerei

Alle Feen, Unholde und feen- oder unholdenartigen Kreaturen haben einen Hauch von Magie an sich. Ob sie die Magie im Kampf einsetzen können oder nicht, hängt von ihrer Form ab. Feen- und Unholdbestien können in der Regel keine Magie im Kampf einsetzen, abgesehen von den magischen Fähigkeiten, die nur ihre fleischliche Form besitzt. Feenvolk und Unholde können im Kampf Magie einsetzen, aber die Auswirkungen sind normalerweise auf die Dauer des Szenarios begrenzt und ihre genaue Wirksamkeit bleibt der Spielleitung überlassen. Feen beschützen ihre körperliche Gestalt sehr gut und nutzen jede Magie, die sie besitzen, um vor Schaden zu fliehen, wenn sie im Kampf bedrängt werden.

Feenflüche

Alle Feen und Unholde sind anfällig für Schaden durch gesegnete oder eiserne Waffen (siehe die Seitenleiste zu **„Übernatürliche Kreaturen verwunden“** oben). Spielleitungen steht es frei, andere Schwächen und Anfälligkeiten zu entwickeln, wenn die übernatürliche Kreatur besonders hart ist und vor allem, wenn sie gut in die Geschichte der Kampagne passt. Zum Beispiel könnte ein Charakter zufällig das einzige Schwert geerbt haben, das Wyrnach den Riesen töten kann, oder die Ritter der Spieler entdecken, dass die Haut eines bestimmten Drachen nur an bestimmten Tagen im Jahr durchstoßen werden kann oder dass ein bestimmter Greif immer vor der Farbe Orange flieht.

Feenbestien

Das sind die Ungeheuer und Kreaturen der Mythen und Legenden, die durch Magie zu Fleisch geworden sind oder durch sie über viele Generationen hinweg verdorben wurden. Sprechende, unnatürlich große und bizarr geformte Tiere und humanoide Kreaturen sind allesamt Feenbestien, die entweder von Geistern besessen sind oder von ihnen gezeugt wurden. Die meisten Feenbestien sind Einzelgänger. Die meisten sind Fleischfresser und jagen sowohl Tiere als auch Menschen wegen ihres Fleisches. Es steht der Spielleitung frei zu entscheiden, ob diese Bestien intelligent sind, sprechen können oder andere Beweggründe als Hunger haben.

Cockatrice

Der Cockatrice ist eine Feenbestie, die durch die unnatürliche Paarung zwischen einem Hahn und einem Kriechtier entstanden ist. In diesem Fall brütet eine Schlange oder Kröte ein Ei aus, das von einem Hahn gelegt wurde – ein ungewöhnlicher, aber möglicher Vorgang, wenn Magie im Spiel ist. Aus dieser ungewöhnlichen Verbindung schlüpft eine Schlange mit einem Hahnenkopf, dessen verkümmerte Anhängsel bald zu Hahnenbeinen und Flügeln heranwachsen.

Wie bei ihrem Vetter, dem Basilisken, sind Blut, Gewebe und Organe des Cockatrice mit einem starken magischen, säurehaltigen Gift durchsetzt, das jede Waffe auflöst, die ihn trifft, und er schleicht sich an, um den Träger anzugreifen. Ein Cockatrice kann sein Gift auch so genau ausspeien, dass er auf dem Rücken liegend Vögel zu treffen vermag, die, wenn sie getötet werden, direkt in das Maul der Bestie fallen.

Cockatrices sind glücklicherweise Einzelgänger.

Winzige Feen

Winzige Feen sind winzige, harmlose Naturgeister. Einige existieren in ihrer natürlichen Geistform, andere in fleischlichen Körpern. Viele verkörpern die Lebenskräfte von Blumen, Büschen, Farnen, Pilzen, kleinen Vögeln, kleinen Nagetieren und Insekten. Sie manifestieren sich als glitzernde Lichter, die nicht größer sind als Kerzenflammen, als sprechende Mäuse, als winzige, geflügelte Kobolde, als tadellos gekleidete kleine Männer oder sogar als daumengroße, nackte Kinder. Sie sind die namenlosen, launischen Kobolde, die am Rande des Blickfeldes auftauchen und dazu da sind, die Begegnungen mit dem Feenvolk bunter zu machen und die Dachrinnen von verwunschenen Wäldern und die Hallen von Feenpalästen zu schmücken.

In einer Kampfsituation kann die Spielleitung festlegen, dass ein Schwarm winziger Feen umherfliegt und die Charaktere blendet und verwirrt und ihnen für 1W3 Runden einen vorübergehenden Abzug von –5 auf alle Fertigkeiten und Kampffertigkeiten auferlegt. Darüber hinaus können sich die winzigen Feen ohne die Führung anderer, mächtigerer Feen nicht wirklich lange organisieren oder konzentrieren und werden schnell gelangweilt und verschwinden oder von den Eisenhäuten und Waffen der Spieler abgeschreckt werden.

- **Ruhm für Begegnungen:** 5
- **Ruhm für den Beobachter:** 1

Cockatrice

GRO	GES	STR	KON
3	25	10	40

Attacken

Attacke	Wert	Schaden
Schnabel	10	2W6
Giftspeichel	20 (+1)	Spezial

Gesundheit

Attribut	Wert
Trefferpunkte	43
Niederschlag	3
Schw. Verwundung	40
Bewusstlos	11

Sonstiges

Attribut	Wert
Bewegung	5
Rüstungspunkte	3
Ruhm-Belohnung	100
Tapfer-Mod.	–5

Fertigkeiten: Meiden 15

Schnabel: Ein Cockatrice pickt mit vollem Schaden zu.

Giftspeichel: Einmal in jeder zweiten Kampfrunde kann ein Cockatrice sein Gift bis zu 30 Yards weit spucken. Da es sich dabei um eine Fernattacke handelt, muss das Ziel normalerweise keinen Vergleichswurf ablegen. Das Ziel kann wie üblich Haken schlagen; wenn es einen einsatzbereiten Schild hält, denke daran, den Fernkampfmodifikator anzuwenden. (Die Spielleitung kann entscheiden, dass stattdessen der Schild getroffen und ruiniert wird!). Ein getroffenes Ziel muss einen KON-Wurf gegen die Potenz des Giftes von 30 ablegen.

Charaktere, die eine Rüstung tragen, sind gegen die erste Speichelattacke geschützt. Wenn das Ziel eine nichtmetallene Rüstung trägt, wird diese zerstört und verliert alle Rüstungswerte. Ist die Rüstung aus Metall, schützt sie vor zwei solchen Treffern, wobei sie beim ersten Treffer dauerhaft die Hälfte ihres Rüstungswertes verliert und beim zweiten Treffer den Rest.

Kriechendes Gift: Waffen, die Cockatrice-Haut berühren, werden durch ihr Gift beschädigt. Hölzerne Waffen, wie Keulen oder Stäbe, oder die Griffe von Schaftwaffen lösen sich automatisch auf und zerbrechen. Schwertklingen werden dauerhaft geschwächt und zerbrechen danach bei einem Patzer.

Wiesel: Cockatrice können den Geruch von Wieseln nicht ertragen, die gegen ihr Gift immun und ihre traditionellen Feinde sind. In der Gegenwart eines Wiesels versuchen sie sofort zu fliehen, indem sie Meiden würfeln, um zu entkommen.

Hahnenkrähen: Cockatrices erleiden 6W6 Punkte Schaden, wenn sie das Krähen eines Hahns vernehmen und ziehen sich sofort zurück, indem sie Meiden würfeln, um zu entkommen.

Schreckenstiere

Feen verhöhnen die natürliche Ordnung, indem sie die Gestalt der Tiere des Waldes annehmen, aber in viel größeren Formen. Solche Kreaturen sollten nicht mit den wahren Herren der Wildnis verwechselt werden, den alten Naturgottheiten, die Teil des Landes sind. Feentiere haben die gleichen bösartigen und kapriziösen Absichten wie ihre Mitfeen. Sie werden oft als Haustiere von Wahren Riesen gehalten.

Um ein grässliches Feentier zu erschaffen, erhöhe die entsprechenden Attribute, die in **„Tiere des Waldes“** ab S. 176 vorgestellt wurden, und vergrößere sie entsprechend:

- **Groß:** +5 GRO und STR, +1W6 Schaden, +5 Trefferpunkte, +2 Rüstung, doppelter Ruhm
- **Monströs:** +10 GRO und STR, +2W6 Schaden, +10 Trefferpunkte, +4 Rüstung, dreifacher Ruhm
- **Gigantisch:** +20 GRO und STR, +4W6 Schaden, +20 Trefferpunkte, +8 Rüstung, vierfacher Ruhm

Doppelgänger

Dieser Feengeist erschafft einen Körper, der mit dem einer lebenden Person identisch ist, und versucht, so lange wie möglich als diese Person durchzugehen. Manchmal suchen sich Doppelgänger jemanden aus, der kurz vor dem Tod steht, und nehmen unmittelbar nach dem Tod der Person deren Gestalt an, zum Entsetzen der Angehörigen der Person. In manchen Geschichten ist der Doppelgänger nur ein Vorbote des Todes, in anderen, düstereren Versionen ist er die Ursache für das Ableben des unglücklichen Opfers.

Doppelgänger

GRO	GES	STR	KON
12	12	12	18

Attacken

Attacke	Wert	Schaden
Ringen	20	Spezial

Gesundheit

Attribut	Wert
Trefferpunkte	30
Niederschlag	12
Schw. Verwundung	18
Bewusstlos	8

Sonstiges

Attribut	Wert
Bewegung	17
Rüstungspunkte	0
Ruhm-Belohnung	25
Tapfer-Mod.	0

Obsession: Eifersucht (Leben eines anderen) 20 (+1)

Gestaltwandeln: Ein Doppelgänger kann nach Belieben die Gestalt einer anderen Person annehmen. Doppelgänger übernehmen die Charakteristika der von ihnen kopierten körperlichen Gestalt, jedoch nicht die Erinnerungen, Persönlichkeitsmerkmale, Leidenschaften, Fertigkeiten oder Kampffertigkeiten der Person. Die hier aufgeführten Attribute entsprechen denen eines durchschnittlichen, aber kräftigen Menschen. Im Kampf kann ein Doppelgänger die Gestalt des stärksten und größten anwesenden Ritters annehmen!

Heilige Gegenstände: Doppelgänger werden von Gegenständen, die vom Heiligen Geist Gottes oder von einer Heidnischen Gottheit gesegnet wurden, abgestoßen.

Drachen

Die legendären Drachen von Britannien sind die größten aller Schlangen. Jeder von ihnen ist einzigartig; die meisten sind ziemlich gerissen, wenn nicht sogar gebildet. Sie liegen oft für längere Zeit im Schlaf und erwachen, wenn sie gestört werden oder wenn sie Hunger verspüren. Sobald sie aktiv sind, lieben sie es, Menschen und menschliche Siedlungen zu verwüsten. Sie ergreifen große Tiere mit ihren Klauen und tragen sie zum Verzehr in ihre Höhlen; daher sind ihre Heimstätten oft an den riesigen Knochenhaufen zu erkennen, die vor dem Eingang verstreut liegen.

Das Wort „Drache" kann als Oberbegriff für eine beliebige Anzahl monströser Schlangen behandelt werden. Ungeübte würden Kreaturen wie Lindwürmer und Wyvern „Drachen" nennen, und jeder Ritter, der einen besiegt, erhält den Beinamen „Drachentöter" (z. B. Sir Clydno der Drachentöter).

Gemeine Drachen

Solche Drachen sind riesige, vierbeinige, fliegende, gehörnte, reptilienartige Kreaturen. Kein Artusbuch ist vollständig ohne einen solchen Drachen, deshalb wird im Folgenden ein „gewöhnlicher" Drache beschrieben, der als Beispiel dient, damit Ritter von Spielern nicht denken, sie könnten diese prächtigen, schrecklichen Kreaturen sicher bekämpfen.

Eigene Beinamen

Ritter können sich aufgrund ihrer Heldentaten einen Beinamen verdienen oder sich von anderen Rittern einen Beinamen geben lassen (gewünscht oder nicht).

Wer ein großes Ungeheuer wie einen Drachen oder einen Riesen erlegt, kann sich den Beinamen „Drachentöter" oder „Riesentöter" verdienen, wenn der Anteil des Ritters am Ruhm groß ist – Teil einer Gruppe von zehn Kriegern zu sein, die einen Riesen erlegen, trägt wenig zur individuellen Anerkennung bei, aber einen Riesen einhändig zu erschlagen, garantiert Ruhm im ganzen Land!

Große Liebende können sich einen Beinamen verdienen, der auf einem Gefallen basiert, den sie zu Ehren ihrer Geliebten tragen.

Epitheta, die von anderen Rittern oder Damen vergeben werden, können haften bleiben, vor allem, wenn der Charakter deutlich mehr Ruhm hat als der Ritter des Spielers; auf jeden Fall wird jeder von Artus oder Guinevere verliehene Beiname haften bleiben! Sir Kay gibt jungen Rittern gerne sarkastische oder ironische Beinamen, die diese unweigerlich als eine Art Ehrenabzeichen tragen werden.

Drache

GRO	GES	STR	KON
80	40	80	50

Attacken

Attacke	Wert	Schaden
Klauen	17	16W6
Biss	15	Spezial
Schwanzpeitsche	15	8W6

Gesundheit

Attribut	Wert
Trefferpunkte	130
Niederschlag	80
Schw. Verwundung	50
Bewusstlos	33

Sonstiges

Attribut	Wert
Bewegung	25/85 (Gehen/ Fliegen)
Rüstungspunkte	25
Ruhm-Belohnung	1.000
Tapfer-Mod.	–20

Klauen: Ein Drache am Boden kann pro Runde zwei separate Klauen-Attacken ausführen, die jeweils seinen Klauen-Wert nutzen. Diese können auf zwei benachbarte Kontrahenten (einschließlich Pferd und Reiter) oder auf denselben Kontrahenten gerichtet werden. Ein Charakter, der von beiden angegriffen wird, muss sich getrennt gegen die beiden Angriffe verteidigen, als ob er von zwei verschiedenen Kontrahenten angegriffen würde.

Biss: Die Biss-Attacke eines Drachen wird wie eine Attacke Ringen (Festhalten) behandelt. Ein Drache, der beim Ringen eine Festhalten-Attacke ausführt, hat jede Kreatur mit einer GRO verschlungen, die der halben GRO des Drachen oder weniger entspricht. Das unglückliche Ziel wird erschlagen und verschlungen. (Großzügige Spielleiter können das Überleben des Charakters für ein paar Runden zulassen, um seinen Freunden die Möglichkeit zu geben, die Bestie zu töten und den Charakter zu retten. Verschluckte Charaktere werden so behandelt, als würden sie unter den Auswirkungen des Erstickens leiden.)

Schwanzpeitsche: Aufgrund seiner enormen Größe kann der Drache von der doppelten Anzahl normaler Kontrahenten angegriffen werden (bis zu sechs zu Fuß oder vier zu Pferd). Bei den Kontrahenten, die über die normale Anzahl hinausgehen, wird davon ausgegangen, dass sie seitlich und von hinten angreifen, wo sie vor Klauen- und Bissattacken sicher sind. Allerdings machen sie sich angreifbar für den schrecklichen Peitschenschwanz des Drachens, der in einer einzigen Runde mehrere Kontrahenten binden kann, ohne dafür einen Abzug zu erhalten.

Fliegende Attacke: Ein Drache kann nicht schweben, aber er kann an einem Kontrahenten vorbeifliegen und im Vorbeiflug eine einzelne Klauen- oder Bissattacke mit einem Modifikator von +5 ausführen. Auf diese Weise kann er sich bis zu seiner normalen Bewegungsrate fortbewegen und trotzdem eine einzelne Attacke als Teil seiner Aktion ausführen. Ein Drache, der auf diese Weise angreift, erlegt dem Angriffswurf eines jeden Gegners, den er in dieser Runde angreift, einen Modifikator von –15 auf.

Pantherodem: Aus Gründen, die selbst den weisesten Weisen unbekannt sind, haben gemeine Drachen Angst vor rülpsenden Panthern. Ein Gemeiner Drache, egal wie furchteinflößend er ist, wird in der Gegenwart eines rülpsenden Panthers gefügig und fällt in einen tiefen Schlummer.

Fachans

Der Fachan ist ein seltsam aussehendes Konglomerat aus menschlichen Körperteilen: Ein einzelnes Bein stützt einen Torso, aus dessen Brustmitte ein einzelner Arm und eine Hand herausragen, und aus der Mitte der Stirn blickt ein einzelnes Auge hervor. In Wirklichkeit ist der Fachan zweidimensional und daher von vorne oder hinten betrachtet so gut wie unsichtbar.

Fachan

GRO	GES	STR	KON
15	15	25	30

Attacken

Attacke	Wert	Schaden
Kriegsflegel	18	8W6

Gesundheit

Attribut	Wert
Trefferpunkte	45
Niederschlag	15
Schw. Verwundung	30
Bewusstlos	11

Sonstiges

Attribut	Wert
Bewegung	25
Rüstungspunkte	20
Ruhm-Belohnung	150
Tapfer-Mod.	–10

Fertigkeiten: Meiden 20

Zweidimensional: Der Fachan kann nicht von vorne oder hinten attackiert werden. Im Kampf manövriert der Fachan immer so, dass er einen einzelnen Gegner direkt vor sich hat, so dass dieser nicht attackieren kann, der Fachan ihn aber trotzdem angreifen kann. Mehrere Kontrahenten können den Fachan trotzdem flankieren und ihn normal angreifen. Um einen Fachan von vorne oder von hinten zu sehen, muss der Betrachter zuerst einen Aufmerksamkeit-Vergleichswurf gegen die Meiden des Fachans von 20 bestehen.

Feenhunde

Einige Arten von Feen sehen aus wie Hunde und handeln auch so, aber sie sind nicht die treuen Vasallen, die die Menschen lieben und auf die sie sich verlassen. Feenhunde sind gefährlich, ihre Beweggründe sind unklar und sie verheißen oft Unheil für diejenigen, die sie sehen oder ihr jenseitiges Heulen hören.

Barghest

Ein Barghest ist ein großer schwarzer Jagdhund mit großen Hörnern, scharfen Zähnen und schrecklichen Klauen. Sie sind bekannt für ihre riesigen glühenden Augen, groß wie Untertassen. In die Augen eines Barghests zu blicken, selbst aus der Ferne, ist eine Einladung zu blankem Schrecken, denn die Augen dringen in die Seele vor und spiegeln die schlimmsten Ängste des Betrachters wider.

Barghest

GRO	GES	STR	KON
10	15	15	15

Attacken

Attacke	Wert	Schaden
Biss	13	4W6
Schreckliches Starren	15	Spezial

Gesundheit

Attribut	Wert
Trefferpunkte	25
Niederschlag	10
Schw. Verwundung	15
Bewusstlos	6

Sonstiges

Attribut	Wert
Bewegung	15
Rüstungspunkte	5
Ruhm-Belohnung	100
Tapfer-Mod.	–5

Fertigkeiten: Meiden 14

Schreckliches Starren: Jede Runde kann der Barghest einen Kontrahenten innerhalb von 30 Yards anstarren, auch wenn er mit seinem Biss angreift. Er setzt seinen Wert für Schreckliches Starren gegen den Tapfer-Wert des Kontrahenten ein. Wenn der Kontrahent verliert, veranlasst die schreckliche Vision ihn, Feige zu markieren und panisch für 1W6 Runden mit maximaler Bewegungsrate aus dem Kampf zu fliehen; bei einem Teilerfolg flieht er immer noch wie bei einer Niederlage, aber er markiert nicht Feige.

Jungfern: Barghests sind dafür bekannt, dass sie in der Gegenwart junger Maiden gutmütig und freundlich werden, in deren Schoß sie sich ausruhen und einschlafen. Wenn sie jedoch aufwachen, greifen sie jede Person in der Nähe an – auch das Mädchen!

Schwarze Hunde

Feen aller Art haben oft einen oder mehrere dieser großen Biester um sich herum; sie sind meist Haustiere und Beschützer für die weniger freundlichen unter den Feen. Trotz ihrer riesigen Größe und der exotischen Fähigkeit, nach Belieben aufzutauchen und zu verschwinden, sind sie nur dunkelhaarige Hunde in Ponygröße. Schwarze Hunde streifen nachts allein oder in grausigen Rudeln durch die Wildnis.

Schwarzer Hund

GRO	GES	STR	KON
22	18	15	15

Attacken

Attacke	Wert	Schaden
Biss	10	6W6

Gesundheit

Attribut	Wert
Trefferpunkte	37
Niederschlag	22
Schw. Verwundung	15
Bewusstlos	9

Sonstiges

Attribut	Wert
Bewegung	18
Rüstungspunkte	8
Ruhm-Belohnung	50
Tapfer-Mod.	–5

Fertigkeiten: Meiden 20 (+1)

Unsichtbarkeit: Ein schwarzer Hund kann sich nach Belieben unsichtbar machen (daher der hohe Wert für Meiden), aber er kann nicht attackieren, solange er unsichtbar ist. Schwarze Hunde nutzen oft die Taktik des Wolfsrudels, indem sie sich immer wieder unsichtbar machen, um ihre Beute zu verwirren und so die Aufmerksamkeit voneinander abzulenken, damit sie von der Seite angreifen können.

Cu Siths

Cu Siths (ausgesprochen „koo-shee“) sind die gemeinen Begleiter der Feenjäger. Sie sind deutlich größer als der Durchschnittshund, manche sind so groß wie eine Kuh, und haben ein extrem raues, dickes, dunkelgrünes Fell, das sie von anderen Feenhunden unterscheidet; manche haben rote Ohren. Sie besitzen riesige Pfoten, mit denen sie sich absolut lautlos über das meiste Gelände bewegen können und kaum Spuren hinterlassen. Cu sith werden manchmal als Wächter an den Eingängen von Feenhügeln eingesetzt.

Cu Sith

GRO	GES	STR	KON
24	19	26	15

Attacken

Attacke	Wert	Schaden
Biss	14	8W6

Gesundheit

Attribut	Wert
Trefferpunkte	39
Niederschlag	24
Schw. Verwundung	15
Bewusstlos	10

Sonstiges

Attribut	Wert
Bewegung	30
Rüstungspunkte	14
Ruhm-Belohnung	100
Tapfer-Mod.	0

Fertigkeiten: Meiden 12

Feenpferde

Das Gute Volk züchtet spezielle Pferde für Elfenkönige und heroische Elfenritter. Diese stolzen Tiere sind von unübertroffener Schönheit. Sie sind oft schimmernd weiß und haben rote oder grüne Ohren und Mähnen. Manchmal sind sie auch ganz rot oder grün. Sie brauchen keine Rast, sind schneller als sterbliche Rösser und können manchmal sprechen und denken.

Feenpferd

GRO	GES	STR	KON
35	25	40	17

Attacken

Attacke	Wert	Schaden
Huf	12	4W6

Gesundheit

Attribut	Wert
Trefferpunkte	52
Niederschlag	35
Schw. Verwundung	17
Bewusstlos	13

Sonstiges

Attribut	Wert
Bewegung	27
Rüstungspunkte	10
Ruhm-Belohnung	75
Tapfer-Mod.	–5

Fertigkeiten: Meiden 5

Rotkappen

Rotkappen sind hässliche, mannshohe Feen, die Kappen tragen, die mit dem Blut ihrer Opfer rot gefärbt wurden.

Sie suchen Ruinen und Wachtürme heim, deren Fundamente mit dem Blut der Opfer (Mensch und Tier) gesalbt wurden. Sie entfernen sich nicht weit von ihren Schlupfwinkeln, und man sagt, dass sie ihre Gestalt von den Seelen der dort geopferten Kreaturen erhalten.

Der älteste seiner Art (und manche sagen, der Vater dieses Volkes) ist die Alte Rotkappe. Weise Frauen sagen, sie sei so mächtig, dass sie niemand im Kampf besiegen kann, und dass nur eine Art von Exorzismus, der in ihrer Höhle durchgeführt wird, sie vollständig vernichten kann.

Rotkappe

GRO	GES	STR	KON
12	12	35	40

Attacken

Attacke	Wert	Schaden
Hellebarde	20	8W6
Klauen	20 (+1)	4W6/4W6

Gesundheit

Attribut	Wert
Trefferpunkte	52
Niederschlag	12
Schw. Verwundung	40
Bewusstlos	13

Sonstiges

Attribut	Wert
Bewegung	29
Rüstungspunkte	10
Ruhm-Belohnung	100
Tapfer-Mod.	–5

Hellebarde: Rotkappen führen normalerweise Hellebarden aus knorriger Eiche und blutbeflecktem Obsidian.

Klauen: Eine unbewaffnete Rotkappe kann zwei Klauenangriffe pro Runde ausführen; sie können geen benachbarte Kontrahenten oder beide gegen denselben Kontrahenten gerichtet werden. Ein Charakter, der von beiden angegriffen wird, muss sich gegen die beiden Angriffe getrennt verteidigen, als ob er von zwei verschiedenen Kontrahenten angegriffen würde.

Einhörner

Das Einhorn, auch *Monocerous* („ein Horn") genannt, ist eine reinweiße, pferde- oder ziegenähnliche Fee, etwa so groß wie ein Runtzid, mit gespaltenen Hufen und einem langen, geraden, spiralförmigen Horn auf der Stirn. Es sind wunderschöne Geschöpfe, die wunderbar anzusehen sind und eine seltsame, traurige Sehnsucht nach etwas Reinem und Edlem hervorrufen, das für die Menschen für immer verloren ist.

Einhörner sind normalerweise ruhige, scheue und sanfte Geschöpfe, aber wenn sie provoziert werden, werden sie gefährlich und grausam. Sie sind natürliche Feinde der Elefanten, die sie bei ihrem Anblick angreifen, aber immer vor den menschlichen Jägern fliehen, die ihnen nach ihren magischen Hörnern trachten.

Einhörner und Christen

Interessanterweise sind Einhörner die einzigen Feen, die christliche Theologen für erlösungswürdig halten. Sie werden als Symbol für Jesus angesehen, denn ihre spiralförmigen Hörner stehen für die verschlungene Einheit von Jesus und Gott. Ihr schüchternes, sanftes Wesen steht für seine Demut; ihre wilde Wildheit für seine Macht, die Pforten der Hölle zu durchbrechen. Ein erfolgreicher Wurf auf Religion (Christlich) gewährt eine Markierung für Gnädig, wenn man seine Gnade und Heilkraft erlebt. Ein kritischer Erfolg markiert zusätzlich auch Bescheiden.

Einhorn

GRO	GES	STR	KON
30	40	25	25

Attacken

Attacke	Wert	Schaden
Horn	20	9W6
Niedertrampeln	20	6W6

Gesundheit

Attribut	Wert
Trefferpunkte	55
Niederschlag	30
Schw. Verwundung	25
Bewusstlos	14

Sonstiges

Attribut	Wert
Bewegung	25
Rüstungspunkte	15
Ruhm-Belohnung	250
Tapfer-Mod.	0

Merkmale: Misstrauisch 20

Leidenschaften: Hass (Elefanten) 15

Fertigkeiten: Meiden 20 (+5)

Horn: Das Einhorn kann mit gesenktem Horn angreifen. Wie bei einem normalen Berittenen Sturmangriff braucht das Einhorn mindestens sechs Yards Abstand, um eine Geschwindigkeit zu erreichen, die ausreicht, um den Sturmschaden zu verursachen.

Niedertrampeln: Das Einhorn kann diese Attacke nur gegen einen Gegner einsetzen, der Niedergeschlagen wurde oder am Boden liegt.

Feenmagie: Einmal pro Begegnung kann ein Einhorn Grammarye einsetzen, um unsichtbar zu werden oder etwas Nützliches zu erschaffen, das ihm beim Entkommen hilft, z. B. einen Feuerring, der eine Jagdgruppe umgibt, ein Dornenbeet oder einen umgestürzten Baum. Addiere während einer Jagd +10 auf sein natürliches Meiden. Welchen Zauberglanz das Einhorn auch immer webt, um zu entkommen, er verblasst innerhalb einer Stunde. Siehe vorgeschlagene Mechanismen unter **„Zauberglanz"** auf S. 106.

Elefanten: Einhörner hassen Elefanten und greifen sie bei ihrem Anblick an, indem sie mit ihrem Horn von unten in das Herz des Tieres stoßen und es erschlagen.

Einhornhörner haben wundersame heilende Eigenschaften. Einmal pro Begegnung können Einhörner mit ihren Hörnern jedem verwundeten Wesen seine vollen Trefferpunkte zurückgeben, unabhängig von der Art des erlittenen Schadens. Ein Einhorn kann sich selbst heilen, aber nicht während eines Kampfes oder auf der Flucht.

Einhornhörner behalten einen Teil ihrer Magie, auch wenn sie vom Kopf des Einhorns getrennt werden. Leider kann man ein Einhornhornhorn nur von einem toten Einhorn bekommen. Es folgen einige übliche Verwendungen von Einhornhörnern:

- Ein abgetrenntes Horn erkennt und neutralisiert jedes Gift, indem es einfach das vergiftete Getränk, Essen oder die Wunde berührt. Dieser Effekt hält an und lässt nie nach, solange das Horn intakt ist.
- Ein Horn, das zu einem Pulver zermahlen und mit Wein (1W3 Dosen) vermischt wird, wirkt als starkes Aphrodisiakum, das einen Tag und eine Nacht lang einen Modifikator von –10/+10 auf die Merkmale Keusch/Lüstern des Trinkenden verleiht.

✠ In der Basis des Horns befindet sich ein leuchtender kleiner Edelstein, der Karfunkel genannt wird. Wenn man ihn als Schmuckstück trägt, erhält man +5 auf AUS, da er die Haut des Gesichts glatt und glänzend erscheinen lässt. Sobald der Edelstein entfernt wird, wird das Horn des Einhorns völlig inaktiv.

Gourmets schwärmen seit jeher von der Saftigkeit des Einhornfleisches. Einhornbraten sind für die meisten Gaumen eine seltene Delikatesse und bringen +50 Ruhm für die Ausrichtung eines Festmahls, bei dem solches Fleisch serviert wird. Ihre Köpfe sind unbezahlbare Trophäen für adlige Jäger, solange das Horn intakt und befestigt ist.

Die Jungfrauenlist

Jäger wissen, dass sich Einhörner in der Gegenwart einer jungfräulichen Maid wohlfühlen und nutzen dies zu ihrem Vorteil. Die Jungfrau muss allein sein (oder den Anschein erwecken) und sich nicht bedrohlich verhalten, aber sie darf nicht fügsam sein: Sie kann sich traurig, aufgeregt, laut oder auf ähnliche Weise verhalten.

Lege einen Vergleichswurf zwischen dem Misstrauisch des Einhorns und dem Keusch des Mädchens ab. Wenn das Mädchen weint oder verletzt ist, erhält das Einhorn einen Modifikator von −10 auf seinen Misstrauisch-Wert. (Besonders grausame Einhornjäger sind dafür bekannt, dass sie eine unwillige Maid absichtlich traumatisieren, nur um ein Einhorn zu ihrer Hilfe zu locken, damit diese Köter ihren Hinterhalt beginnen können!)

Wenn die Jungfer den Vergleich gewinnt, kommt das Einhorn zu ihr und legt seinen Kopf ganz brav in ihren Schoß. Wenn das Mädchen Heilung braucht, tut das Einhorn das zuerst. Wenn das Ergebnis ein Teilerfolg für die Jungfer ist, nähert sich das Einhorn nicht, aber es flieht auch nicht. Der Vergleich kann nach einer kurzen Pause wiederholt werden. Ein Fehlschlag oder Patzer führt dazu, dass das Einhorn davongaloppiert.

Feenvolk

Einige Feen haben menschenähnliche Formen geschaffen und leben in organisierten Gruppen, die menschliche Gesellschaften sowohl widerspiegeln als auch verspotten. Einige dieser Gesellschaften, wie die der Elfen, stehen ihren menschlichen Vorbildern in nichts nach; andere, wie die der Heinzelmännchen oder Kobolde, sind viel anarchischer und entsprechen kaum der Definition einer Gemeinschaft.

Heinzelmännchen

Diese Feen findet man auf Bauernhöfen und in Landhäusern. Sie erscheinen als kleine Männer, weniger als zwei Fuß groß, mit verwitterter, nussfarbener Haut und zotteligem Haar von der Farbe und Beschaffenheit von Baumrinde. Die Heinzelmännchen kommen nachts heraus, um die Arbeit zu beenden, die am Tag liegen geblieben ist, sei es Spinnen, Wäsche waschen, Butter machen oder Weben. Im Gegenzug müssen die Familien, die Hilfe erhalten, eine Schüssel Milch, ein Stück Brot oder alte Kleidungsstücke abgeben. Diese dürfen nicht direkt gegeben werden. Die Bezahlung von Dienstleistungen ist für Heinzelmännchen zutiefst beleidigend, denn sie verschwinden angewidert und kommen nie wieder. Ein Heinzelmännchen kann wütend reagieren, wenn es beleidigt wird, so dass Eimer umkippen, Milch sauer wird, Hunde unaufhörlich bellen und Wertsachen und Kleintiere spurlos verschwinden.

Wird ein Heinzelmännchen jedoch gut behandelt, bleibt es oft über Generationen bei einer Familie und hilft ihr mit allen Mitteln. Solche Heinzelmännchen binden sich oft an ein bestimmtes Familienmitglied, das dann einen besonderen Einfluss auf den Feenhelfer hat.

Wohnt ein Heinzelmännchen auf einem Gutshof, muss der Ritter des Spielers in der Winterphase einen jährlichen Großzügig-Wurf ablegen, bevor er die wirtschaftlichen Verhältnisse seines Gutshofs bestimmt. Ein Erfolg zeigt an, dass das Heinzelmännchen besänftigt wurde und freundlich bleibt, während ein misslungener Wurf bedeutet, dass das Heinzelmännchen dieses Jahr wütend ist. Ein freundliche Heinzelmännchen gewährt einen Bonus von +1 auf den jährlichen Verwaltung-Wurf, während ein wütendes Heinzelmännchen einen Modifikator von −1 erzwingt. Ist der Großzügig-Wurf ein Patzer, ist das Heinzelmännchen nicht nur wütend, sondern wird auch zum Irrwicht und fügt dem Herrenhaus jedes Jahr £1W6 Schaden zu, der mit einem Schatz oder barer Münze repariert werden muss.

Heinzelmännchen, die von einem undankbaren Menschen beleidigt werden, offenbaren oft eine niederträchtigere, bösere Natur. Solche Heinzelmännchen werden Boggarts, Bogies, Boggles und Ähnliches genannt und richten in der Familie, der sie einst dienten, allerlei Unheil an: Sie zerstören Ernten, erschrecken das Vieh, spuken in Häusern wie ein Poltergeist, entfachen Herdfeuer

Heinzelmännchen

GRO	GES	STR	KON
3	20	9	14

Attacken

Attacke	Wert	Schaden
Knauf	8	2

Gesundheit

Attribut	Wert
Trefferpunkte	17
Niederschlag	3
Schw. Verwundung	14
Bewusstlos	4

Sonstiges

Attribut	Wert
Bewegung	20
Rüstungspunkte	3
Ruhm-Belohnung	50
Tapfer-Mod.	0

Merkmale: Stolz 15

Leidenschaften: Loyalität (Adoptivfamilie) 15

Fertigkeiten: Meiden 20 (+15), Handarbeit 20

Unsichtbar für Sterbliche: Ein Heinzelmännchen kann sich nach Belieben für alle Sterblichen unsichtbar machen (daher der hohe Wert für Meiden).

und verbrennen jemanden, lassen unartige Kinder verschwinden und führen andere bösartige Racheakte aus.

Die Gefahr eines Irrwichts rührt nicht von seinen eigenen Fähigkeiten her, sondern von den unzähligen banalen Dingen, die einen Hausherrn in den Wahnsinn treiben können. Irrwichte haben Spaß daran, Pferde zu erschrecken und zu lähmen, den Bewohnern des Anwesens Geschwüre und Wunden zuzufügen und einsame Reisende in die Irre zu führen, oft in tückische Sümpfe. Die Schlimmsten unter ihnen tragen Elfensteine bei sich, die Rüstungen und Haut durchdringen können, ohne einen Fleck zu hinterlassen, um tief im Körper zu eitern. (Wenn das Opfer nicht durch einen erfolgreichen Wurf auf Heilkunst vor der Winterphase geheilt wird, erleidet es einen Anfall von Vergreisung, unabhängig vom Alter.)

Ob ein guter Heinzelmännchen-Helfer oder ein übler Irrwicht, das Heinzelmännchen verwendet dieselben Attribute.

Zwerge

Zwerge sind ein Volk kleiner brauner Wesen, die Britannien bewohnen und unterirdisch in Hügeln leben, die von ihren eigenen Königen regiert werden, wie Gleodalen und Bilis. Verschiedene Legenden nennen sie Pechs (oft mit Pikten verwechselt), Klopfer, Coblynau, Feen und Trows. Sie haben breite, geschlitzte Münder und kurze Stupsnasen und sind meist kahl. Man sieht sie sowohl in Lumpen als auch in reicher Kleidung, die oft von Menschenhand gemacht ist, und sie können entweder sauber oder schmutzig sein. Man kann sie im Wald herumschwärmen sehen, bei Tisch schlemmen oder bei Ringkämpfen und anderen Kraftwettkämpfen, denn sie sind für ihre Größe extrem stark. Ein Schwarm von ihnen macht Rittern zu schaffen, während sie als Diener eine gute Abwechslung oder Ansporn bieten, um Ritter zu provozieren.

Eine Minderheit dieser Gesellen ist klug genug, um als Knappen, Stallknechte oder andere Helfer für Menschen zu dienen. Sie sind meist ziemlich mürrisch. Einige von ihnen sind ungewöhnlich intelligent und kultiviert und werden sogar selbst zu Rittern. Als solche reiten sie auf Streitrössern mit kurzen Steigbügeln oder gelegentlich auch auf Feenpferden.

Sie verwenden keine Waffen, außer wenige außergewöhnlichen unter ihnen. Stattdessen nutzen sie jede der Handgemenge-Kampfaktionen, die sie beherrschen.

Trotz der guten Zwerge in menschlicher Obhut sind die meisten Zwerge, die in Geschichten auftauchen, kleinlich, boshaft, grausam und tückisch. Es ist fast, als ob sie wegen dieser Eigenschaften angeheuert wurden. (Vielleicht ist es nur so, dass sie sich immer so verhalten, wenn sie gezwungen werden, unter Menschen zu leben!)

Wenn man ihnen ohne Herren begegnet, schwärmen diese winzigen Kreaturen aus und schlagen gnadenlos zu. Wenn ihre Zahl auf die Hälfte reduziert ist, fliehen sie.

Die Zwerge der Artusliteratur

Zwerge erscheinen in mittelalterlichen Geschichten als nützliche Diener von Rittern, Ladys, bösen Zauberern und sogar anderen Feen. Einige sind jedoch nicht im Geringsten dienstbar. Hier sind einige Artuszwerge aus den *Walisischen Triaden*, Malorys *König Arthur und die Ritter der Tafelrunde*, Wolfram von Eschenbachs *Parzival*, Chretien de Troyes' *Eric und Enide*, Robert de Borons *Merlin und der Gral*, Gottfried von Straßburgs *Tristan und Isolde* und der Lancelot-*Vulgata*. Die meisten sind namenlos, haben aber trotzdem interessante Geschichten.

Zwergendiener

- ✠ Sir Gawaine hat einen geschickten zwergischen Knappen, der auf Kommando mit Gawaines Pferd und seiner ganzen Ausrüstung erscheint. Sir Lancelot, Sir Tor, Sir Yder und der Stolze Ritter der Heide haben ebenfalls Zwergenknappen.
- ✠ Ein zwergischer Diener des Haushalts des Grals schlägt Sir Lancelot das Schwert aus der Hand.
- ✠ Ein zwergischer Diener von König Artus' Hof züchtigt Sir Balin wegen des Todes von Sir Lanceor.
- ✠ Ein zwergischer Diener des Riesen Harpin vom Berg, der so hässlich wie eine „aufgeblasene Kröte" war, trägt eine sechsschwänzige Peitsche und bedroht die Menschen damit.
- ✠ Ein Zwerg namens Melot dient am Hof von König Marke als Astrologe und spioniert Tristan und Isolde für ihn aus.

Zwergenadlige

- ✠ Der Zwergenmagier Gwythelyn war der Onkel des berühmten Zauberers Coll ap Collfrewy und lehrte seinen Neffen viele magische Weisheiten.
- ✠ Ein zwergischer Ritter legt eine Rüstung an, reitet auf einem Pferd und gewinnt die Hand eines menschlichen Mädchens.
- ✠ Ein Zwergenritter mit dem Namen „Kleiner Ritter" tötet den halbfeenhaften König Brangemor.
- ✠ Ein Zwergenkönig namens Bilis ist der kleinste seiner Art und ist der Herr der Antipoden („Land der Menschen mit umgekehrten Füßen") und hat zwei Vasallen namens Glodolalan und Gribalo.
- ✠ Ein Zwerg namens Groadain ist der Seneschall der Ländereien seiner menschlichen Nichte, und er ruft Sir Gawain und Sir Hector an den Hof seiner Nichte.

Zwergenritter

Die Attribute sind die gleichen wie die eines normalen Zwerges. Allerdings reitet er zusätzlich auf einem Großen Streitross und trägt eine Rüstung. Er verfügt nicht über den Fluch oder die Magie ihrer nicht-ritterlichen Verwandten. Füge das Folgende hinzu:

- ✠ Sturmangriff 18 (5W6 Pferd)
- ✠ Schwert 18 (5W6)
- ✠ Streitkolben 16 (5W6)
- ✠ Rüstung 10 + Schild

Zwerg

GRO	GES	STR	KON
10	20	25	17

Attacken

Attacke	Wert	Schaden
Ringen	18	Spezial
Fausthieb	18	6

Gesundheit

Attribut	Wert
Trefferpunkte	27
Niederschlag	10
Schw. Verwundung	17
Bewusstlos	7

Sonstiges

Attribut	Wert
Bewegung	20
Rüstungspunkte	2
Ruhm-Belohnung	20
Tapfer-Mod.	+10

Fertigkeiten: Meiden 10

Feenmagie: Einmal pro Begegnung kann ein Zwerg Grammarye benutzen, um unsichtbar zu werden und nach Belieben zu verschwinden und wieder aufzutauchen. Vorschläge für Mechaniken finden sich unter **„Zauberglanz"** auf S. 165.

Elfen

Elfen sind die menschenähnlichsten Feen und haben Gestalten geschaffen, die die der Menschen gleichzeitig perfektionieren und verspotten. Sie haben die gleiche Größe wie die Menschen, sind aber gesünder und immer erstaunlich schön – manchmal in einem verstörenden Ausmaß.

Elfenritter sind groß, geschmeidig und von kühler Schönheit. Sie bewachen die Höfe der Elfen oder ziehen durch die Straßen der Elfen, um Kontrahenten für den Tjost zu suchen, oder sie jagen Bestien und bösartige Elfen. Sie tragen kunstvoll emaillierte, unmöglich glänzende Rüstungen und führen raffiniert und grausam gefertigte Klingen, die immer scharf sind. Elfenritter haben oft eine besondere Fähigkeit, ihr „Feengeschenk", die sie zum Schutz oder als Spektakel einsetzen. Nur die größten menschlichen Ritter können einen Elfenritter im Nahkampf oder im berittenen Kampf besiegen.

Elfenladys und Höflinge sind wie ihre menschlichen Gegenstücke, aber viel schöner, lebhafter und wortgewandter. Sie sind kurvenreich und sinnlich, mit kühlen und verschmitzten Gesichtern. Sie kleiden sich verschwenderisch in perfekt geschnittener Kleidung aus unvorstellbar teuren Stoffen. Alles an ihnen ist begehrenswert und einladend. Menschliche Ritter und Ladys, die von Elfen verführt werden, sind zu interessanten Schicksalen verdammt, ebenso wie die Nachkommen solcher unnatürlichen Verbindungen.

Menschen können Elfen an ihren eigenen Höfen antreffen, die denen der Menschen nachempfunden sind, aber immer auf seltsame Weise und mit ständig wechselndem Dekor und Höflichkeitsregeln. Hier sitzen ein Elfenkönig und eine Königin auf königlichen Thronen und sprechen den verschiedenen Bittstellern und Höflingen Recht. Der Hof wird von allerlei bizarren und wundersamen Kreaturen unterhalten – einschließlich einiger williger menschlicher Diener –, die auf vergoldeten Instrumenten Musik von solch wundersamer Qualität spielen, dass jeder Refrain den Zuhörer in die Ewigkeit und zurück schickt. Nachdem die Geschäfte des Tages erledigt sind und die Unterhalter den Hof bezaubert haben, wird ein Festmahl von solcher Opulenz und Üppigkeit veranstaltet, dass es den reichsten König der Christenheit und den anspruchsvollsten Feinschmecker Roms in den Schatten stellt. Manche Menschen, die einen Elfenhof besuchen, wollen nicht gehen und bieten bereitwillig ihre Dienste an; andere werden durch einen Trick dazu gebracht, zu bleiben. Von denen, die bleiben, werden nur wenige wiedergesehen.

Elfenhöfe verlassen regelmäßig ihre Paläste, um auf sanften Weiden, in heiligen Hainen, Steinkreisen oder großen Ringen aus rotköpfigen Pilzen zu jagen und sich auszutoben. Dort schlemmen sie frisches Wild, trinken Wein und Met, die das gemeine Volk an Schreinen anbietet, und tanzen unter Mond und Sternen bis tief in die Nacht. Diese Feste sind gefährlich für die Menschen, die der exquisiten Musik und der frivolen Fröhlichkeit nur schwer widerstehen können und die es unmöglich finden, mit dem Tanzen aufzuhören, wenn sie einmal angefangen haben. Die Feierlichkeiten enden bei Sonnenaufgang und die Feen verschwinden zurück in ihre geheimen Häuser. Die teilnehmenden Menschen können mit ihnen gehen und für Tage oder Jahre einschlafen ... oder sogar auf der Stelle vor Erschöpfung tot umfallen.

Gawaine und der Ritter der Zwerge

Während eines Abenteuers im Wald von Arroy wird Sir Gawaine Zeuge eines Streits um eine Lady.

Und auf der anderen Seite kam ein Zwerg angeritten, der war ganz gewappnet mit Ausnahme des Kopfes und hatte einen großen Mund und einene kurze Nase; und als der Zwerg herankam, sagte er „Wo ist die Dame, die und hier treffen sollte?" und damit kam sie aus dem Wald heraus. Und dann fingen sie an um die DAme zu streiten; denn der Ritter sagte, er wollte sie haben, und der Zwerg sagte, er wollte sie haben. „Nun, Fräulein", sagte Sir Gawain, „Ihr sollt zwischen ihnen beiden stehen, und mit welchem Ihr lieber geht, der soll Euch haben. Und als sie zwischen die beide gesetzt war, verließ sie den Ritter und ging zu dem Zwerge, und der Zwerg nahm sie und ritt singend seines Wegs dahin, und der Ritter verfolgte seinen Weg in großer Trauer.

—Malory, ***König Arthur und die Ritter der Tafelrunde****, Viertes Buch, XX. Kapitel*

Arturische Feenritter und -ladys

Menschenähnliche Feen gibt es explizit in *Perceval oder die Geschichte vom Gral*, Wolfram von Eschenbachs *Parzival* und den *Lais* von Marie de France. Manche sind Ritter, manche sind Ladys und manche sind Könige. Alle sind begabt und schön. Viele der Ritter, die im walisischen *Mabinogion* aufgeführt sind, sind zwar nicht explizit fey, haben aber dennoch Kräfte und Fähigkeiten, die sie als ausgesprochen unmenschlich ausweisen, wenn man sie wörtlich nimmt.

Elfenritter

- Ein Elfenritter namens Sir Alardin ist ein Freund und Gefährte von Sir Caradoc. Wohin er auch reitet, folgen ihm Schwärme von Singvögeln und Sonnenstrahlen. Er hat eine mächtige Feengabe, so dass sich ihm nie ein anderer Reiter auf dem Pferd nähern kann. Schließlich heiratet er Lady Guigenor, König Artus' Großnichte.
- Ein verschlagener und bösartiger Elfenritter namens Sir Eliavres verführt eine menschliche Königin. Zur Strafe wird er gezwungen, sich mit einem Hund, einem Schwein und einem Pferd zu paaren, wodurch er drei Feenbestien zeugt, eine Dogge, einen Eber und einen Hengst.
- Ein Elfenritter namens Fae Orgueilleux („stolze Fee") regiert ein Feenkönigreich namens Roche Faee („Feenfelsen"), kämpft und freundet sich dann mit Sir Gawaine an. Als begabter Heiler stellt er die Sehkraft eines Jungen wieder her und erweckt einen edlen Ritter wieder zum Leben.
- Königin Guinevere hat zwei Feenprinzen namens Ysgudydd und Ysgyrdav in ihrem Gefolge, die als Pagen dienen. Sie erfüllen ihre Pflichten mit unmenschlicher Geschwindigkeit. Ein weiterer Feenprinz namens Liahturteltart dient der Königin von Frankreich in derselben Funktion.
- Ein Elfenritter namens Mildumarec verführt die junge Frau eines eifersüchtigen alten Königs. Er erscheint ihr zuerst als Hühnerhabicht auf ihrem Fensterbrett und umwirbt sie dann in seiner menschlichen Gestalt. Der alte König verwundet den Elfen mit eisernen Stacheln tödlich, und er stirbt später in den Armen seiner Geliebten in seinem Feenreich. Die Dame bringt schließlich Muldumarecs Halb-Elfenkind zur Welt, einen Ritter namens Yonec, der seinen Vater rächt, indem er den alten König erschlägt.
- Es werden mehrere Elfenritter genannt, die einzigartige Feengaben haben. Sir Gilla Stag Shank kann mit einem einzigen Sprung 300 Yards weit springen und wird der „Springer von Irland" genannt. Sir Huarwar ap Avlawn wird eine der „Geißeln von Cornwall" genannt, weil er die unmenschliche Fähigkeit besitzt, die Nahrung einer ganzen Grafschaft auf einmal zu verzehren. Sir Sanddev, genannt „Engelsgesicht", hat eine feenhafte Gabe, so dass kein Ritter ihn aus Ehrfurcht vor seiner Schönheit angreifen kann.

Elfenladys

- Eine schöne elfenhafte Dame namens Blanchemal ist die Geliebte von Sir Gawain, mit dem sie einen Sohn hat. Sie ist eine geschickte Näherin und stellt eine magische Decke her.
- Sir Alardins Elfenschwester, die Maid des Pavillons genannt wird, ist eine renommierte Heilerin.
- Lady Olwen ist die überirdisch schöne Tochter des Riesenhäuptlings Ysbaddaden. Wo immer sie geht, sprießen hinter ihr weiße Blumen.
- Lady Esmeree die Blonde ist die Königin des Feenreichs Snowdon, das sie von ihrem Vater, dem Feenkönig Guingras, geerbt hat. Sie regiert von der Trostlosen Stadt aus, die unter dem wolkenverhangenen Gipfel des Yr Wyddfa in Cambria liegt.
- Eine elfenhafte Lady namens Rosete der Hübsche war für alle außer ihrem menschlichen Geliebten, einem Ritter der Tafelrunde, übernatürlich hässlich. Durch seine Liebe wird sie schließlich für jeden, der sie sieht, schön.
- Die Elfenlady Feimurgan („Fee Murgan") lockte Mazadan, den Großvater von König Uther, in ihr Elfenreich, das Land der Freude.
- Eine elfenhafte Lady aus dem Feenkönigreich Roche Menor in Frankreich erschafft den Sitz Perilous, der für den größten Ritter der Welt bestimmt ist.
- Eine strahlend schöne Elfenlady rettet ihren menschlichen Geliebten, Sir Lanval, nachdem er fälschlicherweise beschuldigt wird, sich an Königin Guinevere herangemacht zu haben. Als die elfische Lady vor Gericht erscheint, um auszusagen, kann niemand glauben, dass Lanval Guinevere ihr vorziehen würde, und er wird von allen Anschuldigungen befreit.

Elfe

GRO	GES	STR	KON
16	20	20	20

Attacken

Attacke	Wert	Schaden
Speer	20	6W6
Schwert	20	6W6

Gesundheit

Attribut	Wert
Trefferpunkte	36
Niederschlag	16
Schw. Verwundung	20
Bewusstlos	9

Sonstiges

Attribut	Wert
Bewegung	25
Rüstungspunkte	Var.
Ruhm-Belohnung	250
Tapfer-Mod.	–5

Eigenschaften: Tapfer 16

Leidenschaften: Mindestens eine auf 16, entscheidet die Spielleitung

Fertigkeiten: Aufmerksamkeit 20, Höfische Sitten 16, Jagd 16, Reitkunst 20

Rüstung: Geschmiedet aus glänzendem Sternenmetall, und immer von einem Typ, der der aktuellen eine Periode voraus ist. In der Periode des Uther, der Periode der Anarchie und des Knabenkönigs trägt ein menschlicher Ritter zum Beispiel einen Ringpanzer und einen Nasalhelm. Ein Elfenritter in diesen Perioden würde einen verstärkten Ringpanzer und einen Großhelm tragen, die den Menschen erst in der Periode der Eroberung zur Verfügung standen. Daher:

- *Knabenkönig:* Verstärkter Ringpanzer, Großhelm; Sternenmetallpanzer 18 + Dreiecksschild
- *Eroberung:* Teilplattenpanzer, Beckenhaube; Sternenmetallpanzer 20 + Dreiecksschild
- *Minne:* Vollständige Platte, Armet-Visierhelm; Sternenmetallpanzer 25 + Dreiecksschild
- *Turnier, Gralssuche, Zwielicht:* Gotischer Plattenpanzer, Geschlossener Helm; Sternenmetallpanzer 30 + Dreiecksschild

Feenmagie: Einmal pro Begegnung kann ein Elfenritter Grammarye einsetzen, um unsichtbar zu werden, etwas Nützliches oder Wertvolles zu erschaffen, seine Gestalt oder die eines anderen zu verändern, das Aussehen seiner aktuellen Umgebung zu verändern oder sich selbst oder andere zu heilen. Ob der Grammarye-Effekt echten Schaden anrichtet (oder ihn heilt), entscheidet die Spielleitung. Ansonsten verblasst der Zauberglanz des Ritters innerhalb einer Stunde. Vorschläge für Mechaniken finden sich unter **„Zauberglanz"** auf S. 165.

Märchenhafte Begabung: Jeder Elfenritter hat eine besondere „Begabung", eine Kraft, ein Feengeschenk die zufällig oder vorzugsweise durch die Fantasie der Spielleitung bestimmt werden kann. Einige Beispiele findest du unten:

Tabelle 8.5: Feengeschenke

1W6	Feengeschenk
1	GES-Bonus oder gezielte Boni auf Ausweichen, Zurückziehen oder ähnliches.
2	STR-Bonus oder gezielte Boni auf Schaden, Heilungsrate, Festhalten usw.
3	KON-Bonus oder gezielte Boni auf Heilungsrate, Schwere Verwundung, Gesamttrefferpunkte, Bewusstlos oder für das Widerstehen gegen Krankheiten, Gift und Anhalten des Atems.
4	AUS-Bonus, oder gezielte Boni auf Höfische Sitten, Liebelei, Intrigen und Redekunst.
5	Bonus auf andere Fertigkeiten oder Kampffertigkeit
6	Bonusschaden oder Schadensresistenz: Zusätzlicher Schaden oder Schutz vor negativen Effekten, wie z. B. Feuer, Kälte, Gift, Ersticken (oder Ertrinken) und Krankheit.

Putz: Der Elfenritter reitet auf einem Feenpferd. Der Ritter trägt außerdem feinen Schmuck und Kleidung im Wert von mindestens £25, die beim nächsten Sonnenaufgang verdampfen, wenn sie vom Ritter getrennt werden.

Kobolde

Der Begriff „Kobold" ist ein Sammelbegriff für jede kleine, übel gelaunte und bösartige Fee. Kein Kobold sieht aus wie der andere. Sie sind meist hässlich, zwischen zwei und vier Fuß groß und haben eine schwarze, bräunliche, grünliche, gräuliche oder gesprenkelte Haut. Sie haben große, kahle Köpfe, knollige Augen, scharfe Reißzähne und stumpfe Hörner, Schwänze und Hufe oder Krallen an den Füßen. Sie laufen oft nackt herum, was ihr groteskes Aussehen nur noch verstärkt.

Einzelne Kobolde sind oft relativ harmlose Kreaturen, die Unfug treiben, Milchmädchen vom Hocker stoßen, Rinder lähmen, Menschen und Pferde stolpern lassen und dergleichen mehr. Es ist jedoch bekannt, dass sie Menschen angreifen und verschlingen, vor allem junge und schwache Menschen, und dass sie extrem gefährlich sind, wenn sie sich zu kichernden Horden zusammenrotten. Sie sind furchtlos und wenn sie in Rudeln unterwegs sind, sind sie bereit, die Hälfte ihrer Zahl zu opfern, um eine gute Mahlzeit aus Menschen- oder Pferdefleisch zu bekommen. Wenn sie Ritter angreifen, begnügen sie sich damit, ein Pferd zu töten, in der Erwartung, dass es zurückgelassen wird, wenn die Ritter weiterziehen.

Elfen und andere Arten von Feen versklaven manchmal Kobolde und zwingen sie, zu kochen, Mahlzeiten zu servieren und ihre Aborte zu reinigen. Kobolde sind eine Art Übergangsform der Feen auf ihrem Weg zu Unholden.

Tabelle 8.6: Kobold-Erscheinung

2W6	Eigenschaftseffekt
2	Riesengroßer, runder Bauch: +10 KON
3	Lange, spindeldürre Beine: +5 Bewegung
4	Große Augen: Aufmerksamkeit 20
5	Schuppenhaut: +7 Rüstung
6	Mickrig: –2 GRO, –2 STR, +4 GES
7	Tierhaft: +4 GRO, +2 STR
8	Überdimensionales Maul, gesäumt von nadelartigen Fangzähnen: Biss 15, Schaden 6W6
9	Marmorierte Haut: Chamäleonartige Fähigkeit, die Hautfarbe zu ändern
10	Fledermausähnliche Flügel: Fliegen mit Bewegungsrate
11	Schwanz-Zusatzattacke: Schwanzpeitsche 10, 3W6 Schaden
12	Würfle zweimal, ignoriere widersprüchliche Ergebnisse

Kobold

GRO	GES	STR	KON
5	25	16	20

Attacken

Attacke	Wert	Schaden
Biss	10	4W6
Geworfener Stein	15	3W6
Elfenschuss	15	Spezial

Gesundheit

Attribut	Wert
Trefferpunkte	25
Niederschlag	5
Schw. Verwundung	20
Bewusstlos	6

Sonstiges

Attribut	Wert
Bewegung	26
Rüstungspunkte	4
Ruhm-Belohnung	15
Tapfer-Mod.	0

Leidenschaften: Hass (Menschen und Elfen) 15

Feenmagie: Einmal pro Begegnung kann ein Kobold Grammarye nutzen, um unsichtbar zu werden und nach Belieben zu verschwinden und wieder aufzutauchen. Vorschläge für Mechaniken finden sich unter **„Zauberglanz“** auf S. 165.

Elfenschütze: Kobolde schießen mit bösartigen kleinen Pfeilen auf ahnungslose Opfer, die Krankheit und Seuchen verursachen. Die Getroffenen müssen sofort einen Wurf ablegen, als würden sie unter den Auswirkungen von Vergreisung leiden.

Vetteln

Diese bösartigen Feen erscheinen als gebeugte ältere Frauen, die in Schals gehüllt sind. In Wahrheit sind sie abscheuliche Kreaturen, die unheimlich stark sind und große Klauen haben, die so hart wie Metall sind und mit denen sie Fleisch und Knochen zerreißen können. Sie suchen Sümpfe und Moore, karge Hügel und Gebirgspässe heim und leben manchmal in Höhlen, verfallenen Hütten oder verfallenen Ruinen. Sie sind dafür bekannt, dass sie gierig nach Menschenfleisch sind, besonders nach dem von verlorenen Kindern, was sie eher zu Unholden macht.

Vettel

GRO	GES	STR	KON
19	15	18	17

Attacken

Attacke	Wert	Schaden
Klauen	20	6W6

Gesundheit

Attribut	Wert
Trefferpunkte	36
Niederschlag	19
Schw. Verwundung	17
Bewusstlos	9

Sonstiges

Attribut	Wert
Bewegung	22
Rüstungspunkte	10
Ruhm-Belohnung	75
Tapfer-Mod.	–10

Klauen: Eine Vettel kann zwei separate Klauenattacken pro Runde ausführen, wobei sie jeweils ihren Klauen-Wert verwendet. Diese können auf zwei benachbarte Kontrahenten (einschließlich Pferd und Reiter) oder auf denselben Kontrahenten gerichtet sein. Ein Charakter, der von beiden angegriffen wird, muss sich getrennt gegen die beiden Angriffe verteidigen, als ob er von zwei verschiedenen Kontrahenten angegriffen würde.

Unholde

So berüchtigt wie die Feen sind auch die Unholde. Wie Feen sind Unholde Kreaturen der Betrügerei, die die Sterblichen auf dem Pfad zur Hölle in ihr eigenes Verderben führen. Obwohl sie aus der gleichen Substanz wie Feen bestehen, gehören Unholde aufgrund ihrer Zugehörigkeit zum Teufel in eine eigene Kategorie. Bemerkenswert ist die Tatsache, dass ihre Kräfte am besten gegen christliche Gläubige zu wirken scheinen; auf Heiden und andere Nichtchristen haben sie wenig Einfluss.

Unholde sind selten Ungeheuer, die man erschlagen muss. Als Verführer versuchen sie, Christen vom Guten wegzulocken und sie zu bösen Handlungen zu ermutigen. Als Rächer sammeln sie die Seelen derer ein, die Böses tun. Manchmal tauchen sie direkt auf, vor allem während der Gralssuche, aber sonst nur selten. Die Spielleitung wird dringend gebeten, sie im Rahmen dieser Tradition zu halten, um ihren Einsatz im Spiel nicht zu entwerten.

Sterbliche finden es schwierig, zwischen diesen bösen Wesen zu unterscheiden. Gemeine und sogar Geistliche würden jedes dieser Wesen als „Teufel“ bezeichnen, und die Begriffe sind im Volksmund austauschbar. Für die Zwecke des Spiels werden sie wie folgt definiert:

- **Satan** (Luzifer, Der Teufel, Der Feind, Der Betrüger, Der Widersacher): Der Engel, der den Krieg im Himmel gegen Gott anführte, aber verlor und in die Hölle geschleudert wurde.
- **Unholde** (Dämonen, Teufel): Kreaturen, die einst himmlische Engel waren, aber mit ihrem Herrn in die Hölle verbannt wurden.
- **Böse Geister:** Wesen, die einst Menschen waren, aber ihre Seelen an Satan verkauften oder gaben und böse wurden und dies auch nach dem Tod bleiben.

Einige Arten von übernatürlichen Kreaturen, vor allem Drachen, können fälschlicherweise für Unholde gehalten werden; obwohl das technisch nicht stimmt, arbeiten diese bösen Wesen oft mit einem oder mehreren Unholden zusammen, um Kummer und Zwietracht zu verbreiten; ein weiteres Beispiel ist der **„Unhold-Ritter“** (später).

Teuflische Betrügerei

Als Geister können Unholde den Menschen keinen körperlichen Schaden zufügen. Allerdings können sie christlichen Menschen, die sich über Gottes Gesetze hinwegsetzen, spirituellen Schaden zufügen, indem sie ihre Sünden gegen sie verwenden. Einmal pro Begegnung kann ein Unhold christlichen Charakteren mit Berühmten oder Erhabenen Werten in einem der Merkmale der „Sieben Todsünden“ (Grausam, Nachsichtig, Faul, Lüstern, Stolz, Selbstsüchtig, Rachsüchtig) spirituellen Schaden zufügen: Ein Punkt echter Schaden für jeden Punkt über 15 in jedem der sieben Merkmale.

Zum Beispiel kann ein Unhold einem Christlichen Ritter mit Schwelgerisch 17 (+2) und Stolz 16 (+1) 3 Punkte spirituellen Schaden zufügen. Dieser Fromm-Schaden ignoriert jeden Rüstungsschutz und hinterlässt keine Spuren. Ein getaufter christlicher Charakter, der auffallend böse geworden ist, hat also einen enormen Nachteil im Umgang mit Unholden!

Nichtchristliche Charaktere hingegen haben den Vorteil, dass Unholde ihnen keinen direkten Schaden zufügen können. Unholde können zwar immer noch ihre Tricks anwenden und Nicht-Christen täuschen, aber der spirituelle Schutz ihres Glaubens macht es viel schwieriger, sie auszuführen.

Schutz vor Täuschung

Unholde nutzen ihre List, um Illusionen der raffiniertesten und glaubwürdigsten Art zu erschaffen. Normalerweise erscheinen sie als gefährliche und furchterregende Kreaturen, als unheilige Ritter oder als laszive, geheimnisvolle Frauen. Die teuflischen Erscheinungen sehen aus, hören sich an, riechen und fühlen sich an wie die Wirklichkeit; der Schaden, den das Opfer durch diese Illusionen erleidet, ist so real wie ein echter Schwerthieb.

Arturische Unholde

In mittelalterlichen Geschichten hatten Unholde die Aufgabe, die „schlechte Botschaft“ zu verbreiten, d. h. Furcht, Hoffnungslosigkeit und Streit zu säen, auf dass die Christen den Glauben an Gott verlieren. Die Unholde führten die Ungläubigen dann in den Tod und forderten ihre Seelen ein. Die Unholde wurden vom Teufel beauftragt, die Ritter daran zu hindern, die Gralssuche zu vollenden. Hier sind einige Beispiele für Unholde aus Chretien de Troyes' *Perceval*, Malorys *König Arthur und die Ritter der Tafelrunde* und der *The High History of the Holy Graal*:

Teuflische Verkleidungen

- Ein Unhold namens Weise Schlange erschreckt eine Gruppe von Christen, indem er als Flammensäule aus dem Meer auftaucht und sich in die Gestalt eines brennenden Mannes mit verkohltem Fleisch verwandelt.
- Ein Unhold erscheint als Wirbelwind mit drei feuerspeienden Leopardenköpfen mit gespaltenen Zungen.
- Ein Unhold erscheint als Schlange mit einem Menschenkopf.
- Ein Unhold erscheint in Form einer geschwärzten Hand, die über einer Kerze schwebt.
- Ein paar Unholde erscheinen als schöne Frauen, manche davon nackt, um Ritter auf der Gralssuche zu verführen oder abzulenken.

Teuflische Intrigen

- Eine Gruppe von Unholden ergreift Besitz von den Mägden einer sündigen Lady und treibt sie in den Selbstmord.
- Ein Unhold ergreift Besitz von einer schönen Frau und verführt dann einen unglücklichen Seemann. Einmal in ihrer Gewalt, packt sie ihn und ertränkt sie beide.
- Ein Unhold ergreift Besitz von einem Ritter, der daraufhin seine zwölf Brüder ermordet.
- Ein Unhold vernichtet systematisch eine ganze Familie und fordert ihre Seelen. Zuerst tötet er ihr Vieh, ihre Schafe und Pferde, so dass die Familie verzweifelt und den Glauben verliert. Dann erwürgt er das jüngste Kind im Schlaf, was die Mutter in den Selbstmord treibt, und manipuliert die Tochter zu einem Leben voller Unzucht.
- Ein schlauer Unhold namens Selaphas tötet Tausende von Menschen in der Stadt Sarras. Zuerst versteckt er sich in einer Apollo-Statue auf dem Forum der Stadt und spricht zu den Menschen, indem er behauptet, der alte Heidnische Gott zu sein. Viele Bürger sind von seinen Worten geblendet, verlieren den Glauben an Gott und beginnen, die Statue anzubeten. Selaphas verwandelt sich daraufhin in einen Greifen und schlachtet sie alle ab.

Wenn man zum ersten Mal auf eine teuflische Täuschung trifft, muss man einen Wurf gegen sein Fromm-Merkmal bestehen, um zu spüren, ob etwas nicht so ist, wie es scheint. Die Spielleitung kann diese Würfe im Geheimen durchführen, um nicht zu verraten, dass eine teuflische List im Gange ist. Wenn die Charaktere einen solchen Verdacht haben, können sie ihre Ergebenheit-Leidenschaften nutzen, um ihre Fromm-Würfe zu modifizieren.

Christliche Ritter: Ein Religiöser Christlicher Ritter durchschaut die List und vertreibt sie für sich selbst mit einem Erfolg oder kritischen Erfolg, ein Nicht-Religiöser Christlicher Ritter mit einem kritischen Erfolg. Ein erfolgreicher Fromm-Wurf für einen nicht-religiösen Ritter deutet lediglich darauf hin, dass etwas „nicht stimmt": die Illusion der Jungfrau hat zwei linke Hände oder das Trugbild der Eiche hat die falsche Art von Blättern.

Nicht-christliche Ritter: Ein nicht-christlicher Ritter, der einem Unhold begegnet, erhält einen Bonus von +5 auf alle Fromm-Würfe, um die Täuschung zu durchschauen, und ein nicht-christlicher Religiöser Ritter muss nur erfolgreich sein, um völlig immun gegen die Auswirkungen der teuflischen List zu sein.

Der Schutz des Glaubens wirkt unter allen Umständen, egal ob der Charakter bei Bewusstsein ist oder nicht. Wenn er schläft, wacht der Zielritter nicht auf, wenn eine List gegen ihn angewendet wird.

Wer beim Fromm-Wurf versagt, durchschaut die Illusion nicht und hat keinen Grund zu glauben, dass das, was er sieht, nicht wirklich ist. Notiere Verwundungen durch Illusionen und andere Verletzungseffekte, die durch den Trick des Unholds zugefügt wurden, genauso, als ob es sich um tatsächliche körperliche Verletzungen handeln würde; ein Charakter, der auf 0 Trefferpunkte reduziert oder anderweitig „getötet" wurde, stirbt tatsächlich, so stark ist sein Glaube, obwohl keine tatsächlichen Verwundungen oder Verletzungen an seinem Körper zu finden sind.

Ein Charakter, der die Illusion durchschaut, kann versuchen, seine Gefährten dazu zu bringen, das Trugbild auch zu durchschauen. Dazu muss dem Charakter ein überzeugendes Argument von einem anderen Charakter, der die Illusion durchschaut hat, vorgelegt werden. Nachdem der betroffene Charakter dem Argument zugehört hat, würfelt er gegen Vertrauend/Misstrauisch. Bei einem erfolgreichen Vertrauend-Wurf wird die Illusion zerstreut. Die Spielleitung kann natürlich auch andere Modifikatoren auf Vertrauend oder Misstrauisch verleihen, je nachdem, woher das Argument stammt. Vertrauenswürdige Kameraden, geliebte Menschen oder christliche Geistliche verleihen einen Bonus auf Vertrauend, während Antagonisten oder zwielichtige Händler einen Abzug erheben.

Wenn ein getäuschter Charakter verwundet wird, überlebt und von der Wirkung der Illusion überzeugt ist, wird die Gesundheit des Charakters sofort wieder vollständig hergestellt. Charaktere, die dazu überlistet werden, von einer Klippe zu gehen oder ähnliche selbstzerstörerische Handlungen zu begehen, erleiden natürlich echte Verletzungen, die auf normale Weise heilen müssen.

Teufelshunde

Auch *Cwn Annwn* („Höllenhunde") genannt, sind dies Hunde, die von Unholden besessen und verdorben wurden. Ihre Aufgabe ist es, die Seelen der gefallenen Christen zu holen und sie in die ewigen Qualen zu überführen. Das klagende Heulen des Teufelsrudels wird leiser, je näher sie kommen, so dass sie in der Nähe seltsamerweise wie kläffende Beagle-Welpen klingen. Manchmal ertönt die tiefe, klagende Stimme eines Bluthundes inmitten der Meute, um den Untergang eines Sterblichen zu verheißen.

Unhold-Ritter

Diese teuflischen Wesen werden von bösen Inkkubi mit unschuldigen Frauen gezeugt und zwingen so einem teuflischen Wesen eine irdische Form auf. Obwohl sie menschenähnlich sind, sind sie immer geschwärzt und verdreht, wie ein verbrannter Baum, und bewegen sich mit einem unschicklichen und unbeholfenen Gang; dennoch sind sie unmenschlich stark und vermögen die meisten guten Ritter mit gleichmäßigen Schlägen ihrer blutigen Streitkolben zu Brei zu zermalmen.

Cwn Annwn, Teufelshund

GRO	GES	STR	KON
18	25	20	15

Attacken

Attacke	Wert	Schaden
Teuflischer Biss	20	6W6
Betrügerei	20	12+1W6

Gesundheit

Attribut	Wert
Trefferpunkte	33
Niederschlag	18
Schw. Verwundung	15
Bewusstlos	8

Sonstiges

Attribut	Wert
Bewegung	30
Rüstungspunkte	13
Ruhm-Belohnung	250
Tapfer-Mod.	–15

Teuflischer Biss: Normale Rüstung wirkt nicht gegen die Biss-Attacken eines Teufelshundes, stattdessen wirkt das Fromm-Merkmal des Ziels wie eine Rüstung, die seinem Wert entspricht. Ein Charakter mit Fromm 17 hat also effektiv 17 Punkte Rüstungsschutz gegen den Biss des Teufelshundes.

Feuerzunge: Die Zunge des Teufelshundes scheint aus einer unheiligen, grünen Flamme zu bestehen. Immer wenn ein Teufelshund eine erfolgreiche Biss-Attacke erzielt, führt er einen sofortigen Folgeangriff mit seiner Fertigkeit Betrügerei aus. Spieler können sich gegen die Betrügerei schützen, indem sie einen Wurf gegen ihre Ergebenheit-Leidenschaft ablegen; ein Fehlschlag oder Patzer bedeutet, dass sie Schaden durch die Betrügerei nehmen.

Geißel des Unholds: Eisen verursacht +1W6 Punkte Schaden; zusätzliche Schwächen oder Verwundbarkeiten können von der Spielleitung zugewiesen werden.

Unhold-Ritter

GRO	GES	STR	KON
18	5		15

Attacken

Attacke	Wert	Schaden
Streitkolben	15	9W6

Gesundheit

Attribut	Wert
Trefferpunkte	33
Niederschlag	18
Schw. Verwundung	15
Bewusstlos	8

Sonstiges

Attribut	Wert
Bewegung	24
Rüstungspunkte	5+
Ruhm-Belohnung	150
Tapfer-Mod.	–10

Rüstung: Haut + beste ritterliche Rüstung der Periode

Merkmale: Willkürlich 15, Grausam 17, Falsch 17, Tapfer 13, Rachsüchtig 15

Leidenschaften: Hass (Galante Ritter) 19

Fertigkeiten: Aufmerksamkeit 15, Identifikation 10

Geißel des Unholds: Eisen verursacht +1W6 Punkte Schaden; zusätzliche Schwächen oder Verwundbarkeiten können von der Spielleitung zugewiesen werden.

Riesen

[Arthur] schritt voran über den Kamm dieses Berges und sah ihn, wie er beim Essen saß und an dem Bein eines Menschen nagte und seine ungeheuren Glieder am Feuer wärmte; er trug aber keine Hosen, und drei schöne Fräulein drehtn drei Spieße, an denen zwölf neugeborene Kinder wie junge Vögel staken. Als König Arthur diesen gräßlichen Anblick hatte, erbarmte es ihn sehr über sie, so daß sein Herz vor Leid blutete; und begrüßte ihn, indem er folgendermaßen sprach: „Er, der über die weite Welt waltet, gebe dir kurzes Leben und schändlichen Tod; und der Teufel habe deine Seele; warum hast du diese jungen unschuldigen Kinder gemordet und diese Herzogin gemordet? Darum steh auf und rüste dich, Vielfraß, denn heute sollst du von meiner Hand sterben." Da sprang der Vielfraß schnell auf und nahm eine große Keule in seine Hand und warf sie auf den König, daß seine Krone zu Boden fiel. Und der König traf ihn seinerseits, daß er ihm den Bauch aufschlitze und ihm sein Mannesglied abschnitt, daß seine Därme und Eingeweide heraushingen. Da warf der Riese seine Keule weg und umschloß den König mit seinen Armen, daß er ihm die Rippen zerdrückte. Da knieten die drei Mädchen nieder und riefen zu Christus um Hilfe und Beistand für Arthur. Und dann wälzte sich und warf sich Arthur herum, daß er einmal unten und dann wieder oben lag. Und wie sie sich so wälzten, und hin und her warfen, rollten sie den Berg hinunter, bis sie an den Strand kamen, und während sie sich so wälzten, stach ihn Arthur immer mit seinem Dolch.

*—Malory, **König Arthur und die Ritter der Tafelrunde**, Fünftes Buch, V. Kapitel*

Riesen sind übergroße Humanoide aus alten Zeiten. Dieses Volk beherrschte vor langer Zeit die Welt, bevor die Helden sie in die Einöde trieben. Sie sind größer als Menschen, aber langsam an Geist und Körper. Ihre abscheulichen Gewohnheiten ähneln eher denen der Bären als denen der Menschen, und viele von ihnen fressen mit Vorliebe das Fleisch der Menschen. Sie tragen grobe Felle und stellen nichts her, was ein gewisses Maß an Fertigkeit oder Raffinesse erfordert.

Riesen gibt es in zwei Varianten: Wahre Riesen und Oger (einschließlich Wildlinge). Sie alle sind Überbleibsel der alten Wächter der Erde, die nur noch ein paar zerlumpte Überreste sind und deren Zahl schnell schwindet. Einst wurden sie zum Feenvolk gezählt, doch jetzt sind sie eher sterbliche Wesen aus Fleisch und

Kleiner Riese

GRO	GES	STR	KON
30	8	30	25

Attacken

Attacke	Wert	Schaden
Keule	13	5W6+10
Ringen	15	Spezial

Gesundheit

Attribut	Wert
Trefferpunkte	55
Niederschlag	30
Schw. Verwundung	25
Bewusstlos	14

Sonstiges

Attribut	Wert
Bewegung	34
Rüstungspunkte	15
Ruhm-Belohnung	100
Tapfer-Mod.	–5

Fertigkeiten: Meiden 0 (+5 zum Verfolgen mit Jagd)

Reichweite: Dank ihrer langen Arme erleiden kleine Riesen im Kampf gegen berittene Ritter keinen Höhennachteil.

Grosser Riese

Riesen	GES	STR	KON
40	5	50	30

Attacken

Attacke	Wert	Schaden
Keule	8	8W6+15
Stampfen	18	15W6

Gesundheit

Attribut	Wert
Trefferpunkte	70
Niederschlag	40
Schw. Verwundung	30
Bewusstlos	18

Sonstiges

Attribut	Wert
Bewegung	33
Rüstungspunkte	25
Ruhm-Belohnung	250
Tapfer-Mod.	–10

Fertigkeiten: Meiden 0 (+10 zum Verfolgen mit Jagd)

Attacken: In jeder Kampfrunde greift der große Riese mit seiner schwingenden Keule ein einzelnes Ziel an oder führt zwei separate Stampfen-Attacken gegen zwei verschiedene Ziele aus. (Der Riese erleidet keinen Abzug, wenn er Mehrere Kontrahenten angreift.)

Höhe: Aufgrund seiner schwerfälligen Bewegung erhalten alle Verteidigungsmanöver (Verteidigen, Ausweichen, Zurückziehen) einen Modifikator von +5. Große Riesen genießen einen Höhenvorteil von +5/–5, wenn sie gegen Kontrahenten zu Fuß kämpfen, und Ritter erhalten keinen Bonus für Attacken mit einer Langdistanzwaffe (einschließlich Lanzenattacken) gegen große Riesen.

Blut. Die meisten können zum Beispiel nicht mehr zaubern, sie müssen sich wie Tiere paaren, um neue Formen ihrer selbst zu schaffen, und Eisen versengt ihr Fleisch nicht mehr. Trotzdem gelten sie immer noch als magische Wesen, denn sie können nicht in einer Welt ohne jegliche Verzauberung existieren.

Wahre Riesen

Die meisten Riesen sind nicht viel größer als große Männer. Ein paar Riesen sind jedoch Ungeheuer von legendärem Ausmaß und werden von allen rechtschaffenden Rittern am besten gemieden.

Riesen sind äußerst lüstern und unritterlich und es ist bekannt, dass sie sich mit Menschen paaren und mit ihnen handeln. Die Sachsen kreuzen sich mit ihnen und rekrutieren sie sogar für ihre Armeen, und der römische Kaiser setzt sie als Teil seiner Leibwache ein.

Im Kampf führen wahren Riesen nur einfache Keulen (die von einfachen Ästen über Baumstämme bis hin zu ganzen entwurzelten Bäumen reichen) oder ihre natürlichen Fähigkeiten (Ringen und Handgemenge). Ihre dicke Haut ist rau und hart.

Kleine Riesen

Kleine Riesen sind in der Regel nicht schlau, und obwohl sie langsam sind, können sie mit einem einzigen Schlag viel Schaden anrichten. Sie sind nicht viel größer als ein großer Sachse, aber sie sind viel stärker und widerstandsfähiger als jeder Mensch.

Große Riesen

Je größer sie werden, desto härter fallen sie – und desto dümmer sind sie! Nichtsdestotrotz ist ein Riese dieser Größe furchterregend und kann mit einem einzigen Schlag töten. Zum Glück sind sie langsam und kündigen ihre Hiebe lange im Voraus an.

Gigantische Riesen

Mit einer Höhe von fast 35 Fuß überragt dieses Ungeheuer seine Umgebung. Es sollte immer gemieden werden und ist glücklicherweise so langsam, dass es sogar möglich ist, an ihm vorbeizugaloppieren, bevor es etwas anderes tun kann als verwirrt zu blinzeln.

Oger

Oger sind kleinwüchsige Riesen, die für ihre Schwachsinnigkeit und extreme Hässlichkeit bekannt sind. Sie versuchen, das zu tun, was Menschen tun, aber es kommt immer falsch heraus. Deshalb leben sie in knarrenden, schiefen Hütten und haben kein Problem damit, Aas zu essen. Sie kochen nicht – sie essen ihr Fleisch roh. Gelegentlich ist einer klug und magisch genug, um sich zu tarnen und sich den Menschen zu nähern, wo er sie bestiehlt oder in eine Falle lockt, in der ein Rudel seiner Artgenossen wartet.

Gigantischer Riese

GRO	GES	STR	KON
70	2	65	35

Attacken

Attacke	Wert	Schaden
Keule	5	12W6+23
Stampfen	16	23W6
Zertreten	20 (+5)	23W6

Gesundheit

Attribut	Wert
Trefferpunkte	105
Niederschlag	70
Schw. Verwundung	35
Bewusstlos	26

Sonstiges

Attribut	Wert
Bewegung	39
Rüstungspunkte	40
Ruhm-Belohnung	500
Tapfer-Mod.	–15

Fertigkeiten: Meiden 0 (+20 für die Verfolgung mit der Jagd)

Attacken: In jeder Kampfrunde greift der gigantische Riese mit seiner schwingenden Keule ein einzelnes Ziel an oder führt zwei separate Stampfen-Attacken gegen zwei verschiedene Ziele aus. (Der Riese erleidet keinen Abzug, wenn er Mehrere Kontrahenten angreift.) Ziele, die in der vorangegangenen Kampfrunde niedergeschlagen wurden, können von der Zertreten-Attacke getroffen werden, da der Riese einfach nur auf den glücklosen Kontrahenten zu treten braucht!

Höhe: Aufgrund seiner schwerfälligen Bewegung und enormen Größe erhalten alle Verteidigungsmanöver (Verteidigen, Ausweichen, Zurückziehen) einen Modifikator von +10. Gigantische Riesen erhalten einen Höhenvorteil von +10/–10, wenn sie gegen Kontrahenten zu Fuß kämpfen, und einen Höhenvorteil von +5/–5, wenn sie gegen berittene Kontrahenten kämpfen. Berittene Ritter erhalten den Modifikator von +5 auf den Sturmangriff nicht, wenn sie eine Lanzenattacke gegen Riesen ausführen.

Oger

GRO	GES	STR	KON
20	10	25	25

Attacken

Attacke	Wert	Schaden
Streithammer	17	10W6

Gesundheit

Attribut	Wert
Trefferpunkte	45
Niederschlag	20
Schw. Verwundung	25
Bewusstlos	11

Sonstiges

Attribut	Wert
Bewegung	23
Rüstungspunkte	12
Ruhm-Belohnung	75
Tapfer-Mod.	–5

Fertigkeiten: Meiden 5

Streithammer: Oger schwingen schwere, einhändige Streithämmer, mit denen sie Feinde wie Vieh in einem Schlachthof zerhacken.

Die Riesen der Artusliteratur

Die meisten der Riesen in den mittelalterlichen Geschichten sind grotesk und böswillig. Ein paar wenige werden jedoch als schön, freundlich und intelligent dargestellt. Hier sind einige Artusriesen aus Robert de Borons *Merlin und der Gral* dem *Mabinogion*, Geoffrey von Monmouths *Historia Regum Britanniae*, Malorys *König Arthur und die Ritter der Tafelrunde* und *The Story of Merlin*. Sie sind ein ziemlich vielfältiger Haufen.

- Ein hässlicher Riese bittet einen menschlichen Edelmann um die Hand seiner Tochter. Als er verschmäht wird, führt der Riese jahrelang Krieg gegen die Ländereien des Edelmannes.
- Einige namentlich genannte Riesen, wie Balane, Candenart, Dorilat, Gordant, Malac, Marganant, Mendamp, Sardup und Sinelant, waren mit den Sachsen verbündet und kämpften in der Schlacht von Carhaix.
- Custenhin ap Mynwyedig ist ein riesiger Hirte, der eine riesige Schafherde hütet. Er kann Feuer speien. Seine riesige Frau tötet Sir Kay fast in einer liebevollen Bärenumarmung.
- Es gibt ein Volk von Riesen, die als „Verbrannte Männer" bekannt sind, deren Haut schwarz verkohlt ist und die etwa achtzehn Fuß groß sind. Ein riesiger Verbrannter Mann namens Hüter des Waldes hat einen Fuß, ein Auge und trägt einen grausamen Speer. Die Tiere gehorchen seinen Befehlen.
- Der Riese namens Wyrnach hat einen magischen Kessel und ein magisches Schwert gemacht. Wyrnach kann nur mit diesem Schwert besiegt werden.
- Ysbaddaden ist einer der letzten Häuptlinge der Riesen. Seine Feentochter Olwen erscheint nicht als Riese, sondern als geschmeidige und schöne Frau.
- Riesen brachten magische stehende Steine aus Afrika nach Irland, die Merlin dann transportierte, um Stonehenge zu reparieren.
- König Artus ist ein berühmter Riesentöter. Er erschlägt mehrere von ihnen, darunter einen Riesen namens Retho, der sich aus den Bärten menschlicher Könige einen Pelzmantel machte, einen Riesen namens Galapas, der ein römischer Zenturio war, und den Riesen vom Sankt Michaelsberg, der größte seiner Karriere.
- Zwei Riesen mit schrecklichen Keulen stürmen und erobern Tintagel in Cornwall und zwingen alle Ladys und Mädchen dort, ihnen zarte Seidenkleider zu fertigen.
- Technisch gesehen ist Herzog Galeholt ein Halbriese. Seine Mutter wurde die Hübsche Riesin genannt und sein Vater, Sir Brunor, herrschte über die Burg der Tränen auf der Insel der Riesen. Galeholt floh von der Insel und gründete sein eigenes Königreich.

Wildlinge

Das Wilde Volk ist ein noch kleinerer und degenerierter Nachkomme der wahren Riesen und wird von seinen Vettern wenig beachtet. Sie werden auch Waldwichtel genannt und sind humanoide Kreaturen, die von Kopf bis Fuß mit zotteligem braunem oder rotem Haar bedeckt sind. Obwohl ihr Anblick erschreckend ist, fürchten sie die Menschen und sind harmlos, denn sie meiden den Kontakt. Wenn sie in die Enge getrieben werden, kauern sie sich einfach zusammen und weinen. Mit Essen kann man sich mit ihnen anfreunden. Sie wissen alles über ihre heimischen Wälder und können in ihrer rauen, einfachen Sprache Informationen weitergeben, wenn man sich mit ihnen anfreundet.

Geister

Geister sind unsichtbare, substanzlose Wesen. Feen und Unholde sind Geister in ihrer natürlichen Form, und jeder Mensch hat eine Seele – seinen Geist –, der normalerweise nach dem Tod das Reich der Sterblichen verlässt. Es gibt also zwei Arten von Geistern: Diejenigen, die am Anfang der Welt geschaffen wurden (Feen und Unholde) und diejenigen, die einst aus Menschenfleisch geboren wurden.

Alle Geister können sich für eine kurze Zeit auf jede beliebige Weise manifestieren. Sie können erscheinen, wie sie wollen, oder

Wildlinge (Woodwose)

GRO	GES	STR	KON
11	15	16	16

Attacken

Attacke	Wert	Schaden
Kauern & Weinen	20	Keine

Gesundheit

Attribut	Wert
Trefferpunkte	27
Niederschlag	11
Schw. Verwundung	16
Bewusstlos	8

Sonstiges

Attribut	Wert
Bewegung	21
Rüstungspunkte	0
Ruhm-Belohnung	0
Tapfer-Mod.	0

Merkmale: Besonnen 18, Feige 20, Misstrauisch 17, Tatkräftig 15
Fertigkeiten: Aufmerksamkeit 17, Erste Hilfe 15, Jagd 19, Meiden 20

Geräusche verursachen oder seltsame Gerüche verströmen. Ihre Fähigkeit dazu wird von ihrem Attribut Lebenskraft bestimmt. Geister mit geringer Lebenskraft, wie z. B. kleine Feen, können nicht viel mehr tun, als für eine Weile wie Glühwürmchen kurz auf- und abzuflimmern. Andere, mächtigere Geister, wie z. B. Gespenster, können in einer Vielzahl interessanter und erschreckender Formen erscheinen. Enorm mächtige Geister, wie manche Spukgestalten, sind dafür bekannt, dass sie Poltergeistereffekte anwenden können, z. B. indem sie Kerzenständer durch den Raum schleudern oder sogar ein Schwert schwingen.

Die gleiche Art von Zaubern und Schutzzaubern, die verwendet werden, um Feen und Unholde abzuwehren, sind normalerweise auch gegen Geister wirksam. Zum Beispiel schreckt die okkulte Kraft, die Eisen innewohnt, die meisten Geister ab. Jede religiöse Tradition hat Zaubersprüche, Gebete, Exorzismen und andere Riten, um Geister zu verbannen. Keine dieser Methoden ist jedoch eine Garantie dafür, dass sie funktioniert. Die Wirksamkeit wird durch Versuch und Irrtum herausgefunden, was natürlich zu tödlichen Ergebnissen führen kann! Wenn sie eine Begegnung mit einem Geist plant, sollte die Spielleitung im Geheimen entscheiden, ob und welche der oben genannten Abwehrmittel wirken.

Wie bei Feen und Unholden kann kein Geist einen Sterblichen durch Verzauberung zwingen, etwas gegen seinen Willen zu tun. Sie können sie nur austricksen, in Versuchung führen oder erschrecken. Geister benötigen keinen Spielwertblock, da sie nicht getötet werden können, aber sie können mit Eisen und anderen Mitteln, die mit der Geschichte zu tun haben, abgeschreckt werden, z. B. durch die Erfüllung einer Prophezeiung oder die Rückgabe von Überresten in geheiligten Boden. Die Begegnung mit einem Geist bringt immer Ruhm ein; die Kräfte eines Geistes hautnah selbst zu erleben (etwa einen Tapfer-Wurf gegen die Lebenskraft abzulegen), bringt noch mehr Ruhm ein.

Irrlichter

Irrlichter sind gemeine kleine Feengeister, die in Wäldern, Mooren, Sümpfen und auf Friedhöfen spuken. Sie erscheinen als geisterhafte, tanzende Lichter. Sie sind unter vielen Namen bekannt, darunter *ellylldan* („Elfenfeuer"), Leichenkerzen, Totenkerzen, Geisterlaternen, Irrwische oder Sumpflichter oder *ignis fatuus* („dummes Feuer"). Irrlichter verkünden oft Unglück und Unheil und führen ahnungslose Sterbliche in peinliche oder gefährliche Situationen. Sie können schelmisch oder feindselig sein. Das schelmische Irrlicht genießt es, seine Opfer in sumpfigen Boden, schlammiges Wasser oder Latrinengräben zu locken, und lacht, wenn sie untergehen, stottern und ihr Schicksal verfluchen. Ein gerechterer Irrwisch kann seine Opfer genauso gut in gefährliche Situationen und einen grausigen Tod führen.

Irrlichter verleiten Menschen dazu, ihnen zu folgen, indem sie sich als faszinierende, winkende Lichter manifestieren. Wenn das Opfer die Lichter eines Irrlichts sieht, würfelt es sein Besonnen-Merkmal gegen die Lebenskraft des Geistes (ein erfolgreicher Wurf auf Religion oder Volksweisheit gewährt +5 auf Besonnen). Wenn das Irrlicht gewinnt, wird das Opfer von seiner Neugierde überwältigt, steigt ab (falls es beritten ist) und folgt ihm 1W3 Kampfrunden lang mit seiner vollen Bewegungsrate. Danach kann der Charakter in jeder Kampfrunde einen weiteren Vergleichswurf ablegen, bis er am Zielort ankommt. Wenn der Irrwisch sein Opfer zum Ertrinken bringen will, führt er es an eine Stelle, an der sein Kopf in der nächsten Kampfrunde untergeht. Einmal untergetaucht, schützen weder Kleidung noch Rüstung den Charakter, der dann jede Kampfrunde 1W3–1 Punkte Erstickungsschaden erleidet.

- **Lebenskraft:** 18
- **Ruhm für die Begegnung:** 15
- **Ruhm für die Sichtung:** 50

Die Toten

Zur Zeit von König Artus glaubten die meisten Menschen, dass der Geist eines Menschen nach seinem Tod in ein Leben nach dem Tod geht – in den Himmel, die Hölle oder die Anderswelt. Manche Seelen gehen jedoch nicht und sind zwischen der sterblichen Welt und dem Jenseits gefangen. Die Geister der Toten kehren nicht zufällig zurück, sondern aus einem bestimmten Grund. Und da die menschlichen Seelen die Herrschaft über die Welt haben, können ihre verlorenen Geister ziemlich mächtig und gefährlich sein. Die Menschen haben eine natürliche Furcht vor dem Tod, und jede Begegnung mit den Toten ist gelinde gesagt immer beunruhigend. Manche Geister der Toten sind so furchteinflößend, dass Sterbliche vor Schreck sterben können.

Die Geister der Toten haben viele Namen – Geister, Gespenster, Schatten, Spuk, Erscheinungen. Normalerweise erscheinen sie als vage, sich verändernde Formen oder als durchsichtige Gestalten, sogar bis hin zu ihrer Kleidung. Sie halten sich an den Orten auf, an denen sie umkamen oder wo ihre Überreste liegen, und verlassen die Gegend nicht (oder können sie nicht verlassen).

Geister verweilen freiwillig auf der Erde oder werden durch irgendeine Bedingung oder Macht daran gehindert, weiterzuziehen. So bleiben manche Geister absichtlich, um Menschen aus Rache oder Bosheit zu erschrecken und zu quälen, während andere zurückkehren, um geliebte Menschen vor dem drohenden Unheil zu warnen. In der Geschichte *The Adventures of Artus at Tarn Wadling* zum Beispiel steigt die Mutter von Königin Guinevere aus dem Grab und versucht, sie vor einer Affäre mit Sir Lancelot zu warnen. Tatsächlich können die Geister der Toten manchmal Wissen oder sogar Prophezeiungen vermitteln. Ein Zauberer kann die Geisterbeschwörung nutzen, um mit ihnen

Ein neuer Schrecken folgt den Sachsen nach Britannien

Als die ersten sächsischen Langboote an den Küsten Britanniens landeten, brachten sie die Träume und Albträume der Sachsen mit. Wenn sie vom Schlachtfeld oder aus einem frisch gefüllten Grab aufsteigen, werden Scucca („Erschrecker") gesichtet. Das sind belebte Leichen, die sich hartnäckig weigern zu sterben, sei es aus Wut, Rache, einem Fluch oder aus einem anderen Grund. Bislang wurden diese üblen Kreaturen nur in den sächsischen Gebieten gesichtet.

in Kontakt zu treten, Informationen von ihnen zu erhalten und sie mit Zaubersprüchen zu binden, um sie daran zu hindern, zu ihrer Ruhestätte zurückzukehren. Manche unglücklichen Geister werden von höheren Mächten verflucht, bis zum Ende der Welt oder bis zur Erfüllung einer Aufgabe an einem Ort zu bleiben.

Einmal pro Begegnung können sich die Geister der Toten in wahrhaft schrecklichen Formen manifestieren und den Menschen Angst einjagen. Normalerweise nehmen sie die Gestalt von Skeletten oder Kadavern in verschiedenen Stadien der Verwesung an und lösen bei allen, die sie sehen, lähmende Furcht aus. Charaktere müssen Vergleichwürfe auf Tapfer gegen die Lebenskraft des Geistes ablegen. Bei einer Niederlage erleiden die Charaktere einen traumatischen Schock (Herzkammerflimmern!) und verlieren Trefferpunkte in Höhe des halben Wertes der Lebenskraft des Geistes; nur übernatürliche Rüstungen (wie die Rüstung der Ritterlichkeit) schützen vor diesem Verlust, der nicht als Verwundung gekennzeichnet ist und nur durch natürliche Erholung geheilt werden kann. Ein verpatzter Tapfer-Wurf verleiht dem Ziel das Zielgerichtete Merkmal Feige (Geister) +1W6 und der Charakter erhält außerdem die negative Charakteristische Eigenschaft „Vorzeitig ergraues oder weißes Haar". Unabhängig davon flieht der Charakter in der nächsten Kampfrunde mit seiner vollen Bewegungsrate.

- **Lebenskraft:** 20
- **Ruhm für die Begegnung:** 25
- **Ruhm für die Sichtung:** 50

Spukgestalten

Es gibt Geister, die sich nicht so einfach klassifizieren lassen, und es ist unklar, ob sie Feen, Unholde, Tote oder ein durch Magie oder Wunder erschaffenes Wesen sind. Spukgestalten sind solche Geister.

Spukgestalten werden für wahrhaft uralt gehalten (wie Feen und Unholde). Im Gegensatz zu anderen Geistern bleiben Spukgestalten immer unsichtbar, obwohl sie auf andere Weise wahrgenommen werden können, z. B. durch Geruch oder plötzliche Temperaturveränderungen. Wie die Geister der Toten sind auch Spukgestalten immer an einem Ort verankert und verlassen diesen nie. Das können ein paar Fuß um einen Stein auf einem Feld sein oder die Ausdehnung eines ganzen Tals. So oder so, dies ist ihr Platz, ihr Ort, und es ist klug, sich von ihm fernzuhalten, es sei denn, du willst ihn ehren oder besänftigen.

Die Römer nannten solche Geister *genii locorum* („Geister des Ortes"; Einzahl *genius loci*) oder, wenn sie besonders sanftmütig oder hilfreich waren, *lares compitales* („Schutzgeister der Kreuzung"; Einzahl *lar compitalis*) und markierten ihre Gebiete mit beschrifteten Säulen oder Marmorblöcken. Die Kymren hatten ähnliche Traditionen und steckten die Grenzen der „großen Geisterorte" mit Ogham-geweihten Steinen ab, die nur noch wenige zu lesen vermögen.

Wenn sie gestört werden oder zornig sind, können Spukgestalten die physische Welt spürbar beeinflussen – was immer eine beunruhigende Erfahrung für die Anwesenden ist. Gemeinsam bewegt die Spukgestalt einen Gegenstand oder mehrere Gegenstände ohne sichtbare äußere Verbindung umher. Gelegentlich schwingt einer eine Waffe, die Menschen ohne Körper bekämpft und nicht verletzt werden kann. Verwende die Lebenskraft des Spuks als Wert für seine STR oder Waffenfertigkeit und weise ihm andere Attribute wie Schaden zu, wie es dir sinnvoll erscheint.

- **Lebenskraft:** 30
- **Ruhm für die Begegnung:** 5
- **Ruhm für die Sichtung:** 50

Kahl war der Körper und schwarz bis auf die Knochen,
Alles verklumpt mit unschönem Lehm.
Es fluchte, es wimmerte wie ein Weib,
Aber weder Haut noch Teint bedeckten es.
Es stammelte, es war bestürzt verklumpt, es stand wie ein Stein,
Es trauerte, es murmelte, es stöhnte wie im Wahn.
[…]
Am Ende des Halses,
Eine Unke in den Schädel beißt
Mit Augen, die ganz hohl sind
Die glühten wie die Kohlen.
Alles glühte wie eine Kohle, da die Geisterfrau schwebt,
Eingeschlossen in eine Wolke aus unergründlichen Leichentüchern,
Umgeben von Schlangen an ihren Seiten.
Von den Kröten darauf zu erzählen, zu viel für meine Zunge es ist.

—Anonym, The Awntyrs off Arthure

Kapitel IX

Szenarien

In diesem Kapitel wird ein vollständig ausgearbeitetes Tutorial-Szenario vorgestellt, „Das Abenteuer des Schmelztiegels“, das neue Spieler und ihre frischgebackenen Knappen, die mit Hilfe von **Kapitel 3** des **Pendragon**-*Regelwerks* erstellt wurden, durch die Ereignisse einer dramatischen Saison führen soll, zwei Jahre bevor Artus das Schwert aus dem Stein zieht. Das Abenteuer setzt voraus, dass die Knappen der Spieler alle für den Ritterstand qualifiziert sind.

Das Abenteuer legt außerdem Salisbury und Sarum als Heimatstützpunkt für die Kampagne fest, eine Annahme, die in den Seiten von *Die Große Pendragon-Kampagne* und im Material des **Pendragon** *Kampagnen-Set* aufgegriffen wird. Spielleitungen, die ihre Kampagne an einem anderen Ort spielen wollen, können dieses Szenario als Vorlage für ihr eigenes Einführungsszenario verwenden.

Eine Fortsetzung, *„Das Abenteuer des Königsgambits“*, folgt dann darauf und bereitet die Ereignisse für die Ankunft des Knabenkönigs im folgenden Jahr vor.

Das Abenteuer des Schmelztiegels

Ihr seid Knappen an der Schwelle zum Ritterstand, Sprosse einer Linie von Lehnsrittern von Salisbury, die diesem edlen Haus lange und gut gedient haben. Das zentrale Ereignis eurer Kindheit war die Schlacht von St. Albans im Jahr 495, ein großer Sieg über die sächsischen Invasoren, der sich als katastrophal herausstellte, nachdem König Uther Pendragon von Logres und die meisten seiner Freiherrn (einschließlich Graf Roderick von Salisbury) beim anschließenden Siegesfest vergiftet wurden und das Königreich in eine Anarchie stürzte, die bis heute anhält.

In den letzten 13 Jahren wurde Salisbury von Überfällen und begierigen Usurpatoren geplagt – vor allem aus dem benachbarten Königreich Wessex, das von Cerdic, dem halbkymrischen Sohn des Tyrannenkönigs Vortigern, regiert wird, aber auch aus benachbarten kymrischen Grafschaften wie Silchester. Die Witwe des alten Grafen, Gräfin Ellen, hat es mit Hilfe ihres Ritterrates geschafft, Salisbury durch die schlimmste aller Herausforderungen zu führen. Während dieser Zeit fungierte sie als Regentin für ihren Sohn Robert, der ein paar Jahre jünger ist als sie selbst und den Titel des Grafen von Salisbury erbt.

Ihr begannt eure Ausbildungen zu Knappen im Alter von 14 Jahren, gerade rechtzeitig, um mit den Rittern und anderen Knappen der Grafschaft zu Gunsten des guten Königs Nanteleod von Escavalon in seinem Kampf gegen die Sachsen zu reiten. Ihr seid euren Rittern in die Schlachten von Levcomagus, Royston und Hereford gegen die Sachsen im Jahr 505 gefolgt, wo König Nanteleod euch den Sieg brachte, und 506 habt ihr geholfen, König Idres von Cornwall aus Summerset zu vertreiben.

Derweil steht ein Wunder im Hof der Kathedrale St. Paul's in Londinium: Ein Schwert, das von einem massiven eisernen Amboss auf einem Stein umklammert wird, der ein Jahr nach dem St.-Albans-Massaker erschien. Es heißt, dass eine Inschrift auf dem Stein besagt, dass derjenige, der das Schwert als Erster aus dem Stein zieht, von Rechts wegen König von Britannien ist. Einige haben es angeblich schon versucht, aber es lässt sich nicht bewegen. Jetzt, mehr als ein Jahrzehnt später, steht es weitgehend vergessen und verlassen dort. Ist das eine seltsame List des alten Zauberers Merlin? Wird König Nanteleod derjenige sein, der das Schwert endlich befreit? Wer vermag es zu sagen …

Es ist jetzt der Sommer 508.

Die Ritter der Spieler hoffen darauf, bald in den Ritterstand erhoben zu werden. Doch bisher haben sie in diesem Jahr nur wenig gesehen, außer Training und niederen Arbeiten – so wie immer. Die Knappen arbeiten unter dem strengen Blick von Dame Aspara, einer erfahrenen Ritterin mit stählernem Haar, und eine Tochter der Amazonen (so wird unter den Knappen seit langem gemunkelt), die zwei Generationen von Salisbury-Lords gedient hat. Sie ist jetzt die Kastellanin von Sarum, der Felsenburg, und hierfinden sich die Knappen an diesem warmen Nachmittag auch wieder.

Der Marschall von Salisbury, Sir Lycus, hat gerade einen Rat mit Lady Ellen, der Gräfin von Salisbury, beendet. Ihr Sohn Robert, ein Knappe

Verwendung des Starter-Sets und des Grauen Ritters

Spielleitungen, die die Szenarien des **Pendragon** *Starter-Sets* und *Der Graue Ritter* damit verbinden möchten, können dies problemlos tun.

Der Aufbau von „Die Kampagne des Schwerts" geht davon aus, dass die Ritter der Spieler auf der Suche nach einem Lehnsherrn sind und ihn schließlich in der Person von König Artus finden. Da Graf Robert ein früher Unterstützer des Knabenkönigs ist, ist es ein Leichtes, ihn in eine beratende Rolle zu versetzen, die ihn nahe an Artus' Seite hält; schließlich sind sie gleich alt und haben zweifellos viel gemeinsam! Wenn der König (oder Merlin) „ein paar gute Ritter" für bestimmte geheime Missionen braucht, ist es nur logisch, dass er Graf Robert um eine Empfehlung bittet und die Namen der Charaktere dank ihrer (mutmaßlichen) heroischen Taten in den Jahren 508 und 509 fallen. Beim Turnier in Londinium, mit dem die Kampagne beginnt, nehmen die Ritter der Spieler natürlich mit Graf Robert und Dame Aspara teil (die beiden haben sogar einen Auftritt im Tutorial-Szenario!) und kämpfen in Roberts Conroi statt in dem von Leodegrance.

Der Graue Ritter lässt sich natürlich noch einfacher einbinden. Wenn überhaupt, dann solltest du nach Möglichkeiten suchen, die Szenarien in diesem Buch für deine eigene Kampagne anzupassen. Überlege dir, ob du Herzog Ulfius einen Platz an der hohen Tafel während des Pfingstfestes geben willst; vielleicht ersetzt Sir Kenrick oder ein anderer Rivale Sir Tor.

Zögere nie, Details in veröffentlichten Szenarien zu ändern, um sie an deine Wünsche anzupassen. Immerhin gilt EIEP!

von Lycus, ist ebenfalls anwesend. Die Knappen von Spielern sind mit verschiedenen Aufgaben rund um den Burghof beschäftigt, als Lycus aus der großen Halle in der Mitte der Burg heraustritt.

Er hält inne und wendet sich mit seiner rauen, bellenden Stimme an die Anwesenden auf dem Burghof.

„Wir haben eine Nachricht von König Nanteleod erhalten. Nicht weit von hier, bei den Ruinen der Weißen Stadt, die sie Winchester nennen, soll eine große Schlacht gegen den abscheulichen Heuchler, König Cerdic von Wessex, stattfinden. Ich reite jetzt los, um unsere Streitkräfte zu versammeln, denn Salisbury wird in dieser Zeit der großen Not nicht tatenlos danebenstehen."

Als Sir Lycus die Vorburg durchquert, kommt Dame Aspara eifrig auf ihn zu. Sie führen ein kurzes, recht angeregtes Gespräch in gedämpftem Ton, und Aspara sieht missmutig aus, als Lycus seinen Helm aufsetzt und sich von ihr abwendet. Knappe Robert führt die Pferde heran, und die beiden sitzen auf. Während sie hinausreiten, verzieht Robert in Richtung der Spieler-Knappen mitfühlend das Gesicht. Es ist offensichtlich, dass sie dieses Mal zurückbleiben müssen.

Frage die Spieler, wie sie darüber denken. Knappen mit Berühmten Werten in Stolz sollten vor Wut kochen, und andere Spieler möchten vielleicht auch Entscheidungswürfe für **Bescheiden/Stolz** ablegen. Verleihe denjenigen Markierungen, die in einem der beiden Merkmale erfolgreich sind, und nutze die Gelegenheit, um zu erklären, wie Merkmalswürfe im Spiel zur Entscheidungsfindung genutzt werden können – manchmal auch entgegen der Wünsche des Spielers!

Diejenigen, die Stolz sind, sollten jetzt Höfische Sitten würfeln.

Ein misslungener Wurf bedeutet, dass sich der Knappe bei seinem Ritter beschwert: Sind sie nicht selbst bereit für den Ritterstand? Könnten sie der Gräfin nicht besser dienen, indem sie ausreiten, um gegen die Sachsen zu kämpfen und in ihrem Namen Ruhm zu erlangen?

Ein Patzer bei deisem Wurf bedeutet, dass der Knappe eine unziemliche Bemerkung gemacht hat und zur Strafe die Ställe ausmisten muss. Andernfalls belauscht Dame Aspara das Gespräch und geht auf den/die widerspenstigen Knappen zu.

„Bedenke Folgende Dinge. Erstens: Du hast noch nicht mit den Rittern des Marschalls trainiert. Auf dem Schlachtfeld muss jeder Ritter wissen, was der nächste Ritter tut, sonst wird es nur eine gigantische Schlägerei. Zweitens: Warum nimmst du das als eine Beleidigung gegen dich? Siehst du nicht, dass Marschall Lycus Ritter zurückgelassen hat, die Knappen haben, die zum Ritterschlag bereit sind, so dass die Burg immer noch gut verteidigt ist, falls etwas geschieht, während er und die meisten seiner Ritter fort sind? Du solltest es als ein Zeichen des Vertrauens und nicht der Missgunst ansehen. Und schließlich steht es einem einfachen Knappen nicht zu, die Entscheidungen des Marschalls zu kritisieren", schließt sie mit einem Bellen. „Er war schon ein Ritter, bevor du überhaupt geboren warst!

„Und jetzt ab in den Stall mit euch allen, damit ihr rechte Demut lernt!"

So enden die freimütigen Knappen beim Saubermachen, aber hoffentlich reicher an Wissen.

Die Knappen, die dem Drang, ihre Meinung zu sagen, widerstanden haben, können ihre Gefühle für sich behalten, während sie sich weniger lästigen Aufgaben widmen.

Ausbildungstag

Dieses Mini-Szenario stellt einen typischen Trainingstag auf den Feldern bei Sarum dar. Es dient dazu, den Spielern beizubringen, wie man wichtige Vergleichs- und Vergleichslose Würfe ablegt, die Art von Würfelwürfen, die am häufigsten während einer Spielsitzung vorkommen.

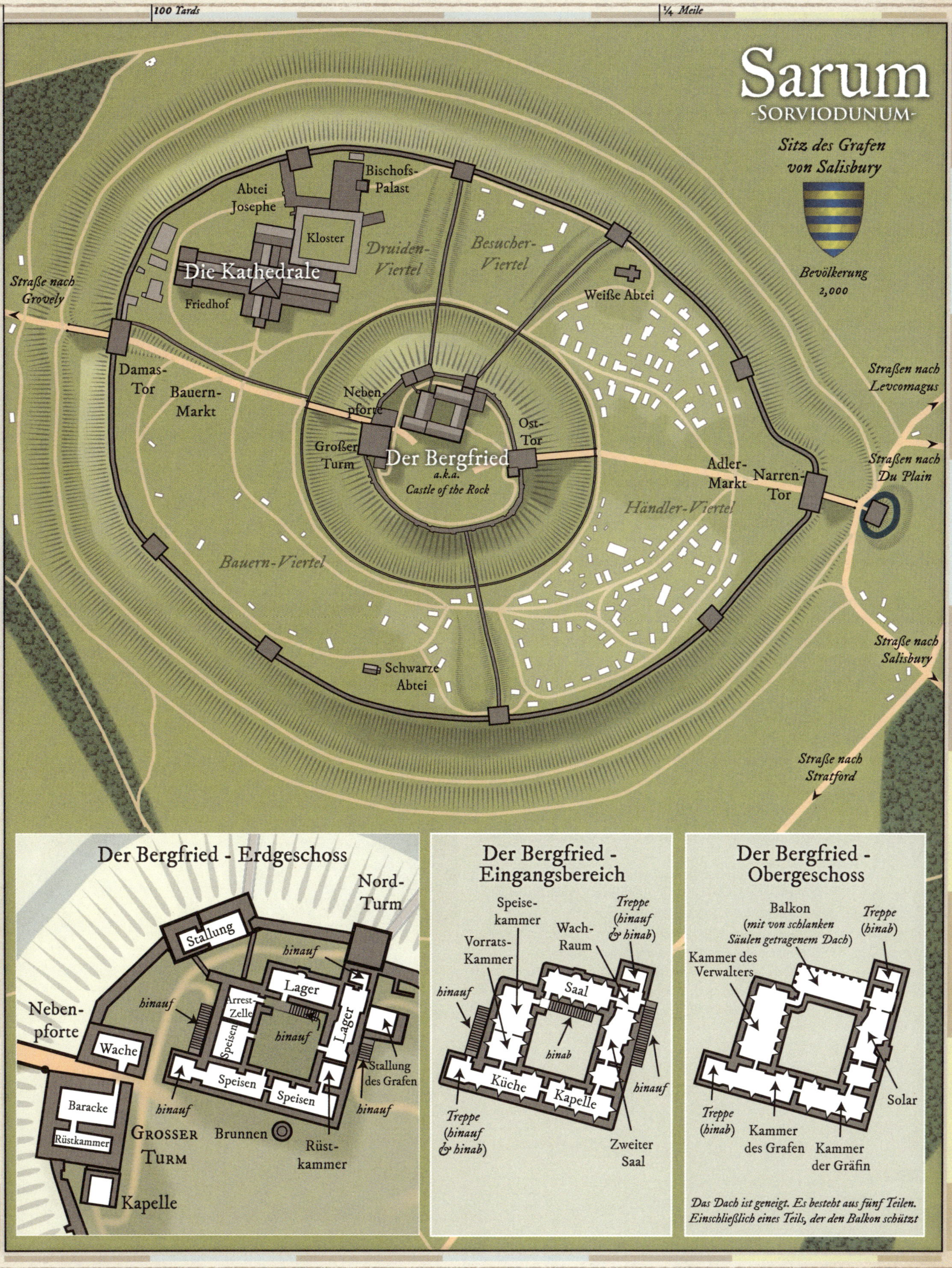
100 Yards
¼ Meile
Sarum
-Sorviodunum-
Sitz des Grafen von Salisbury
Bevölkerung 2,000
Bischofs-Palast
Abtei Josephe
Kloster
Druiden-Viertel
Besucher-Viertel
Die Kathedrale
Friedhof
Weiße Abtei
Straße nach Grovely
Damas-Tor
Bauern-Markt
Neben-pforte
Großer Turm
Der Bergfried
a.k.a. Castle of the Rock
Ost-Tor
Adler-Markt
Narren-Tor
Straßen nach Levcomagus
Straßen nach Du Plain
Händler-Viertel
Bauern-Viertel
Schwarze Abtei
Straße nach Salisbury
Straße nach Stratford
Der Bergfried - Erdgeschoss
Nord-Turm
Stallung
hinauf
Lager
Neben-pforte
Wache
Arrest-Zelle
Speisen
Stallung des Grafen
Baracke
Rüstkammer
Grosser Turm
Brunnen
Rüst-kammer
Kapelle
Der Bergfried - Eingangsbereich
Speise-kammer
Vorrats-Kammer
Wach-Raum
Treppe (hinauf & hinab)
Saal
hinab
Küche
Kapelle
Zweiter Saal
Der Bergfried - Obergeschoss
Balkon (mit von schlanken Säulen getragenem Dach)
Treppe (hinab)
Kammer des Verwalters
Solar
Kammer des Grafen
Kammer der Gräfin
Das Dach ist geneigt. Es besteht aus fünf Teilen. Einschließlich eines Teils, der den Balkon schützt

Vergleichslose Würfe gegen Sturmangriff und Reitkunst

Zwei Wochen vergehen nach der Abreise von Sir Lycus. Die Knappen der Spieler setzen zusammen mit Kenrick und Pyrs ihre Ausbildung auf Burg Sarum unter der Leitung von Dame Aspara fort.

Heute Morgen lässt sie alle den berittenen Kampf üben und trainiert sie darauf, als Teil eines Conroi aus Rittern über die weiten Ebenen außerhalb der befestigten Stadt zu reiten. Heuballen wurden als Zielscheiben für die Lanzen der Knappen aufgestellt, und jeder reitet auf einem Hobilar.

Die Übung ist ziemlich einfach: Sie sollen auf die Heuballen zustürmen, sie mit den Lanzen durchbohren und dann ihre Pferde zügeln und so schnell wie möglich als eine Gruppe kehrt machen, um sich für einen weiteren Angriff neu zu formieren. Dies ist eine Gelegenheit für die Spieler, Vergleichslose Würfe im Spiel zu üben.

Jeder Spieler legt einen Vergleichslosen Wurf gegen die Fertigkeit **Sturmangriff** seines Charakters ab, um den Zielballen zu treffen, gefolgt von einem Vergleichslosen Wurf auf **Reitkunst**, um die Wende zu schaffen und sich geordnet zurückzuziehen. Denke daran, dass im berittenen Kampf die Waffenfertigkeit eines Charakters (einschließlich des Kampfes zu Pferde) nicht höher sein darf als sein Wert für die Reitkunst. Lies die Regeln für das **„Vorbeireiten“** auf S. 149 im **Pendragon**-*Regelwerk* gemeinsam mit den Spielern durch, falls nötig.

Ein Patzer bei einem Sturmangriff-Wurf bedeutet, dass der Spieler zu tief gezielt hat und den Boden getroffen hat. Ein Patzer beim Wurf auf Reitkunst bedeutet, dass das Pferd bockt: Der Spieler muss einen GES-Wurf bestehen, damit der Knappe des Spielers im Sattel bleibt. Ein Fehlschlag bedeutet einen Sturz, der 1W6 Punkte Schaden verursacht (die Rüstung schützt dagegen nicht) und das gnadenlose Gelächter der anderen Knappen, besonders von Kenrick, auf sich zieht.

Vergib Erfahrungsmarkierungen für erfolgreiche Würfe und besprich mit den Spielern, wie das Erfahrungssystem in der Winterphase funktioniert.

Nachdem alle ihre Würfe absolviert haben, lobt oder kritisiert Dame Aspara jeden Knappen der Reihe nach, je nachdem, wie er oder sie abgeschnitten hat.

Vergleichswürfe auf Sturmangriff und Waffen

Dame Aspara bellt: „In Ordnung, jetzt ist es Zeit für die Waffenübung!“

Die Knappen kennen das Prozedere inzwischen gut genug. Sie holen ihre Übungswaffen und machen sich zum Übungsduell bereit. Alle tragen einen gepolsterten Gambeson und einen Eisenhelm und haben ihre Schilde griffbereit, um schwerere Verletzungen zu vermeiden. Sag den Spielern, dass sie einen Rüstungsschutzwert von insgesamt 5 haben (4 Punkte für den Gambeson, 1 Punkt für den Offenen Helm), und dass ihre Mandelschilde bei einem Teilerfolg im Kampf weitere 6 Punkte Schutz bieten.

Der Rivale und der Freund

Neben den Knappen der Spielern und Robert dienen zwei weitere Knappen den Rittern von Sarum: Kenrick und Pyrs. Weise diese Charaktere den Rittern zu, die nicht von den Knappen der Spielern besetzt sind (alternativ kannst du Kenrick als zweiten Knappen von Marschall Lycus einsetzen).

Die Charaktere kennen diese beiden Knappen so gut, wie sie sich gegenseitig kennen, denn sie dienen hier schon so lange wie jeder andere auch und stehen selbst kurz vor dem Ritterschlag. Mit der Zeit hat sich für sie der eine zum Freund und der andere zum Rivalen herauskristallisiert.

Knappe Kenrick: Als Spross des Hauses Elad, einer der reichsten Familien in Salisbury, ist Kenrick stolz und selbstbewusst, ein Goldjunge, der sich seiner hervorragenden Eigenschaften bewusst ist und sich für einen natürlichen Anführer hält. Er ist sehr athletisch und geschickt und hat das Zeug zu einem großen Ritter. Leider hat er eine ziemlich unangenehme Persönlichkeit, denn er hat eine flinke Zunge und fährt bei jeder vermeintlichen Ungerechtigkeit oder Beleidigung aus der Haut. Aus diesem Grund ist Kenrick jemand, den die Knappen der Spieler vielleicht gerne von seinem hohen Ross herunterfallen sehen würden. Spielleitungen sollten ihn als Gegenspieler benutzen, um die Spieler-Knappen anzuspornen, ihn auf dem Feld und am Hof zu übertreffen.

Knappe Pyrs: Pyrs ist als gütig und bescheiden bekannt. Er ist der Sohn eines Hausritters, der leider starb, als er noch ein kleiner Junge war. Gräfin Ellen und die Gefährten seines Vaters sorgten dafür, dass er eine ritterliche Ausbildung erhielt, und ließen die alte Rüstung seines Vaters reparieren, damit er richtig ausgerüstet ist. Seine Kampffertigkeiten sind noch nicht ganz auf der Höhe, aber das macht er durch seine enthusiastische Loyalität und gute Laune wieder wett. Leider war er schon oft die Zielscheibe von Kenricks Witzen, der sich über seine stümperhaften Leistungen und seinen bescheidenen Stand lustig macht. Kenrick hat Pyrs den Spitznamen „Der verrostete Knappe“ gegeben, in Anspielung auf seine altmodische, heruntergekommene Rüstung, und leider ist der Spitzname bei seinen Kameraden hängen geblieben. Spielleitungen sollten ihn als Freund, als Verbündeten, der ab und zu Schutz braucht, und als treuen Gefährten in Zeiten der Not verwenden.

Teil die Gruppe in Paare auf, wobei Pyrs oder Kenrick die ungeraden Leute auffüllen, und teile sie entweder für den Kampf zu Pferd oder zu Fuß ein.

Der erste Wettkampf ist der Tjost gegeneinander mit gepolsterten Lanzen und Schilden.

Die Knappen sitzen auf großen Streitrössern auf, die aus den Burgställen gebracht werden. Das ist kein Turnier-Tjost, sondern die raue Wirklichkeit der Knappen, die auf dem Feld für das trainieren, was eines Tages eine Sache auf Leben und Tod sein wird. Das erste Paar macht im Abstand von etwa vierzig Yards Halt. Nach einer Pause, um sich zu sammeln und zu konzentrieren, geben sie ihren Pferden die Sporen und stürmen los!

Lasse die Spieler einen Vergleichenden Wurf auf ihre Fertigkeit **Sturmangriff** durchführen. Bei einem Erfolg trifft der Charakter den Schild seines Kontrahenten und würfelt den Sturmschaden des Pferdes von 5W6. Ist die Summe gleich oder größer als der Niederschlag-Wert seines Kontrahenten, muss der Verlierer einen Vergleichslosen GES-Wurf ablegen, um sich im Sattel zu halten (ein Sturz verursacht 1W6 Punkte Schaden). Wenn das Ergebnis ein kritischer Erfolg war, addiere +4W6 zum Schaden des Pferdes. Bei einem Unentschieden, Patzer oder Teilerfolg zerbricht der Speer, während ein Teilerfolg dem Knappen auch den zusätzlichen Schutz seines Schildes gewährt, wie oben erwähnt.

Denke daran, dass es sich um stumpfte Turnierlanzen handelt, so dass der tatsächlich verursachte Schaden halbiert wird, bevor der Schutz durch Rüstung und Schild von ihm abgezogen wird. Daher ist es unwahrscheinlich, dass sie mehr als kleine blaue Flecken verursacht.

Der erste Knappe, der drei Treffer landet oder seinen Kontrahenten aus dem Sattel hebt, gewinnt. Der Ablauf wird fortgesetzt, bis ein endgültiger Sieger feststeht.

Für das Training zu Fuß werden abermals stumpfe Übungswaffen verwendet, dieses Mal Stäbe. Siehe **„Kampfstab“** auf S. 163 im **Pendragon**-*Regelwerk*, um zu erfahren, wie diese Waffe funktioniert. Kurz gesagt kann sie einhändig mit einem Schild (mit der Fertigkeit Speer) oder beidhändig, entweder wie ein Schwert (mit der Fertigkeit Schwert) oder als Stab (mit der Fertigkeit Beidhand-Schaftwaffe) geführt werden. Erkläre, wie Waffenfertigkeiten je nach Art der Waffe unterschiedlich funktionieren.

Der Stab verwendet Handgemengeschaden, möglicherweise mit Modifikatoren, die von der verwendeten Fertigkeit abhängen, aber die Spieler können den Schaden weiter dämpfen, indem sie vor dem Wurf Schadenswürfel entfernen.

Drei solide Treffer, die nicht geblockt oder pariert werden, oder das Umwerfen des Kontrahenten bedeuten einen Sieg. Setze diesen Ablauf wie zuvor beim Tjost fort, bis ein Sieger feststeht.

In beiden Fällen solltest du nach Möglichkeiten suchen, Kenrick und Pyrs in die Szene einzubinden und die Beziehungen der Charaktere zu beiden zu etablieren. Vergib für erfolgreiche Würfe Markierungen für die Waffenfertigkeiten. Ein besonders stilvoller Sieg kann sogar 1 Punkt Ruhm einbringen!

Am Ende des Trainings verteilt Dame Aspara Lob und Kritik für individuelle Erfolge oder Fehlschläge, die auf den Ergebnissen der Würfe basieren.

Die schmerzliche Rückkehr

Dame Aspara hat einen Trinkschlauch zur Hand und reicht ihn herum, damit die Knappen ihren Durst mit einem kleinen Schluck Bier löschen können, und spricht sie mit ihrem Kosenamen an, den sie für alle Knappen der Burg reserviert.

„Kommt, ihr Grünschnäbel. Lasst uns gehen und in der Halle das Brot brechen. Gute Arbeit heute.“

Während alle unter dem Gewicht ihrer gesammelten Ausrüstung ächzen und die Zügel ihrer Pferde aufnehmen, um sie zurück zu führen, hallt ein Alarmruf vom Turm über dem Tor in Stadtmauer herab. „Berittene Männer nähern sich!“

Hier draußen auf dem Feld, bewaffnet mit vor allem stumpfen Waffen und leichter Rüstung, sind die Knappen ziemlich verwundbar. Natürlich beginnen alle sogleich, die Umgebung abzusuchen. Dann sehen sie es: Etwa ein halbes Dutzend Reiter, die sich aus Richtung Osten nähern und mit den Hufen ihrer galoppierenden Rösser Staub aufwirbeln.

Lass alle einen Vergleichslosen Wurf gegen Identifikation mit einem Modifikator von +2 ablegen und vergibt Markierungen für etwaige kritischen Erfolge. Wenn niemand erfolgreich ist, dann gelingt es Dame Aspara: „Es sind der junge Lord Robert und einige unserer Ritter aus Salisbury! Aber wo ist Sir Lycus?“

Dame Aspara befiehlt allen, aufzusitzen und der heranahenden Gruppe entgegenzureiten. Als sie näher kommen, können sie sehen, dass die meisten Ritter und Knappen Verwundungen zeigen, die durch das schmutzige Leinen bluten, und dass sie alle ziemlich mitgenommen aussehen. Sie erkennen Sir Leo, den edelsten der Ritter von Salisbury und den Streiter der Gräfin Ellen, den greisen Sir Hyfaidd von Devizes und Sir Briadanz den Jäger, Kastellan von Westfort. Das Gesicht des jungen Robert ist mit Schmutz und Dreck bedeckt, bis auf die Spuren auf seinen Wangen, wo Tränen schlieren hinterlassen haben. Doch jetzt sind seine Augen trocken und sein Blick ist entschlossen.

„Wir müssen uns beeilen, um die Burg auf einen Angriff vorzubereiten", sagt er zur Begrüßung, wobei seine Stimme vor Durst bricht. Dame Aspara gibt ihm ihren Trinkschlauch, den er dankend annimmt.

Die Gruppe reitet zurück zur Burg. Dame Aspara macht sich sofort an die Arbeit und befiehlt den Knappen der Spieler, sich um die zurückgekehrten Ritter zu kümmern.

Wenn die Knappen während der Ausbildung Schaden erlitten haben, sollen sie Pater Brugyn in der Abtei des Felsens aufsuchen. Er hat die Fertigkeit **Erste Hilfe** 15 und hat in der Vergangenheit geholfen, ihre Verwundungen zu verbinden. Normalerweise ist er freundlich und fröhlich, aber heute scheint er in einem Schockzustand zu sein, wenn sie ihn aufsuchen. Wenn man ihn fragt, schüttelt er den Kopf und murmelt, dass die Schlacht von Netley Marsh eine schreckliche Niederlage für Salisbury war, eine schreckliche Niederlage, in der Tat. Alle Hoffnung scheint aus ihm zu schwinden.

Alternativ können die Charaktere die Verwundungen der anderen mit ihren eigenen Fertigkeiten in **Erster Hilfe** versorgen (ein Erfolg bedeutet auch hier eine Erfahrungsmarkierung). Lies dir die Regeln für **„Erste Hilfe"** auf S. 199 im **Pendragon**-*Regelwerk* mit den Spielern durch.

Die Sage von Netley Marsh

Im kühlen Inneren der großen Halle kümmern sich eine grimmig dreinblickende Gräfin Ellen und ihre Hofdamen um die Männer und bestehen darauf, dass sie ihre reiseverschmutzten Hände und Gesichter waschen und ihre Verwundungen versorgen, bevor sie essen. In der Zwischenzeit stellen die Knappen der Spieler die Tische auf und bereiten eine einfache Mahlzeit aus Brot, Käse, Nüssen und Wein zu. Lord Robert und die erschöpften Ritter verschlingen alles mit Dankbarkeit und Appetit. Zu diesem Zeitpunkt kommt Dame Aspara von ihrer ersten Vorbereitungsrunde zurück.

Nun etwas ruhiger erzählt Robert Aspara, den Charakteren und ihren Hausrittern sowie dem Rest des versammelten Hofes die traurige Geschichte der Schlacht von Netley Marsh.

„Es waren mehr Sachsen, als wir für möglich hielten. König Nanteleod führte einen glorreichen Sturmangriff auf den Sachsenkönig, aber er und seine Ritter wurden umzingelt und niedergemacht. Als sein Banner fiel, verlor das ganze Heer den Mut und floh vom Schlachtfeld, so dass die Sachsen siegreich waren."

Robert sitzt eine Weile schweigend da, die Stirn in Falten gelegt, bevor er zum Schluss kommt.

„Während des Rückzugs sprachen einige Ritter von einem großen Artefakt namens „Schild der Abenteuer". Es heißt, dass es von einem Schutzengel bewacht wird und niemand es länger als drei Tage aus seinem Heiligtum entfernen darf, ohne göttlichen Zorn auf sich zu ziehen. Manche flüsterten sogar, dass Merlin Nanteleod vor der Schlacht aufforderte, den Schild zu suchen. Ob das stimmt oder nicht …"

Er seufzt schwer, leert den Becher mit Wein und hält ihn dann einem Knappen eines Spielers zum Nachfüllen hin. „Da König Nanteleod tot ist, fürchte ich, dass wir wieder auf uns allein gestellt sind. Die Barone werden sich wieder gegenseitig die Vorherrschaft streitig machen. Die Sachsen werden schon bald in ganz Logres plündern und uns die Knochen brechen."

Nachdem der rührselige Erbe seine Mahlzeit beendet hat, zieht er sich zur Nachtruhe zurück. Die anwesenden Charaktere werden entlassen, und sie haben die Möglichkeit, diese Geschichte ihren Kameraden im Stall zu erzählen, wenn sie es wünschen, während des Mittagsmahls (das immer eingenommen wird, nachdem die Ritter satt sind).

Lass die Spieler Vergleichslose Würfe auf **Aufmerksamkeit** ablegen, wobei ein Erfolg anzeigt, dass sie bemerken, dass Kenrick seinen Pflichten fernbleibt. Lass sie dann einen Vergleichslosen Wurf auf **Intrigen** versuchen, um herauszufinden, warum. Ein Erfolg verrät, dass Kenrick nach West Lavington Manor, seinem Familiensitz, zurückgerufen wurde, um den Tod seines Vaters Sir Hywel und seines Urgroßvaters Sir Elad zu betrauern. Beide fielen in der Schlacht von Netley Marsh.

Im Laufe des Abends erfahren die Charaktere von dem tragischen Schicksal dreier anderer großer Ritter: Der ehrwürdige Kastellan von Schloss Du Plain, der Lord von Ansty (Roberts Cousin) und der Ehemann von Roberts Schwester, Lady Jenna; er war ein tapferer Ritter am Hof von König Nanteleod. Schließlich erfahren sie, dass Vater Brugyn, der Abt des Felsens, der uneheliche Sohn von Sir Elad ist, was vielleicht seine frühere düstere Haltung erklärt.

Räuber!

Zwei weitere Wochen vergehen in nervöser Erwartung. Es besteht kaum ein Zweifel, dass die Armee von König Cerdic, die auf das verwundbare Innere von Logres losgelassen wurde, in der Nähe ist. Überall an den östlichen Randgebieten der Grafschaft gibt es Berichte, dass Dörfer und Höfe in Brand gesteckt wurden und dass sächsische Plünderer in die Wälder entlang der Grenze eingedrungen sind. Salisbury hat bei den Kämpfen in Netley Marsh viele gute Ritter verloren, und es sind zu wenige übrig, um die ganze Grafschaft zu verteidigen. Lord Robert, ein Knappe von nur 16 Wintern, ist sichtlich verzweifelt und man kann ihn vor sich hinmurmeln hören, wenn er glaubt, dass niemand in Hörweite ist.

(Erinnere verletzte Knappen von Spielern daran, dass sie in dieser Zeit das Doppelte ihrer Heilungsrate an Trefferpunkten zurückerhalten.)

Wähle zufällig einen Charakter aus und sage ihm, dass er eines Nachmittags mit seinem Ritter auf dem Südturm Wache hält.

Bitte ihn um einen Wurf auf **Aufmerksamkeit** mit einem Bonus von +5. Wenn der Knappe versagt, sieht sein alter Ritter stattdessen dies: Mehrere Säulen aus dickem, schwarzem Rauch steigen im Südwesten auf!

„Das muss die Marktstadt Wilton sein, die in Flammen aufgegangen ist!" ruft der Ritter aus (vielleicht nachdem er auf den Rauch aufmerksam gemacht wurde). „Nur fünf Meilen entfernt. Schnell, lauf und sag es Lord Robert!"

Der Knappe des Spielers kann und sollten beim Rennen laut rufen, um das Burgpersonal in hektische Aktivität versetzt. Hörner ertönen in der Burg und in der Stadt. Robert ist in der Halle zu finden, zusammen mit seiner Mutter Ellen und den anderen Charakteren und ihren Rittern. Als er dem Bericht zuhört, wird sein Gesicht tiefrot.

„Das war's!", ruft er und springt auf die Füße. „Ritterstand oder nicht, ich kann nicht länger zusehen, wie mein Land unter den Stiefeln der Sachsen zertrampelt wird! Ich brauche jeden fähigen Krieger an meiner Seite." Er wendet sich an die Knappen der Spieler. „Seid ihr bereit, euch eure Sporen zu verdienen oder bei dem Versuch zu sterben?"

Charaktere mit Berühmten Werten in **Tapfer** oder **Hass (Sachsen)** antworten automatisch mit Ja. Wenn ein Knappe Berühmt **Bescheiden** ist, muss er einen Vergleichswurf auf dieses Merkmal gegen **Hass (Sachsen)** ablegen; wenn **Bescheiden** erfolgreich ist, markiert er das Merkmal und kann nur zustimmend nicken – mangelnder Enthusiasmus, den Robert als feiges Zögern missverstehen könnte.

Dame Aspara sieht zu und strahlt. Sie bestätigt, dass die Knappen bereit sind, ins Feld zu ziehen, aber wenn jemand bei der früheren Kampfausbildung Patzer gewürfelt hat, könnte sie ihm einen kleinen, gutmütigen Schlag versetzen.

Nachdem die Knappen der Spieler geantwortet haben, schlägt Robert seine geballte Faust auf den Tisch. „Gottes Haken! Wir werden diese Schurken finden und sie wie Blätter zerstreuen!" (Falls es nicht offensichtlich ist, weise die Spieler darauf hin, dass Robert von seiner **Hass**-Leidenschaft inspiriert ist.) „Geht zu euren Truhen und holt euren Harnisch und euer Schwert. Bewaffnet euch! Wir reiten nach Wilton!"

Nimm dir einen Moment Zeit, um den Spielern die Wichtigkeit dieses Ereignisses zu verdeutlichen. Sie gürten zum ersten Mal ihren Harnisch und ihre Schwerter, was normalerweise der Zeremonie des Ritterschlags vorbehalten ist. Jeder Knappe wird beim Anlegen seines Ringpanzerhemds von seinem eigenen Ritter unterstützt, der ihn auch mit dem Schwert gürtet. Dann helfen die Knappen den Rittern der Reihe nach, ein deutliches Zeichen dafür, dass sie sich von der Knappenschaft zur Gleichberechtigung bewegen.

Sehr bald darauf reiten die Knappen mit ihren Rittern und Robert auf Streitrösern zum Narrentor hinaus und biegen nach Südwesten in Richtung Wilton ab. Gräfin Ellen sieht vom Torturm aus zu, Tränen laufen über ihr Gesicht, mit Dame Aspara an ihrer Seite – der einzige Ritter, der zurückgeblieben ist und geschworen hat, Burg und Stadt zu beschützen – allein, wenn nötig.

Die Schlacht von Wilton

Es dauert etwa eine halbe Stunde, um nach Wilton zu reiten. Der Gestank von brennenden Gebäuden und Feldfrüchten ist schon lange vor der Marktstadt zu riechen, und dann sehen sie sie: eine große Gruppe sächsischer Räuber, die Vieh und Bauern aus einem brennenden Dorf wegtreibt. Als die Ritter auf ihren Pferden herandonnern, rufen sich die Sachsen gegenseitig Warnungen zu und lassen von ihrer Beute ab, während sie beginnen, einen Schildwall zu bilden. Lord Robert brüllt Befehle, und seine Ritter formieren sich zum Sturmangriff mit der Lanze, aber er hält die Knappen der Spieler zurück: „Noch nicht! Ihr habt euch nicht mit diesen Männern geübt, ihr würdet nur im Weg stehen." Die Charaktere müssen also zusehen, wie Roberts Sturmangriff die sächsische Formation durchbricht und sie in kleine Gruppen zerstreut.

Lass die Kanppen der Spieler auf ihre Fertigkeit **Schlacht** würfeln. Bei einem Erfolg dürfen sie die Fertigkeit **Schlacht** markieren, als sie eine der versprengten Gruppen von Sachsen ausmachen, kurz bevor Robert den Befehl zum Sturmangriff für die Knappen gibt. Auf jeden Knappen eines Spielers kommt ein Sachse (die Attribute finden sich auf S. 142), sowie je einen für Robert, Kenrick und Pyrs.

Erinnere die Spieler daran, dass sie, da sie Lanzen gegen Kontrahenten zu Fuß einsetzen, +10 auf ihren Sturmangriff erhalten (+5 für den Angriff gegen einen Kontrahenten zu Fuß, +5 für das Tragen von Langdistanzwaffen) und dass die axtschwingenden Sachsen einen Abzug von −5 auf ihre Kampffertigkeit erleiden, weil sie zu Fuß gegen einen Berittenen kämpfen. Außerdem müssen Spieler, die **Hass (Sachsen)** auf einer Berühmten oder Erhabenen Stufe haben, jetzt für Inspiration würfeln. Andere Knappen können sich entscheiden, dies zu tun oder nicht.

(Spieler können fragen, ob sie stattdessen eine andere Leidenschaft würfeln dürfen. Erkläre ihnen, dass Hass die am besten geeignete ist. Ihre **Treueschwur**-Leidenschaft würde zum Beispiel nur gelten, wenn das Leben ihres Ritters in großer Gefahr ist oder wenn niemand ihre Ehre verteidigt, und so weiter.)

Eröffne eine Kampfrunde, in der die Spieler ihre **Sturmangriff**-Fertigkeit gegen die Waffenfertigkeit der Sachsen einsetzen. Für die Spielleiter-Knappen im Conroi muss nicht gewürfelt werden. Nimm an, dass ihre Leistung die der Charaktere widerspiegelt.

Nach dem Sturmangriff nimmt Robert eine schnelle Einschätzung vor und sammelt seine Knappen wieder an seiner Seite. Er befiehlt sofort einen zweiten Sturmangriff, wenn die Sachsen noch stehen oder ein Knappe eines Spielers aus dem Sattel gestoßen wurde. Dieses Mal erhält jeder Charakter, der zu einer anderen Waffe gewechselt hat (wahrscheinlich wegen eines Lanzenbruchs), nur einen reflexiven Modifikator von +5/−5 für den Höhenvorteil. Setze den Kampf fort, bis die Hälfte oder mehr der Sachsen tot oder bewußtlos sind, dann wenden sich die übrigen zur Flucht. Knappen, die sie niederreiten wollen, können dies tun, woraufhin sie **Hass (Sachsen)** und **Rachsüchtig** markieren.

Als ihr eigener Kampf zu Ende ist, bricht der Rest der Sachsen ab und flieht, während die Ritter von Salisbury sie verfolgen. Die Einwohner von Wilton, die vom Wehrgang der Stadtmauer aus zugesehen haben, jubeln.

Die Knappen der Spieler haben ihre eigene Feuertaufe hinter sich, und Robert sieht sichtlich erfreut aus, als ihn der Nervenkitzel der Schlacht und der Erfolg bei der Abwehr der Angreifer wieder belebt. „Morgen feiern und trinken wir zu Ehren unseres Sieges hier – und unserer bevorstehenden Ritterschläge!", verkündet er und befiehlt, mit den Vorbereitungen für die Ritterschlag-Zeremonie zu beginnen, sobald sie wieder auf der Burg sind.

Wie zuvor können die verwundeten Charaktere Erste Hilfe bei Pater Brugyn in seiner Abtei suchen oder sich gegenseitig um ihre Verwundungen kümmern; ein Erfolg markiert wie zuvor eine Erfahrungsmarkierung.

Die Zeremonie des Ritterschlags

Die Spielleitung sollte mit der Zeremonie des Ritterschlags vertraut sein (**„Den Ritterschlag empfangen"**, auf S. 56 im **Pendragon**-*Regelwerk*). Lord Robert erwartet von den Knappen der Spieler, dass sie die Nachtwache in der Marienkirche beiwohnen. Frag die Spieler, ob ihre Spielercharaktere die Zeit im Gebet verbringen möchten (sie markieren das Merkmal **Fromm**) oder ob sie nur so tun als ob (sie markieren das Merkmal **Weltlich**). Auch ein Wurf auf **Tatkräftig** ist angebracht, um zu sehen, ob sie in der Nacht einschlafen. Das ist nicht ungewöhnlich, aber ein guter Vorwand für ein paar Hänseleien und Schikanen durch ihre weniger schläfrigen Freunde hinterher.

Am nächsten Morgen folgt die Ritterschlag-Zeremonie.

Robert geht zuerst. Er wird von Dame Aspara zum Ritter geschlagen, die er für „den besten Ritter der Grafschaft" hält. Der neue Sir Robert wendet sich nun an die Spieler-Knappen, um ihnen den Ritterstand zu verleihen. Leite die Gruppe durch die Ritterschlag-Zeremonie; nimm dir Zeit und erlaube allen, den Moment zu genießen.

Danach bietet Sir Robert ihnen einen Platz in seinem Haushalt als Ritter an. Das ist eine Ehre und eine große Chance, besonders für diese frischgebackenen Ritter. Die Ritter der Spieler sollten die Chance ergreifen, Robert, dem Erben des Throns von Salisbury, ihre Treue zu schwören. Eine Weigerung wäre eine Beleidigung für Robert und würde dazu führen, dass der frisch gebackene Ritter die Burg so schnell wie möglich verlassen muss. Das ist nicht empfehlenswert!

Wenn die Ritter der Spieler Robert den Treueschwur leisten, ersetze die Namen der alten Ritter, denen die Charaktere gedient haben, in der **Treueschwur**-Leidenschaft auf den Charakterbögen durch Roberts Namen. Danach ist die Zeremonie beendet und die neuen Ritter der Spieler führen die Gesellschaft auf den Hof hinaus, wo ihre Pferde für den Rittersprung bereitstehen. Wenn ihnen ein GES-Wurf gelingt, erhalten sie 10 Ruhm zusätzlich. In jedem Fall erhalten sie 1.000 Ruhm für den Ritterschlag selbst, sowie ein Prozent von Sir Roberts Ruhm (40 Punkte) und 50 Punkte, wenn sie sein Angebot, seinem Hausritter beizutreten, angenommen haben. Die neuen Ritter haben dann die Möglichkeit, ein Nickerchen zu machen, während die Vorbereitungen für das Festmahl weitergehen.

Kenrick

Das Festmahl

Später am Tag wird die Halle mit der Ankunft von Lady Jenna, Sir Roberts älterer Schwester, beglückt. Sie ist aus Carlion angereist, wo sie seit vier Jahren lebt und mit einem von König Nanteleods Offizieren verheiratet ist. Es ist allgemein bekannt, dass er jetzt tot ist, begraben im sumpfigen Grund des Netley Marsh, und Jenna nun eine Witwe ist.

Trotz ihrer Trauerkleidung aus schwarzem Taft und Samt ist sie eindeutig noch in der Blüte ihres Lebens; außerdem kann sie als verwitwete Erbin ihren nächsten Gemahl frei wählen, sollte sie wieder heiraten wollen. Ritter von Spielern, die eine Bewunderung-Leidenschaft für sie oder eines der Mitglieder ihres Gefolges erzeugen wollen, können dies tun; der Startwert beträgt 1W6+6.

Das Festmahl beginnt am Nachmittag und dauert bis weit nach Sonnenuntergang. Da sie die Ehrengäste sind, werden die Ritter der Spieler eingeladen, an der hohen Tafel neben Robert, Jenna und der Gräfin zu sitzen. Unter **„Festmahl“** ab S. 37 findest du weitere Informationen über das Durchspielen der Festlichkeiten. Beachte, dass es nicht nötig ist, für die Sitzordnung zu würfeln, da die Charaktere die Ehre haben, Über dem Salz zu sitzen.

Das Festmahl ist den Umständen entsprechend bescheiden, daher dauert es nur zwei Runden.

Lady Jenna hat ihr Haushaltsgefolge mitgebracht (siehe S. 17–18), und es gibt viel Gelegenheit für Liebelei und zum Knüpfen von Beziehungen. Es wäre zwar unerhört, wenn ein junger Hausritter sofort heiraten dürfte (und schon gar nicht eine reiche Erbin!), aber es ist gut, sie daran zu erinnern, dass sie vielleicht den Grundstein für eine zukünftige Familie oder andere Bündnisse legen wollen.

Abschluss der Charaktere

Nun, da die Charaktere sich ihre Sporen verdient haben, gehe zurück zu **Kapitel 3: Erstellung deines Ritters** im **Pendragon**-*Regelwerk* und führe sie durch den Abschnitt **„Nach dem Ritterschlag“** auf S. 57 jenes Buches.

Die erste Winterphase

Damit geht die Jahreszeit für das Jahr zu Ende.

Gehe die Winterphase mit den Spielern durch. Gehe dabei langsam vor, damit sie verstehen, was passiert und warum. Da es sich um Roberts Hausritter handelt, werden sie mit einem Gewöhnlichen Lebensstandard versorgt, und alle Pferde, die sterben könnten, werden aus Roberts persönlicher Pferdeherde ersetzt. Da sie unverheiratet sind, gibt es keine Geburtenwürfe. Die Ritter der Spieler sind noch nicht ruhmreich und erfahren genug, um zu heiraten, obwohl sie weiterhin umwerben können, wen sie möchten.

Charaktere

- **Robert von Salisbury:** Siehe seinen Eintrag unter **„Hauptcharaktere“** auf S. 154.
- **Dame Aspara:** Siehe ihren Eintrag unter **„Hauptcharaktere“** auf S. 155.
- **Lady Jenna von Salisbury:** Siehe ihren Eintrag unter **„Personen“** auf S. 17.
- **Kenrick:** Alter 21 (geboren 487); aktueller Ruhm 5.400. Salisburys bevorzugter Sohn, und er weiß es!
- **Pyrs:** Alter 21 (geboren 487); aktueller Ruhm 2.600. Ein bescheidener Knappe, der es seiner Schwester recht machen und seiner Familie einen Namen machen will.
- **Sächsische Räuber:** Verwende die Attribute für einen **„Reichen Ceorl“** auf S. 160, aber sie haben ihre Speere abgelegt, um mehr Beute zu tragen.

Lady Jenna

GRO	GES	STR	KON	AUS
10	15	9	15	15

Attacken

Waffe	Fertigkeit	Wert	Schaden
Dolch	Handgemenge	8	2W6+3

Gesundheit

Attribut	Wert
Trefferpunkte	25
Niederschlag	10
Schw. Verwundung	15
Bewusstlos	6

Sonstiges

Attribut	Wert
Bewegung	17
Rüstungspunkte	0
Ruhm-Belohnung	0
Heilungsrate	3

Merkmale: Gerecht 14, Keusch 14, Misstrauisch 13, Stolz 13, Tapfer 12, Tatkräftig 13
Leidenschaften: Ehre 17, Gastfreundschaft 18
Fertigkeiten: Erste Hilfe 15, Handarbeit 11,Heilkunst 8, Intrigen 14, Reitkunst 10, Verwaltung 13

Kenrick

GRO	GES	STR	KON	AUS
12	13	14	14	14

Attacken

Waffe	Fertigkeit	Wert	Schaden
Lanze	*Sturmangriff*	*15*	*6W6*
Dolch	Handgemenge	10	2W6+4
Speer	Speer	12	4W6
Ritterschwert	Schwert	15	4W6

Gesundheit

Attribut	Wert
Trefferpunkte	26
Niederschlag	12
Schw. Verwundung	14
Bewusstlos	7

Sonstiges

Attribut	Wert
Bewegung	19
Rüstungspunkte	5+6
Ruhm-Belohnung	50
Heilungsrate	3

Rüstung: Gambeson, Offener Helm + Rundschild
Eigenschaften: Grausam 15, Rücksichtslos 17, Selbstsüchtig 13, Stolz 16, Tapfer 15, Tatkräftig 15, Willkürlich 14
Leidenschaften: Ehre 14, Hass (Sachsen) 15, Liebe (Familie) 16
Fertigkeiten: Aufmerksamkeit 12, Erste Hilfe 8, Höfische Sitten 8, Reitkunst 15, Schlacht 10

Pyrs

GRO	GES	STR	KON	AUS
12	10	12	16	10

Attacken

Waffe	Fertigkeit	Wert	Schaden
Lanze	*Sturmangriff*	*10*	*6W6*
Dolch	Handgemenge	10	2W6+4
Speer	Speer	12	4W6
Ritterschwert	Schwert	10	4W6

Gesundheit

Attribut	Wert
Trefferpunkte	28
Niederschlag	12
Schw. Verwundung	16
Bewusstlos	7

Sonstiges

Attribut	Wert
Bewegung	16
Rüstungspunkte	5+6
Ruhm-Belohnung	25
Heilungsrate	3

Rüstung: Gambeson, Offener Helm + Rundschild
Merkmale: Bescheiden 16, Fromm 13, Gnädig 13, Großzügig 14, Keusch 13, Nachsichtig 15, Tapfer 15, Tatkräftig 13
Leidenschaften: Ehre 16
Fertigkeiten: Aufmerksamkeit 7, Erste Hilfe 12, Höfische Sitten 5, Reitkunst 10, Schlacht 5

Das Abenteuer des Königsgambits

Wir schreiben das Jahr 509.

Dieses Szenario konfrontiert die Ritter der Spieler mit der düsteren Realität der politischen Situation nach König Nanteleods Tod bei Netley Marsh. König Cerdic von Wessex ist bereit, sich an Salisbury heranzumachen, um seine eigene kymrisch-sächsische Koalition zu bilden und seinen Marsch zum Hochkönigtum zu beginnen, wie sein Vater Vortigern vor ihm. Während der Ereignisse dieses Szenarios erleben die jungen Ritter der Spieler ihre erste nahe Begegnung mit dem blutigen Gedränge der Schlacht, als sie sich an einen ehemaligen Widersacher wenden, um ein unerwartetes Bündnis zu schließen.

Ein unnachbarlicher Besuch

Es ist Mitte April, kurz nach Ostern. Das Wetter ist immer noch kühl, aber die Tage sind im Allgemeinen angenehm, und die Bäume treiben aus und bieten wieder einen Baldachin aus sonnenverwöhntem Grün. Ein Teppich aus Glockenblumen bedeckt Salisbury vom Wald bis zu den Feldern, durch die die Dachsjungen tummeln, während ihre wachsamen Eltern in der Nähe sind.

An der Felsenburg bleibt diese ländlichen Pracht weitgehend unbemerkt. Graf Salisbury beherbergt den Hof von König Cerdic, dem halbsächsischen Sohn des alten Königs Vortigern, dem einstigen Hochkönig von Britannien und berüchtigten Verräter am kymrischen Volk.

Jeder weiß, dass Cerdic über das Königreich Wessex herrscht, das südlich und östlich der Grafschaft Salisbury liegt, und dass Cerdic darauf aus ist, zum Hochkönig ernannt zu werden und die zerstrittenen kymrischen und sächsischen Völker zu vereinen. Seitdem König Nanteleod tot und Cerdic der Sieger von Netley Marsh ist, sind seine Ansprüche so stark wie nie zuvor.

Die Ritter der Spieler wissen als Mitglieder von Roberts Haushalt auch, dass der Graf und der König mehrere nächtliche Gespräche unter vier Augen geführt haben, bei denen die Charaktere vor den verschlossenen Türen des Burgfrieds von Sarum Wache hielten, aber sonst nicht eingeweiht waren.

Allerdings bemerken die Ritter der Spieler, dass einer von König Cerdics Hausrittern, Sir Cynewulf, sich amüsiert, indem er einem bekannten Gesicht Offerten macht: der schönen Lady Gaille von Boyton, oberste Dienerin der Lady Jenna.

Lady Gaille weiß die Aufmerksamkeit dieses als Ritter verkleideten sächsischen Rohlings nicht zu schätzen, aber als sie versucht, sich zu entfernen, packt er sie so fest am Arm, dass sie vor Schmerz aufkeucht und ihn bittet, sie loszulassen. Er grinst und verlangt einen Kuss als Lösegeld; was für ein Schuft!

Die Ritter der Spieler wollen zweifellos eingreifen, um den Rohling zu bändigen. Sir Cynewulf schaut ungläubig auf die aufmüpfigen Ritter der Spieler und sagt ihnen höhnisch, sie sollen draußen mit Reifen und Bällen spielen, und nennt sie damit also Kinder. Das gibt den Charakteren natürlich reichlich Anlass, eine Entschuldigung zu verlangen, nicht nur bei der Edeldame, sondern auch bei sich selbst, was Sir Cynewulf wütend ablehnt.

Sage den Rittern der Spieler, dass sie Gefahr laufen, Ehre zu verlieren: Fordere Würfe auf **Stolz** und **Treueschwur (Robert)**. Wer mit **Stolz** erfolgreich ist, verliert sofort 1 Punkt Ehre für die öffentliche Beleidigung, die Sir Cynewulf ihm entgegengeschleudert hat. Wer mit **Treueschwur (Robert)** erfolgreich ist, verliert 3 Punkte Ehre, aber nur, wenn er Sir Cynewulf schadet oder etwas tut, das als Verletzung von Roberts Rolle als Gastgeber und Untergrabung seiner Autorität angesehen werden könnte. Dazu gehören so eigensinnige Handlungen wie das Herausfordern von Sir Cynewulf zum Kampf, körperliche Angriffe jeglicher Art (einschließlich Ohrfeigen oder Schubsen) oder alles, was über verbale Ermahnungen hinausgeht. Weise alle Ritter von Spielern darauf hin, dass ein Verstoß gegen die Gesetze der Gastfreundschaft automatisch zu einem Verlust von 3 Punkten dieser Leidenschaft führt.

Nach weiterem verbalen Drängen seitens Sir Cynewulf (der sich sicher ist, dass die Ritter nicht gegen die Heiligkeit der Gastfreundschaft verstoßen werden) und bevor etwas weiter eskalieren kann, kommen Sir Robert und König Cerdic aus den Gemächern, um die Verhandlungen des Tages zu beenden. Die Konfrontation wird von den Baronen sofort bemerkt, die schnell herausfinden, was vor sich geht.

Der junge Graf Salisbury ist sichtlich verärgert über das Verhalten seines „Gastes". König Cerdic, der sich über Roberts purpurrote Miene amüsiert, schlägt vor, dass sie die Sache in einem Duell klären lassen: Sein Mann gegen einen der Charaktere. Natürlich nicht bis zum Tod, sondern nur so lange, bis der eine oder andere entweder bewusstlos wird oder sein Fehlverhalten eingesteht.

Er erwartet eindeutig, dass Sir Cynewulf, ein erfahrenerer Ritter, gegen einen jungen Kontrahenten wie die Ritter der Spieler gewinnt. Derjenige, der seine eigene Ehre und die der Lady verteidigt, sollte der sein, der eine Bewunderung-Leidenschaft für Lady Gaille hegt, wenn es ihn gibt. Wenn der bewundernde Ritter es wirklich möchte, kann er einem anderen Charakter nachgeben, wobei er eine Markierung auf **Besonnen** erhält und einen Punkt seiner **Bewunderung**-Leidenschaft verliert. Wenn der bewundernde Ritter Sir Cynewulf explizit im Namen der Ehre der Lady zum Duell herausfordert, gibt ihm Lady Gaille einen Schal, den er sich um den Arm binden kann, als Symbol dafür, dass er ihr Streiter im Duell ist; der Ritter des Spielers sollte auch seine Leidenschaft **Bewunderung (Gaille)** markieren.

Unabhängig davon, wer gewählt wird, findet der Kampf unberitten und mit gewählten Waffen statt. Sir Cynewulf nutzt ein Ritterschwert und einen Mandelschild zu Fuß. Seine Attribute findest du am Ende des Szenarios.

Wenn der Charakter mit außergewöhnlicher Anmut kämpft (er weicht zurück, wenn Sir Cynewulf sein Schwert fallen lässt, und lässt ihn aufstehen, wenn er zu Boden geht), erhält er eine Markierung für **Ehre**. Der Ritter des Spielers kann eine seiner Leidenschaften **Bewunderung** oder **Ehre** beschwören, um seine Fertigkeit zu erhöhen, und erinner den Spieler daran, dass er dies wahrscheinlich auch tun sollte. Sir Cynewulf hat keine solchen Vorteile, aber er hat mehr Erfahrung.

Dies ist kein Duell bis auf den Tod, obwohl Unfälle passieren können. Sir Cynewulf ist ein Rüpel und ein Feigling. Er gibt auf, wenn er nur noch die Hälfte seiner Trefferpunkte hat, und entschuldigt sich, um das Duell zu beenden. Ein Sieg verschafft dem Ritter des Spielers Ruhm, das Lob von Graf Robert und die Gunst der Lday, wenn er sie verteidigt. Andererseits hat sich der Ritter nun Sir Cynewulf zum Feind gemacht, und auch König Cerdic ist nicht gerade erfreut.

Verliert der Charakter, verbringt Sir Cynewulf den Rest des Tages auf dem Burghof, um lauthals zu prahlen und dem Ritter Salz in die Wunde zu streuen (metaphorisch). Wenn der besiegte Ritter sich für Lady Gaille eingesetzt hat, kümmert sie sich um die Verwundungen des Ritters und dankt ihm dafür, dass er sich für sie eingesetzt hat. Sie denkt immer noch gut von ihm, weil er es versucht hat.

Am nächsten Morgen reist König Cerdic mit seinem Gefolge ab und kehrt in seine Hauptstadt Winchester zurück. Erfolgreiche **Intrigen**-Würfe zeigen, dass Robert sich in den Gesprächen behauptet und König Cerdic weder Gebietszugeständnisse noch Tribut angeboten hat. Das ist sicherlich eine Einladung zum Krieg! Hoffentlich hat der junge Graf einen Plan in der Hinterhand. Die Stimmung in der Burg ist wenig optimistisch. Viele diskutieren offen über Pläne, lieber auf abgelegene Höfe oder in die bewaldeten Hügel zu fliehen, als den Tod oder die Versklavung durch die Sachsen zu erleiden.

Belagert!

Ein Monat vergeht, und Pfingsten rückt näher. Die Ritter der Spieler reiten auf Patrouille, nicht weit von Schloss Du Plain an der Ostgrenze von Salisbury entfernt.

Bitte die Charaktere, auf **Schlacht** zu würfeln. Diejenigen, die erfolgreich sind, beginnen sich unwohl zu fühlen, während sie sich entlang der östlichen Grenze des Chute Forest bewegen, in der Nähe des Durchgangs durch die dichten Wälder, die als Thorngate bekannt sind und nach denen der örtliche Bezirk benannt ist. Erfolgreiche Ritter von Spielern dürfen jetzt auf **Aufmerksamkeit** würfeln. Bei Erfolg erkennen sie das Glitzern von Sonnenlicht auf Stahl unter den schattigen Zweigen: Ein Hinterhalt!

Eine Salve von Pfeilen fliegt aus den Wäldern auf der Westseite des Flusses Test heran. Auf jeden Ritter zielen drei Bogenschützen, jeder mit einer Fertigkeit von 14. Ritter, die ihre **Aufmerksamkeit**-Würfe bestanden haben, können versuchen, ihr Pferd mittels einer **Haken Schlagen**-Aktion vorwärts zu treiben, um sich selbst zu einem schwierigeren Ziel zu machen. Würfle gegen die **Bewegungsrate** des Pferdes, als wäre sie eine Fertigkeit. Ein kritischer Erfolg führt zu einem Abzug von –10 auf die Fertigkeit des Bogenschützen, während ein normaler Erfolg einen Abzug von –5 zur Folge hat (wenn der Wurf irgendwie in einem Patzer mündet, erhalten die Bogenschützen stattdessen einen Bonus von +5 auf ihre Fertigkeit!). Wenn der Ritter einen Schild trägt, erhält der Bogenschütze einen zusätzlichen Abzug von –10. Ritter, die unvorbereitet getroffen werden, können weder eine Aktion ausführen noch den Fernkampfmodifikator ihres Schildes auf diese erste Salve anwenden.

Bogenschützen, die treffen, verursachen 3W6 Schaden. Wirf 1W6 für jeden Pfeil, der trifft: Bei einer 1–4 wird das Ross getroffen, bei einer 5–6 der Reiter.

Im nächsten Moment brechen Dutzende von berittenen Rittern aus dem Wald! Ihre Schilde tragen die Wappen des Königreiches Wessex. Dies sind Männer König Cerdics! Hinter ihnen kommen ungezählte Hunderte von sächsischen Ceorls herangeschwärmt, die Speer und Schild schwingen. Es sind eindeutig zu viele, um sie zu bekämpfen, und die Pflicht der Ritter besteht darin, auf Teufel komm raus zurück nach Schloss Du Plain zu reiten, wo Graf Salisbury gerade residiert, und die Nachricht von der Invasion zu überbringen.

Die Ritter von Wessex verfolgen sie nur ein paar hundert Yards weit, bevor sie die Verfolgung abbrechen – ihr Platz ist wieder bei der langsam marschierenden Armee. Die Ritter der Spieler überholen ihre Verfolger und bringen die Warnung rechtzeitig zur Burg, damit die nahegelegenen Weiler Du Plain und Broughton in den sicheren Burghof von Schloss Du Plain evakuiert werden können.

Die Angreifer sind jedoch nicht weit entfernt. Sie haben dreißig Ritter, die meisten von ihnen Söldner, und Hunderte von sächsischen Kriegern. Auf der anderen Seite hat Graf Salisbury die Ritter der Spieler, Sir Leo, zehn mit Schwert und Bogen bewaffnete Garnisonstruppen und die starken Mauern der Burg Du Plain.

König Cerdic trifft am späten Nachmittag ein und schlägt sein Lager nur wenige hundert Yards vor dem stolzen hölzernen Bergfried von Du Plain auf. Sein Herold reitet nach vorn, zügelt sein Pferd und verkündet die Bedingungen des Königs: Die Unterwerfung von Salisbury unter Wessex sowie eine Entschädigung für die Kosten, die durch die Aufstellung dieser Invasionsarmee entstanden sind. Natürlich lehnt Graf Salisbury diese Bedingungen ab und knurrt, dass er nicht darauf vertrauen würde, dass König Cerdic sein Wort hält, selbst wenn er sich ergeben würde.

König Cerdic beschließt, die Burg zu belagern; seine Männer beginnen mit dem Aushub von Befestigungsanlagen gegenüber den Toren. Ein erfolgreicher Wurf auf **Aufmerksamkeit** stellt fest, dass einige der Sachsen abwandern, weil sie wenig Lust zum Graben haben. Wahrscheinlich werden sie die Dörfer Bossington und Pittleworth plündern, während die Verteidiger in der Burg eingeschlossen sind. Wer Robert darauf aufmerksam macht, bekommt 10 Ruhm.

Graf Salisbury braucht nicht lange, um seine Optionen zu überdenken. Aus den Wagen, die König Cerdic bei sich hat, geht hervor, dass dies eine lange Belagerung sein wird, die höchstwahrscheinlich mit dem Tod durch Hungersnot oder Krankheit endet. Selbst wenn die Burg nicht fällt, werden die sächsischen Heuschrecken die umliegenden Ländereien verwüsten.

Eine Stunde vor der Morgendämmerung am nächsten Morgen zieht Graf Salisbury durch die Halle des Bergfrieds und scheucht seine Leute auf, um seinen Plan zu verkünden: Die Ritter der Spieler sollen mit jeweils nur einem Pferd aus der Burg reiten und ihre Knappen zurücklassen, um einen Kampf mit Cerdics

Männern zu vermeiden. Sobald sie die Eindringlinge hinter sich gelassen haben, sollen sie nach Nordosten zur Stadt Silchester reiten und Herzog Ulfius um Hilfe bitten. Als Gegenleistung für seine Hilfe sollen die Charaktere Herzog Ulfius mitteilen, dass Graf Salisbury verspricht, sein Lehnsmann zu werden.

Jeder Ritter eines Spielers erhält einen ausgeruhten Renner für den Ritt – es sind 30 Meilen bis Silchester, eine Entfernung, die die Ausdauer von Reiter und Tier gleichermaßen auf die Probe stellt.

Ausbruch!

Als die Sonne über einem nebligen Morgen aufgeht, wird plötzlich die Zugbrücke der Vorburg heruntergelassen und die donnernden Hufe der Rösser der Charaktere brechen in Richtung des sächsischen Lagers aus.

Durch die Überraschung gewinnen die Ritter der Spieler einen kleinen Vorsprung vor ihren Verfolgern. Auf der Karte auf der nächsten Seite siehst du die Beschaffenheit des Geländes. Der Plan ist, dem Weg von Du Plain nach Norden Richtung Stockbridge zu folgen, dann zurück in den Wald von Chute, um dann die rechte Abzweigung zu nehmen, die zur Abtei von Monxton und darüber hinaus zum Landbesitz von Levcomagus jenseits der Grenze zu Silchester führt.

Die Ritter der Spieler müssen sich entscheiden, ob sie als eine einzige Gruppe reiten oder sich aufteilen wollen. Alle Charaktere, die gemeinsam reiten, müssen immer das schlechteste Ergebnis ihrer Gruppe hinnehmen, werden aber natürlich zahlenmäßig stärker sein, sollten ihre Feinde sie einholen.

Die „sächsischen" Verfolger sind in Wirklichkeit eine Kompanie von Söldnerrittern, die dreimal so groß ist wie die Anzahl der Ritter der Spieler, die den Ausbruch versuchen. Siehe **„Rennen und Verfolgungsjagden"** auf S. 46, um zu erfahren, wie man eine Verfolgungsjagd abhandelt. Nimm an, dass jede Runde an Würfen eine Stunde dauert und dass es sechs Runden dauert, bis die sächsischen Verfolger die Verfolgung aufgeben, und zeichne daher sechs Zonen auf dein Blatt. Die Charaktere beginnen eine Linie vor den Sachsen. Die Vergleichswürfe basieren auf den Bewegungsraten der Pferde: 20 für die Renner der Ritter der Spieler und 16 für die Streitrösser der Söldner.

Wenn ein oder mehrere Ritter der Spieler zu irgendeinem Zeitpunkt auf einer Position bei den sächsischen Verfolgern endet, nachdem alle ihre Würfe für die Verfolgungsrunde absolviert haben, haben die zurückgebliebenen Charaktere die Wahl: Sie können entweder vom Pfad abbiegen und hoffen, die Verfolger im Wald abzuhängen, oder sie können wenden und ihre Verfolger angreifen.

Wenn ein Ritter eines Spielers versucht, seine Verfolger im Wald abzuschütteln, überspringe den Abschnitt „**In die Wälder**“. Die Hälfte der feindlichen Ritter, die sie eingeholt haben, verfolgen sie, der Rest setzt den Weg nach Silchester fort.

Ritter von Spielern, die wenden, dürfen einen Wurf auf eine beliebige Waffenfertigkeit ablegen. Erinnere die Spieler daran, dass ihre Renner ausschließlich zum Reiten gezüchtet wurden und für einen Sturmangriff nicht geeignet sind. Da sie zu Graf Roberts eigenem Stall gehören, sind sie zumindest für den Kampf ausgebildet worden. Außerdem sind die Söldnerritter selbst nicht mit Lanzen bewaffnet!

Wenn der Ritter eines Spielers den Waffenfertigkeit-Vergleichswurf gewinnt, darf er Schaden gegen einen seiner Verfolger würfeln und eine Zone entlang der Leiste weiter vorrücken.

Verliert er, erleidet er nicht nur Schaden, sondern es kommt zu einem vollen Kampf. Die Söldner nehmen gerne Angebote zur Kapitulation an, ihre Augen blitzen voller Vorfreude auf fette Lösegelder, aber sie verstehen auch, dass dies ein verzweifelter Kampf ist und gewähren kein Pardon. Ritter von Spielern mag es verziehen werden, wenn sie sich in diesem kritischen Moment nicht um Gefangene kümmern wollen; einen Ritter zu töten, der bereits kapituliert hat, führt jedoch automatisch zum Verlust von 5 Punkten Ehre!

Wenn ein Kampf länger dauert als zehn Runden, sollte die Spielleitung die **Bewegungsrate** für alle Gruppen von Rittern (Freund oder Feind) würfeln, die sich eine Zone dahinter befunden haben. Bei einem Erfolg treffen diese Ritter ein und schließen sich dem Kampf an. Wenn die sächsischen Söldner zu irgendeinem Zeitpunkt auf ein Verhältnis von weniger als 1:1 reduziert werden, versuchen sie, mit Zurückziehen-Aktionen zurück nach Du Plain zu fliehen.

Wenn darüber hinaus die Söldnerritter zu irgendeinem Zeitpunkt auf der Hauptstraße den verbleibenden Charkateren weniger als 2:1 überlegen sind, weil im Kampf Verluste hatten oder weil sie Männer verloren haben, die in den Wald geritten sind, geben sie die Verfolgung auf.

In die Wälder

Ritter von Spielern, die ihren Wurf für die **Bewegungsrate** (und den darauf folgenden Wurf auf **Reitkunst**) verpatzen oder verzweifelt versuchen, Verfolger abzuschütteln, schlagen sich schließlich in die Wälder.

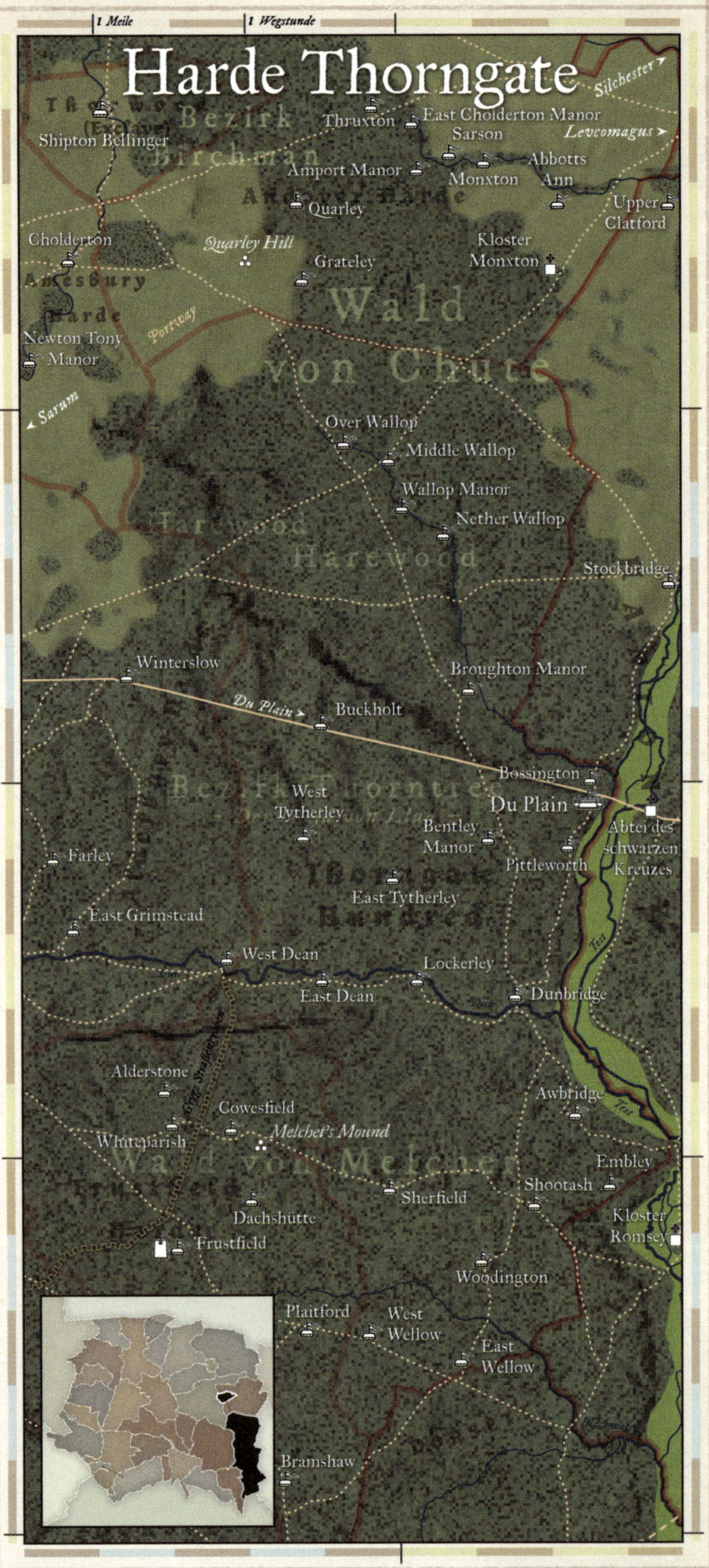

Sobald sie sich im verschlungenen Dornengestrüpp des Thornwood befinden, müssen alle Ritter von Spielern und Spielleitercharaktere, die sie verfolgen, Vergleichswürfe gegen **Jagd** mit einem Modifikator von –10 ablegen. Ein kritischer Erfolg führt dazu, dass sie sofort die Straße wiederfinden, eine Zone vor den am weitesten vorangekommenen Verfolgern. Ein Erfolg erlaubt einen weiteren Wurf in der folgenden Verfolgungsrunde mit einem Bonus von +5 auf **Jagd** (dieser Bonus ist kumulativ, d.h. zwei erfolgreiche Jagd-Würfe heben den Abzug für das Navigieren im Wald auf). Ein Fehlschlag erlaubt einen weiteren Wurf in der folgenden Verfolgungsrunde mit dem gleichen Abzug wie in dieser Runde. Ein Patzer bedeutet, dass sich der Charakter hoffnungslos verirrt hat; er darf den **Jagd**-Wurf nach einer Woche erneut versuchen (mit demselben Abzug von –10).

Wenn sich alle Charaktere hoffnungslos verirrt haben, können sie alternativ eine Begegnung mit einer seltsamen Maid haben, die einen Brunnen im Wald hütet. Sie zeigt ihnen den Weg und führt sie in Sichtweite von Levcomagus aus dem Wald heraus (unabhängig davon, wie weit sie entfernt waren), sagt ihnen aber, dass sie von jedem von ihnen zu einem späteren Zeitpunkt ihrer Wahl einen Gefallen bei ihrer Ehre fordern wird.

Ankunft in Silchester

Ritter von Spielern, die die letzte Zone der Verfolgungsjagd erreicht haben und ihren Verfolgern entwischt sind, erreichen schließlich die Grenze von Silchester, wo sie von den Rittern des greisen Sir Blains, dem Verwalter von Levcomagus, abgefangen werden, die wissen wollen, was die Ritter von Salisbury im Tal zu suchen haben. Erinnere die Spieler daran, dass die Beziehungen zwischen Salisbury und Levcomagus in der Vergangenheit manchmal angespannt waren und viele auf beiden Seiten Misstrauen gegenüber der anderen Seite hegen. Die Charaktere brauchen jedoch nur den Grund ihrer Mission zu melden (vielleicht nach einem erfolgreichen **Vertrauend**-Wurf, je nachdem, wie sie ihre Interaktionen mit Blains ausspielen wollen), und sie erhalten sofort eine Eskorte zur Burg Silchester, um Ulfius, den Herzog des Tals, zu treffen.

Jeder Charakter, der so weit kommt, erhält 20 Ruhm allein für die Bewältigung dieser Aufgabe. Wenn mehr als ein Ritter anwesend ist, müssen sie einen auswählen, der im Namen von Graf Salisbury spricht. Da sie erst nach Einbruch der Dunkelheit eintreffen, müssen die Männer des Herzogs ihn wecken, und der alte Kriegsherr empfängt die Ritter in seinem Schlafgemach, in ein seidenes Nachthemd und ein reiches Fellgewand gehüllt.

Ritter von Spielern, die das Privatgemach des Herzogs betreten, müssen zuerst einen Wurf auf **Höfische Sitten** bestehen; ein Fehlschlag bedeutet einen Abzug von –5 auf den anschließenden **Redekunst**-Wurf, während ein Patzer bedeutet, dass der Herzog sich weigert, den Charakter vor zum Morgen zu empfangen, dessen Fertigkeitswurf auch zu jenem Zeitpunkt den gleichen Abzug erleidet.

Wenn es soweit ist, ist der **Redekunst**-Wurf Vergleichslos und erhält einen Bonus in Höhe von 1/1000 Ruhm des Ritter (normal gerundet).

Ein Fehlschlag lässt den alten Herzog innehalten. Er ist sich nicht sicher, ob die Mannestreue einer Grafschaft, die kurz davor ist, von einem mächtigen Königreich überrannt zu werden, überhaupt viel wert ist. Er sagt, er brauche Zeit, um über das Angebot nachzudenken. Der Ritter des Spielers (oder ein anderer, falls anwesend) kann am nächsten Tag einen weiteren Wurf auf **Höfische Sitten** und **Redekunst** versuchen; ein Fehlschlag bedeutet eine weitere 24-stündige Verzögerung, und so weiter. Dank der Zeit, die Ulfius benötigt, um seine Armee zusammenzustellen, können sich die belagerten Truppen in Du Plain nur vier solcher Fehlschläge leisten, bevor sie nach fast zwei Wochen Belagerung einem konzertierten sächsischen Angriff zum Opfer fallen, was zur Gefangennahme von Graf Robert und der demütigenden Kapitulation von Salisbury vor dem Königreich Wessex führt.

Ein Patzer beim **Redekunst**-Wurf ist eine üble Sache. Wenn nicht ein anderer Ritter eines Spielers mit einem erfolgreichen **Höfische Sitten**-Wurf eingreift, befiehlt der Herzog, alle Ritter von Salisbury für zwei Wochen in den Kerker zu werfen, um sie für ihre schlechten Manieren und unverschämte Redeweise zu bestrafen. Das Ergebnis ist dasselbe wie bei vier aufeinanderfolgenden Fehlschlägen: Salisbury unterwirft sich Wessex, aber zusätzlich muss Graf Robert an Herzog Ulfius Lösegeld für die Charaktere zahlen!

Ein erfolgreicher **Redekunst**-Wurf bringt dagegen 10 Ruhm (oder 20, bei einem kritischen Erfolg) und die Anerkennung des Herzogs ein. Er ist nur zu gerne bereit, dem Grafen Salisbury zu Hilfe zu kommen – und die versprochene Lehnsherrschaft von Salisbury zu seinem Herrschaftsbereich hinzuzufügen.

Wenn die Ritter des Spielers durch abgrundtiefes Pech nicht bis zum Herzog gelangen, fällt Du Plain wie weiter oben beschrieben.

Abschluss

Vorausgesetzt, die Charaktere tun ihre Pflicht, benötigt Herzog Ulfius eine Woche, um seine Truppen zu sammeln und Salisbury zu Hilfe zu marschieren. Die Ritter der Spieler reiten unter dem persönlichen Befehl des Herzogs mit, als Teil eines mächtigen Heeres.

Während das Heer von Silchester am Ufer des Test nach Süden marschiert, ist König Cerdic, der von seinen Aufklärern bereits über den Entsatz informiert wurde, dabei, die Belagerung des Sitzes von Du Plain aufzuheben und sich Richtung Wessex zurückzuziehen. Seine Armee liegt in einer langen Linie zwischen Du Plain und der Abtei des Schwarzen Kreuzes und ist äußerst verwundbar. Eine Fanfare aus Trompetenstößen bläst zum Sturmangriff! „Reitet sie alle nieder wie Hunde, Männer!", ruft der alte Kriegerherzog, der in seinen Steigbügeln steht. Ein großer Jubel erhebt sich von den Silchester-Rittern, als sie ihren Pferden die Sporen geben.

Wollen die Ritter der Spieler auch zum Sturmangriff antreten? Würfle auf **Tatkräftig** gegen **Rachsüchtig**, um das herauszufinden.

Wenn **Tatkräftig** gewinnt, markiere das Merkmal und lege einen Vergleichswurf gegen die **Reitkunst** eines Söldnerritters ab. Wenn du diesen Wurf gewinnst, nimmst du einen Feind gefangen, der ein Lösegeld von £3 wert ist.

Wenn **Rachsüchtig** gewinnt, markiere das Merkmal, woraufhin der Ritter des Spielers stattdessen fliehende Sächsische Fußsoldaten niederreitet, die verängstigten Truppen massakriert und weitere Panik unter den wogenden Massen sät, und dann £2 Beute einsammelt, während er Gepäckwagen und Lagerzelte plündert.

Wenn beide Würfe scheitern, entscheidet der Ritter des Spielers, dass er stattdessen direkt nach Du Plain reitet, um nach dem Befinden seines Herrn und seiner Landsleute zu sehen. Markiere **Treueschwur (Robert)**.

Ritter von Spielern, die während der Verfolgung von Söldnern gefangen genommen wurden, werden aus dem feindlichen Lager gerettet, da es von der ablösenden Truppe eingenommen wird. Der größte Teil der Beute geht an Herzog Ulfius, wie es sein Recht ist. Beim folgenden Siegesfest leistet Graf Salisbury Herzog Ulfius den Treueschwur. Im Gegenzu übergibt Ulfius dem Grafen das restliche Vieh und sonstige Beute, die die Sachsen von seinen Ländereien erbeutet hatten. Diese werden von Robert dankend angenommen und an seine Bauern verteilt.

Die Charaktere werden von Graf Salisbury gelobt, obwohl an der hohen Tafel kein Platz mehr ist, weil der Herzog und seine führenden Ritter alle Plätze belegen. Auf jeden Fall erhalten die anwesenden Ritter von Spielern 50 Ruhm, und der etwas angetrunkene Ulfius verspricht ihnen allen auf der Stelle einen Gefallen.

Bittet ein Ritter von einem Spieler um Geld, erhält er einen Beutel römischen Silbers im Wert von £4, was dem Jahresunterhalt eines Ritters entspricht – eine große Summe Geld! Ein Charakter, der um die Hand von Lady Gaille bittet, muss einen kritischen Erfolg mit seiner **Treueschwur (Robert)**-Leidenschaft würfeln. Sie sind schließlich Junggesellenritter und noch dazu sehr junge. Graf Salisbury ist nicht gewillt, Mitglieder seines Haushalts zu verlieren, schon gar nicht so fähige Krieger.

Wenn dem Heiratsantrag stattgegeben wird, erhält der Ritter des Spielers ein Viertel von Gailles Ruhm, und es werden Vorkehrungen getroffen, dass sie gemeinsam in Sarum leben, wo sie weiterhin Lady Ellen dient. Der Charakter bleibt ein Mitglied von Roberts Haushalt, bis Lady Gaille ihr Erbe von Boyton Manor und den umliegenden Ländereien antritt (nach Ermessen der Spielleitung).

Der Umfang einer solchen Vereinbarung geht über dieses Szenario hinaus, und die Spielleitung wird auf das Pendragon: Handbuch des Adels verwiesen, um weitere Einzelheiten über Lehnsritter, Heirat, Geburt, Erbschaft und andere dynastische Angelegenheiten zu erfahren.

Die Ritter der Spieler mögen das Gefühl haben, einen dauerhaften Sieg errungen zu haben, und es ist wahr, dass sie eine wichtige Rolle dabei gespielt haben, die unmittelbare Katastrophe abzuwenden. Doch in den darauffolgenden Tagen und Wochen wird die Bilanz von Cerdics Überfällen nur allzu deutlich: Entlang der östlichen Grenzen von Salisbury wurden zahlreiche Höfe und Felder niedergebrannt. Das neue Bündnis mit Silchester bedeutet, dass der Graf von Salisbury nicht mehr alleine dasteht, aber selbst der mächtige Ulfius kann sich nicht ewig gegen einen entschlossenen Feind behaupten. Im Moment besteht die beste Hoffnung für Logres darin, dass die Sachsen sich weiterhin untereinander zanken. Sollten sie einen starken Anführer finden, der sie eint, bevor die Briten das Gleiche tun, ist der Krieg vorbei, und die Kymren müssen sich den Sachsen unterwerfen.

Sollten die Ritter der Spieler bei ihrer Mission scheitern und sich Salisbury stattdessen König Cerdic unterwerfen, ist die Katastrophe nicht unmittelbar. Tatsächlich hören die Grenzüberfälle sofort auf, und Cerdic entlässt Robert aus der Gefangenschaft, wenn er als Zeichen des guten Willens ein Lösegeld zahlt. Aber es dauert nicht lange, bis weitere Abgesandte aus Wessex, die wie Sir Cynewulf aussehen, ihren Schatten auf die Türschwelle von Schloss Sarum werfen ...

Auch wenn die Charaktere weiterhin zum Haushalt des Grafen Robert gehören, können sie in nächster Zeit weder Gaben noch Gefallen erwarten, und sie haben alle Hände voll zu tun, um sich das Vertrauen ihres Herrn wieder zu verdienen; jeder Ritter verliert sofort 1 Punkt von seiner **Treueschwur**-Leidenschaft.

Charaktere & Kreaturen

- **Sir Cynewulf:** Alter 34 (geboren 475); aktueller Ruhm 4.800. Sir Cynewulf ist ein typischer Vertreter der sächsischen „Ritter“, die König Cerdic vom Kontinent mitbrachte. Obwohl er ein fähiger Krieger ist, versteht er wenig vom Rittertum, denn er betrachtet seine Stellung als die eines Totschlägers, um seine weltlichen Gelüste zu befriedigen.
- **Lady Gaille:** Alter 25 (geboren 484); aktueller Ruhm 3.750. Auf S. 17 findest du weitere Details.
- **Söldnerritter:** Dies sind kymrische Ritter aus Cornwall und Cumbria, die bereit sind, ihre Schwerter an den Meistbietenden zu verkaufen, sei es ein Sachse oder ein anderer. Ob Ritter von Spielern ihre **Hass (Sachsen)**-Leidenschafts gegen diese Söldner einsetzen können, bleibt dem Ermessen der Spielleitung überlassen.

Weitere Abenteuer

Mit den beiden Einführungsszenarien kann deine Kampagne losgehen! Wenn du auf der Suche nach weiteren Szenarien bist, kannst du mit dem **Pendragon**-*Starter-Set* beginnen, das viele weitere Szenarien und Abenteueraufhänger enthält. *Die Große Pendragon-Kampagne* ist ein Abenteuer- und Kampagnenhandbuch, das die gesamte Zeit von König Artus' Herrschaft abdeckt. Veröffentlichte Szenarien wie „Die Kampagne des Schwerts“ aus dem **Pendragon** *Starter-Set* und seine Fortsetzung *Der Graue Ritter* lassen sich leicht in deine Kampagne integrieren, egal wie du sie spielen möchtest.

Sir Cynewulf

GRO	GES	STR	KON	AUS
14	10	15	12	9

Attacken

Waffe	Fertigkeit	Wert	Schaden
Lanze	*Sturmangriff*	*12*	*6W6*
Dolch	Kampf	10	2W6+5
Speer	Speer	12	5W6
Ritterschwert	Schwert	15	5W6

Gesundheit

Attribut	Wert
Trefferpunkte	26
Niederschlag	14
Schw. Verwundung	12
Bewusstlos	7

Sonstiges

Attribut	Wert
Bewegung	18
Rüstungspunkte	9+6
Ruhm-Belohnung	50
Heilungsrate	2

Rüstung: Aketon, Ringpanzerhemd, Offener Helm + Rundschild

Merkmale: Grausam 16, Lüstern 14, Nachsichtig 17, Rachsüchtig 13, Stolz 15, Tapfer 15, Weltlich 13

Leidenschaften: Ehre 10, Gastfreundschaft 15, Hass (Kymren) 8, Treueschwur (Cerdic) 17

Fertigkeiten: Aufmerksamkeit 12, Jagd 14, Reitkunst 12

Lady Gaille

GRO	GES	STR	KON	AUS
10	15	9	15	17

Attacken

Waffe	Fertigkeit	Wert	Schaden
Dolch	Faustkampf	8	2W6+3

Gesundheit

Attribut	Wert
Trefferpunkte	25
Niederschlag	10
Schw. Verwundung	15
Bewusstlos	6

Sonstiges

Attribut	Wert
Bewegung	17
Rüstungspunkte	0
Ruhm-Belohnung	0
Heilungsrate	3

Merkmale: Keusch 14, Gerecht 13, Gerecht 14, Stolz 13, Misstrauisch 13, Tapfer 12

Leidenschaften: Ehre 17, Gastfreundschaft 18

Fertigkeiten: Erste Hilfe 15, Handarbeit 11, Heilkunst 8, Intrigen 14, Reitkunst 10, Verwaltung 13

Söldnerritter

GRO	GES	STR	KON	AUS
13	12	14	14	10

Attacken

Waffe	Fertigkeit	Wert	Schaden
	Sturmangriff		*6W6*
Dolch	Handgemenge	10	2W6+5
Speer	Speer	12	5W6
Ritterschwert	Schwert	15	5W6

Gesundheit

Attribut	Wert
Trefferpunkte	27
Niederschlag	13
Schw. Verwundung	14
Bewusstlos	7

Sonstiges

Attribut	Wert
Bewegung	18
Rüstungspunkte	10+6
Ruhm-Belohnung	50
Heilungsrate	3

Rüstung: Aketon, Ringpanzerhemd, Nasalhelm + Mandelschild

Merkmale: Selbstsüchtig 13, Stolz 16, Tapfer 15 , Tatkräftig 15, Waghalsig 13, Willkürlich 14

Leidenschaften: Ehre 12, Mannestreue (Cerdic) 10

Fertigkeiten: Aufmerksamkeit 12, Jagd 12, Reitkunst 15, Schlacht 10

Anhänge

Anhang A: Ruhm-Belohnungen

Die Frage, wie viel Ruhm als Belohnung vergeben werden soll, bleibt immer der Spielleitung überlassen. Im Folgenden findest du Vorschläge, die eine breite Palette von häufigen und seltenen Aktivitäten abdecken.

Passe sie nach eigenem Ermessen an, um den Ruhm im Laufe der Kampagne zu steigern. Für deine erste Kampagne ist es wahrscheinlich am besten, bei den hier vorgestellten Belohnungen zu bleiben.

Ruhm für Ritter

Ritter können Ruhm für viel mehr als nur das Besiegen von Kontrahenten im Kampf verdienen.

Kampfesruhm

Ritter verdienen Ruhm für das Besiegen von Kontrahenten im Kampf. Die Belohnung basiert auf der höchsten modifizierten Kampffertigkeit des Kontrahenten, die im Kampf eingesetzt wurde. Ein Kontrahent ist besiegt, wenn er sich ergibt, getötet, außer Gefecht gesetzt oder auf andere Weise aus dem Kampf vertrieben wird.

Zur Berechnung des Ruhms wird der höchste modifizierte Wert herangezogen, der für den gesamten Kampf gilt; ein Ritter mit einer Schwert-Fertigkeit von 15, der Bewegt ist, wird beispielsweise mit einer effektiven Schwert-Fertigkeit von 20 (+5) gezählt, was den Ruhm von 25 auf 100 erhöht. Wenn derselbe Ritter nur in einer von mehreren Kampfrunden einen Abzug von –5 erleidet, wird dies bei der Berechnung des Ruhms nicht berücksichtigt.

Tabelle A.1: Kampfesruhm

Wert der modifizierten Waffe des Kontrahenten	Ruhm
1–5	1
6–10	10
11–15	25
16–20	50
20 (+1)–20 (+5)	100
20 (+6)–20 (+10)	200
20 (+11)–20 (+20)	400

Kampf „aus Liebe“

Ein Kampf ist „aus Liebe“ (zum Kampf), wenn er eines der folgenden Kriterien erfüllt: beide Seiten verwenden Turnierwaffen, eine Herausforderung bis zum ersten Niederschlag oder das erste Blut, er wird für die Ehre ausgetragen oder für einen Preis im Wert von £3 oder weniger. In solchen Fällen wird die Kampfesruhm-Belohnung auf ein Zehntel des üblichen Betrags reduziert.

Kampf gegen Ungeheuer und Feen

Aufgeteilt auf die Gesamtzahl der Ritter, die die Kreatur besiegen.

- **Barghest:** 100
- **Bär:** 50
- **Hahnentritt:** 100
- **Drache:** 1.000
- **Riese (groß):** 250
- **Hag:** 75
- **Löwe:** 250
- **Ogre:** 75
- **Einhorn:** 250
- **Bösartige Ratte:** 0
- **Wolf:** 10

Schlachten

Die Teilnahme an Schlachten ist eine der wichtigsten Pflichten des Ritters und verleiht Ruhm-Belohnungen, die von der Größe der Schlacht, den Sieg/Niederlage-Modifikatoren und davon abhängen, ob der Ritter Truppen befehligt hat. Außerdem wird Ruhm aus den einzelnen Kampfergebnissen auf der Grundlage der bekämpften Gegner gewonnen, wie bei Kampfesruhm.

Diese Auszeichnungen werden in **Kapitel 6: Schlacht** im Detail beschrieben.

Einsatz von Fertigkeiten

Fertigkeiten gewähren Ruhm, wenn sie an bedeutenden, öffentlichen Schauplätzen eingesetzt werden. Ein Erfolg ohne Zeugen zählt nicht. Manche Fertigkeiten gewähren nur unter bestimmten Umständen Ruhm, z. B. wenn Erste Hilfe eingesetzt wird, um einen Charakter wieder ins Leben zurückzubringen oder einen hochrangigen Adligen zu retten. Die Menge an Ruhm, die man für einen erfolgreichen Fertigkeitswurf erhält, entspricht dem AUS-Charakteristikum des Charakters. Kritisch erfolgreiche Würfe oder Auftritte vor einem König oder einer Königin verdoppeln diesen Betrag. Es steht der Spielleitung natürlich frei, Ruhm-Belohnungen für Fertigkeitswürfe zu vergeben, die auf außergewöhnliche Umstände zurückzuführen sind.

Erfolgreiches Abenteuer

Ruhm wird für das erfolgreiche Abschließen einer Aufgabe vergeben. Ein Szenario oder ein Abenteuer kann es erfordern, dass mehrere Aufgaben im Rahmen des Gesamtprozesses erledigt werden. Solche Ruhm-Belohnungen ergänzen den Ruhm, den man für das Besiegen von Kontrahenten, die Teilnahme an bedeutenden Ereignissen usw. erhält. Wenn ein Ritter von seinem Herrn den Auftrag erhält, einen berüchtigten Oger zu erschlagen, erhält er Ruhm-Belohnungen sowohl für die Erfüllung der Aufgabe als auch für das Besiegen eines Gegners. Wenn mehrere Charaktere teilnehmen, erhält jeder von ihnen die entsprechende Ruhm-Belohnung für eine Aufgabe.

- Ein einfaches Abenteuer, das leicht zu bewältigen ist: 100
- Reguläres Abenteuer: 200–300
- Schwieriges Abenteuer: 300–500

Persönlicher Tapferkeit

Standard-Ruhm-Belohnungen können durch die Aktionen des Ritters modifiziert werden. Einige Beispiele:

- **Sieg im Kampf gegen Ritter mit einem Verhältnis von 4:1** oder mehr: doppelte übliche Belohnung
- **Freiwillige Teilnahme an einer Selbstmordmission:** +250
- **Sterben bei einer heldenhaften Tat:** +1.000

Leiden

Charaktere, die unter unfreiwilligen, aber vorübergehenden, starken emotionalen Zuständen leiden, die ihre Fähigkeit, normal zu funktionieren, erheblich beeinträchtigen, erhalten eine Ruhm-Belohnung.

- **Wahnsinn:** 100
- **Melancholie:** 25
- **Beklommenheit:** 10

Ehrungen & Titel

Ruhm wird immer dann verliehen, wenn ein Ritter getitelt wird, ein Amt erhält oder mit einer besonderen Ehre ausgezeichnet wird.

Wenn ein Knappe zum Ritter geschlagen wird, erhält er zusätzlich zu den 1.000 Ruhm, die er durch den Ritterstand erhält, eine separate Ruhm-Belohnung in Höhe von einem Prozent des Ruhmes des Fürsten, der ihn zum Ritter schlägt. Schließlich ist es weitaus ruhmreicher, seinen Ritterstand von König Artus zu erhalten als von einem niederen Lord.

- **Ritterstand:** 1.000
- **Ritter der Tafelrunde:** 1.000
- **Beitritt zu anderen ritterlichen Organisationen:** 200

Ruhm für die Erlangung eines beliebigen Amtes wird einmal pro Lehnsherrn vergeben und richtet sich nach dem Status des Lehnsherrn. So erhält ein Ritter, der Verwalter eines Freiherrn wird, 100 Ruhm, erhält aber nicht mehr, wenn er zum Marschall des Barons ernannt wird. Wechselt der Ritter jedoch den Lehnsherrn und wird z. B. von

einem Grafen in ein Amt berufen, erhält er 200 Ruhm. Ebenso kannst du nur einmal pro Rangstufe Ruhm erlangen.

- **Offizier eines Barons/Freiherrn:** 100
- **Offizier eines Grafen oder Herzogs:** 200
- **Offizier des Pendragon:** 400
- **Gemeinderat:** +100

Ruhm wird einmal pro Titel vergeben. Für mehrere Titel wird jeweils Ruhm angesammelt. Die Titel sind unten in der Reihenfolge vom kleinsten zum größten aufgelistet.

- **Hausritter:** 50
- **Lehnsritter:** 250
- **Bannerherr:** 500
- **Baron/Freiherr:** 1.000
- **Graf:** 1.000
- **Herzog:** 1.000
- **Kleinkönig (z. B. Pase, Lestroite, usw.):** 1.000
- **Kleinstkönig (z. B. Gomeret, Nohaut, usw.):** 1.000
- **König von Malahaut:** 1.000
- **König von Logres:** 1.000
- **Hochkönig:** 1.000

Besondere Umstände

Ritterschlag für einen Vorgesetzten

Es kann vorkommen, dass ein berühmter oder bedeutender Knappe – zum Beispiel ein Fürst oder Baron – darum bittet, von einem Ritter zum Ritter geschlagen zu werden, der im Rang niedriger steht als er selbst, aber selbst großen Ruhm erlangt hat.

- **Für den Ritterschlag eines Knappen mit höherem sozialen Rang:** 100
- **Für den Ritterschlag eines Knappen, der ein Erbe eines Königs ist:** 250

Rangverweigerung

Ritter, die wenig Interesse an materiellem Reichtum oder Repräsentation haben, können Land oder Titel ablehnen, die ihnen ein dankbarer Monarch anbietet. Das Ablehnen eines solchen Angebots führt zu einer sofortigen Ruhm-Belohnung von 250; die Reaktion des Abgewiesenen bleibt der Spielleitung überlassen.

Wohlstand teilen

Bestimmte freiwillige Spenden gewähren Ruhm und markieren bestimmte Merkmale und Leidenschaften.

- **Deinem Lehnsherrn Geld zu geben, um ihm zu helfen, seinen Verpflichtungen nachzukommen:** 10 Ruhm pro 1 Pfund, bis zu einem Maximum von 100 Ruhm; der Spender erhält außerdem eine Markierung für Großzügig, Treueschwur und Weltlich.
- **Öffentliche Arbeiten (Stadtmauern, Bäder, Markt):** 5 Ruhm pro £1 Wert, maximal 100; der Spender erhält außerdem eine Markierung für Großzügig und Stand.
- **Lösegelder von Nicht-Familienmitgliedern:** 10 Ruhm pro £1, maximal 100; der Spender erhält außerdem eine Markierung für Großzügig und Gerecht, und die ausgelöste Person erzeugt außerdem eine Loyalität-Leidenschaft zum Spender in Höhe des £-Wertes des gezahlten Lösegeldes.

Ausgaben

Extravagante Ausgaben

Extravaganz bringt Ruhm. In der Winterphase zählst du alle Extravaganten Ausgaben des Jahres zusammen und berechnest dann den Ruhm aus der Summe. Extravagante Ausgaben bringen 10 Ruhm pro ausgegebenem £1, bis zu 100 Ruhm. Für jedes danach ausgegebene £1 gibt es 1 Punkt Ruhm.

Solche Ausgaben müssen gewaltig und unverschämt sein und dürfen für den Ausgebenden keinen anderen Gegenwert oder Vorteil haben als Ruhm, eine Markierung für Großzügig und ein weiteres geeignetes Merkmal. Nur zu sagen, dass es ausgegeben wird, reicht nicht aus. Der Spieler muss die Quelle der Ausgaben nennen, was die Möglichkeit für Rollenspiel bietet. Wähle eines der unten aufgeführten Beispiele oder denke dir eine vergleichbare Art aus, dein Geld ruhmreich zu verprassen.

£10: 100 Ruhm

- Ein großes Festmahl für dreihundert Adlige oder tausend Gemeine. *Markiere Großzügig.*
- Ein Festmahl für dreißig Adlige, mit seltenen, importierten Fleischsorten. *Markiere Weltlich.*
- Gala-Buhurt! „Töte die Bestie!"-Wettkampf, bei dem es üppige Preise zu gewinnen gibt, wenn man einen Hirsch erlegt, nur mit einem Dolch bewaffnet gegen Stiere, Bären und Wildschweine kämpft, Reitwettbewerbe auf wilden Tieren, usw. Hunderte von wilden Tieren in Käfigen warten darauf, bekämpft, getötet und verspeist zu werden. *Markiere Grausam.*

£25: 115 Ruhm

- Finanzier von Trojanischen Spielen! Präsentiere die antiken Sportarten, sowohl die ritterlichen (Pferderennen, Wettessen, „Odysseus' Bogen") als auch die gemeinen (Speerwerfen, Ringen, Schildwerfen, Zaunspringen, Ringen, Wagenrennen). *Markiere Stolz.*

£50: 140 Ruhm

- Ein Festmahl für dreißig Adlige, das nur aus Gewürzen besteht. *Markiere Schwelgerisch.*

- Geldwagen! Männer in Teufelskostümen machen den Weg frei, während Trompeter an der Spitze die Ankunft des Geldwagens ankündigen, von dem aus Menschen in Engelskostümen eine Handvoll halber Pennys werfen, während der Gönner zu Pferd folgt, überhäuft von Blumen, die von Balkonen und Dächern geworfen werden. *Markiere Willkürlich.*

£100: 190 Ruhm

- Feld des Reichtums! Ein Bauer spannt Bären vor seinen Pflug, während schöne Frauen in „Heidnischer Tracht“ Tropfen aus Silber auf dem Feld aussäen. *Markiere Waghalsig.*

Ein Gotteshaus bauen

Wenn man den Bau neuer geweihter Gotteshäuser fördert, erhält man Ruhm in Höhe des Zehnfachen der Kosten des Bauwerks, maximal jedoch 500 Ruhm. Der Gönner markiert außerdem sein Fromm-Merkmal und die entsprechende Religion-Fertigkeit.

- **Kleine Kirche:** £25, Pfarrer (250 Ruhm)
- **Kleine Abtei:** £52, zwanzig Mönche (500 Ruhm)
- **Nonnenkloster:** £23, zwanzig Nonnen (230 Ruhm)
- **Heidnischer Tempel:** £28, ein paar Priester oder Priesterinnen und ihre Diener (280 Ruhm)
- **Heidnisches Heiligtum:** £25 (250 Ruhm)

Kirchenstiftungen

Das dauerhafte Spende von geschenktem Land oder anderem Reichtum an eine bestimmte Stiftung, Abtei oder Institution bringt Ruhm ein. Wenn der Stifter eine neue Institution gründet, muss er auch für deren Bau aufkommen. Beispiele für Baukosten sind direkt im vorigen Abschnitt angegeben. Außerdem erhält der Stifter vom Leiter der Einrichtung einen Gefallen, dessen Wert den Kosten für den Bau und das Grundstück entspricht.

Ruhm wird in Höhe des 100-fachen Wertes des Grundstücks verdient, bis zu einem Maximum von 500 Ruhm. Es ist möglich, mehr zu stiften, erhält aber keinen zusätzlichen Ruhm. Der Stifter markiert darüber hinaus Großzügig, Fromm und die entsprechende Religion-Fertigkeit.

- **Kleine Kirche:** £3 (300 Ruhm)
- **Kleine Abtei:** £7 (500 Ruhm)
- **Nonnenkloster:** £3 (300 Ruhm)
- **Heidnischer Tempel:** £6 (500 Ruhm)
- **Heidnisches Heiligtum:** £3 (300 Ruhm)

Veranstaltungen & Aktivitäten

Heirat

Ritter erhalten Ruhm in Höhe eines Viertels des Ruhmes ihrer Gemahlin, bis zu 1.000 Punkte.

Sponsoring eines Turniers
Der Sponsor eines Turniers erhält Ruhm in Höhe der Kosten, multipliziert mit dem Bonus für Extravagante Ausgaben (siehe S. 229).

Besuch, Teilnahme und Erfolg bei einem Turnier
Ruhm erlangt jeder, der an einem Turnier teilnimmt, indem er an Veranstaltungen teilnimmt und vor allem, wenn er Veranstaltungen gewinnt und zum Streiter des Turniers ernannt wird. Die genaue Menge hängt von der Größe des Turniers ab. Siehe „Turniere" auf S. 51.

Turniere werden fast immer aus Liebe ausgetragen: Ruhm-Belohnung mit einem Zehntel des normalen Kampfes für den Sieg über einen Kontrahenten im Nahkampf. Wenn es bei den Turnieren um größere Preise geht, z. B. das Pferd des Verlierers, oder um große Gefallen, oder um das Lösegeld des Verlierers, aber trotzdem normale Waffen verwendet werden, wird die Ruhm-Belohnung nur auf die Hälfte des normalen Kampfes reduziert. Kontrahenten in Sir Mordreds „Blutturnieren", die mit nicht stumpfen Turnierwaffen kämpfen, sind vollen Kampf-Ruhm wert!

In einem Turnier wird der Ruhm für den Tjost durch den Wert des Preises bestimmt, der pro Runde berechnet wird, nicht pro einzelnem Durchgang. Wenn der Preis £3 oder weniger wert ist, ist der Ruhm derselbe wie bei einem normalen Tjost (siehe unten). Bei Turnieren mit einem Preisgeld von mehr als £3 entspricht der Ruhm pro Runde des Tjosts der Hälfte der Sturmangriff-Fertigkeit des Kontrahenten.

Zeugen und Gastgeber von besonderen Ereignissen
Bestimmte bedeutsame Ereignisse spiegeln Ruhm auf die Zeugen zurück, wie unten angegeben. Der Gastgeber des Ereignisses erhält das Fünffache des angegebenen Betrags.

- **£2 Taufe eines Erben:** 10 (20 für Paten)
- **£1 Taufe eines anderen Kindes:** 5 (10 für Paten)
- **Hochzeit eines minderjährigen Königs:** 20
- **Hochzeit des eigenen Lehnsherrn eines Charakters:** 50
- **Ritterschlag eines Prinzen:** 50
- **Bestattung eines Königs:** 100
- **Beerdigung eines Prinzen:** 50
- **Bestattung eines Hochkönigs:** 250
- **Ein einzigartiges Spektakel (z. B. die Ausgrabung von Brans Kopf):** 50–100

Reisen
Eine Reise über Britannien hinaus macht einen Charakter bekannt.

- **Auf den Kontinent:** 50
- **Nach Hunnenland:** 100
- **Nach Byzanz:** 150
- **Nach Zazamanc:** 200

Tjosten
Tjoste erhalten eine Ruhm-Belohnung, die einem Zehntel des Kampfesruhmes des Kontrahenten entspricht.

Sonstige Belohnungen
Gruppenbelohnungen
Wenn mehrere Charaktere gemeinsam eine Aufgabe bewältigen, sei es das Töten eines Monsters oder das Erfüllen einer Aufgabe, wird die gesamte Ruhm-Belohnung unter ihnen aufgeteilt. Die Spieler entscheiden, welchen Anteil jeder Charakter erhält. Wenn zum Beispiel ein Ritter den größten Teil des Kampfes bestritten hat, kann die Gruppe entscheiden, dass dieser Ritter mehr verdient.

Zusätzliche Belohnungen
Manchmal verlangen die Art oder die Umstände einer Tat nach einem Bonus auf den üblichen Ruhm. Sowohl Spielleitung als auch Spieler sollten auf ungewöhnliche Situationen, verzweifelte Erfolge, interessante Lösungen und dramatische Ereignisse achten, die einen Bonus rechtfertigen könnten. Hier folgen einige Beispiele:

- **Erfolg gegen eine Übermacht (schlechter als 3:1):** +100 pro Ritter
- **Einem berühmten Helden (zum Beispiel einem Ritter der Tafelrunde) zum Erfolg verhelfen:** +100
- **Sieg über einen berühmten (oder berüchtigten) Feind:** +250 Minimum
- **Außergewöhnlich blumiger Ausdruck und eindrucksvolles Auftreten (ein entscheidender Erfolg zur richtigen Zeit):** +10
- **Hat die Spielleitung zum Lachen gebracht:** +10

Die Gralssuche
Der Heilige Gral ist das mächtigste und bedeutendste Artefakt in Britannien. Die Teilnahme an der Gralssuche bringt besonderen Ruhm ein. Dies sind kumulative Auszeichnungen, und abgesehen von der Ruhm-Belohnung pro Jahr der Suche, gilt jede nur einmalig.

- **Für das Ablegen des Gelübdes und den Aufbruch:** 100
- **Für jedes volle Jahr der Suche:** 100
- **Für das Erreichen der Gralsburg während der Suche:** 250
- **Für das Sehen des Heiligen Grals:** 250
- **Für die Teilnahme an der Messe des Heiligen Grals:** 1.000

Passiver Ruhm
Passiver Ruhm sammelt sich in jeder Winterphase für Lebensstandard, Berühmte Leidenschaften, Berühmte Merkmale, bemerkenswertes Aussehen und einige Ambitionen an, auch wenn ein Ritter das Jahr über inaktiv ist.

Aussehen

Charaktere mit Gutem Aussehen (13–15) erhalten in jeder Winterphase 10 Ruhmespunkte, Charaktere mit Elegantem Aussehen (16–18) erhalten 25 Punkte und Charaktere mit Überragendem Aussehen (19+) erhalten 50 Punkte.

Überlegene Ausrüstung

Viele der Perioden führen neue Rüstungen und Pferde ein, die anfangs recht beeindruckend sind und oft von Lehnsherren an treue Untertanen verschenkt werden. Ein Ritter, der eine Rüstung oder eine Pferderasse besitzt, die in dieser Periode eingeführt wurde, erhält jedes Jahr bis zum Ende der Periode Passiven Ruhm. Siehe den entsprechenden Teil der *Die Große Pendragon-Kampagne* für weitere Details.

- **Neuster Rüstungstyp der Periode:** 25 Ruhm
- **Neuester Pferdetyp für die Periode:** 25 Ruhm

Lebensstandard

Der Lebensstandard eines Ritters mit Landbesitz basiert auf einem Anteil seines Gesamteinkommens (10 Prozent des Landbesitzes, plus £5, wenn er verheiratet ist, oder £4, wenn er unverheiratet ist). Darin enthalten sind die Kosten für ihren persönlichen Unterhalt, während die Kosten für den Unterhalt ihres Haushalts, falls vorhanden, separat finanziert werden.

Ein Lebensstandard, der höher ist als das für Gewöhnlich vorausgesetzte Minimum, gilt als Prestigekonsum und bringt zusätzlichen Ruhm ein: 10 Ruhm für je zusätzlich £1, die über das jährliche Minimum von £6 (für einen Ritter mit Knappe und Familie) hinausgeht, für die ersten £10 und 1 Ruhm für jedes weitere £1 darüber hinaus. Vergiss nicht, zuerst alle Quellen des Prestigekonsums zusammenzuzählen. Der Passive Ruhm in *Tabelle A.2: Lebensstandard-Ruhm* wird bei höheren Rängen der Einfachheit halber gerundet.

> ***Beispiel:*** *Ein verheirateter Lehnsritter mit einem Einkommen von £20 möchte ein Jahr lang auf großem Fuß leben, nachdem er ein bescheidenes Lösegeld erhalten hat. Er gibt £12 mehr für seinen Lebensstandard aus und erhöht damit seinen effektiven Unterhalt für das Jahr auf £19 – genug für einen Prächtigen Lebensstil. Außerdem gibt er zur Feier seines Glücks ein Festmahl für £5. Damit hat er £13 mehr als das Gewöhnliche Minimum von £6 und zusätzlich £5 für ein Festmahl ausgegeben, also insgesamt £18 für Prestigekonsum, was ihm 100 Ruhm für die ersten £10 und 8 Ruhm für die letzten £8, also insgesamt 108 Ruhm.*

Unter seinem normalen Lebensstandard zu leben, hat ebenfalls Abzüge zur Folge; siehe **„Lebensstandard"** auf S. 227–228 im **Pendragon**-*Regelwerk*.

Merkmale & Leidenschaften

Berühmte Merkmale und Leidenschaften bringen jedes Jahr 15 Punkte Ruhm. Erhabene Merkmale und Leidenschaften bringen 25 Ruhm. Ein Charakter kann in einem Jahr nicht mehr als 100 Punkte Passiven Ruhms durch Merkmale und Leidenschaften erhalten. (Beachte, dass Charaktere keinen Passiven Ruhm durhc Zielgerichtete Merkmale oder Obsessionen erhalten.)

Tabelle A.2: Lebensstandard-Ruhm

Titel	Typisches Grundbesitzeinkommen	Unterhalt vom typischen Grundbesitzeinkommen	Lebensstandard (inkl. ein Knappe und eine Familie)	Passiver Ruhm (allein durch Unterhalt)
Lehnsritter	£10 (£7-£30)	£6	Gewöhnlich	0
Gutsbesitzer	£50 (£30-£100)	£10	Reich	40
Bannerherr	£100 (£60-£120)	£15	Prächtig	90
Niederer[1] Baron	£150 (£100-£200)	£20	Prächtig	100
Baron	£300 (£200-£400)	£35	Prächtig	120
Reicher[1] Baron	£600 (£400-£800)	£65	Prächtig	150
Graf, Herzog (Großbaron[1])	£1.000 (£800-£1.600)	£105	Prächtig	200
König eines großen Königreichs[2]	£3.000 (£1.000-£5.000)	£305	Prächtig	400

1. Keine offiziellen Titel, aber sie werden verwendet, um den Reichtum und die Macht der verschiedenen Barone zu quantifizieren.
2. Wie z. B. Cornwall, Malahaut und Lothian. In Britannien gibt es viele kleinere, sogar unbedeutende Königreiche, deren Könige kaum mit Baronen in Logres gleichzusetzen wären.

Ideale
Einige Ideale verleihen Passiven Ruhm, wenn sie erfüllt werden, wie in ihrer Beschreibung angegeben.

Ruhm für Ladys
Ladys erhalten die gleichen Ruhm-Belohnungen wie Ritter, mit den unten beschriebenen Ausnahmen. Sie haben außerdem einige einzigartige Ruhm-Belohnungen, die Ritter nicht erhalten können.

Besondere Familienereignisse
Die Biologie verleiht den Frauen besondere Möglichkeiten, Ruhm zu erlangen.

- **Kind geboren:** 100
- **Ältestes Kind wird zum Ritter geschlagen:** 500
- **Weiteres Kind wird zum Ritter geschlagen:** 100
- **Jeder Sohn oder jede Tochter nimmt einen Titel an:** ein Zehntel des Ruhmes, den der Titel verleiht
- **Erster Sohn, der in den Klerus eintritt:** 100
- **Ältester Sohn wird verheiratet:** 250
- **Weiterer Sohn ist verheiratet:** 100
- **Älteste Tochter wird verheiratet:** 250
- **Weitere Tochter wird verheiratet:** 50

Rangerhalt
Eine Erbin erlangt nicht den Ruhm eines Adelstitels, wenn sie einen Herrn mit diesem Titel heiratet. Eine Lady, die einen eigenen Titel trägt, erhält jedoch die übliche Ruhm-Belohnung.

Heirat
Für die erste Heirat mit einer Person, die den Rang eines Ritters oder höher hat, erhält die Lady 1.000 Ruhm plus ein Viertel des Ruhmes ihres Gemahls (bis zu einem Maximum von 1.000 Ruhm).

Bei jeder weiteren Heirat erhält die Lady ein Viertel des Ruhmes ihres neuen Gemahls, maximal jedoch 1.000 Ruhm pro Heirat.

Teilnahme an Veranstaltungen
Ladys erhalten die gleiche Ruhm-Belohnung wie Ritter für die Teilnahme an Hochzeiten, Begräbnissen, Turnieren und anderen beachtlichen Ereignissen. Für Reisen ins Ausland erhalten sie die doppelte Ruhm-Belohnung.

Sparsamkeit
Wenn eine Lady als Verwalterin ihrer Ländereien gehandelt hat und der Landbesitz einen Überschuss erwirtschaftet hat, erhält sie 1 Ruhm Belohnung pro £1 Überschuss, maximal jedoch 100.

Erfolg mit Handarbeit (Herstellung von Stoffen, Kleidung usw.) gewährt Ruhm in Höhe des Wertes der Fertigkeit ×2, bzw. ×5 bei einem kritischen Erfolg.

Der Hof der Liebe
Beginnend in der Periode der Eroberung ist der Hof der Liebe eine informelle Versammlung, die von Adelsfrauen abgehalten wird, um zu beurteilen, ob eine höfische Liebesaffäre alle Voraussetzungen erfüllt, und um fragwürdige Handlungen zu klären. Das setzt voraus, dass mindestens 100 Ladys teilnehmen. Passe größere oder kleinere Gruppen dementsprechend an.

- **Ernennung zur Königin des Hofes:** 100
- **Benannt als Prinzessin Rose:** 100
- **Richter:** 25
- **Andere Teilnehmer:** 10
- **Die Frage des Charakters wurde diskutiert:** 100

Prestigepreis für Ladys
Ladys nutzen Ruhm genauso wie Ritter, um Fertigkeiten zu verändern und eine Rangfolge zu bilden. Darüber hinaus können Ladys und weibliche Ritter ihre Prestigebelohnung auf eine Weise nutzen, die Männern nicht zur Verfügung steht.

Schwanger werden
Damit dies möglich ist, muss die Frau natürlich mit jemand Zeugungsfähigem den Beischlaf vollziehen. Wenn das der Fall ist, wird der Prestigepreis ausgegeben, und sie bringt neun Monate später ein Kind zur Welt.

Gib den Prestigepreis während des normalen Wurfs für die Geburt in der Winterphase aus. Der Preis kann vor dem Wurf ausgegeben werden, in diesem Fall wird kein Wurf abgelegt und der Spieler wählt einfach das Ergebnis aus, oder danach, in welchem Fall die Wahl des Spielers das gewürfelte Ergebnis ersetzt.

Bestimmung des Geschlechts
Wenn eine Frau in der Winterphase ein Geburtenergebnis erzielt, kann sie ihren Prestigepreis ausgeben, um das Geschlecht des Kindes zu bestimmen, anstatt zufällig zu würfeln.

Anhang B: Empfohlene Lektüre

Wenn du nur zwei Bücher lesen willst, empfehle ich für das erste *Der König auf Camelot* von T. H. White; für das zweite empfehle ich *König Arthur und die Ritter der Tafelrunde* von Sir Thomas Malory. Von letzterem hat Chaosium jetzt einen Band mit Anmerkungen von meiner Wenigkeit (Greg Stafford) und John Matthews veröffentlicht.

Traditionelle Literatur

Geoffrey von Monmouth. *The History of the Kings of Britain.* Übersetzt von Lewis Thorpe. New York: Penguin Books, 1977.
Dies ist das Buch, mit dem die schriftliche Überlieferung von König Artus begann, geschrieben in Latein im Jahr 1136. Es zeichnet die legendäre Geschichte Britanniens von 1115 v. Chr., als Brutus der Trojaner landete, bis zu König Cadwaller nach, der 689 n. Chr. starb. König Artus ist das Thema des längsten Teils. Es gibt viele Ausgaben davon, die ins Englische und in andere Sprachen übersetzt wurden; versuche, eine mit einem umfassenden Index zu finden.

Wolfram von Eschenbach. *Parzival.* Übersetzt von A.T. Hatto. New York: Penguin Books, 1980.
Eine phantastische und phantasmagorische Bearbeitung der Percival-Legende und der Gralssuche von Minnesänger-Ritter Wolfram von Eschenbach.

Populäre Studien

Davis, R.H.C. *The Medieval Warhorse: Origin, Development, and Redevelopment.* London: Thames & Hudson, 1989.
Dies ist das wertvollste Buch über Pferde auf dieser Liste. Es behandelt die Ursprünge, die Zucht usw.

Gies, Frances. *The Knight in History.* London: Robert Hale, 1984.
Mehrere Lebensgeschichten berühmter Ritter aus verschiedenen Epochen der Geschichte veranschaulichen die historischen Entwicklungen der Ritterlichkeit, die in diesem Buch ausführlich dargestellt werden.

Somerset Fry, Plantagenet. *Castles: England, Scotland, Wales, Ireland.* Exeter: David & Charles, 2005.
Dies ist das andere der beiden Bücher, die ich als maßgebliche Quelle für die Burgen von **Pendragon** verwende. Es enthält einführende Informationen und listet dann die Burgen nach Ländern (England, Schottland, Wales) mit historischen Informationen und vielen, vielen Schaubildern auf. Äußerst empfehlenswert.

Stearns Davis, William. *Life on a Mediaeval Barony: A Picture of a Typical Feudal Community in the Thirteenth Century.* New York: Harper & Brothers, 1923.
Dieses hundert Jahre alte Buch, das sich an Anfänger richtet, ist wieder in digitaler und gedruckter Form erhältlich und erzählt eine Vielzahl von Details über den Herrscher einer französischen Baronie und seine Familie. Alles aus dem Wachalltag (was gibt es zum Frühstück?), Kleidung, gesellschaftliche Bräuche, Gerechtigkeit und Strafe (was mich fast dazu gebracht hätte, die Grausamkeit-Markierung für Folter zu streichen), ritterliche Waffen, Turniere, Mädchen und Edeldamen, Wohltätigkeit, Religion, Heirat, Mönche und mehr und mehr und mehr mit, wie gesagt, Details. Der Text, der sich an junge Leute richtet, ist nur manchmal herablassend. Vor allem, aber nicht nur, für Anfänger. Empfehlenswert.

Wilkinson, Frederick. *The Castles of England.* Dalkieth, UK: Charles Letts Co, 1976.
Dies ist eines der beiden Bücher, die ich für **Pendragon** als maßgebliche Quelle für Burgen betrachte. Mit minimalen einleitenden Informationen listet es Burgen auf und gibt ihre Geschichte wieder, alphabetisch geordnet für England. Äußerst empfehlenswert.

Akademische Werke

Church, Stephen David. *Household Knights of King John..* Cambridge University Press, 2006.
Dieses Buch hat die Hausritter für mich so sehr definiert, dass ich sie in der Sechsten Ausgabe von **Pendragon** in den Mittelpunkt gestellt habe. Sie kommen dem Konzept der „Abenteurer-Ritter“, das in den literarischen Quellen so häufig vorkommt, am nächsten.

Coss, Peter R. *The Lady in Medieval England,* 1000–1500. Stroud, UK: Sutton Publishing, 1998.
Dies ist mein Lieblingsbuch zu diesem fast vernachlässigten Thema. Es beginnt mit „Ursprünge“, deckt die Periode des Uther und der Anarchie ab, geht über „Vornehmheit und Gesellschaftliche Position“ und schließt mit „Schlussfolgerung: Die Rolle der Edeldame im späteren mittelalterlichen England“. Die dazwischen liegenden Kapitel behandeln visuelle Darstellungen, Literatur und „Lady gegen Lord: Antagonistische Beziehungen“.

Jolliffe, J.E.A. *Angevin Kingship.* London: Adam und Charles Black, 1963.
Ein Buch aus meiner Rubrik „altehrwürdige Gelehrte“, das als Handbuch für meine Darstellung von König Uther (und später für die rechtlichen Maßnahmen von König Artus) diente. Hier findest du meine Quelle für königlichen Zorn, viel Haushaltsmaterial und noch mehr, wenn du Sätze wie

diesen durchstehst: „Es war ein Luxus der Reichen, sicher zu sein, dass sie, *nisi per judicium curie Regis* nicht enteignet würden; sie begnügten sich damit, durch Geldstrafen an den König hoch darauf zu wetten, und wir können ihre Ungewissheit teilen, von welcher der vielen möglichen Seiten eine Enteignung kommen könnte."

Maitland, Frederick William. *Domesday Book and Beyond: Three Essays in the Early History of England.* Cambridge University Press, 1907.
Dies ist eines dieser frühen Werke der mittelalterlichen Gelehrsamkeit, das mich mit seiner Breite und Tiefe der Erkenntnisse in Erstaunen versetzt. Obwohl es über ein Jahrhundert alt ist, bildet es immer noch das Rückgrat der Domesday-Studien. Es erforscht die Bedeutung des alten Buches, indem es zum Beispiel die Verwendung des Wortes „manor" („Herrenhaus/Gut") definiert (nicht dasselbe wie im Spiel). Das könnte für jemanden, dem das nötige Vokabular fehlt, schwierig sein. Pflichtlektüre für alle Gelehrten des Mittelalters.

Morris, William Alfred. *The Medieval English Sheriff, to* 1300.. Manchester University Press, 1927.
Ich dachte einmal, der Sheriff sei ein Bösewicht aus den Robin-Hood-Geschichten; bis zu diesem Buch habe ich sie nie wirklich „verstanden". Ihre Rolle als Diener und Vollstrecker der Krone machte sie persönlich sehr mächtig.

Stenton, Frank M. *First Century of English Feudalism, 1066–1166.* Oxford: Clarendon Press, 1961.
Dies ist eines der Bücher, die so alt und innig akzeptiert sind, dass sie nur noch als Fußnoten von Büchern erscheinen, die ich in Fußnoten meiner modernen Bücher gefunden habe. Ursprünglich 1932 veröffentlicht, legte es den Grundstein für spätere Gelehrte; es beschreibt genau, wie die Dinge gemacht wurden und wie sie aus den Quellen wiedergegeben werden können. Teil der Nachforschungsreihe „aber wie ist es passiert?".

Fiktion

Karr, Phyllis Ann. *Idylls of the Queen.* New York: Ace Books, 1985.
Sir Kay ist der Ich-Erzähler dieses wunderbaren Krimis, in dem sich der Vogt aufmacht, um herauszufinden, wer Sir Patrice beim Dinner der Königin vergiftet hat, da Sir Lancelot abwesend ist. Das Buch erkundet viele prominente Charaktere und bietet Einblicke außerhalb der normalen Interpretationen. Karr stützt sich auf viele Quellen außerhalb von Malory, obwohl *König Arthur* die wesentliche Handlung liefert.

Stewart, Mary. *The Crystal Cave.* London: Hodder & Stoughton, 1970.
The Hollow Hills. London: Hodder & Stoughton, 1973.
The Last Enchantment. London: Hodder & Stoughton, 1979.
Diese drei Romane verfolgen das Leben des Zauberers Merlin vom sechsten Lebensjahr bis zu seiner Pensionierung, nachdem er aus der Gefangenschaft in seiner Kristallhöhle entkommen ist. Die Handlung und der Schauplatz folgen Geoffrey von Monmouths *The History of the Kings of Britain.* Charmant und unterhaltsam, trotz der Verflachung Merlins.

Sonstige Quellen

Bovey, Alixe. *& Grotesques in Medieval Manuscripts.* University of Toronto Press, 2002.
Buzwell, Greg. *Saints in Medieval Manuscripts.* University of Toronto Press, 2005.
Clegg, Gerechtin. *The Medieval Church in Manuscripts.* British Library, 2003.
Fisher, Celia. *Flowers in Medieval Manuscripts.* University of Toronto Press, 2004.
Page, Sophie. *Astrology in Medieval Manuscripts.* University of Toronto Press, 2017.
Page, Sophie. *Magic in Medieval Manuscripts.* University of Toronto Press, 2017.
Porter, Pamela. *Courtly Love in Medieval Manuscripts.* University of Toronto Press, 2003.
Porter, Pamela. *Medieval Warfare in Manuscripts.* British Library, 2018.
Alle diese Bücher aus der „British Library Series" sind schlank, schick, vollfarbig und vollgepackt mit Illustrationen, die sich von den eher repetitiven Bildern abhebt, die wir oft sehen. Sie wurden mir geschenkt und erfreuen mich jedes Mal, wenn ich sie aufschlage.

Thirsk, Joan (Ed.) *Rural England: An Illustrated History of the Landscape.* Oxford University Press, 2002.
Ein teures, aber wunderschönes Buch über britische Landschaften. Es ist wunderbar, wenn die Spielleitung auf eine Seite zeigen und sagen kann: „Das seht ihr." Das ist diese Art von Buch, zusammen mit dem Text, der bei Beschreibungen hilft.

Online-Ressourcen

„De Re Militari", Society for the Study of Medieval Military History. **http://www.Deremilitari.org**
Diese Seite ist ein Juwel, mit hochwertigen Artikeln und Rezensionen. Die meisten sind kurze Artikel zu bestimmten Themen. Sie ist investigativ und eine tolle Quelle, um den Unterschied zwischen dem literaturbasierten Kampfsystem des Spiels und der historischen Realität zu erkennen. Solange wir uns diesen Unterschied merken, ist es eine großartige Quelle.

Festmahlsprotokoll

Sitzordnung	Ruhm	Geselligkeit Modifikatoren	Angesammelte Geselligkeit Runde 1	Runde 2	Runde 3	Runde 4	Runde 5	Gesamt
Über dem Salz (Hohe Tafel)								
		+2						
		+2						
		+2						
Näher am Salz (Ehrenplatz)								
		+1						
		+1						
		+1						
		+1						
		+1						
Weiter vom Salz entfernt (gewöhnliche Plätze)								
		+0						
		+0						
		+0						
		+0						
		+0						
Auf dem Boden (Knappen)								
		-1						
		-1						
		-1						
		-1						
		-1						

Informationen

Ort	
Grösse	
Datum	

Anmerkungen

Index

Höret! Höret!

Begebt euch auf **Ulisses-Spiele.de,** um euer kostenloses PDF der Festmahl-Ereigniskarten herunterzuladen. Insgesamt sind es 80 Karten!